# 玻璃球游戏

〔德〕黑塞 著 张佩芬 译

译文名著精选

YIWEN CLASSICS

Hermann Hesse

# Das Glasperlenspiel

上海译文出版社

**图书在版编目(CIP)数据**

玻璃球游戏／(德)黑塞(Hesse, H.)著;张佩芬译.
—上海:上海译文出版社,2012.4(2025.3重印)
(译文名著精选)
书名原文:Das Glasperlenspiel
ISBN 978-7-5327-5703-9

Ⅰ.①玻… Ⅱ.①海… ②张… Ⅲ.①长篇小说—德
国—现代 Ⅳ.①I516.45

中国版本图书馆 CIP 数据核字(2012)第 016822 号

Hermann Hesse
**DAS GLASPERLENSPIEL**

图字:09-1996-023 号

**玻璃球游戏**
〔德〕赫尔曼·黑塞 著 张佩芬 译

上海译文出版社有限公司出版、发行
网址:www.yiwen.com.cn
201101 上海市闵行区号景路 159 弄 B 座
上海市崇明县裕安印刷厂印刷

开本 890×1240 1/32 印张 14.75 插页 2 字数 365,000
2012 年 4 月第 1 版 2025 年 3 月第 17 次印刷
印数:46,001—49,000 册

ISBN 978-7-5327-5703-9
定价:69.00 元

# 译本序

　　《玻璃球游戏》是黑塞晚年最后一部长篇小说。这部作品虽然以长篇小说的形式出现，却不是普通字面意义上的长篇小说，它用一系列象征和譬喻编织起一种哲学上的乌托邦设想，虚构了一个发生在二十世纪后未来世界的寓言。然而，作者的意图并非故弄玄虚，诚如德国女作家露易莎·林塞尔所说："黑塞在希特勒时期之转向乌托邦，恰恰不是一种逃避态度，而是用语言作武器让人们得以自由地呼吸在超越时间的空间之中，得以成为自觉抵制恶魔的觉悟者。"（见《试论〈东方之旅〉的意义》）黑塞本人对此也有一些纯朴而谦逊的自白，援引两段如下："这位滑稽可笑的人想做些有益的、无损人类的、值得期望的好事……一位诗人生活在一个明天可能即将遭受摧毁的世界上，他却如此细心雕琢、组合、推敲自己那些小小词汇，因为他的作为与那些今天盛开在全世界一切草地上的白头翁、樱草花以及其他绚丽花朵的情况完全相同。它们生长在世界上，也许明天即将被毒气窒息，今天却依旧小心翼翼地孕育着自己的花瓣和花萼，不论是五瓣、四瓣或者是七瓣，不论是光边的或者是锯齿形的，它们永远认认真真地把自己打扮得尽可能美丽。"（见《致儿子马丁信》）"一是构筑抗拒毒化以卫护我得以生存的精神空间，二是表达悖逆野蛮势力的精神思想，尽我所能加强在德国本土进行反抗和固守阵地朋友们的力量。"（见《致罗多夫·潘维茨信》）

　　作者从一九三一年开始构思此书，到一九四三年全书问世，整整用了十二年。意味深长的是，《玻璃球游戏》的创作和希特勒的暴行几乎同步，最终黑塞赢得了胜利，第三帝国生存十二年后于一九四五年灭亡，《玻璃球游戏》则于一九四六年荣获诺贝尔文学奖。

　　第一次世界大战结束初期，黑塞曾在一系列文章，尤其是在论陀思妥耶夫斯基的文章里表达过自己最新的想法：要建立一种超越惯常好与坏概念之上的新道德意识，要对一切极端对立事物用统一眼光予以观察。事实上，早在第一次大战炮火正酣之时，黑塞目睹"爱国"概念竟是沙文主义的土壤，自己还因反战而被诬为叛国，就已撰文表白这一重要思想："我很愿意是爱国者，但首先是'人'，倘若两者不能兼得，那么我永远选择'人'。"二十世纪三十年代后，随着希特勒倒行逆施的变本加厉，黑塞的想法也逐渐成熟，最终凝结成象征性的《玻璃球游戏》一书。作者借主人公克乃西特之口说："流尽鲜血后，人们渴望理性，卡斯塔里应运而生"，而以综合世界上一切知识为宗旨的玻璃球游戏便是这个卡斯塔里精神王国的至高无上成果。

在《玻璃球游戏》问世前，黑塞于一九二七年出版了人们称为"精神自传"的《东方之旅》，这位试图从东方取经的西方人经过漫长年代沉思后认识到现代社会的病根在人性，而不在物质文明，因而书中东方旅行者们的信条是一种超越因袭观念的世界性或曰宇宙性思想："我们的目标并不局限于一个国家，也没有任何地理限制，而是寻求灵魂的故乡和青春，它们无处不在，却又处处皆无，它们是一切时代的统一体。"《东方之旅》的主人公为探索人生真谛而加入了一个以"从东方寻求真理"为宗旨的秘密盟会，并在参与盟会组织的多次"探索真理的旅行"后，领悟到生命的意义是"他必兴旺，我必衰颓"。《玻璃球游戏》的扉页献词不同寻常："献给东方旅行者"。《东方之旅》和《玻璃球游戏》两部著作间的亲缘关系不言而喻。

一九三二年，黑塞写了书前格言草稿；一九三三年写了引言草稿；一九三四年发表了后来成为附录的《呼风唤雨大师》；一九三五年发表了后来成为小说主人公学生时代创作的大部分诗歌；一九三六年发表了后来成为第二篇附录的《忏悔长老》；一九三七年发表了后来成为第三篇附录的《印度式传记》；一九三八年始写玻璃球游戏大师传，该年写完《感召》、《华尔采尔》；一九三九年完成《研究年代》、《两个宗教团体》；一九四〇年写完《使命》、《玻璃球游戏大师》；一九四一年写了书中最重要的诗歌《阶段》，并完成其余章节；一九四二年写完结束章《传奇》。一九四三年，瑞士出版了两卷本《玻璃球游戏》第一版。一九四五年，黑塞著作出版人彼得·苏尔卡普侥幸从纳粹集中营生还，获得盟军颁发的战后德国第一张出版许可证后，立即着手《玻璃球游戏》的出版事宜，一九四六年，《玻璃球游戏》终于在德国问世。

关于《玻璃球游戏》的成书过程，我们还想交代一个情况：黑塞原本打算写一系列不同国家不同历史时期的克乃西特传，却未能如愿，第四篇人物传记半途而废，小说里是这么描写的，事实也同样如此。情况正合荣格的一句名言："不是歌德创造了浮士德，而是浮士德创造了歌德，"世界上并无人能够摆脱自己历史的局限。黑塞为塑造一个完美无瑕的理想英雄，只能编织乌托邦，在虚拟的未来世界里施展自己擅长的浪漫手段，于是子虚乌有的玻璃球游戏大师脱颖而出，而原本与之并列的英雄人物们统统退居一边，成了附录。

《玻璃球游戏》不是一部容易阅读的书，却与黑塞其他较易理解的作品一样，不仅在德国，而且在世界范围长期受到欢迎，译者就读过不同时代的各种评论文字至少百篇以上。一九七七年时，为纪念黑塞百年诞辰，在作家出生地德国南部小城卡尔夫举办了黑塞国际研讨会，与之同时，德国学者马丁·法弗尔主编出版了一本《赫尔曼·黑塞的世界性影响》，孰料一发不可收，研讨会成为定期性的活动，迄至一九九七年已举办八届之多，《黑塞的世界性影响》也不得不于一九七九年出版第二卷，一九九一年又出版了第三卷，遗憾的是，法弗尔于一九九四年逝世，否则当有更多续编问世。译者曾读过这三本《影响》和二、七两届国际研讨会的文集，体会到黑塞长盛不衰的原因是作家的强大精神力度。黑塞作品的力量来自作者综合融汇东西方不同文化的创造性才能，也来自他永不停顿仰望高处以成为"人"的渴望和信念。这里就各类文字中涉及《玻璃球游戏》特殊价值的内容稍作介绍，例子虽少，但也可"管中窥豹，时见一斑"。

托马斯·曼在为一本英文版黑塞集撰写的序言中说："我羡慕他高出一切德国政治的哲学上的超越感，"因为"他的精神故乡又特殊地归属于东方智慧的庙堂"；二十世纪六十年代末，美国曾掀起黑塞浪潮，除了反对越南战争等政治原因，还与美国作家亨利·密勒的推崇和宣传密不可分，经过密勒渲染的"欧洲佛"导致成千上万美国青年追随"圣黑塞"，恰如罗伯特·容克为弗克尔·米夏尔斯主编的黑塞文集《良心的政治》所写序言中形容的："很少有哪一个个人能够挣脱自己等级的局限，美国的反文化群发现了黑塞，并开展了一场视他为先驱者的运动，这场运动对经历过上千年转折的人类按照另一种目标进行了深思，而且推荐人们去试验一种全新的生活方式。这就是一种远远超出日常政治的、幻想的、未来的政治"。加拿大学者乔治·华莱士·费尔德在介绍加拿大的黑塞接受情况时，高度评价第一个发掘出黑塞著作里大量中国思想的华裔学者夏瑞春所做的开拓性工作："这一重要成绩使黑塞作品具有全新前景，使它远远超出了德国浪漫派的轨迹，提高了它的音调以及地方性局限。"德国批评家、出版家西格弗利德·翁塞尔特则撰文说："正是由于黑塞的作品不提供解答，不开列药方，正是由于描写了发展历程，才使他的作品至今仍然具有现实意义。因为他的主人公们总是时刻准备着启程去往新的生活领域，去进行新的探索，向着永恒全新的目标。因为就连我们现在的社会也处于一种启程状态，也还在探寻着新的目标，""希望这种'生活的召唤'（《玻璃球游戏》中语）对您也始终永无穷尽。"

　　黑塞一生热爱东方文化，尤其偏爱中国古代思想，从一九一一年开始直至逝世，五十多年未曾中断对中国的论述工作，正如他在一封致读者公开信中所言："我努力探索一切信仰和一切人类虔诚善行的共同之处。究竟有什么东西是超越一切民族差别之上，有什么东西可以为所有种族和每一个个人所信仰和尊敬。"《玻璃球游戏》便是这一种探索的最重要著作，作家努力熔铸世界文化于一炉，以寻求不同文化融合途径，其中尤以涉及中国的内容为最多，全书从头至尾不断写到中国，引言里有"中国语言"、"中国古代圣贤"、《吕氏春秋》和中国古代音乐等，正文里则更进一步，竟然让自己化身为"中国长老"，向主人公传授中文、中国书法和《易经》等，最后，甚至把玻璃球游戏的高峰定位于"中国屋落成庆典"。然而，托马斯·曼却提问道："难道还会看不见他的出版人和编辑者[1]工作中所表现的世界博爱精神多少带着特殊的德国味道么？"另一个德国学者基尔希霍夫则干脆说："他已经变成了

---

[1] 《玻璃球游戏》最初的书名是《游戏大师传——赫尔曼·黑塞出版》。

一个中国人①，却没有中止成为西方人，嗯，甚至是一个许瓦本人。"

是的，仅仅统计和罗列书中比较明显的中国事物，也许还不算太难，译者也曾就此写过若干文章，但是要想完整概括作者融会贯通不同文化后的再创造，却是难而又难的，即使只是剖析其中涉及中国的内容。本书译者囿于知识和能力，虽多次努力尝试，迄未成功，因而这里仅能就个人认识略谈一二。一是书的开头（书名、献词、格言）和全书结尾（克乃西特之死）所呈现的宗教性热烈精神追求；二是黑塞用自己独创的"双极性"视角描述主人公一生历程所展示的"会通和合"观点。

书前献词、格言与书尾死亡图景密切呼应，"死亡"是献词精神的实践："他必兴旺，我必衰颓"。主人公最终抵达归宿："灵魂的故乡和青春"，如格言中所述"向着存在和新生的可能性走近一步"。黑塞用"死亡"表达的宗教性精神追求，引起过无数误解，作者曾为此向一位朋友作过专门答复："一个柏拉图式的梦，它不是一种永恒有效的理想目标，而只是一种使自己和已知世界相对的可能性。"（见《致罗勃特·法西信》）这段话立即让我联想起另一段类似的话，那是马丁·布伯尔在《论道家学说》里的论点："这种永恒的道是对一切表象存在的否定，它也被称作为无。生非始，死非终，时空中的此在无限无终。生与死不过是'无见其形是谓天门'②的出入口，'无门者，无有也，圣人藏乎是'③。"原来，外国古人柏拉图和中国古人庄子早在几千年前便已有几近相同的精神追求，而黑塞所为则像他谈到自己与浪漫派先辈施雷格尔和诺瓦利斯的关系一样："我的目标不是改善世界或提高思想，而是继续发扬他们所寻求的东西。"

小说主人公童年时就受到西方古典音乐和谐完美境界的触动而感悟，从此走上一条寻求自身完善的道路，翘首仰望过中国的和世界的无数思想先驱者，历经他对西方和东方无数文化范畴的内心体验后，一次又一次在相对集中发现共同的中心思想，于是一次又一次获得"唤

①指小说中具有揶揄自画像意味的"中国长老"。
②③ 均见《庄子·庚桑楚》。

醒"，走上新的阶段，最后为了一个新人的成长，无畏地迎向死亡。小说结局是开放的，老师和学生的对立统一关系表达了黑塞的一种对立面互相依赖的思想。

黑塞式的"双极性"观点是《玻璃球游戏》的重要基本要素，贯穿于主人公的一生。我们中国人一眼便看出黑塞的观点："一个正确的、真正的真理必然容许被颠倒。凡是真实的事物，其反面也必然是真实的。因为每一条真理都是站在某一特定极点上对世界所作的短暂观察，而凡是极点无不存在相对极"，源自中国道家自然哲学和《易经》太极图像。事实也并不尽然，一位前苏联学者卡拉勒斯维里就认为："由对立面的相互转化所组成的生活发展链条，是永无尽头的，这就是黑塞的信条，它反映了黑格尔的一个基本观念，"而黑格尔也是小说主人公景仰的先驱者之一。倘若说，十九世纪黑格尔的辩证哲学也许多少得益于他所读过的中国古代思想著作，那么主人公从青年时代就非常崇敬的另一位德国古人，基督教早期僧侣约翰·阿尔布莱希特·本格尔（1687—1752）则肯定没有读过任何中国书籍，然而他提出的综合不同思想使之相辅相成的见解，与中国传统文化的和合之道，似乎也有异曲同工之处。黑塞借主人公之口说："本格尔所力图达到的并不仅仅是各种学科和领域的并列研究，而是寻求一种有机的相互关系，他已启程探找一种共同的公分母。而这正是玻璃球游戏最基本的观点之一。"写到这里，不禁想起歌德的一句名言："凡是值得思考的事情，没有不是被人思考过的；我们必须做的只是试图重新加以思考而已。"

《玻璃球游戏》是黑塞对西方、东方古人的梦作过再思考后的产物，他把各种貌似对立的文化打成一片，混成一团，创造出现代人的梦，赋予旧事物以新生命，让世界上形形色色的思想，尤其是古老的中国思想在当代西方文化里得到延续和新生，好似架起了一座沟通东西方的魔术桥梁。《玻璃球游戏》无疑是黑塞对德国文学，乃至世界文学作出的特殊贡献。

译　者

# 目　录

## 游戏大师约瑟夫·克乃西特生平传略

约瑟夫·克乃西特的遗稿

献给东方旅行者

# 引言
## ——试释玻璃球游戏及其历史

... non entia enim licet quodammodo levibusque hominibus facilius atque incuriosius verbis reddere quam entia, verumtamen pio diligentique rerum scriptori plane aliter res se habet: nihil tantum repugnat ne verbis illustretur, at nihil adeo necesse est ante hominum oculos proponere ut certas quasdam res, quas esse neque demonstrari neque probari potest, quae contra eo ipso, quod pii diligentesque viri illas quasi ut entia tractant, enti nascendique facultati paululum appropinquant.

ALBERTUS SECUNDUS

tract. de cristall. spirit.

ed. Clangor et Collof. lib. I. cap. 28

约瑟夫·克乃西特亲笔写下的译文：

……一般而言，对于浅薄者来说，对不存在的事物也许较之于具体事物容易叙述，因为他可以不负责任地付诸语言，然而，对于虔诚而严谨的历史学家来说，情况恰恰相反。但是，向人们叙述某些既无法证实其存在，又无法推测其未来的事物，尽管难如登天，但却更为必要。虔诚而严谨的人们在一定程度上把它们作为业已存在的事物予以探讨，这恰恰使他们向着存在的和有可能新诞生的事物走近了一步。

阿尔贝托斯·塞孔多斯①

我们的愿望是把我们能够收集得到的些微资料，也即关于约瑟夫·克乃西特②，或者如玻璃球游戏档案中所称的游戏大师约瑟夫三世的生平材料，写入本书之中。我们当然清楚，这种尝试多少违背了玻璃球游戏团体的治理原则与习惯，甚至是背道而驰。因为尽量消灭个人主义，尽可能将个体纳入专家学者所组成的团体之中，正是我们最重要的指导原则之一。由于这一原则在悠长的历史岁月里始终受到极彻底的遵守，以致今天想要寻找到曾在这一团体中起卓越领导作用的若干人物的生平以及其精神思想资料，简直是难于登天，几乎是完全不可能的；甚至往往无法判明这些人物的本姓原名。隐姓埋名乃是这一团体遵奉的精神标志之一，并且几近百分之百地实现了自己的理想。

我们如此固执地试图确证游戏大师约瑟夫三世的若干事迹，并至少粗浅地勾画出他个人的整体轮廓，实非出于任何类型的个人崇拜或者存心反抗习俗；我们深信，我们完全是为了服务于真理与科学。古人说：人们越是深入而彻底地去探讨一个命题，结果却越是不可抗拒地陷于反命题的误区之中。我们不仅赞同而且尊重隐匿个人姓名的想法，这是我们这个团体以及我们精神生活赖以存在的基础。但是，我们略略浏览一下这个精神团体的早期历史，也即玻璃球游戏的发展过程，事实却无可辩驳地向我们表明，在发展的每一阶段里，每一次扩建中，每一种变化内，每一项进步抑或保守的重要环节上，莫不切切实实地留下了每届主持者的个人痕迹，尽管这件事并非他个人独创，但他无疑引导了这种变化，并起着促使其臻于完善的作用。

毫无疑问，我们今天对个人作用的认识与以往年代传记作家和历史学家的认识已大不相同。以往年代的作者们，尤其是偏爱写个人生平的

①塞孔多斯纯系杜撰人物。这段格言自是黑塞自己的创作，由他的两位朋友译成拉丁文。《玻璃球游戏》第一次出版时，黑塞曾就此事向两位译者表示谢意。

②约瑟夫·克乃西特是小说主人公的名字。据德国黑塞研究学者分析，名约瑟夫当取自《圣经》中约瑟夫故事，姓克乃西特则受歌德《维廉·麦斯特》启发，却反其意而用之。麦斯特意为"名师能手"，克乃西特则是"奴仆下人"。

作家，我们不得不说他们总只看见个人的特性并把这种特性视为其本质，如：他的固执，他反常的举止以及他独特的个性，是的，还常常干脆涉及他的病理问题。我们现代人则与此相反，甚至不写这些人的独特的个性，除非我们遇见了特殊人物，他们已抵达超越一切正常性与独特性的彼岸，他们竭力使完美的个性淡化，竭力完成自己超越个人的无瑕使命。我们只要认真观察，就会发现早在远古时代就已存在的这类理想，例如，古代中国人中的"圣贤"或者"智者"的形象；又如，苏格拉底伦理学说中的理想，就同我们今天的理想几乎没有差别，而许多巨大的精神组织，如罗马天主教会，在其鼎盛时期也曾具有类似基本原则，事实上，许多出自该教派的伟大人物，如圣洁的托马斯·阿奎那①，在我们眼中也就像古代的希腊雕塑一样，更多的是典型代表性，而不是个人角色。

尽管如此，早在二十世纪开始的精神生活改革——我们全是它的继承者——之前，这类真正的古老理想显然已消失殆尽了。当我们翻阅以往年代的传记著作时，我们是何等惊讶，不过我们可以看到，作者详尽繁琐地叙述了主人公有多少兄弟姐妹，或者在其童年与青春期期间，在争取爱情与地位的奋斗中，留下了什么样的心理创伤和瘢痕。我们现代人并无兴趣探究一位古代人物的病理现象以及他的家庭历史，也无意了解他的本能冲动、消化与睡眠情况。即便是他的文化背景，曾对他一生起影响的教育学科，他心爱的书籍以及其他情况等，我们都不觉得特别重要。我们只尊重这样一种英雄人物，并对他产生特殊兴趣，这个人的天性与他后来所受的教育让他几乎完全溶于自己的团体职能之中，同时却也没有让自己丧失纯属个人的清新活泼的强大冲力，它使每一个个人散发香气并具有价值。因而每逢个人与团体发生矛盾，我们便正好可以将此作为考察其个性是否杰出的试金石。我们毫不赞同那类受欲望和贪心驱使而破坏秩序的叛徒，我们只怀念那些献身者，他们才

---

① 阿奎那(1225—1274)，多米尼加经院哲学家，其学说试图融合亚里士多德学说和基督教教义。

是真正悲剧性的人物。

我们发现了英雄，发现了真正堪称人类楷模的人物，并对他的姓名、为人、容貌以及举止体态产生了兴趣，这是自然而然的事。因为我们也由此认识到这个毫无冲突的完善团体并非一架用许多一文不值的无生命力的零件拼凑成的机器，而是一个活生生的血肉之躯，虽然由各部分组装而成，却各有特性和行动自由，各自参与了生命的奇迹。基于上述认识，我们着手收集玻璃球游戏大师约瑟夫·克乃西特的生平材料，尤其是他自己撰写的东西，我们也确实找到了一些值得阅读的手稿。

我们对克乃西特生平与为人所作的报道，肯定是这个团体的成员，尤其是玻璃球游戏的选手们早已熟知或大致清楚的事情，出于这一原因，本书对象不局限于团体范围，我们希望能够扩展到具有共鸣感的读者。

对于为数甚少的内部人士而言，既不需要引言，也不需要注释。但是为了让团体之外的读者也能了解本书主人公生平业绩，我们不得不承担起这项多少有点艰难的工作，在本书前面添写一篇简短易懂的序言，让那些不知就里的读者得以略知玻璃球游戏的历史及其意义。我们必须强调指出，这篇序言的对象是一般读者，因而既无意也无必要对团体内部涉及游戏历史与意义的诸种问题的争论进行任何澄清。若想就此课题作一客观报道，为时尚嫌太早。

大家不应当期望从我们这里读到有关玻璃球游戏的完整历史和理论，即便是才能与地位均高于我们的作家们，今天也办不到。这项任务只能留待下世纪的后人来解决，倘若一切原始资料以及精神思想方面的前提到时尚未湮没消失的话。大家更不应当把我们这本书视作一本玻璃球游戏教科书，绝对不会有人撰写这种书籍的。人们想要学会这一游戏的游戏规则并无捷径，只能够走通常的学习道路，总得持续几个年头，大概不会有任何行家里手能够把游戏规则简化到通俗程度。

游戏的规则（游戏的符号语言和文法）是一种高度发展的秘密语言，由许多种科学和艺术——尤其是数学和音乐（确切地说是音乐科学)——综合而成，因而不仅能够表达一切，还能够在近乎所有学科之间建立起从内容到结果互相联系的关系。总之，玻璃球游戏是一种以我们全部文化的内容与价值为对象的游戏，情况就像一位处于艺术鼎盛时期的画家在他的调色板上摆弄色彩一样。凡是人类在其创造性时期所生产的一切知识、高贵思想与艺术作品，直至继而产生的学术研究以及它们转化成的精神财富，都是游戏的内容，玻璃球游戏者以这种汇集了一切精神价值的巨大物质作游戏，好似一个风琴手演奏管风琴，而这是一架完美到了难以想象程度的管风琴，它的键盘和踏板探索着整个精神宇宙，它的音栓之多已无法计算，从理论上来分析，这架乐器在其演奏过程中可以再现整个宇宙的精神内涵。如今，它的键盘、踏板和音栓均已固定下来，再要改变它的数字与程序，或试图使其臻于绝对完善，恐怕唯有理论上才有可能了。因为玻璃球游戏的最高行政当局极其严格地管制着一切想要更新内容以丰富游戏语言的设想。另一方面，这个固定不变的结构内部，或者用我们容易想象的画面来解说，在这架巨大管风琴的复杂机械内部，给每一个游戏者都赋予了组合运用整个宇宙的可能性，于是要在一千次严格完成的游戏中找出哪怕仅仅两次不止表面类似的游戏，也几乎是完全不可能的。即便发生下列情况：两位游戏者凑巧选中同一狭小的主题作为自己游戏的内容，结果也仍然因两人的思想方法、个性、心情以及演奏技艺的区别而使两场游戏呈现截然不同的面貌与发展历程。

历史学家想要把玻璃球游戏的起源及其由来追溯到哪个历史时期，纯属他个人的取舍问题。正如任何伟大的思想并无开端可言一样，因为凡是思想均为永恒存在。我们发现，早在若干古老的世纪以前，思想便以期望与预感的形态出现了，例如，在毕达哥拉斯的著作里，稍后，到了古希腊罗马文明的后期，又可在希腊的诺斯提派①圈子里发现它的踪

---

① 诺斯提派，希腊语，一种宗教学派，创立于基督教建立之初期。这个教派企图将基督教教义与希腊哲学（毕达哥拉斯、柏拉图的思想）、东方哲学结合起来。

迹，同样在古代中国文化中也不少见，接着又在阿拉伯摩尔文化①的几个高峰里看见了它的痕迹。它的足迹从史前时期不断往前延伸，走过了经院哲学与人文主义，来到了十七、十八世纪的数学家学会，直至浪漫主义哲学和诺瓦利斯的梦幻文字。每一项促使心灵趋向宇宙整体目标的运动，每一种柏拉图主义学会，每一个知识精英集会，每一次试图让实用与理想科学互相结合的活动，每一种调和科学与艺术或者宗教与科学的尝试，无不建立于这一永恒的思想基础之上，而我们看到的玻璃球游戏便是上述一切的具体体现。毫无疑问，大家都知道，像阿贝拉德②、莱布尼兹和黑格尔等哲学家都曾梦想把精神宇宙集中归纳为思想体系，把文化艺术的生动美丽与严谨精确科学的魔术般力量结合起来。而那个音乐和数学几乎同时达到了古典主义高峰的时代让我们体会到，在两种原则之间经常存在着相互交流和互相补充。我们还可以在两个世纪以前的那位尼古拉斯·冯·寇斯③的著作中读到同样的气氛，例如他说："心灵乃由潜在的可能性汇聚而成，以便凭借潜在性衡量一切事物，它并且是一种绝对的必然性，借以在统一和谐与单纯的状态中衡量一切事物，就像是上帝所作的一般，它还是联结的必然性，借以在有关事物的独特个性中衡量一切事物，最后，它还可以限制这种潜在可能性，借以在生存中衡量一切有关事物。更有甚者，心灵还可凭借比较形式进行象征性的衡量，就像可以通过数字和几何图形使它们与其他事物相等一样。"此外，似乎并非只有这番想法几近暗示我们的玻璃球游戏，或者符合这一思想游戏，或者发源于类似的幻想。我们可以在他的著作里找到不少，甚至可说是很多这类相似之处。就连他的爱好数学，他喜欢并擅长将欧几里得几何学的图形和原理以比喻方法应用于神学—哲学概念，也似乎与进行玻璃球游戏的心理状态十分接近。有时候他那种独特的拉丁文（他别出心裁地创造了许多新词汇，却不会有任

---

① 指十一、十二世纪时多次出现在阿拉伯文化中的介绍与融合亚里士多德思想的高潮。
② 阿贝拉德(1072—1142)，法国思想家，僧侣，经院哲学创始人。
③ 寇斯(1401—1464)，德国思想家，曾任主教。

何拉丁语学者误解它们的含义），也使我们联想到玻璃球游戏语言的任意可塑性。

阿尔贝托斯·塞孔多斯无疑属于玻璃球游戏有影响的始祖之一，这从本文前面的题词便已显示。而且我们揣测，虽然的确无法证实，玻璃球游戏的这种游戏思想也曾控制了十六、十七、十八世纪那些博学音乐家的心灵，因为他们的音乐创作便建立于数学玄思之上。我们从这儿或那里的古代书籍中不时读到种种传闻轶事，叙述富于魔力的智慧游戏，一些学者、僧侣或者爱好思想的王公贵族发明了它们，并试着玩过，其中有的采取下棋形式，但是棋子和棋盘除了一般功用外，还包含秘密的意义。我们人人都熟知人类各种文明起源时期的许多传说、神话和寓言，那时音乐的力量远远超出其他一切艺术技巧，成为统辖灵魂和国家的力量，音乐是一个秘密的摄政王或者是人们及其国家都必须遵守的法典。从中国最远古的时代直至希腊神话时期，一种让音乐支配人们过幸福天堂生活的观念始终占有重要地位。玻璃球游戏也与这一音乐崇拜（歌声的神秘力量在永恒的变化中向尘世的我们召唤——诺瓦利斯）具有最内在的联系。

尽管我们也辨认出玻璃球游戏的思想是永恒的，认为它早在实现之前便已存在，然而它发展到我们现今熟知的形式，显然有着它明确的历史轨迹，这里试将其最主要的历史阶段简述如下：

这场以建立游戏团体和发明玻璃球游戏为主要成果的思想运动，开始于文学史家普里尼乌斯·切根豪斯[①]所研究并定名的"副刊文字时代"这一历史时期。这一称谓固然美妙，却有危险性，常常很容易诱导人们对那个过去年代生活状况的观察发生偏差，事实上被形容为"副刊文字"的时代并非毫无思想的时代，甚至从来不曾缺乏思想。然而，在切根豪斯看来，那个时代对精神思想考虑甚少，或者毋宁说它还不懂得

---

[①] 切根豪斯是黑塞虚构的人物，据德国研究黑塞的学者推断，当隐喻罗马作家加乌斯·普里尼乌斯·西孔多斯及其批评罗马文化的思想。

如何恰当地在生活与国家结构之间安排精神思想的地位，并使其发挥作用。坦白地说，我们对那个时代所知甚少，尽管它几乎是孕育了以后一切文化的土壤，凡是今天的精神生活无不烙刻着它的标记。

切根豪斯认为，这是一个极其"市民气"的社会，是一个广泛屈服于个人主义的时代，当我们按照切根豪斯所描绘的若干特征去了解其气氛时，那么我们至少会确信，他笔下的诸多特征不是杜撰，也不是夸张或者歪曲的，因为它们是一位伟大学者研究了大量史料后的结论。我们找上他，因为他是迄至今日唯一认真研究了这种"副刊文字"社会的历史学家。与此同时，我们还得提醒大家切记，不要对已经远去的时代的错误和野蛮嗤之以鼻，那是十分轻率和极其愚蠢的。

中世纪以后，欧洲的精神生活似乎是走着两种不同发展倾向的道路。一条是思想和信仰的自由，挣脱一切权威的羁束，也就是从自感成熟的理性主义立场反抗罗马教会统治的斗争。另一种倾向则是秘密而热烈地搜寻着如何正当合法地获得这种自由，如何建立一个崭新而又与理性相适应的权威。一般来说，我们可以断言，总是精神思想赢得了这场常常因目标不同而互相矛盾的斗争。

用无数牺牲去换取这种胜利是否值得？我们今日精神生活情况是否完善，还能够进一步发展么？过去的一切痛苦、痉挛和变态，从审判异教徒到实施火刑，迫使许多"天才"成为无谓的牺牲品，或发疯或自杀，难道不是毋庸置疑的问题？历史就是历史，不论它是否正确，不论它也许不应当发生，也不论我们愿否承认它的"意义"，一切全都无可更改。不管怎样，人类为精神"自由"而进行的斗争终于发生了。一直发展到后来被称为"副刊文字"的年代，人们固然得到了前所未有的自由，却觉得难以忍受。因为每个人虽然完全摆脱了教会的监督，也部分摆脱了国家的管束，但是还始终未能建立起自己乐意遵守的真正准则——一种真正崭新的权威和合法性。切根豪斯向我们叙述了那个时代里无数精神堕落、腐败与自我侮辱的实例，其中若干例子着实令人咋舌。

我们必须承认，对于那个所谓"副刊文字"时代的精神产品，我们不能作出明确的解释。它们显然是每日报纸版面上最受欢迎的部分，拥有上百万读者，是那些受教育较少读者的主要精神食粮来源。它们所描述的或者毋宁说是"漫谈"的知识项目超过了千种。这类副刊文字作者中较聪明者常常嘲弄自己的作品，切根豪斯在接触了许多这类著作后至少承认，尽管它们确乎难以理解，却显示出作家们的自我揶揄倾向。很可能在这些粗制滥造的产品里确实包含有一定程度的讽刺和自我揶揄的内容，因而首先得找到理解它们的钥匙。这些琐碎文字的著作者一部分来自编辑部，一部分是"自由"作家，甚至常常被人称为"诗人"，其中也不乏学者，甚至是著名的大学教授。

这类文章最热衷写的题材是：关于著名男人和女人的奇闻逸事或者他们书信所反映的私生活，文章的题目五花八门，如：《尼采和1870年的妇女时尚》，《作曲家罗西尼①最爱吃的菜肴》，《小狗在红妓女生活中扮演的角色》等。人们爱写的另一类内容侧重于历史，也正是当今富人们聊天时经常涉及的话题，譬如：《几世纪以来的人造黄金梦》或者《论化学—物理试验对气候的影响》等诸如此类的问题，数量超过了百位数。倘若我们读过切根豪斯所开列的这类无聊文章的目录，会对人们竟以它们作为每日精神食粮而惊讶万分，更有甚者，居然有许多颇有声望的作者，也曾为这种无多大价值的庞大消费出力"服务"，说来奇怪，当年这同一名词还常被用于形容人类同机器之间的关系。

某些时期里特别流行访问名人谈论热门话题，切根豪斯还为此辟了一个专栏，记载了诸如此类的访问记，例如请化学家或钢琴家谈政治，请走红演员、舞蹈家、体操明星、飞行员，甚至诗人议论独身主义的利弊、经济危机的可能成因以及其他日常问题。所有文章的共同特点是：把一个热门话题与一个名人扯在一起，切根豪斯举了上百个例子，其中部分文章读后令人瞠目结舌。如前所述，很可能这些匆忙赶写出来的文章里也存在着讽刺性内容，也许甚至是一种恶魔般的、垂死挣扎似的讽刺，我们唯有在设身处地地着想之后才可能稍有体会。而当年大多数似

---

① 罗西尼(1792—1868)，意大利作曲家。

乎颇爱读报的读者，却显然老老实实囫囵吞枣地全盘吞下了一切荒谬的东西。譬如一幅名画换了主人，一份宝贵的手稿被拍卖，一座古城堡惨遭回禄之灾，或者一位古老贵族家庭的成员卷进了一场丑闻等事件，读者们不仅在数以万计的报道里读到了具体事实，而且还会在这一天或者下一天出版的其他文字材料里读到了一大堆从传奇、历史、心理和性欲等角度撰写的时髦东西，任何细枝末节都不会被这股洪水般汹涌而来的急流所遗漏，而所有匆匆忙忙问世的急就章，不论在遣词造句上，还是在分类构思上全都烙刻着不负责任地大批量生产的印记。

此外，还有一种游戏也可算是与"副刊文字"同类的文化活动。在这类游戏中，读者成为发起人，充分运用每个人的知识材料，切根豪斯曾针对这一奇异现象写了一篇题为《纵横字谜游戏》的长文，报道十分详尽。当年有成千上万的人——大都是工作劳累而且生活艰辛的人，在工余空闲时俯身于这些字母拼成的条条块块上，按照既定的游戏规则填充着其中的缝隙。我们必须小心谨慎，不可只见其悖理或者古怪的方面，更不得持讥讽态度。因为每个人玩这类孩子气的猜谜和填字游戏既非出自天真稚气，更非由于游手好闲，而是因为他们处身在政治、经济和道德的震荡和混乱中感到恐惧，还因为他们参与了很多次可怕的世界大战与民族战争。他们玩耍这类小小的文字游戏自然不只是无意识的玩耍，而完全符合一种深藏的内心需要，闭上眼睛不去正视那些难解的疑问和骇人的没落景象，以便尽力逃入一个清白无辜的假象世界。他们坚毅地学习驾驶汽车，玩耍最难的纸牌游戏以及沉湎于纵横字谜之中，因为他们面对着死亡、恐怖、痛苦、饥饿，几乎是毫无保护的，他们已不再能够从宗教获得慰藉，从理智求取忠告。他们已读过太多的文章和听过太多的报告，他们没有把时间和精力花费在自我强大上，以致无力对抗外界的恐怖和畏死心理，他们只能够胆战心惊地挨日子，不相信有任何明天存在。

另外还有许多演说辞也是这种副刊文字的较为重要的变体，我们也必得在此略加叙述。那时，不论是专家学者还是从事文化行当的各式人等，都曾向依然强烈留恋业已丧失意义的往昔文化观念的中产阶级市民发表过大量演说辞，不仅有节庆祝贺意义的特殊场合上的讲话，而且还有相互间的热烈交往的讲话，演说数量之多几乎令人难以理解。当年一个中等城市的市民或者他的妻子每周至少可参加一场报告会，而在大城市里则几乎天天晚上都可聆听到形形色色主题的演讲，对艺术作品，对诗人、学者、研究人员，对环球旅行等发表种种理论见解，而听众大都持纯粹被动态度，尽管演讲的内容与听众间总存在着这样那样的关联，却因他们缺乏一定程度的相关知识、心理准备和感受能力而不得不缄默无语。当然也有轻松有趣或者机智诙谐的演说，譬如讲述歌德如何身穿青色燕尾服走下驿站马车，如何勾引斯特拉斯堡或者魏茨拉尔的美貌少女，又或者大谈特谈阿拉伯文化，演说中不断冒出一串串聪明的时髦话，好似往骰子盘里一把把掷骰子，引得一个个听众兴高采烈，每当这个听众大致领会了某句俏皮话的时候。人们还聆听了许多介绍作家的报告，其实他们并未读过或者准备阅读这位作家的作品，他们只是听着，还看着银幕上放映的作家相片，就像他们阅读报刊上难读的副刊文字一样，吃力地穿越着由一个个他们全不理解其意义的互不相关的知识断片所组成的汪洋大海。总之，人们已面临怀疑文字的这一可怕的阶段，一种崇尚苦行主义的反运动开始酝酿成熟，最初还很秘密，只在极小的圈子里活动，很快就日益强大而公开活动了，并且成为一种培育新人和人类尊严的运动。

那时的精神生活其实在许多方面都是生气勃勃和庄严崇高的，至于同时存在的诸多不稳定与虚假现象，我们现代人将其解释为一种恐惧感的症状，因为人们在一个似乎很成功、很繁荣的时代将要结束的时候，忽然发现自己正面临绝望境地：物质极度匮乏，政治和军事危机四伏，日甚一日增长的自我怀疑，怀疑人的力量与尊严，是的，甚至怀疑自己的存在。然而，与那个时代表示衰亡的迹象并存的还有许多高水平的精神成就，其中令我们深深感谢的遗产便是音乐科学的诞生。

但是，人们虽然能够轻松容易地把以往任何历史片断纳入世界历史，编得又巧妙又动人，但要让他们安排自己在当代现实中的地位则几乎是不可能的，因而当年恰恰就在知识分子中间——目睹精神文化需求和成就迅速下降到了极其微弱的水平——产生了可怕的怀疑与绝望感。也即是他们刚刚发现（自从尼采哲学诞生以来就无处不在的发现），我们文化的青春期和创造性年华业已过去，迟暮已经来临。猛然间，人人都意识到了这点，许多人便以直率的观点分析了那个时代为何出现如此大量令人惊恐的征象：冷漠的机械主义生活，严重的道德堕落，国际间的缺乏互相信赖，艺术的虚假不真诚。情况就像那篇惊人的中国童话里所描写的，"下沉的音乐"已经奏过，好似一架管风琴的隆隆低音振荡回响了几十年后终于逐渐停息，然而它早已进入过学校、报刊和各类研究所散发出腐败气息，早已袭击过许多大体上还算严肃的艺术家和批评家，令他们忧郁或者疯狂，它在一切艺术领域泛滥成灾。对付这个业已入侵而且无法加以驱逐的敌人有种种不同的办法。有些人采取默认其存在并且恬静地忍受这个残酷的事实，这恐怕是最正确的态度。有些人试图否认其存在，却在这些文学理论家提供其文化衰落论点时显示出站不住脚的弱点。此外，凡是反对上述文学理论家观点的人，都会在广大市民中产生影响和获得响应，因为对广大市民而言，把他们昨天还牢固拥有并引以为豪的文化，说成是已经死去的东西，把他们曾如此珍惜的知识和艺术，说成是全然不真实和虚假的东西，那就像突然发生了通货膨胀和爆发了威胁其财产的暴力革命一样，简直太狂妄太难以容忍了。

另一种对付这种巨大的衰亡气氛的方法是玩世不恭的讥讽态度。他们以跳舞解愁，声称为未来担忧是老朽们的蠢事。他们撰写音调铿锵的副刊文章，谈论迫在眉睫的艺术末日、科学末日、语言末日。他们在自己用报刊建立起来的副刊文字世界里，怀着某种类似自杀的狂热谈论人类精神的彻底堕落，观念的完全破产，并且摆出玩世不恭或者冷漠的姿态，似乎不仅是艺术、文化、道德以及诚实正直等，就连整个欧洲乃至"全世界"都已趋于衰亡。因而，凡是健康的人们便多少染上了忧郁症，而原本有病的人则更恶化为悲观主义重症。想要推倒过时老朽，想要凭借政治和战争改建世界及其道德，唯有文化本身先具有真正自我审视能力和纳入新的宇宙次序的能力才行。

这一文化在数十年过渡时期间其实并未处于休眠状态，而恰恰在衰落过程中，在貌似被艺术家、学者和专栏作家带头抛弃的境况下，它却达到了具有敏锐警觉和自我批判能力的阶段，这纯属少数个别人的良知所起的作用。早在副刊文字的繁荣时期便普遍存在着决心继续忠于良知的个人与小团体，并且竭尽全力为未来而拯救优秀的传统、秩序、方法以及智慧的核心内容。当年的发展情况如何，根据我们今天的认识，从人们为防御颓势而作的自我批判、反省和自觉斗争的过程来看，大致可分成两大组。学者们的文化良知在音乐史的研究和教学工作中获得了庇护，因为这一学科当时正处在高峰，即使在副刊文字世界的中心也组成了两个后来非常著名的神学院，以栽培人才的方法细致认真而著称。好似上苍也非常乐意对这一小群勇敢者的奋斗施加恩泽一般，在那无比忧郁时期里竟然出现了一个幸运奇迹，虽然事出偶然，但确实具有神谕效果：巴赫的十一份手稿从他儿子弗利德曼的产业里又再度被人发现了。

为抵御蜕化而斗争的第二部分力量是东方旅行者的联盟，盟员们重视灵魂教育远过于知识教育，他们培植东方式的虔诚和敬畏心理——我们目前的精神教育形式和玻璃球游戏方法，尤其是静观冥想方法全都得自东方。东方旅游者们的另一份贡献便是运用新观点审视我们文化的性质及其延续的可能性，他们不完全运用学者们惯用的科学分析法，而是通过古老的东方密法，也就是让他们的本能与遥远的时代及其文化神秘地联结在一起。例如他们中间有些音乐家和歌手被称为能以纯粹古法表演几世纪以前乐曲的高手，并说他们可以精确地演奏和歌唱一首1600年或者1650年的乐曲，似乎他们全然不知道后来不断添加的种种时髦音乐、改良变化和后辈大师们的精湛技艺。这在那样的时代——人们一味追求能够控制一切音乐演奏的动力学和比较级，一味探究指挥的"构思"和指挥方法而几乎完全忘却了音乐本身——确实是惊人之举。当东方旅行者联盟的一个交响乐团首次公开演出了享德尔诞生之前时期的一组舞曲时，他们以完全另一种时代与世界的单纯朴实精神不加任何增强或减弱的技艺进行演奏，据后来的报道说，一部分观众觉得难以理解，而另一部分观众却听懂了并且认为自己好像有生以来第一次欣赏音乐。东方旅行者联盟的某位成员还在位于勃兰姆加登和莫尔比奥①之间的联盟会议大厅里制造了一架巴赫式的管风琴，管风琴制作得十分完美，简直就像巴赫亲手所制，倘若他当年有机会有材料去做的话。这位管风琴制作者遵守当时流行的联盟原则隐藏了自己的真名实姓，而采用了十八世纪一位先辈的名字：西勃曼②。

我们的话题已逐渐接近了现代文化概念诞生的源头。这些文化概念中最重要之一就是新出现的学科：音乐史和音乐美学，然后就是突飞猛进的数学，东方旅行者们的智慧又替它们增添了若干光彩，而同音乐的新构思与新阐释之诞生密切相关的是人们对业已老化的文化所持的勇敢态度——既开明又屈从。种种具体事实无需在此多说，因为大家都已十分熟知。人们对文化的这种新态度，可以说是在文化发展历程中调整了从属关系，所产生的最重大后果便是大家逐渐放弃创造艺术著作，精神工作者们逐渐逃离熙熙攘攘的尘世。最后，重要的情况便是玻璃球游戏的兴起与繁荣。

早在1900年初，副刊文字还处在顶峰时期，音乐科学之日臻深化对玻璃球游戏的开创无疑具有巨大影响。我们作为音乐科学的继承人，相信自己对以往伟大创造性世纪的音乐，尤其是十七和十八世纪的音乐，不仅知道得较多，而且从某种意义上来说，认识得也较深。当然，我们作为后来人与古典音乐的关系完全不同于创造性时代的人。我们对常常令灵魂忧郁的真正古典音乐所怀有的敬意，与我们对当时那些自然纯朴音乐演奏的喜爱欣赏是完全不同的两码事。我们常常在羡慕欣赏之际，却忘却了其诞生的处境和命运之艰辛。几乎整个二十世纪都把哲学或者文学视作从中世纪迄今伟大文化纪元留存下来的不朽成就。然而，我们看到，后来的几代人让数学与音乐取代了它们的位置。自从

---

① 均为瑞士地名，是黑塞另一部作品《东方之旅》中东方旅行者们举行过重大活动的地点。
② 西勃曼（1683—1753），德国管风琴制作家。

我们（大体而言）放弃与后来几代人进行创造性竞争以来，自从我们不再崇拜音乐创作中那种占统治地位的和谐与纯粹的动力学感觉以来——那却是从贝多芬以及浪漫主义初期开始便支配音乐创作整整两个世纪之久的狂热崇拜，我们相信——当然只是按照我们缺乏创造性、却值得尊敬的方法，我们这才清清楚楚地看到自己所继承的那个文化的大致面貌。如今我们已不再有以往那些时代的旺盛的创造欲望。十五、十六世纪的音乐风格竟能毫无变化地长久保持至今，简直让我们难以置信，为什么那时候创作的大量音乐作品里几乎没有丝毫卑劣气息呢，为什么十八世纪开始蜕化变质，冒出那么多五花八门的风格、时髦的和流派的，尽管大都昙花一现，却充满了自信。但是我们深信，我们已领悟了今天称为古典音乐的秘密，了解了那几代人的精神、道德和虔诚，并且把这一切都视为自己的典范。譬如我们今天对十八世纪的神学和教会文化，或者对启蒙时代的哲学，都已很少关注，甚至全不重视，但是我们在巴赫创作的合唱曲、基督受难曲和前奏曲里却感受到了基督教文化令人精神升华的力量。

此外，我们的文化对音乐的态度还有一个古老而值得崇敬的范例，这也是玻璃球游戏为之表示高度尊重的范例。在充满传奇色彩的列国并存时期的中国，音乐在全国上下起着一种具有支配力量的作用。人们甚至认为，音乐的兴衰直接关系到文化、道德，乃至国家的状况。音乐大师们被赋予了严格卫护"传统音调"之纯洁性的重任。音乐的衰落便成为一个朝代和一个国家灭亡的确凿象征。作家们写下了许多可怕的故事，描述种种逆天行事的靡靡之音，例如被称为"亡国之音"的"清商"和"清角"①，在皇宫里一旦奏响这类亵渎神圣的音调，顿时天昏地暗，城坍墙倒，王朝与国家也随即消亡。古人们讲了很多很多，我们这里只从吕不韦的《吕氏春秋》里论述音乐的章节中摘引数段：

---

① 作者在这里用了两个汉语拼音词组，未写出处，据德国学者分析，当出自《东周列国志》的第六十八回。

音乐之所由来远矣，生于度量，本于太一。太一生两仪，两仪出阴阳。

天下太平，万物安宁，皆化其上，乐乃可成。成乐有具，必节嗜欲。嗜欲不辟，乐乃可务。务乐有术，必由平出。平出于公，公出于道。故唯得道之人，斯可与音乐。

凡乐，天地之和、阴阳之调也。

沉沦之国，颓废之人，亦不可无乐，但其乐不欢。是以，乐愈杂，则民愈衰，国愈危，君愈消沉。职是之故，音乐亡矣！

凡古之圣王，所贵乐者，为其乐也。夏桀殷纣，作为侈乐，以钜为美，以众为观，俶诡殊瑰，耳所未尝闻，目所未尝见：务以相过，不用度量。

楚之衰也，作为巫音，侈则侈矣，自有道者观之，则失乐之情。失乐之情，其乐不乐。乐不乐者，其民必怨，其生必伤。此生乎不知乐之情而以侈为务故也。

故治世之音安以乐，其政平也。乱世之音怨以怒，其政乖也。亡国之音悲以哀，其政险也。

这位中国人说的这些话相当清楚地说明了一切音乐的起源及其几乎已被世人遗忘的真正意义。在史前时代，音乐与舞蹈以及其他任何艺术活动一样均属于巫术的一部分，是施展巫术时的合法手段之一。事实证明这个手段百试百验：它开始于节奏（拍手，踏脚，击木，最原始的击鼓艺术），使许多人互相"合调"，让他们的呼吸、心跳和情绪在同一节律中互相融和，激起人们内心永恒的神力，刺激他们去跳舞、竞赛、打仗或者去从事宗教活动。而音乐保持这种原始的、纯粹的本质特性——魔术特性，其历史较之任何其他艺术品种更为悠久，人们只消略略回溯一下无数历史学家和诗人关于音乐的论述便可了然，从古希腊人到歌德无不如此。实际上，音乐在行军和舞蹈中也从未丧失其重要作用。——但是我们还是言归正传吧！

我们现在对玻璃球游戏的起始作一扼要介绍。游戏似乎是同时兴起于德国和英国，最初是一种技巧练习，是这两个国家里的一小部分音乐家和音乐理论家在探讨新乐理的研究班上从事的练习。人们如果将游戏的这种最初状态与后来的发展，直至今天的情形相比较的话，那情况就同人们拿一份 1500 年以前的乐谱及其原始音符来同今天的相比较一样，看上去十分相似，那时人们甚至还不懂得如何写下乐谱小节线。与十八世纪的总谱相比较也一样，更不用说与十九世纪的乐谱相比较了，由于过分复杂的标志节奏、速度、分句等缩写符号，常常让这种十九世纪乐谱的印刷成为艰难的技术问题。

游戏最初仅仅是音乐教授与学生们用以训练记忆和逻辑推理的一种诙谐有趣的方法，而且如以上所述，早在这里的科隆音乐学院"发明"这一游戏之前，在英国和在德国都已有人玩过，其名称正好是后来若干代人所用的称呼，尽管多年以来游戏内容已完全不同。

玻璃球游戏的发明者当为卡尔夫城的巴斯梯·皮洛特①，一位脾气有点古怪，却聪明练达颇有人缘的音乐理论家，他用玻璃球替代了字母、数字、音符或者其他图解符号。此外，这位皮洛特还是《对位法的兴衰史》一书的作者，他发现科隆音乐学院的学生们在研讨班上把一种精致游戏玩得非常熟练。他们互相呼应做戏，先由一人高声以他们专业学科的缩写语汇喊出某部古典乐曲的主题或者开头段落，另一人随即应声答复，要么是这一段落的下文，要么以悠扬顿挫的声调喊出更精彩的相对主题。这是一种训练记忆与即兴演奏技艺的练习，和过去在舒茨②、巴希贝尔③以及巴赫时代很可能一度流行过的指导学生进行对位法训练的方法极其相似，尽管那时并无任何理论公式，而只有实际训练，用扬琴、琉特、笛子或者歌声。

巴斯梯·皮洛特很可能是东方旅行者团体的成员。他擅长手工艺，曾按照古代形式亲手制作了许多钢琴和扬琴，传说他会演奏一种早自

---

① 巴斯梯·皮洛特是虚构人物。德国黑塞研究学者认为，可能隐喻巴赫(巴赫名塞巴斯梯)和黑塞家乡卡尔夫的一位工厂主亨利希·皮洛特两人。
② 舒茨(1585—1672)，德国作曲家。
③ 巴希贝尔(1653—1706)，德国作曲家，管风琴演奏家。

1800 年起久已失传的古代小提琴，那种琴有拱得高高的琴弓，还得用手调整琴弦。——皮洛特模仿球串形的儿童计数玩具制作了一只框架，绷上几十根铁丝，以便穿上形形色色大小不等、色彩不同的玻璃小球。铁丝相当于琴谱上的横线，而玻璃球则相当于音符等，这么一来，他不仅得以用玻璃球营造自己发明的音乐语言或者音乐主题，还能够随意变换，调整，发展，让它们不断迁移，不断互相对照比较。这种东西就技艺角度而言，不过是玩意儿而已，学生们却很喜爱，不仅被仿造，还成了时髦技艺，甚至传到了英国。一段时期里，这种音乐练习游戏便以如此原始而可爱的方式流传着。正如经常发生的情况那样：一种确有价值而历久不衰的活动在某次临时发生的微不足道小事中突然获得了名称。这个被学生们喜爱的游戏、这个由皮洛特创造的穿小球的铁丝架，历经沧桑之后终于有了公认的名称：玻璃球游戏。

定名后的二三十年间，玻璃球游戏在大学生中间似乎稍稍失去了宠爱，但受到了数学家们的关注。玻璃球游戏漫长的历史发展过程中始终有一个显著的特点：任何一种科学学科，凡是处于鼎盛或者复兴状况时，无不偏爱玻璃球游戏，运用它并且发展了它。数学家们使玻璃球游戏得到了一种高度应变和升华能力，使其多少达到具有自知意识与认识自我潜能的境地。与之并行发展的是当年整个文化意识的普遍历程，它不仅度过了巨大的危机，而且如普里尼乌斯·切根豪斯所述："这一晚期文化——就像古希腊罗马文化的晚期，亚历山大年代的希腊文化——以谦逊而自豪的态度接受了自己面临的命运。"

切根豪斯的话就引到这里。下面我们试着把玻璃球游戏后来的历史作一简要介绍：游戏从音乐研究转向数学研究之后，发展极其迅速（在英国和法国较之德国本土发展变化尤为迅速），已经允许运用特殊符号和略语来表现数学上的演算程序了。参加游戏的人互相推敲同一程序，互相探讨这些抽象的公式，互相向对方显示这门学科的发展轨迹及其潜能。这种数学—天文学游戏要求游戏者具有极大的观察力、悟性和集中力，早在当年，玻璃球游戏能手这一声誉对于数学家而言是十分稀罕的，因为它已成为数学能手的同义词。

　　这一游戏还几乎受到不同时期所有科学学科的欢迎和模仿，也就是说已被应用于各项专门学科，有据可查的是它们在古典语言学与逻辑学领域所起的作用。而在应用于对音乐价值的分析研究过程中，人们开始把音乐的流转过程用物理的和数学的公式加以捕捉。稍后不久，语言学开始凭借这种游戏方法去测度语言结构的形成，就如同物理学测度自然的变化程序一样。紧接着就是造型艺术的参与，而建筑学则早就在造型艺术与数学之间架起了桥梁。自此以后，人们不断发现从这条道路求得的抽象公式，通过新的关系、新的类比以及新的相通点。任何学科，凡是染上了游戏精神，无不都在自己的种种公式、缩写符号和一切组合可能性里用上了游戏语言。世界各地知识青年中的优秀分子全都喜爱这些游戏和它们的系列公式，以及种种公式间的相互对话。这一游戏并非只是练习或者休闲，它还是培养精神工作者专注于自我感觉的运动，尤其是数学家们，无不以苦行僧兼运动员式的严格精神和精湛技艺来进行这种游戏，从中获得的乐趣足以补偿他们那时坚决舍弃世俗享受与名誉地位的损失。玻璃球游戏对于副刊文化的彻底失败，对于新近兴起的从事极严格精神训练的偏爱，显然起了巨大作用。

　　世界已经改变了。人们可以把副刊文字年代的文化生活比作一种因过度生长而耗尽元气的退化植物，只得以衰败的枝叶来培植根株继续生长了。今天的年轻人，凡是打算献身于精神工作的，全都不愿再到高等院校去听什么零七八碎的课了，那些有名无实的教授毫无独立见解，只会提供一些昔日较高级文化的残渣碎屑。如今他们必须像过去年代各种科技行业的工程师们那样严之又严地学会正确研究。他们都必须走一条陡直的艰难道路，必须从事数学与亚里士多德经院哲学的训练以净化和强化他们的感受能力，尤其是必须学会放弃前辈一代代学者们认为值得为之奋斗的一切利益：轻而易举地迅速获得金钱、荣誉、公众的尊敬，受到报刊的赞美，与银行家和工业家的女儿联姻，过豪华奢侈的生活。作家们想的是著作畅销，得诺贝尔奖和美丽的乡村别墅；名医学家想要佩戴勋章和拥有穿号衣的仆人；教授们则想有出自豪门的太太和富丽堂皇的客厅；化学家们追逐工业企业董事会里的要职；哲学家们向往占领副刊阵地，在座无虚席的大厅里发表迷人的演讲，不仅获得雷鸣般的掌声，而且还有美女献花。如今这类人物已统统消失不见，也不会再重新出现。事实虽然如此，但今天仍有不少有才华的年轻人把这些人物视为值得羡慕的榜样，然而通往荣誉、财富、地位和奢华之路的，再也不会是经由讲台、研究院和博士论文之途了，诸如此类业已深深沉沦的精神工作行业在世人眼中早已破产。他们中的有些人出于笃信和忏悔仍然为之献身，也重新赢得了精神阵地。而那些追求荣华富贵的青年才子不得不背弃已经变得无利可图的精神文化，转而寻找其他挣钱多可让自己过舒适生活的职业了。

　　倘若我们对一个精神净化后的知识分子可能在国家中获得的位置进行深入探讨，似乎是离题太远了。但是历史经验立即向我们显示，只消有几代人松弛精神训练，也会立即十分严重地损害实际生活。因为一切较高等的职业，即或技术性职业，有能力承担者也会越来越少。所以必须把护理国家和人民的精神工作，具体地说就是整个教育事业，渐渐让权于知识分子。而今天在欧洲，几乎所有国家的高等院校，凡是不属罗马教会统辖的，全都在优秀知识分子组成的那类匿名团体的领导之下。这些团体中的人士为人也许比较严厉和傲慢，这样便不时遭受舆论的指责，还常常有个别人公然叛变，然而这类团体的领导地位依旧牢不可撼。它的正直，它的舍弃一切利益和好处（除了精神利益），不仅维护和保持了自己的领导地位，而且也保护了人们很久以来便意识到或者预感到的严格训练下的文明的延续。人们懂得或者只是隐约感到：倘若思想不纯净与清醒，倘若精神良知不再受到尊重，那么船舶和车辆很快就会偏离航线和轨道，工程师的滑尺连同银行与交易所的计算数字也就会失去其权威与合法性，随即降临的是一片混乱。人们总是要花很长时间才醒悟过来，原来文明的一切表面，一切技术、工业、商业，等等，也必须有精神上的道德和正直才行。

　　言归正传，那时玻璃球游戏还缺乏一种能够包容一切的能力，还没有在各个分散的学科中流行。不论是天文学家、希腊文学者、拉丁文学者、经院哲学家，还是音乐学院学生都依照各自游戏的规律从事活动，但是无论哪种学科、哪种规律及其分支，又都归属于同一独特的语言和规律。直到半个世纪以后，人们才醒悟过来而迈出了超越局限的第一步。发展如此缓慢的原因，主要问题无疑是精神道德因素，形式与技术问题比较次要。超越的办法也许当年也已想到，但是与这类全新的严格道德精神一并存在的还有怕人家骂"无聊"的极端拘谨的畏缩思想，还生怕搅混了各类不同的学科和原则，当然还有一种深切而合理的畏惧，唯恐重犯副刊文字年代浅薄浮华的罪孽。

终于使人们几乎一下子明白了玻璃球游戏的潜在可能性，因而把游戏带向几近包容万有边缘的，是某一个个人的业绩，这一成就又与音乐密不可分，是音乐促进了游戏的进步。这个人是一位热爱数学的瑞士音乐家，他赋予游戏一种全新的转机，最终得以向最高的可能性发展。这位伟大人物的世俗本名现已无从查考，他那个时代的知识界已不大流行个人崇拜，他以罗苏尔（或者约科拉多）·巴昔连西士[①]的名字记载在史籍中。他的发明也如同任何别人的发明一样，纯因他本人的兴趣与能力，却并非完全由于个人的需要和追求，而是受到一种更为强大的动力的驱使。他那个时代的知识分子普遍存在一种热烈渴望，切盼为自己的新思想寻找到相应的表达方法，他们沉潜于哲学，沉潜于综合，认为过去那种纯粹以退入自己学科为乐事的方式颇多欠缺之处。这里那里不断出现奋力突破自己学科局限的学者，探索着进入普遍万有之道。人们渴望有一套新的字母表、一种全新的符号语言，让他们得以记述和相互交流各自全新的精神体验。

这种特殊动力之强大，从当时一位巴黎学者发表的题为《中国式警告》[②]一文中可资证明。这位被许多同时代人讽刺为堂吉诃德的学者还是一个杰出的汉学家，他对汉语颇有研究，他说，尽管文化与科学情况还算像样，但仍然面临危机；倘若放弃发展一套国际性的符号语言，后

---

① 罗苏尔（或者约科拉多）·巴昔连西士是黑塞虚构的人物，据德国黑塞研究学者分析，原型可能是黑塞的两位朋友，均对音乐或数学不同学科有同样兴趣。
② 据德国黑塞研究学者调查后核实，事实上并不存在这篇文章。

果令人担忧。这种国际语言当类似中国古代语言，能以象形方式表达最复杂的事物，而不致伤及个人的想象力与创造力，却可让全世界的一切学者都能够读懂。如今约科拉多·巴昔连西士为完成大家的要求迈出了最重要的一步。他为玻璃球游戏发明了一种新语言的原理，也就是说用符号与公式来组成语言，使数学和音乐得以成为重要组成部分，因而天文学和音乐的公式也可能与游戏得到结合，数学和音乐几乎成了一种公分母。即使这项工作还待进一步完善，当年这位巴塞尔的无名氏确实为我们珍贵游戏以后的发展奠定了基础。

这种玻璃球游戏兴起之初，只是数学家，或者语言学家和音乐家的专享游戏，时至今日，它那不可抗拒的魅力已遍及一切真诚的知识分子。不少古老大学和研究院，尤其是历史悠久的东方旅行者联盟都把目光转向了它。就连若干天主教会团体也因嗅到了一种新的精神气息而被它所吸引，具体地说就是好几所本笃会派的修道院里，竟有那么多修士热衷于这项游戏。因而当年，后来也同样，有一个问题不断引起争论：教会与教廷究竟应该如何对待玻璃球游戏，是容忍，支持呢，还是加以禁止。

自从那位巴塞尔人①对玻璃球游戏作了重大革新之后，游戏迅速发展成了自己一直维持至今的完整面貌。它综合了一切思想与艺术，它崇尚崇拜，它是包容万有宇宙间一切分散学科的神秘联合。在我们的实际生活中，它时而起艺术作用，时而又承担起思辨哲学的职务。譬如说，在普里尼乌斯·切根豪斯生活的年代就并不罕见，沿用早在副刊文字年代的著作中便已采用的同一名称，那个名称是许多富于预感精神的知识分子为其充满渴望时代所创造的，那名字就是：魔术剧院②。

玻璃球游戏自从创始以来，不论在技术方面，还是在材料范围方面，均处于无限的发展状态，因为它对游戏者提出了无限的精神要求，

---

① 即前面提到的虚构的瑞士音乐家巴昔连西士。

② 指一种调和对立矛盾的幻想现实，曾在黑塞的另一部作品《荒原狼》中作过具体描述。

使游戏本身也成了一种崇高的艺术和科学，这一点在巴塞尔人巴昔连西士时代还欠缺某种本质性的东西。迄至那时为止，每一场游戏无不是将采撷自不同领域的思想精华予以集中归纳后，再进行互相重新排列、整理、组合与互相对比的，无不是对一切永恒价值和形式的迅速回溯，无不是一次穿越精神王国的技艺精湛的短促飞行。过了相当长时间之后，才逐渐有人把静观默想这一概念从教育团体的精神财富中，尤其是从东方旅游者们的日常习俗中提炼出来，并且纳入了游戏活动中。

显然是游戏的一个弊端促成了静观默想地进入游戏。一些记忆艺术家，也即除博闻强记外并无道德修养的人，他们把游戏玩得令人眼花缭乱，他们能够飞快地依次推出无数形形色色观念，使其他游戏参与者目瞪口呆，以致心情沮丧。因而，这类技艺表演在游戏演进过程中越来越受到严格的禁止，而静观默想则逐渐成为游戏的重要组成部分。是的，后来在每个参观游戏的观众眼里，内向静观竟成为游戏的主要内容。这是一种趋向宗教性精神的转变。以往所关注的是：以迅速的观察和熟练的记忆去聪明地追求形形色色的理念与每一场游戏的完整镶嵌，如今这些已不再重要，而是出现了一种要求更深刻、更具心灵气息的倾向。每一场游戏的导师挑选出一个符号后，每一个参加游戏者便必得严格进行默想，探索这个符号的内容、起源和意义，务必紧张而有条理地彻底弄懂符号的整体内容。这种静观默想的技巧和训练方法是由教育团体与游戏联盟的会员们从培育精英人才的学校里学会并传授给大家的，这种静观和冥想的艺术原是精英学校里最重视的课程。玻璃球游戏的象形文字便因而得到保护而存留下来，没有退化成无用的空洞字母。

顺便说一下，直到那时为止，玻璃球游戏尽管颇受学者们喜爱，却始终仅为私人性质的训练。这种游戏可以单独一人玩，也可以两个人或者许多人同玩，毫无疑问，每场组合出色而且富于精神成果的游戏，往往会被记录成文，从一个城市传至另一个城市，从一个国家传至另一个国家，时而备受赞赏，时而又被人批评。但是如今游戏已因其新功能而获得很大充实，已经常应用于公众的节庆场合。如今，人人都可以随意参与这一游戏，年轻一代尤其热衷于此项活动。一提到"玻璃球游戏"

这个词，几乎人人都会直接联想到任何公众的节日竞技。玻璃球游戏在少数优秀大师指导下进行，他们都是自己国家里的玻璃球游戏大师，应邀参加的客人们固然虔诚倾听，来自世界各地的听众也无不专心关注着游戏的进展。这类游戏有时候会持续进行几天甚至几星期，在游戏进行之际，全部参加游戏的人，包括听众，都必须遵守精确得把睡眠时间也计算在内的规章，过一种绝对专心的清心寡欲的生活，类似过去人们参加圣依纳爵①所举办的一种规定严格的忏悔活动。

写到这里可补充的内容已经不多了。这一游戏中的游戏，由各类学科轮流担任盟主，时而在这门科学，时而又在那门艺术的主导之下，最终形成了一种共通的语言，玻璃球游戏的选手们不仅借此表达内容深邃的价值观念，而且能够不断调整相互关系。不论在哪个时期，游戏总与音乐关系密切，因而一般情况下游戏常按音乐或者数学的规则进行。一个主题、两个主题、三个主题，其提出、陈述、改变以及开展，与巴赫的赋格曲或者协奏曲中主题的运动几乎一模一样。举例说吧，一场游戏可以从天文学上的某一位形开始，也可从巴赫一首赋格曲的主题开始，也可以从莱布尼兹的一个原理或者印度奥义书里的一个警句发端；游戏还可以根据游戏参与者的目标和才能对业已提出的主题或作进一步研究探讨，或通过它与同类概念的相似之处而使其更加丰富。初学者们一般学习如何在一首古典乐曲与某一自然法则的公式之间通过游戏符号予以平行比较，而游戏能手和大师们则有能力自由运转，对原始主题进行无穷无尽的组合变化。有一派的游戏能手们很长一段时间里喜欢运用对位方式将两个对立的主题或者概念作并存研究，譬如法律与自由、个人与团体等，最后让它们得到和谐结合。人们认为这类游戏的巨大价值在于可以把两种主题或者命题完全平等地并行展开，而使两个正反对立的命题尽可能融合为纯粹的综合。总的说来，除非若干富于独创性的游戏例子，凡是含有否定、怀疑、对抗偏向的游戏大都不受欢迎，有时甚至受到禁止，这与玻璃球游戏高峰时期的游戏大师们当年对游戏意义

---

① 圣依纳爵(1491—1556)，基督教神学家。

所持的态度有深刻联系。游戏意味着一种追求和谐完美的最上乘的象征形式，一种最精细微妙的炼丹术，一种让个人超越一切图像和多重性达到单一自我灵魂，也即达到神性的途径。如同较早历史时期的思想家们曾把芸芸众生的生活表现为通向神性的中途，认为多种多样的现象世界唯有在神圣的统一和谐中才得以抵达完善与终极目标，同样的，玻璃球游戏的符号和公式也建基于一种共通的世界语言之上，进行着建筑、音乐和哲学活动，这种语言从所有的科学学科和艺术门类中获取滋养后才得以在游戏中运转，才得以达到完美以及充分实现了的纯粹存在。因而"实现"一词成为玻璃球游戏的选手们最喜欢采用的表达语言，他们感觉游戏是使他们的行动成为实现从变化到存在、从可能性到现实性的一条通道。这里我们想再度援引本文开头时那句尼古拉斯·寇斯的名言。

此外，基督教神学中的用语，一般而言都措词讲究，似乎都已成为公众文化遗产的一个部分，当然也都被吸收入游戏语言之中。因而，基督教教义上的一条主要原则，《圣经》里的一节经文，某位教父的一段布道辞或者拉丁弥撒典礼上的一行祭文，也都像几何学中的一条原理或者莫扎特乐曲的一个旋律一样，可以轻易而精确地予以表达并吸收进玻璃球游戏之内。倘若我们胆敢声称：对于极少数真正玻璃球游戏能手来说，进行游戏几乎相等于做礼拜，这样的话绝不是过火，尽管玻璃球游戏禁止任何属于游戏本身的神学。

不论是玻璃球游戏者团体，还是罗马教会，为了在这个无情的强权世界生存下去，都强烈感到必须互相依存，以致简直不允许两者之间有巨大对抗，虽然这样的危险经常不断出现，因为知识分子处在两大强权之间，他们的诚实正直以及寻求正确单义结论的真诚冲动，往往导致对抗局面。然而这类冲突总算从未发生。罗马教会当局满足于自己的举棋不定态度，时而对游戏赞许支持，时而又拒绝否定，原因很简单，参与游戏的人中，不仅有来自普通人群的才识卓越之士，还有若干极著名的圣职人员。自从公开举办游戏竞赛并且设立由一位游戏大师担任领导的制度后，就得到了教会和教育部门两方面的庇护，而此两者对罗马教廷当局一贯慷慨有礼。第十五世罗马教皇①在其还只任红衣主教期间，曾是一位热心于玻璃球游戏的游戏能手。但在他成为教皇后竟不仅效法他的前任们，从此洗手不玩，而且还试图将游戏交付法庭审判。当年玻璃球游戏确实差一点被天主教会所禁止。但是这位教皇尚未办成此事便死了，而一篇广为流传的这位要人传记中则宣称玻璃球游戏是他深爱的事，只因担任了教皇要职，便不得不持敌对立场。

玻璃球游戏最初仅为个人或者一些朋友间私下里玩玩的活动，但在受到教育部门长期大力促进之后，最终成了公开的组织，英国和法国最早建立了各自的团体，其他许多国家几乎立即效法。就这样，每个国家都成立了一个游戏委员会，推举出一位最高领袖，头衔是"游戏大师"，在这位大师亲自领导下举办公开的游戏活动都成了文化大庆典。当然，这位游戏大师也和团体里其他所有高级官员一样，全都是无名氏。除了少数至亲好友，没有人知道他的真名实姓。唯有由每位游戏大师亲自主持的巨型公开活动，才可以动用公共的与国际性的大众传播媒介。游戏大师的责任很重，除了主持公开游戏活动，还得负责培养游戏选手和领导游戏学校，而高于一切之上的事则是以最严格的标准提高游戏的水平。唯有由世界各国游戏大师组成的世界委员会才有权（这在如今已是难以想象的事了）决定新符号和新公式的吸收，游戏规则的调整修改，增删新科目等。人们倘若把玻璃球游戏视作卓越文化人士创造与使用的一种世界语言，那么在各国游戏大师领导下的玻璃球游戏委员会便是保护这种语言的积存、发展以及维持其纯洁性的科学院了。每个国家的全国委员会都设有自己的游戏档案馆，凡是经过检验而许可收入的符号与秘诀都得到了妥善保管，其数量之多，早已大大超过了中国古代汉字②。

一般说来，倘若能通过高等学校的毕业考试，获得这种精英学校的

---

① 纯系黑塞虚构的人物。黑塞写作《玻璃球游戏》时在位的是第十一世（1922—1939）和第十二世（1939—1958）两位教皇。

② 黑塞并非汉学家，也完全不识中文，这里所写当理解为一种譬喻。

及格证书，那么也就算够资格的玻璃球游戏者了，但是若想超出一般水平，那么必得在某项主要学术或音乐方面有超常表现自是不言而喻，过去如此，将来也如此。有朝一日终于跻身玻璃球游戏委员会或者甚至成为游戏大师，这几乎是精英学校里每一个十五岁少年的梦想，但是一待有可能获得博士头衔、仍然痴心不改、决意献身玻璃球游戏并为促进其发展而努力奋斗的人，其比例则是极小的。凡是真正的游戏爱好者全都勤于研究玻璃球游戏学问，潜心练习静修功夫，每逢举行"盛大"游戏竞赛时，他们总是在所有虔诚参与者群里成为核心中的核心，他们使这种巨型公开活动具有庄严性质，而不致蜕化变质为徒有外表的典礼。在这类真正游戏者和热心支持者眼中，一位玻璃球游戏大师就是一位君王，或者是一位高级僧侣，简直就像是一位神明。

而一切真正独立的游戏者，尤其是游戏大师，玻璃球游戏往往首先是一种音乐创作方式，恰如约瑟夫·克乃西特有一次谈论古典音乐的特性时曾就其真正意义所作的阐释：

"我们认为古典音乐是我们文化的提炼与总括，因为它是这一文化最清晰、最典型的姿态和表现。我们在这种音乐氛围里继承了古希腊罗马的和基督教的文化遗产，继承了一种开朗、勇敢的虔诚精神，一种高尚的骑士道德。归根结蒂，任何一种经典性的文化遗产，莫不是一种人类道德的代表，一种集中了人类楷模行为的姿态。我们知道，在一五〇〇年到一八〇〇年期间，人们创作了多种多样的音乐作品，风格和表达方法差别悬殊，但是它们的精神，或者更确切地说，其中的道德内容都完全相同。以古典音乐作为表达方式的人们，他们的人生态度永远相同，他们永远建立于同一种生活认识之上，总是努力以同样的精神优势去克服一切偶然性。古典音乐的姿态具有什么意义呢，它意味着对人类之悲剧的认知，对人类智慧、勇敢、乐观的赞同肯定！不论是亨德尔或者柯普林①一首小步舞曲的优美典雅，还是许多意大利作曲家或者莫扎特作品中化为微妙姿态的感情升华，还是巴赫音乐里视死如归的静谧沉

①柯普林（1668—1733），法国音乐家，1693年时曾任宫廷乐师。

着——全都鸣响着一种倔强精神，一种无视死亡的刚毅，一种骑士气概，一种超越常人的笑声，它们产生自不朽者的愉悦开朗。让我们的玻璃球游戏里也鸣响出这种声音吧，也在我们整个的生活、工作与苦难之中鸣响吧。"

　　克乃西特的一个学生记录下了这番言论。这里就用这席话结束我们对玻璃球游戏的介绍吧。

游戏大师约瑟夫·克乃西特生平传略

# 感　召

　　约瑟夫·克乃西特的出身情况已无从查考。他的身世与精英学校的许多学生相似，若非早年丧亲，便不会被教育组织从不良环境中救出而培养教育的。不管怎么说，他总算没有受到精英学校与家庭间的矛盾冲突之苦，有些同龄年轻人却深受其害，不仅难以进入宗教团体，还使一些原本天赋颇高的青年思想混乱，甚至成为有问题的人。

　　克乃西特却属于幸运儿之列，他似乎是专为卡斯塔里[①]、为宗教团体而生的，是注定要替教育组织当局服务的。尽管他的精神生活也并非毫无疑问，可他所经历的每一个精神奉献者天生必得的精神悲剧，却丝毫没有人身的苦难。如此吸引我们深入关注克乃西特个人品性的原因，也许并非完全由于这类精神悲剧；与其说是由于他的从容、开朗的性格，不如说是由于他光彩照人的个性，克乃西特凭借它们得以圆满完成自己的命运，发挥自己的才能，实现自己的目标。与世界上任何重要人物一样，他也有自己的"恶煞"和"吉星"，我们看到他的吉星使他免受阴郁和狂热的困扰。纵然如此，肯定也有隐蔽不明的东西是我们全不知晓的，所以我们不要忘记，凡是历史著作，不管写得多么客观平实，也不管撰写者多么力求符合真实，仍然摆脱不了杜撰范畴，它们的三维本质都是属于虚构的。

　　因此，我们就连对那些最伟大的人物，不论是巴赫还是莫扎特，他们的实际生活究竟如何呢？是较为愉快呢还是很沉重，我们都不得而知。莫扎特以一位过早完成使命者的独特感人和可爱的天赋感动我们，巴赫则以上帝的父亲般的愿望开导我们，慰藉我们，要我们忠诚于痛苦，忠诚于死亡。而这一切我们都无法从他们的传记作品里读到，也无法从种种流传的私人生活轶事中得知，我们唯有通过聆听他们的作品，从音乐里获知这一切。更进一步说，尽管我们早已熟读巴赫的传记，早已由他的音乐推想出他的整个形象，但我们仍会情不自禁地要想到他死后遗稿的命运：我们想象他在世时似乎曾认为自己的全部作品将在死后立即遭人遗忘，手稿将被作为垃圾处理，因而内心黯然，他还认为他的一个儿子而不是他本人会成为"伟人巴赫"，成果累累，他还认为自己的著作不是被人再发现，就会受到诸如副刊文字年代的误解和糟蹋，等等。同样，我们也倾向于想象莫扎特生前就已知道自己的安全已掌握在死神手中，恰恰在他写出大量健康、完美作品的创作繁荣时期，他便已预知死神即将拥抱他了。凡是有一件作品还留存世间的地方，那里的历史学家便只能做一件事，他必须把这件作品与创作者的生平联系起来作为富于生气统一体的两个不可分割部分进行综合概括。我们对莫扎特或者巴赫要这么做，对克乃西特也要这样做，尽管他隶属于我们这个缺乏创造性的时代，而且也并无一件像两位大师那样的"作品"留存于世。

我们试着追寻克乃西特的生平踪迹时，当然也要试着对此稍加阐述，我们作为历史学家不得不深感遗憾，因为关于他后期生活的确凿材料几乎一点也没有留存下来。这便赋予了我们承担重任的勇气，因为克乃西特生平的最后部分已化为一则圣人传说。我们通盘接受了这一传说，而且并不理会它是否属于出自虔诚之心的杜撰。如同我们对克乃西特的诞生和身世一无所知，对他的死亡情况亦然。但是我们绝无半点理由假定他的死亡可能是一场纯粹的意外。就我们的认识来看，他的生平由若干明显的发展阶段所组成，只要我们对他的结局联系传说进行一番思索，便会乐意接受和写下这一传说。我们这么做，是因为传说所描述的最后阶段生活似乎完全符合他先前各个阶段的生活。我们甚至承认，他的生命最后竟消失在传说之中也似乎是合理的、有机的，就像我们相信一颗星座消失在肉眼望不见的"地下"，而却依然存在一样，毫无可资疑虑之处。约瑟夫·克乃西特活在我们——这里指的是本书作者与读者——生活的世界里，达到了我们能够想象的最高峰，获得了最高

① 卡斯塔里一词源出希腊神话中的圣泉故事，用卡斯塔里命名一个类似教育区的独特精神王国则是黑塞的虚构创造，而教育区的设想显然得自歌德的小说《维廉·麦斯特》，这里却赋予了全不相同的新内容。

成就。他作为游戏大师成了一切为精神修养而努力的人们的领袖和导师。他出色地管理了自己继承的精神遗产并加以补充扩展。他曾担任我们所有人都敬仰的一座寺院的主持。但是他不止是达到了并且承担起一个游戏大师和我们宗教组织最高层一个位置的职务,而是越出了界限,进入了我们仅能仰望揣摩的境地。因此,为了与他的生活完全符合,我们必须让他的传记也越出通常的范畴,以便最终过渡到传说的境地。我们不仅接受这一奇迹事实,而且庆幸出现了奇迹,我们不想作任何多余的解释。凡是克乃西特的生活还属于历史事实的时候,我们就如实撰写,直到某一个确定的日子,至于以后的传闻则是照我们研究所得尽量精确报道。

对于他的童年生活,也即克乃西特进入精英学校以前的情况,我们仅知道一件事实,而这件事却具有重要的象征意义,因为它意味着精神思想向他发出的最早的伟大召唤,意味着他的第一次使命,而这首次召唤的源头并非来自科学或学术,而是来自音乐。对于这一段传记材料,也如同几乎全部有关克乃西特私人生活的回忆材料一样,都得感谢一位玻璃球游戏学生写下的详尽记载,这位学生衷心仰慕玻璃球游戏,记录了自己伟大导师的许多言论和轶事。

当时克乃西特约摸十二岁或者十三岁,已在位于查贝华特市郊小城贝罗奋根①的拉丁语学校里就读了一段时间。贝罗奋根也许正是他的出生地。克乃西特多年领取奖学金,该校的老师们,尤其是音乐老师,都积极向学校最高当局推荐他入精英学校深造,至少已推荐了两次或者三次。不过他本人对此尚一无所知,也从未接触过精英学校或者最高教育委员会当局的导师们。那位音乐老师(当时克乃西特正学习小提琴和诗琴)告诉他,也许一位音乐导师不久即来贝罗奋根视察该校的音乐教学,约瑟夫必须乖乖练琴,以免届时让自己和老师出丑。

这消息使克乃西特受到了极大的震动,因为男孩当然清楚这位音乐导师是何等人物,他绝非通常那种两年一度来学校视察的教育委员会的

①贝罗奋根是黑塞虚构的地名。黑塞童年时曾在戈宾根的拉丁语学校读书。

普通督学，他乃是最受尊敬的教育委员会最高当局的十二位最高成员之一，是十二位半人半神中的一位呢！这位神明主持着全国一切音乐事务的最高领导工作。这位音乐导师也是玻璃球游戏团体的音乐大师，他竟然要亲临贝罗奋根了！在小约瑟夫眼中，比音乐导师更具传奇性和神秘魔力的人物也许只有玻璃球游戏大师本人了。

克乃西特对这位即将驾临的导师充满了敬重与恐惧之情，把他想象成种种不同形象，时而是一位君王，时而是一个魔术师，时而又是耶稣十二门徒之一，或者是古典时期的一位富于传奇色彩的伟大艺术家，相当于米夏艾尔·普莱托里乌斯、克劳迪乌·蒙特维尔梯、约翰·约可布·弗罗贝格尔①或者甚至是巴赫。——他满怀欣喜期待着这颗巨星显现的瞬间，同时却又满怀恐惧。因为一位天使般的半人半神，一位统辖着精神世界的神秘摄政王即将活生生地来到这座凡间小城，来到这座拉丁语学校，他们很快就会见面，这位大师也许会询问他、测验他、训斥他，或者会赞誉他，这将是一件大事，简直是一种奇迹，是罕见的天象。恰如他的教师所述，一位音乐大师亲自驾临这座小城以及小小的拉丁语学校，几十年来这是第一回。克乃西特在心里描绘着即将来临时刻的种种场景，首先想到的是一次盛大的公众庆祝会，还有一场类似他曾亲眼目睹的欢迎新市长上任的迎接活动，满街彩旗招展，管弦乐队不断演奏音乐，甚至还大放焰火。克乃西特的同学们也和他一样充满了幻想和期望。克乃西特的兴奋激动之情唯独在他想到自己也许不该和这位伟人过分接近时才有，最主要的也许是在与这位行家对话时可能过分出丑丢脸时，这种激情才会稍稍得到抑制。不过，这种恐惧是苦中带甜的，尽管他不会承认，而内心深处却认为，这种种人们期待已久的热闹场面，连同彩旗、焰火，会多么美丽，多么迷人，多么重要，难道他，小小的约瑟夫·克乃西特应当站到这位伟人身边去么。事实上，这位大师造访贝罗奋根，一部分原因正是为了他，为了约瑟夫啊，因为他专为

---

① 普莱托里乌斯(1571—1621)，德国作曲家；蒙特维尔梯(1567—1634)，意大利歌剧大师；弗罗贝格尔(1616—1667)，德国作曲家。

考察拉丁语学校音乐教学而来，而音乐教师当然会尽力设法让他也考考克乃西特。

不过，也许不会出现这种情况，唉，也许简直不可能，大师肯定有其他更加重要事情，而不是让他听一个小男孩演奏小提琴。他也许只想见见高年级学生，听听他们的演奏水平而已。

这个男孩就是这样忧虑重重地等待着客人光临的日子。这一天从一开头就让他大失所望：街上并没有乐队演奏，家家门前既无彩旗也无鲜花，克乃西特必须和以往一样带着书籍和本子去上每日通常的课程，甚至连教室里也没有丝毫节日的装饰和气氛。一切都平淡如常。开始上课了，老师还穿着那套日常服装，他没有发表演说，一个字都没有提及即将光临的贵宾。

然而事情毕竟发生了。在第二节课或者第三节课的时候，有人敲教室的门，校工走进来向老师致意后，通知说，学生约瑟夫·克乃西特得在十五分钟后去见音乐教师，务必把自己打扮整齐，把双手和指甲都刷洗干净后再去。

克乃西特吓得脸都发白了，他跟跟跄跄地走出教室，奔向寝室，放下课本，洗刷手脸，梳齐头发，两手颤抖着拿起提琴匣和他的乐谱，一边走一边觉得咽喉在哽塞；他走进坐落在正楼边的音乐教室楼。一位同学神情紧张地在楼梯口迎接他，指指一间练琴室说，"让你在这里等候，直到有人来叫你。"

等候的时间并不长，在他却好似等了一生的时间。没有人来唤他，却进来了一个人。这是一位年事已高的老人，乍一看个子并不高，满头白发，面容极为光洁，一双淡蓝色的眼睛里透出锐利的目光，这目光也许令人惧怕；不过他觉得这眼神不仅锐利，而且充满了愉悦，那不是嘲笑也不是微笑，而是一种闪烁出淡淡光彩的安详的愉悦。那人向这男孩伸出手来，互相打了招呼，随后从容不迫地在那架破旧的琴凳上坐下。"你就是约瑟夫·克乃西特吧？"他说，"你的老师似乎很满意你的成绩；我相信，他很喜欢你。来吧，让我们一起来演奏一点音乐。"

克乃西特早已取出提琴，听见老人弹了 A 调，便调准了自己的琴音，随即以询问的眼神怯生生地望着音乐大师。

"你喜欢演奏什么呢？"大师问他。

男孩一句话也说不出来，因为他对老人的敬畏之情已充溢全身，他还从未见过这样的人物呢。他犹犹豫豫地拿起自己的乐谱递给老人。

"不，"大师说道，"我想要你演奏背得出的乐曲，不要练习曲，任何简单易背的东西都行，来一首你平日喜欢的歌曲吧。"

克乃西特心里非常紧张，似乎被这老人的脸容和神情迷住了，一句话也说不出来；他越是羞愧于自己的慌张，就越发说不出话来。大师没有迫他说话，而用一只手指弹出了一段旋律的头几个音调，以询问的眼光对着他；克乃西特点点头，立即高兴地演奏起来，那是一首人人熟悉的老歌，学校里经常演唱的。

"再来一次！"大师说。

克乃西特又重复演奏起来，这回老人以第二声部和他配合演奏了。就这样，小小的琴室里响彻了这首老歌两个声部的合奏乐声。

"再来一次！"

克乃西特听从了，大师则同时配合演奏着第二和第三声部。这首美丽老歌的三种声部的乐音便溢满了小屋。

"再来一遍！"大师说，同时奏响了三个声部。

"一首多美的歌！"大师轻轻地说。"这回用最高音演奏。"

大师给他起音后，克乃西特便顺从地接着演奏，另外三个声部紧紧配合着。老人一再重复说："再来一遍！"乐声越来越欢快。克乃西特演奏男高音声部，总有两种到三种对声相伴奏。他们把这首歌演奏了许多遍，不再需要配合，每一回重复都会自然而然地替乐曲增添一些装饰和变化。这间空空的小琴室就在欢乐的午前阳光下一再回响着节日般的欢快的乐声。

过了一会儿老人停下手来。"够了么？"他问孩子道。克乃西特摇摇头，又开始演奏；另外三个声部也欢快地插了进来，四种声音交织成晶莹剔透的音乐之网，愉快的弦音和琴声相互交谈，相互支持，互相交错又互相环绕，男孩和老人这时已忘了世上的一切，完全沉潜于他们因演奏而形成的情投意合的美妙的弦音和琴声中，沉醉于由乐音编织而成的网络之中了；他们完全顺从于一位无形的指挥的摆布，微微摇摆着身体。当旋律再度结束时，大师向孩子转过头来问道："约瑟夫，喜欢这样演奏吗？"

克乃西特容光焕发，感激而又兴奋地望着他，却仍然一句话也说不出来。

"你大概多少知道什么是赋格曲吧？"大师问他。

克乃西特露出迷惑的神情。他听说过赋格曲，但是课堂里还没有讲授过。

"好吧，"大师接着说，"我现在就来教你。倘若我们亲手编一支赋格曲，你马上就会弄懂的。那么开始吧，一支赋格曲首先要有一个主题，这个主题不必费心去找，只消从我们刚才演奏的曲子里取一个就行了。"

他在琴上弹奏出一个旋律，是整个歌曲中的一小段，这段乐曲没头没尾被截了出来，听着有些古怪。他再重复演奏这个主题时，开始发展变化，先加入了第一个过门，第二个过门时就使一个第五度音程变化成了第四度音程，第三个过门时以一个高八度音重复演奏了第一个过门，第四个过门时也同样以一个高八度音重复演奏了第二个过门。这个构思在属音音调的一个休止音符中告一段落。第二次构思更自由地转变着各种音调，而第三次构思则倾向于超越休止符，随后便以基音上的一个附属音结束了这一段落。

男孩凝视着演奏者那些白皙手指的灵巧动作，也看到乐曲的发展进程隐约反映在老人神情专注的脸上，尽管那双静静的眼睛半开半闭着。男孩的心在沸腾，他充满了对老人的敬爱之情，耳朵里的赋格曲乐音让他觉得好似有生以来第一次听到音乐。他隐约觉得在他眼前诞生的这支乐曲是一个精神世界，是一切约束与自由、服务与统治的愉快和谐，他立誓忠于这一精神世界和这位大师，就在这几分钟时间里，他看出他本人、他的生活以及整个世界都受到这种音乐精神的指引，调整和预示。当这场演奏结束时，他看见自己衷心景仰的魔术师和君王稍稍停顿了一下，微闭着眼睛向那些琴键默默地鞠了一躬，与此同时脸上焕发出淡淡的光辉。克乃西特面对这一极乐瞬间，不知道自己想欢呼还是要哭泣，而这一瞬间转瞬就消逝了。

老人慢慢地从琴凳上站起来，用那双快活的蓝眼睛锐利而又极友好地注视着他，说道："没有什么事比共同演奏音乐更能够使两个人成为朋友的了。这也是一件很美的事。希望我们以后永远是朋友，你和我。你也能学会创作赋格曲的。"

他与克乃西特握手告别，向门口走去，但是走到门边又转过身来客气地微微颔首，用目光表示了惜别之情。

许多年以后，克乃西特曾向他的学生描述过这场会见：当他走出学校时，他觉得小城和世界都大大变了样，好似被施了魔法，远远胜过彩旗、花束、彩带和焰火。这是他第一次体验到感召的力量，人们完全可以把它形容为一场宗教性的圣礼，在此以前，他只是在道听途说或者在迷乱的梦境中略略知道的理想世界，如今一下子清晰地显现出来，而且向他敞开了大门。这个世界不只是存在于过去，存在于遥远的某处，存在于未来，不，它还生动地存在于此时和此地，它富有朝气，它充满光彩，它向外界派遣使者、使徒、大使，派遣像这位音乐大师一样的伟大人物，附带说一句，在当年的约瑟夫·克乃西特眼中，大师其实并不太老。这一理想世界通过可敬的使者向他——拉丁语学校的小男孩——发出了圣谕和召唤的信息。这就是他所体验到的精神意义，他费了几个星期的时间才真正明白过来，并且确信，在那些神圣时刻所发生的神奇事件其实完全符合在现实世界里发生的任何真实事件。因为这种感召不仅是让他的个人灵魂与良心得到幸福和慰藉，而且也是尘世间的力量所赠予他的一种礼物与恩惠。因为随着时间的推移，事实真相已无法掩饰，音乐大师的莅临既非纯属偶然，也非真的来视察工作，而是他早已熟知克乃西特的名字，他的教师早已打报告介绍他的情况，他的名字也早已登在可以进入精英学校深造的推荐名单，或者也可以说早已推荐给了最高教育委员会当局了。推荐中说，这个男孩不仅拉丁文成绩优秀，品行端正，而且他的音乐教师还专门赞誉了他出众的音乐天分，于是音乐大师决定在这次公务出差途中到贝罗奋根逗留几个钟点，考察一下这个学生。他对克乃西特的拉丁语以及指法训练不太注意，他信得过老师们的评语，对此他已经花费了整整一个钟点。他关心的只是这个男孩整体本质上是否具有成为真正音乐家的禀性，有没有热情、自制、敬重他人以及真诚服务之心。一般说来，公立学校的教师们向精英学校推荐"英才"时尽管出于好意，却往往过分慷慨，总是或多或少带有种种不良动机，尤为常见的情况是：一位教师由于缺乏眼光，固执地推荐某一个自己宠爱的学生，却见不到这个孩子除去死读书，有虚荣心，在老师面前听话乖巧之外，别无其他长处。而音乐大师恰恰最厌恶这类学生，他会在学生自己觉察正在被考验以前就一眼看清，这个孩子可能的发展轨迹。凡是在他面前表现得过分乖巧、过分懂事、过分机灵的学生往往要倒霉，至于那些试图奉承他的人结果就更惨。有些孩子甚至在正式考试之前就被他除名了。

音乐大师对这个叫克乃西特的学生却十分中意，大师非常喜欢他，在继续公务旅行途中总是怀着愉快的心情想着这个孩子。他从未在笔记本里记录任何有关克乃西特的文字，却把这个纯真朴实的男孩牢牢地留在了记忆里，一待他返回学校，会立即亲笔在业已由最高教育当局成员之一审查合格的学生名单上填写这个克乃西特的名字的。

克乃西特在学校里也偶尔会听同学们说起这个名单，不过各人的腔调全然不同，同学们大都把它称谓"金榜名册"，也有人轻蔑地称它为"野心家名册"。倘若哪一位教师提到这份名单，那么总因为他想提醒某位学生，一个不肯用功的小伙子休想有金榜题名之时，——他说这话的语调里总带有一点尊敬与重视的庄重的口气。而那些把名单称为"野心家名册"的学生大都采取揶揄的口吻，并且摆出一副满不在乎的样子。有一次，克乃西特亲耳听见一个学生说了这么一番话："有什么了不起，我可不在乎这愚蠢的'野心家名册'！你们得相信，凡是好小伙子，名单上一个也没有。老师们只把那种最下流的马屁精填到上面去。"

克乃西特经历了这场体验之后又过了一段他感觉有些奇怪的日

子。最初他并不知道自己已成为"入选者",成为"青年之花"——这是大家对精英学生的称呼。他开始时也丝毫不曾料想到这场经历会对他的命运和生活产生什么实际后果与显著影响。当老师们都把克乃西特视为优胜者和即将远行者时,他本人才意识到这场感召,清楚得几乎就像是自己内心的一场历程似的。这件事也给他的生活划下了一道显明的分界线。尽管他和音乐魔术大师共处的几个钟点已使他的内心充满了或者几乎充满了预感,然而这件事也恰恰把他的昨天与今天、现在与未来截然分割了开来,那情形就像一个人从梦中醒来,环境正是他梦中所见,而他仍然怀疑自己在梦中。感召的方式和种类确乎很多,但是其核心与意义总只有一个:唤醒一个人的灵魂,转换或者升华这个灵魂,因为梦境和预感出自内心,而感召却是突然从外面降临,那里不仅存在一些现实,而且已经深深影响了这个人。

对克乃西特而言,这"一些现实"就是音乐大师,他在孩子眼里只是一位来自远方的半人半神,一位来自最高极乐世界的天使长。他以肉身形象下凡了,他有一双无所不知的蓝眼睛,他曾坐在练琴的琴凳上,曾和克乃西特一起演奏音乐。他的演奏出神入化,他几乎不发一言就让人懂得什么叫真正的音乐。他为克乃西特祝福,然后便离去了。

这件事可能导致的后果,今后可能发生的一切情况,克乃西特最初完全无法想象,因为他心里充满着这次事件所激起的直接回响,不能思考任何问题。就像一棵年轻的树苗,迄今为止他一直在缓慢和平和地成长着,突然,他似乎在某个不可思议的时刻悟到了自己的成长规律,以致开始热烈渴望自己尽快尽早地达到完美的目标。克乃西特就是这样,这个孩子一经魔术师的手指点,便立即紧张迅速地收集、聚拢起自己的精力准备投入行动;他觉得自己变了,长大了,感到自己与世界之间有了新的张力、新的和谐关系。有时候他觉得自己有能力解答音乐、拉丁文和数学上的难题,远远胜过同龄人和同班的同学们,还感到自己可以胜任一切工作。而在另一些时候,他又会忘掉一切,以一种过去未曾有过的温柔心情进入白日梦,他谛听风声或雨声，他久久凝视着一朵鲜花或者潺潺流动的河水，他不想了解什么，只是怀着对客观世界的所有好感、好奇和共鸣，渴望摆脱这个自我，进入另一个自我，另一个世界，向神圣和神秘，向幻象世界痛苦而又美丽的游戏境界靠拢。

约瑟夫·克乃西特就这样完成着自己的精神感召，首先从内心开始，逐渐发展到让内心与外界互相会合又互相肯定，最终达到纯粹的和谐统一。克乃西特已经通过一切阶段，已经尝到所有阶段的幸福与惊恐的滋味。这场精神升华历程到达了终点，途中丝毫没有草率、敷衍之举，这正是每一个高贵心灵的典型的历史，"内"与"外"和谐地发展着，以同样的节律相互接近着。最后，当这一发展历程抵达终点之时，克乃西特看清了自己的处境与未来的命运。他看到老师们对待他犹如对待同事，有时甚至像对待短暂来访的贵宾，同学们则大都半是羡慕半是妒忌，也有人躲避他，甚至猜疑他，还有一些人站在敌对的立场憎恨和嘲笑他，至于许多老朋友，他觉得自己距离他们已越来越远，他们也把自己抛弃了。——此时此刻，就连这一离开大家的孤立过程也早就在他内心完成了。他感觉教师们不再是上级而是同事，他的老朋友们是曾与他同行的伙伴，如今已滞留不前。他发现在学校和小城里已找不到自己同类的朋友，也找不到合宜的立身之地。如今这里的一切都是死气沉沉的，弥漫着一种老朽而虚妄的气氛，一切都给人以暂时状态的感觉，好似穿着一件不再合身的旧衣服，浑身不舒服。而在他即将离开学校的最后一段日子里，由于自己已超越这深爱的故乡，由于必须抛弃这个不再适合于他的生活方式，由于他也曾在这短暂的日子里度过许多极快乐极光辉的时刻，离别竟成了巨大的折磨，成了一种难以忍受的压力和痛苦，因为世上的一切都离开了他，而他却无法确定，是否他自己抛弃了一切，是否他应当对离弃如此可爱而又习惯了的世界负有罪责，由于自己的功名心、自负、傲慢、不忠贞和缺乏爱心。在他为响应一种真实的感召力而必得忍受的痛苦中，这类痛苦是最苦涩的。倘若一个人接受了这种感召力，那么他不仅是接受恩赐和命令，他也同时接受了某种近似"罪责"的东西，譬如一个兵士被人从士兵行列里提升成为军官，提升的位置越高，他的负罪感就越强，他会对原来的伙伴们产生良心上的不安。

克乃西特很有节制，总算平安地度过了这个发展阶段。后来，当学校当局终于通知他因成绩优异即将入精英学校深造时，他居然一下子大感意外，当然片刻之后他便觉得这个新闻毫不新鲜，是早已预料中的事了。直到此时他才想起最近几星期里常有人在他身后用揶揄的口气喊叫"入选者"或者"杰出儿童"这类名称。他听见了，常常是听而不闻，从来没有认真对待，只当开他的玩笑。他觉得同学们并不真想叫他"入选者"，而是想说"你那么傲慢自负，真以为自己是杰出人物啦"！偶尔他也为自己与同学之间出现鸿沟而深感痛苦，不过他确实从未把自己视作"入选者"，因为对他而言，这场召唤并非升级，而是让他自觉地意识到一种内在的告诫和鞭策。但是，难道他能说自己对此一无思索，一无预料，并且再三揣摩过么？如今业已瓜熟蒂落，他的幸运得到了证实，成了合理合法的事，他所受的痛苦已经有了意义，这件太破太旧又太窄的衣服终于可以扔掉，一套新衣已为他准备妥当。

克乃西特获准进入精英学校后，他的生活层次有了重大改变。他跨出了对自己毕生发展具有决定性意义的第一步。事实上并非所有获官方批准进入精英学校的学生都有过对精神召唤的内心经历。"入选"是一种上天的恩赐，或者通俗一点说：交了好运。谁碰上好运，谁就会一生都顺顺当当，恰如谁交了好运总连带着人也会变得心灵手巧一样。大多数青年精英，是的，几乎可以说人人都把自己的入选视作巨大的幸运，视作让人自豪的嘉奖，其中许多人甚至早就热烈渴望这种嘉奖了。但是大多数入选的青年学生从家乡的普通学校来到这所卡斯塔里精英学校，经过一段过渡时间后，常会觉得难以适应，甚至会产生许多意料不到的失望感。这类学生首先是难以割舍对自己宠爱万分的舒适家庭，于是出现了下列情况，为数颇为可观的学生在最初的两个学期之中相继退学，根本原因并非这些学生缺乏才能和不肯努力，而是不能适应这种首先要求他们逐渐日益放弃与家庭、故乡的关联，最终完全信仰和忠于卡斯塔里教育思想的寄宿生活。

　　然而另有一些学生却恰恰相反，认为自己获准进入精英学校正是摆脱家庭和学校的绝好机会，他们也确乎远离严格的父亲或者讨厌的老师过了一段自由自在的日子，但是由于他们对改变整个生活的期望过高和过分，结果很快就大失所望。

　　即便是真正的模范学生、不断进取者，或者是青年学究，也未必能在卡斯塔里坚持到底。倒不是他们在专业上没有长进，而是因为精英学校的目标不单是培养专业人才，还要求学生们在教育和艺术上有所发展，而这类学生却难以补上这些差距。总算还有另外四座精英学校为各种各样的人才设立了许多分科和分支机构，因此每一个有志于数学或者语言学的学生，倘若果真具备成为此类学者的资质，便不必惧怕因缺乏音乐或者哲学才能而没有出路。其实就在那时的卡斯塔里团体里也已存在着一种热衷培植种种专业学科的强烈倾向，而持此类观点的先锋战士们不仅反对和嘲讽培养"幻想家"——也即反对热衷音乐或艺术——而且在持同类观点人士的圈子里排斥一切音乐艺术活动，尤其玻璃球游戏无疑是首当其冲的。

　　据我们所能够知道的情况，克乃西特的一生大都在卡斯塔里度过，在这个无比宁静而美丽的山区，在这个古时候人们借用诗人歌德创造的"教育区"一词所命名的地方度过的，因此我们不惮冒令读者厌倦的危险，再尽量简短地对这座著名的卡斯塔里学校的性质及其结构作一重复介绍。这些学校——人们都简称为精英学校——都有明智而又富于弹性的制度，令其领导部门（一个"研究咨询委员会"，由二十名成员组成，其中十名代表最高教育部门领导当局，十名代表宗教团体）得以顺利行使职权，从全国各地的一切部门和学校中选拔最优秀的人才，经过培训后向宗教团体、教育机构和研究机构内一切重要职务提供新生力量。全国各地的许多普通学校、中等学校以及其他教育组织，不论其专业性质是人文抑或理工，对于百分之九十以上的学生来说，都属未来谋生求职的过渡学校。一待他们通过高等学校入学考试，他们便会按照指定的学习时间在该大学修毕某一专业课程，也即众所周知的大学标准课程。一般说来，这种高等学校对学生要求严格，总是尽可能筛去缺乏才能的学生。

与这些学校并行或者还高于这些学校的是精英学校，它的制度规定只接受天分和品格均出众的学生。其招生办法也不是进行考试，而由老师自由选定后向卡斯塔里当局推荐。一位老师会在某一天向一个十一二岁的孩子表示，下学期他可能进一座卡斯塔里学校深造，他不妨抽出时间扪心自问，是否曾感觉精神召唤和为其所吸引。经过一段时间考虑后，如果他完全同意，并且也征得双亲的无条件赞成，他便可进入一所精英学校试读。由这些精英学校的校长和水平最高的导师（绝非普通大学教师水平）所组成的"最高教育当局"领导着全国各地的所有教育事务工作和一切文化知识机构。一旦成为精英学生，必得门门功课出众才不至于被遣返普通学校，届时他就不需再为谋生而操心了，不论是宗教团体还是等级森严的学术组织都会到学校来征求担任教师和高级行政职务的人才，包括十二个学科带头人——也称为"大师"，还包括游戏大师——也即玻璃球游戏的总领导。

一般情况下，修完精英学校的最后课程总在二十二岁到二十五岁左右，而且总会被吸收进宗教团体。从此以后，凡是隶属于教会组织和教育部门的所有教育和研究机构全都向他们开放，并为他们进一步开展研究作了准备，一切图书室、档案室、实验室，等等，连同大批助理人员，再加上一切进行玻璃球游戏的设备，全都供他们支配使用。倘若哪个学生被公认为在某项学科上有特殊才能，不论是语言、哲学、数学，抑或其他任何学科，这个学生便可在未毕业前选修这一专业的高级课程以求得因材施教的培植。这类学生中的大多数人结束学业后成为公共学校和高等专科学校的教师。而且他们都将永远是卡斯塔里的成员，即使已经毕业离开，也是宗教团体的终身会员。这意味着他们与一般"普通人"（未在精英学校受过教育的人）有着极严格的区别，除非他们宣布脱离宗教团体，他们也不得担任"普通的"专业工作，如：医生、律师、工程师等，他们得终身遵守团体的规章，既不许拥有私人财产，也不可以结婚，以致一般人常常半怀敬意半是嘲讽地称呼他们为："清官①"。

大多数精英学生便以教师职务结束一生。只有卡斯塔里毕业生中的极少数尖子人物，才得以不受限制地从事自由研究，已替他们准备好一种静静思索的生活条件。还有一些天分很高的学生，或因性格不够稳妥，或因身体有某种缺陷，不宜担任教师以及大大小小教育机构里的主管，则往往继续进修和从事资料研究终生，他们从教育当局领取生活费，因此他们的主要贡献大都限于纯学术领域，一部分人在各类辞书编纂委员会、档案馆、图书馆等机构担任顾问，另一部分人则把他们的学问奉献给了"纯艺术"，其中一些人专心致志于极冷僻而且深奥的题目，譬如那个厉害的鲁多维柯斯②花了整整三十年工夫把所有还留存世间的古老埃及经文译成了希腊文和梵文，又如，那位有点古怪的恰托斯·卡尔文席士二世③则为后人留下了一部手写的对开本四大厚册巨著《十二世纪末期意大利南部各大学拉丁语之发音》。这部作品原拟作为一套历史著作的第一部分，可惜这套题为《十二世纪至十六世纪拉丁语发音之发展历史》只留下了这千页手写片断，后来也无人继续完成这项工作。

我们理解这类纯学术著作为何总是遭人讥讽，谁能正确估量出它们对未来世界的科学和民族所具有的真实价值呢？然而与此同时，这类学术工作与古老年代的艺术工作一样，也仍然形成了相当广大的草原，研究者们在从事他人毫无兴趣的课题时，得以不断积累知识，而为同时代其他科研人员提供极珍贵极有价值的服务，相等于辞书或者档案为人们提供的服务。

---

① 清官一词在德语中专指清朝官吏，这里显然褒多于贬，涉及作者本人对中国的认识。

② "厉害的鲁多维柯斯"原型为黑塞的朋友路易斯·莫里艾特（1880—1962），已出现于作家的多部作品中。

③ "恰托斯"是黑塞名字的拉丁语译法（见黑塞童年回忆《我的学生时代》中恰托斯一字的由来）。"卡尔文席士"是黑塞的出生地卡尔夫的变音，"二世"当为揶揄语，意谓此人并非建功立业的第一世。这里提到的著作自然也是子虚乌有的。

上面提到的种种学术著作大都已印刷成书。人们听任学者们从事纯学术工作，他们具有近乎绝对的自由去研究和进行玻璃球游戏，人们或许认为这类著作中有些作品目前对普通人和社会团体毫无直接利益，是的，对于文化较低的人来说，简直是一种奢侈的文字游戏，却也没有任何人横加反对。这类学者中不少人诚然因其研究成果遭受嘲笑，但从未被人斥责，更不用说个人特权之遭到剥夺了。应该说，他们在人民大众中不只是被容忍而已，而且颇受敬重，尽管也给他们编了许多笑话。所有从事学术工作的学者，无一不为自己的求知特权付出了巨大牺牲。他们确实具有不少优越条件：他们不愁衣、食、住，虽然分配颇受节制，他们有规模可观的图书室、资料室、实验室可资利用。但是他们为此不仅得放弃舒适的生活，放弃婚姻和家庭，而且还得作为修道团体中的一名成员退出任何世俗名利竞争。他们不得拥有私人财产、头衔和任何荣誉，更不用说在物质上必得满足于极简朴的生活。倘若有人想以毕生的精力去辨认译释一篇古代碑文，他不会受到阻挠，还会得到资助。但是他若想借此获得高等生活，华丽衣服，获得金钱或者荣誉，他会发现此路不通。谁若看重这种种物欲，大都早在青春年华便已归返"世俗生活"，成了拿薪金的专家、教师、记者，或者结婚成家，总之，找到了一种适合自己口味的其他生活方式。

当男孩约瑟夫·克乃西特不得不离开贝罗奋根时，送他去火车站的是音乐老师。与老师告别使克乃西特感到痛苦，随着火车的启动，古堡钟楼那白得耀眼的阶梯山墙也渐渐望不见时，他心里更升起了一股不安的孤独感。有些孩子踏上这第一次旅程比他的反应更加强烈，常常气馁沮丧，泪流满面。约瑟夫的心却早已倾向那边，便较易忍受这次旅行。何况旅程也不长。

他被分配到艾希霍兹①学校。他曾在原来的校长办公室见过学校的图片。在卡斯塔里属下各所学校中，艾希霍兹的建筑群规模最大式样也

---

① 艾希霍兹也是黑塞虚构的地名。

最新，一切都十分现代化。学校附近没有城镇，只有一座村庄似的居民点，周围都是密密的树木。村子后面便是开阔平坦、富有生气的艾希霍兹校区。建筑群的中间是一大片长方形的空地，空地中央有五棵巨大的杉树，它们排列整齐，好似一枚骰子上的五点，那些圆锥状浓绿的树冠高耸入云，颇为壮观。这块巨大空地半是草坪，半是铺着沙石的平地，其间唯有两座流着潺潺活水的游泳池，边上砌有宽阔而平坦的台阶通向池水。教学楼就矗立在这片阳光普照着的广场入口处，它是建筑群中唯一的高楼，楼分成左右两翼；每一座楼都建有五根柱子的前厅。而其余建筑全都密密匝匝地排列在广场的另外三面，这些房子低矮平淡、毫无装饰，分隔成大小相等的空间，每一幢房子都有一道门廊和几级台阶通向广场，在大部分游廊的出口处都摆放着盆花。

克乃西特到达后，并非由一位校工把他带到校长室或者教师委员会，而按照卡斯塔里的习惯由一位同学出来接待，那是一个身材高大的漂亮男孩，穿一身蓝色亚麻布服装，比约瑟夫稍大几岁，他向新生伸出手去，说道："我叫奥斯卡，是希腊宿舍[①]的高班生，你也将住在希腊宿舍，我奉派来欢迎你，并领你参观学校。你要等到明天才能够上课，所以我们有充裕时间把一切都匆匆看上一眼，你很快就能熟悉 切了。在你初来乍到难以适应这里的生活之前，我也请你把我当作你的朋友和顾问，万一有小伙伴惹你，你也可以来找我当保护人。有些人总认为应该给新生吃点苦头才对。不过绝不会太糟，这一点我能打包票。现在我先领你去希腊楼，让你看看自己要住的房间。"

奥斯卡受舍监委托以这种传统方式欢迎新来的约瑟夫，他确实十分努力扮演着学长的角色，高班学生通常都很乐意扮演这个角色。一个十五岁少年只要不嫌麻烦，肯和颜悦色以保护人的声调接待一位十三岁的学弟，他总能把这个角色演成功的。约瑟夫到达的头几天受到这位学长像迎接贵宾般的接待；这位学长似乎在希望，倘若客人次日离校的话，

---

[①] 黑塞从拉丁语学校毕业后，考入毛尔布隆神学院，就住在该校"希腊室"。奥斯卡的原型不详。

定会同时带走对他这位接待者的良好印象。

约瑟夫被领进一个房间，他将和另外两个男孩同住在这里。他被款待吃了几片饼干和一杯果汁，接着他参观了整座"希腊楼"——大广场上的宿舍建筑之一，随后去了蒸气浴室，人们告诉他挂毛巾的地方，还指点他可以摆放盆花的角落，如果他有兴趣养花的话。将近傍晚时分，人们又把他领到洗衣房见了管理员，帮他挑选了一套蓝色亚麻布服装，试穿还很合身。

约瑟夫觉得自己一踏进学校就像到了家，他也很喜欢奥斯卡说话的声调。约瑟夫只是稍稍露出了些微羞怯的痕迹，尽管他心里自然把这位比自己年长的卡斯塔里"老人"看成了一个半人半神。就连奥斯卡偶尔向他卖弄吹嘘也让他很高兴，例如奥斯卡在谈话时忽然插入一句复杂的希腊引文，随即又忽然想起对方是新人大概听不懂，便彬彬有礼地表示歉意。当然听不懂啦，谁能不学就会呢！

无论如何，克乃西特不觉得寄宿生活有任何新奇之处，他毫不费力地适应了。就因为这个原因，他在艾希霍兹时期的生活没有什么重要事件流传下来。希腊楼曾发生过一次可怕的火灾，那时他大概已离校。我们查阅了我们能够找到的文字记录，证明他在音乐和拉丁语方面常常获得最高成绩，在数学和希腊语方面也在普通水平之上，在《宿舍楼纪事录》里总不断出现有关他的记载，例如："天资聪慧，学习勤奋，品行端正"或者"禀赋高，品行好，颇受师长器重"。至于克乃西特曾在艾希霍兹受到何种惩罚，现已无从查考，处罚记录本已与其他许多东西一并被大火烧毁了。后来听某位同学说，他的确记得克乃西特整整四年中仅受过一次惩罚（禁止周末度假一次），原因是他断然拒绝说出某位违反校规的同学姓名。这个传闻听着可信，克乃西特无疑一贯都重视友情，从不谄媚上级。然而说这一处分是四年期间独一无二的惩罚，确乎不太可能。

由于我们对克乃西特在精英学校早期生活的材料收集甚少，这里只得从克乃西特较晚年代论述玻璃球游戏的讲稿中摘引一段作为佐证。首先说一下，克乃西特这篇为初学者所作的报告并无亲笔草稿，一位学生用速记方式记录了他的即兴演说①。克乃西特在演说中间谈到了进行玻璃球游戏所运用的类比和联想方法，并将后者区分为两种，也即是普遍公认的"正统"联想以及纯主观的"私人性质"联想。他说：

"这种私人性质联想在玻璃球游戏中是遭到绝对禁止的，但并不因此就丧失其对私人的价值。让我为你们举一个例子，那还是我自己学生年代发生的事情。那年我大约十四岁，时值二月或三月的早春季节，一天午后，有位同学邀我陪他出去砍伐一些接骨木树枝，他正在构制一座小型水磨坊，想用接骨木枝作管子。我们一起出发了。那天必是世界上特别美丽的日子，至少在我的记忆里十分美好，给我留存下永不忘怀的童年体验。大地很湿润，积雪已完全溶化消失，溪水泛出绿光急匆匆向前流动。一朵朵蓓蕾和微微绽开的柔荑花已替光秃秃的灌木增添了一抹色彩，空气中弥漫着一种气息，一种既充满活力又显得死气沉沉的气息。那是潮湿的土地、腐烂的树叶和刚刚萌生幼芽的气味，人们时时期待着去嗅闻第一朵紫罗兰的香气，事实上一朵花也没开。

"我们走到一丛接骨木树旁边，树上已经萌出细小的嫩芽，却还看不见一片叶子，当我砍下一根枝条时，一股强烈的又苦又甜的气息迎面扑来，好像枝条内聚集着春天的全部气息，又似乎能够自乘而成倍增加，正向我喷射而出。我完全被震住了。我闻闻刀，又闻闻手，闻闻那根接骨木枝条，散发出如此难以抗拒的迫人香气的是树汁。我们互相都没有提这阵气息。但是我的同伴却久久地闻着自己的树枝，并默默沉思着，无疑香气也对他显示了某种意义。

"是的，每一种体验莫不存在各自的魔术性因素，就以我这个例子而言，那个已经降临的春天——就在我走过潮湿的冒着溪水的草原，感受着泥土和嫩芽气息的时候我被迷住了，眼前这根接骨木树枝的香气奏出了最强音，把它浓缩和提高为一种充满意义的譬喻和迷醉感。也许我举的这一次童年体验缺乏联系，过分孤立，但是我已永远不会忘记这

---

① 据德国黑塞研究学者分析，作者在这里援用了柏拉图与他的学生亚里士多德的关系。

一气息了。更确切地说，从此以后，直到老年，每当重逢这一香气，都会回忆起第一次领悟到香气意义的体验。现在我再添加第二种因素。当时我曾在我的钢琴教师那里看见一本很旧的乐谱，是一册舒伯特歌曲集，它强烈吸引了我。有一回我久候老师不归便粗粗阅读了一遍，经我请求，老师答应借我几天。我一有空暇便如痴如醉沉浸在对舒伯特的研究之中。迄至那天之前，我对舒伯特完全陌生，可是一读就被他迷住了。就在砍接骨木枝当天或者隔一天，我发现了舒伯特的春天颂歌《菩提花喷吐芳香》，钢琴伴奏出的最初和音突然让我感到好似早已熟知这一乐音。这些和音散发出与接骨木嫩枝同样的芳香，同样的又苦又甜，同样的又浓烈又迫人，同样的充溢着早春气息！从那一时刻开始，早春——接骨木香气——舒伯特和音，对我而言，已互相关联，不仅固定，而且绝对协调。一旦和音奏响，我立即就闻到了微带酸涩的树汁气息，两者对我都意味着：春天来了。

　　"我十分珍视这种私人联想，绝不会放弃的。但是，这种联想——每逢早春就会想起曾经历过的两种精神体验——却纯属我个人的私事。当然，它是可以表达的，如同我刚才给你们讲解的那样。但是它却无法传递。我能够让你们懂得我的联想，但是我没有能力让你们——哪怕只让一个人，把我的私人联想转化为你们自己的适当征象，让它起一种机械作用，使你们也毫无错误地反应同一信号，也始终循着同一轨迹前行。"

　　克乃西特的一位老同学，后来升为玻璃球游戏档案馆的第一把手，据他回忆，克乃西特总的说来是一个天性快活的男孩，十分安静，偶尔在演奏音乐时会露出一种令人吃惊的入迷或者喜形于色的表情，极少见他激动和露有愠色，这种样子唯有在玩他喜爱的韵律球游戏时才偶然有所显露。这个本性善良的健康孩子也曾几度出事，结果招致别人嘲笑或者为他担心，事情都出在有学生被校方开除的时候，其实这种情况在低年级班上是常有的事。当克乃西特第一次发现一位同学没有上课，也没有参加游戏，第二天也依然不见踪影的时候，他听说那孩子并未生病，而是被开除而离校了，而且永远也不可能再回学校，这事使克乃西特不仅很悲伤，还精神恍惚了许多日子。若干年之后，这位同学还听见克乃西特亲口对他说："每逢一个学生被遣送回家离开艾希霍兹时，我都觉得好像死了一个人。倘若有人问我为何如此伤心，我也许会说，我不单同情那位可怜人因为轻浮和懒惰而断送了前途，还担心自己有朝一日也落得同样下场。直到我经历了许多次遣返事件，直到我认为可怕命运绝无可能落到自己头上之后，我才开始对事件有了较深刻的认识。这才领会到开除精英学生不只是一种灾祸和惩罚，并且也认识到被开除的学生中有许多人恰恰是很乐意回家的。我也才觉察到，事情并非单纯的审判与处分某个轻浮学生的问题，而在于有一个'外面的世界'，我们所有精英学生全都来自那里，那个世界不像我心里想象的早已停止存在，恰恰相反，在许多孩子心里，它仍然是充满吸引力的了不起的现实世界，而且始终在诱引着他们，最终把他们都吸引了回去。也许它所诱引的不是个别人，而是我们所有人。这个我们业已离开的遥远世界发出如此强大的吸引力，也许完全不是针对那些意志薄弱和精神卑劣的人。也许他们那种表面上的跌落根本不是什么堕落和遭难，而是向前跃进和向上运动。也许我们规规矩矩留在艾希霍兹的人才名副其实是弱者和懦夫呢。"

我们将会看到，这一思想后来对克乃西特有极其重大的影响。

每次重逢音乐大师，对克乃西特都是大喜事。至多隔两三个月，音乐大师就会来艾希霍兹指导音乐教学，常常住在一位与他友好的教师家，一住便是数日。有一回演出蒙特维尔梯①的晚祷曲，他甚至亲自指挥了最后一次排练。最为重要的是他还着意培养有天分的音乐学生，克乃西特也属于被他慈父般照顾的孩子之一。他常坐在练习室的钢琴旁与克乃西特共度一个小时，或是讲解一位他心爱的音乐家的作品，或是阐释古老音乐理论中的某个典型实例。克乃西特后来回忆说："同音乐大师一起合奏一首轮唱曲，或者听他把一首构思不佳的作品来个荒诞转

———————
① 蒙特维尔梯(1567—1643)，意大利作曲家，创立威尼斯歌剧风格，对后世音乐有很大影响。

换，这是一种无与伦比的庄严肃穆或者愉快开心的经历，时而让人感动得热泪盈眶，时而又让人忍俊不禁。听他讲一个钟点音乐课好似沐浴了一次又让人按摩了一次。"

克乃西特在艾希霍兹学习的日期即将届满，他将与其他十二个程度相等的学生升到另一个学校，校长按照惯例向这批少年精英发表训话，他再一次向这些毕业生讲解了卡斯塔里的宗旨和规章，还以宗教团体的名义给他们描绘了今后的道路，他们都可能最终跻身于宗教团体最高当局之列。校长的讲话是全校师生为欢送离校者而举行的庆典活动的一部分，这批人一连数日受到老师和同学们贵宾般的款待。在接连几天的活动中，天天都有筹备妥善的演出，这次演出的是十七世纪的一部巨型大合唱，连音乐大师也亲临倾听。

校长讲完话，大家向装饰一新的餐厅走去时，克乃西特走到音乐大师身边问道："刚才校长对我们说，外边的普通中等和高等学校与我们卡斯塔里学校全不相同。他说那里的学生们在自己的大学里研读'自由'专业。倘若我没有听错的话，我想我们卡斯塔里学生全然不知道这个专业。我应该怎样理解这问题？为什么要称为'自由'专业？为什么卡斯塔里要把这一专业排除在外？"

音乐大师把年轻人拉向一旁，站停在一棵大杉树下。一丝近似狡猾的微笑使他眼角产生了一道道细细的皱纹，他当时的回答是："亲爱的朋友，因为你姓克乃西特①，也许这就是'自由'一词如此吸引你的原因。不过你对这类事情千万别太认真！非卡斯塔里人说起自由一词总是太认真，听起来甚至有点慷慨激昂。我们卡斯塔里人说到这个词时却用讽刺的口吻。自由对于那些学生而言，也仅仅不过是选择专业而已。这种选择造成了一种自由的假象，其实在大多数情况下，选择往往出自学生的家庭而很少出于学生本人。更有甚者，有些父亲宁肯咬断自己的舌头，也不甘心真正听任自己的儿子自由选择。但是我这么说也许是一种诽谤。我们不提这些吧！自由确实存在，不过只局限于唯一的一次，

---

① "克乃西特"一词意为"奴仆"。

只限于选择专业的行动而已。专业既已选定，自由也便完结了。学生们进了大学，不论学医科、法科和工科，都得研读极严格刻板的课程，直至通过一系列的考试。当他考试及格，获得自由开业许可证件，似乎可以在外表自由的情况下从事自选的职业了。其实未必，他将成为形形色色较低级力量的奴隶，一切都取决于他能否取得成功，获得金钱、名誉和地位，取决于他能否讨得人们的欢心。他必须屈服于选举，他必须大量挣钱，他不得不参与阶级集团、家族集团、各种党派以及新闻报刊的无情竞争。他借此得到了成功和富有的自由，同时也得到了受失败者憎恨的回报，反之也一样。至于精英学生以及后来成为宗教团体成员的人们，情况却恰恰相反。他不存在'选择'职业的问题。他不认为自己比老师更能判断自己的才能。他对自己在团体中的地位和职务的选择总是接受师长的安排，总而言之，倘使一个人没有做过太出格的事，那么老师就必得按照这个人的品格、才能以及缺点，作出适当的安排。每一个精英学校的学生，凡是通过初级考试的，便都在这种貌似不自由的情况下享受到人们可能料想的最大自由。那些'自由地'选择了专业的人们不得不经受本专业又狭窄又呆板的课程，经受那些严格的考试，以便替自己的前途打下基础，而精英学校的学生则远为自由得多，许多人一旦开始独立研究便选定了一生从事的课题，许多人往往选择了极冷僻，甚至很愚蠢的题目，没有人阻挠他们的研究工作，只要他们自己不蜕化变质。具有教师禀赋的人被安排为教师，具有教育家禀赋的让他成为教育家，具有翻译才能的让他当翻译家，每个人都安排在最适合他的位置上，就如他自己所愿，他既能够服务，也能够在服务中得到自由。最重要的情况在于：从此以后他就毕生免除了忍受可怕奴役的职业'自由'。他不需为金钱、荣誉、地位而奋斗，他不介入任何党派的纷争，他不会处于公与私、个人与官方的夹缝之中，他绝无成败得失之虑。我的孩子，现在你看清了吧，当我们谈到自由选择时，为什么'自由'一词听着总有点滑稽的味道。"

告别艾希霍兹给克乃西特的一个生活阶段划上了句号。他迄今度过的是一种幸福的童年，过着顺从的、与一切秩序和谐的、轻松容易的生活，如今却要开始面对一种奋斗、发展和困难重重的生活。当接到即将转学的通知时，他已差不多十七岁了。有一批同学与他同时获得通知，所以在这段短促的间歇期内，这批入选者除了议论他们即将被移植的地点之外，再也没有任何重要话题。校方依照惯例，直到最后几天才通知他们本人，而在毕业典礼和离校期限之间只有几天假期。

克乃西特在这段假期里有一件颇有意义的大幸事。音乐大师邀请他步行去自己家作客数日。那是十分罕见的殊遇。克乃西特同另一位毕业生——因为克乃西特仍然还在艾希霍兹，学生是不可单独旅行的——在一天清晨向森林和山上走去，攀登了三个钟点之后，他们终于穿过茂密的树林抵达一座山峰的圆形顶端，从峰顶向下俯视，变小的艾希霍兹全貌尽收眼底，尽管距离已远，但是那五棵大树的黑影，那一大片由草坪、闪光的水池、高高教学楼组成的四方院子，还有邻近的教堂、村庄以及远近闻名的桴树林①依然清晰可辨。两个年轻人站在山顶朝山下望了许久。我们中许多人始终怀念这可爱的景色，景色至今依旧，没有太大变化。因为那场大火以后一切建筑都照原样重建，而五棵大树中有三棵劫后余生，依然屹立如故。这两位青年望着山下的学校，那是他们生活多年的家，而今即将告别远行，不禁触景生情，一阵阵心酸。

"我觉得我从前没有发现这里多么美丽，"约瑟夫的同伴打破沉寂说，"唉，大概是因为我要告别了，这才第一次真正看清楚。"

"正是这样，"克乃西特回答，"你说得对，我也有同感。不过我们即使离开了，从本质上理解仍然没有脱离艾希霍兹。唯有永远离去的人才真正脱离艾希霍兹，例如那个会写拉丁语打油诗的奥托，或者那个能在水底潜伏很久的查理曼内，以及另外几个人。他们都是真正走了，脱离关系了。我已经很久没有想到他们，现在又一下子都进了我心里。你尽管笑我吧，但是我确实认为这些叛徒错归错，却也有使我感动之

---

①艾希霍兹直译就是"桴树"，校名正取自此树名。

处，就像那个叛教的天使鲁切弗，多少总有点慑人的伟大力量。他们也许做错了事，更确切地说，他们毫无疑问是错的，但是无论如何，他们至少做了自己想做的事，完成了一些工作，他们敢于冒险向前跳跃，那是需要勇气的。而我们这些人，我们又勤勉学习，又老实听话，又十分理智，可是我们没有什么行动，我们从不曾向前跳跃！"

"我不这么想，"克乃西特的同伴表示，"他们中的一些人既无行动也没有冒险，他们只知道吊儿郎当，直到被校方开除。也许我没有完全听懂你的意思。你所说的跳跃意谓什么？"

"我的意思是能够忘我，能认真投入，嗯，就是这样——这就是跳跃！我不希望自己跳回童年的家，不想恢复过去的生活，它们对我已经没有吸引力，我也几乎把它们完全忘记了。我只希望某个时刻突然来临，只要符合人们的需要，我也能够忘却自我，向前跳跃，当然不要向着渺小低劣，而要向前向着更高的远处。"

"是啊，我们不是正走着么。艾希霍兹是一个阶段，下一步要走得更高些，最后等待着我们去的是最高宗教团体。"

"是的，但我的意思还不只是这些。我们继续向前走吧，朋友，步行漫游真好，它让我心情愉快。我们的日子确实过得太沉闷暗淡了。"

我们从克乃西特的同学转述到他当时的情绪和言词判断，克乃西特显然早自青年时期便已开始他的狂热追求。

两位徒步旅行者在路上走了整整两天才到达音乐大师当时的住处，位于高高的蒙特坡①山间的一座旧日修道院里，大师正在开授指挥课程。克乃西特的同伴被安排住在客房，而克乃西特则住在大师自己居室的一个小房间里。他刚收拾好行囊，梳洗完毕，主人便走了进来。这位可敬的长者和年轻人握过手，微微叹了一口气后便在一把椅子上坐下身子，然后闭上眼睛休息了一忽儿，这是他极度疲倦时的习惯动作，随即又抬头望着客人，亲切地说道："请原谅我，我不是一个善于招待的主

①蒙特坡也是虚构地名。有些德国学者认为可能暗喻黑塞自己的隐居地蒙太格诺拉。

人。你步行跋涉而来，一定很累了，老实说我也很累，一天的工作日程排得太紧了。——倘若你不打算立即上床休息，我想现在就领你去我的书房聊一个钟点。你将在这儿逗留两个整天，明天请你和你的同学与我一起用餐，可惜我无法给你很多时间，因此不得不设法替你找出几个钟点来。我们立刻开始吧，怎么样？"

他把克乃西特领进一间有巨大圆形拱顶的小房间，屋内只摆着一架古老的钢琴和两把椅子，除此之外便没有其他物件了。他们各自在一把椅子上坐下了。

"你不久就要进入另一个阶段，"音乐大师说道，"你将在那里学习各种新东西，有许多是极美好的，你也肯定很快就会开始接触玻璃球游戏。所有一切都很美好，而且很重要，但是有一件事比其他任何东西都更为重要：你将学习如何静坐默思。这似乎是人人必学的，却不可能进行考核。我希望你能够正确把握，真正学好，就像学习音乐那样，学好了这一课，自有能力破解世上万事万物。因而我想亲自替你上两堂或三堂入门基础课，这就是我邀请你来的目的。今天、明天和后天，我们都得试着静修一个钟点，默想音乐。你现在先喝一杯牛奶，免得饥渴扰乱你的身心，晚饭还得过一会再送来。"

他敲敲门，有人端来一杯牛奶。

"慢慢喝，慢点儿，"他说，"别着急，不要说话了。"

克乃西特极慢地喝着那杯凉爽的牛奶，面对着这位可敬的老人。老人再度闭上了眼睛，那张脸看上去确实苍老了，表情十分慈祥，显得十分宁静，他的笑容是向着自己内心的，好似他已走进了自己的思绪之中，就像一个疲惫不堪的人把脚浸入脚盆时那样。老人全身流泻出平和静谧的气息，克乃西特感受到了这种气息，心里也越来越平静。

现在，音乐大师从椅子上转过身子把双手搁到钢琴上。他奏出一个主题曲，随即又加以变奏发展，那主题曲似乎出自某位意大利经典作曲家的作品。他指点自己的客人，教导他如何对这部音乐作品在整个演奏过程中进行联想，想象出一场舞蹈，一系列连续不断的平衡体操动作，一连串以一个均匀轴心为中心的大大小小舞步，教导他如何全神贯注，只注意这些舞步所构成的图形上。他把这段节奏又弹了一遍，静静地思索了片刻，又弹奏了一遍，然后静坐着，双目半闭，双手平置膝上，一动不动地在自己内心复奏着考察着这段音乐。现在连这位学生也开始自内心深处聆听了，他看见了五线谱的一个个片段，看见有些东西在自己眼前活动，在踏步，在跳跃，在飞舞，他试着去读懂和辨认出那些好似鸟儿飞翔划出的曲线般的动作。而这些东西互相纠缠不清，一切又消失不见了；他不得不重新开始，就在他专心集中的瞬间，只觉得心里突然一片空白。他茫然四顾，看见音乐大师沉静深邃的脸庞在黄昏的微光中飘浮，于是赶紧回头，循着老路回到了刚才滑落离开的心灵空间。于是他又听见音乐之声在心里响起，看见音乐在那里踏步行走，划出舞动的线条，他在心里追踪着那些看不见的舞者们跳跃的舞步……

当他又一次从自己的心灵空间滑落出来，当他再度切实感到自己坐着的椅子，脚下铺着草席的石板地，还有窗外开始变暗的暮色时，觉得自己好像度过了一段很长的生活时期。这时他觉察有什么人在凝视他，便抬起头来，恰和正在审视他的音乐大师的目光相对。大师以一种几乎很难察觉的动作向他点了点头，接着用一根手指以极弱音弹出了那部意大利乐曲的最后变奏，随即站起身来。

"你留在这里，"他说，"我就回来。你试着把乐曲再回想一遍，注意那些图形的变化！不过不必太勉强，这只是游戏而已。倘若你想着想着就睡着了，那也没有什么关系。"

他说完就离开了。他紧张忙碌了一天后还有一件事等着他去处理，那可不是什么他希望做的轻松愉快的工作。有个在指挥班学习的学生，一个有才能，却颇爱虚荣，又很傲慢的青年，使大师不得不和他谈谈其所表现的错误与恶习，而且得采用恩威兼施的办法。大师叹了一口气。为什么问题总不能彻底解决，已承认的错误总是一再重犯！人们不得不反复和同样的错误作斗争，同样的莠草永远拔不尽！有才无德，华而不实，它们曾在副刊文字年代的音乐生活中占据统治地位，后来在音乐复兴时期被清除得一干二净——如今又破土而出，萌生幼芽了。

当他办完这件事回来，要约瑟夫与他共进晚餐时，他发现这孩子还静静坐着，模样愉快，已没有丝毫疲倦的神态。"真是奇妙，"男孩作梦似地说道，"音乐在我心里曾一度消失，又出现时完全改变了模样。"

"就让音乐在你心里任意回荡吧，"大师说着把他领进一间小小的居室，居室里一张桌子上已经摆好面包和水果。他们开始用餐，大师邀请他明晨来听一忽儿指挥课。在送这位客人回小房间休息之前，大师又叮嘱道："你在静坐冥想时看到的东西，音乐以图形花样展现在你眼前。它们倘若中你的意，试试用笔记录下来。"

克乃西特发现自己小房间桌上放着纸和笔，便不忙上床，而试着把那首乐曲在他心里转化成的图形用笔描绘下来。他先画出一条线，又在这条线上画了许多条斜着伸展开去的短短的支线，其间的空隙都合乎韵律的节奏，看起来像是树枝上排列规则的叶片。这幅图像并未令他满意，但是他兴致勃勃，仍一而再，再而三地试着重画，最后他把线条弯曲成了圆圈，那些支线犹如花环上的花朵一般，向四周扩散开来。然后他上床就寝，立即便进入了梦乡。梦中他又来到了昨日曾与同学略事休憩的峰顶上的森林，俯览着山脚下可爱的艾希霍兹。他正在定睛凝望，学校楼群所在的四方院子逐渐变成了椭圆形，随即又转化为一个圆形，变成了一只花环，花环开始缓缓旋转，越转越快，直到令人眼花缭乱，最后突然裂开，爆散为无数闪烁的星星。

克乃西特醒来时已经忘了这场梦，可是后来与音乐大师一起作清晨散步，当大师问及晚间是否做梦时，他依稀感觉到有过不愉快或者令人不安的梦。他又想了想，想起来了，便叙述了梦里的情景；同时他觉得十分惊讶：梦居然对自己毫无伤害。大师仔细谛听着他的叙述。

"应该重视梦吗？"约瑟夫问，"梦能够解释吗？"

音乐大师直视着他的眼睛简洁地答道："我们对一切事情都应该重视，因为一切事情都能够解释。"

他们走了一会儿后，大师慈爱地问他："你最愿意进哪所学校？"约瑟夫脸红了。他极快地轻声说："我想，是华尔采尔。"大师点点头。"我也这么想。你总知道一句华尔采尔的格言：Gignit autem artificiosam . . ."①

克乃西特仍然红着脸，却把学生们熟知的谚语背全了：华尔采尔② 更是培养出高明玻璃球游戏者的圣地。

老人亲切地望着他。"这大概就是你的道路了，约瑟夫。你也知道，并非人人都赞同玻璃球游戏。他们说，它不过是艺术的后补力量，从事游戏的人都是些为艺术而艺术的人，他们已不再献身灵魂事业，不过是些业余艺术家，只会弄些幻想曲、即兴曲玩玩而已。你将来会看到这番话有多少是真正符合事实的。或许你已经对玻璃球游戏有自己的看法，寄予了过多的期望，或许恰恰相反。毫无疑问，玻璃球游戏也有其危险性。但是我们正因其有危险而爱它，唯有弱者才被打发走毫无风险的道路。但是你得永远记住我经常对你说的话：我们的目标是正确认识矛盾对立，首先当然是看作矛盾，然而接着要视为一个统一体的相对极。这也就是玻璃球游戏的特点。具有艺术禀赋的人之所以喜爱玻璃球游戏，是因为他们能够从中获得即兴想象的机会。——某些严谨的科学家，甚至一些音乐家却轻视这种游戏，是因为他们认为它缺乏每一种科学专业都能够达到的严谨程度。好啦，你将会遇上这类矛盾对立，而且随着时间的推移，你将会发现它们都是主观的对立物，而不是客观的事实。例如一位爱幻想的艺术家，他避开纯数学或者逻辑学，并非因为他对它们已多少了解和有什么发言权，而是因为他天生喜爱某些别的东西。你可以认为这种天生而强烈的爱憎本能乃是小人物的特征，现实生活中的大人物和卓越人物都没有这类强烈的感情。我辈芸芸众生，都只是一个平常人，在人间都只是一次尝试，一段中途旅程而已。而每个人即使仅仅处于中途，那里也依然存在和谐完美，他应该努力达到中心，而不是只在边缘打转。请你不要忘记：一个人能够既是严谨的逻辑学家或者语法学家，同时又是充满幻想和音乐感的人。一个人也能够既

---

① 拉丁语："更是培养出……"
② 华尔采尔学校也是黑塞虚构的名字。

是音乐家或者玻璃球游戏者，同时又完全精通一切规则与秩序。我们的目标是要培养这样的人，要成为这样的人，他不论在哪一天，不论和哪一个人，随时随地都可以交流他研习过的科学或艺术问题。他能够把最清澈透明的逻辑理论灌注入玻璃球游戏之中，也能够让语法学富于创造性的幻想气息。我们应当努力成为这样的人，我们应当具备这样的能力，随时随地都能够承担另一种岗位的任务，而不会让自己因不堪承受压力而困惑慌乱。"

"我想我已经听懂了，"克乃西特说。"具有如此强烈爱憎感情的人，是否只是那些天性热情的人，而其他人则比较冷静比较温和？"

"这话听起来正确，其实不然，"音乐大师笑着说。"对事事都热心，又想把一切都做好，这就需要大量的精神力量、勇气和热情，少一点儿就不成。你所说的热情其实不是精神力量，而是灵魂与外在世界摩擦而生的力量。凡是你所谓的热情占统治地位之处，与其说是存在着大量渴望和雄心，倒不如说是把它们导向了自我孤立的错误目标，并因而形成了紧张压抑的时代气氛。同时，凡是竭尽全力趋向中心的人，凡是努力趋向真实的存在、趋向完善境界的人，外表看来总比热情者要平静得多，因为人们并不总能看见他们灼热的火焰，举例说吧，他在辩论时决不会高声喊叫，也不会挥舞臂膀。但是我可以对你保证，他是炽热的、是在燃烧的！"

"啊，能让人们了解该多么好！"克乃西特不胜感慨。"倘若有一种人人都信仰的学说该多好啊！现在一切都互相矛盾，一切都自行其道，有什么是确实可靠的呢。事事既可以这么解释，又可以反过来那么解释。人们能够把整个世界的发展历史说成是发展和进步，也同样能够将之叙述为一无所是的堕落和荒谬。难道真的没有真理吗？难道不存在真正纯正而有效的学说吗？"

音乐大师还从未听见他用如此激烈的口吻讲话，默默走了一段路后，才回答道："真理是有的，我的孩子。但是你所渴望的'学说'，那种绝对的、完善的、让人充满智慧的学说却是没有的。我的朋友，你也不应该去渴求一种完善的学说，而应该渴求让你自己完善无瑕。神性在你自己心中，而不在任何概念和书本里。真理是体验而得的，真理无法传授。约瑟夫·克乃西特，让你自己在斗争中领悟吧，我不妨说事实上已经开始了。"

约瑟夫这几天总算有机会亲眼目睹自己敬爱的师长的日常生活与工作，十分钦佩，尽管他仅能见到大师每日完成事务中的极小部分。而最主要的是音乐大师赢得了他的心，因为大师邀请他，照顾他，因为这位工作如此繁忙、看上去又常常如此疲倦的人还为他抽出一个钟点又一个钟点，何况还不单单是时间呢！大师指点他的静修入门课程竟让他获得如此深刻和持久的印象——事实如此，这是他后来作出的判断，并非通过传授某种特殊的高级技巧，而只在于大师的为人和他的示范作用。尽管克乃西特后来的老师们，在他下一年的静修课程中，给予了更多的指导，更精确的阐释，更严格的控制，也提出了更多的问题，作了更多的纠正，但音乐大师对这位青年的影响力却是最牢固的，他讲解得很少，往往只是确定主题后便开始示范演奏。克乃西特观察到，他的老师如何常常显得又苍老又疲倦，然而，在略一闭眼潜心内视之后，如何再度显得又沉稳、又快活、又亲切、又生气勃勃。克乃西特十分折服于这种走向内在灵魂泉源的道路，这种自骚动至平静的道路。关于这一切，克乃西特都是在这一次或那一次短暂散步或者用餐时随便谈话中零零星星听到的。

我们知道，大师当年也曾对如何进行玻璃球游戏为克乃西特讲过若干出色的指示性言语，可惜什么也未能流传下来。克乃西特还难以忘怀，主人如何尽心尽力照顾了约瑟夫的同伴，以减少那孩子附属品的感觉。老人似乎什么都想到了。

在蒙特坡短暂逗留期间，受了三次静修教育，旁听了一次指挥课，与音乐大师的几次谈话，对克乃西特具有不可估量的影响。毫无疑问，音乐大师为克乃西特的短暂学习取得效果选择了最有利的时刻。此次邀请的主要目的如他所述乃是指点克乃西特从内心掌握静修的入门课程，但是邀请本身也具有同样的重要性，这一殊遇也正是老师对他极为关心、期望甚高的表示，这使克乃西特的感召体验进入了第二个阶段。

人们已恩准他一窥宗教团体最高当局的内情。最高当局十二位大师中的任何一位召见和接近毕业生中的某个学生，其意义绝不限于个人好感。身为大师，一言一行，总不止是个人私事。

临行前，两个男孩都得到了小礼品，约瑟夫得到的是一册两部巴赫合唱序曲总谱，同伴是一册袖珍本贺拉斯①集子。音乐大师与克乃西特握手分别时对他说道："过几天你就会知道自己分配在哪个学校了。我去艾希霍兹的次数较多，很少去高级学校，但是我们肯定会在那里再见面的，只要我身体仍然健康。如果你愿意，不妨每年写一封信给我，特别是谈谈你学习音乐的进程。我不会阻止你批评你的老师，我对这种事情是不在乎的。无数工作等着你去做，我希望你能经受住考验。我们卡斯塔里人应该不仅仅是一个出类拔萃者，首先应该是一个严谨的团体。一座建筑，其中的每一块砖头唯有在整体中才具有自己的意义。离开了整体便无路可走。因而一个人上升得越高，承担的职务越重要，自由反倒越来越少，而责任越来越多。再见吧，我的青年朋友。你能在此逗留，真让我感到愉快。"

两个孩子踏上了归途，途中比来时更加快活，谈话也更多。生活在另一种情景和气氛中，接触的是不同环境的人，短短两天就使他们完全松弛了，对于艾希霍兹和即将来临的离别之惆怅感也变得淡薄了，反倒更加向往变化向往未来。他们在林中歇脚处，在蒙特坡某个陡峭的峡谷，都曾从衣袋里取出木笛用双声部吹奏几首民歌。当他们再度登上那座可以远眺艾希霍兹全景的峰顶，俯视学校的建筑和那些大树时，两人都觉得上次在这里的谈话似乎已是遥远的过去了。一切事物都有了一种全新的面貌。他们对此保持沉默，只对自己当时的感情和言论有点儿羞愧，时过境迁，已经全然毫无意义。

他们回到艾希霍兹次日便得知了自己的去处。克乃西特分配去华尔采尔学校。

---

① 贺拉斯(公元前65—前8年)，罗马诗人。

# 华尔采尔

　　"华尔采尔更是培养出高明玻璃球游戏者的圣地"，这是一句介绍著名华尔采尔学校的古老谚语。卡斯塔里属下的许多学校中，华尔采尔在第二阶段和第三阶段的课程中侧重于音乐，也就是说，其他许多学校都各有其侧重学科，例如：考普海姆学校侧重古典语言学，波尔塔①学校侧重亚里士多德和经院哲学，普兰华斯特学校则侧重于数学，而华尔采尔学校的传统恰恰相反，倾向于培植能够协调科学与艺术的人才，此种倾向的最高象征便是玻璃球游戏。尽管玻璃球游戏在这里也如同在其他学校里一样，既非官方活动，也不是正式传授的必修学科。但是，凡在华尔采尔就读的学生，几乎毫无例外地都在课外研习此项学科。事情不难理解，因为举办玻璃球游戏活动的会址及其各种附属机构均设于小城华尔采尔：诸如专为游戏庆典而建的著名玻璃球游戏大厅，规模宏大的玻璃球游戏档案馆及其属下的各种办公机构和图书室，就连玻璃球游戏大师的寓所也设在这里。即便种种机构均为独立单位，华尔采尔学校也绝非其附属或分支，然而它们的精神却笼罩着整个学校，尤其是举行公开游戏大赛的庄严典礼气氛更弥漫遍及整座小城。当然，全市上下无不自豪于拥有这所学校和这一游戏。当地居民称华尔采尔学校的学生为"学者"，称来此研习玻璃球游戏的客人们为"解结者"，这是拉丁语"游戏者"一词的转化。

　　附带提一下，华尔采尔学校是卡斯塔里属下所有学校中规模最小的，每次招收学生总数从未超过六十人，这种情况无疑会使学校略显特殊和贵族色彩，总有点与众不同，似乎只培育精英中的精英人才。事实也确乎如此，过去几十年里，许多艺术大师和所有玻璃球游戏大师都出自这座令人尊敬的学校。当然，对华尔采尔这种灿烂夺目的声誉绝不是毫无争议的。到处总有人认为，华尔采尔人纯为自鸣得意的崇美者和娇生惯养的王子，除了玩玻璃球游戏便一无所能。偶尔，在其他几所学校里也会刮起一阵反华尔采尔风，对他们横加指责，但恰恰是这类半是戏谴半是斥责的尖刻话语，说明一切均起因于羡慕和妒忌。不管怎么说，一个学生被安置在华尔采尔总是一种殊荣。约瑟夫·克乃西特也领会到了这点，虽然他既不虚荣也无野心，然而就接受这一殊荣来说，他也充满了愉快的自豪感。

克乃西特和几个同学一起步行来到华尔采尔。他对未来充满期望，并且作了充分的精神准备，一踏进南门就立即被古老小城的棕色外观所吸引，被庄严肃穆的校园迷住了，学校前身是一座西妥教会②的修道院。他刚刚在接待室用过茶点，等不及换上新服装，就独自一人溜出去观看自己的新家乡了。他在一度曾是古城墙的遗址旁发现了一条步行小路，便沿着这条小河边的小路往前走，在一座拱形桥顶上站停住，聆听着水磨的沙沙声，随后经过墓园走入一条林荫道，他看见并辨认出了高高树篱后的"玻璃球游戏者学园"③，为坡璃球游戏者特辟的小城市。这里有举行庆典的大会堂，有档案馆，有各种教室，有贵宾楼，还有教师的住宅。他望见一个穿着玻璃球游戏服装的男子从其中一幢住宅走出来，心里暗忖：会不会就是一位传说中的游戏能手，也许正是玻璃球大师本人呢。他感到这里的气氛对自己具有强大魅力，一切都显得那么古老、可敬、神圣，充满传统色彩，顿时产生较艾希霍兹时更为接近"中心"的感觉。当从玻璃球游戏区往回走的途中，他又觉察到了城市的另一种魅力，也许不那么令人崇敬，却同样令人激动。这便是小城本身——一个小小的世俗世界：那些忙忙碌碌的商业交易活动，那些小狗和小孩子，那些店铺和手工作坊的气味，那些留着胡子的市民和坐在店堂门后的胖太太，那些喧嚷玩耍着的少年，那些斜眼望人的年轻姑娘。许多东西都让克乃西特回想起业已遥远的往日世界，想起自己熟知的小城贝罗奋根，想起过去一直深信早已被自己忘怀的一切。如今，他

---

① 据德国黑塞研究学者称：这里列举的三所学校都实有所指，尤其是波尔塔显然影射费希特、克洛普斯笃克、尼采等曾在此就读的普尔塔学校。
② 西妥教会是天主教的本笃会教派的一个分支。黑塞少年时代曾在建于山谷间的西妥教派的毛尔布隆修道院学习神学。
③ 原文为拉丁语：Vicus Lusorum，直译当为"玻璃球游戏者村庄"。

灵魂深处正在对一切作着反应，种种景象、气味和声音无不例外。和艾希霍兹相比较，在这里等待他莅临的是一个不很宁静，却更色彩绚丽、更富裕殷实的世俗世界。

学校开学后，尽管也有几门新课，克乃西特最初仍然觉得只是旧课程的继续而已。真正的新东西丝毫也没有，除了静修练习。这对他而言，也因已经音乐大师指点而不是新的尝试了。当年他很乐意接受冥想指导，却只把它当作放松身心的愉快游戏。直到后来——我们将要谈到此点——他才从自己切身体验中认识到它的真正的极高价值。

华尔采尔学校的校长奥托·切宾顿①是一位不同凡响的奇人，却有点让人害怕，克乃西特看见他时已年近六旬。我们后来所见关于学生克乃西特的记载，不少记录出自校长那一手漂亮而遒劲的书法。事实上，最初是同学们对新来的青年产生了好奇心，而不是教师。克乃西特尤其与其中的两位建立了非常富有男子气概的友谊关系，有许多文字往来材料可资佐证。一位是与克乃西特同年的卡洛·费罗蒙梯②，开学头几个月他们就成了好朋友，费罗蒙梯后来成为音乐大师的代理人，地位仅次于最高教育当局的十二位成员。我们非常感谢他的帮助，尤其是他所撰写的论述十六世纪琵琶演奏风格的史话③。他在学校里的浑名是"嗜米者"，同学们都很赞赏他的游戏才能。他和克乃西特的友谊始于谈论音乐，继而共同研习互相切磋，他们的交往持续了许多年。这方面的情况，我们一部分得自克乃西特写给音乐大师的书信，信很稀少，内容却都非常丰富。克乃西特在第一封信里称费罗蒙梯是"音乐专家，擅长于华丽装潢、装饰音、颤音，等等"，他们曾一起练习演奏科帕林、普赛尔和1700年代其他大师的作品。克乃西特在其中一封信里对此类练习和音乐作了详尽描述，"在演奏某些片段时几乎每一个音符都给加上了

---

① 切宾顿也是虚构人物。
② 卡洛·费罗蒙梯是黑塞侄子卡尔·易生贝格（1901—1945）名字的拉丁文写法。他曾长期从事教堂音乐和音乐教学，也曾多次与黑塞合作编撰有关德国思想和音乐的书籍。
③ 据德国黑塞研究学者考证，并不存在这样的文章。

装饰音"。接着写道:"当人们一连几个钟点连续不断地奏响重复音,强烈颤音以及连音时,感觉自己那些手指上好像都充了电。"

克乃西特进华尔采尔第二年或者第三年后,他在音乐方面确实有了长足进步,他熟读并能熟练演奏各个世纪和各种风格的乐谱、谱号、略符以及低音符,凡是我们所知道的西方音乐王国的宝藏,他无不努力以自己独特方式去亲近熟悉,他从技巧研究出发,小心翼翼地探索每首乐曲的感觉和技术,最终深入通晓了它的精神实质。恰恰由于他热衷于把握音乐感觉,努力于从耳朵对乐曲的感觉性、音响性以及感人性的体会去读通读懂各种各样不同音乐风格的精神实质,使他没能倾注全力学习玻璃球游戏的基础课程,以致别人奇怪他怎么在这方面延误落后了很长时间。许多年后,他在一次讲课中说了下列的话:"谁若仅从玻璃球游戏所提炼出的乐曲摘要去认识音乐,也许会是一个优秀玻璃球游戏者,却不会是优秀音乐家,大概也不可能成为优秀历史学家。音乐并非仅由我们用理论将其抽象出来的那种纯粹的振动和样式所组成,纵观世界几千年来的音乐,无不首先建基于感觉的愉悦,呼吸的迸发,节拍的敲击,在于人在各种歌声的掺和中以及各种乐器的合奏中所体会的色调、摩擦和刺激而诞生的。毫无疑问,精神是最主要的。而新乐器的发明和老乐器的改进,新唱腔和新构思的引进,新规则或新禁忌的吸收,永远只是一种姿态和外表而已,就如同世界各国的服饰和时尚仅属外表一样。然而,人们必须从感官知觉上把握和品味这些表面的感官特征,这样才有可能理解它们所由来的时代和风格。人们演奏音乐时得运用双手和指头,运用我们的嘴和肺,而不是单靠大脑;因而,只会读乐谱却不会很好操弄任何一种乐器的人,不应当参与议论音乐的谈话。因而,对音乐的发展史也绝非凭借哪一部抽象推理其风格发展的历史著作就得以理解的。就以我们能否认识音乐上的衰微时期为例,倘若我们看不到每一次衰微都是感官和数量因素压倒了精神因素,肯定就完全不能入门。"

克乃西特有一阵子似乎决心只想成为音乐家。他如此偏爱音乐,以致耽误了其他选修课目,其中包括玻璃球游戏的基础课程,情况发展得很严重，乃至第一学期尚未结束，便被校长召见。克乃西特毫无惧色，顽固坚持自己作学生的权利。据说他对校长答复道："我若有任何正规课目不及格，您便有权处罚我，但是我没有。同样的，我也有权处置我的课余时间，可以用四分之三或者甚至是全部时间研习音乐。我是遵守校规的。"校长切宾顿为人极精明，也就不再坚持己见，当然他从此特别注意这个学生，据称此后很长一段时间里，他待克乃西特相当冷淡和严格。

克乃西特学生年代这一段古怪时期大致持续了一年，也许还得再加上半年。他学习成绩一般，表现并不突出——从他和校长的冲突事件判断，他的行为是一种有点儿执拗的自我退缩，不和任何人结交，只向音乐倾注全部热情，几乎摒弃了一切其他课余项目，包括学习玻璃球游戏。毫无疑问，他的若干表现具有青春期的特征。这段时期内，他偶尔遇见异性总持怀疑态度，也可能是出于害羞——就像其他家里没有姐妹的艾希霍兹学生一样。他读了许多书，尤其是德国哲学著作，莱布尼兹、康德和许多浪漫派作者的书他都爱读，而以黑格尔对他的吸引力最为强烈。

现在我们必须简略介绍一下克乃西特的另一位同学，旁听生普林尼奥·特西格诺利[①]，此人在当年华尔采尔生活中扮演了一个举足轻重的角色。所谓旁听生就是以来宾身份在学校听课，也即他不打算长期逗留卡斯塔里学园，更无意进入宗教团体。学园里常有这样的旁听生，但人数很少，显然最高教育当局并不乐意吸收这样的学生，因为他们一旦修完学业便会立即打道回府，重新返归世俗生活。然而，国内有几户古老的显贵家庭，曾为创建卡斯塔里出过大力，至今仍保留着旧习俗（至少没有完全消除），总要选送一个天分够入学标准的孩子以宾客身份入精英学校就读，这是那几家贵族继承至今的特权。

这些旁听生虽然也得与其他学生一般遵守同样的校规，但可不必常年疏离家庭和故乡，这样也便在学生中形成了一个颇为特别的集团。他

---

① 特西格诺利是本书重要人物之一，也系黑塞的虚构创造。

们每逢假期就回转家庭，因而始终保留着自己出生地的习惯和思维方式，在同学们眼里也便始终只是客人和外人。期待着他们的是双亲的家庭、世俗的前程、职业和婚姻。这类贵宾学生中也有人受到学校精神感召，征得家庭同意后最终留在卡斯塔里，还进入了宗教团体，但是这种情况少而又少。多数人则相反，但是历史证明，不论在哪一时期，每当公开舆论因种种原因转而抨击反对精英学校和宗教团体时，我国历史上许多著名政界要人曾挺身而出强硬卫护两者，其中不少人青年时代曾是这类贵宾学生。

普林尼奥·特西格诺利就是这样一位旁听生，他是较年轻的克乃西特一进华尔采尔就结识的朋友。特西格诺利天赋很高，他口才出众，擅长辩论；他性格刚烈，但脾气有点儿暴躁，他的出现常使校长十分恼怒，因为他学习成绩优秀，简直无可挑剔，可是他无论如何也不肯忘却自己旁听生的特殊地位，反倒尽量设法引人注意，甚至以挑战姿态直言不讳地宣扬自己是一个持世俗观点的非卡斯塔里人。

两位学生出人意外地建立了特殊的友谊。两人都极有天分，都感受了精神召唤，这使他们成为兄弟，尽管在其他任何方面都完全相反。也许需要一位不同凡响的老师，具有超人智慧和高度技巧，才能够沙里淘金，运用辩证法则不断在矛盾对立中求得综合。切宾顿校长倒是不缺乏这方面的才能和愿望，他不属于那类讨厌天才的教师，但要解决目前这个实例，他却缺少最重要的先决条件：两个学生对他的信任。自封为外人和革新派的普林尼奥，一贯对校长保持敬而远之的警惕态度。更不幸的是切宾顿校长和约瑟夫因课余学习问题发生冲突，约瑟夫当然也不会转而向他征询教导指点了。

幸好还有一位音乐大师。克乃西特请求他的帮助和指点，这位富有睿智的老音乐家认真考虑后，以极巧妙的手法把他的玻璃球游戏课程引上了正道，正如我们即将看到的那样。青年克乃西特遭逢的这场巨大危机和歧途，在大师的手下化险为夷，并转化为克乃西特的一个光荣使命，年轻人也没有辜负老人的期望。约瑟夫和普林尼奥之间又友好又敌对的交情发展史，或者也可称为一部两大主题并进的乐曲，或者说是两种不同精神相辅相成的辩证关系，这一段历史大致情况如下。

最先引起对方注意，又受其吸引的当然是特西格诺利。这不仅由于他年龄较大，又漂亮潇洒，能言善道，而且主要由于他不属卡斯塔里，而是一个"外人"，一个来自世俗世界的外人，一个有父母、有叔伯姑姨、有兄弟姐妹的人，对这个人来说，卡斯塔里王国连同其一切规章、传统和理想统统不过是一段路程，一个中转站，一次短暂的逗留而已。在这位外人眼里，卡斯塔里不算整个世界，而华尔采尔也和普通学校没什么两样，在他看来，返回"凡俗世界"既不羞耻也非受罚，等待着他的不是宗教团体，而是功成名就之路，是职业、婚姻、政治，总之，是每一个卡斯塔里人私下里渴望知道得越多越好的"真实生活"。因为，对卡斯塔里人就如同对古代那些修行的僧侣一样，"凡俗世界"一词便意味着某种卑下而不可接触，因而显得神秘、富于诱惑力和魅力的东西。如今这个普林尼奥居然毫不隐讳自己的依恋之情，他不以属于世俗世界为耻，反倒引以为荣。他如此强调自己的不同观点，一半出自孩子气和开玩笑，也有一半确是出于自觉的宣传热忱。凡是有机会，他就搬出自己那套世俗观点和尺度来对照比较卡斯塔里的标准，并宣称自己的观点更好、更正确、更符合自然，也更合乎人性。他口若悬河地一再提出"符合自然"，"健康的人类常识"，等等，借以批判禁欲的不合人情的学校精神。他不惜大量搬弄口号和夸张字眼，幸而他聪明机智、趣味不俗，没有让自己的言论沦为低级谩骂，而且多少运用了华尔采尔通常辩论时惯用的手法。他要替"世俗世界"及其平常生活辩护，反对卡斯塔里的那种"狂妄自大的经院哲学精神"，他还要向人证明，即便让他运用敌人的武器来作战，他也照赢不误。他绝不愿人们把他视作盲目践踏精神文化花园的粗野愚人。

约瑟夫·克乃西特经常站停在一小群以演说家特西格诺利为中心的学生附近，他默不作声，只是聚精会神地谛听。演说家的言辞使他觉得又奇怪又吃惊，甚至有点恐惧，普林尼奥贬抑否定所有在卡斯塔里被奉为权威和神圣的东西，在他那里一切都受到了质疑，都是成问题或者可笑的，而这一切却是克乃西特深信不疑的。不久，他注意到并非人人都在认真谛听演说，许多人显然仅仅为了消遣取乐，如同人们在市场里听人叫卖商品。此外，他也不时听见有人用嘲讽或者严肃的口吻回敬普林尼奥对学校的攻击。虽然如此，总有几个同学一直聚在这个普林尼奥身边，他永远是中心，不论哪个场合，恰巧没有对手或者出现了对手，他永远具有吸引力，一种近似引诱的吸力。

约瑟夫和聚在这位活跃演说家周围的人群一样，总是怀着惊讶或者嘲笑的神情倾听着他那滔滔不绝的激烈言论。克乃西特虽然感到演说常让他产生不安甚至恐惧，但仍被其巨大的诱惑力所吸引，这并不是因为其语言精彩有趣，不是的，而是因为它们与自己具有某种极严肃的关系。这倒不是他在内心与那位大胆演说家起了共鸣，而是一旦知晓那些怀疑确乎存在或者确有存在可能性，它们便会让你感到痛苦。这种痛苦开始时还不太糟糕，只是感到有一点困惑和有一点不安，这是一种混杂着强烈的冲动和良心上的负疚感的东西。

终于到了他们结交的时刻。特西格诺利注意到听众里有一个认真思考自己言论的人，没有把它们当作纯粹的嬉笑怒骂，他见到的是一位静默寡言的金发少年，该少年英俊文雅，有点儿害羞，当他回答这位普林尼奥客气的问话时，竟满脸通红，说话也结结巴巴了。普林尼奥揣测这位少年追随他已有一段时间，便决定以友好的姿态相回报。为了完全征服对方，他邀请克乃西特次日下午到自己住处小坐。但这个又害羞又拘谨的男孩并不容易征服。普林尼奥不得不大感意外，那孩子站开了，不想和他攀谈，就这么着谢绝了他的邀请。这刺激了年龄稍长的对方，反过来说，追逐沉默寡言的约瑟夫，起初也许仅仅是出于虚荣自负，后来竟越来越认真，因为他察觉到这里出现了一位对手，也许会成为未来的朋友，也许会是敌人。普林尼奥一再看见约瑟夫出现在自己附近，觉察到他在留心倾听，但是只消他略一向对方走近，那怕羞的男孩便立即后退躲开了。

克乃西特的躲避是有原因的。很久以来，克乃西特便感觉另一个孩子对他或许具有重要意义，也可能带来某种美好的东西，可以扩展他的眼界、认识和悟性，也可能带给他陷阱和危险，不管怎么说，都是他必须正视的现实存在。他把普林尼奥言论在自己心里引发出怀疑不安的最初冲动告诉了他的朋友费罗蒙梯，但这位朋友却全不重视，断言普林尼奥是个不值得为之浪费时间的狂妄自大之徒，说罢又重新潜心于音乐演奏之中。约瑟夫本能地感到，也许校长是他释道解惑的适当人物，但自从那场小小过节之后，他们之间便不再存在坦诚的信任关系，他也担心自己不被切宾顿理解，更担心自己议论普林尼奥的叛道言词会被校长视作告密行为。

这种进退两难的处境，因普林尼奥的主动接近而使他日益感到痛苦。克乃西特只得转而求助于自己的保护人和灵魂导师。他给音乐大师写了一封极长的信，这封信被保存了下来，现在我们引证其中一段如下：

"普林尼奥是否希望获得我对他的赞同，或者只想找一个对话伙伴？目前我还不大清楚。我希望是后者，因为要我转向他的观点，无异于把我导入不忠之路，并且毁坏我的生活，我毕竟是卡斯塔里土生土长的孩子。如果我真的产生了返归世俗世界的愿望，我也没有父母亲和朋友可以投靠。然而，即便普林尼奥发表那些亵渎卡斯塔里言论的目标全不在于影响别人还俗，我也已十分困惑不解了。不瞒您说，敬爱的大师，普林尼奥的见解里确实有我无法简单否定的内容，他唤醒了我内心的共鸣，有时候十分强烈，要求我支持他的见解。倘若这就是自然的呼唤声，那么这也是同我所受的教育，同我们熟悉的见解彻底背道而驰的。普林尼奥把我们的教师和大师们形容为僧侣特权集团，把我们同学们称呼为一群受监护的被阉割的绵羊。这些言语当然粗暴而且过分夸大，但是其中也许还有若干真实内容，否则不可能令我如此心烦意乱。普林尼奥敢讲一切让人吃惊和气馁的话。例如他说：玻璃球游戏是一种倒退回副刊文字时代去的玩艺，是一种不负责任的字母游戏，也许会毁坏我们以往种种不同艺术与科学的语言。这种游戏只进行联想和类比。他还说：我们这种不事生产的隐退生活恰恰证明我们全部精神教育和态度之毫无价值。他还分析道：我们以各个时代各种不同风格的音乐作品为例子分析其规则和技巧，却拿不出我们自己创作的新音乐。他又说，我们阅读和阐释品达①或者歌德的作品，却羞于拿起笔来写自己的诗句。对于这些指责，我无法一笑置之。上述指责还不算是最利害的，最令我痛苦的指责是他说我们卡斯塔里人所过的生活犹如靠人喂养的笼中鸟儿，我们不必自食其力挣面包糊口，我们不必正视现实生活，不必参与生存竞争，对于那一部分用辛劳工作和困苦生活建立了我们豪华生活的人，我们既一无所知，也不想去知道。"

这封信的结尾是这样的："我也许已经辜负了你的善意和慈爱之心，尊敬的师长，我已准备接受惩罚。呵斥我吧，处分我吧，我会因而感激不尽。但是我还特别需要得到指点。目前这样的情况我还能支撑一小段时间，但是我没有能力让自己得到切实有效的发展，因为我太微小太没有经验了。也许还有一个糟糕的情况，我不能向校长先生吐露心事，除非您命令我向他诉说。因此，我不得不写信来烦您，这件事已开始成为我的大灾难，我实在不堪负荷了。"

倘若我们也能拥有音乐大师回答这封求救书的亲笔复信，那该多好！可惜他的答复是口头的。音乐大师接到克乃西特信后不久就亲自来到了华尔采尔，他要主持一次音乐测验，于是就在这短暂逗留期间着实替他的小朋友做了许多工作。我们是从克乃西特后来的追记中得知这些情况的。音乐大师没有让他轻易过关。他首先是仔细审阅了克乃西特的成绩单以及课外学习科目，发现他过分偏重课外项目，由此判定校长的看法正确，他坚持要克乃西特向校长承认错误。至于克乃西特与特西格诺利的关系，他也提出了详尽的方案，直到把这个问题也同校长进行一番讨论后，他才离开华尔采尔。此行的后果有二：一是在特西格诺利和克乃西特之间开始了引人注目的、凡是参与者都会永志不忘的竞争游戏；二是克乃西特和校长建立了一种全新的关系。这种关系当然没有联系他和音乐大师的那种神秘的亲密感情，却至少是相互开诚布公和轻松缓和的。

---

①品达(公元前518—前446年)，古希腊诗人，擅长为盛大节庆活动撰写合唱曲和凯旋得胜歌曲。

克乃西特在音乐大师为他框定的生活方式内度过了一段相当长的时间。他被允许接受特西格诺利的友谊，由他自己承受对方的影响和攻击，任何老师都不得干涉和监督。他的导师只对他提出一个任务：面对批评者必须保卫卡斯塔里，并将辩论提高到最高层次。这就意味着，不论在什么情况下，克乃西特都必得掌握卡斯塔里和宗教团体的基本制度与原理，他必须对此进行彻底研习，并且反复背诵、牢记不忘。这两位既是朋友又是对手之间的辩论很快就驰名全校，人们争先恐后前往助阵。特西格诺利原先那种进攻性的讥讽语调逐渐温和了，他的论点也较为严谨和负责了，他的批评也比较符合实际了。在他们交锋之前，普林尼奥始终是这类辩论中的赢家，因为他来自"世俗世界"，具有世俗的经验、方法、攻击手段，还有那种带点儿不择手段的态度，他早在家乡时便因同成年人交谈而熟知了世俗世界对卡斯塔里的种种指责。如今克乃西特的答辩却迫使他看到，尽管他颇为熟识世俗世界，优于任何卡斯塔里人，但是他绝不可能像一个把卡斯塔里视为家乡、故土，视为命运所系的人那样深刻地认识卡斯塔里及其精神。他不得不看清，也逐渐不得不承认，自己仅是一个过客而不是永久居民，他也认识到这个教育王国也和外面的世俗世界一样，有着几百年积累而得的经验和不言而喻的原则，这里也存在着传统，是的，这是一种可以称为"自然"的传统，他对此认识甚少，而克乃西特目前正作为发言人为之辩护。

为了扮演好自己的辩护士角色，克乃西特必须努力读书、静修、克己，以便日益进一步廓清和深入掌握摆在面前要他为之申辩的问题。特西格诺利在辩才上比对手略胜一筹，他那些世俗社会经历和处世智慧也给他火爆与虚荣天性增添了若干光彩。他纵使在某个问题上输给了对方，他还会考虑到听众而想出一条体面的或者诙谐的退路。克乃西特则不同，每当他被对手逼进了死角，他大致就表示："普林尼奥，关于这个问题，我还得再思索一下。请稍等几天，我会告诉你的。"

辩论就始终保持着这种互相尊重的形态。事实上，不论对辩论者还是对旁听者，这一种辩论早已成为当年华尔采尔学校生活中不可缺少的因素了。然而对克乃西特而言，压迫感和矛盾感始终未能稍稍减轻。他身负重任，又备受信赖，能够不辱使命，便足以证明他具有潜力和天性健全，因为他完成任务后并无任何受到损害的明显痕迹。可是他私下里却非常苦恼。如果他对普林尼奥怀有友情的话，那么这不仅是对一位聪明机智的同伴、一位能说会道的世俗朋友，也是对这位朋友兼对手所代表的陌生世界的感情，因为他已从普林尼奥的为人，从他的言谈和举止中认识了——或者也可以说是想象出了那个人们称为"真实的"世界，那里有慈爱的母亲和孩子们，有饥饿的穷人和他们的家庭，有新闻报刊和选举竞赛。普林尼奥每逢假期就要回转那个既原始又精致的世界里，去看望他的双亲和兄弟姐妹，向姑娘们献殷勤，参加职工集会，或者去高雅的俱乐部作客，而克乃西特这些时候则留在卡斯塔里，要么和伙伴们散步或者游泳，要么练习弗罗贝格的赋格曲①，或者读黑格尔的哲学。

约瑟夫确知自己属于卡斯塔里，必须过一种规定给卡斯塔里人的生活，没有家室之累，没有奢侈娱乐，没有报纸杂志，但也不忍饥受寒——虽然普林尼奥也曾咄咄逼人地指责精英学校的学生们过寄生生活，但他自己也从未忍饥受寒，也不曾自食其力呀。不，他说的不对，普林尼奥所属的那个世界并非更为完善更为正确。不过这个世界确实存在，不仅存在，而且恰似克乃西特从世界历史书里读到的那样，是永恒存在着的，而且今天和过去始终完全类似，而且许多国家的人全然不知道还有另一种性质的世界，不知道精英学校和教育学园，不知道宗教团体、学科大师以及玻璃球游戏。地球上的大多数人过着一种比较单纯、原始、混乱，也比较危险的无庇护的生活，和卡斯塔里人的生活迥然相异。原始的本能世界是每一个人与生俱存的，凡是人类都会在自己内心深处觉察到它的存在，都会对它有些好奇，有些思念，有些共鸣。人们的任务是合理处置这种原始的本能世界，可以在自己心里为它保留一席之地，但决不会回归其中。因为与之并行，并且凌驾其上的是第二

---

① 原文为 Ricercari，是德国十六世纪的一种器乐作品形式，后来发展为赋格曲。

个世界——卡斯塔里世界、精神世界，是一种更有秩序、更受庇护，同时又需要持续不断发展改进的人工创造的世界。人们要为这个世界服务，却不错误地对待或者轻视另一个世界，不带偏见地看待任何一种隐约的欲念或者怀乡之情，这才是唯一的正道。事实上，卡斯塔里的小世界早就已经替另一个大世界提供服务了，它献出了教师、书籍和科学方法，维护了那个世界之智能和道德的纯洁性，卡斯塔里是培育训练极少数献身思想和真理的人们的学校和庇护所。为什么这两个世界竟不能和谐协调，不能兄弟般和睦共处呢？为什么人们竟不能够让两者在每个人的心里联合一致呢？

正当约瑟夫为完成任务而疲惫不堪，几近耗尽精力难保平衡的时候，很少来访的音乐大师突然来到了华尔采尔。大师从年轻人的若干外表迹象，诊断出他的情况不佳，约瑟夫面容疲惫，目光烦躁，动作紧张。大师问了几个试探性的问题，得到的只是愁眉苦脸和拘谨寡言，对话无法继续，情况十分严重，大师借口要告诉他一个关于音乐的小小发现，把他带进了一间练琴室，让他取来翼琴，调好音，老人用很长时间边演奏边讲解奏鸣曲式的起源与发展，直至这位年轻人稍稍忘却自己的烦恼，变得放松和专心，开始怀着感激心情倾听大师的讲解和演奏。大师耐心地花了必要的时间，终于把他导入准备接纳忠告的状态。当老人达到这一目的后，便中止讲解，演奏了一首加布里尔①的奏鸣曲作为结束，随即站起身来，一边缓缓地在这间小小琴室里来回踱步，一边讲述了下列故事：

"许多年以前，我曾一度下苦功夫研习这首奏鸣曲。那是我担任教师以及后来升为音乐大师之前的事，当时我正从事自由研究。我年少气盛，想要用新观点写一部奏鸣曲的发展史，但是过了好长一段日子后，我的工作不仅毫无进展，而且日益怀疑这种音乐和历史研究是否确有价值，是否比那类游手好闲之徒的无聊嬉戏更具真实内容，是否纯属生动实际生活的华而不实的代用品。总而言之，我已处在一个必须突破的危

---

① 加布里尔(1510—1586)，意大利作曲家。

机之中，当时，一切研究工作，一切求知努力，一切属于精神生活的内容，都因受到怀疑而失去了价值，转而情不自禁地羡慕每一个在田地里耕作的农夫，每一对在夜幕下的情侣，甚至每一只在树叶间鸣啭的鸟儿，以及在夏日枝头高唱的知了，因为它们看来比我们更符合自然，它们的生活看来多么充实多么幸福，虽然我们对它们的苦恼全不知晓，对于它们生活中的艰难、危险和不幸一无所知。简单地说，当时我几乎失去了平衡，那是一种糟糕状态，简直可说难以忍受。我为取得自由想出了许多荒唐透顶的逃避办法，譬如我曾想进入世俗世界当一名乐师，在结婚宴会上演奏舞曲。当时倘若就像古老小说里描述的出现了一位外国来的募兵官，邀请我穿上军服，跟着任何哪支军队开赴任何哪个战场，我都会跟着去的。情况越来越糟，正是这类状态的必然结果。我完全丧失了自持能力，以致不能独力对付困境，不得不寻求援助。"

音乐大师停顿了片刻，轻轻咳了一声，便接着往下说："当然，我那时有一位指导老师，这是学校的规定，我有问题请他指点，毫无疑问是合理而正确的。但是事实往往悖于常理，正当我们碰到困难，偏离正途，极须纠正之际，却恰恰是我们最嫌恶常轨，最不愿意回归正途之时。我的指导老师对我上个季度的学习报告很不满意，曾严肃地批评我的错误，但我那时深信自己有了新发现或者具有新观点，对他的指责颇为反感。总之，我不想去找他，我不愿向他低声下气，也不愿承认他是正确的。我也不愿意向我的同学们吐露心事。那时，我们附近住着一位怪人，一位梵文学者，人们都戏称他'瑜伽僧人'，我只是见过他，听说过他的传奇而已。有一天我在心情恶劣得忍无可忍之际，便去访问了这个怪人。虽然我也与旁人一样经常嘲笑他的离群索居和古怪行径，心里却是暗暗仰慕他的。我走进他的小房间，想和他谈话，却见他正以印度教的端正的坐姿在闭目静修，一副不容打扰的样子。我见他脸上似笑非笑，显出一副完全脱离尘世的模样。我无可奈何，只得站在门边，等候他从出神入化的状态中返归人世。我等待了很长时间，总有一两个钟点之久，后来实在太累，顺势滑倒地上，就在那里靠墙而坐，继续等待。末了，我终于见他慢慢醒了过来，他微微转动头部，晃晃肩膀，缓缓伸开盘着的双腿，就在他正要站直身子时一眼瞥见了我。

"'有什么事？'他问。

"我站起身，不假思索地回答，其实自己也不知道在说什么：'是那首安德烈·加布里尔的奏鸣曲。'

"他也站起身来，让我坐在屋里唯一的椅子上，他自己则侧身坐在桌子边。'加布里尔？他的奏鸣曲干扰你了？'

"我开始向他叙述奏鸣曲和我的关系，供认自己正因而陷于困境。他极详尽地询问我的情形，让我感到吹毛求疵。他要知道我研究加布里尔及其奏鸣曲的一切细节，他还要知道我何时起床，读书多久，演奏多久，何时用餐，直至何时就寝。我不得不如实答复，既然已经向他求教，就只能忍受他的盘问。事实上他使我羞愧不堪，在每一件细枝末节上都查问不休，把我过去几周乃至几个月内的整个精神和道德生活状况作了无情的解剖分析。

"接着，这位瑜伽信仰者突然沉默下来，看到我对此毫无反应，便耸耸肩膀问道：'你还看不出自己错在哪里么？'我说实在看不出。于是他以惊人的精确性把刚才所提的问题的答案统统叙述了一遍，直至追忆到我开始出现疲乏、厌倦以及思想停滞的种种症状，随即告诉我，唯有过分埋头研究的人才会发生这类情况，也许对我而言，现在正是关键时刻，要恢复业已丧失的自制能力，还要借助外力重新振作精神。他又向我指出，当初我自作主张中断了有规律的正常静修课程，那么至少应该在出现疾病苗头时就联想到是玩忽这一功课的恶果，而立即恢复静修。他说得完全正确。我的静坐作业已荒废了很长时间，要么没有空闲，要么没有心情，或者干脆就是放不下手头的研究工作，更严重的是，随着时间的流逝，我的持续疏忽竟使我把这门功课忘得一干二净。如今我已发展到近乎悲观绝望的境地，这才不得不经由另一个外人提醒自己延误了的功课。事实上，我费了极大努力才把自己从这种迷茫堕落状况中拯救出来，我不得不从头开始有规律的静坐练习，以便逐渐恢复沉思潜修能力。"

音乐大师说到这里，停止在房间里来回踱步，轻轻叹息一声后，继续往下说道："这就是我当年发生的事，直到今天，提起此情此景，我仍觉羞愧难当。但是事实就是如此。约瑟夫，我们对自己要求越多，或者换句话说，我们当时的工作对我们要求越多，我们就越需要凭借静修作为积蓄力量的源泉，使我们的精神和灵魂不断在协调和解中得到更新。而且我，我还想再给你讲几个例子，譬如一件工作越是热切吸引我们，时而使我们兴奋激动，时而又使我们疲乏压抑，那么我们就越容易忽视这一源泉，如同人们执着于某项精神工作时往往很容易忘记照料自己的身体。历史上那些真正伟大的人，要么深谙静修之道，要么是不自觉地掌握了静修所导向的境界。至于其他人，即或是才华横溢又精力过人的人，最终的结果都是失败和垮台，因为他们自认为的重要工作或者雄心壮志反倒成了支配者，使他们丧失了摆脱眼前纷繁、保持间距以达目标的能力。是的，其实你是知道的，你第一次练习静坐时就知道了。但是这又是无情的现实。一个人倘若有一次误入歧途，才会懂得什么是无情的现实。"

这则故事对约瑟夫无疑如醍醐灌顶，他这才感到自己处境的危险，于是便战战兢兢地重新练习静坐。音乐大师第一回向他展示了个人私生活的片断，讲了他的少年时代和学习研究时代，约瑟夫对此也满怀感激之情，因为这让他破天荒地懂得了，即使一个半人半神，他也可能犯有幼稚的错误，也曾经误入歧途。约瑟夫更深深感激这位可敬老人的信任，竟肯向他坦述自己的秘密。一个人可以误入歧途，灰心丧气，屡犯错误，违反规章，但他也可以结束这些错误，回转正路，甚至最后还可以成为一位大师。约瑟夫克服了自己的危机。

约瑟夫在华尔采尔的头两三年间，当他在和普林尼奥持续进行友谊辩论时期，校方对这两个朋友的争论始终持观看戏剧的态度，而上自校长，下至最年轻的新生，无不或多或少参与了演出。克乃西特和特西格诺利是两个世界、两种原则的具体化身，他们互相促进对方的提高，每一次辩论都变成了又庄严又富代表性色彩的论争，与全校人人都密切关联。普林尼奥每次放假回家，每次拥抱过故土之后，都能带回新的精神；同样，约瑟夫每读一本书，每进行一次思索，每练习一回静修功夫，每次与音乐大师重逢后，也都能获得新的力量，使自己更为胜任卡斯塔里辩护人的角色。很久以前，他还是个孩子时曾初次体验精神感召的力量。如今他又第二次体验到了感召的力量，流逝的岁月渐渐把他铸就成了完全的卡斯塔里人。

现在他早已修完了玻璃球游戏的基础课程，甚至就在学习期间，他便趁假期在一位老师帮助下设计了自己独创的玻璃球游戏草图。如今他已在这里发现了一种取之不尽的使内心愉快、轻松的精神源泉。自从他与卡洛·费罗蒙梯如饥似渴地演奏翼琴和钢琴以进行游戏练习以来，他觉得没有任何事物比终于进入玻璃球游戏无限辽阔星空那样令他如此痛快、清醒、强大、自信和幸福的了。

年轻的克乃西特正是在这几年里写下了一些早期诗歌，我们在费罗蒙梯的手抄本里读到的很可能比原作数量要少得多，因此我们只可以假定，这些诗篇——其中最早之作甚至写于克乃西特对玻璃球游戏尚未入门的年代——不仅曾协助他演好自己承担的角色，还帮他度过了那些危机年代。诗篇中有的颇见艺术匠心，有的显示出匆匆急就的粗糙痕迹，但是每一个读者都会不时在这里或那里窥见克乃西特当年受普林尼奥的影响而导致的精神震动和深刻危机。某些诗句发出一种不和谐音，表露出他曾深感迷惑，对自己以及自己所过生活的意义产生了根本性的怀疑，以致后来写下那首题名为《玻璃球游戏》的诗，才好似重返了虔诚信仰。此外还得提一下，这些诗篇本身就包含一定程度承认普林尼奥世界的意义，也是对卡斯塔里某些不成文规定的小小反叛，因为他不仅敢写诗，还敢不时拿出来给许多同学公开传阅。而卡斯塔里原则上是禁止纯艺术创作的（即使是音乐创作也只限于严格的乐式组合），至于写诗，那简直就是旁门左道，绝不许可的。因此这些诗篇断然不是打油诗，不是闲暇之余的娱乐词藻，它们诞生于压力的激流之中，能够写下这样的诗句，并敢于袒露信仰，必然需要相当顽强的勇气。

这里也不能不提另一方的情况。同样的，普林尼奥·特西格诺利在他论敌的影响下也有显著的变化和发展，不仅见之于他在辩论方法上的巨大改变。普林尼奥和约瑟夫相互切磋又相互争论的几个学期里，他目睹自己的对手不间断地发展成长，已经成为卡斯塔里人的典范。朋友的形象在他眼中日益强大而生气勃勃地体现着这个思想王国的精神。正如他曾以自己出生世界的那种骚动气氛感染过约瑟夫一样，他本人也同样因吸入了卡斯塔里空气而折服于它的迷人魅力。普林尼奥在学校的最后一年，曾以僧侣制度及其危险性为题作过一次两小时的辩论发言，当时领导玻璃球游戏课目的最高当局也在场。他讲完后便拉了约瑟夫出去散步，向他坦白了自己的情况，下面所引，出自费罗蒙梯的一封书信：

"约瑟夫，我当然早就知道你并非盲目虔诚的玻璃球游戏者和卡斯塔里的圣徒，虽然你极其出色地扮演了这一角色。我们两人在同一论战中各有自己的薄弱点，我们也显然知道敌方不仅有存在的权利，而且具有无可争议的价值。你站在培养精神这一方，我则站在符合自然生活这一边。在论战中，你已经学会如何追踪世俗生活的诸多危险，并把攻击的矛头瞄准了它们。你的职务是指出：缺乏精神滋养的自然生活会陷入泥潭，会转化成兽性，甚至必然越陷越深。因而我不得不一再提醒你们，纯粹建立在精神上的生活是多么冒险，多么可怕，最终必然一无所获。嗯，我们各以自己的信仰为优而辩论，你为精神思想，我为自然生活。但是请别为我下面说的话生气，有时候我感觉你是真正天真地把我看作了卡斯塔里原则的一个敌人，一个从根本上把你们的研究、静修和游戏视为蠢事的家伙，即使他出于某种原因也曾短期涉足其中。我的朋友，你若真认为如此，你就彻底错了！我要坦白告诉你，我已愚蠢地爱上你们的严格宗教制度，常常情不自禁地当作幸福本身而喜爱和迷恋。我也不隐瞒你，几个月前我回家逗留期间，我和父亲有一场意见不同的谈话，我最后总算争得他的允许，学习结束后仍继续留在卡斯塔里，并可为进入宗教团体而努力——倘若我始终坚持自己的愿望和决定的话。当他最后表示同意时，我真是高兴极了。然而，我现在决定不使用他的允许，这是我最近才明白的道理。哦，千万别以为我已失去了兴趣！我只是越来越清楚地看到，对我而言，继续留在你们身边也许意味着一种逃避，这种逃避也许很崇高很正派，却无论如何只可说是逃避。

我决定回去做一个世俗世界的人，但是这个外人会永远感谢卡斯塔里，他会继续保持你们的许多精神训练方法，他会每年都来参加伟大的玻璃球游戏庆典。"

克乃西特听了这番话很感动，便把普林尼奥的自白转告了好朋友费罗蒙梯，而费罗蒙梯则在方才援引的同一信中添加了自己的看法："我对普林尼奥的看法总是不够公正，在我这个音乐家看来，普林尼奥的自白竟像是一种音乐上的体验。两种对立物：世俗世界和精神世界，或者普林尼奥和约瑟夫的两种对立观点，在我眼前逐渐升华，从不可调和的原则性矛盾转化为一次音乐协奏。"

普林尼奥结束四年学业即将离校时，他把自己父亲邀请约瑟夫·克乃西特到他家度假的亲笔信交给了校长。这是一项不同寻常的非分要求。离开校园外出旅行或短期逗留的事倒确实有过先例，但主要是为了研究工作；情况倒也并非罕见，却大都有特殊原因，而且只是那类较年长、较有成就的研究人员，年轻的学生则史无前例。由于邀请信出自有声望家族的家长之手，校长切宾顿不便直截了当地拒绝，就转呈给了最高教育当局裁决，并立即得到两个字的简洁答复："不准"。两个朋友只得就此分手。

"我们以后还会努力邀请你的，"普林尼奥说，"这件事迟早会办成的。你总有一天会来我们家，会认识我们这里的人；你会看到我们也是人，而不是一钱不值的粪土。我会非常想念你的。还有，约瑟夫，我看你很快就会升到这个复杂的卡斯塔里世界的上层。你确实很合宜于进入宗教团体，按我的看法，你担任领袖要比当助手更合宜，尽管你名字的意思恰恰相反。我预祝你前程远大，你会成为游戏大师，你会跻身显要人物之列的。"

约瑟夫只是神色悲哀地望着他。

"只管讥笑吧！"他竭力压制着离愁别情说道："我从不像你那样具有雄心大志。待我得到一官半职时，你早就当上总统、市长、大学教授或者国会议员了。到时可别忘了我们，普林尼奥，不要忘了卡斯塔里，不要完全把我们当成陌生人！我们毕竟需要在外面也有了解卡斯塔

082

里的人，而并非仅有只会嘲笑我们的人才是。"

他们互相握手道别，普林尼奥离开了。

约瑟夫最后一个学年的生活过得十分安静。他那曾经十分重要的任务，作为公开辩论的头面人物的使命突然结束，卡斯塔里不再需要人为它辩护了。这样，他就把课余时间全都倾注在玻璃球游戏上了，游戏也越来越吸引他。在他那时期的一本笔记本里，有一篇阐释游戏意义及其理论的文章，开头第一句便是："由精神和肉体两者组成的生命整体是一种动力学现象，玻璃球游戏基本上仅能把握其美学的一面，而且主要是在韵律运转过程产生的意象中才得以把握。"

# 研究年代

　　约瑟夫·克乃西特如今已经二十四岁左右。华尔采尔学业终结，他也就结束上学生涯，开始了研究岁月。除去艾希霍兹那几年天真无邪的童年生活，华尔采尔年代可算他一生中最快乐幸福的时候了。对于一个刚刚摆脱学校约束正热烈向往无限的精神世界的青年来说，眼前所见无不具有既美丽又动人的光彩，他还从未经历过幻想破灭，因而不论对自己舍身奉献的能力，还是对无穷无尽的精神世界，全都没有丝毫怀疑。

　　恰恰是约瑟夫·克乃西特这类人——不因具有某种特长而早早被迫专注于某项专业，从而向整体性、综合性和万有性发展自己的才华，这种自由研究的初春年代往往是幸福快乐到近乎沉醉的时期。倘若没有受过精英学校的训练，没有学过保护灵魂健康的静修课程，没有接受过教育当局的仁慈管教，这种自由研究也许会严重危及他的天性，成为他的厄运，就像在卡斯塔里教育模式建立之前几个世纪里发生在无数天才青年身上的情况。当年那些古老的高等学校里，浮士德式的年轻人简直比比皆是，他们在学术自由的波涛冲天科学海洋上扬帆飞驶，他们知半解而横冲直撞，结果必然招致船只失事而失败。浮士德正是这类一知半解天才的典型，他的悲剧也正在这里。

　　其实，今日卡斯塔里的研究自由程度比较以往几个世纪一般大学里不知要高上多少倍，因为这里提供研究的材料和机会极其丰富。此外，在卡斯塔里做研究绝无物质匮乏的后顾之忧，也不必受虚荣心、恐惧心、父母干扰、生计事业等的限制和影响。在卡斯塔里王国属下的一切学科分院、研究机构、图书室、档案馆和实验室，对每一个研究者，不论其家世如何，也不论其前途如何，全都一视同仁，一律平等。在这个宗教性的教育团体里，完全依照每个人的心智和性格品性区分等级。与世俗世界高等学校里许多有才能的大学生往往成为自由、精神诱惑的牺牲品恰恰相反，卡斯塔里大致不存在这种情况。当然这里也有大量危险、灾难和困惑——何处存在人类免受灾难之地呢？——不过卡斯塔里的学生至少排除了某些能够令人越轨、堕落或者陷于困境的因素。学生既不会成为醉鬼，也不会将青春年华虚度在夸夸其谈或者秘密结社的愚蠢活动上，那却是古老时代的学生们常犯的过错。另外，他们也不会突然发现读错专业，拿错学位，造成无法弥补的缺陷，因为卡斯塔里的规章制度排除了这类弊端。

甚至就连沉醉于女性或者迷恋某项体育运动之类的危险，也被控制在最低限度之内。说到他们与妇女的关系问题，卡斯塔里的学生不会因为受到诱惑而落入婚姻的陷阱，他们不必像旧时代的学生那样被迫压制性欲，或者向出卖肉体的女性求欢，因为卡斯塔里人既不准结婚，也就不存在任何婚姻道德的约束。但是卡斯塔里人既没钱也没私人财产，故而也不可能用金钱购买爱情。在卡斯塔里地区，普通市民家庭的姑娘习惯晚婚，因此婚前几年特别喜欢找某个学生或者学者作情人。这些青年大都无意于财富门第，他们重视思想能力却也同样重视感情能力，又大都富于想象力和幽默感，因而，既然不能够为对方提供钱财，便不得不以自己本身作为酬谢了。在卡斯塔里，学生们的女友绝不会产生这样的问题：他会娶我为妻么？她知道他不会结婚。事实上，这一情况却也偶有发生。时不时会出现某位精英学生由于婚姻而返回世俗世界的事。他们放弃了卡斯塔里和进入宗教团体的权利。不过在学校和宗教团体的整个历史中，这类叛教行为还是少而又少的稀罕事件。

读完全部课程后，每个精英学生从事研究工作的自由程度确实是极高的，他可以自行决定自己学习和研究的范围。唯当这个学生一开始并无法按照自己的才能和兴趣决定方向时，这种自由才受到限制，也即是每半年必须提交一份研究计划，其实教育当局对此计划执行情况也只是宽厚地稍作检查而已。对于那些兴趣广泛、多才多艺的青年人——克乃西特正是其中之一，刚涉足研究工作便能够获得如此广阔的活动天地，简直叫人有点又喜又惊。教育当局允许他们享有这种近似天堂生活的自由，其实目的只为不让他们流于懒散怠惰。他们可以涉足一切科学领域，可以综合研究各式各样不同的科学学科，既可以同时爱上六种或八种科目，也可以一开始便只研究某个狭窄的课题。他们只需遵守卡斯

塔里学园范围内普遍通行的道德标准，每年交一份记录他们当年听过的
演讲、读过的书籍以及所完成研究工作的报告之外，便对他们无任何要
求了。只有当他们参与某项专题研讨会时——包括研习玻璃球游戏和
音乐，才会对他们进行严格的考核和考试，他们得依照研究会领导人的
要求提交论文或完成考试，这一切当然是不言而喻的。但是这类课程纯
属课外兴趣，他们也可以凭兴趣一连几个学期、几个学年总是呆在图书
室里，总是只去听听演讲就算了。有些学生拖了很久也决不定主攻课
目，以致耽误了进入宗教团体的机会，然而教育当局总以极大耐心等待
他们的考察性漫游，是的，甚至鼓励他们在一切可能的学科项目和研究
方式中进行筛选。只要他们品行端正，每年撰写一份"传记"，便别无
要求了。

我们今天得以拥有克乃西特在自由研究年代撰写的三篇"传记"，
真要感谢这种经常受嘲笑的古老习俗。这些文字因而完全不像他在华
尔采尔时期撰写的诗篇那么具有私人感情色彩，嗯，那是一种多少带有
违禁成分的纯粹文学作品，而这些文字只是正规而普通的学校作业。这
种习俗早在卡斯塔里开创初期就已产生。那些尚未获准进入宗教团体
的年轻研究人员，必须不断撰写一种特殊形式和风格的语文作业，也即
当时命名为"传记"的随笔性文字，一种虚构的自传，他们可以任选一
个过去的时代作为自传的背景。此种作业的目的在于能够让每位作者
置身于所写时代的文化环境之中，能够让他倒退回任何古老时代的精神
气氛里去，并且设想自己如何在那里过着一种符合实际的生活。他们最
优先选择的时代是：古罗马帝国，十七世纪的法兰西，或者十五世纪的
意大利，普里克利时代的雅典或者莫扎特时代的奥地利，是的，他们熟
悉那些时代及其时尚。专攻语言学的年轻学子们习惯于用他们业已掌
握其语言和风俗演变国家和时代的语言风格撰写自己的学校作业。因
此常有写得极有水平的虚构传记，其中有以一二〇〇年左右罗马教廷文
体，以修道院通用的拉丁文体，以《传奇小说一百篇》①中的意大利文

———
① 指十四世纪意大利作家卜迦丘的《十日谈》。

体，以法国的蒙旦文体，还有以许万斯·冯·鲍勃费尔德①所用的巴洛克式德语撰写的传记。

古老亚洲神仙投胎下凡和灵魂转世学说的残余痕迹，也在这些自由撰写的、充满游戏色彩的文字中遗留了下来。所有的教师和学生全都熟知这样的想象：在他们今生今世之前可能有过前生前世，他们曾在另一个时代里、另一种环境中，以另一个肉体生活过。当然，他们并没有视之为严格的信仰，也不认为是一种学说，而不过是一种锻炼想象力的游戏而已，设想着自己在各种不同情况和环境下的情景。人们从事这项撰写工作，就如同参与形形色色的文体研讨会，或者就像他们经常进行的玻璃球游戏一样。他们小心翼翼地深入渗进许多不同的文化、时代和国家之中，他们试着把自己本人视为一张面具，视为一种生命现极的须臾转换外衣。这种撰写传记的风俗既有刺激性，又有许多实际优点，否则就不可能长久流传至今了。

此外还得提一下学生中有不少人不仅程度不等地相信了转生观念，还认为自己杜撰的生平传记乃是事实。由此可见这类想象出来的前生前世已经不是单纯的文体练习和历史研究，它们也是作者的愿望图景和升华了的自画像。作者们用特定服饰和品格描绘出了自己渴望实现的希冀和理想。再进一步从教育角度来说，这种撰写传记的做法也不失为好主意，对血气方刚青年的创作需求提供了合法途径。在卡斯塔里，独具个性的严肃艺术创作历经几代的禁忌之后，已被科学研究和玻璃球游戏所取代，然而青年学子们的艺术创作冲动并没有就此消失。它出现在他们的往往扩展成了短篇小说的"传记"中，这是一片获准开拓的沃土。许多撰写者通过这类工作向着认识自我的王国迈出了最初的步伐。

另外，还常常出现年轻人利用写作自传对今日世俗社会和卡斯塔里进行批评或者革命性的斥责，而老师们大都对此持体谅的宽容态度。此外，还必须说这些传记对老师们了解那些不受严密管束享受最

---

① 指十五世纪用巴洛克式文体写作的德国诗人马丁·奥皮兹。许万斯·冯·鲍勃费尔德是他的贵族封号。

大自由的学生这一段学习时代状况颇有裨益，其中常常惊人清晰地显示出作者们的智慧和道德品性。

约瑟夫·克乃西特所写的三篇传记已被保存下来，我们将一字不差地收入本书，它们也许还是本书最珍贵的部分呢。克乃西特是否仅仅写过三篇传记，是否已有散失，人们对此颇多怀疑，但只能是猜测而已。我们则确知下列情况：克乃西特递交了第三篇作文《印度传记》后，最高教育当局的秘书处曾向他传达领导指示说，倘若他还写传奇的话，希望他以近代历史为背景，要多多引证当时的文献资料，尤其是具体的历史细节。我们从传闻和书信中得知，他确实曾着手准备下一篇以十八世纪为背景的传记。他想把自己写成一个施瓦本的神学家，后来放弃宗教而改事音乐，这个人曾是约翰·阿尔布莱希特·本格尔的弟子，又做过欧丁格尔的朋友，还曾在辛岑道夫的兄弟会团体里短暂作客①。我们知道，他当年曾阅读而且摘抄了大量古老的，甚至是极为冷僻的书籍，既有关于教堂、虔敬主义和辛岑道夫的著作，也有论述那一时期祈祷仪式以及教堂音乐的书籍。我们还知道，他曾切切实实迷上具有魔力的主教欧丁格尔，也曾对本格尔大师有过真纯的敬爱之情。他曾设法复印了一张本格尔的照片，在他书桌上搁了好多时候。此外，他还曾试图从正反两种角度如实记述他所尊敬的辛岑道夫，但最后还是放弃了这项工作，满足于自己已经学得的东西。他声称自己还没有能力撰写这样的传记，他无法进行如此多角度的研究，也无法收集到大量细节材料。克乃西特这番自述使我们有理由判定，那三篇业已完工的传记与其说是一位学者的著作，还不如说是一位品性高尚又诗意盎然的男子的创造性自白。我们认为这才符合实情。

对克乃西特来说，如今除了享受自选研究课题的自由之外，还能够从中获取另一种放松的快乐。他毕竟与其他学生不同，不仅与他人一样受过一个精英学生的全部教育：严格的学习制度，精确分配的课外作

---

① 本格尔（1687—1752），基督教新教神学家；欧丁格尔（1702—1782），基督教新教神学家；辛岑道夫（1700—1760），德国兄弟会团体创始人。

业，教师们细心周到的管理和监督，而且，在这一切之外，他还因普林尼奥的缘故而承担过重大责任，这压力诚然把他的精神与思想潜能激发到了极点，却也令他不堪负荷，消耗了太多精力。让他扮演卡斯塔里代表人物，让他承担辩护人角色，确实超出了他的年龄和能力，以致他常常觉得处境危险，他获得成功，完全由于一种坚强过人的意志力和超人的才能。同时，如果没有音乐大师从中大力协助，他恐怕也根本完不成任务。

克乃西特度过了几年不同寻常的华尔采尔学习年代后，人们发现这位年方二十四岁的青年显得比实际年龄老成得多，还略带疲劳过度的模样，令人惊奇的是毫无身体受损的迹象。那几年沉重的负荷几乎把他的精力消耗殆尽，我们虽然没有可资证明的直接材料，却可以从他对待自己盼望已久才获得的头几年自由研究岁月的态度中略见端倪。克乃西特在华尔采尔最后几学期里始终处于显眼位置，几乎成了公众偶像，可他一毕业就立即毫无保留地引退了，是的，如果人们探访一下他当年的行迹，便会得出下列印象：他最愿意让自己隐匿得无影无踪，他觉得没有任何环境和社会对他完全无害，也没有任何生活方式让他完全隐蔽。因此他对特西格诺利若干又冗长又热情澎湃的来信，最初还有简短而冷淡的回信，后来便彻底置之不理了。闻名全校的克乃西特消失了，再也找不到他的踪迹。他的声誉在华尔采尔却长存不衰，甚至继续繁荣，随着时间的推移后来竟发展成了一种令人神往的传统。

在克乃西特从事研究的初期，他曾因上述原因而回避华尔采尔，这也就使他不得不暂时放弃研究高级的玻璃球游戏课程。从表面来看，这似乎可以确定克乃西特当时曾引人注目地忽视了玻璃球游戏课程，但据我们所知，总体而言，情况恰恰相反，他这种貌似任性的脱轨行为，不合常情的运行道路，不仅纯粹是受玻璃球游戏影响，而且是促使他最终返回玻璃球游戏并为之献身的必要途径。关于这一情况，我们打算作较详尽的叙述，因为这是颇为说明他个性的特点。约瑟夫·克乃西特以如此独特奇怪的方式进行自由研究，显示出他与众不同的青春才华。他在华尔采尔求学年代，不但与众人同学了玻璃球游戏入门课程和反复研习课程，而且在最后一个学年时在同学圈内获得了超出众人的优秀声誉。当时他受到游戏魅力的强烈吸引，在完成初步课程而尚未离校前，又被接纳参加了更高一级的课程，作为在校学生简直可说是极其罕见的殊遇。

若干年后，他曾向与他同上玻璃球游戏复习课程、后来又作过他助手的朋友弗里兹·德格拉里乌斯①写信描述了一个精神体验，这场精神经历不仅决定了他必然成为玻璃球游戏者，还对他的研究道路产生了巨大影响。这封信保存了下来，其中有如下一段文字：

"让我提醒你过去年代的一些往事吧，那时我们两人分配在同一个小组，都急不可待地构思着我们的第一份玻璃球游戏草案，你总还记得是哪一天和哪一场游戏吧。小组的领导提供了许多建议和无数主题任凭我们选择。那时我们刚刚学会棘手的转化过程，正试着从天文学、数学和物理学转到语言学和历史学，我们那位组长技艺精湛，很容易把我们这般性急的初学者诱入圈套，引向无法通行的抽象概念和抽象类比的薄冰之上。他常常从词源学和比较语言学里搬运一些诱人的东西哄我们去抓取，眼看我们劳而无功，他却以此为乐。我们计数着希腊语的音节量，一直数到精疲力竭，但觉得脚下的地板好似被人猛然抽了去，这时才来指点我们，为什么得按重音，而不是以吟诵时的节拍才有可能，也才必然能够数清，以及诸如此类的办法。他做工作其实很正确，也很高明，只是他的某种神情令我不快，他指给我们一条歧途，诱使我们进行错误思辨，尽管有他的善意用心，让我们知道危险的所在，但却也略带捉弄我们这类笨青年的成分，并且恰恰要在我们的狂热中注入大量怀疑精神。然而在他的指导之下，就在他教授的一堂错综复杂而折磨人的实验课堂上，就在我们战战兢兢笨手笨脚试着拟出自己毫不成熟的游戏计划时，我受到一击，豁然醒悟过来，认识到了玻璃球游戏的意义和伟大，使我从头到脚，直至内心深处都被震撼了。当时我们正在分析一个

---

① 德格拉里乌斯也是黑塞虚构的重要人物。据德国黑塞研究学者分析，其原型为尼采，至少具有颇多尼采特征，而尼采曾是青年黑塞崇敬的偶像。

选自语言学史的难题，试图详尽地探究一种语言缘何得以屈于光荣的顶峰时期。我们只用几分钟就走完了历经许多世纪才踏成的道路，这时我强烈地被一种须臾无常的景象所攫住：我们目睹一个如此古老、复杂、可敬，以几代人心血建成的机构，如何逐渐达到了顶峰，但是衰颓的萌芽业已孕育其中，使整个健康有意义的建筑开始下沉、蜕化、摇摇欲坠。——这时候，也有一丝又惊又喜的思绪同时掠过我心头，那种语言诚然衰落了，死了，却毕竟没有完全消失，它的成长，繁荣和没落，还都留存在我们的记忆里，活跃在人们对它进行的研究以及它自己的历史里，而且它不仅能够继续生存在学术研究的符号和公式，或者玻璃球游戏的奇妙法则里，还可以在任何时代进行重新建造。我顿然领悟到，语言也好，玻璃球游戏的精神也好，世上万事万物莫不自有其丰富的意义。每一个符号以及符号与符号间的每一种联系都并非要进入这里或者那里，也都并非要导向任何一种例证、实验以及证据，而只是要进入世界的中心，进入充满神秘的世界心脏，进入一种原始认识之中。一首奏鸣曲里每一个大调、小调的变化，一种神话或者宗教崇拜的演变，每一次古典艺术的形成，无不如此。我就是在转瞬间的灵光一闪中完全看清了，就像通过一场真诚默修的内视观察所见，它们全都是直接抵达宇宙内部奥秘的道路，在呼与吸、天与地、阴与阳①的持续不断交替变化中，完成着它们自己的永恒神性。

　　"当时我已作为听众参加过若干次构思上乘、又进行得很成功的玻璃球游戏，我确实谛听到了许多令我大大提高和喜悦的见解。然而直到那时为止，我对玻璃球游戏的真正价值和重要意义，常常禁不住要产生怀疑。是的，每回顺利解开一个数学难题，都可得到精神上的乐趣；每谛听一首优美乐曲，更毋庸说自己演奏了，都可提高自己的灵魂进入伟大境界；每一次虔诚的默修都能够使内心平静而与宇宙协调一致。但是，也许正因为这一切，我心里才总有一个怀疑在向我说话，说这个玻

---

① 黑塞曾下功夫钻研《易经》，十分惊叹太极图像中的两极对立统一观点，经常用以喻义宇宙本质，这里援引"阴与阳"便是一例。

璃球游戏只是一种形式的艺术，一种聪明的技巧训练，一种有趣的组装而已；说最好还是专心从事纯净的数学和善良的音乐，而不去进行玻璃球游戏。

"而眼前这一瞬间，我有生第一次听见了游戏本身内在的声音，懂得了游戏的意义，它已抓住我、渗透到我的心中，从这一时刻开始，我信仰了玻璃球游戏，认为我们的崇高游戏确实是一种'神圣的语言'，一种神圣而具有神性的语言。你会记得起来的，因为你那时也注意到我的心经历了一场变化，我肯定受到了一次精神感召。我的确只能把它与自己首次终生难忘的感召相比较，那一次感召不仅升华了我的心灵，还改变了我的一生。那时候我还是个小小的少年，经受了音乐大师的测验后，便听从召唤来到卡斯塔里。你肯定注意到了我的变化，尽管你只字未提，我觉察出你是注意到了。我们今天当然无须再讨论此事。今天我是来求你帮忙的，为了说明我的请求，我不得不告诉你一件过去无人知晓的事情，我得说，我目前一大堆研究工作，看似心血来潮任意而为，其实完全出于明确的既定方案。你至少总能够记起我们那次组长指导下玻璃球游戏练习的大概轮廓吧，我们当时在上第三个阶段的游戏课程，我就在游戏过程中听见了那个声音，并且经历了召唤我成为游戏者的感召体验。记起了吧，那次游戏练习的开头，是对一首赋格曲的主题进行韵律分析，乐曲中间有一句据称出自孔子的警句。目前，我正把那次练习从头至尾再细细过一遍，也就是说，我要彻底研究每一个乐句，将其从游戏的语言重新翻译回原来的语言，还原成本来的模样，不论是数学、装饰学、中文、希腊文，还是任何别的东西。至少这一回我想竭尽全力把这场玻璃球游戏的全部内容一层层作出彻底研究，再加以重新构建。我已完成了第一部分工作，花了两年的工夫。毫无疑问，我还得为此再付出几年光阴。我们既然已经获得卡斯塔里闻名遐迩的研究自由，我就打算尽量利用。反对意见我已听得耳熟能详了。大多数老师都会说：我们费了许多世纪的时间才发明了玻璃球游戏，并进而把它营造成一种能够表达一切精神概念和一切艺术价值的万有语言和方法，把它化为了衡量一切的共同尺度。如今你却要重头复核一遍，以判断其正确与否！你将会为此付出一辈子的时间，到头来后悔莫及。

"是的，我不想为此付出一辈子的时间，更不想后悔莫及。这才来求你的。因为你现在是游戏档案室的工作人员，我又出于特殊原因还想再避开华尔采尔一段时间，我想请你经常替我查询和答复相当数量的问题，具体地说，就是把档案室现存的形形色色主题的有关谱号和符号——以未经压缩简略的形式——抄写一份给我。我就指望你了，还希望你也同样要求我，凡有效劳之处，一定尽心尽力。"

也许在这里再引用克乃西特另一封信的片断并无不当之处，这封信也涉及了玻璃球游戏的问题，尽管信是写给音乐大师的，而且比那封给德格拉里乌斯的信至少晚了一年或者两年之久。"据我想象，"克乃西特在给他恩人的信里写道，"一个人即或对玻璃球游戏的真正神秘内涵及其终极意义缺乏预感和想象，他也可能成为一个技巧熟练的游戏能手，甚至是一位真正称职的玻璃球游戏大师的。是的，还有一种可能情况是：恰恰是某个能够预感和认识游戏真谛的人，会成为玻璃球游戏的危险敌人，倘若让他担任游戏领导或者指导游戏的专家的话。因为擅长窥探游戏内部秘密的人，最终定能窥见大一与万有，可以进入永恒常存的永恒呼吸的深处，可以自我圆满而不外求。因而，凡是体验到了玻璃球游戏终极意义的人，也可能就不再是玻璃球游戏者了。他也可能由于品味过另一种完全不同的愉悦和狂喜，而不再牵挂世俗世界，也不再能够发明、构建和联结了。我感到自己业已接近领悟玻璃球游戏的意义，因此不论对我自己，还是对别人来说，我最好不以玻璃球游戏作自己的专职，改而从事音乐才对。"

音乐大师读信后，显然对这番表白颇感不安，一反极少写信的常态，给克乃西特写了一封长信，作为友谊的忠告。"很好啊，你不想再当玻璃球游戏能手了，当一个人已成为一个你所认识意义上的'神秘主义者'的时候，我希望，你写下这些不是为了讽刺挖苦。一个只管注意自己能否非常接近'最深内在意义'的游戏能手或者教师，他大概将会是一个十分糟糕的老师。以我为例，坦白说吧，我一辈子也没有对我的学生说过一个关于音乐'意义'的字。倘若有过这样的内容，那也是不言而喻而无须我说的。相反的，我倒经常要他们十分重视正确而优美地计算和演奏八分之一拍和十六分之一拍。无论你是教师、学者或者音乐家，都得尊重'意义'，但是意义是不可能传授的。从前有许多历史学家败坏了半数的世界历史，就因为他们想在著作中传授'意义'，他们揭露副刊文字年代就是要人们分担已流鲜血的数量。倘若让我向学生介绍荷马或者希腊悲剧的话，我大概不会试图在心灵上施加影响地对他们说，诗乃是神明的一种显形形式，而将尽力让他们精确认识诗的语言和韵律技巧。教师或者学者的工作是研究技巧，开发流传下来的遗产，维护研究方式方法的纯洁性，而不是去传授那些不可传授的激动人心的精神体验——这得留待入选的学生们自己去经历，这也常常使他们成为失败者和受害者。"

此外，在克乃西特那时的来往信件中，除了上述书信之外，竟无另一处提到玻璃球游戏及其"神秘"含义的地方，要么是他当时写信不多，要么是失落了一部分信件。不管怎么说，他和费罗蒙梯的通信是很好保存下来了，其中所谈几乎全都是有关音乐以及音乐风格方面的问题。

我们由此看出克乃西特是如何展开自己独特的曲折研究道路的，目的只有一个，对独一无二的一场玻璃球游戏进行精确的追忆分析，要探究出其十分确定的意义。为了理解一场游戏的内容，学生们只需几天便可完成这项功课，而用游戏语言来破解，更是只需一刻钟便可读完，但是克乃西特却一年又一年坐在课堂和图书室里，研读弗罗贝格和亚历山大·斯卡拉梯[①]的作品，分析赋格曲和奏鸣曲的结构，复习数学，学习汉语，还从事一种根据浮斯特尔理论[②]推究色彩与音调之间互相关联的声图形体系。

人们不禁要问，他为什么要挑选这么崎岖、独特，又特别寂寞的

---

[①] 斯卡拉梯（1660—1725），意大利作曲家。
[②] 据德国黑塞研究学者分析，可能暗喻作者同时代人狄米诺梯夫·封·浮斯特尔的理论。

道路呢，因为他的最终目标(卡斯塔里外面的人可能会说：这是他的职业选择所决定的)毕竟仍然是玻璃球游戏啊。首先他本可以毫无约束地作为客座学者进入华尔采尔玻璃球游戏者学园的任何一个研究所里专事研究，那样的话，不论做哪一门涉及游戏的专门研究，都会容易得多，他随时可以查询一切个别问题，更可以与同样研究游戏的青年学者一起探讨追求目标，而不必常常等于自愿流放似地独自苦苦奋斗。但是，他依然走他自己的道路。我们揣测，他回避华尔采尔，是因为他不仅想尽力忘却和让别人淡忘自己当年所扮演的著名角色，而且也不愿重蹈覆辙再在玻璃球游戏团体里成为新的类似人物。因为他从那时就预感到自己命定要做领袖和代表人物，所以竭尽全力想挣脱命运的压迫。他早就感觉到责任的沉重，如今面对华尔采尔的同学们尤其感到有压力，他们不断鼓舞他，即使他不断躲避，也不愿放开他。尤其是德格拉里乌斯，他本能地直感到对方愿为自己赴汤蹈火。

于是，他试图以隐遁和避世之道来对付强迫他抛头露面的命运。我们就是这样揣测他当年的内心状态的。不过，另外还有一种极重要的因素或者动力，在驱使他退避高级玻璃球游戏学校的正常研究轨道，而成了一个旁观者，那即是他以往对玻璃球游戏的怀疑所导致的一种不可遏制的研究冲动。毫无疑问，他曾经有过那种经历，体验到游戏真正能够具有无比崇高和神圣的意义，但是，他也亲眼目睹大多数游戏者和学生，甚至不少领导者和教师却都没有过崇高、神圣的体验，他们大都不把游戏语言视为神圣语言，而干脆当作了一种比较高明的速记法。他们从事游戏也不过是出自兴趣或者娱乐，视作一种知识运动或者追求功名的竞技而已。事实上，正如他在给音乐大师的信中所描述，他早已预感到，探寻游戏的终极意义并不一定可以确定一个玻璃球游戏者的品质，因为游戏也存在较浅的层次，因为它毕竟是由技术、科学和社会机构综合而成的啊。简而言之，他对玻璃球游戏有着怀疑，有着不调和的分裂感觉，玻璃球游戏竟成了他的一个问题，而且是巨大、重要的生活难题。但是他绝不打算顺从命运，由那些好心的灵魂抚慰者来帮助他渡过难关，或者由那些脸带笑容的老师把他的问题当作微不足道的小事而一笔勾销。

当然，他可以从数以万计的游戏先例以及数以百万计的游戏可能性中任选一个中意的作为自己的研究基础。他明白这一点，也曾把那次偶然的、他和同学在研讨课程中构思的游戏方案进行了研究。那次游戏使他第一次体验到一切玻璃球游戏的意义所在，并感受到要他成为玻璃球游戏者的召唤。那几年间，他用一般速记法写下的那场游戏的概要，始终牢牢记在心里。天文学上的一道数学公式，一首古老奏鸣曲的形式结构，孔夫子的一句名言，等等，全都在这里以游戏语言中的标记、符号、号码和省略号的形式记录了下来。某个对玻璃球游戏全然无知的读者，很可能因而认为这类格式和国际象棋格式大致相似，仅仅是棋子包含的意义与相互关系发展的可能性有所不同。棋子间的相互影响随着发展而成倍地增长，而每一枚棋子，每一个位置，每一次棋步都是一种确确实实的内容，而恰恰是这些棋步、棋子等就成了象征内容的符号。

克乃西特研究年代的工作范围超出了预定的任务：精确地认识一场玻璃球游戏方案中包含的内容、原理、书籍和体系，并且通过回溯各种不同文化、科学、语言、艺术和各种不同的时代而寻得正确途径。他没有少给自己安排连老师们都不熟悉的任务，借以检验进行玻璃球游戏艺术活动时所使用的操作系统和表达可能性。

我们先介绍一下他的检验结果：他不时在这儿那儿发现一条裂缝，一点欠缺，然而总体而言，我们的玻璃球游戏必定经受住了他那种严格的检验，否则，克乃西特大概不会在结束研究工作之后又重返玻璃球游戏领地了。

如果我们想从文化史角度研究、描写克乃西特，那么克乃西特学生时代呆过的地方和一些场景肯定值得一写。只要有可能，他总是首先选择可能让他独自工作或者仅与极少数人合作的工作场所。有几处地方是他毕生都铭记不忘的。他常常去蒙特坡略事逗留，有时是看望音乐大师，有时是参加音乐史研讨会。我们发现他曾两度到过希尔斯兰①，那是宗教团体总部所在地，他去参加了"盛大的静修演习会"——为期十二天的斋戒和静修。后来，他常常满怀喜悦之情向朋友们描述一个他称为"竹林茅舍"②的地方，一位隐士曾在那里教导他学习《易经》，他不但学习和体会了其中具有极重要意义的内容，而且似乎是老天指引或者神奇的预感引导，他在那里发现了一个无与伦比的环境和一个不同凡响的人物，也即"老年长老"，这座中国式竹林茅舍的创建者和主持者。我们以为，这里稍稍详述一下克乃西特研究年代这段非常奇特的插曲，似乎很有必须。

克乃西特是在著名的远东学院开始研究中国语言和经典作品的，这座以研究古典语言学为主课的学院，几个世纪以来一直附属于圣·欧班③教堂。他在学院进修期间不但在阅读和书写上进步神速，还结交了几位在该校工作的中国同事，因而学会背诵《诗经》里的许多诗篇。他逗留到第二年时，开始对《易经》产生兴趣，随着时间的推移，兴趣越来越浓。在他的迫切要求下，中国朋友们提供给他各种各样的材料，不过没人能够指引他入门，因为学校里没有聘到开课的老师。为了彻底研究《易经》，他一再不断请求人们推荐一位教师，他们向他描述了"老年长老"以及那一片隐居地的情况。

克乃西特对《易经》的兴趣如此浓厚，以致他后来终于察觉，学院里的人已经对他侧目而视了。他不得不小心谨慎地进行查询工作。他的努力没有白费，对这位传奇人物的认识更进一步后，他发现人们相当敬重这位隐士，是的，可以说他已享有盛誉，但是，与其说他是一位学者，倒不如说是一位奇特的世外之人。克乃西特感到此事只能依靠自己，便尽快写完了刚开始撰写的提交研讨会的论文，随后离开了学院。他一路步行来到那位神秘人物——也许是一位智者和圣人，也许是一个白痴——亲手创建的竹林茅舍地带。

---

① 系作者虚构的地名。
② 据德国黑塞研究学者称，书中竹林茅舍并无具体地址，当隐喻他自己的住所和竹林，而黑塞笔下的老年长老很大部分是作者自画像。
③ 圣·欧班，公元222—230年曾任罗马教皇，为欧班一世。

克乃西特已收集了这位隐士相当数量的情报：约摸二十五年前，这个人曾是远东学院中文系最有希望的学生，他似乎是专为研究中文而生的，不论在毛笔书法方面，还是在译释古典经文方面，他都超过了该校最优秀的老师，甚至是地道的中国人，但是他有点过于热衷，试图让自己在外表上也像一个中国人，弄得人人都对他侧目而视。然而他顽固不化，后来竟执拗地拒绝像同学们一样称呼各种研讨会的领导和各项学科的专家为老师，而代之以"长老"，结果这个称呼最后竟成了他自己的绰号。他特别重视《易经》的占卜方法，为此付出了许多精力，并学会了熟练地使用传统的蓍草卜卦法。除了有关《易经》的注释书籍外，他最爱读的书就是《庄子》。显然，那种理性主义的、反对神秘倾向的严格儒家精神，正如克乃西特所亲眼目睹的，早在那时就在远东学院的中文系显露端倪了，因而有一天，这位长老终于离开了挽留他任教的远东学院而外出游方，随身只带了毛笔、砚台和两三部经书。他一直向南走去，沿途总能在教会团体的师兄弟处投宿一夕。他四下勘查，终于觅得一处可以隐居的地点，他锲而不舍地以书面和口头方式向世俗当局和宗教团体申请，最后获得了定居和耕种的权利，从此就在那里严格依照中国古代隐士的模式过起了一种田园生活。有人将他当作怪人嘲笑，也有人尊奉他为某种类型的圣者。而他则与世无争，也不求于人，每日里，不是在竹林茅舍干活，就是静修和抄写古代的经卷，在他的精心料理下，竹林茅舍已成了一座屏障北风的中国式庭园。

约瑟夫·克乃西特一路向竹林走去，宜人的景色常常吸引他歇脚小憩；每当他向上翻越山间小道的时候，总要心旷神怡地停步俯视，望着浅蓝色的薄雾笼罩下的南方，葡萄园里阳光灿烂，褐色的矮墙上爬满了蜥蜴，庄严的栗树林一片连一片，南方的田野和高山交相辉映，在他眼前交织成香味浓郁的景象。他到达竹林时已是傍晚。他走进院子，吃惊地看到有一座中国式亭子矗立在这个奇妙的花园中央，一道由木制管道引来的山泉正潺潺流淌着，泉水先注满一条石子河床，随后流入近旁的一座石砌水塘，石块缝隙间长满了各式各样的植物，清澈晶莹的水里则有几条金鱼在悠悠地游着。在细长而坚韧的竹竿上，一簇簇绿叶轻盈地随风摇曳，草地上点缀着一座又一座石碑，碑上镌刻着字体古雅的铭文。

一位穿着黄褐色麻布衣服、瘦瘦的戴眼镜的男子，从他正蹲着干活的花坛后直起身来，他蓝色的眼睛里露出询问的神色，一边缓缓迎向来访者。他的态度并非不友好，却多少带有隐居者和遁世之人常有的羞怯。他用目光询问克乃西特，等待说明来意。克乃西特有点窘迫地用早已准备好的中文说道："青年弟子向长老请安。"

"欢迎贵宾光临，"长老回答，"欢迎青年同门与我品茗欢谈，若想稍事逗留，不妨小住一宿。"

克乃西特叩首①道谢后，被领进屋里，款待用茶后，主人又带他参观了庭园、石碑、池塘和金鱼，甚至还告诉了金鱼的年纪。直到用晚饭时分，他们才坐定在婆娑的竹林下，互道慰问，互诵经典诗句和警言，又一起观赏了花卉和山脊上浅红的落日余晖。然后又回进屋里，长老端来面包和水果，又在一架极小的炉子上给两人各煎了一张蛋饼。直待用完晚餐，这才用德语询问青年人的来意，克乃西特也用德语叙述了此行的目的和愿望：若长老允许他在此逗留数日，那么他将尽弟子之职，侍奉左右。

"我们明日再议此事吧，"隐士回答，随即安排客人就寝。

次日清晨，克乃西特坐在金鱼池畔，凝望着由光明与黑暗交织而成的小小清凉世界，只见一片深绿和墨黑之中晃动着一个个金色的躯体，它们闪出一道道奇妙的光彩；有时候，这个小小世界似乎被施了魔法，落入了长眠不醒的梦境，那些小小的躯体突然不失时机地蓦然跳跃起来，以柔软灵活却又惊恐万状的姿态划出水晶和黄金般的光亮，打破了沉睡的黑暗。他向下注视着，越来越专注，与其说是在静观，倒不如说是在梦想，以致完全没有觉察长老已经走出屋子缓步向他走来，并已停

---

① 黑塞在这里用了一个译音字 Kotao，表示当时宾主两人均以中国人自居，因而行中国礼。

住脚步，正久久伫立在一边望着出神的客人。当克乃西特终于抖擞精神
站起身子时，长老已离开，不久便从屋子里传出了邀请客人用茶的招呼
声。他们互道早安后，便坐下饮茶，倾听着小小喷泉在拂晓时分静谧
中的淙淙的响声，这是永恒的旋律。随后那位隐士站起身来在这间盖
得不很合规则的房间里来回走动着，不时朝克乃西特瞥上一眼，突然
问道："你是否打算穿上鞋子，继续自己的行程？"

克乃西特迟疑了片刻，随即答道："倘若必须这样做，那我只好继
续上路。"

"如果安排你在此稍事逗留，你愿意顺从，并且像金鱼一样保持缄
默么？"

青年学生又一次点头附和。

"好吧，"年迈的长老说道。"我现在就用签子来算一卦，看看神
谕如何。"

克乃西特怀着好奇而又敬畏的心情望着长老，并且"像金鱼一样保
持缄默"。老人从一只颇似箭筒的木制杯状容器里抽出一把蓍草签子，
仔细数了一遍，把一部分放回容器，从手中抽出一根放在旁边，又把其
余部分平分为相等的两把，先用左手拿起一把，接着用灵敏的右手指尖
一小束一小束地拈出来，边拈边计算着数量，然后置放在旁边，直到手
里只剩下几根签子，再用左手的两根手指紧紧夹着。当他按照宗教仪式
分配完这一把签子后，立即又用相同的程序处理了第二把。他把数出来
的蓍草放在一旁后，又继续处理剩下的两把，一把接一把再过了一遍，
把余下的小部分夹在两指之间，这些手指又敏捷又熟练地摆弄着这些蓍
草签子，好似在进行一种训练有素、臻于化境的具有严格规则的神秘游
戏。他如此这般拈过多次之后，最终只剩下三小把。他从这三小把蓍草
的数字中读出了一个符号，便用毛笔尖写到一小张纸片上。接着，他把
整套复杂程序又从头至尾过了一遍，先是分成相等的两捆，通过计数，
一部分置于一旁，一部分夹紧在指间，直到最后又只剩三小束，结果又
算出了第二个符号。这些蓍草签子像跳舞一般翻飞不停，时而聚合毗
连，时而交换位置，时而集成一束，时而四下分散，时而又聚拢起来，

不时发出微弱的清脆碰撞声息。它们有节奏地、好似幽灵一般精确地舞动着。每次过程结束后，老人便会写下一个符号，最后阴阳六爻俱得而卦成，是一个叠为六行的符号①。此时这位盘腿坐在苇席上的巫师才把蓍草茎收拢，恭恭敬敬地放回签筒之中，然后注视着画在纸上的卦象，沉默了很长时间。

"本卦为蒙。"老人开言道，"卦名便是童蒙。上为山，下为水，上为艮，下为坎。山下有泉水，乃童蒙之象征，其辞为：

> 蒙。亨。
> 匪我求童蒙。
> 童蒙求我。
> 初筮告，
> 再三渎，
> 渎则不告。
> 利贞。"

克乃西特一直在屏息静气地紧张观看，直到听完这番话后，这才在一片寂静中深深舒了一口气。他不敢询问。但是他认为自己懂得了卦辞的意思：童蒙已经来到，他将获准留下。就在他刚刚着迷于手指和蓍草玩耍出的微妙木偶戏时——他越是久久观看，越觉得其中意味无穷——便知道结果了。现在卦已卜得，判词对他有利。

我们如此详尽地描述这一插曲，是因为克乃西特日后经常怀着满意感情向朋友和学生讲叙这段经历。现在让我们回到正文吧。

克乃西特在竹林茅舍逗留了好几个月，学习操作蓍草签子手法，几乎学得和老师一样完美无瑕。老人每天与他同练一个钟点的数签技术，指导他掌握周易筮辞的记事和取像法，教他背诵六十四卦以及练习书写

---

① 本节描写的卜卦过程符合《易系辞传上》所述的成卦法。求得之卦是六十四卦中的第四卦蒙☶☵。

卦象。老人还向克乃西特朗读易经的古代释解著作，每逢黄道吉日就替他讲解庄子的寓言一则。此外，这位学生还得学习洒扫庭院，洗涤毛笔，研磨墨汁，还要学会煮汤和烹茶，捡拾干柴，观察天象，并且不时查看中国的历书。克乃西特偶尔还试图在他们难得的交谈中插入玻璃球游戏和音乐话题，但这总归徒劳。对方不是似乎没有听见，就是一笑置之，再不然就是答以一句毫不相关的格言，譬如："浓云无雨"或者"白璧无瑕"等。然而，当克乃西特收到一架从蒙特坡送来的小翼琴后，每天都要演奏一个小时，却没有听到任何异议，以致克乃西特有一天向老人供认，他希望自己学得易经后能够有朝一日把易经体系融于玻璃球游戏之中。长老听了微笑而已。"你试试吧！"他说，"你将会看到什么结果呢？在人世间修建一座小小的美丽竹园，这是人人都能办到的。至于这个人能否把整个人世纳入他的竹林，我就全然不知了。"——事情就到此为止。我们只消再举一例，便已足够。若干年后，当克乃西特已成为华尔采尔一位德高望重的要人时，曾邀请长老去开授一个课程，老人却没有给予任何答复。

约瑟夫·克乃西特后来把自己在竹林茅舍的几个月光阴，不仅形容为不同凡响的快乐时光，而且常常称为"开始觉醒时期"，事实上，从那个时期开始，关于觉醒的想象景象便不时出现在他的言谈之中，尽管并不完全等同于他以往所述的感召景象，却也颇为近似。我们揣测，他所谓的"觉醒"，特指他对每个阶段自我的认识，以及对自己在卡斯塔里内部和世俗人间秩序中地位的认识。在我们看来，重点似乎日益转向了自我认识这一方面，也就是说，自从克乃西特"开始觉醒"之后，越来越意识到自己不同寻常的地位和独一无二的命运，也越发明白自己与卡斯塔里的一般观念和特殊秩序范畴之间的相对关系。

克乃西特在竹林茅舍逗留期间的中国研究工作并未因离开而结束，后来又继续进行下去，尤其是对中国古典音乐的研究。克乃西特发现中国古籍中随处都可见到赞美音乐的文字，誉之为一切社会秩序、道德习俗、健康美丽的根源。其实他早已熟知这种博大而合乎道德的音乐观念了，老音乐大师本人正堪称这一概念的具体化身。

克乃西特从未放弃这一基本研究计划——我们可从他给弗里兹·德格拉里乌斯的信中窥见大概，而且还向四面八方扩展，不论何时何地，凡是他估计会有重要价值的所在，也即是：凡是他认为与自己通往"觉醒"之路有关的事，无不全力以赴。克乃西特师从长老期间的积极成果之一便是：克服了自己畏惧返归华尔采尔的害羞心理。此后，他每年都去那里参加一次高级研讨会，不知不觉中成了玻璃球游戏学园一位广受尊重和爱戴的人物，不知不觉成了玻璃球游戏组织最核心、最敏感机构的要人，他已是那个掌握玻璃球游戏命运，或者至少是决定着当时游戏的发展方向和流行趋势的匿名核心组织的成员了。

玻璃球游戏举办机构的领导官员们也参与这个组织，却不掌握支配权，他们大都在游戏档案馆的几个僻静房间里不时开开会，商讨和研究玻璃球游戏活动，为了替游戏纳入或者剔除新的项目而争吵，为了赞成或者反对经常略有变动的趣味而辩论不休，不论是对游戏的方式、程序，还是对举行比赛的事项。凡是在小组里占有一席之地者无不精于玻璃球游戏之道，每个人对其他成员的才能和特点也莫不了如指掌，聚会的气氛与政府部长会议或者某个贵族俱乐部内的情况颇相类似，各种权威人士和即将成为权威人士的人在这里互相见面，互相结交。人们说话时无一不是压低了嗓音，尽管他们野心勃勃，却都藏而不露，谨慎小心，批评他人时却不嫌过分。卡斯塔里有许多人，再加上外界也有许多人，都把这群人视作玻璃球游戏的最高精英人才，代表卡斯塔里传统的最高成就，也是杰出贵族思想的精华，因而使得不少年轻人年复一年地梦想有朝一日也能跻身其中。但是，在另外还有一些人眼里，这群觊觎玻璃球游戏团体高位的年轻候选人既可厌又下贱，不过是一个目中无人的狂妄小集团，一群不懂生活与现实意义、糟蹋自己才能的天才，是一伙傲慢自负、说到底是过着寄生生活的所谓的高人雅士，他们的职务和生活内容不过是一种无益的游戏，一种不结果实的自我精神享受。

克乃西特丝毫没有受到这些青年精英的观点影响，完全不介意学生们在闲谈中把他赞为旷世奇才或者骂成暴发户和野心家。对他而言，唯有他的研究工作是最重要的，如今一切都以玻璃球游戏为中心而展开。对他而言，也许还有另一个问题也同等重要，那就是：玻璃球游戏是否确应成为卡斯塔里的最高目标，并且值得自己为之奉献一生？因为，随着他对游戏法则与游戏发展潜力的比较隐蔽奥秘的认识越来越清楚，随着他对色彩缤纷档案迷宫和游戏符号的复杂内在世界日益熟悉，他对游戏的疑虑，并没有一丝一毫的减弱。他从自己的经验中体会到：信仰与怀疑是相互关联的，就像吸气与呼气一样互相制约，他在玻璃球游戏小宇宙一切领域所取得的进展，无疑也增长了他看清和感觉游戏存在问题之处的能力。竹林茅舍的田园理想在一个短时期里，也许可以说是既恢复了他的信念，又搅混了他的信念。年长的长老是一个实例，说明逃避诸如此类问题的出路很多。譬如：一个人可以让自己变成一个中国人，把自己封闭在篱笆后面，过一种自给自足的完美生活，就像那位隐士。一个人也可以成为毕达哥拉斯式的哲学家，或者去当和尚，或者做一个穷修士。然而，所有这一切仅是逃避而已，仅是放弃追求万有的少数人士的作为，这些人为了享受完美而放弃了现在和未来；他们只活在过去之中，这是一种被理想化了的逃避。克乃西特及时察觉到这不是自己要走的道路。但是他应该走什么样的路呢？他知道自己除了对音乐和玻璃球游戏具有很高才能之外，还具有别的能力，一种内在的独立精神，一种高层次的执拗自恃，这些能力绝不阻碍他服务他人，还要求他侍奉至高无上的天主。而这些能力，这种独立精神，这种执拗自恃，还不仅是他品性中的特点，不单在自己内心起作用，同时也能影响到外在世界。

早在求学时代，尤其是他与普林尼奥·特西格诺利相互抗衡的时期，约瑟夫·克乃西特就常常有受人仰慕的经历，许多同龄人，当然更多的是较年幼的同学，都非常喜欢他，设法接近他，甚至愿意受他控制。他们请他指点以便接纳他的影响。从那时以后，这类情况就一再反复重演。这类经历固然有令人惬意的一面，可以满足虚荣心，增强自信心。但是它们也有又黑暗又危险的另一面，因为就在他面对那些急于恳求忠告、指导和示范的同学们时，难免对他们的软弱，他们的缺乏独立与自尊产生轻蔑之情，甚而还会不时冒出一种隐秘的欲望（至少是在思想上），要把他们变成自己驯顺的奴隶，这便是它们又卑劣又丑恶的一面。此外，他与普林尼奥展开辩论的几年中，他曾为那种光荣而代表性的地位付出了多少沉重的代价，品尝了多少承担责任、勤奋努力、内心超重负荷的滋味啊。他也知道，音乐大师也曾有过不胜重负的感觉。对别人施行权力，对别人耀武扬威，诚然是颇能令人陶醉的开心事情，其中却同时蕴含着危险性和灾难性，世界的历史总的说来是由密密一连串君王、首领、独裁者和指挥官所组成，他们开始时无不说得天花乱坠，结果却坏事干尽，很少有哪个人例外。所有这些人开始时都愿意替天行善——至少嘴上如此标榜，但一旦真的获取了政权，就会麻木不仁，只为自己抓权了。

克乃西特一直认为自己应当做的事，是通过服务于宗教团体而让自然赋予自己的这些能力得到净化和强健。但是这个地方在哪里呢，他该去何处发挥自己的能力并获得这种结果呢？他这种吸引人、多少能够影响他人，尤其是较年轻的人的能力，对于一位军官或者政治家确乎极有价值，在卡斯塔里却没有发挥余地，这里只需要充当教师和教育家的能力，而克乃西特恰恰对此类工作较少感兴趣。如果问题仅仅在于个人意愿，那么他也许会拒绝任何工作而去过一种独立学者的生活——或者干脆成为玻璃球游戏者。但是每当他作出这一决定时，那个折磨他多年的老问题便立即显现在眼前：玻璃球游戏果真是至高无上的吗？果真是精神王国里的至尊君王么？不论其有多少好处，最终会不会只是一场游戏呢？值得为之奉献全部力量，为之服务终身么？这一闻名遐迩的游戏，若干世代以前不过是一种艺术的代用品，后来才逐渐通过许多人的概念而发展成为一种以聚精会神、虔诚修炼为主的培养高度才智的信仰，某一种类型的宗教信仰。

人们看到，克乃西特正面临美学和伦理学这一双亘古存在的矛盾。他的矛盾从未得到充分的表露，也从未受到完全的抑制，却始终依然故我，它们曾那么浓烈、那么咄咄逼人地出现在华尔采尔学生时代的诗篇中——问题不只针对玻璃球游戏，而首先是针对了整个卡斯塔里王国。

有一个时期，当这个问题把他困扰得难以承受时，他常常在梦中与特西格诺利一决胜负。有一次，他正走在华尔采尔玻璃球游戏区一处宽敞的庭园里，忽听得身后有人喊叫自己的名字，那声音听着很熟悉，但他一下子想不起是什么人。他掉转身子，看见一个蓄小胡子的高个子青年，正向他狂奔而来。他认出了普林尼奥，不禁百感交集，诚恳地欢迎他到来。他们约定当晚聚谈。普林尼奥早已在世俗世界的大学里完成研究课程，现在是一名政府官员，趁短暂休假以贵客身份来此参加一个玻璃球游戏研讨会，其实他几年前便已参加过一次。

两个朋友当晚相聚不久便相互都觉得很窘。普林尼奥现在是客人，一位来自世俗世界的宽容大度业余爱好者，尽管他怀着极大热诚，然而参与的只是替外行和爱好者开办的课程，两人间的距离确实太大了。普林尼奥如今面对的已是一位成熟的玻璃球游戏专家，虽然对朋友的兴趣颇能爱护体贴，却依旧让他感到自己在这里不是同行，对方已经深入这门学科的精髓，而自己不过是在边缘嬉戏的顽童而已。克乃西特试着调换话题，便请普林尼奥介绍他在外面的工作和生活情况。这一来形势立即倒转，克乃西特成了幼稚的孩子，尽提些天真问题，不得不接受对方爱护体贴的指点。普林尼奥已进入法律界，正努力谋求政治影响，并且即将和某一党派领袖的女儿订立婚约。约瑟夫对他说的话只能听懂一半，许多反复出现的概念在他听来空空洞洞，它们对他而言，至少是毫无意义的。无论如何，克乃西特总算听明白普林尼奥在他那世俗天地里已取得相当成就，并且懂得如何达到自己雄心勃勃的目标。十年之前，两位年轻人曾各自怀着好奇和同情心接触、接近两个不同的世界，如今已互相陌生，产生了互不相容的裂缝。

克乃西特赞许这位俗世政治家还对卡斯塔里保留着一份依恋之情，竟然两度牺牲休假来参加玻璃球游戏。但是，结果如何呢，克乃西特心想，即便他有一天回访普林尼奥的工作地区，以好奇的客人身份听几次法庭审判，参观几家工厂或者福利机构，大概情况也一如既往。两位朋友都彼此觉得失望。克乃西特感到老朋友显得粗鲁和外露，特西格诺利则感到往日的伙伴对秘传而得的知识过分自傲，似乎成了一个只关注自己游戏的"精神至上"者。

不过两个人都努力与对方交谈，特西格诺利更有形形色色的话题可讲，从他的研究课程和考试毕业，说到英国之行和南方旅游，一直说到种种政治集会和他在国会的活动。他还在叙述某件事的时候，说了一句听着有些威胁和警告意味的话，他说："你瞧着吧，很快就要天下大乱了，也许会爆发战争，完全可能的，到那时，你们整个卡斯塔里的存在都会受到严肃指责的。"

约瑟夫对此并没有太认真，只是问道："那么你呢？普林尼奥，你会支持卡斯塔里呢，还是反对？"

"啊，"普林尼奥不自然地勉强笑着答道，"大概不会有人来征询我的意见。当然，我不赞成干扰卡斯塔里的继续存在，否则我现在不会在这儿了。不论怎么说，你们在物质需求上一贯十分节制，然而卡斯塔里每年仍要国家支付一笔相当可观的款子。"

"对啊，"约瑟夫笑着接下去说，"我听人说，比起国家在本世纪里每年支付武器军火的款项，这笔费用约占其中的十分之一。"

后来他们又聚过几次，越接近普林尼奥课程结束，他们互相间的礼仪越发殷勤周到。两三个星期后，当普林尼奥动身时，两人都有解脱之感。

当时的玻璃球游戏大师托马斯·封·德·特拉维①是一个游历过世界各地的著名人士，对待每一个接近他的人，无不亲切友好，只在涉及玻璃球游戏的事务上，为维护游戏往往严厉得可怕。凡是仅在公众场合——例如在他华服盛装主持玻璃球游戏庆典或者接见外国贵宾时见过他的人们，都无法想象他是一个工作狂。人们背后议论他是一个冷静的，甚至是冷酷的理性至上者，对艺术持冷淡态度，在那批年轻热情的业余玻璃球游戏爱好者中间更不时传出否定他的言论，当然都是些错误

---

①托马斯·封·德·特拉维隐喻托马斯·曼，就连曼氏本人也知道这一"玩笑"。（见托马斯·曼的《浮士德博士的诞生》一文）

判断，因为他若不热爱游戏，就不会想方设法在举行大规模比赛时有意避免触及许多刺激人的重大问题，而由他设计的一场场美轮美奂的玻璃球游戏，也不会因其几近完全掌握游戏世界的内在奥秘，受到专家们一致公认了。

有一天这位游戏大师邀请克乃西特去他家，大师只穿着日常便服，询问克乃西特可否在近几天里每日同一时间到他家坐半个钟点。素日克乃西特与这位大师从无私交，对这一吩咐不禁大为惊讶。

大师这天交给他一叠材料，是一位管风琴家寄给他的一份建议书，也是玻璃球游戏最高当局经常要审议的无数提议之一。这类文件大都是建议档案馆采纳新材料的建议，种类很多，例如有一个人下功夫研究了田园牧歌的历史后发现其风格发展过程中有一条曲线，便从音乐和数学两种角度记录下来，要求吸收入玻璃球游戏语言的语汇库中。另一个人将尤里乌斯·恺撒撰写的拉丁文字中韵律特点进行研究后，发现它与人人尽知的拜占庭赞美诗音程研究结果，有着惊人的相似之处。再例如有位热心人，又一次发现了隐藏在十五世纪记谱法文字里的一种新犹太教义。更不用说还有一些古怪的实验家，常常写来热情澎湃的书信，认为对歌德与斯宾诺沙的算命天宫图进行比较研究，定能得到惊人的结果，来信中还常常附寄十分鲜艳夺目的彩色几何图案。

克乃西特迫不及待地立即着手阅读材料，他自己头脑里也经常出现类似的种种建议，即使并不曾递交给当局。每一个积极的玻璃球游戏者都会梦想不断开拓自己的游戏境界，直至把整个宇宙都纳入其中，或者更确切地说，他不仅持续不断地在自己的设计和私人练习中开拓着游戏境界，而且迫切渴望那些似乎值得保存的游戏设计获得官方承认，而能够参加公开比赛。技艺精湛的玻璃球游戏高手们的私人游戏练习也都具独特谋略而不同一般，原因在于他们具有熟练地掌握控制游戏规律的表达、命名和构成的能力，使他们得以把纯属个人的随意想象灌注入任何一场以客观历史材料构成的游戏之中。一位著名植物学家有一次讲了一句引人发笑的名言："玻璃球游戏必须包容一切，譬如一棵植物也会用拉丁语同植物学家林纳①聊天。"

接着，克乃西特协助大师分析研究这份建议。半个钟头飞快过去了，次日他准时到达，整整两个星期，他每天按时和游戏大师一起工作半个小时。开头几天，他很惊讶大师竟要他谨慎处理这些一眼便可看出毫无采用价值的建议报告。他奇怪大师居然为此花费时间。但终于逐渐懂得，大师让他分担工作不是为减轻自己的负担，而首先要借此机会对他这个青年弟子进行有礼貌的严格考察。整个事件的情况和童年时代音乐大师出现的情景颇为相似。他是从同事们的态度上觉察到问题的，他们开始对他疏远、拘谨，甚至加以讽刺挖苦。有些传闻已不胫而走，他也觉察到了，但是这一次已没有从前那样的幸福感觉。

他们最后一次商讨完后，玻璃球游戏大师用他那稍嫌高亢的声音，以十分精确的语言，丝毫不带官腔地对克乃西特说道："很好，你明天就不必来了，我们的工作现在已告一段落。不久我还会有事情烦劳。多谢你的合作，事情对我很有价值。此外，我想你应该申请加入宗教团体了。你不会有什么困难的，我已经同主管部门打过招呼。你总不会反对加入吧？"当他站起身子时又补充道："我顺便再对你讲几句吧：大概你也和大多数优秀青年游戏者一样，有一种把玻璃球游戏当作某种进行哲学推理工具的倾向。我这几句话不可能治愈你的毛病，然而我还是要说给你听：哲学推理只应当合理地施用于哲学工作。而我们的游戏既非哲学，也非宗教，它自成学科，在性质上与艺术最为相近，是一种无与伦比的艺术。一个人若能领悟，便会大发展，远胜失败百次之后才略有所见略有所进。哲学家康德——现在已罕为人知，却是第一流的思想家——曾说，对神学进行哲学推理乃是'幻觉的幻灯'。我们不该把我们的玻璃球游戏弄成那般东西。"

克乃西特感到震惊，激动得几乎没有听清最后那几句警告。他像被闪电一下子照亮似的，内心里猛然明白：这番话意味着自由研究年代业已告终，不久将被接纳加入宗教团体，也即将跻身圣人之列了。他向大

---

① 林纳(1707—1778)，瑞典自然科学研究者。

师深深鞠躬表示谢意，匆匆来到设在华尔采尔的宗教团体的办事处，看见自己的名字果真已登记在新人名单之上。克乃西特与其他同一级别同学们全都十分熟悉宗教团体的各项条款，记得其中有这样的一条：凡是团体最高当局的成员都有权执行吸收新人入会的仪式。他便请求由音乐大师主持典礼，获准之后即刻请假于次日启程赴蒙特坡，来到自己恩人和朋友的住处。克乃西特发现可敬的老人正偶染微恙，不过他还是受到了热烈欢迎。

"你来得正是时候，"老人说。"不久我就无权接纳你入会了。我的辞呈已经获准，我就要离职了。"

典礼仪式本身很简单。依照条文规定，音乐大师第二天邀请了两位教友担任证人。许多年前，音乐大师曾从宗教团体教规中摘引了一段话作为克乃西特默修课的题目："如果最高行政当局委以职务，便当自知：职位每高一级，并非向自由，而是向约束迈出一步；职位越高，约束越严；个性越强，任意专断越受禁忌。"

几个人集合在音乐大师的小音乐室里，这里正是多年前克乃西特第一次学习静观默想之道的地方。为了表示庆祝，音乐大师要求克乃西特为典礼演奏巴赫的一首合唱序曲，证人之一便在这时宣读了宗教团体教规的缩写本，随后音乐大师亲自提问了若干仪式性的问题，并听取了自己青年朋友的誓词。仪式完毕后，音乐大师又赠送他一个钟点，他们同坐在花园里，大师亲切地指点他如何掌握教规的意义，如何符合教规地生活。"太好了，"他说，"你在我即将离职之时来填补空隙，好像我有了一个会继承父业的儿子。"当他看见克乃西特的表情变得很悲伤时，又补充道："啊，别难过，我还没有难过呢。我已经很疲倦，很乐意享受一下清闲生活，也希望你能常来和我分享这份快乐。我们下次再见面，你就用普通的称谓称呼我吧，不要再像我在职时那么用尊称了。"大师说完就用克乃西特已熟悉二十年之久的让人心折的笑容与他辞别了。

克乃西特匆匆赶回华尔采尔，因为他仅请准三天假期。他刚踏进住所，便被玻璃球游戏大师请去，以接待同事的态度热情祝贺他加入宗教团体。"一旦下达了明确的职务任命,"他告诉他,"你就完全是我们这个组织里的同行和同事了。"

克乃西特稍稍觉得有些惊惧。那么他的自由年代真的要结束了。

"啊,"他怯生生地说道,"我希望自己能够在某些较小的工作上有些用处。然而,我还得向您坦白,我总希望再从事一段时间的研究工作。"

游戏大师面带笑容,用他那既睿智又微含讥讽的目光迫视着对方,问道:"一段时间,你要多久?"

克乃西特迟疑地笑了:"我也说不清楚。"

"我想正是这样,"大师应声接下去说道:"你现在仍然用学生的语言说话,仍然以学生的概念思索,约瑟夫·克乃西特,现在这样做当然很正常,但是不久还这样做就完全不对了,因为我们需要你担任职务。你得知道,你以后即或已在我们最高当局担任要职,也仍然能够获得研究假期。例如我的前任兼老师,当他还在职期间,而且年龄业已老迈之时,为了想去伦敦档案研究所进行研究工作,曾请假一年,因理由充分而获得批准。他的假期不是什么'一段时间',而是一个明确的数字,几月,几周,几天。你今后必须注意这个问题。目前我有一个建议要同你商量。我们现在需要一个可靠的人士承担一项特殊任务,这个人务必不是外界熟悉的卡斯塔里知名人士。"

这项使命的全部内容大致如下:在玛丽亚费尔[①]的本笃会修道院——这是全国历史最悠久的教育中心之一,几十年来一直与卡斯塔里保持良好关系,尤其支持玻璃球游戏的活动,多次要求选派一位青年教师去那里逗留较长时间,一则传授玻璃球游戏初级课程,此外也可以促进修道院中几位游戏高手的技艺。托马斯大师几经挑选后,决定让克乃西特去完成使命。这便是克乃西特受到如此慎重审查的原因,也是他被加速提前纳入宗教团体的缘由。

---

① 玛丽亚费尔也是黑塞虚构的地名,据德国黑塞研究学者分析,很可能指黑塞喜爱的疗养地西尔斯·玛丽亚。

# 两个宗教团体①

　　克乃西特目前的处境与当年音乐大师访问拉丁学校后，他在学校里的情况有许多相似之处。去玛丽亚费尔任职不仅是一种殊荣，而且也是登上宗教团体领导层阶梯的意义重大第一步，这是约瑟夫过去连想都不敢想的。不过他如今总算比从前老练多了，早就在同窗们的举止态度上清楚读出了使命的意义。一段时期以来，他在玻璃球游戏者的内部圈子里早已被公认为游戏好手，而现今这场非同寻常的任命更标明他受到上级青睐，必将成为一个受重用的青年英才。一些同事和往日的游戏伙伴，尽管没有直截了当与他绝交，或者露出敌对态度——在这个高级贵族集团里讲究文雅气派，从不气势汹汹——却显然与他冷淡地疏远了。昨日的同事很可能是明日的上级，这个圈子里的人便以极其微妙的举止表达了相互关系间这类等级差别和差距。

　　唯有弗里兹·德格拉里乌斯是一个例外。我们可以称他为克乃西特一生中最亲密的朋友，仅次于卡洛·费罗蒙梯。德格拉里乌斯才能很高，肯定可取得最高成就，但是他身体欠佳，平衡心和自信心不足，严重妨碍了他的前途。他和克乃西特年龄相仿，加入宗教团体的时候也是三十四岁左右。他们是十年前在一场玻璃球游戏课程上首次相识的，克乃西特那时就察觉自己对这位沉默寡言、微露忧郁的青年人具有十分强大的吸引力。他已察觉，虽然并不十分明确，但就在那时便能够感受到德格拉里乌斯的这份爱心了。那是一种随时随地可以无条件奉献和服从的友谊和敬仰，其中充盈着近乎宗教的狂热，但是却为一种内心的矜持和一种充满预感的悲剧感情所遮蔽，因而受到了限制。当年，他们的友谊在特西格诺利时期受到了震撼，又因敏感而产生了疑惑，使克乃西特长期对他保持相当距离。虽然克乃西特也同样为这位举止不俗的游戏同伴所强烈吸引。为了让大家了解德格拉里乌斯的性格，我们谨从克乃西特撰写的内部公务报告上引用数段，那是他后来几年里经常提供给团体最高当局的文件之一。其中写道：

"德格拉里乌斯。他是本人的好友。早在科柏尔汉[2]学校就读时便曾荣获多项嘉奖。他擅长古典语言学，热爱哲学，曾研究过莱伯尼兹，鲍尔扎诺[3]，后来专攻柏拉图。他是本人所认识的最杰出最有才气的玻璃球游戏能手。他简直生来就应当担任玻璃球游戏大师，只可惜健康欠佳，再加性格上的弱点，以致不适合这一职位。德格拉里乌斯绝对不宜承担任何具有代表性、领导性和组织性的职务，否则对他本人对公务都将成为不幸。他身体上的缺陷是精力不济，患有周期性的失眠症和神经痛。他精神上的缺陷是偶尔精神忧郁，强烈渴望孤独，畏惧承担责任，也可能存在过自杀的思想。他的情况如此危险，幸亏他善于静修，又极能自持，勇敢面对现实，以致大多数认识他的人只觉得他过分羞怯和沉默，全然料想不到他的情况多么严重。德格拉里乌斯不宜担任要职，令人遗憾，但是他依旧属于玻璃球游戏学园的宝贵财富，而且是无可取代的宝贝。他的游戏技艺精湛，就像一个伟大音乐家演奏自己的乐器。他可以闭着眼睛就找出各种极微妙的差异，因而他也是一位难得的杰出教师。在高级班和最高班的复习课程中，倘若没有他从旁协助，我简直难以完成课程，更毋庸说他常常为我而在低级班中损失宝贵时间了。他分析学生们游戏实验的习作，使他们不至灰心丧气；他识破他们的狡猾诡计，精确指正每一个仿造或者仅为花哨装潢的地方；他帮助学生从那种开端良好却中途出岔的游戏中找出错误的根源，并予以揭露，就像展示一种制作完善的解剖标本——所有这一切，都为他人望尘莫及。正是这种敏锐精确的分析和改错能力，使他赢得了学生和同事的敬重，否则他也许早就毁在自己的不稳定和不平衡性格，毁在过分羞怯上了。

"我想举一个例子来说明德格拉里乌斯的玻璃球游戏才能为什么是无人可与比拟的。事情发生在我们结交的初期，那时我们两人都感到在课堂上已经没有什么技巧可学，有一回他让我看了他新构思的几场游戏

---

① 指卡斯塔里和克乃西特奉派去工作的玛丽亚费尔修道院隶属于不同教会组织。
② 科柏尔汉是黑塞虚构的地名。
③ 鲍尔扎诺(1781—1848)，当时生活在布拉格的一位哲学家。

布局——他多么信任别人的眼光。我略一过目便发现它们全都十分出色，有许多创新内容，风格又独特，便向他借阅这几份草案以进一步研究学习，我读过这些游戏构思后发现它们都是名副其实的文学作品，简直太奇妙太独特了，我认为自己不应该对此保持缄默。这些游戏都像是小型戏剧作品，都有近似独白的戏剧结构，颇像一幅卓越的自画像，反映着作者纯个人的既危险又才气横溢的精神生活。每一场游戏所赖以建基的各种主题与各组主题，连同它们之间的联系和对抗，不仅均有富于思想的辩证配合，而且各种对立声调之间的综合和协调并非采用一般通用的古典手法推向结局，而是让这类协调统一历经一系列的分裂过程，每每在貌似困顿绝望，近于瓦解之际，却蓦然顿住，疑问和困惑逐渐淡化消失。因而他的每一场游戏都具有一种激动人心的色彩——据我所知，过去尚无人敢作此等尝试。尤其是他的游戏总体上表达了一种悲剧性的怀疑和放弃，成为一种怀疑否定任何精神知识的形象展示。与此同时，它们的精神内涵，连同其游戏的书法艺术，却又如此完美无瑕，美得令人不禁热泪盈眶。他撰写的每一场游戏尽皆竭力从内心寻求解答，以及最终以高贵的弃绝态度放弃了解答，就像一首完美的哀歌，只是悲叹美好事物的倏忽易逝和一切高贵精神追求的可疑之处。

"此外，对于德格拉里乌斯这位同事，只要他寿命超过我，或者在我任期内始终活着，我都要把他作为无比珍贵，却又很危险的财富推荐给大家。他理应享受极大的自由，凡属玻璃球游戏范畴的一切重大问题，都应当向他请教。不过不可让他单独辅导学生。"

后来几年里，这位奇人竟成了克乃西特的知己朋友。德格拉里乌斯特别崇敬克乃西特的才智，也钦佩他的领导能力，对他表现了一种感人的忠诚。我们所掌握的克乃西特生平资料，有许多便是由他留存下来的。德格拉里乌斯也许是较年轻的玻璃球游戏者群体里少数精英圈子中唯一不妒忌他得到重用的人，也是唯一为了他的不定期离别而深感痛苦和若有所失的人。

约瑟夫最初感到新任命好似晴天霹雳，突然丧失了自己所珍惜的自由；可是一旦习惯了新的处境，他又高兴起来，他感到自己乐于旅行，乐于工作，对那个即将前往的陌生世界充满了好奇心。另外，他还不得不办妥赴玛丽亚费尔的种种手续。首先，他被安排到"警察局"逗留三星期。所谓"警察局"原是学生们给教育当局某个小部门起的名称，也可称之为政治部或者甚至外交部，倘若不算过分夸张的话——因为究竟没什么重要大事啊。他在这里接受本教会教友们驻外工作时期行为守则的教导，这个小部门的主管杜波依斯①每天都亲自替他讲解一个钟点。这位认真可靠的人对于把一位毫无工作经验、又不熟悉外界的青年派出去从事外交工作，显然颇为担心。他不隐瞒自己反对玻璃球大师作出的决定，同时又加倍尽心尽力将外界的危险情况和防微杜渐的手段细细传授给这位青年教友。他慈父般的教诲指点受到了青年人顺从的反应，结果自然很幸运，这位老师就在向克乃西特传授外事往来规则的时期，对学生产生了真正的爱惜之心，直至最终完全确信克乃西特必能成功完成自己的使命。他甚至尝试——出于个人的善良愿望，而不是政治需要——给克乃西特添加一个额外差事。杜波依斯先生是卡斯塔里王国少数"政治家"之一，也是主要致力于研究、维护卡斯塔里经济、法律地位，处理它与外界关系和解决由此形成的依赖问题的极少数官员之一。大多数卡斯塔里人——官员的数字并不亚于学者和学生——都生活在卡斯塔里学园及其组织里，好似生活在一个永恒稳定的自在世界。他们当然知道，两者均非天生就有，而是经历了许多时代的深沉灾难和艰苦奋斗才逐渐形成的，他们知道两者均创始于战争年代的末期，它们既建基于思想家们所作的艰苦卓绝、充满英雄精神的努力，也建基于流血、流汗、又遭受遗弃的人民对秩序、正常生活、理性、法律和尺度的深刻渴求。卡斯塔里人明白这一切，也懂得世界各地的所有宗教组织和"教育学园"的功能全都一样：禁忌统治和竞争，借以持久恒定地保证法律和尺度这一精神基础。但是，他们都还没有懂得，目前的秩序还远未达到理所当然的目标，它却必须以世俗世界和精神世界具有一定

----

① 杜波依斯也是虚构人物。据德国学者分析，这个姓氏可能得自黑塞的外祖母尤丽亚·杜波依斯。她出身瑞士一个普通农家，全家人都勤奋而有进取心。

程度和谐关系为前提，而这种和谐关系始终不断地遭到破坏，因为世界历史总体而言，尚未发展到人们所期望的如此理想的理智和美好境地，至多偶尔会有使人们可以容忍的特殊情况罢了。对于卡斯塔里能够延续存在至今的神秘问题，除了像杜波依斯那样少数有政治头脑的领导人外，几乎所有卡斯塔里人都基本上不知就里。克乃西特赢得杜波依斯的信赖之后，杜波依斯立即就让他概括了解了卡斯塔里的基本政治状况。克乃西特开始也和绝大多数教友一样，对这些问题又厌烦又反感，但是他随即回忆起普林尼奥曾经警告说，卡斯塔里可能有朝一日陷入危机，便不禁沉入自己以为早已忘怀的那场青年时代与普林尼奥艰苦论战的回忆之中。这些突如其来的往事变得极其重要，于是他走向未来的觉醒之路又迈上了一个新的阶段。

杜波依斯和克乃西特作最后一次会谈后，对他说道："我想，我现在可以让你上任了。你必须严格执行尊敬的游戏大师委托的任务，也同样必须严格遵守我们这里交代的行为规范。我很高兴自己能够帮助你。你不久就会发现，我们让你在这里呆三星期，并非虚度光阴。倘若你有答谢我所作种种通报的愿望，我现在就指给你一个办法。你将赴一个本笃会修道院去逗留一段时间，你得争取赢得教士们的好感，你也就可能听到那些可敬的先生与来宾谈论政治，并从中察觉政治气氛和趋势。你若能不时向我透露一些这方面的消息，我将感谢不尽。请别误解我的意思：我绝不是要你充当某种形式的间谍，更不是要你滥用教士们对你的信赖。你不必向我通报任何违背自己良心的事情。我向你保证，我们只是想获得一些涉及我们宗教团体和卡斯塔里利益的情报。我们这些人既不是真正的政治家，也毫无实际权力，但是我们也得知道世俗世界的意向，知道他们究竟是需要我们呢，还是仅仅在容忍我们。有利的情况也可能出现，只要让我们知道：某位国家要人在某修道院暂住休憩，或者教皇有病在身，或者未来主教名单上又增添了新的候选人。我们当然不单依靠你的情报，我们还有另外一些渠道，但是多一个小的来源也有益无害。现在走吧，今天你无须对我的建议答复是或者否。因为你首要的事是好好完成委托给你的任务，在那些有修养的修士中间替我们争些光彩。仅此而已，祝你一路顺风。"

克乃西特在出发前按占卜仪式用蓍草算了一卦，六爻俱得而卦成，他占得的是"旅"卦，意为"旅客"，判词是："旅。小享。旅贞吉。"克乃西特查了《易经》，找到"六二"的释辞。释文为：

> 旅即次，
> 怀其资，
> 得童仆贞。

克乃西特满心欢喜，他动身前只面临与弗里兹·德格拉里乌斯告别这一沉重考验。弗里兹竭力克制自己，迫使自己装出冷淡的模样，对他而言，世上最美好的一切都将随克乃西特离去。克乃西特的天性却不容他如此热情，尤其是仅仅依恋一个朋友，他在必要时可以没有朋友，同时他也能很轻易地把自己的热情转向新的工作目标和人物。对克乃西特而言，这次分别算不上刀剜心头的痛苦，但是他当时就已非常了解他的朋友，懂得他们的离别对弗里兹是一种怎样深重的震撼和考验，不免心里颇为担心。他对他们之间友谊的性质曾反复思考过，甚至还曾请音乐大师予以指点。应该说，他多少已经学会以客观的态度和批判的眼光来处理自己的感情和体验了。他在思索的过程中已经悟到，自己受吸引的原因，并非由于对方才能出众，至少不只有这个原因，而是由于这种才能恰恰与如此严重的缺陷和如此脆弱的个性密切联系在一起。克乃西特也由此而明白，德格拉里乌斯向他表示的眷恋之情，不单有美好的一面，同时也具有一种危险的魅力，诱引他对一个能力不如自己，爱心却强似自己的人，偶尔也表现表现自己的力量，以致克乃西特最终不得不尽力把自我约束和自制视为自己的责任。在克乃西特一生中，也许德格拉里乌斯是他所喜欢的朋友，因为他在与任何其他人的关系中，都不曾产生过如此深刻的意义，倘若不是这种友谊教育了他，他就不会懂得自己对于不如自己稳妥坚定的软弱者具有强大黏附力了。他也从中觉察到，这类吸引和影响他人的能力基本上是属于教育家的天赋，不过这也蕴含着危险性，要求这个人承担重大责任。德格拉里乌斯毕竟只是许多软弱者之一，克乃西特看到过许多祈求的目光。

同时，由于克乃西特整整一年都住在玻璃球游戏者的学园里，对那里的紧张气氛有了日益更为清晰的认识。因为他属于那个虽然没有公开组织，却十分有影响小圈子或者阶层，一小批玻璃球游戏青年学者中的最优秀人才，这个小圈子里的人物不是应召担任玻璃球大师的助手，档案处负责人的助手，就是协助各学科大师教授各种课程，从来没有听说谁被派到了中低级岗位，或者充当了普通教员。小圈子里的人物统统全都是各种领导职位的后备军。他们相互都了如指掌，谁都不敢妄想欺骗别人，不论是才能、品格还是成就。正因为如此，这批向往高层的青年候选人，个个都以出类拔萃的惊人才能显示着自己第一流的工作能力、学问知识和各种成绩。——这也正是每个人的个人特点和性格差异受到特别重视的原因。较虚荣或较不虚荣，举止是否得体，是否和蔼可亲，对上对下是否多少有些影响力，能否受人喜爱，在这里都极为重要，决定着此人在竞争中的胜败。而弗里兹·德格拉里乌斯这类人，仅能作一个圈外人，停留在边缘；显而易见，由于他缺乏统率才能，克乃西特则属于这个小圈子的最核心圈子。克乃西特受青年人爱戴的原因是他生气勃勃的活力，还有他那仍然年轻的外貌，他从不让人觉得难以接近或者白璧有瑕，此外就是他那种有点与世无争的天真态度。这种态度的另一面：几乎全无虚荣心和往上爬的野心。这是上级们最喜欢他的原因。

他的这种性格最近一段时期显然开始产生影响，先是对下面的青年人，后来逐渐扩展，最终也影响了上层人物。当克乃西特从自己新认识的立足点回溯往昔时，发现这两条线是由童年一直贯穿迄今的：同学们和较年轻的学生们都热情拥护他，师长们都慈爱地关照他。当然也有例外，譬如切宾顿校长，但是他得到的大都是恩遇，例如音乐大师以及最近接触的杜波依斯先生，还有玻璃球游戏大师，尽管克乃西特并未完全接受他们的恩遇，但事实如此，这是无法置疑的。显然，命里注定他要走一条英才之路，不管他愿意与否，他必然到处都跻身于精英群体之列，到处都碰到爱慕他的朋友和栽培他的师长。一切都那么自然，他的道路明摆着不允许自己置身于团体底层，而得不断向上升，直至他目前业已接近的灿烂的顶端。他不得担任随从，不得成为独立学者，而得做一个统治者。后来的事实表明他另有所求，这更使他具有了难以形容的巨大魅力——一种纯真无邪的气息。

然而他为何反应如此迟缓，是的，应该说如此勉强呢？因为他从未追求和要求任何东西，他既无统治他人的欲念，也没有发号施令的兴趣；因为他更渴求沉思默想而不积极活动的生活，若非情势所趋，他也许会心满意足地许多年——倘若不是毕生的话——默默无闻地做一个普通学者，一个满怀渴望的虔诚朝圣者，走遍往昔古老年代的历史圣地，音乐的圣殿，以及神话、语言和理想的花园与森林。如今他眼看自己已被人无情地推入一种积极进取的生活，便比从前更强烈地觉察自己周围那种竞争、虚荣、往上爬的紧张气氛，他感到自己的纯洁受到了威胁，不再能坚守不变了。他看清自己唯有接受上级指定使命一途，否则他就会觉得自己好似进了监狱，会痛苦地思念以往的十年自由生活。由于他内心深处还不完全具备留在这里工作的思想准备，也就觉得暂时离开华尔采尔和玻璃球游戏学园到外面世界去游历正是对自己的一大拯救。

玛丽亚费尔修道院建立已有许多世纪，经历过西方历史的各种时期，兴盛、衰落、复兴和再度沉沦，它曾在某些时代和某些方面有过辉煌成就。它曾一度是经院哲学和辩论艺术的中心，直至今天仍然拥有一座规模宏大的中世纪神学图书馆。它几经停滞消沉，后来又重新获得了荣耀，这次是以音乐活动，通过它广受赞誉的合唱队，通过修士们自己作曲和演奏的弥撒曲和清唱剧。从那时起，它就一直保留着优秀音乐传统，音乐作品的手稿装满了整整六只栗色大木柜，它还拥有全园最好的管风琴。接着，玛丽亚费尔修道院又进入了一个政治时代，这也同样留下了某种传统和风格。在残酷的野蛮战争时期，玛丽亚费尔曾多次成为理性的小岛，敌对双方的有识之士纷纷来到这里，小心翼翼地寻求相互协调，以探索和解的途径。有一次——那是它历史上的最后一次高

潮——玛丽亚费尔竟成为一项和平条约的诞生地，总算稍稍缓和了老百姓的焦躁渴求之情。随后国家面临一个全新时代，卡斯塔里应运而生，修道院对此持观望态度，其实是怀有敌意的，人们揣测它可能得到了来自罗马的谕旨。最高教育当局曾致函修道院，请其允许一位学者赴该院图书馆短期研究经院哲学，但这个请求遭到了婉拒；另有一次是邀请修道院派一位代表出席一次音乐史讨论会，结果也同样。直到皮乌斯①担任修道院长期间，才开始与卡斯塔里有了交往，这位院长老耄之年时竟对玻璃球游戏产生了极大的兴趣，此后双方就开展了不很热烈、却还算友好的来往关系。他们相互交换书籍，相互接待来访者。就连克乃西特的恩师，那位音乐大师年轻时也曾在玛丽亚费尔逗留过几个星期，抄录音乐手稿，还演奏了那架举世闻名的管风琴。克乃西特知道老师这段往事，当然很乐意去自己敬爱的师长常常津津乐道的地方逗留一些日子了。

人们款待他的礼数远远超出他预想的程度，使他不免感到局促。无论如何，这是卡斯塔里第一次派遣玻璃球游戏优秀人才来修道院进行一次不定期的交流逗留。杜波依斯在克乃西特行前曾嘱咐他不可将自己视为个人，而应当视作卡斯塔里的代表，尤其是在他作客的初期，只能以卡斯塔里大使身份去应对，这才使他顺利度过了最初的拘束局面。

同样，他也很快克服了刚到时的陌生、担忧和轻度兴奋感，这些曾让他头几夜难以入眠的烦恼。再加上格尔华修斯院长②对他态度和蔼慈祥，克乃西特马上适应了新环境；清新的空气和周围雄伟景色使他心情愉快。修道院位于粗犷的山野风光之间，四周是屏障似的陡峭崖壁，中间点缀着一片片嫩绿草地，牧放着无数漂亮牲口。他满怀喜悦地欣赏着那些坚实恢宏的古老建筑物，人们可以从中读到许多世纪的历史。他赞叹自己居住的那两间位于贵宾楼顶层的房间又美丽又纯朴又舒适。克乃西特在这个庄严的小王国里漫步寻幽探胜，他路过两座教堂，走过有

----

① 系黑塞虚构的人物。
② 格尔华修斯院长也是黑塞虚拟的人物。

拱顶的十字形回廊、档案室、图书馆、院长寓所，又穿过了许多院落，在院子和院子之间，分散点缀着一座座挤满健壮牲口的畜厩，一道道汩汩喷涌的泉水，一个个有巨大拱顶的储藏酒类和水果的地窖，还有那两幢修道院斋堂，那远近闻名的大会堂，那无数照料得很好的小花园，连同其主人们——铜匠、鞋匠、裁缝、铁匠等世俗人们的工场，所有这一切，都环绕着自己所住的那座大庭院，形成了一个小村落。他已获准进图书馆查阅材料，管风琴师也已带他参观过那台美妙的管风琴，还让他演奏过呢。那些大橱柜更是强烈地吸引着他，里面保存着数字可观的古老世纪的音乐手稿，不仅从未出版，有些还是罕为人知的，正等着人们去研究发掘呢。

开始时，修道院方面似乎并不急着要他展开工作，时间一天天过去，甚至过了几星期，仍然没有人向他提及此行目的。是的，他抵达的第一天，有几位修士，尤其是院长本人，很有兴趣地和他聊过玻璃球游戏，但是无人谈及有关游戏课程或者涉及游戏系统项目的内容。此外，克乃西特还注意到修道士们的举止、生活作风、与人交往中都具有一种自己颇为陌生的节奏，一种可敬的从容不迫态度，一种悠闲而宽厚的耐性，即或那些显然天性活泼好动的修士，似乎也有着这类共性。这是他们宗教团体的精神，是一个历尽千百次变乱而留存至今的宗教团体所发出的千年呼吸。他们人人都具有这一精神，就像一个蜂巢里的每一只蜜蜂，永远与全体同命运共呼吸，共同承担着每一个人的恐惧、痛苦和憩息。与卡斯塔里的生活风格相比较，这里的本笃会生活初看似乎较少知识性、灵活性、敏锐性和积极活力，但是进一步仔细观察，他们却是较为沉着、坚定、老练，也较能保护自己，看来这里的思想精神早已达到了与自然和谐一致的境界。

克乃西特对这个修道院的生活情调不仅饶有兴趣，而且十分钦佩，因为早在卡斯塔里尚未诞生之前，这个修道院便已有一千五百年历史，而且几乎早就达到了目前的水平，更何况这一切全都极为契合克乃西特天性中喜爱静思的一面。他目前是一个备受尊敬的贵宾，款待的礼数远远超出了他的预想，然而他很清楚：一切礼遇纯属形式和习惯，既非针对他个人，也并非景仰卡斯塔里或者玻璃球游戏的精神，而是一个古老的强大团体对一个晚辈宗教团体显示的庄严礼数。克乃西特对此仅有一部分心理准备，因此他在玛丽亚费尔过了一阵子舒适生活后，就产生了不安之感，不得不要求当局较明确地指示行动规则，玻璃球游戏大师亲笔写了下述文字："你不必心存疑虑，为研究那边的生活之道，你无须顾虑时间。好好利用你的时间，好好学习，努力让自己受人喜欢，让人觉得你有用，即使他们一直如此款待你，也切勿急躁，切勿难以忍受，不要显得比你的东道主们更为空闲。倘若他们整整一年之久都款待你好似第一天光临的贵宾，你也得若无其事从善如流，莫说一年两年，就是十年也同样。你把它视为磨炼耐性的考验，谨慎默修吧！倘若你觉得过于空闲，你就设法每天做几个钟点的具体工作，千万别超过四小时，譬如研读经文或者抄写手稿。不过也千万别给别人以忙于工作的印象，倘若有人想和你随便聊天，你都要遵命奉陪。"

克乃西特听从了这些指点，很快便感到轻松多了。

他来到修道院后一直念念不忘自己辅导此地玻璃球游戏爱好者的教职，这正是他奉派来此的表面使命，而修道院的修士们却把他当作来自友好国家的风度翩翩使者加以接待。最后，格尔华修斯院长终于想起这项工作，召集了几位已经修完玻璃球游戏初级课程的僧侣，想让他们和克乃西特一起研习高级课程，结果令他大感意外，开始时甚至极为失望，这般好客的地方居然对如此高尚游戏的知识极其浅薄，而且纯属业余水平，尤其是他们显然满足于自己的浅显程度。随着时间的推移，克乃西特才逐渐体会到了另一种内容。他奉派到此的真正目的完全不是为了提高修道院的玻璃球游戏技艺。教导几位略谙游戏之道的修士一点儿浅显的游戏知识，这太容易了，简直可说是不费吹灰之力。也许某个还远远达不到英才程度的普通玻璃球游戏选手就能够胜任这项工作。由此可见，教授游戏技艺不可能是他此行的真正目标。他开始领悟到，把他派到这里的用意更主要是学而不是教。

无论如何，他了悟这一实情的时刻来得正是时候，恰恰增强了他对自己在修道院中地位的自信心，因为克乃西特的贵宾角色尽管有许多舒

122

适优越之处，却也偶尔让他产生工作调动似乎受惩罚的感觉。后来有一天，他和院长谈话时无意中提及了中国的《易经》，引起院长很大兴趣，还提了若干问题，当他发现自己的客人如此出人意料地熟谙中文和通晓《易经》后，便不加掩饰地表示了喜悦之情。院长也偏爱《易经》，而他并不识中文，因此对这部占卜书以及其他中国神秘学说都仅有肤浅知识，当时这个修道院的多数修士大都学术兴趣广泛，以致似乎满足于一知半解状况。然而聪明的院长毕竟比自己的客人更老练更世故，显然他也真正重视古代中国的治国之道和生活智慧。两人展开了一场非同寻常的谈话，愉快活泼的气氛打破了宾主相见以来始终不变的彬彬有礼的生硬局面。谈话的结果是克乃西特应邀每周为尊敬的主人讲述两次《易经》课程。

当克乃西特和院长之间的关系越来越生气勃勃而富于成效，当克乃西特和那位管风琴师友谊日增又同时对自己居住的小小精神王国逐渐熟稔之际，他在离开卡斯塔里时所占卜的卦辞也已接近于完全应验了。作为一个携带自己全部所有出游的旅人，他不仅有了投宿之处，而且也如卦辞所述"得童仆贞"。由于卦辞均已应验，这位旅人认为自己有理由把这一切视作吉兆，因为他果真是携带全部所有"怀其资"而来，因为他尽管远离学校、老师、朋友、支持者和赞助者，远离卡斯塔里充满慈爱、哺育过他的家庭，他仍然是满怀着卡斯塔里的精神和力量而来的，如今他正在这种力量的帮助下迎向一种积极而有价值的生活。

卦辞预言的"童仆"应验在神学院一个青年学生身上。虽然这位名叫安东的青年人在克乃西特后来的生活中没有扮演任何角色，然而当年在克乃西特早期修道院生涯那种心情特别矛盾的状况中，却是预示克乃西特即将具有更为远大而全新前程的一个信使。安东是个沉默寡言的青年，很有个性，看上去也颇具才华，当时已接近于进入修士集团的程度。克乃西特常常遇见这个对自己的玻璃球游戏艺术深感神秘的年轻人，那时其他学生都被隔离在一扇"来宾止步"的双扇门后面，显然院方不允许他们接触客人，不允许学生参加玻璃球游戏课程。这位安东却因担任图书馆助理员每周要去那里值班多次。克乃西特常在图书馆遇见他，偶尔也同他交谈几句，日子一久，克乃西特便发现这个黑色浓眉下有一双乌亮眼球的青年人对自己怀着一种特殊的服务热情，这是一种学生式的带有景仰的情感，克乃西特很熟悉这种神情，早在卡斯塔里生活时期便已是他生活中一个不可避免的重要因素，尽管他每次内心都怀有喜悦，但仍然尽量设法回避，何况他现在处身别的修道院，于是他便决定加倍谨慎小心。倘若他对这个尚在接受宗教教育的年轻人产生影响，那将是对殷勤待客主人的大大冒犯。更何况他也知道，"忠贞"是这里的严格准则，因而他觉得这种孩子气的依恋之情会发展成更大的危险。他决心无论如何也要避免发生这类冒犯主人的可能性，决心约束自己。

克乃西特在那个经常碰见安东的图书馆里，还结识了另一个人。开始时，由于这个人朴素谦逊，几乎完全被他所忽视，然而随着时间的推移，逐渐真正认识，竟成为他后半生中怀着感激终身的敬爱的人，就如同他敬爱年老的音乐大师一样。这个人就是约可布斯神父[①]，他大概算得上本笃会教派里最杰出的历史学家，当年六十岁光景，瘦小身材，多筋的细长脖子上有一颗雀鹰似的尖脑袋，他的脸从正面看去略显萎靡，因为他很少抬眼张望，但是从他的侧面看去，额头那显示胆量的弯弯线条，尖尖的鹰钩鼻两侧的深深沟纹，还有那稍短却颇为显示亲切的下颏，都在表露他具有一种极深刻极独立的个性。

这位安静的老人——附带提一下，他和亲近的熟人在一起时却又非常热情活跃——还据有一张个人独用的书桌，上面堆满了书籍、手稿、地图等物品，桌子摆在毗邻图书室的一个小房间里。这座修道院拥有如此大量的珍贵书籍，而他似乎是独一无二的认真从事研究工作的学者。此外，应当说正是这个见习修士安东，引起了克乃西特对约可布斯神父的注意。克乃西特观察到，老学者摆放书桌的小图书室，几乎被视为了私人领地，只有少数人出于工作需要才涉足其中，而且个个都蹑手

---

① 黑塞一生敬爱瑞士著名历史学家约可布·勃克哈特（1818—1897），约可布斯神父显然隐喻这位研究德国历史的专家。

蹑足，唯恐出声打扰他的工作，虽然潜心埋头的老人完全不像会受外界的干扰。当然，克乃西特也立即注意到这一禁忌，总是设法与这位勤奋工作的老人保持一定的距离。

后来，有一天安东遵命拿一些书籍给老人，克乃西特看到，安东离开小房间时在敞开的房门边停留了片刻，回头凝望着又已埋首工作的老人，脸上露出崇敬和仰慕的神情，流露出一种混杂着某些善良青年乐意体贴照料老弱长辈的温馨情感。克乃西特看见这一情景的第一个反应是高兴，这种景象本身就很动人，安东能够如此热情照料老人，而他们其实并无血缘关系，这确实难得。接着而来的是一个可算是讽刺挖苦的念头，一种让克乃西特几乎感到羞愧的想法：这个地方的治学之风何等稀薄，以致这位唯一认真工作的学者竟被大家当成了一头怪兽，一个怪物。不管怎么说，安东投向老人的那种近于温柔的景仰目光，促使克乃西特睁开眼睛看清了老人的饱学多才。于是他也不时朝老人瞥上一眼，发现老人侧面具有罗马人的轮廓，同时又不断发现这种或那种不同凡响的特点，一切迹象都表明约可布斯神父在精神上和品格上都非同寻常。克乃西特听说他是一位历史学家，在对本笃会教派历史的研究上已无人可与匹敌，这也是尽人皆知的事实。

有一天这位老人开口与他谈话了。老人说话的声调中不带丝毫老前辈式的故示慈爱、故示善意的语气，而那似乎确属这个修道院的风格。老人以一种谦逊的、近乎羞怯的，但却精确合度的语气邀请他在结束晚祷后到他的住处一叙。"您会发觉，"老人说，"我既不是研究卡斯塔里历史的专家，更也不擅长玻璃球游戏。但是，如今正像人们表面看到的那样，我们这两个截然不同的宗教组织关系正在日益密切。我不想置身事外，更愿略尽自己绵薄之力，恰逢您光临本院，我愿不时向您请教。"老人说话的态度很严肃，但他那种谦逊的语气，加上他那富有睿智的苍老面容，却使他这番过分礼貌的语言产生了某种惊人的多义效果，从严肃到讥讽，从尊敬到嘲笑，从热情参与到游戏打趣，无不有之。那情况就像两位圣贤或者两位教廷贵族相见，以无穷无尽的打躬作揖进行礼貌和耐性的游戏一般。这种混合了尊严和讥讽，智慧和客套的见面礼节，是克乃西特早就从中国人那里领教过的，现在像一杯清凉饮料使克乃西特神清气爽。他记起自己上次听到这种语调——玻璃球游戏大师托马斯也擅长此道——距今已有相当长的时间。克乃西特又感激又高兴地接受了邀请。

傍晚时分，当他来到老人那位于建筑物侧翼尽头的僻静住处时，却不知应该敲哪扇门；忽然听到了钢琴声，令他大吃一惊。他听出是普赛尔的一首奏鸣曲，演奏得很朴实，毫无卖弄技巧之感，听去节奏精确，干净利落。乐曲那深沉、纯净而愉悦的旋律配合着甜蜜优美的三和弦听起来亲切悦耳，克乃西特蓦然回忆起华尔采尔年代曾和好朋友费罗蒙梯用各种不同乐器演奏这类乐曲的情景。他站停住，默默欣赏着，直至乐曲奏毕。琴音在黝暗寂静的走廊里显得那么孤独、脱俗，又那么勇敢、纯真，同时既十分童稚气，又十分老成，就像任何一首优秀乐曲在尚未得救的缄默人世间所发出的音调一样。

克乃西特敲敲门，约可布斯神父高声应道，"进来吧！"老人以自己谦逊的庄严态度接待客人，小小的钢琴上还燃着两支蜡烛。是的，约可布斯神父回答克乃西特说，他每天晚上弹琴半小时，或者整整一小时，天黑以后他就结束每日的工作，睡前几个钟头他不读书不写作。

他们谈论着音乐，谈到普赛尔，谈到亨德尔，谈到本笃会的古老音乐传统，在所有天主教团体中，本笃会是最热衷音乐的教派。克乃西特表示很想知道本笃会的历史情况。谈话便热烈起来，触及了上百个问题，老人的历史知识确实惊人，然而他也坦率承认，对卡斯塔里的历史、思想及其组织情况，他还缺少研究，还没有产生大的兴趣，但是他又毫不掩饰地对卡斯塔里持批评态度，认为其宗教团体组织是对基督教模式的一种仿效，而且归根结蒂还是一种亵渎神明的仿效。是的，因为这个卡斯塔里团体既无宗教，又无上帝，也无教堂作为自己的基础。克乃西特恭恭敬敬地聆听着这些批评，只是不时提请对方考虑，不论是宗教、上帝，还是教堂，除去本笃会派和罗马天主教所持的宗教观点之外，还可能有其他不同教派，存在着不同观点，因此无论是否定其宗旨和奋斗的纯洁性，还是否定其对人类精神生活的深刻影响，都可能是不对的。

"完全正确，"约可布斯说道，"您肯定首先想到了基督新教的信徒们。他们虽然未能保存宗教和教堂，却常常表现得非常勇敢，也出了一些杰出人物。我曾花费好几年工夫主要研究各种敌对基督教教派和教堂间试图和解修好的多次不同形式尝试，尤其是一七〇〇年左右那个时期，我们发现许多著名人物，例如哲学家和数学家莱布尼兹以及脾气古怪的辛岑道夫①，都曾致力于使敌对教派重新和好。而整个十八世纪，其精神思想虽常常显露出草率和肤浅，但还是给后人留下了又有趣又意义丰富的思想史。而我对那个时期的新教徒最感兴趣也最下功夫研究。我发现了他们中的一个卓越人物，他是一个语言学家、教师和教育学家，此外还是施瓦本地区一个虔信派教徒，他的道德影响整整两个世纪内都清清楚楚有据可查——不过我们已越出谈论范围，现在让我们回到什么是真正宗教团体的正统性和历史使命问题上来吧……"

"啊，等一等，"克乃西特失声喊道，"请您再讲讲您方才提到的那位教师，我想自己大概猜到是谁了。"

"您猜是谁。"

"我起初以为是哈勒市的弗兰凯②，可你说这位教师是施瓦本人，那么我想只可能是约翰·阿尔布莱希特·本格尔③啦。"

老人大声笑起来，喜悦使他容光焕发。"你可真让我吃惊，亲爱的朋友，"老人愉快地叫道，"我脑子里想的果真是本格尔。你是从哪里知道他的？或者在贵学区里的人理所当然应熟知这类生僻和已被遗忘的人和事？倘若你拿这个问题去询问本修道院里所有的修士、教师和学生，包括前几辈的人，我敢保证，大概不会有任何人知道这个名字。"

"在卡斯塔里也没有多少人知道他，也许只有我和我的两位朋友。有一段时间，我因个人爱好研究过十八世纪的虔信派思想。对几位施瓦

---

① 见第87页注。
② 弗兰凯(1663—1727)，基督教新教思想家，曾长期在哈勒执教。
③ 见第87页注。

本神学家有深刻印象，也十分景仰，尤其是这位本格尔。当时我认为他堪称一切教师的楷模和青年人的导师。我当时极喜欢他，以致请人摄制了一本古书里的本格尔画像，在我的书桌上供了很长时期。"

约可布斯神父又开怀大笑，"我们今天相逢真是吉星高照，"他说道，"多么奇特的现象，我们两人在研究过程中竟然不约而同碰上了这位已被遗忘的人物。更为奇特的也许还是下列情况：这位施瓦本新教徒居然同时影响了一个天主教本笃会僧侣和一个卡斯塔里玻璃球游戏者。顺便说一下，在我的想象中，贵会的玻璃球游戏是一种需要丰富想象力的游戏，因此我很惊讶，像本格尔那样严格而冷静的人竟如此吸引你。"

现在轮到克乃西特开心大笑起来。"好吧，"他接着说，"您若回忆一下本格尔曾多年从事的圣约翰启示录研究工作，以及他对这部书的预言内容所作的体系性阐释，那你就不得不承认我们这位朋友恰是严肃的对立面呢。"

"这话不错，"约可布斯神父愉快地承认说，随后他又问道："那么您如何解释这种矛盾呢？"

"如果您允许我开玩笑，那么我就要说：本格尔所欠缺的，以及他内心里不自觉地渴求的，正是玻璃球游戏。事实上我已把他列为我们玻璃球游戏的秘密先驱者和老前辈了。"

约可布斯神父又恢复了严肃态度，谨慎地问道："这似乎有点胆大妄为，竟然把本格尔归入贵会的谱系。不知您对我的见解评价如何？"

"我说过这是一个玩笑，却也是一个有理有据的玩笑。本格尔很年轻的时候，还在他从事那项重大《圣经》研究工作之前，有一次曾向他的朋友们谈起自己的工作规划。他说他希望撰写一部百科全书式的著作，也即是说他想把那个时代的一切知识以综合和对称方式排列组合在一种中心思想之下。这个想法正是玻璃球游戏在做的事呢。"

"归根结蒂这是整个十八世纪都在进行的百科全书式思想游戏。"老人反驳说。

"事实如此，"克乃西特表示同意，"但是本格尔所力图达到的并不仅仅是各种学科和领域的并列研究，而是寻求一种有机的相互关系，他已启程探找一种共同的公分母。而这正是玻璃球游戏最基本的观点之一。现在我还想进一步说说我的看法：倘若本格尔当年曾建立类似我们玻璃球游戏的思想体系的话，他也许就不会误入歧途，不会去换算什么预言数字，不会宣称自己反对基督和反对千年王国了。本格尔未能完全寻找到能够引导自己趋向他所渴求的联合目标之道，却以自己的数学天赋加上哲学才能创造了一种兼具细致缜密和美丽幻想的'时代秩序论'，花费了多年好时光。"

"就说到这里吧，"老人说，"好在您不是一个历史学家。您实在太过于依据幻想了。不过我懂得您想说的东西。我却只在自己专门领域里卖弄学问。"

这是一场互相获益匪浅的谈话，增进了相互了解，也建立起了一种友谊关系。在这位本笃会学者眼中，事情似乎并非巧合，或者至少应该说是一种非常特殊的巧合，因为他们两人——他在本笃会，那位青年在卡斯塔里——各自做着本领域的工作，却发现了这同一位在符腾堡修道院执教的可怜教师，发掘出了这位既温顺又坚硬，既热情又冷静的人物。老人认为，他们之间必然存在某种连接两人的东西，因为这同一望不见的磁石的吸力实在太强大了。那个以普赛尔奏鸣曲开场的傍晚之后，两人间的无形桥梁已实实在在架起来了。约可布斯觉得和这位颇有修养却柔顺好学的青年交换思想很愉快，这种乐趣对他而言是难得一遇的。而克乃西特则觉得自己在与这位历史学家的交往中，在领受教导的过程中，似乎在成长觉悟的道路上又迈上了一个新的阶段，而他是视成长觉悟为自己生命之道的。简而言之，克乃西特从老人那里学到了历史，学到了历史研究和撰写历史中的法则和矛盾，而在以后的几年中又进一步学会了如何把现实和自己当前生活作为史实来观察的本领。

他们之间的谈话往往发展成一种道地的辩论，有抨击，也有辩护，而且开始时自然总是约可布斯神父先向对方发难。老人对自己年轻朋友相知越深，就越为对方感到惋惜，这个如此有出息的青年非但没有受到宗教教育培养，反而受到了一种虚假美学思想的熏陶。每当他发现克乃西特思维方式上某些可资非议之处，就将之归罪于卡斯塔里的"时髦"精神，归罪于它的不切实际，以及那种偏爱游戏式抽象化的倾向。而每当克乃西特令人惊异地以近乎自己思维方式的健康观念与见解和他辩论时，老人就不禁狂喜万分，因为自己年轻朋友的健康天性竟能如此顽强地抵御卡斯塔里的教育影响。克乃西特十分平静坦然地承受他对卡斯塔里的种种批评，只在这位老先生对自己过分激昂慷慨时，才冷静地加以反驳。应当说，这位学者卑薄卡斯塔里的种种贬词中，不乏令克乃西特必须承认的正确内容，其中有一点在他逗留玛丽亚费尔期间已使他的观点有了彻底改变。这一点便是卡斯塔里精神与世界历史的关系问题，对此，约可布斯神父认为，卡斯塔里人"完全欠缺历史意识"。"你们的数学家和玻璃球游戏选手，"老人会这样分析，"已经依照自己的口味为你们蒸馏出了一部世界历史，其中仅有精神思想和艺术的历史，你们的历史没有血肉和现实生活。你们精确地知道拉丁语结构解体于第二世纪或者第三世纪期间，却完全不理解亚历山大[1]，恺撒和耶稣。你们探讨世界历史就像一个数学家探讨数学，其中只有定律和公式，却没有现实，没有善与恶，没有时代，没有昨日也没有明天，只有一个永恒不变的、肤浅的、数学上的当前。"

"可是研究历史而不对其进行次序整理，能写出历史吗？"

"撰写历史当然得进行归纳整理，"老人生气地叫道。"与其他事物不同，任何一种科学全都是一种整理，一种简化，使人类难以消化理解的东西得以消化理解。我们相信自己业已认识了若干历史法则，我们便可以尝试做一些史实的研究工作。这么说吧，倘若一位解剖学家解剖一具尸体，一般说来不会碰到令他意外的情况，他会在表皮下层发现一块块的组织、肌肉、韧带和骨骼，与他借以工作的简图一致。但是，如果这位解剖学家只会照简图工作，而完全疏忽其解剖对象个人独有的特殊真实的话，那么他便是一个道地的卡斯塔里人，一个玻璃球游戏者，把数学法则用到了最不适用的对象身上了。我个人认为，可以容许历史

---

[1] 亚历山大（公元前356—前323年），马其顿国王。

学家将自己最感人的幼稚信念应用于整理历史和研究方法上，但是还有一个最必不可少的先决条件，他必须尊重那不可理喻的真理、现实以及种种现象的独特的一次性。我亲爱的朋友，研究历史不是开玩笑，更不是不负责任的游戏。一个人想从事历史研究，首先得明白自己试图去做的是一种几乎不可能完成，然而却因其重要性而必须去做的最重要工作。所谓研究历史，亦即是说他会面对一片混沌，然而却得持有维护秩序和意义的信念。年轻人，这是一种十分严肃的工作，也许还是一种悲剧性的工作。"

克乃西特当年给朋友们的书信中大量引用了约可布斯神父的言论，有一段最具代表性，原话如下：

"在青年人眼中，世界历史上的伟大人物就好像历史大蛋糕里的葡萄干，毫无疑问，他们也属于其实质性主体，但是要想把真正的伟人和表面上的虚假伟人区别开来，绝不像人们以为的那么简单和容易。虚假伟人之能够脱颖而出，在于历史机遇以及他们推测和抓住这个历史关键时刻的本领。有许多历史学家和传记作家，更毋庸说那些新闻记者了，都把他们这种预知和把握某个历史关键时刻的能力称之为：一蹴而就的成功，并说成是伟大人物的一种标记。某个一夜之间变成了独裁者的微不足道的下士，或者某个曾经一度控制了一个世界统治者喜怒哀乐的妓女，都是这类历史学家偏爱的角色。与他们相反，那些耽于理想的年轻人，则大都偏爱悲剧性的失败者，殉道者，在重要历史时刻不是出场稍早就是略迟一步。对我来说，由于我毕竟首先是本笃会的历史学家，因而世界历史中最能够吸引我，令我惊奇，让我觉得值得研究的东西，既不是个别人物，也不是军事政变之类，我不关心他们的兴衰成败，我所关怀喜爱，并且永远具有好奇心的是世界上下述现象：例如我们这类宗教组织得以长存的原因。这类组织长期具有生命力，因为它们的宗旨是试图凝聚、教育和改造人类的精神与灵魂，使他们通过教育而不是通过优生学，通过性灵改造而不是通过血腥手段，变成高贵的人，成为既能统治也能服务的人。阅读希腊历史时，最攫住我内心的并非光辉灿烂的英雄豪杰，也不是在安哥拉广场①上的大声呐喊，而是某些精神探索，譬如毕达哥拉斯兄弟会或者柏拉图研究院的研究工作。在中国历史上无与伦比的例子是儒家体系之历久不衰。而在我们西方历史上，首推基督教以及作为其结构而存在并为之服务的教会组织，在我眼中，这才是具有主要价值的历史组成要素。一个幸运的冒险家成功地征服或者建立了一个国家，使之维持了二十年、五十年，或者甚至持续了一百年之久；或者，某个富于高尚理想的国王或者皇帝尝试推行某种比较正直的政治或者努力实践某种文化改革梦想，一度获得成功，又或者某个国家或者某一团体在重大压力下居然能够承受艰苦并且取得了令人难以置信的成就。但是所有这一切都未能引起我的兴趣，远不及我们宗教团体始终不渝、全力以赴地工作那么吸引我，在这些工作中，有些已延续了一千年甚至两千年之久。对于神圣的教堂，我不拟说什么，因为这是超越我们信徒之上的事情。我可以谈谈各类教派组织，例如本笃会、多明我会以及后来的耶稣会②等，全都持续存在了好几个世纪，尽管时兴时衰，时而侵犯别人，时而适应别人，总算也全都保持了各自的面貌和声音，维护了自己的姿态和独特灵魂，看样子还会延续好几个世纪。我认为这些才是最可敬佩、最值得重视的历史现象。"

克乃西特崇拜约可布斯神父，就连他的不够公正的偏激之词也十分赞赏。当时克乃西特其实并不知道约可布斯究为何等样人，因而只把他视为学问渊博的天才学者，克乃西特完全不知道那人正在有意识地参与世界历史事务，正以他那宗教组织政治领袖身份左右着世界政治，四面八方不断有人来向这位政治历史和当代政治专家寻求咨询、忠告，甚至寻求调停。克乃西特就这样过了两年，直至他第一次休假离开修道院。

---

① 安哥拉广场，古希腊人举行盛大集会的地方。

② 本笃会是基督教修会，由圣·本尼狄克(480—547)创建，除隐修外，还从事教育、学术研究、教区工作和传教活动；多明我会由圣多明我于1215年创立，又名布道兄弟会，天主教四大托钵修会之一，实行退省默念和积极工作相结合的方针，从事教育、护理和慈善事业；耶稣会是天主教会，1534年由依纳爵创立，从事传教工作较其他修会为多。上述三大会均为迄今仍有广泛影响的西方宗教组织。

这期间他和老人往来时只把他当作普通学者，除了他的言论，对他的生平、活动、职业以及影响情况一无所知。显然这位学养深厚的老人善于隐藏自己，连友谊之情也不外露，而修道院的修士们也皆深谙此道，比克乃西特所能够想象的更为善于隐藏。

过了两年之后，克乃西特就像任何一个客人和局外人能够达到的一样，完全适应了修道院生活。他不时协助那位管风琴师的工作，使修道院小小圣歌合唱队那一线薄弱却悠久可敬的传统得以适度地延续和发展。克乃西特在修道院的音乐档案馆里发现了若干有价值的材料，便抄了几个副本寄到华尔采尔，尤其是寄给了蒙特坡。他开了一个小型的玻璃球游戏初级课程班，安东现在是班上最用功的学生。他诚然未能教会格尔华修斯院长中文，然而却把使用蓍草茎占卜的技巧以及改进了的静思默修方法传授给了院长。这位院长也熟悉了克乃西特的性格，已经很长时间不曾像客人初到时那样，常常勉强他饮酒了。院长在一年两度公事公办写给玻璃球游戏大师的答复文件中，对约瑟夫·克乃西特在玛丽亚费尔的成绩考核里尽是赞誉之词。而在卡斯塔里方面，涉及克乃西特课程计划和成绩清单的部分才是他们细细审查的内容。他们认为程度稍浅，但是这位教师为了符合修道院的程度，更主要的是为了适应该院的思想习俗而采取的方法，他们大致感到满意。最令他们高兴，甚至真正喜出望外的事莫过于克乃西特与著名的约可布斯神父有了亲密的频繁交往，是的，甚至建立了友谊关系，卡斯塔里行政当局对此当然只是心照不宣，闭口不谈的。

这种友谊关系结出了形形色色的果实，尽管说出来也许会稍早泄露我们故事的内容，然而还是值得说说，或者我们只把克乃西特最为珍惜的那一个果实在此略作叙述。那果实成熟得非常缓慢，就像生长在高峻的大山上的树种被人们移植到了肥沃的平原里，总是迟迟不愿生长。这些被移植后的种子由于遗传因素，对肥沃的土地和温和的气候总持抑制观望态度，它们仍然保留着祖辈那种慢节奏生长的遗传特点。约可布斯这个睿智的老人，习惯对任何影响尽可能保持小心考核态度，因而凡是这个年轻朋友兼敌对观点者向他灌输的一切卡斯塔里思想，他就是这样犹犹豫豫、一步一步地让它们在自己身上生根的。慢慢地种子总算萌芽生长了。对于克乃西特来说，在修道院多年逗留期间所体验到种种美好而宝贵的经历中，这一件事是最美好的：开始时似乎那么难以出现的信任和坦率在这位世故老人身上总算缓慢萌芽生长了，老人不仅渐渐对这位崇拜自己的青年同行产生了同情心，而且对其身上的卡斯塔里思想烙印也逐渐容忍理解了。这位年轻人——似乎说成学生、听众或者门生更为恰当——一步一步把老人引向了认可另一种宗教的境地：老人最初说到"卡斯塔里"或者"玻璃球游戏"这些字眼时，总采用讽刺语气，往往只用于挖苦谩骂，后来开始容忍理解，而最终完全承认了另一种思想形式的可信性，也承认了另一宗教组织，承认了他们尝试创造精神贵族教育的努力。约可布斯长老不再对卡斯塔里的历史短暂、年少无知吹毛求疵，毕竟成立不足两个世纪，较之本笃会晚了整整一千五百年呢。他也不再把玻璃球游戏视为纯粹的花哨美学玩意儿，也不再否定这两个年龄相差悬殊的宗教团体未来有亲善与结盟的可能。

卡斯塔里行政当局对约瑟夫赢得了约可布斯神父的部分信任看成他玛丽亚费尔之行的最高成就，克乃西特本人却在相当一段时间内对此毫无想象，只看成是自己私生活中的一件幸运事。不过他常常在想：派遣自己来修道院的真正目的究竟是什么，是否像那些竞争对手们最初所妒忌的是一种提升和嘉奖，还是随着时间的消逝，不如说是一种毫无荣誉可言的被遣送坐冷板凳更为恰当？如果为了学习，任何地方都可以学习，为什么非在这里？而且根据卡斯塔里的观点，这座修道院并非学习的好园地，也没有可供学习的榜样，唯有约可布斯神父例外。同时，他在此孤陋寡闻，尽与业余水平的人一起从事玻璃球游戏，是否影响了自己的技艺，或者已经僵化退步，克乃西特实在难以断定。此时此刻倒是他一贯不爱往上爬的品性以及他早已日益更能承受命运的心理，帮他渡过了难关。不管怎么说，他作为客人和某项不重要课程的教师生活在这个古老舒适的修道院里，较之离开华尔采尔前一段时间生活在一群勾心斗角人士之间，对他来说是更为愉快的。倘若命运决定把他永远弃置在这个小小的边远地方，那么他想必会设法稍稍改善自己的生活，例如略施手腕把一位朋友调到他身边，或者每年至少去卡斯塔里度一个较长的假期，除此而外，他也想不出有什么要求了。

阅读这部传记的读者也许会盼望读到描述克乃西特修道院生涯的另一方面内容，也即涉及宗教的生活。但是我们只敢于谨慎地稍加暗示。毫无疑问，克乃西特逗留玛丽亚费尔期间和宗教——也即修道院日日修炼的基督教——有过较深刻的体验。这不仅是我们的揣测，事实上他日后的许多言论和行为都清楚地说明了这种体验。然而他是否信奉基督教，或者信仰到何种程度，则是我们无法回答的问题，也不属我们研究的范围。克乃西特除了卡斯塔里所培植的尊敬宗教思想之外，还具有一种纯属个人的虔敬心理，也许我们可以称为虔诚性。早在学生时代，克乃西特便已对基督教教义及其古典形式获得过良好教导，尤其是在学习教堂音乐过程中获益更多。首先是他从此熟悉了弥撒的仪式和圣礼的程序。

克乃西特在本笃会修士们身上发现了一种活生生的宗教，这不禁使他感到惊讶和肃然起敬，因为他以往对此只有理论上和历史上的知识。他参加了许多次礼拜仪式。当他熟读了约可布斯神父的若干理论文字，并进行了认真交谈之后，终于看清了这个基督教完整的罕见的面貌：在若干世纪里，它曾许多次被视为过时、老朽、陈旧和死气沉沉，然而每一次都总是汲饮自己的源泉而获得新生，同时把一度显得时髦而占上风的东西统统遗留在后面。克乃西特在同他们交谈时心头总是不断浮现出这样一种想法：卡斯塔里文化也许仅是西方基督教文化的一个俗化了的、暂时的支流，有朝一日会被重新吸收回去。克乃西特对这个想法从不曾认真加以抵制。即使如此，有一回克乃西特仍然对约可布斯神父说明自己的立场总在卡斯塔里一方，而不会倒向本笃会，他必须为卡斯塔里工作，卫护它的利益，而并不考虑自己作为其中一分子的宗教组织是否可能永恒存在，或者是否具有很长的存在期限，改变宗教信仰对他而言只可视为一种不光彩的逃避行为。他们两人都敬仰的那位约翰·阿尔布莱希特·本格尔，当他在世时也曾服务于一个又小又短暂的教派，却也丝毫没有耽误他服务于永恒的神圣使命。什么叫虔诚，也就是一个人忠诚到不惜为信仰奉献自己的生命，这却是不论在哪一阶段和哪一次忏悔中都可能遭遇的。服务和忠诚也是衡量每一个个人是否真正虔诚的唯一有效的检验标准。

克乃西特在本笃会已逗留两年左右时，修道院里忽然来了一位客人，那个人小心翼翼避免与他会面，甚至连最普通的介绍都避开了。这反倒引起了克乃西特的好奇心，他密切关注着陌生来客，其实此人只逗留了几天，这却导致了各式各样的猜测。他最后断定这位陌生人的宗教外衣纯属伪装。这个不知名的客人不断和院长，尤其是和约可布斯神父关起房门进行长时间谈话，同时不断收到紧急信件和发出紧急信件。迄至当时，克乃西特已多少风闻修道院的政治关系和政治传统，便揣摩来客可能是一位肩负秘密使命的高级政府官员，或者是一位微服出行的王公贵族。当他默默思考着自己这些观察时，想起前几个月也曾有过一位和数位客人来访，如今细想起来，似乎也具有同样的神秘性和重要性。于是他回忆起了卡斯塔里的"警察局长"，那位和蔼的杜波依斯先生，回忆起了要他时刻留意修道院内此类活动的请求，虽然他既无兴趣又无责任撰写诸如此类报告，却始终有些内疚，因为自己长期以来从未给这位好好先生写过任何信件，杜波依斯先生想必对他非常失望了。于是克乃西特给他写了一封长信，试图解释自己长期缄默的原因，为了使信件多少有些实质性内容，也略述了自己与约可布斯神父的交往。至于这封信是否有人重视和有人阅读，他就无法知道了。

# 使 命

克乃西特第一次在修道院逗留了两年，那时他已届三十七岁。当他发出那封给杜波依斯的长信约摸两个月之后，某个上午院长请他去办公室谈话。他想，这位对下属十分和蔼的先生又要同他讨论中文问题了，便立即赶了过去。格尔华修斯院长手里拿着一封信迎向他说：

"尊敬的同事，我今天有幸向您转达一个信息，"院长愉快地以惯用的宽容态度大声说道，然而立即又转换为讽刺挖苦的语调，这是本笃会和卡斯塔里间尚未建立明确友好关系之前，院长常用的表达方式，事实上这是约可布斯神父的一项创造发明。"此外还请向贵大师转致崇高敬意！看他给我写了什么样的信！这位先生居然用拉丁文给我写信，天晓得这是为什么。你们卡斯塔里人做事情真让人琢磨不透，究竟是出于礼貌呢，还是想挖苦我们，是表示尊敬呢，还是想教训我们。瞧吧，你们这位主子用拉丁文给我写信，而且还用了那种目前我们修道院里无人懂得的拉丁文，总算约可布斯神父还有能力对付。这也许是西塞禄①学派的拉丁文，但其中又搀和了一些教堂拉丁文作为装饰，这么做自然又让我们猜不透其用意何在了，是对我们这些僧侣进行教导呢，还是出于讥讽，或者干脆只是情不自禁卖弄文采，作文字装潢游戏？不管是什么意思吧，贵大人信中表示他们想再见到您，再拥抱您，当然也为了要确证您这一大段时间呆在本处半开化的野蛮人中间受到了何种程度的侵蚀，不论在道德上，还是在品性上。总之，倘若我没有误解这篇艺术杰作的话，贵方当局已恩准您休假，请求我给予我的客人一次不定期限回华尔采尔老家的假期。日期不限的意思恰恰是要您立即再返回本院，只要我们认为日期恰当即可，当然这全都是贵方当局的意图。嗯，我得请您原谅，我确实远未能完全领会书信的奇思妙想，托马斯大师想必也并未指望我完全读懂。我现在已遵嘱传达给您，您自己考虑吧，回不回，或者何时启程。我们会想念您的，亲爱的朋友，倘若您停留时间太长，我们不会忘记向贵方当局催促您归来的。"

在院长交给他的信里，克乃西特读到了卡斯塔里当局写给他的简短的通知，他不仅可以略事休憩，还可以回来和上级交谈交谈，人们期待不久和他在华尔采尔相见。至于他目前执教的初级玻璃球游戏课程，除非院长提出要求，他也可暂时抛开不管。前任音乐大师附笔问候。克乃西特读到此处不禁大吃一惊，不由得低头沉思起来。为什么要求这封信的执笔人玻璃球游戏大师附笔问候呢？总之，这与全信的公文语气太不符合了。必定是最高教育当局召开了一次全体委员大会，把老音乐大师也请去了。当然，教育委员会举办了什么性质的会议，做出了什么决议，都与他不相干，但是这个问候实在奇怪，语气上的同事口吻让他惊讶不已。这个会议究竟讨论什么问题对他都无所谓，但是这个问候却证明与会的上级们也值会议之际提到了涉及约瑟夫·克乃西特的事情。有什么事要发生了么？他又要接受召唤了么？会有升迁或者贬职了么？但是信里实实在在只写了休假的事。是的，他很乐意休假，但愿明天就动身。但是他总得和学生们告别，并且至少给他们一些指点才可离开啊。安东也许会对他的离去感到悲伤。此外，有几位修士也是他必须向他们辞行的。

这时他想到了约可布斯神父，出乎他意外地觉得内心深处微微痛楚，这个感觉告诉他，自己对玛丽亚费尔的依恋之情比他自己想象的要深切得多。这里诚然缺乏许多他以往十分熟悉和珍爱的东西，而两年长久的远离也使卡斯塔里在他想象里显得越来越美好。然而就在此时此刻他也清楚地看到，他是多么依恋约可布斯神父，在卡斯塔里无人可取代这位老人，他会因而痛苦怀念的。这一事实也让他比以往更明确地认识到自己在这儿究竟学了什么，这使他欣喜不已，对自己的重返华尔采尔，对重逢师友，对玻璃球游戏，对休假，全都充满了信心，但是，倘若没有再度回归这儿的明确意识，也许这种欣喜就要大打折扣了。

他突然决定立即去拜访约可布斯神父，告诉老人自己即将奉召度假，并且诉说自己刚刚惊讶地发现的藏在重返家园欢乐下面的再度返归

---

① 西塞禄（公元前 106—前 43 年），古罗马行政长官，著名演说家。

修道院之欢乐，而这种欢乐之情首先与尊敬的神父有关，因此他鼓起勇气提出一个重大请求，恳请老人待他重返后给予他上课的机会，即或每周只教导他一个或两个钟点也可以。

约可布斯神父先是微笑着表示不敢当，随即又发表了一通措词优美的挖苦恭维话，说自己作为一个粗陋的修行之人对优秀卓绝的卡斯塔里文化唯有默默惊叹的份儿。然而克乃西特已觉察他的拒绝只是姿态而已，当两人握手告别时，老人亲切地告诉他别为自己的愿望担忧，他很乐意尽力帮助，并向他表示了最衷心的惜别之情。

克乃西特高高兴兴地启程回家了，心里明确地意识到自己的修道院生活并非虚度。他刚出发时觉得自己兴奋得像一个孩子，当然立即就明白自己早已不是孩子，甚至也不再是青年了。他清楚地觉察到，每当他想以一个放肆的姿势，大喊一声，或者以某种孩子气行为抒发小学生休假的快乐放松心情时，内心就会产生一种羞愧难当的感情。毫无疑问，曾经多么自然而然的自我释放行为：向树上的鸟儿发出欢呼，高声大唱进行曲，摇摇摆摆踏着有节奏的舞步向前迈进——现在都不行了，否则就会变得生硬滑稽，变成愚蠢可笑了。他觉得自己已是个成年男子，尽管在感情上精力上还很年轻，但是已不再能习惯于纵情一时的心情，他已不再自由自在，而必得保持清醒，必得接受约束和义务——这都是由于什么原因呢？由于一个官职？由于要他作为国家和宗教团体的代表承担工作？不，不是的，这完全是由于宗教团体自身，由于森严的宗教秩序和制度，蓦然间，他在这种自我省察中醒悟到，自己已不可思议地进入并参与了等级森严的宗教秩序之中，这就是自己责任感的由来，他已是较高层范畴的组成部分，这会让一些青年人变得老成，而让一些老年人保持青春，也就是说，这个宗教组织会支持你，加强你，却也同时剥夺了你的自由，就像衍生在大树桩上的一棵稚嫩小树一样。它夺去人们天真烂漫的自由，尽管恰恰是为了要求这个人日益更为心地纯真。

他先到蒙特坡拜访了年老的音乐大师，大师年轻时也曾在玛丽亚费尔作客，还在那里研究过本笃会派的音乐，因而向他询问了许多情况。

克乃西特发现这位老先生待人略为淡漠疏远了些，但是上次他们见面时脸上的倦容消失了，显得开朗而精神焕发，自从他离职以后，他虽未变得更加年轻些，看上去却比从前更优雅潇洒了。音乐大师问起了那架古老的管风琴，那些藏着乐谱手稿的大木柜，问起玛丽亚费尔圣乐合唱队，甚至还问起了十字形花园里那棵大树，不知它是否安然无恙，可是却对克乃西特在那里的工作，对玻璃球游戏课程，对此次休假的意图，显得没有丝毫好奇心，这未免让克乃西特十分奇怪。总算在克乃西特继续行程之前，老人给了他一番很有价值的指点。"我已经风闻，"他用一种打趣的口吻说道，"你已经成了一位外交家。这确乎不是什么好职业，但是人们似乎对你很满意。这句话的意思你随便怎么想都行！不过，约瑟夫，倘若你的志向并非是永远留在那里，那么你就得小心留神了。我认为，他们很想逮住你呢。卫护自己吧，你有权利这么做。——不，不要问我。我的话到此为止。你日后自己就会看清楚的。"

虽然这番警告让克乃西特觉得好似芒刺在背，但是重新回到华尔采尔，重见故乡的欢乐也是无与伦比的。在他眼中，华尔采尔不仅是自己的故乡和世界上最美丽的地方，而且似乎在此期间已变得更加美好、更加引人入胜，或者是他已提高眼力，有了新的眼光。这眼光使他不只是看见这扇大门、这座钟楼、这些树木和河流，不只是看见庭院和厅堂，不只是看见那些熟悉的身形和面貌，他还在自己休假期间感受到了华尔采尔和宗教组织以及玻璃球游戏的精神，因为他这个游子、返乡者、已届成熟睿智的男人，已提高了容纳能力、感恩能力。克乃西特对华尔采尔和卡斯塔里唱了一阵颂歌后，告诉自己的朋友德格拉里乌斯说："我感到以往在这里的多年岁月竟像是在睡梦中度过的，确实很幸福，却总是毫无意识。我感到现在才刚刚觉醒，才能够清晰明白、清楚真实地看清外界的一切。和陌生人相处两年竟如此磨锐了一个人的眼光啊！"

克乃西特享受自己的假期好似在庆祝盛大节日，最大的乐趣莫过于和玻璃球游戏学园精英圈子里的同伴们研讨和进行玻璃球游戏，莫过于探望老朋友，重新沉浸于华尔采尔保护神的精神气息中。然而，不管怎么说吧，这种兴致勃勃的欢乐心情直到第一次受玻璃球游戏大师接见才算达到顶点，而打那以后，他的欣喜里便搀杂了惶恐忧虑感。

托马斯大师没有提多少问题，完全出乎克乃西特预料，他几乎没有问约瑟夫的初级游戏课程，也没有多谈音乐档案的研究工作，仅仅对约可布斯神父的情况百听不厌，还一再把话题重新拉回到这位学者身上，凡是涉及约可布斯神父的事，不论大小，他都乐意倾听。最后，克乃西特从游戏大师对待自己的极其友善的态度中得出结论：人们对他本人以及他在本笃会的工作是满意的，甚至是非常满意的，这一点在杜波依斯先生的态度中也得到了更进一步的证实。克乃西特向大师告辞时，后者要他立即去见杜波依斯先生，刚一见面，这位先生就告诉他："你做了一件出色的工作，"接着又微微含笑补充道："我当时反对派你去修道院，确确实实是我的直觉判断失误。你不但赢得了院长好感，还博得了那位伟大的约可布斯神父的喜爱，这可大大有利于卡斯塔里，你工作很出色，太出色了，超过了任何人期望的成绩。"

两天后，托马斯大师邀请他、杜波依斯以及当时华尔采尔精英学校校长切宾顿的继任人一起用餐，餐后闲谈时，新音乐大师和档案馆主任——也即最高行政当局的另外两位成员，也不意突然光临，两位中的一位还把他拉到一间客厅进行了长谈。这次宴会首次公开把克乃西特推入了高级领导层内圈，也在他与普通玻璃球游戏精英选手们之间筑起了围墙，这却是克乃西特十分警惕的敏感问题。

克乃西特得到了四周假期，还得到了因公务需要而住在学园贵宾楼的证件。虽然他并没有被委派任何工作，甚至没有让他写一份报告，他依旧感到自己始终在上级观察之下，因为他出门走动去了几个地方，一次到科普海姆，一次到希尔斯兰，一次到东亚学院——每到一处都立即受到该处高级官员的邀请。这短短几个星期里，他切切实实认识了教会团体的全部领导成员，各学科的大多数研究室主任和大师。倘若没有这些正式官方的邀请活动，克乃西特这几次走动便意味着又恢复了自由研究年代的逍遥自在。后来他简缩了自己的出游计划，主要是照顾德格拉里乌斯的感情，这位朋友对妨碍他们共处的任何事情都感到伤心，当然也为了玻璃球游戏，因为这里新近即将举行几场研究玻璃球游戏的演习，是克乃西特迫切想参加的，并想借以检验自己的游戏能力，德格拉里乌斯正是不可或缺的好帮手。

克乃西特的另一位朋友费罗蒙梯，这时已在新音乐大师的办公室工作，两周休假期间他们只可能相逢两次。他发现费罗蒙梯正沉迷于工作，他开辟了一项重要的音乐史研究课题，探讨古希腊音乐在巴尔干半岛国家的民间舞蹈和民歌中继续发展和长盛不衰的原因。费罗蒙梯兴高采烈地向他叙述了自己最近的工作成果和最新发掘情况。他发现巴洛克音乐逐渐趋向式微的时期约摸始于十八世纪末叶，但是就在同时却从斯拉夫民间音乐中汲取渗入了全新的音乐物质。

总的说来，克乃西特在华尔采尔的大部分假日，都用到了玻璃球游戏上。他和弗里兹·德格拉里乌斯根据弗里兹的笔记，共同复习和研究了玻璃球游戏大师为两个学期的最高进修班而举办的一次不公开研讨会。克乃西特又重新全心全意投入了已生疏两年的玻璃球游戏的高尚世界之中。对于克乃西特而言，玻璃球游戏与音乐一样，和他的生命密不可分，魔力使他和它们结下了不解之缘。

直到假期最后几天，托马斯大师才重新和他谈到赴玛丽亚费尔的使命以及最近就得去完成的一项新工作。大师开头只是随便闲聊，片刻后口吻严肃起来，以紧迫的语气告诉他最高行政当局的一个计划，各学科的多数大师和杜波依斯先生都十分重视这项计划：让卡斯塔里在罗马教廷设立一个永久性的常驻代表处。托马斯大师以他一贯又文雅又动听的表达方式叙述道，也许弥合罗马教廷与本组织之间古老鸿沟的历史时刻已经来临，或者至少可以说十分接近了。毫无疑问，在未来可能发生的种种危机中，他们会面对共同的敌人，会承担共同的命运，因而是自然的盟友。应当说，目前这种局面实难长久维持，而且毕竟有点不成体统。世界上这两大势力的历史任务是保存和促进精神文化，保护和促进和平，怎能长此以往继续各自为政，几乎互视为陌人呢？罗马教会总算挨过了好几场大战的震撼和好几个时代的危机，尽管损失惨重，但是挺了过来，甚至还因而得到了更新和净化，而同时的世俗世界科学、教育事业，连同文化一起普遍地衰落了。卡斯塔里团体及其思想是诞生在这个废墟上的，也许应当说这才使卡斯塔里得以诞生的。仅凭上述情况，更不必说这个教廷的年高德劭，人们都得承认罗马教会的优先地位，她是较年长，较有成就，又经受过较多和较大风暴考验的势力。目前主要是如何唤醒和培植罗马天主教徒们意识到两大势力之间的亲缘关系，以及两者未来在一切领域都可能面临危机时的相互依存关系。

（克乃西特听到这里不由暗忖："啊，原来他们想派我到罗马去，还可能长驻呢！"这时他又猛然想起了音乐大师的警告，心里便立即作了抵御的准备。）

托马斯大师继续往下叙述：克乃西特在玛丽亚费尔不辱使命，因而使卡斯塔里这一方处心积虑迈出的重要一步有了成果。使命本身只是一种试探，一种表示礼貌的姿态，并不附带任何责任，对于对方的邀请更没有任何不良企图，否则就不会派遣一个不懂政治的玻璃球游戏人才，而会从杜波依斯先生的办公室里挑选一位青年官员了。但是这个小小试探，这个无伤大雅的使命，有了意想不到的良好结果，当今天主教领域一位具有精神领袖作用的重要人物约可布斯神父却因而比较了解了卡斯塔里思想，并且发表了有利于这种思想的见解，而在此之前，他是持绝对否定态度的。卡斯塔里当局很感激约瑟夫·克乃西特扮演了这一角色。克乃西特之不辱使命，意义也就在这里，根据这一要点，克乃西特今后的全部工作不仅必得继续发展这一亲善关系，而且还要以此来进一步衡量和促进他所承担的使命和工作。人们已给了他一次休假，倘若他想略略延长一些，也是可以的，最高行政当局的大多数成员都与他作过面谈，上级们全都对克乃西特表示了信任，如今委任他——玻璃球游戏大师，为克乃西特安排一个特殊的任务，让他回玛丽亚费尔后具有比以往较大的权力。他曾在那里切切实实受到友好款待，过得幸福快乐。

托马斯大师说完这番话后停了片刻，似乎等候他提出问题，但是对方仅只作了一个礼貌地顺从姿态，表示自己正洗耳恭听，并期待着任命。

"我们现在给你这样一个任务，"大师接下去说道，"我们打算，或迟或早总得在梵蒂冈建立一个我们组织的永久性代表处，尽可能与其他组织建立互惠关系。由于我们是较为年轻的组织，我们乐意接受处于罗马教会之下的后辈地位，我们让他们居先，却不得显示自己卑下，同时还要敬重他们。教会可能立即就会接受我们的提议——当然我对这类问题没有杜波依斯先生那么清楚。最重要的是绝不能被人家一口拒绝。如今我们有了一个够得着的重要人物，他的话在罗马教廷有极大分量，这人就是约可布斯神父。你现在的工作就是：回本笃会修道院去，和从前一样地生活，一样地进行研究，一样地开授无关紧要的玻璃球游戏课程，同时必须把注意力集中在约可布斯神父身上，慢慢把他争取到我们这边，让他说服罗马支持我们的计划。换句话说，你此次任务的最终目标十分明确。为完成此事究竟需要多长时间是比较次要的。我们推想，至少得花一年工夫，也可能要用两年或者几年时光。你如今已熟知本笃会的生活节奏，也已懂得如何适应。我们不应当给人以急躁和贪婪的印象，必须让事情顺乎自然地瓜熟蒂落才行，你说是不是？我希望你同意这项任务，若有其他意见，请直言相告。如果你想考察一下，当然可以给你几天时间。"

克乃西特在最近几天的若干次谈话中，早已觉察到这项任务的蛛丝马迹，便声称无须花时间考虑。他直截了当地服从了命令，但是又补充说："您知道的，倘若受委托者本人对使命毫无内心抗拒和障碍之情，这类使命最容易取得成功。我接受任务没有半点勉强，我也理解任务的重要性，相信自己会不辱使命的。但是我对自己的前途又深感忧虑，大师，请务必宽容我，再诉说几句纯属个人切身利益的话。我是一个玻璃球游戏者，如您所知，我因奉派去本笃会而耽误研究工作整整两年，不仅没有学到新的东西，而且连旧技艺也荒疏了，如今还要至少再去一年或者更长时间。我不愿让自己在这段时间里变得更加落后，因此希望给予我经常回华尔采尔看看的短暂假期，使我能够不断聆听您为高级进修班所作的报告和专门讲解。"

"当然可以，"大师回答说，语气里已带有请他告别的意思，但是克乃西特提高嗓音，又说了自己的另一个愿望，他害怕自己若是有幸完成了在玛丽亚费尔的任务，会被派到罗马去，或者干脆被任命为外交官。"而诸如此类的前景，"他终于断然说道，"都会令我压抑，并且影响我在修道院的继续工作。因为我绝对不愿意长期受遣送从事外交职务。"

托马斯大师皱起眉头，举起手指，指斥说："你说受遣送，这词用得太不恰当了。没有人会把这事想成是遣送，我觉得这应该被认为是一种荣誉，一种奖励为好。至于人们将来会如何使用你，安排你，我实在无法给予任何答复或者许下任何承诺。然而我能够理解你的担忧，倘若将来果真出现你所害怕的情况，我想我会尽力帮助你的。现在你听我说：你具有一种让人们喜欢你的禀赋，对你心怀恶意的人几乎要说你是一个巫师。最高行政当局再度派你出使修道院，估计也出于你的这一天赋才能。但是务请不要过分使用你的天分，约瑟夫，也别过高估计你的才能会起的作用。当你对约可布斯神父使用成功之后，你再向最高当局提出你的私人要求，才算时机恰当。我认为今天就提出，未免过早了。动身前，请告诉我一声。"

克乃西特默默接受了这番教训，其实话中隐寓的好感远远胜于表面上的申斥。不久，克乃西特便又返回了玛丽亚费尔。

他上任后立即明确意识到这项框定了范围的工作实属对他的一大恩典。这不单是一项既重要又光荣的任务，而且就他个人而言完全符合自己的内心意愿，尽可能地接近约可布斯神父，最终争取到他的全部友谊。如今他在修道院以自己教会新特使身份受到郑重款待，他觉得自己的地位似乎提高了，特别表现在修道院上层人士，尤其是格尔华修斯院长与以往略有改变的态度上。他们仍和从前一样友好，但可明显察觉到一举一动中比过去增加了敬意。克乃西特已不再是没有地位的青年宾客，过去人们对他表示礼貌，只因他来自别的教派，还出自对他本人怀有好感而已。如今他已作为卡斯塔里高级官员受到款待，作为全权大使备受敬重了。克乃西特最终得出了这一结论。

无论如何，他在约可布斯神父的举止上并未发现任何变化。他迎接克乃西特的态度又亲切又愉快，同时不等克乃西特请求或者提醒，就主动提起了已约定的共同工作，这使克乃西特深受感动。他重新安排了工作计划和工作日程表，与休假以前的设想有了根本改变。这次规划里，玻璃球游戏课程不再处于职务重心，音乐档案馆的研究工作项目已被取消，与管风琴手的合作计划也没有列入。现在居于首位的是接受约可布斯神父的教导，也即如何从事历史研究的许多专门学问，同时这位神父也指导他的特殊学生了解了本笃会的早期历史，一直追溯到中世纪初期的渊源，甚至每日抽出一个钟点共同阅读一本用古文撰写的古老编年史。当克乃西特一再提出让年轻的安东也参加学习时，约可布斯虽欣然同意，却没有忘记告诫说，这等纯粹私人性质的授课方式，即或参加进来的第三者愿意配合，也必然会大大妨碍学习。安东全不知克乃西特对他的热心关照，因受邀参加学习而大喜过望，但只参加编年史的学习。毫无疑问，能够参加这一课程是这位青年修士获得的殊荣，可惜我们没有关于他生平情况的进一步资料。显然，这也是一种最高层次的乐趣和鞭策，因为与他一起的是当代两位思想最纯洁、头脑又最具创造力的人物，对安东而言，与其说是参与，倒不如说是一个年轻新人在旁边洗耳恭听两位前辈的交谈和交流。

克乃西特回报给老人的是碑铭学和史源学知识，紧接着便是简介卡斯塔里的历史和结构，以及玻璃球游戏的基本观念，学生反倒成了老师，而可敬的师长则是一名用心听讲的弟子，同时也往往是一位吹毛求疵的提问者和批评家。约可布斯始终对整个卡斯塔里的精神气质持怀疑态度，因为他在其中找不到真正的宗教气质，怀疑其中具有自己所看重的培养出高尚人类的典型的能力，尽管他面前的克乃西特就是这一教育培养出来的高尚成果。日子一天天过去，他倾听了克乃西特讲授的无数具体实例和现身说法，久已决定设法推动卡斯塔里和罗马教廷互相接近，然而他就是无法完全消除自己的这种怀疑。在克乃西特的笔记本里记载着许多当时为强烈表明论点而临时举出的例子，我们试引其中之一：

约可布斯神父："你们卡斯塔里人都是大学者和美学家，你们测度某个母音在一首古诗中的分量轻重，并且把测得的公式同某个行星的运行轨迹联系起来。这是一件令人愉快的工作，不过只是一种游戏。是的，就连你们那至高无上的奥秘和象征——玻璃球游戏，也仅是游戏而已。当然我也承认，你们确实试图让这种美丽游戏提高成为某种类似圣礼的事业，或者至少成为一种教化的手段，但是圣礼总归是圣礼，不论你们怎么努力，游戏也总归是游戏。"

约瑟夫："神父，您的意思是说我们缺乏神学基础吧？"

神父："啊，我们还是不要谈神学吧，你们的距离还远着呢。你们大概得切切实实发展几门基础学问才行，譬如人类起源和发展学，一种有关人类的真正知识和学问。你们不认识人为何物，既不知道他的兽性，也不知道他的神性。你们只认识卡斯塔里人，一种特殊产品，一种阶级集团，一种罕见的培育品种试验。"

对于克乃西特而言，这类非同寻常的交谈简直就是意外的幸事，这些最有利于思想进行最广泛自由驰骋的时刻正是完成任务——争取神父对卡斯塔里的好感，相信卡斯塔里与教廷结盟的价值——的最佳时机。情况对克乃西特实现指定意图实在太符合了，以致他很快便感觉良心不安。当这位对他深信不疑的可敬老人和他亲切相对而坐或者在十字庭院里来回散步时，看到老人如此为自己牺牲时间，而自己却心怀鬼胎，把他当作了一个秘密政治目标的对象，克乃西特便觉得羞愧难当。克乃西特无法让自己长久沉默不言，只是想不出如何向对方吐露真情的恰当方法，老人却出乎意料地先他道出了真相。

"亲爱的朋友，"有一天约可布斯神父好似漫不经心地说，"我们两人果真发明了相互交流之道，不但极其愉快，而且，我也希望相互获益匪浅。学习和教导是我毕生最喜爱的两大活动，如今在我们相互切磋中找到了一种全新的美妙联合之道。这情况对我来得正是时候，因为我已开始迈入老境，难以想象比我们交谈更能够更新思想的另一种较好途径。总之，就我而言，我是这类交流的受益者。相反，他们，我的朋友，我说的是派您出使的那些人以及您为之服务的那些人，是否也从这件事里得到了他们所希望的那么多好处，我就不敢肯定了。我但愿能够防止将来失望，更不愿我们两人之间产生不纯洁的关系，因而请容我这个世事洞晓的老人向您谈一个问题：毫无疑问，对您来我们小小修道院逗留之事——我个人感到非常愉快——我是常常在思索的。直至不久之前，具体说就是直至您休假之前，您本人对自己究竟为何来此，和我们待在一起的意义和目的何在，恐怕是全然不知的。我的观察正确么？"

见克乃西特点头认可，老人便继续说道："好吧。从您休假回来后，情况就完全变了。您对置身此处已毫无担忧思虑可言，而是目标清楚的，我说对了？——好，我总算没有估计错误。那么我大概对您来本院的意图也不会猜错。您负有一个外交性质的使命，这个任务既不涉及修道院，也与院长先生无关，涉及的人是我。——您瞧，您的秘密已所剩无几。为了澄清全部情况，我便走了决定性的一步，并且劝告您，还是把余下的秘密全部告诉我为好。您的任务究竟是什么？"

克乃西特吓了一跳，满脸惊恐，狼狈得几乎说不出话来。"您说对了，"他喊叫着说，"您先发制人，但是您在减轻我内心重负的同时也羞辱了我。一段时间以来我经常思考，如何才能保护我们关系的纯洁性。唯一幸运的是我的请求是在休假之前提出的，否则我要求指点和我们达成的讨论协议真成了我要的花招，是一种外交使命，而我们的研究工作，仅仅是托词了。"

老人亲切地抚慰他说："我只想促进一下我们的关系，毫无其他用意。您全然不必向我确证自己意图的纯洁性。倘若我先提此事，不附任何用意，只是使您所希望的情况早日出现，岂不皆大欢喜。"

待克乃西特和盘托出任务内容后，老人表示道："您的卡斯塔里上级算不上天才外交家，然而还过得去，并且也会见机而行。我会尽力考虑您的任务，不过我的决定部分取决于您能否成功地阐释卡斯塔里的基本状况和思想境界，能够让我认为言之有理。我们一起努力吧。"当他看到克乃西特依旧有点窘迫模样，便淡淡一笑，说道："您若愿意，您也不妨把我的先声夺人看成是一堂课程。我们现在是两个外交家，外交交往永远是一种斗争，不论其形式何等友好亲善。在这场战斗中我暂处劣势，我不掌握行动原则，您知道得比我多。不过目前已恢复均势。这是一盘好棋，我们现在就努力走吧。"

在克乃西特眼中，按卡斯塔里当局的计划争取约可布斯神父固然重要而且极有价值，但是他若能最大限度地向老人学到一切，并让这位精明、有势力的老人成为卡斯塔里的可靠导师，却是更为重要得多的事。克乃西特的许多朋友以及后来的许多学生常常非常羡慕克乃西特，因为他不仅具有一切杰出人物的内在优秀品质和能力，而且也有天生的好运气，总是受到命运的偏爱。比较渺小的人物往往只能够在伟大人物身上看见他们能够见到的东西，而克乃西特的上升途径在旁观者眼中，实实在在是出乎寻常的迅速、光彩夺目，而且似乎全不费劲。那时的人们当然要说他生当其时，是一颗幸运之星。对他的这一"幸运"，我们不拟从理性主义或者道德角度进行分析，也不想说成是外在情况的偶然结果，或者是对他个人品行美德的特殊报酬。幸运既不能从理性，也不能从道德伦理进行解释，幸运在本质上与魔术相近似，是人性阶梯中比较原始和年轻的部分。傻人傻福，这是上天的恩赐和诸神的眷爱，非理性所能分析，当然也不是传记可研究的材料，这是上天的一种象征，越出了研究个人和研究历史的范围。然而，确实也有一些杰出人物似乎一生走运，尽管他们的能力符合他们的任务，而且生逢其时，既不过早，也不过迟。约瑟夫·克乃西特似乎就属于这类幸运儿。综观克乃西特的生平，至少大部分时间都是事事如意，给人以福自天降的印象。我们不拟对人们的这类观点加以否定或者抹杀，我们按照理性尺度能够做到的也仅仅是以传记方式加以阐释而已，但是，倘若对那些纯粹个人和私人隐私的东西，对于健康和病态的问题，对于生活中感情起伏波动的因素进行无边无际的讨论，那却不是我们的办法，在卡斯塔里也是行不通的。我们深信，上述任何一种传记方法都可能在克乃西特的"幸运"与不幸之间寻求到完美无缺的平衡，但是那不是我们的办法，否则就会导致我们对克乃西特形象和生平历程的歪曲。

枝蔓少说，言归正题吧。我们刚才说起许多人——不论是熟识他或者仅仅耳闻他事迹的人，全都羡慕克乃西特的好运气。他和本笃会约可布斯神父的关系可以算得上他生平最令人忌羡的事情之一，他在两人关系中既是学生又是老师，既是受者又是施者，既是被征服者又是征服者，同时既有亲切友谊又有紧密合作关系。克乃西特自己也感觉，从当年在竹林茅舍与老年长老相处以来，还没有一件事像征服约可布斯神父那样令他内心欣喜。过去没有人让他同时感到又受奖励又受羞辱，又受恩惠又受鞭策。凡是克乃西特后来的得意弟子，几乎人人都可证明他是如何经常以愉悦口吻提起约可布斯神父的。克乃西特从老神父那里学到了当年在卡斯塔里无法学到的东西。他不仅获得了认识和研究历史的方式方法上的概括知识，并进行了具体实践，而且还远远越出纯知识领域，克乃西特体验到历史本身就是一种现实，一种活生生的生命，而附属于此或曰与此一致的是：让个人和纯私人的生活与历史的变化和升华同步。这是克乃西特从任何单纯历史学家身上所学不到的。约可布斯神父不仅远远超出了单纯学者，不仅是一位先知和智者。他尤其是一位与世界共呼吸同命运的创造世界者。他没有枉用命运替他安排的优越地位，在温暖舒适中度过静思冥想的生活，而是让世界的风暴刮过他学者的书房，让时代的灾难和危机进入自己的心脏，他参与了自己时代的种种事件，为之分担责任和罪责，他从不曾以纵览、归纳和阐释古往今来的事件为满足，也不满足于仅仅研究人类的理想观念，他还大量从事了物质与人类互不顺从性的研究。他和一位同行兼对手——一位不久前才去世的耶稣会教士——被人们视为使衰落已久的罗马教廷得以摆脱困境重振外交与道德雄风，以及重建政治势力的两位真正创建者。

尽管这对师生的对话中很少涉及当代政治——一则是老神父不愿多谈，二则也因为年轻人害怕卷入外交和政治问题，然而，约可布斯神父的政治地位和大量工作使他对世界历史的认识如此透彻，以致他对纷繁世界事务所作的观察，所发表的观点，完全像是出自一位实际政治家。老人当然不是野心家，不是奸诈的政治家，也并非什么摄政王或者追名逐利之辈，他是一位顾问，一位仲裁，一位睿智的活动家，一位对人类本性的诸多欠缺有深刻认识而予以温和对待的人。但是他的声望，他的经验，他对人对事的认识，还有他本人的正直无私品格，自然地赋予了他极大的权力。

克乃西特刚到玛丽亚费尔的时候，对政治可说一无所知，甚至从未听说约可布斯神父的名字。卡斯塔里的大多数居民都生活在一种脱离政治的天真状态中，这种情况在以往古老世纪的学者阶层中也并不罕见。他们不过问政治权利和义务，连报纸也很少看，倘若说这是卡斯塔里一般居民的习惯和举止的话，那么在玻璃球游戏者间这种畏惧政治，不爱积极活动，不看报纸的情况就更为严重了。他们乐意维持玻璃球游戏学园精英人才的地位，竭尽全力不让他们纯学术—艺术生活的稀薄而高尚的空气受到任何不洁之物污染。我们知道，克乃西特第一次来修道院并非以外交使者身份，而仅仅是讲授玻璃球游戏课程的普通教员，那时候，除了杜波依斯先生临时灌输了几周的政治知识外，克乃西特对政治可谓一无所知。如今克乃西特当然比当时大有长进，却依旧丝毫没有放弃华尔采尔那种厌恶政治活动的习惯。他在同约可布斯神父的交往过程中频繁受到政治指点，这对他来说始终没有作为一种必修课而加以接受，这如同他也渴求历史知识一样，因为一切情况虽有偶然性，却又都是无可避免的事。

为了补充必要的知识以完成向自己的学生约可布斯神父传授卡斯塔里知识的任务，克乃西特从华尔采尔搬来了有关玻璃球游戏学园章程和历史的材料，还有关于精英学校制度以及玻璃球游戏发展史的资料。其中有些书籍，克乃西特在二十年前同普林尼奥·特西格诺利开展论战时曾经利用，后来就再也没有读过。另外一些书籍则是卡斯塔里官员必读的专门资料，直到目前才允许他阅读。因而便发生了下列情况，他当时的研究范围已大大扩展，也就必须对自己的知识和历史基础重新加以衡量、把握和加强。当克乃西特试图以最简洁明了的方式向约可布斯神父展示宗教团体的实质以及卡斯塔里的规章制度时，他猛然触及了自己最薄弱之处：他对宗教组织以及整个卡斯塔里体系所知甚微。他发现自己对宗教团体得以诞生的世界历史背景，对于后来促进其发展成长的一切事物，都仅具肤浅知识，以致自己的描述既公式化，又苍白无力。总算约可布斯神父不是一个消极被动的学生，使教学提高为合作，成了生动活泼热烈交流思想的场合。每当克乃西特试图讲解卡斯塔里的历史时，约可布斯神父就在一旁指点他如何从恰当的方面观察，这才可能正确认识和体验这一段历史，也才可能发现其由来的根源——原本植根于一般的世界历史与国家历史之中。我们将会看到，这类积极的讨论——由于老神父禀性热烈，往往发展为激烈的相互论争——许多年之后还不断开花结果，直到克乃西特逝世后还继续具有生气勃勃的影响力。另一方面，约可布斯神父也有惊人的转变，听了克乃西特讲解后，他对卡斯塔里的认识程度和承认程度如何，全都清楚表现在他日后的行动里了。罗马教廷和卡斯塔里之间建立了维系至今的良好关系：相互保持友好中立，开始时偶尔进行学术交流，往往世间或发展为相互合作，以及建立实际的联盟，这一切都得归功于这两位男人的努力。约可布斯神父开始时曾经何等轻蔑地嘲笑玻璃球游戏理论，最终竟要求克乃西特向他作详尽介绍，因为他察觉，这个组织的奥秘或者可以称之为信仰或者宗教的东西，全都蕴含其中。当他一旦愿意深入了解这个向来只听见传闻、因而很少对它有好感的世界，就以一贯的男猛机智的风格卜决心直窥它的核心。尽管他确实没有成为玻璃球游戏者——当一名游戏选手，他委实也太老了——但是那时几乎也没有任何人，除去卡斯塔里圈内人士，像这位伟大的本笃会神父成了玻璃球游戏精神的最诚恳最得力的朋友。

每逢克乃西特结束白天工作向他告别时，老人常常表示晚上在寓所等候客人光临，这是他们两人在辛勤研究和紧张讨论后共享的休闲时光，约瑟夫往往携着自己的翼琴或者小提琴前来，于是老人便坐到钢琴前，在柔和的烛光下交替或者一起演奏柯勒里、斯加拉底、特勒曼①或者巴赫的作品，乐音就像蜡油的甜香一样充盈了小小的居室。老先生就

---

① 柯勒里(1653—1713)，意大利作曲家和小提琴家；斯加拉底(1660—1725)，意大利作曲家；特勒曼(1681—1767)，德国作曲家。

寝很早，而克乃西特却受晚间音乐祈祷的鼓舞，把自己的工作时间一直延长到修道院纪律许可的极限。

除去追随约可布斯神父学习历史和传授卡斯塔里精神，偶尔在修道院开几次玻璃球游戏课程，不时给格尔华修斯院长讲授中文知识之外，我们发现克乃西特还同时忙着另一件规模宏大的工作：他在准备参加华尔采尔学校一年一度的玻璃球游戏竞赛，他已错过两次了。凡欲参加者首先必须根据三个或者四个事先规定的主题拟出自己的参赛草案，着重要求新颖、大胆，又能以高度简洁的逻辑和艺术书法规则创造性地与主题相配合，同时这也是学园内唯一一次容许人们越出规定的机会，也即是说参赛者可以运用尚未纳入官方密码和象形文字词汇宝库的创新符号。由于这层原因，游戏竞赛在华尔采尔学园是盛大的正规庆典演出之外最激动人心的大事，它不仅是最有前途创新者之间的竞争，而且也是对最终获胜者极其难得的最高嘉奖，因为他的游戏草案不仅被列为将在盛大庆典演出的本年度最佳游戏作品，而且承认他提供的用以扩充玻璃球游戏文法和语言库藏的新内容，并直接纳入了玻璃球游戏档案，成为正式游戏语言。约摸二十五年前，那位伟大的托马斯·封·德·特拉维，也即现在的玻璃球游戏大师，他的游戏以黄道十二宫对炼金术之意义所写的全新略符就曾获此殊荣。这位托马斯大师后来又以一种富于启发作用的神秘语言对炼金术进行研究和分类，贡献颇多。

克乃西特本次参赛却放弃了运用新游戏符号的打算，而这正是几乎每一个参赛者都一心一意想做好的事情。同时他也没有采用心理学玻璃球游戏法，尽管这么做也许较为接近自己的个性。克乃西特建造的游戏大楼在结构和主题上诚然很现代化也很个性化，但是居首位的是一种清明开朗的古典式组合风格，既严格对称，又装饰适度，仅能称之为承继了古代大师风范。克乃西特这么做也许出于迫不得已，因为他远离华尔采尔以及玻璃球游戏档案馆，也许因为他的历史研究需要占用大量时间和精力，也许或多或少想要使他的设计风格符合老师兼朋友约可布斯神父的审美爱好。究竟为何，如今我们已不可能知道了。

我们刚才引用了"心理学玻璃球游戏法"这个名词，也许我们的一些读者并不能一下子就明白其中的含意，其实这是克乃西特时代的一个常用口头语。毫无疑问，不论哪个时代的玻璃球游戏者都有他们那一时代风行的思潮、流派、争议以及不断交替变化的观点和表达方式。在克乃西特那个时代，主要存在两种不同的玻璃球游戏观念，经常引起争议和讨论。人们把游戏区分成两大类型，形式类和心理类，我们知道，克乃西特和德格拉里乌斯——尽管后者常被拒于讨论会外——一样，都属于后一类，并且是其中的高手，不过克乃西特通常不把它称之为"心理学游戏法"，更偏爱说成是"教育游戏"。

形式类游戏主要致力于游戏形式上的严密连贯、完整和谐，力求让数学的、语言学的、音乐的以及其他一切因素成为同一游戏的适当组成部分。心理类游戏与此相反，游戏者致力于宇宙性的圆满完美，寻求其统一与和谐之处，而不十分看重内容的选择、排列、交织、联系以及对比，因而无论在游戏的哪一个阶段，均强调静观默思。这一类心理学游戏，或者如克乃西特所说的教育性游戏，并非给人提供一种完美无缺的景象，而是通过一系列精确规定的静修方法引导游戏者获得完美性和神性的体验。克乃西特有一次在给老音乐大师的信里写道："我认为，凡是完成了静修功夫的游戏选手，玻璃球游戏便整个儿环绕了他，就像一个球体的表皮总是裹着它的核心一样，赋予他解脱的感觉，觉得自己已摆脱一切纷繁混乱，进入了一个完全均匀和谐的世界，而且已与自己融为一体。"

克乃西特为参加比赛而构思的那一场游戏，从结构角度而言，其实属于形式类，而不应当归于心理类。克乃西特很可能是想借以向上级领导证明，他虽然作客玛丽亚费尔，又有外交任务，又有玻璃球游戏课程，完全缺乏练习机会，然而他并未丧失自己的灵巧、优雅和熟练程度。倘若果真如此，他的证明是成功的。由于克乃西特的游戏方案唯有在华尔采尔档案馆里才可能最终定稿，他便委托好友德格拉里乌斯去完成此事，因为弗里兹本人也是参赛者。克乃西特这次不仅有机会亲自把手稿交到朋友手中，可以当面讨论一番，而且还能够阅读到朋友写的参赛稿，因为他终于争取到让弗里兹来修道院逗留三天了。克乃西特已向托马斯大师申请过两回，这次才如愿以偿。

德格拉里乌斯来前兴奋不已，他作为卡斯塔里的化外之人对修道院生活太好奇了，然而来后立即感觉极不适应，是的，这个敏感的人差一点被种种陌生印象压垮而病倒，这些友好、然而朴直、健康到近乎粗俗的人，一点儿也不了解他的思想、忧虑和问题。"你在这里好似生活在另一个星球上，"他对自己的朋友说，"我真不懂你居然平安无事呆了三年之久！你的修士们对我确是彬彬有礼，然而我依旧觉得这里一切都在排斥我、拒绝我，不论什么东西，我都弄不明白，也就无法吸收，无法不抗拒地与之同化。倘若要我在这里住上两周，我会感到犹如进了地狱。"

克乃西特很难消除他的不适感，作为一个旁观者，第一次接触两个宗教组织和两种生活世界的巨大差别，怎能不无所适从呢？此外，克乃西特还感到，他这位过分敏感的朋友，与人应对如此手足无措，想必不会给这里的修士们留下什么好印象。尽管情况很糟，他们两人的参赛草案还是经过批评讨论后最终定稿了。这段时期内，每当克乃西特和朋友聚谈后去见另一幢楼里的约可布斯神父或者去用餐时，他总会觉得自己好似突然被人从故乡迁到了另一个星球上，不同的土地、空气，连风土人情也迥然有别。

弗里兹回去后，克乃西特记录下了约可布斯神父对他的印象。"我希望，"老神父说，"多数卡斯塔里人更像您而不像您的这位朋友。您向我们引见的是一位不老练的、任性而软弱的人，我还担心他有点孤芳自赏。但愿我能保有旧观点，否则我待您如此宽容便有失公道。因为这个敏感、聪明过头又神经质的可怜人，很可能会重新败坏人们对整个卡斯塔里的印象。"

"啊，是的，"克乃西特回答道："我想，过去几百年里，在贵本笃会也出现过类似我朋友的人物，身体虚弱多病，精神却十分健康。我想，我的邀请也许不明智。我应当想到人们会清楚看见他的弱点而不能感受他的真正优点。他完全是为了帮我办一件大事而来。"随即克乃西特便向神父讲述了参加游戏比赛的事。老人听到克乃西特为朋友辩护，脸上露出欣慰的神色。"回答得好！"他亲切地说，"但是我得告诉您，您的一些高尚朋友确实很难交往。"

当他看见克乃西特一脸迷惘而惊讶的表情，心里很得意，却若无其事地继续往下说道："我这回指的是您的另一位朋友。您难道没有听说您的朋友普林尼奥·特西格诺利最近的情况？"

克乃西特听见这句问话反而更惊讶了，便敦请约可布斯神父立即作出说明。

情况大致如下：特西格诺利发表了一篇强烈抨击教会干政的政治论文，其中对约可布斯神父也有十分激烈的攻讦。老人通过在天主教新闻机构工作的朋友获得了若干关于特西格诺利的资料，包括特西格诺利在卡斯塔里求学时的材料，其中提到了克乃西特与他的那场著名辩论。

克乃西特向神父借来普林尼奥的论文，读过之后便生平第一回与他人谈论起了当前政治问题，他和老人后来又谈了几次，当然也仅仅几次而已。克乃西特在一封写给费罗蒙梯的信里对这次事件发表了下列看法，"这篇论文让我眼睁睁看到我们的普林尼奥成了主要角色，连带捎上我这个附属角色，都忽然登上了世界政治舞台，简直令我惊讶到了害怕的程度。这是我做梦也想不到的景况。"此外还必须提一提约可布斯神父谈论普林尼奥文章时的欣赏态度，竟丝毫没有不悦之情。他称赞特西格诺利的文字风格，认为是受了精英学校良好训练所致。人们倘若一贯陷于日常政治，恐怕难以达到这般精神水平。

约摸同一时期内，克乃西特收到了费罗蒙梯寄来一部作品的第一部分，这部题为《受到自海顿以来德国音乐影响的斯拉夫民间音乐之吸收和再创造问题》[1]的作品后来非常著名。我们在克乃西特致馈赠者的复信中发现了许多重要东西，如其中说道："你已从自己的研究工作中——我有一阵子曾与你分享研究的乐趣——总结出了令人信服的结论。论述舒伯特的那两章，尤其是关于四重奏的那一部分，据我对当代音乐的认识，我以为应属于音乐史上最中肯的文字。想想我自己，比起

---

[1] 据德国黑塞研究学者查证并无此作品，当为作者虚拟。

你有幸获得的这一类收获，我还差得远呢。其实我应当满足自己在这里的生活——因为我来玛丽亚费尔的使命似乎成功在望，然而我仍不时因为长期远离学园和自己的华尔采尔小圈子而苦闷万分。我在这里诚然学到了很多东西，却均无益于提高我的专业技艺，我也有了很多见识，却只是徒添疑难问题。当然，我得承认自己扩大了眼界。而且，初来头两年中经常困扰我的种种不安、陌生感、灰心沮丧、缺乏自信等苦恼，如今都已平息。最近德格拉里乌斯曾来此地，只呆了三天，尽管他急着要见我，又对玛丽亚费尔充满好奇心，但到后第二天就难以忍受，感到太压抑太陌生。归根结蒂，修道院还是一个庇护人类精神的安静世界，绝不类似于监狱、军营或者工厂，我从自身经验中得出的结论是：我们这些来自亲爱的卡斯塔里学园的人，实在比我们自己认识到的更为娇生惯养和多愁善感得多。"

就在克乃西特写信给卡洛的那天前后，克乃西特说服约可布斯神父致函卡斯塔里当局，简述他已默认对方拟议中的外交措施。然而老人又添了一笔，要求他们允许"在本处受普遍欢迎的玻璃球游戏选手约瑟夫·克乃西特"多留一段时间，并为本人讲授"卡斯塔里神秘学说"。不言而喻，卡斯塔里当局乐于从命。克乃西特这时还认为自己离"完成使命"还有相当差距，不料却收到了由杜波依斯先生签署的行政当局致贺信件，赞许他圆满完成任务。这封公函到得恰是时候，对克乃西特无疑意义重大，而最令他欣喜的是其中一句简短的交代（他立即以狂喜口吻写信告诉了弗里兹）：卡斯塔里当局遵照玻璃球游戏大师的愿望，准许他返回玻璃球游戏学园，并且交代，一待他结束目前的工作，即可如愿归去。克乃西特把信件这部分内容读给约可布斯神父听后，向他供认，这句话多么令他喜欢，也供认自己过去因可能长期派驻罗马，可能永远远离卡斯塔里而多么担心害怕。神父大笑着说道："是的，教会组织就是这样，总让人愿意生活在它的怀抱里，而不是呆在边缘，更不用说流放他乡了。您在这里已接触了肮脏政治的边缘，如今可以重新置之脑后了，因为您不是政治家。但是您不应当放弃历史，即或只是作为次要项目和业余爱好，因为您具有成为历史学家的禀赋。目前还是让我们好好利用不多的共处时光吧！"

　　克乃西特似乎很少利用他的特权：经常回华尔采尔。不过他一直用收音机收听玻璃球游戏的研讨会，收听许多报告和游戏过程。克乃西特就这样坐在修道院的高等客房里，在远处参加了玻璃球游戏学园礼堂里举行的盛大比赛，等候着即将公布的比赛结果。他也向大会递交了一份自己认为并不极具个人特色，也没有什么革命性，但内容扎实，写得又极典雅的作品，他自己估计可能得三等或者二等奖。听到宣布他获第一名时，他不禁大吃一惊，还没待他把惊讶变成欣喜，玻璃球游戏大师办公室的发言人已以优美的低音宣布二等奖获得者为德格拉里乌斯。这简直太令人激动，太难以置信了，他们两人，手拉手联袂参赛，居然同时登上了胜利宝座！克乃西特一跃而起，不再往下听，他飞奔下楼，穿过回声隆隆的走廊，一直跑进了旷野。

　　我们在克乃西特当时写给老音乐大师的一封信里读到了如下文字："我十分快乐，敬爱的老师，正如您所想象的。首先是我的任务圆满完成，受到了教会当局的嘉奖，再加上允许我不久即可返回家乡，这对我太重要了，让我重归朋友们之间，重归玻璃球游戏，而不是继续从事外交任务。如今我又在游戏比赛中获得了一等奖，为了使我的作品形式完美，我确实花费了精力，却由于许多原因，并未能竭尽全力。而最令我高兴的莫过于与我的朋友德格拉里乌斯分享成功——同时获奖，这太令人喜出望外了。我很幸运，是的，但是我不能说自己觉得很快乐。经过了一个相当枯燥乏味的时期，或者应当说，我自己感觉如此，这些成就在我内心深处引起的感觉是：嘉奖太多，来得也太突然了。我的感激之情里确实混有恐惧不安。情况就像一只已盛满水的容器，再加上哪怕一滴水，也会溢出边缘。一切事情又会变得颇可怀疑。但是务请不必介意我的话，只当我不曾说过吧，我的情况是无可劝慰的。"

　　我们不久将会看到，这个满满的容器已命定就要加上那一滴水了。在这段短短的时期里，克乃西特就这么过着混杂了恐惧感的快活日子，在他辛勤工作之际，预感某种巨变即将降临的感觉也越来越强烈。约可布斯神父在这几个月中也过得很快乐很轻松。对于不久就要失去这位学生兼同事，心里颇为惆怅，因而尽量在他们共同研究的时刻，尤其是在互相自由交谈的时候，把自己漫长一生获得的工作和思想经验，对国家、民族、人类生存处于高峰和低谷的认识，尽可能地传授给他。约可布斯神父也想同克乃西特谈谈他已完成使命的意义及其后果，谈谈在罗马教廷和卡斯塔里间建立睦邻政治关系的价值和可能性。老人建议克乃西特拟订研究卡斯塔里开创时期的历史计划时，不妨把探究罗马教廷如何自倾颓受辱境遇重新缓缓崛起的问题也列入其中。他还向克乃西特推荐了两本论述十六世纪宗教改革和宗教派系问题的专著，还竭力劝说克乃西特把直接原始资料视作研究基础，与其反复阅读许多世界史而不知所云，倒不如把功夫用在能够得到的任何原始史料上，即或残缺，也可看清事实。约可布斯长老毫不隐瞒自己对一切历史哲学持有深切的怀疑的态度。

# 玻璃球游戏大师

克乃西特决定把自己返归华尔采尔的日期延到下一年初春，也就是在玻璃球游戏公开大赛即将举行的时刻赶回华尔采尔。这种人们称之为 Ludus anniversarius 或者 Ludus sollemnis [①]的盛会，过去一开就是许多星期，世界各国权贵名流纷至沓来，如今已成为值得纪念的高峰时期。然而，每年春季如期召开的至少持续十天到十四天的大会仍旧是卡斯塔里每年的头等大事。卡斯塔里举行这一庆典也具有重要宗教和道德意义，因为它能够让玻璃球游戏学园内所有各自独立的各种观点与倾向的代表人物，在一种具有和谐意义的象征中聚集在一起，它让各种学科和各种对立人物处于休战状态，并且激起人们怀念超越于多样性之上的统一性。凡是信仰者，无不从这一庆典中汲取到真正神圣的力量，而对于不信仰者则至少具有替代宗教的作用，与此同时，两种人都会感得在纯净的美之清泉中进行了一次沐浴。这种情况类似于过去演出约翰·塞巴斯梯·巴赫《受难曲》的情景——演出时间不在作品诞生之初，就在后一世纪重新发现它之时，对于知音者而言，无疑既像是参与了一次纯真的宗教祭献，又像是进行了一次类似祷告的宗教举动，此外，不论对什么样的人，它都是一场艺术和"创造性精神"的庄严显现。

克乃西特决定延期返归的决定，毫不费力就征得了修道院和卡斯塔里双方当局的同意。克乃西特想象不出自己重返玻璃球游戏这个小小独立王国后会获得何种职位，但是他揣测不会再回到往日处境，而会很快被安排承担某项光荣任务和职责。暂时他听任自己沉浸于即将返乡、重逢好友、参加庆典的欢乐情绪之中，享受着与约可布斯神父共处的最后几天愉快日子。最后，克乃西特又以颇有节制的高兴态度接受了院长和修士们为他举办的多次饯行。克乃西特离开了，不无哀伤地告别了一个内心眷恋的地方，告别了自己的一个人生的阶段。不过他还得为近在眼前的玻璃球游戏庆典做好准备工作，尽管没有师长指点和同学帮助，他还是精确按照全部游戏规则做了一系列潜修功课。虽然克乃西特未能说服约可布斯神父接受托马斯大师的邀请，与他同行去参加本年度的庆典，却没有因而沮丧不快，他理解这位反卡斯塔里老人的保留态度。于是他暂且搁下一切责任和拘束，全心全意准备着投入庆典活动。

这项活动有它自己的规律。整个庆典大致不会完全失败，除非受到来自较高层势力的干扰，不过从未发生这种情况。凡是虔诚信仰者，即使逢到倾盆大雨，也不会失去神圣庄严感，即使闷热难当也不会失去清醒头脑。总之，对于玻璃球游戏者而言，每年度的庆典不仅是一个佳节，而且多少带着神圣气息。然而，正如我们所知道的，并非场场游戏和庆典都是顺当的。有些庆典活动确实事事协调和谐，各种关系莫不互相提携，相互促进和提高，恰似某些戏剧或者音乐演出一样，不知道出于什么人们无法清楚认识的原因，奇迹般地达到了令人们获得强烈内心感受的高潮，而另一些演出则尽管作了充分的准备，效果却是平平的。能否使观众获得高度体验呢？克乃西特为此充分发挥了自己的想象力，好在他无所奢求，又刚刚载誉归来，所以只是快快活活等候节日降临。

然而这年度的庆典却了无生气，既没有任何奇迹缓缓降临的征兆，也没有达到典礼应有的特殊的神圣光彩，整个过程毫无愉快气氛，几乎近于惨败。尽管有许多参加者自感获得了认识和提高，但是，举办活动的真正主持者和责任者，却觉察到了整个气氛的严酷性，一种迟钝麻木感、倒霉感，一种拘束不安感，黑沉沉压住了整个庆典。当然，克乃西特也感觉到了这种气氛，并且发现自己原先怀抱的高度期望也已受到了一定程度的损害，但他不属于那批清楚认识到年会业已彻底失败的人，因为克乃西特没有参与庆典工作，也就没有责任可负。这使他能以一个虔诚信仰者的身份参加这些日子的一系列精心构思的游戏活动，能够不中断地静修冥想直达极限，能够与所有与会来宾一起以感恩心情体验这种在神灵脚下完成的祭献典礼的意义，领悟这种让宗教团体成员们神秘地合为一体的境界，即或已被少数圈内人士视为"失败"的本届年会也

---

① 拉丁语："玻璃球游戏节"和"一年一度的庆典"。

仍旧达到了这一境地。笼罩了整个庆典的那颗不祥之星当然也多多少少影响了克乃西特的心情。这届年会本身是无可指责的，如同托马斯大师以往所主持的任何一次大会那样，不论在计划上或构造上都无懈可击，甚至可以说是他最深刻、最纯朴、最严密的成果之一。可惜时乖命蹇恶星高照，这场庆典竟成了华尔采尔历史上一件难以忘怀的憾事。

克乃西特在年会开幕前一周抵达玻璃球游戏学园，当他向玻璃球游戏大师报到时，不料接待他的竟是大师的代理人贝尔特勒①。这位代理人客客气气地欢迎了他，却又几乎漫不经心地简单交代说，尊敬的大师近日有病，而他贝尔特勒对克乃西特归来后的职责也不甚了然，因此得烦请克乃西特本人赴总会所在地希尔斯兰去一次，既向领导报到，又在那里静候任命。

克乃西特遵嘱告辞时，不自觉地在语气或姿态中流露出对接待上的冷淡和短促的惊讶之意，贝尔特勒当即表示了歉意，说道：倘若他令克乃西特失望，望能见谅，务请体谅他的处境。托马斯大师病了，而庆典已迫在眉睫，目前还不清楚大师能否亲自主持大典，或者得让他这个代理人替代上场。尊敬的大师也许还可能支撑这些紧要时刻。然而他这个代理人确实得时刻准备着代行游戏大师的公务，何况期限如此短促，简直难以筹措得当，同时，领导这样重大的庆典，他怕自己实在力不胜任。

克乃西特为这位显然惊恐失措的人感到难过，更为庆典大事的重任很可能落到此人肩上而感到极大的遗憾。克乃西特离开华尔采尔时间太久，不知道巴尔特勒缘何如此担忧，事实上这位代理人身上的确发生了作为代理人的最不幸的灾难。很久以前，贝尔特勒便已失去了学园里精英分子们的信任，不折不扣地陷入了艰难的困境。

克乃西特十分担心玻璃球游戏大师的病情，惦记着这位古典形式和讽刺艺术的伟大代表人物、完美的游戏大师、完美的卡斯塔里人。他曾希望受到接见，聆听报告，并把自己重新安置到选手们的小小团体里

① 贝尔特勒虽是虚构人物，然而据德国黑塞研究学者分析，当实有所指。

去，也许还替自己安排一个很重要的工作。克乃西特还曾希望这场隆重庆典能够由托马斯大师亲自主持，甚至还曾希望继续做他的部下，受他赏识和鼓励。如今告知自己的却是大师卧病在床，指示他向其他领导报到，这怎不令他伤心失望。幸而教会组织的秘书和杜波依斯先生出于同事情谊，以十分敬重的态度招待了他，倾听了他的情况，这总算让克乃西特多少得到了一些补偿。克乃西特从第一次谈话便断定，卡斯塔里当局并无让他进一步推动与罗马教廷关系的要求。他们尊重克乃西特本人的愿望，应允他留在玻璃球游戏学园，不再外调。人们首先邀请他暂时住在学园的客房里，以便再度熟悉周围环境，并且从事参加年度庆典的准备活动。在庆典开幕前几天，克乃西特和他的好友德格拉里乌斯都是整日斋戒和静修，这大概便是他所以能够与众不同，不仅对这次独特大会很少不快回忆，反而怀着一种虔敬的感恩之情的原因。

被人们称为"影子"的大师代理人职位是一项极其特别的职务，尤其是担任音乐大师或者玻璃球游戏大师的代理人。每一位学科大师都有自己的代理人，并非由当局指派而是每位大师自己在少数候选者中选出，今后甚至连其行为举止都由大师们负责。因而，凡是被选中的候选者都会感到，代理人一职不仅是巨大嘉奖，而且是极高恩遇，从此以后，他便是各学科实权人物——各科大师的左膀右臂了。一旦大师因故不能执行公务，就会派他代理职责。当然也有所区别，譬如最高当局讨论某项提案进行投票表决时，他只能以大师的名义表示赞成或者反对，不能以报告人或者提议人身份发表意见。除此以外，还有若干防止弊端的限制事项。

一旦被选任为代理人，他的地位便陡然提高，偶尔还会被置于令人炫目的位置，然而也往往代价惨重。在这个等级森严的宗教组织里，代理人是毫无名分的，虽然经常被委以重任，也受到高度尊重，却因而失去了其他候选人拥有的许多权利和机会。具体说来有两个方面：一是代理人并不对自己的公务负有责任；二是不容许代理人升职。这种情况确实并无明文规定，却有卡斯塔里历史为证。没有任何一位"影子"在大师逝世或者退职后接替其位置，尽管他经常代表大师以及代行职责，理应由其补缺才是。这种看来像是不难打破的历史惯例，事实上却是不可克服的限制：介于大师和代理人之间的鸿沟，就像公务与私事之间的界限一样，是不可逾越的。因而一个卡斯塔里人一旦接受这个受高度信任的代理人职位，他就得放弃有朝一日让自己成为大师的希望，就得考虑有朝一日要卸下自己任职期间经常穿戴的官服和勋章。他只拥有一个颇为暧昧的特权：凡是在职期间可能发生的错误，他本人概不负责，却由大师承担一切责任。事实上，大师受自己遴选的代理人连累的情况屡见不鲜，甚至因代理人的重大错误而不得不引咎辞职。在华尔采尔，人们把玻璃球游戏大师的代理人称为"影子"，用以形容这个职位的特殊性，与大师之间近似一体的密切关系，以及那种毫无实质的职责，实在再妙不过了。

托马斯大师任命贝尔特勒为代理人已有多年，这位"影子"似乎不乏才华或者善意，他欠缺的仅仅是运气。贝尔特勒当然是一位优秀玻璃球游戏选手，也至少算得上一位称职的教师和一位正直的官员，对自己的大师更是绝对忠诚。然而，这几年工作过程中却开罪了许多人，最年轻的一代精英选手尤其反对他，而他又不具备自己大师那种豪爽的骑士风度，便影响了他的心理平衡。托马斯大师没有开除他，多年来只是设法让他避免与青年精英们发生摩擦，尽量不在公众场合露面，而较多从事秘书室和档案馆的工作。

这位品性端正但人缘不佳，或者目前人缘欠佳的代理人，显然一直运气不好，如今因大师患病却一下子成了整个玻璃球游戏学园的首脑。倘若他不得不承担起年会的领导责任，那么整个庆典期间他都得处于卡斯塔里王国中最显要的位置上。要是大部分玻璃球游戏选手或者教师都支持他的话，他也许还可能担起这一重任，可惜情况恰恰相反。这便是这次庆典所以成为玻璃球游戏学园的严重考验，甚至几乎成了华尔采尔一次重大危机的原因。

直到开幕前一天，行政当局才正式宣布，托马斯大师病重无法主持庆典。我们不知道，如此迟迟发布消息是否出自大师本人意愿，也许他曾希望自己在最后时刻仍能振作精神出来主持。也许是他已病重到无法作出决定，而他的"影子"却判断错误，以致卡斯塔里当局一直不清楚华尔采尔的处境，直到最后时刻才发布消息。这种延误是否算一大错误，当然众说纷纭，大有可争议之处。不过，毫无疑问，这么做完全出于善意，不想让庆典尚未开始便蒙上一重阴影，也不想让仰慕托马斯大师的人因惊吓而取消访问计划。再说，也可能一切都很顺利，贝尔特勒和华尔采尔的精英们也可能取得和解，那么——这也是合乎情理的——"影子"也便会成为真正的代理人，而游戏大师的缺席也可能几乎不会引起人们的注意。然而，种种揣测均已无补于事，我们这么做只是认为应当指出，贝尔特勒实在并非太不中用，更非当时华尔采尔舆论所指责的那么不称职。与其说他负有罪责，不如说他是受害人较为妥当。

客人们一如往年蜂拥而来。许多人不知实情，另一些人则担忧大师病况恶化，因而对整个庆典的前途怀有不祥预感。华尔采尔和附近一带的村落里都住满了人，宗教团体领导成员和最高教育当局的头头几乎都来了。还有来自全国各地以及外国的宾客，他们也都怀着度假的兴奋心情挤满了学园的宾馆客房。

如同往年一样，在游戏比赛开始前一天傍晚的静修时刻，举行了庆典的开幕仪式，一听得标志开幕的钟声敲响，到处是人群的华尔采尔地区立即肃静无声，沉潜于虔诚之中。第二天清晨，第一个节目是音乐演奏，随即庄严地宣布第一场游戏以及如何静思这场游戏的两个音乐主题。贝尔特勒穿着玻璃球游戏大师的庆典礼服，显得从容而自如，但是脸色极其苍白。节日一天一天过去，贝尔特勒的神情变得越来越痛苦和疲惫，似乎已紧张过度，以致最后几天几乎成了名副其实的影子。游戏比赛第二天谣言便沸沸扬扬地传开去，有的说托马斯大师病情恶化，有的说他已处于弥留状态，这天傍晚时分，到处是一堆堆的人群在交头接耳，尤其是在那些知道内情的玻璃球游戏选手之间，最初不过是片言只语的议论，最后竟发展成了有声有色的传说，描述病重的大师及其"影子"的故事。传说来源自玻璃球游戏学园最内层圈子那些玻璃球游戏教师，传说内容为：托马斯大师原本愿意，也可能有精力主持大会，然而为满足自己"影子"的功名心而作出了牺牲，把这件庄严大事交给了贝尔特勒。但是，情况的发展却是贝尔特勒似乎不能胜任这项重任，整个活动气氛令人失望，有病的大师知道自己要对庆典，对"影子"的无能以及大会的失败承担责任，不得不自认罪过而进行忏悔。这也许便是大师病情迅速恶化，持续高烧不退的唯一原因，因为实在没有任何其他原因了。

当然，这不是传说的唯一版本，从精英分子间还传出了另一种说法：那批野心勃勃的青年精英看出庆典活动情况糟糕，却又不愿伸出援助之手，或者从旁遮掩欠缺之处。在他们的天平上，对大师的敬爱不能抵消对贝尔特勒的憎恨，为了让这个"影子"失败垮台，不惜使大师本人也必然受害。

随后，有一天又传出了下列说法：托马斯大师曾在病榻上会见他的代理人与精英分子中的两位最有威望者，坚决要求他们和平相处，不可危及整个庆典活动。又有一天，有人断言大师已口授了遗嘱，并向最高当局提出了他认为合宜的继承人名字，传言还居然说出了具体名字。与这一传闻同时流传的还有其他种种流言蜚语，大抵涉及大师日益恶化的病情，不论在举行庆典的厅堂里，还是在客人们居住的贵宾楼里，人们的情绪一天比一天消沉，尽管尚无人宣布放弃比赛，也没有人收拾行李离开。整个活动从外表上并无可指摘，一切都进行得正常得体，然而在人们头上总笼罩着阴霾乌云，以往年会无不具有的那种愉快活跃气氛，几近销声匿迹。因此，当大会闭幕前一天，庆典创始人托马斯大师瞑目长眠时——虽然行政当局曾力图封锁噩耗，消息还是传开了，发生了令人奇怪的事，许多与会者反倒松了口气，似乎得了解脱。学园里的学生们，尤其是精英分子，曾得到通知说，在大会结束之前不得穿丧服示哀，必须严格按照预先规定的程序继续进行，不得丝毫更改、中断交替进行的表演和默修演习，虽然他们同心协力直至完成了最后一天的最后一个项目，却全都不禁流露出哀伤之情，好像是为可敬的死者举行葬礼似的。他们环绕在那位睡眠不足、脸色灰白、已精疲力竭的贝尔特勒身边，而他则微闭双目，一脸冰冷落漠的神色，继续执行着代理人职务。

克乃西特一直通过德格拉里乌斯和参赛的精英分子们保持着密切联系，他作为一个老资格学园人士也熟悉这类纠纷的气氛和情况，不过他不愿因而影响自己的心情，从大会第四天或第五天开始，他甚至禁止德格拉里乌斯再向他讲述大师的病情。他感受到了，也十分懂得笼罩大会上空那重乌云的悲剧性意义，他不仅怀着深切的忧伤挂念托马斯大师，也以日益增长的担心和怜悯心情惦记着被人们谴责为促使大师病危的"影子"。然而他始终坚决卫护自己参与游戏的决心，不让任何真实的或者编造的消息影响自己全心全意关注那些构思美妙的玻璃球游戏，关注其演习和演变过程。因而，尽管本届大会有意见分歧，气氛暗淡，克乃西特仍然真切地体验到了一种精神的提升。

"影子"贝尔特勒没有按历年常规以副领袖资格接见来宾以及会见最高教育当局人士，这回连传统的为玻璃球游戏学员们举办的庆功会也取消了。庆典活动的最后一场音乐演奏的乐声一停，卡斯塔里行政当局立即宣布了托马斯大师的死讯。整个游戏学园里也即刻开始了悼念活动，还住在客房里的克乃西特也参加了追悼仪式。人们为这位直至今天仍备受尊敬的功勋卓著老人举行了传统的简朴葬礼。托马斯大师的"影子"贝尔特勒，整个节庆期间曾为担起大师重任而鞠躬尽瘁，耗尽精力，如今很清楚自己的处境，便向当局请假上山去漫游了。

玻璃球游戏学园里，是的，应该说是整个华尔采尔地区全都沉浸在悲哀之中。过去也许并没有什么人与已故大师具有可称为友谊的亲密关系，但是他那种优美卓越的气质，加上他那过人的才智和高雅气度，使他成为卡斯塔里各个历史时期内都难以见到的民主摄政的典范代表人物。卡斯塔里人一直以他为荣。人们看到他个人似乎对一切热情、爱情、友谊等感情问题都敬而远之，而这似乎也正是让年轻人一辈极其仰慕他的原因。托马斯大师这种庄重高雅的气派还让他获得了一个颇具敬爱之情的绰号："阁下"——表明他在多年工作历程中尽管受到过严重反对，最终仍在宗教团体和最高教育当局的会议和工作中赢得了多少带点特殊性的崇高地位。

毫无疑问，他的继承人人选问题成了当时大家关注的焦点，尤其在玻璃球游戏精英分子们之间，对此事的争议极其激烈。"影子"离开学园出门旅行后，被推翻的代理人公务便由精英分子们自己投票选出了三个临时代表暂行职权，当然，只是代理玻璃球游戏学园内部事务，不能处理最高教育当局和教会当局的公事。依照传统习惯，游戏大师一职的空缺应在三星期内递补。倘若是下列情况：临终或者引退的大师本人业已提出了一位没有竞争者又没有争议的候选人名字，那么只消经过一次行政当局的全体会议便可通过，新人便可递补空缺。这回大概要耗费较长时间才可能解决问题。

克乃西特在哀悼托马斯大师期间，偶尔也同朋友谈论刚刚结束的游戏比赛及其灾难重重的历程。

"这位代理人贝尔特勒，"克乃西特分析道，"不仅忍辱负重完成了任务，而且还尽职尽力扮演了一位真正的玻璃球游戏大师——依我的观察，他完成的还不止这一点，他为本次庆典奉献了自己，就像完成他最后一次庄严伟大的公务。你们大家对他太苛刻了，不对，应当说实在太冷酷了，你们本来能够挽救这次大会并且拯救贝尔特勒，但是大家不肯伸出援助之手，我无法对此作出判断，你们也可能有充分理由。不过现在我得说句公道话，这个可怜的贝尔特勒已经下台，你们应当心满意足地对他宽宏一点才对。过几天贝尔特勒回来时，你们必得去迎接他，表示你们现在已了解他作出的牺牲了。"

德格拉里乌斯却摇摇头回答说："我们已经十分了解，也接受了这一事实。你很幸运，能够以不偏不倚的来宾身份参加本届大赛，因而也就不很清楚整个过程。不可能了，约瑟夫，纵然我们确确实实对贝尔特勒深怀歉意，也没有机会弥补了。他懂得牺牲自己是势所必然，也就不再希图重返了。"

直到此时，克乃西特才算认识全部事实的真相，而忧伤地沉默下来。他清楚地看到自己事实上并非以一个华尔采尔人的身份参与赛事，而只是以一个道地的客人，同时也体验到贝尔特勒作出牺牲的实质。他一直认为贝尔特勒是个功名心很重的人，由于试图承担力不胜任的重担而失败，不得不放弃雄心壮志，不得不努力忘记自己曾一度是玻璃球游戏大师的"影子"，是一届年度庆典的领导者。直到眼前，克乃西特才从朋友最后几句话里了解到，贝尔特勒已被那些法官彻底判决而不会返回了。他们已容许他把庆典主持到结束，还给了许多帮助，只为不致家丑外扬。人们这么做，绝不是为了贝尔特勒，而是要保全华尔采尔的脸面。

事实上，"影子"这一职务不仅需要获得游戏大师的全部信任——贝尔特勒做到了这一点，而且还必须得到精英分子们的同等信任，不幸他没能获得这一信任。倘若他犯了大错误，那么宗教团体当局便不会像他的大师一样继续支持他，更不会保护他。他唯有求助于自己当年的同伴和同事，如若这些教师对他毫无敬意，便会反转来成为裁判他的法官。倘若他们不肯顾及他的情面，"影子"也就完蛋了。事实上贝尔特勒始终没有从休假地返回，一段日子后便听见人们传说他坠崖丧生了。贝尔特勒的事便告一段落，此后不再有人提起他。

这段日子，教会当局和最高教育当局的高级官员川流不息，天天出现在玻璃球游戏学园，每时每刻都有游戏精英分子或者行政官员被召去问话，所讨论的内容在精英分子间时有传闻。约瑟夫·克乃西特也曾数度受召见和提问：一次是教会当局的两位先生，一次是语言学科的大师，接着是杜波依斯先生，随后又是两位学科大师。德格拉里乌斯也受到几次询问，对这类他称为"秘密会议"①的气氛，不仅十分喜欢，还讲了一些有趣的笑话。早在庆典期间，克乃西特便已觉察到自己过去和精英分子们建立的亲密关系已变得十分稀薄，待到秘密会议时期，这种感觉就益发强烈了。情况不单因为克乃西特像外国客人一样住在贵宾住的宾馆里，还因为所有的领导人似乎待他如同辈。精英分子们，教师们便都不再以同伴态度对待他，而摆出一副微露讥讽意味的礼貌姿态，或者至少可以说是一种有礼的冷淡。他们早在克乃西特接受玛丽亚费

---

① 原文为 Konklave，直译是"密室"，专用于教廷成员秘密协商选举教皇的场所。

尔的使命时就开始疏远他了，当然这也很正常：某个人一旦跨出学习阶段而承担起任务，从学生或者青年教师成为宗教团体成员，便不再是什么同伴，而正在变成大家的上级或者领导，既然他已不再属于精英集团，他就得明白人们必然会对他持批判态度。凡是处于他目前这种情况的人，都难逃这一困境。克乃西特之所以对这类疏远和冷淡感到特别痛苦，一则是由于精英分子们新近失去依怙，必得接受一位新大师，迫使他们加倍防范自己阵营的利益受损，另外还因为他们刚刚如此冷酷无情地处置了前任大师"影子"贝尔特勒的命运。

一天傍晚时分，德格拉里乌斯兴奋万分地奔跑进了宾馆，找到克乃西特后，便将他一把拖进一个空房间，关上房门后便嚷叫道："约瑟夫！约瑟夫！我的上帝啊！我早就该猜到的，我早就该知道的，事情实在十分……啊，我高兴死了，但是我真不知道，我该不该高兴。"玻璃球游戏学园里这位消息灵通人士激昂慷慨地精确报道说：情况已不是什么可能性，而是千真万确的事情，约瑟夫·克乃西特已被推选为下任玻璃球游戏大师了。许多人曾把档案馆主任视为托马斯大师的法定继承人，显然在前天晚上的复选中被筛除了。广泛征询意见期间一直处于领先位置的三位精英分子候选人，似乎没有哪一个得到了任何一位学科大师或者教会当局领导的特殊关照和推荐，而却有两位教会领导成员以及杜波依斯先生支持克乃西特，另外，来自前任老音乐大师的声音也极有分量。人人尽知，这些日子里，曾有多位学科大师私下里访问了老音乐大师。

"约瑟夫，他们选中了你，"德格拉里乌斯再度叫嚷道，他的朋友赶紧用手掌掩住了他的嘴。克乃西特的最初反应是惊讶，觉得这是绝对不可能的猜测。而当另一位仍在兴冲冲继续报道学园里的种种观点，报道"秘密会议"的情况和过程时，克乃西特开始领悟他朋友的揣测并无一点差错。相反地，或者更确切地说，他觉察到自己心灵深处早已有了一个"是"字，这是一种预感，他似乎早已知道，也早有所期待，事情对他而言不仅恰当，而且理所当然。于是他用手掩住了激动万分的朋友的嘴，用冷淡的责备目光望了他一眼，似乎两人间突然出现了巨大距离；他接着说道："别说那么多了，朋友，我不想听这些闲话。到你同伴那里去吧。"

德格拉里乌斯原本还有许多话要说，在克乃西特好似陌生人的一瞥之下，顿然沉默无语，随后又立即脸色发白，走了开去。后来他曾向人叙述说，克乃西特那一瞬间所显示的沉着和冷漠，最初让他感觉受了一记猛击，一次侮辱，又像挨了一下耳光，认为克乃西特背叛了朋友和友谊，并且对即将接任的高位具有难以理解的过分预期。然而就在他向外离开的时候——心里确实觉得像挨了一个耳光——那难忘一瞥的确切含意逐渐浮现在眼前，那是一种高不可及的痛苦的目光，德格拉里乌斯猛然醒悟到，他的朋友非因命运垂爱而骄傲，而是一种顺从命运的表现。他叙述道，他不得不把克乃西特忧虑的目光和克乃西特新近询问贝尔特勒及其死因时的同情声调联系起来。似乎克乃西特已经把这一任命和自己的命运联在一起，就像那位"影子"一样必须作出牺牲和销声匿迹。克乃西特当时的脸容既崇高又谦逊，既威严又顺和，显得那么孤独，那么俯首于命运，是的，他所看见的那副脸容简直就与卡斯塔里历代所有大师纪念碑上的肖像一样。"到你同伴那里去吧，"克乃西特当时就是这么对他说的。是的，就在那一瞬间，就在得知自己即将登上高位的那一时刻，克乃西特就被纳入了一个自己全不知晓的世界，他不得不以新的核心地位观察世界，不再是同伴，永远不再是了。

克乃西特原本可以料想到，至少可以揣测到他这最后一次最高感召，也即任命为玻璃球游戏大师，然而他这一次还是吃了一惊，感到来得太突然。事后，他曾对人说起，他可能早已料想到了，所以才会嘲笑激动万分的德格拉里乌斯，那位最初完全意料不到这一任命，却仍然在任命决定和公开宣布之前几天估算和预测到了结果。事实上，克乃西特的当选，在最高行政当局内部可说是毫无异议，全体通过的，唯一略感不足之处是他担任大师似稍嫌年轻。他的前任们任职时都至少已在四十五岁到五十岁之间，而克乃西特却不足四十岁。当然，也并无任何法律规定，因为年轻而不能够加以重任的。

当弗里兹把他观察和联想获得的惊人结果告诉自己朋友的时候，克乃西特立即知道他作为老资格的玻璃球游戏精英分子，对华尔采尔游戏学园这部小小的复杂机器可谓事无巨细，均了如指掌了，他的观察决无差错，因而也就立即清楚和接受了自己当选的事实和命运。但是克乃西特的第一个反应却是申斥他的朋友，说"不想听这些闲话"。弗里兹带着吃惊和近乎受辱的感情刚刚离开，克乃西特便走进一间静修室，试图清理一下自己纷乱的思绪，有一件往事此时此刻极其强烈地袭上了他的心头。克乃西特在自己的幻觉中看见了一个空荡荡的小房间和一架钢琴，一道清凉的上午阳光透过窗户快活地映照着门内一位和蔼英俊的先生，他稍微上了年纪，头发灰白而脸庞光洁，神情又慈祥又庄重。约瑟夫看见自己还是个小小的学童，半是胆怯半是喜悦地期待着音乐大师的光临。他终于见到了来自神话般教育学园的大师，这位人人尊敬的人物。音乐大师来了，向他显示了音乐的真谛，随后，又一步一步把他引入了教育王国，引入了精英学校，直至进入宗教组织，成为同事和教友。如今这位老人已引退，已放弃他的权杖或者权力，让自己变成了一个和气寡言，却一如既往地慈祥、可敬而又神秘的老耄长者，但是他的目光、他的榜样总是依旧照亮着克乃西特的生活，总是依旧比克乃西特超出整整一生，超出若干个人生阶段，不论在威严和谦逊上，还是在技艺和神秘上都高出不知多少倍，却始终是克乃西特的支持人和榜样，温和地激励他循着自己的足迹前进，就像一颗上下运转的行星让自己的兄弟沿着它的轨迹运行一样。

克乃西特久久地沉潜在自己漫无边际的内心意象激流之中，听任种种幻景翻腾流转，其中有两个景象在他刚刚放松自己之际便已出现，这是两个画面，或者说是两个譬喻和象征，但都在激流中徘徊流连，一再出现而不肯离去。一个画面是少年克乃西特在音乐大师引导下走着形形色色的道路，明显地一步一步更为接近永恒智慧和尊严的理想境界，作为引路人的音乐大师在前进途中每转身一回，他的脸容就变得苍老一些，举止也变得更为沉稳而庄严，但是驯顺地跟着榜样走的克乃西特却是老样子，始终保持着少年模样，这让他时而觉得羞愧难当，时而又有点儿高兴：是的，这是一种类似倔强孩子获得补偿的感觉。另一个画面是钢琴室的场景，老人走向期待着的孩子，画面一再重复，重复了无数次，老人和孩子互相紧紧跟随，好似在一架机器的钢丝上旋转，转着转着，很快就再也分不清谁来了谁走了，谁在先谁在后，再也分不清老人和孩子的相互关系；时而是青年人追随老者，向权威、向尊严表示敬重和恭顺，时而又是老人对轻松快活的青春、对纯真的童稚自愿承担责任，愿意为之服务，或者也可说是崇拜青春。当克乃西特在这些无休止地环行流转的画面间徘徊，沉潜于似乎毫无意义而又似乎寓含深意的梦境之中时，他这个梦中人不时感觉老人和孩子实为一体，他时而尊敬人，时而受人尊敬，时而是引路人，时而又是追随者，在这类漂浮不定交替变化的过程中，时不时会出现一个合二而一的瞬间，他同时既是老师又是学生，是的，甚至远远超出两者之上，在衰老和年轻两者变化交替的圆环中成为创造者、探索者、驾驶者和旁观者，观察着这个轮回，自己也随着感觉的变化，时而放慢速度，时而又奋力飞速前进。一个全新的意象又从这一过程中涌现出来，其实它更像是一种象征而不是梦境，更像是一种领悟而不是画面，也即是说，与其说它是一种意念，倒不如说是一种醒悟更为恰当。老师和学生间既富于意义又毫无意义的环形旋转，智慧和青春的相互竞争，相互追逐，这种无穷无尽的愉快游戏不正是卡斯塔里精神象征么。是的，这事实上也是整个人生的象征，衰老和青春，白天和黑夜，阴和阳，永远一分为二地汹涌向前，永无尽头。克乃西特的静坐默修到此境界，也就发现了一条从万象世界进入清静世界的道路，当他从久久静坐入定状态回转日常状态时，他感觉自己已神清气爽，心情愉快了。

　　几天后，当教会当局召见他时，他便以无所畏惧的从容态度接受了上级的友好问候、掌声和拥抱等。他们告知他，他已被委任为玻璃球游戏大师，将于后天在典礼大厅举行授职和宣誓仪式，不久前，去世大师的代理人就是在这个场地举行了上一届令人忧心忡忡的盛大庆典。举行授职典礼的前一天，克乃西特在两位上级的指导下详细熟悉了宣誓仪式的程序以及"小小的大师条例"，这次担任指导的是教会当局秘书处主任和数学大师。度过了十分紧张的上午之后，克乃西特在中午休息时分回忆起了自己初入教会的情况和音乐大师事先教导的场景，一切都清清楚楚如在眼前。当然这回不同寻常，以往是成百人每年同时进入宗教团体的广阔大门，如今却只有他独自一人穿过小小的针眼，进入最高最窄的圈子，进入了大师圈内。克乃西特后来向音乐大师坦白说，那天曾有一个反省自我的念头令他十分苦恼，其实是一个十分可笑的想法：他那时候担心届时会有某位大师临时发表不同意见，指出他过于年轻不宜担任如此至尊职位。他还认真地考虑了这突如其来的恐惧和孩子气的自命不凡，对可能就年龄提出的质疑作了虚拟答复："那么为什么不等我再长大几岁呢，我从未有过高升的志向。"当他进一步自我反省时，事实却是他下意识地想得到任命，不自觉地期待着这并非遥远的荣誉。他接着向音乐大师坦白道，他已认识自己思想上的虚荣性，决心加以排除，尤其那天会上并无人提出年龄问题，后来任何时候也无人就年龄提出任何质疑。

当然，对新大师的人选还是有过热烈争论，尤其在与克乃西特同时竞选的人士之间。克乃西特没有特别明显的敌人，却有许多竞争对手，其中不乏资格较老和较成熟的人。因而这个圈子里的人士不打算让他轻松上任，而要考验一番，至少得受到一次极为严酷的审察。每一位新大师上任之前，或者就职初期，几乎都有过类似进了炼狱的经历。

大师授职典礼是一次不公开的仪式，除去最高教育当局的领导和教会领导之外，仅有精英学校的少数高年级学生、精英学校的教师们和一位即将在新大师手下任职的该学科行政官员参与典礼。新玻璃球游戏大师得在典礼大厅宣读就职誓言，接着领受标志自己官职的证物——若干钥匙和印章，随即由一位教会组织的发言人替他穿上大师的官服，那是一件新大师参加各种重要庆典——首先是玻璃球游戏年会时——必须穿上的宽大礼服。这一典礼缺乏公开庆典活动的热闹、轻松和令人陶醉，仪式的性质很严肃，因而气氛也就很冷静。但是，单单两大团体领导的全体出席就足以给典礼平添了一重非同寻常的威严气势。小小的玻璃球游戏王国即将有一位在他们所有人之上的新主子了，他将在一切会议上代表他们的利益，这可是他们罕遇的重要大事。比较年轻的学生们也许还不能够完全把握它的重要意义，也许只能够体验到眼睛所见的礼节情景。所有其他与会者则大不一样，他们完全能够确切领会事件的重要性，充分意识到其中所体现的他们与团体之间休戚与共的关系，感受到整个过程好似自己生命过程的一个部分。

这次典礼的欢乐气氛不同往常地蒙上了一重阴霾，不仅由于哀悼前任大师的逝世，还由于整个年会期间的不安情绪，以及代理人贝尔特勒的悲剧。教会团体发言人和档案馆主任共同主持了加袍典礼，他们两个人一起高高举起礼服，随即披在新游戏大师肩上。来自科普海姆的古典语言学专家，也即语言大师宣读了卡斯塔里当局的简短贺词。一位精英分子作为华尔采尔学园的代表移交了钥匙与印章，人们还看见老耄的音乐大师独自一人站在管风琴旁边。他是专程来观摩自己一手培植的学生披上大师官袍的，也想以这种意外的到场让克乃西特感到惊喜，此外，也许还可以再在某些事上提供若干忠告。他本来极想自己亲手为典礼演奏音乐的，然而担心不能胜任这般紧张吃力，便让游戏学园的一位管风琴手演奏，自己则站在演奏者身后，替他翻动乐谱。老人含笑凝神注视着约瑟夫接过钥匙印章，穿上礼服，又倾听他先是朗读誓词，随即向自己未来的同事、行政官员和学生发表了即席演说。老人觉得这个男孩约瑟夫从不曾像今天那么令人喜爱又令人高兴，如今他已几乎不再是往日的约瑟夫了，也不单单是身披官服的官员，他已成为皇冠上的宝石，宗教团体的栋梁了。然而老人只能够与他的男孩约瑟夫单独交谈几分钟。音乐大师愉快地微笑着向克乃西特走去，加快速度简短告诫他说："注意着，会后这三四个星期要特别小心谨慎，会有许多情况要你留心对付。此后考虑问题要牢记总体，要顾全大体而不拘泥小节。目前你得倾注全力于精英学校的工作，其他事情都可置之脑后。人们会派给你两个助手，其中之一是瑜伽学者亚历山大①，我曾亲自教过他，请好好善待他，他是自己行业的专家。你现在最需要的是：坚如磐石的信心，相信领导们让你也成为领导绝对正确。你得相信他们，也得相信奉

①亚历山大也是黑塞虚构的人物，在本书结尾部分具有代表性意义。

派来帮助你的人，你更得绝对无保留地相信自己的能力。而精英分子们正幸灾乐祸等着你事事疑虑呢，他们期待你丧失信心。约瑟夫，我知道你，你会获胜的。"

这位新玻璃球游戏大师对大部分公务和日常事务都很熟悉，因为他曾为前任大师服务或者说当过大师的助手，因而事事颇能胜任。最重要的工作莫过于玻璃球游戏课程——从学童班、低级班、假期短训班、外宾班，直到为精英分子们开办的实习班、演讲班以及种种研讨班等，工作数不胜数。对于新游戏大师来说，前几项课程自然不成问题，后几项却未必能胜任愉快。因为那都是他以往工作中没有机会实践的内容，必得付出更多的脑力与体力。约瑟夫的情况也不例外。最初他颇想全力以赴做好玻璃球游戏大师的本职工作：出席最高教育当局的会议，参加各学科大师会议和宗教团体当局会议，代表玻璃球游戏者和玻璃球游戏学园和大家共同合作。克乃西特迫不及待地努力熟悉这些新工作，试图替它们排除一切未知的可能威胁。他但愿自己在最初几星期内就能够精确地熟知一切组织规章、工作程序、会议记录，等等。他知道，这一范畴内的相关材料和情况资料，他随时可取用。他也知道，除了杜波依斯先生——他是熟知大师规章和传统习惯的头号专家，那位教会组织发言人也可为自己提供帮助。这位发言人虽然不是大师，地位也相对较低，但是他却可以参加宗教团体的一切会议，而且拥有管理人们遵守教会秩序的职权，就像宫廷里的掌礼官。

克乃西特非常乐意向这位聪明老练、彬彬有礼、刚以庄严姿态替自己披上官服的人，进行一次私人请教访问，可惜他不住在华尔采尔而是住在离华尔采尔有半日行程的希尔斯兰！克乃西特更乐意一下子就飞向蒙特坡，能够就种种问题亲聆老音乐大师的教诲指点！然而，现在身为大师，这类私人请教的事和学生式的愿望，是想也不许想的事情。相反，他必须一开始工作便亲自解决一切问题，并且恰恰得把全副精力用于原本预料不存在什么问题的工作上。

贝尔特勒主持庆典期间，克乃西特便曾亲眼目睹团体的大师受到自己辖下精英分子的抛弃，就像把人关在没有空气的房间里闷死一般，当时他所感到的以及老音乐大师在自己就职典礼上所说的话，现在得到了证实，如今他无时无刻，不论在公务时间，还是在静息时间，都得集中精神思考自己目前的处境：他必须把涉及精英分子的事放在任何其他工作之上，把研究高级玻璃球游戏课程、把研究各种研讨会的事项以及与教师们的纯粹私人交往列于首位。他可以把档案馆交给管理员，把玻璃球游戏初级班交给现在任课的教师，公务往来事务交给秘书们去处理，全都不会耽误大事。对于这些精英分子他却不敢稍有懈怠，他必得事事为他们服务，又步步强迫他们，使他们感到不可须臾缺少自己，因而认识到自己的真才实学以及纯洁善良的愿望。他必须征服他们，争取他们，最后赢得他们，他必须与每个有意向他挑战的竞选者较量——而这样的竞选者为数颇为可观。

克乃西特在应付这类较量的过程中，发现自己一贯认为颇为不利的因素——尤其是他的长期远离华尔采尔——反倒成了有利因素，因为直到如今精英分子们几乎还称他为"一个新人"。事实表明，甚至连他和德格拉里乌斯的友谊也对自己颇有好处。因为德格拉里乌斯虽颇有才气，而体弱多病，是个局外人式的人物，对往上爬之类显然毫无兴趣，也似乎不看重什么声望荣誉之类，故而尽管颇受新任大师偏爱，却并未被那些精英分子视为有损他们的利益。然而克乃西特知道，这批处于最高层次的、最生气勃勃、最难控制、又最为敏感的人是玻璃球游戏王国的精英，研究他们，渗透他们，像骑士驯服一匹烈性良马般占有他们是自己必须亲自去做的头等重要大事。因为这批青年俊才不仅已完成玻璃球游戏的学业，也已各自从卡斯塔里的每一种研究机构里结束学业，如今全都在进行自由研究，全都是将会选派入最高教育当局或者宗教团体领导层的候选人。他们是卡斯塔里最宝贵的财富，是它的未来和希望。而这群桀骜不驯的青年才子不仅在游戏学园里，而且在一切他们所到之处，全都对他们新上级和大师持抗拒与批评态度，对于这位新上任的主管简直连一点儿礼貌都没有。克乃西特不得不以完全私人的方法——加以制服和收服，直至他们承认他的地位，自愿服从他的领导。

克乃西特毫不畏惧地挑起了自己的担子，困难之多令他吃惊，然而当他一个个解决难题之际，当这场消耗了他巨大精力的游戏逐渐接近胜利之际，他发现自己原先颇为担忧的其他诸多难事，均已自动迎刃而解，不劳他再去费力操心了。他后来曾向一位同事坦诚叙述自己的心情：他第一次参加最高教育当局全体领导成员会议时——来回都乘坐了特快列车——简直好似置身于迷迷糊糊的梦中，事后既想不起，也无暇再回想会议内容，他的精力完全彻底被眼前的工作占据了。是的，即使会议讨论的是他很感兴趣的问题，即使他因第一次以领导身份与会而略感局促不安，他仍然在会议过程中多次走神，他的思绪飞回了华尔采尔，而不在会议所讨论的问题上。他看到自己坐在档案室那间粉刷着蓝色的房间里。克乃西特正在那里举办一个辩证法则研讨班，每隔三天开一次，参加者只有五人，但是研讨会上的每一个钟点都比任何其他日常公务——当然也并不轻松容易，尤其不可以回避或拖延——都更加紧张，因而需要他付出更大精力。幸而正如老音乐大师所说，他刚刚上任，最高教育当局便给他指派了督导员和管理员，监督他每一个钟点的工作进程，规劝他按时休息，既得避免工作过度而累垮，又得避免工作片面而顾此失彼。克乃西特对亚历山大十分感激，他不仅是当局派来的官方代表，而且深谙静修之道，在这方面享有盛名。这位亚历山大细心照料克乃西特，无论克乃西特工作忙到什么程度，都督促他每日必须进行三次"小小的"或"短短的"静坐课，每次都得坚持极严格的规定的时间，一分一秒也不得差错。

每天傍晚，在夜间的静修课程开始之前，克乃西特和两位协助者，督导员和静修指导员，共同回顾一天的公务，检查有无不妥或成功之处，如同静修老师形容的"每天给自己把把脉"，也就是说，让他认识并且衡量自己当前的处境、状态、精力分配情况、希望与隐患所在，等等，总之，让他能够客观地认识自己和一天的工作，而不把问题留到夜里和第二天。

青年精英们、教师们怀着半是同情半是挑战的心理冷眼旁观着自己新大师重任在肩，繁忙非凡，却从不放过即兴考验他的机会，考验他的耐心、应变能力，等等，他们时而增添他的工作，时而又阻挠他的工作，以致让他的朋友德格拉里乌斯觉得他好似已被包围在一种危险的真空里。但是此时的克乃西特已分不出任何精力、任何时间、任何思想来帮助德格拉里乌斯，尤其令他感到失落的是这位朋友似乎也在一天比一天更加远离自己，而且发现弗里兹也多少成了同事们的怀疑对象，很少人肯与他交谈。这情况当然也不足为奇，尽管德格拉里乌斯不会妨碍那些往上爬的人的出路，然而他毕竟总是新大师同党，宠信人物。

克乃西特想象到了诸如此类问题，但他目前忙得不可开交，实在抽不出时间处理私事，只能暂且搁置他们的友谊。然而德格拉里乌斯却不这么认为，据他后来向克乃西特坦白，克乃西特当时的行为并非有意识的决定，而纯粹只是把朋友完全忘记了，因为他让自己彻头彻尾成了机器，任何私事、私人关系都已忘到九霄云外。例如，在克乃西特主持的五人研讨会上，当德格拉里乌斯的身形和脸容出现在他眼前时，他并没有看见朋友、熟人德格拉里乌斯，他看见的只是一个玻璃球游戏选手，一个精英学生，至多是一位教师，属于工作的一小部分，或者是他整个军团中的一名士兵，这是他为获取胜利而组织起来进行训练的。当新大师第一次以这种态度同弗里兹讲话时，曾让对方不寒而栗。德格拉里乌斯从他的眼光观察到，克乃西特的冷漠和客观并非故意伪装，而是一种可怕的现实，自己面前这位彬彬有礼却彻头彻尾公事化了的人，已经不再是他的朋友约瑟夫，而只是一位教师、监考官，一位玻璃球游戏的大师，被自己的职务既沉重又严厉地紧紧裹着，就像一只陶器经过烈火烧炼、又经过冷却硬化后，被裹在闪闪发光的厚厚的彩釉里面一样。

另外必须提一下，在这近似发热发烧般的最初几星期内还发生了一件小小的意外事件，事情出在德格拉里乌斯身上。由于连续失眠和心情紧张，德格拉里乌斯在研讨会上发了一次小小的脾气，犯了一次失礼的错误，不过并非针对大师，而是对一位同事，后者说话时的挖苦声调大大刺激了他的神经。克乃西特注意到了不和场面，也发现惹事者的过分紧张心态，没有说话，只举起手指示意他沉默。事后，克乃西特派遣自己的静修老师去进行精神安抚。德格拉里乌斯感到这种关怀是他们恢复友谊的第一个吉兆，便心甘情愿地接受了对他个人的关照，进行了数星期治疗。事实上，克乃西特几乎完全没有注意自己关照的对象是谁，他做的只是一位游戏大师该做的事而已。他发现一位教师精神紧张又举止失控，立即作出了纯粹教育家式的反应，一分一秒也没有考虑这个教师是什么人，更不曾联想到他和自己的关系。数月后，当朋友向他提起这幕可笑场景，又让他确信，他的友好表示令自己得到了极大快慰时，克乃西特完全无言以对，他早把这次事件忘得干干净净，但是他没有纠正朋友的误解。

克乃西特最终还是赢得了胜利，达到了自己的目标。这是一项艰巨的工作，要制服一批精英分子，把他们操练得精疲力竭，把野心家的欲望抚平，把骑墙派争取到自己身边，让狂妄自大者折服于自己——全都不易办到，而如今却统统完成了。玻璃球游戏学园的教师们都已承认这位新大师，也都乐意服从于他。一切都顷刻之间妥当了，好像一架旧机器只消点一滴油便可轻松运转自如似的。监督员和克乃西特共同拟定了最后一份工作计划，向他转达了最高教育当局的嘉奖后，便告辞而去，静修教师亚历山大也接着离开了。于是，克乃西特又恢复了清晨散步，而不再作按摩推拿，至于继续研究或者读书之类还没有时间考虑，总算每星期有几大晚上睡觉之前可以演奏一会儿音乐了。

克乃西特后来再度参加教育当局领导成员会议时，清楚地觉察到——尽管没有任何人明说出来，人们已视他为可靠的、完全平等的同事。经过这场炽烈的斗争考验后，一种觉醒之感又突然向他袭来，这是一种冷静而清醒的感觉。他看到自己已置身卡斯塔里的核心，已抵达宗教团体的最高层，却惊讶地、几近于失望地发现，这里的空气也十分稀薄，当然，他目前所呼吸的与过去呼吸的空气并无两样，完全变了的是他自己。这却是一场无情考验的结果，这场考验把他烧成了灰烬，以往没有任何工作如此消耗了他的全部精力。

这一回，精英分子们以一种特殊的表态方式承认了克乃西特的领袖地位。当克乃西特觉察到他们已停止抗拒，感觉他们已表露信赖和认可时，明白自己已渡过难关，已到了遴选"影子"的时机。此时此刻，他确实比以往任何时候更迫切需要一个人来减轻自己的负担，因为从那场耗尽超人精力的硬仗中得胜之后，他猛然觉得自己确乎比较自由了。过去确有若干人恰恰在这个当口处置失当而最终垮台。克乃西特便决定放弃自选代理人的权利，而要求教师们以团体的名义、按照他们自己的意愿替他遴选一位"影子"。大家对贝尔特勒的前车之鉴印象犹深，精英分子们对大师这个安抚姿态便格外认真，召开了许多次会议，又秘密征询了个人意见，最终挑出了最佳人选——这位代理人在克乃西特被正式命名之前曾是最有希望获得游戏大师职位的候选人。

　　显然，克乃西特已渡过了最艰难的时期，他总算又可以悠闲地散步和欣赏音乐了。随着时间的推移，他又逐渐恢复了研究工作，恢复了与德格拉里乌斯的来往，也能够常常和费罗蒙梯通信了，是的，他现在还不时整整休息半天，甚至还出门作一次小小的旅行。但是，所有这一切赏心乐事对另一个人也许颇有裨益，却无助于目前情况下的克乃西特——他曾自认为老练的玻璃球游戏选手和过得去的卡斯塔里人，然而对卡斯塔里体系的最核心的内在实质毫无所知，因而曾那么天真无邪、幼稚无知而又不负责任地生活着。有一天克乃西特突然想起了托马斯大师对他的尖刻斥责，当时他向大师表示要延长自由研究工作"一段时间"，答复是："一段时间……你现在仍然用学生的语言说话，约瑟夫。"这只是几年前的事情。当时他是怀着深深的敬畏之情聆听教诲的，面对着这个男人冷静而自律的完美态度不免内心略感恐惧，同时也领会到这是卡斯塔里在召唤他，吸引他，为了有朝一日把他也造就成一个托马斯大师式的人，一个领袖兼仆人，一件完美的工具。如今他正站在托马斯大师当年的同一地点，当他与那些教师中间的一位教师，与那些足智多谋的玻璃球游戏者中的一位选手，与那些恃才傲物的精英分子之一进行交谈的时候，他便会在对方身上看到一个与自己不同的、陌生而美丽的世界，这正是当年托马斯大师在他身上看见的同样美妙惊人的学生世界。

# 任　职

　　克乃西特就任游戏大师职务之初便感到自己似乎得不偿失。工作几乎耗尽了他全部精力，吞噬了他全部私人生活，一切爱好和习惯也不得不置之度外，以致心里只剩下一片寂寞，头脑里好似过度劳累后一阵阵眩晕不止。接着便是全新的体验和观感，它们伴随着劳累后的休憩、沉思和适应过程一并到来。

　　而最巨大的果实莫过于他赢得了这场战争，他和精英分子们建立了互相信任的合作关系。他和自己的"影子"商讨工作项目；他试着让弗里兹·德格拉里乌斯代理通信事务，以分担自己的重任；他渐渐逐步地清理、审核、补充了前任遗留下有关学生与同事们的种种材料和记录。克乃西特经过这一工作过程才得以真正彻底认识了自己原以为很了解的这群精英人才，因而对他们的感情也飞速增长。而这群人的真正本质，就像玻璃球游戏学园的总体特性一样，也才被克乃西特所真正把握。

　　许多年来，克乃西特确实早就隶属于这个既多才多艺又雄心勃勃的精英集团，早就感到自己是华尔采尔游戏学园的一分子。如今，他已不再只是随随便便的一分子，也不仅仅同团体具有休戚与共的关系；如今他觉得自己成了它的头脑，成了整个团体的意识和良知，不仅要和大家同呼吸共命运，而且还要对大家负有不可推卸的责任。

　　有一次，某届培训初级师资的学习班结业，克乃西特莅临讲话，兴高采烈之际，曾有如下言论："卡斯塔里是一个小小的国家，而我们玻璃球游戏学园是这个小国中的小国，一个虽小却很古老、并且令人自豪的民主共和国，不仅与一切姐妹国家完全平等，而且由于它特殊的艺术功能以及一定程度的神圣性质，使其具有更高、更升华的使命意识。因为我们乃是通过保卫卡斯塔里的圣迹而获得特殊荣誉的，那圣迹便是卡斯塔里独一无二的奥秘和象征——玻璃球游戏。这使卡斯塔里培育出了杰出的音乐家、艺术史家、语言学家、数学家以及其他各门各类的专家。凡是卡斯塔里属下的工作机构以及每一个卡斯塔里人都必须认识和了解自己的两个目标和理想：一是尽最大可能地完善掌握自己的专业；二是能够灵活而富于弹性地学以致用，使这门专业始终与其他学科紧密相连，并懂得与其他学科保持内在的友善关系。这第二项理想，也即人类一切精神努力具有内在一致性的思想，也即包容万有的思想，在我们这种光辉游戏里得到了完美无缺的表现。也许一个物理学家，或者一个音乐史家，或者任何其他学科的专家，不得不经常严格埋首于自己的专业，不允许他们，甚至要他们放弃哪怕仅仅瞬间的接受万有观念教育的想法，那么这位学者也许可能达到自己专业的最高点——而我们，我们玻璃球游戏者，无论如何都不可以，绝不能陷于任何一种自我满足状态之中。因为我们的任务恰恰就是保卫我们高尚的游戏，保卫这种包容万有的思想，并促使其发扬到极点，我们的任务就是永远不断地把各种个别的学科从自我满足的倾向之中拯救出来。然而，我们又怎能挽救不想受挽救的任何东西呢？我们又怎能促使考古学家、教育学家、天文学家，或者任何其他学科的专家们放弃对自己专业领域的自我满足状态，而且持续不断地开放门户接纳其他各种学科呢？我们不能够采用强迫的方法，譬如把玻璃球游戏课列为低级学校的正式课目，我们也不能够完全因袭玻璃球游戏先辈们对游戏的种种指导。我们只能够努力证明，我们的玻璃球游戏以及我们本人都是人类不可缺少的，因为我们通过游戏让人类的总体精神生活始终处于顶峰状态；因为我们的游戏始终紧密结合每一种新的成果，每一个新的视野，以及一切不同学科的各种新问题；还因为我们以自己的统一和谐观念来塑造和运转这一高尚和具危险性的游戏，来发扬我们的包容万有思想，使游戏永远新鲜，永远可爱，永远令人信服，永远具有魅力，以致连那些最严肃清醒的学者，最勤奋严谨的专家也都一再感受到它发出的信号，它的诱惑力和吸引力。

"我们设想一下，倘若我们在一段时期里工作懈怠，初级班的课程既肤浅又乏味，而高级班的游戏表演则缺乏生气，缺乏积极有趣的精神思想，让专家们大为失望；倘若我们的盛大年会竟接连两次、三次让来宾们感到是徒有虚表的空洞仪式，像是一种过时老朽的、毫无生机的远古年代的残余遗迹，那么，也许我们的游戏连同我们自己也很快就会完蛋！如今我们已远不如一个世代①以前了，那可是玻璃球游戏的光辉高峰时期，那时的年会不止开一个或两个星期，往往持续三至四星期，而且不单是卡斯塔里自己的高潮，同时也是整个国家的年度高潮。如今虽然也总有政府代表与会，也还总有一些城市和团体派遣使者莅临，但往往总成了感到无聊的宾客。每逢庆典即将结束之际，这些来自世俗世界的权贵有时也会礼貌地提出意见，认为会期过长以致某些城市不敢派代表参加，因而适当缩短会期，或者干脆每两年或者三年举行一次，也许更为符合当前的世界状况。

"是的，我们现在得阻止这种颓势继续发展了。否则，我们的游戏在世俗世界很快就会毫无影响，隔上五年，甚至十年才可能举行一次庆典，直至最终完全衰亡。我们首先必须遏制，我们也有能力遏制这种颓势在它的故乡，在我们的学园蔓延，不让游戏受怀疑，受贬抑。我们的斗争不仅大有希望，事实上已经一再得胜。我们每天都会目睹一些感人景象：许多青年精英学生勉强报名参加了玻璃球游戏课程，尽管规规矩矩完成了学业，却毫无热情，突然有一次领悟了游戏精神，认识了游戏的潜在智慧，游戏的可敬传统以及抚慰灵魂的力量，最终成了我们最热情的信徒和同志。在每年的庆典大会上，我们也总能看到若干有地位的名流或有声望的学者——平时从来瞧不起我们这些玻璃球游戏选手，也不认为我们的研究机构会有任何前途。在盛大的游戏表演过程中，越来越受我们艺术魔力的吸引，越来越感受到精神解脱和精神升华，甚至觉得自己变年轻，变生气勃勃了，直至最后全身心都受到震撼，受到了强化，以致怀着几近羞愧的感谢之情离去。

"现在让我们先来看一眼向我们发出指令，要我们完成任务的媒介。我们看到了一个美丽、复杂、健全的机构，它的核心是玻璃球游戏

---

① 德语 Menschenalter(世代)有两种意义：一是指人的一生时间，另一则指三十年左右时间，这里似是第一种意义。

档案馆，我们无时无刻不以感恩心情使用着它，它也是我们人人——从游戏大师到档案馆主任直到打杂的工友——都必须为之服务的。在这个机构里最优秀最富于生气的事物是历史悠久的卡斯塔里遴选精英人才的原则。卡斯塔里学校从全国各地选择最优秀的学生进行教育。同样，我们游戏学园也从这些学生中选择具有游戏天赋的进行教育，让他们越来越提高，永远向着和谐完美的目标。我们举办的讲习班和研讨会吸收了数以百计的人才，虽然学业结束后便各自分散，但是我们总设法继续教育其中最优秀的人才，提高了又提高，成为技艺精湛的玻璃球游戏艺术家。当然大家都知道，我们这门艺术也和任何其他艺术一样，都是艺无止境的。我们每一个人，一旦成为精英分子，就得一辈子献身于我们艺术的发展、深化和日趋完善，不论这个人是否在我们高级领导层据有位置，全都一样。

"我们游戏学园拥有精英分子群这一事实，偶尔也受到指责，有人认为这是一种奢侈。认为我们不当培养这么多精英分子，只要足够补充各种领导位置就行了。但是，也有不同说法，一是处理公务并非单凭任何机构自身便能够圆满完成的工作，二是并非人人都适宜于担任公职，就如并不是每一个优秀的语言学家都适合教书一样。无论如何，我们玻璃球游戏领导当局确实知道，我们的教师们并不仅仅是填补空缺的预备队员。我甚至要说，这不过是精英分子们的附带工作而已——倘若需要我们向不懂游戏意义的外行们强调解释我们这个机构得以建立并得以存在的理由。

"不是的，教师们的首要任务不是努力成为未来的游戏大师，研讨班主任，档案馆长，他们的目标乃是他们自身，他们的小小群体就是玻璃球游戏的真正故乡和希望所在。在这一小批人的心灵和头脑里进行的玻璃球游戏，演变、发展、推动、探讨着游戏与时代精神，游戏与各种不同学科之间的关系。唯有这么做，我们的玻璃球游戏才能够进行得既恰当又正确，既全面又完整。唯有这么做，我们的精英分子才能够让玻璃球游戏成为自身目标，成为神圣使命，才得以避免半瓶醋或者虚有其表，避免妄自尊大，甚至盲目迷信。玻璃球游戏的前途就取决于你们——华尔采尔的教师们。玻璃球游戏乃是整个卡斯塔里的心脏和核心，而你们是游戏学园的灵魂和活力所在，因此可以称你们为教育区的精华和动力。现在你们的人数也许增长太快，你们的要求可能太迫切，你们对玻璃球游戏的热情也许太炽烈，不过全都没有什么危险。你们尽管热情高涨吧！归根结蒂，无论对于你们，还是对于一切卡斯塔里人，只存在一种危险，那是我们人人无时无刻不得不加以防范的。我们教育学园和我们的宗教团体全都建基于两大原则：一是研究学问要保持客观性，要热爱真理，二是培养静思冥想的智慧与和谐精神。对于我们卡斯塔里人来说，保持这两大原则的平衡不仅明智，也最有价值。我们喜爱一切学科，各种学科都各有其科学价值，但是某个人专心致志于某一门学科，不一定就能使这个人免于自私、邪恶和渺小。人类历史里到处都有这类例子，而浮士德博士①则通过文学普及性成为显示此种危险的尽人皆知实例。

"我们前几个世纪的先辈们始终都在探寻一条综合理性与宗教、研究与修行的道路，当时占统治地位的是神学。而现在我们则采用静坐默思——改进了的瑜伽功——驱除我们自身的兽性以及潜伏在每一门科学中的魔鬼。是的，你们和我一样清楚地懂得，玻璃球游戏里也同样隐藏着鬼怪，总是引诱人们趋向空虚的技巧，艺术虚荣心，往上爬，追求辖治别人的权力，随后又滥用这种权力。正因为如此，我们除了接受知识教育外，还需要接受另一种教育，我们让自己置身于宗教组织的道德教诲之下，目的并非把我们积极行动的生活转变为没有欲望的植物性生活，而是恰恰相反，要让我们具有达到最高知识成就的精神能力。我们不应当从行动的生活逃向静修的生活，也不应当反过来从静修转向行动，而应当介乎两者之间，使其相辅相成，和谐共存。"

我们在这里引用克乃西特这番言论——被他的学生们记录和保存下来的诸如此类言论数量甚多，因其颇能代表克乃西特对玻璃球游戏大

---

① 浮士德博士，德国民间传说中一位和魔鬼订立契约的学者，后因歌德的《浮士德》而名扬四海。

师职责的观点，至少是他任职最初几年的观点。克乃西特曾是一位出类拔萃的教师，只消看看他遗留给我们的如此大量讲稿，便足资证明。克乃西特就职初期有许多让他感到惊奇和意外的经历，教书便是其中之一，他不曾料想教书竟带给自己许多乐趣，而且竟能轻轻松松，愉快胜任。他大概也不曾料想自己会有这般好成绩，因为他过去从未产生过当教师的愿望。当然，他和任何另一个精英分子一样，早在高年级学习时就常有机会短期代理教师授课，也曾在不同层次的玻璃球游戏短训班代课，更经常辅导这些短训班学员的复习练习，只因克乃西特当年过分热爱也过分重视自己的自由研究工作和静修练习，以致这类教学任务被他视为讨厌的干扰——虽然人们当年便已公认他擅长教书，是一位受爱戴的教师。后来克乃西特又在本笃会开授过玻璃球游戏课，然而不过是次要工作，对他自己也无多大意义。自从他与约可布斯神父有了交往，开始师从这位博学多才老人之后，其他一切事情都成了次要工作。当时，他的最大雄心只是做个好学生，尽可能吸收、学习，以便最大程度地造就自己。如今，他已从学生成熟为老师，最主要的是他以老师身份一上任就完全掌握了这项重大任务，他既争得了权威地位，又使个人与公务达到了合二而一的境界。克乃西特在任职过程中发现了两大乐趣：一是把自己的思想移植入另一些人的思想，让他们的心灵获得培育而转化，具有全新的资质，焕发出灿烂的光芒，这也就是教书的乐趣；另一种是与学生们、精英分子们的不同个性进行较量，争得权威后又加以引导，这也就是教育的乐趣。克乃西特同时又视两者为不可分割的统一体，自己身体力行，不敢懈怠，因而在他的任期内，不仅培养出了数量巨大的优秀玻璃球游戏选手，还通过他的言传身教，通过他极严格的宽容忍耐教诲，更通过他自己人品和个性的感召，让受过他调教的绝大部分学生都获得了他们可能达到的最高程度。

克乃西特自己也从中获得了一种颇能表明他性格的经验，请允许我们在这里先行透露一些。我们已说过，克乃西特就职初期不得不全力以赴地从事精英分子群、最高水平的学生以及教师们的工作，其中有些人和他年龄相仿，而且人人都是受过全面培养的优秀玻璃球游戏选手。直至克乃西特逐渐彻底征服了精英分子群，他才谨慎地缓缓抽身，一年一年地分出更多的时间和精力，最后竟能经常把工作几乎完全移交给了同事和助手。这一过程诚然持续了许多年，但是可以明显观察到克乃西特一年比一年更转向较为年轻的学生，不论是主持训练班、辅导实验课，还是做报告，无不如此，最后甚至好几次亲自替还是小学童的最低班开授玻璃球游戏入门课程，这也是以前哪位不多见的玻璃球大师做过的工作。克乃西特在教导过程中还发现，所教的学生越是年轻越是天真无邪，自己所得的欢乐也越多。这几年中，他有时也曾回转高班生和精英分子中间，却总觉得不舒坦，觉得吃力。是的，他偶尔还会产生去教育更幼小孩子的愿望，去教育那些尚未参加过游戏课程，对玻璃球游戏尚一无所知的孩子。有时候他希望能够到艾希霍兹或者到任何一所预备学校去呆一段时间，去教孩子们拉丁文、唱歌或者代数，那里的知识水平虽然比最低级的玻璃球游戏入门班还相差甚远，却有许多较有悟性、可塑性，并且值得培养的小孩子，同时，那里也是教书和教育更得以密切统一的地方。在克乃西特大师生涯的最后两年里，他曾两次在信中自称"小学教师"，借以提醒收信人，"Magister Ludi"（游戏大师）一词原意只是简单的小学老师头衔，尽管在卡斯塔里成为专门称呼玻璃球游戏大师的称号已有几代人之久。

毫无疑问，克乃西特想当小学生老师的愿望只是梦想而已，无异于一个人在严寒冬日痴想盛夏的蓝天。如今的克乃西特已不能随意行走，他的官职决定他必须尽职，然而采用什么方法完成这些职责，却可由他自己决定。于是，随着时间的流逝，他开始完全不自觉地一年比一年更注意教育问题，更关心他能够照顾到的低年级学生。克乃西特年龄越大，青春气息对他的吸力也越大，至少我们今天可以作出这样的判断。而在当年，不论哪个批评者想要追踪克乃西特工作中任何专断妄为的痕迹，却实非易事。即使只是游戏大师的公务，也迫使他不断和精英分子们打交道，尽管他把研讨会和档案馆的工作几乎全都移交给了助手们和他的"影子"，种种传统的和长期的工作仍然多得不可开交，例如一年一度的玻璃球游戏大赛，或者筹备每年隆重公开举行的庆典活动，都迫使他天天都得接触精英分子。克乃西特有一次和好朋友德格拉里乌斯开玩笑说："自古以来，总有许多君王单恋自己的臣民而饱受相思之苦。他们的心总挂念着自己的农夫、牧羊人、工匠、教师和学生，却很少有机会接触自己的子民，他们总是被部长们、将军们层层包围，这些人就像一堵墙挡在了他们和老百姓之间。一个玻璃球游戏大师的情况也如此。他很想接近大家，却只能看见同事，他很想接近学生们和孩子们，却只让他看见研究人员和精英分子。"

不过我们已经讲过了头，还是让我们继续叙述克乃西特就职第一年的情况吧！克乃西特与精英分子群取得谅解后，首先把注意力集中到了档案馆的工作人员上，向他们显示出自己亲切友好却绝对严格的主管人员立场，接着便是熟悉和研究办公厅的工作规律和日常事务，由于信件成堆，又有教育与宗教团体当局开不完的会议和处理不完的公文，千头万绪的工作往往使每一个新上任者几乎不知道从何处下手才对。在学园内部各个专业学科之内又经常发生形形色色大家争抢的或者相互妒忌的问题——例如职权和赏罚之类的事情。克乃西特逐渐懂得并且也因而日渐增长了对宗教团体巨大力量之奥秘的惊叹之情，他终于认识了卡斯塔里王国的活生生的灵魂，也明白了种种法制对王国的守卫作用。

紧张而忙碌的上任头几个月份一晃而过，克乃西特甚至连想一想德格拉里乌斯的时间也没有，这一半也出于他的本能，因为他已分配给自己的朋友不少工作，使德格拉里乌斯不致过分清闲。弗里兹一夜之间便丢了自己的伙伴，朋友变成了上司和领袖，已不再能有私人交情，而得恭恭敬敬称呼"您"或者"尊敬的大人"。然而德格拉里乌斯还是把这位新大师派给他工作视为一种关照和怀念友情的表示而接受了。德格拉里乌斯的个性较为沉闷，这回却也十分兴奋，部分原因是朋友的高升和整个精英集团的激动气氛，另一部分原因则是派给他的工作对自己颇有益处。总而言之，他总算比较轻松地忍受了自己突变的地位，这比他当初给克乃西特通报当选游戏大师喜讯、却被对方冷冷打发走的那一片刻之后、自己一直排遣不开的情况要好得多。此外，他也很聪明，很富于同情心，因而半是揣测半是真切地看清了自己朋友当时的处境和极其紧张的心情。他亲眼目睹克乃西特如何在烈火中受到煅烧，倘若就个人感情而言，他感受的痛苦也许比受考验者本人还更为强烈。德格拉里乌斯竭尽全力完成了大师派给他的工作，倘若他过去极遗憾自己因个人缺陷不宜担任公职的话，如今正好可以弥补自己殷切的宿愿，作为一个助手，一个随从，一个"影子"站在自己敬慕者的身边，全心全意助他一臂之力。

当华尔采尔的山毛榉树林开始闪出淡淡棕色时，有一天克乃西特带着一本小书走进自己府邸旁边专供游戏大师休憩的花园，这座可爱的小花园是已故托马斯大师生前最珍爱的地方，他生前常怀着诗人的心境来此小坐。当年，克乃西特和所有学生一样，曾把它视为令人敬畏的圣地，具有魔力的诗神之国，唯有神圣的游戏大师才可在此安静休息。自从他本人成为大师和花园的主人之后，却很少进来，似乎还不曾有过真正欣赏它的闲暇。即便是这一回，他也只是用餐之后来散步一刻钟，也只是在高高的灌木丛林间——他的前任曾从南方运来一些常绿植物移植在此——略事漫游而已。克乃西特在树荫下已经略感凉意，便搬了一把轻便的藤椅放在阳光下的空地上，坐下身来，打开带来的小书。那是一本《玻璃球游戏大师午历手册》。约摸七八十年前，由一位在任大师路德维希·华塞马勒[1]首次编纂出版，后来他的每一任继承人都曾因时制宜作过若干修改和增删。这本手册原本是为了刚上任不久全无本职工作经验的人而写，纯属便览性质，以提醒一位新游戏大师在整个年度工作中，事事预作准备，以避免重大疏忽。这本一周周依次编写的项目中，有的仅仅是提纲挈领，有的则不仅叙述详尽，还附有个人建议。克乃西特翻到本周这一页，仔细读了一遍。他没有发现什么出人意料或者特别紧要的内容，但是他在这一部分的结尾处读到了如下一段文字：

　　缓缓地把你的思绪转向下一届年度大会吧。时间似乎还早，在

---

[1] 华塞马勒也是作者虚构的人物。德国黑塞研究学者认为可能影射作者的朋友路易斯·莫依里特(1880—1962)。

你眼中也许实在太早。然而，我还是向你提出忠告：除非你对这届活动业已胸有成竹，否则你必须从现在就开始考虑未来大会的工作，切莫放过任何一周，更毋庸说一个月的时间了。随时随刻记录下自己临时产生的想法，凡有半小时的空闲便可拿出以往各届大会的格式图表来参阅，即或是公务出差也不可放过。你不必期望过高，强迫自己想出什么出奇的良策，而只需从此开始经常提醒自己：有一项美丽而重大的庆典大事等着自己去完成，准备时间却仅有短短几个月，因此，你必须一再持续不断地强化自己，积蓄力量，把自己调整到最佳状况。

这番话出自迄今整整三个世代以前一位智慧老人之口，他也是玻璃球游戏艺术的大师，也许那时的游戏技艺正处于最高峰，在精致优雅以及装饰的华美上已可比美后期哥特式或洛可可式的建筑和装饰艺术。过去有一段时期内，约摸二十年左右吧，玻璃球游戏似乎真成了用玻璃弹子逗乐的玩耍，好像真像玻璃一样脆弱空洞，好像真是一种以肤浅浮夸形式组合的放纵消遣，是的，有时候确实像是一种在种种截然不同韵律上走钢丝表演，一种空中舞蹈。有些玻璃球游戏选手曾形容那时的游戏风格就像一串不知所云的符咒，另一些人则断然称为浮夸、颓废、毫无男子气概的玩意儿，除了装饰价值外一无可取。在这本小册子里写下这番明智友好忠告的人，正是当年擅长此类游戏风格的大师和创造者之一。克乃西特用审察的眼光细细读了两三遍后，心头涌起一阵幸福快慰的冲动，他想起自己曾有过一次类似的心情，仅仅一次，后来就再也不曾产生。他想起，那就是他就职前静坐时体验过的心情，那便是他幻想所见的那场奇异的追逐，音乐大师和约瑟夫，导师和新入门的弟子，老人和少年绕着圈子环行时的心情。当年考虑到并且写下了诸如"切莫放过任何一周"和"不必强迫自己想出什么出奇良策"之类言论的人是一位老人，已逾老耄之年。这位老人担任玻璃球游戏大师至少有二十年之久，也许时间更长些，他在那个花里胡哨的洛可可时代主持游戏大师的公务，毫无疑问，与那一批既骄纵狂妄又十分挑剔的精英分子打过许多交道。他亲自设计和主持过二十次以上的年度玻璃球游戏大会，每届活动都得持续四周左右。对于一位老人来说，年年组织、举办一次如此规模巨大的庄严大会，大概早已不是什么既荣耀又愉快的事，而变成了十分累人的负担，变成了一种迫使人不断自我调整、自我说服，甚至多少须要自我鞭策的工作任务了。

克乃西特这时候不由得对这位写下年历手册遗泽后人的智慧长者和提供经验的顾问，不仅陡生敬畏之情，而且也有点洋洋得意，是的，是一种有点儿忘乎所以的优势感，一种青春优势感。因为，一位玻璃球游戏大师有无数要他操心和担忧的事情，克乃西特当然早已有所认识，然而事实上并没有发生任何要他担忧的事情：他觉得自己不必过早操心年会的工作，不必担心这项任务会令他不快活和忧心忡忡，更不必考虑自己会想不出好主意而无所作为。绝对不会让年会失败的。克乃西特知道，经过几个月紧张的工作，自己有时候看着显老了，不过他感觉此刻的自己确实又年轻又强壮。

克乃西特未能久久品味这种美好的感觉，他的短暂休息时刻业已过去。然而这种美丽愉快的感觉依旧停留在他身上，他离开时便随身带走了，因此他在花园里的短暂休息和阅读总算有所收益。具体地说，这不仅使他获得了片刻的放松，愉快地提高了生命活力，而且还引发了他的两个重要联想。这是两个具有决定性意义的想法，其一是：当他一旦年老力衰，当他第一次感到组织年会是项不堪忍受的重任，而又一筹莫展时，便提出辞呈。其二是：他得尽快着手上任后第一届年会的工作，他要立即召唤德格拉里乌斯担任这项工作的主要助手。这也许会让朋友得到补偿而高兴起来，也可能使他们搁浅很久的友谊在新的方式中迈出试验性的第一步。他们两人中唯有他——游戏大师本人——才能够采取行动。

这一回要德格拉里乌斯做的工作可就太多了。早在逗留玛丽亚费尔期间，克乃西特便已在构思一场玻璃球游戏，此刻他决定把自己的构思就施行在他主持的第一次庆典大会上。这场游戏的构思形成于一次美妙的联想，其结构和尺度建基于符合古老中国儒家礼仪形式的中国式房屋建筑，其方位朝向，大门、院墙、居室与庭园之间都具有相互制约关系，整座建筑的组合都与天上的日月星辰，与历法，与家庭生活密切相关，就连花园也有其象征意义和习惯风格。很久以前他在研究一条有关《易经》的注释时就曾想到，书中这些规则富于神秘气息的排列组合和含义，似乎显示出一种特别令人喜悦的可爱象征，表达了世界上的人类与宇宙之间的组合关系。此外，克乃西特还发现，这种古老而神秘的中国屋传统精神与自己这里传统的官方与学术的抽象思辨精神，有着惊人的内在相似之处。尽管迄今没有写下任何文字记录，克乃西特却从未中止对这场游戏的考虑，经常进行总体规划，几乎已近竣工，只在就任大师初期略有中断而已。如今，他就在这一瞬间作出了决定，他的第一届庆典大会将建基于中国式理想之上。只要德格拉里乌斯同意这一构思的内在精神，那么他就要让他立即着手构建游戏必要的研究工作，并且开始译成游戏语言编入程序的筹备工作。现在仅存在一个困难：德格拉里乌斯不识中文，要他临场现学，肯定不成。倘若由克乃西特给他作些指点，再让他向远东学院请教请教，再研读一些有关资料，那么德格拉里乌斯总能比较正确地把握住中国式房屋的神秘象征意义吧。这场游戏构思毕竟不是学习中国语言。然而无论如何，这是一项耗费时间的工作，尤其对自己这位体弱多病，不愿意天天都工作的朋友，因此最好还是立即就展开工作。想到这里，克乃西特不禁莞然而笑，他惊叹老前辈的料事如神，年历手册里那些谨慎小心的言语完全正确。

说来凑巧，克乃西特第二天的公务很早便告一段落，便让人去请德格拉里乌斯。弗里兹来了，态度和前一段时期那样谦卑恭顺，却惊讶地发现另一位没有采用简洁的公事语调，而是露出一种开玩笑的神情向他打招呼后说道："你还记得我们学生时代发生的一次争执么？那时我未能说服你同意我的观点。那场争执涉及东亚文化研究的价值和重要性，我说的主要是中国文化，我当时劝你拨出一些时间去远东学院学习中文。——啊，你还记得这件事？是的，今天我又得再一次为自己当年未能说服你而感到遗憾。倘若你学会了中文，如今就大有用处。我们就可以合作干一件绝妙大事了。"

克乃西特逗趣了一会儿，直至自己的朋友迫不及待地要他道出真情，这才说了自己的打算：他想尽快着手筹备下一届年会的工作，如果弗里兹乐意，就请他承担大部分工作，情况就如同克乃西特当年逗留本笃会修道院时曾请他协助参加玻璃球游戏选手比赛的筹备工作一样。德格拉里乌斯惊愕地望着对方，几乎不敢相信眼前这张洋溢着快活笑意的脸是一位朋友的脸，这生气勃勃的语调出自不久前还持师长态度者之口。弗里兹觉得十分宽慰和喜出望外，懂得这一建议不仅仅是赋予他荣誉和信任，而且首先意味着克乃西特的一个漂亮姿态，是他的一次弥合尝试，他要重新打开他们之间业已关闭的友谊之门。德格拉里乌斯暂且不提克乃西特所忧虑的中国语言问题，忙不迭地声明自己乐于从命，愿为玻璃球游戏的尊严和发展而竭尽全力。

"很好，"玻璃球游戏大师答道，"我接受你的承诺。那么我们现在又可以共同研究和工作，就像从前那样，那都已经遥远得恍如隔世了——我们曾合作奋斗完成过好多场游戏呢。我现在真高兴，德格拉里乌斯。你目前的首要任务是了解我所设计游戏的基本思想内容。你必得先弄懂中国式房屋的意义，以及制约中国式建筑的规律。我介绍你去远东学院，那里自有人会助你一臂之力。或者——我又想到了另一个史美妙的主意，我们也可以到老年长老那里去试一试，就是我过去常常向你提起的住在竹林茅舍里的老人。也许他会觉得有损尊严，或者是过分打扰，因为来者对中国语言一无所知。但是我们不妨试一试。如果他愿意，这位长者就有办法把你造就成一个中国人。"

华尔采尔方面向长老发出了正式邀请，请他作为玻璃球游戏大师的贵宾来华尔采尔稍事逗留，因为游戏大师公务压身，无法亲自登门造访，随即又把请他援手之事作了说明。然而这位中国人不肯离开竹林茅舍，却用毛笔书写了一纸中文便笺交信使带回，其中写道："晋见大人实乃无上光荣。惜老朽行动不便。谨以小碗两只权充贡品。晚辈小人恭颂大人吉祥。"

后来，克乃西特好不容易说服自己的朋友去了竹林茅舍，恳请长老收为弟子。结果却是徒劳往返。竹林隐士款待德格拉里乌斯的礼数几乎近似"尊若上宾",却对客人提出的每一个问题,都客客气气地用中文答以一句中国格言或警句,而且也没有邀请他留下,尽管对方还递上了玻璃球游戏大师亲手用华丽中文书法写在一张漂亮信笺上的推荐书。事情没有办成,德格拉里乌斯只得败兴而归,仅给大师带回了一件礼物,一首用毛笔抄录的歌颂金鱼的古诗。

而今唯有向远东学院讨教了。这回克乃西特的介绍信起了作用。兼为游戏大师特使的求教者受到了友好接待,也得到了全面协助,因而他虽然不懂中文,却也很快就学得了涉及游戏主题的重要知识,并在用功过程中对克乃西特以房屋为象征基础构思游戏计划的想法十分入迷,喜悦之情抵消了他在竹林茅舍遭遇的不幸,乃至忘得一干二净。

当克乃西特倾听过弗里兹叙述拜访老年长老的经历,随后又一人静静细读过捎来的金鱼颂诗后,顿觉这位老人的精神气息也随诗俱来,往日居留茅屋的情景——那沙沙摇曳的竹林,那一束束欧蓍草茎,伴随着对自由轻松学生年代的往事,对彩色缤纷青春梦幻的强烈追忆,全都一股脑儿向他猛然袭来。这位勇敢的古怪隐士怎么懂得退隐之途的呢?他如何使自己那清静竹林免受世事纷扰的呢?他怎能让自己融汇入纯粹中国式的又迂腐又智慧的文化之中的呢?他又怎能年复一年,几十年如一日地把自己的生命之梦集中和固守在同一不变的魔力里,以致终于把自己的花园化为一个中国,把他的茅舍化为了庙宇,把金鱼化为了神明,而他自己则成了圣贤的呢?克乃西特叹了一口气,抖掉自己这些奇怪的想法。他现在已经走上了另一条路,或者倒不如说被大家推到了这一处境,唯有正直而忠诚地继续前行,不需要他选择其他人所走的道路。

克乃西特尽量省出时间来与德格拉里乌斯一起设计和组合他的玻璃球游戏。他把到档案馆筛选材料,以及拟订第一遍和第二遍草稿的工作全部交给了自己的朋友。他们两人的友谊因为有了新内容而获得了与以往不同的另一种形式的生命力。就连他们共同设计的游戏也由于弗里兹的奇特个性和过分精细的想象力而有了若干变革,也增添了内容。弗里兹是那种对工作永不满足,却又要求不高的人,往往对着一束别人已扎好的花卉，或者一张已布置妥帖的餐桌，一个钟点接一个钟点地逡巡不停，还要满怀爱意地作一些极细微的更动，把鸡毛蒜皮的小事当成了整天孜孜从事的工作。

在后来的许多年里，他们一直保持着这种工作关系。每年度的玻璃球游戏都是两人合作的成果。对德格拉里乌斯来说，这是一种双重的满足，既显示出自己是大师这项如此重要任务的不可或缺的朋友，又在精英分子间扬了威风，弗里兹虽然没有名分，但他的作用在精英分子群中早已尽人皆知。

在克乃西特上任第一年的深秋时分，当时他的朋友还刚刚开始中国学研究，有一天他在匆匆检阅办公室的每日工作记录时，有一段附录引起了他的注意，其中写道："学生彼特洛斯①来自蒙特坡，系音乐大师介绍，并捎来前任音乐大师的专门问候，要求提供膳宿以及进入档案馆借阅资料。已安排在学生客房居住。"嗯，学生来住宿和使用档案馆资料等，不需他亲自过问，但是"前任音乐大师的专门问候"却是他必须亲自处理的。克乃西特派人叫那个学生来见他。那青年有一副文静而又善于思考的模样，沉默寡言，显然是蒙特坡的青年精英，至少很习惯于受到一个大师的接待。克乃西特询问他捎来了老音乐大师的什么言语？

"问候，"青年学生回答说，"十分亲切而尊敬地问候您，还邀请了您。"

克乃西特请客人坐下说话。年轻人坐下后便字斟句酌地继续说道："我方才说过，尊敬的老音乐大师恳求我替他致以衷心的问候。他还暗示了希望不久之后，其实应该说是尽早看见您的愿望。他邀请您，或者敦促您去见他，时间越早越好，倘若这次访问又是一次公差当然就更好了，不至于太耽误您的工作。口信的内容大致如此。"

克乃西特审视着面前的青年，断定他确是老大师的一位得意门生，便谨慎地问道："你要在档案室呆多长时间？做研究工作吧？"他得到

---

①学生彼特洛斯纯系虚构人物，并无具体影射对象。

的回答是："尊敬的先生，我要留到亲眼看您动身前往蒙特坡的
时候。"

克乃西特沉思了片刻，接着说道："很好，你为什么不一字一字传
达老大师向我说的原话呢，难道没考虑应当这样么？"

彼特洛斯毫无惧色地直视着克乃西特的目光，仍然长时间地斟酌着
话语，似乎在迫他说某种不熟悉的外国话。"其实并没有什么口信，尊
敬的先生，"他回答，"所以也就没有什么原话。您深知我们敬爱的大
师，您知道他是一个极其谦逊的人。蒙特坡的人们传说，在他青年时
代，当他还只是一个青年教师时，已被整个精英集团视为当之无愧的音
乐大师时，大家就给起了一个符合他为人的绰号：'善下之'①。是
的，他的这种谦逊精神，他的虔诚和乐于助人的精神，还有他的为他人
着想以及宽容精神，这些精神并未随着岁月流逝而略有减弱，反而越来
越增强，尤其自他退职之后显得更为完美。我想您对此肯定比我认识得
更加清楚。这种谦逊精神使他不可能请您尊敬的大人去看望他，即使他
极想请您去。尊敬的大人，这就是我并未受委托转致口信，却向您转叙
了口信的原因。如果这是一个错误，那么就请您把这不存在的口信当作
真正不存在的事情吧。"

克乃西特露出一丝笑意。"如此说来，你查阅档案资料只是借口而
已，好心的学生？"

"噢，不是的。我有许多阐释音部记号的关键材料要摘录，不久以
后总得请尊敬的大人准我来此逗留。不过我想，似乎把行期稍稍提早更
为恰当。"

"很好，"大师点头认可后，神情又严肃起来。"能否问问匆促提
前的原因？"

年轻人双目紧闭了片刻，皱起眉头，似乎这个问题令他痛苦。随即
又以他青年人的锐利目光探究地直视着大师的脸。

---

① 原文为 der große Gerneklein，直译应是"伟大的甘居下位者"，显然得自黑塞
所景仰的中国老子的"善下之"思想。

"这个问题是没法回答的，大概只能由您自己作出确切判断了。"

"那么，好吧，"克乃西特大声说。"是不是老大师身体状况欠佳，已经到了让人担心的程度？"

尽管这位大师说话的神态极为镇静，青年人仍然觉察到了他对老人的衷心担忧。这才第一次在会谈开始后始终目光严厉的青年人眼里露出了一丝善意光芒。当他终于决定和盘托出实情时，语调也变得较为友好亲切了。

"大师先生，"他说，"请您放心，那位可敬的老人身体状况不能说坏。一个人到了高龄自然体力日见衰弱，然而他一向身体健康，至今仍如此。我也不是说他外表有什么显著变化，或者体力突然迅速下降，他始终每天散步和演奏一段时间，不久前甚至还教两个小学生演奏管风琴呢，全都是初学阶段，因为他一向喜欢教最幼小的学生。但是，几星期前他回掉了最后两名学生，不管怎么说，这是一种征兆，这也引起了我的注意，从此我更加小心留意他的状况，并得出了我的结论。——这便是我来此的原因。倘若我的结论和我采取的步骤还都符合实情的话，那是因为我也曾是老音乐大师的一个学生，而且是得意门生，我自以为这么说没错。尤其一年以来我受现任音乐大师委托照料他的生活，成为这位老先生的助手和伴侣。对我而言，这是一项使我愉快的任务。世界上没有任何人比这位老师兼恩人更受我的尊敬和依恋。他向我揭示了音乐的奥秘，使我得以用音乐从事服务，并且从中获取思想，认识宗教团体，还得以日益成熟，内心更加和谐，一切益处都受赐予他，全都是他的成绩。一年以来，我完全呆在他身边，虽然我还从事着几门专题研究，却时刻准备听他差遣。我陪他用餐，陪他散步，有时也和他一起演奏音乐，晚上就睡在他隔壁房里。我和他在一起生活关系如此密切，对他的衰老阶段——是的，对他肉体上的老化程度，也就观察得比较精细，我的若干同伴不时对我的特别任务表示同情或者讽刺挖苦，因为我这么年轻力壮居然成了一个衰弱老耄的生活伴侣。但是他们全然不知，我想除了我之外没人确切知道，这位谦逊的大师在经历着什么样的老化过程，他的体力确乎逐渐衰弱，饮食越来越少，每次散步回来也越来越显得累乏，但是他却没有任何病痛，同时由于年迈少动，平日更加富于思想，更加虔诚，更加威严，也更加纯真质朴。倘若说我这个助手兼侍从的职务有什么困难的话，也只存在一个难题，这位可敬的长者不要别人为他服务，因为他一如既往地只愿意施与，而不愿意获取。"

"我很感谢你，"克乃西特说，"我真高兴，有这么一位既忠诚又知恩的学生呆在这位长者身边。现在请告诉我，既然老先生没向你说过什么，或者暗示过什么，你为什么觉得我必须去蒙特坡呢？"

"您刚才担忧地问起老音乐大师的健康，"年轻人回答说，"显然我的请求使您即刻联想到他也许病了，也许到了见最后一面的时刻。是的，我也认为正是去看他的时候。当然，表面看来这位尊敬的人远未接近大限，但是他辞别世界的方式很特殊。例如最近几个月来，他几乎完全戒绝了说话的习惯，虽然他一贯说话简洁，近日却达到了几近沉默无语的程度，这不免使我略感惊吓。最初，当他常常不与我对话或者不回答我的问题时，我想他的听力已开始减退，但是他的听力事实上没有改变，我已经试验过许多次了。因而我不得不揣测他已经精神涣散，不能够集中注意力了。但是这也不是一个让我满意的解释。情况倒像他已一定程度地离开了我们，已经不完全和我们生活在一起，而是越来越生活在一个他自己的世界里。他越来越少探望别人，或者让别人来见他，除我之外，现在他有时候几天也不见任何别的人。自从出现了这一情形，这种心不在焉，这种超脱生存之外的情况后，我曾努力促使几位我知道他最喜欢的朋友去看他。如果您愿意去看他，尊敬的大人，您无疑会让您的老朋友感到高兴，我也敢断定，您还会遇见一个您曾如此尊敬爱戴的人差不多的老朋友。倘若再过几个月，也许只是几个星期之后，他见到您的喜悦以及他对您的兴趣就会大大减少，更可能的是，他也许将不再认识您，或者不再在乎您了。"

克乃西特站起身来，走向窗口，静静站了一会，目光凝视着室外，深深吸了一口气。当他转过身子重新面向学生时，发现对方也已站起，仿佛谈话业已结束。大师向他伸出了手。

"彼特洛斯，我再次谢谢你，"他说，"你也知道，一个大师职务繁杂。我不能够戴上帽子立即就动身，我不得不首先把工作安排妥当。但愿后天就可以出发。你是否满意这个日期，也许你还来不及结束你在档案馆的工作？——啊，没问题。那么到时候我就派人来招呼你。"

克乃西特果真几天后便在彼特洛斯陪同下到了蒙特坡。当他们抵达老音乐大师现在居住的花园，走近园中那座又美丽又幽静的园亭——修道院的密室，这时，听见屋内传出一阵优雅、纤弱、却节奏稳定、轻快悦耳的音乐声。老人正坐在那里用两根手指演奏一个二声部的旋律——克乃西特当即揣摩出那是十六世纪末叶著名《二重奏曲集》里的一首。他们伫立静听，直至乐声平息，彼特洛斯才呼唤老师，说他还带回了一位客人。老人走到门口，用目光向他们表示亲切的欢迎。老音乐大师问候人的微笑一如既往地感人，这是一种敞开心扉的、闪耀出诚恳友情光彩的微笑。三十年前，克乃西特第一次见到这种微笑是在一个激动人心的幸福早晨，他当即也向他敞开心扉，并把自己托付给了这个亲切长者。从此以后，他就常常看见这种微笑，每一次都感受到深沉的喜悦和内心的触动。岁月荏苒，大师的灰发逐渐转白了，声音逐渐低弱了，握手的力量减小了，动作也逐渐迟缓了，然而他的笑容依旧开朗、优雅，丝毫没有丧失往日的纯洁和深沉。但是这一回，克乃西特作为学生和朋友，无疑看到了变化：老人脸上那双蓝色眼睛和浅红双颊已随时光日益黯淡，他那光彩夺人的笑容也似乎与以往有些差异，然而，他的笑容更神秘，更内向，也更热切了。直到与老人互致问候时，克乃西特才真正开始理解学生彼特洛斯为什么忧心忡忡的原因，如今更为不安的竟是他自己了。但是克乃西特没有料想到，原以为要付出牺牲的，却因而受到馈赠，获益匪浅。

克乃西特的朋友卡洛·费罗蒙梯是第一个听到他叙述这次经历的人。费罗蒙梯那时正在著名的蒙特坡音乐图书馆担任管理员，克乃西特抵达此地几小时后便去拜访了他。他们谈话的内容由于费罗蒙梯一封书信而给保存了下来。

"我们的音乐大师也当过你的老师，"克乃西特说道，"你曾十分喜欢他，最近还常见到他么？"

"不，"卡洛回答，随即又作了解释，"当然我常在他散步时看见他，因为我凑巧从图书馆出来，但是我总有好几个月没同他交谈过一句话了。他显然越来越内向，似乎不再喜欢有什么社交往来。从前他常常抽出一个晚上的时间招待像我这样的老学生以及目前在蒙特坡任职的老部下。然而一年多没见他有如此举动了，因而他去华尔采尔参加你的就职典礼时，令我们大家都惊讶万分。"

"噢，"克乃西特说，"那么你现在偶尔看见他的时候，没有因他身上的变化而吓了一跳吗？"

"啊，是这样的。你指的是他动人的外貌，他的奇异快活光彩吧。我们当然都观察到了。在他的体力日渐衰退之际，这种快活精神却持久发展着。我们大家都看惯了，我想你也许会感到吃惊的。"

"他的助手彼特洛斯比你看得更多，"克乃西特大声叫嚷说，"但是他却没有像你方才所说的'看惯了'。他为此特地去了华尔采尔，当然找了一个可信的理由，以促使我来蒙特坡一行。你对他的看法如何？"

"对彼特洛斯么？他是一个音乐知识丰富的专家，不过我以为学究式的迂腐气更多于才气，此外他还是一个比较迟钝或者应当说性情忧郁严肃的人。他完全忠于老音乐大师，不惜牺牲自己的性命。我相信，为自己崇拜的老师和偶像服务已成了他生活的全部内容。他对他着迷了。你难道没有得出这种印象？"

"着迷了？啊，是的，但是我认为这个年轻人并非单纯出自喜爱的狂热而醉心着迷，他也不单是爱自己的老师而变成偶像崇拜者。他之所以着迷是因为他确实真真切切地看清了一个现象，他不仅比其他人看得更清楚，也在感情上体会得更精确。我现在告诉你这件事让我感到多么震惊吧。今天我来看望老音乐大师时，心里不存多少奢望，或者可以说一无所求，因为我已六个多月没有看见他，而他的助手又给了我那种种暗示。我心里只有恐惧，生怕老人家会突然一下子就离我们而去，便急急忙忙赶来，至少得见上最后一面吧。当他看见我向我招呼时，他的脸便闪出了亮光，然而他只是唤了我的名字和握了我的手，什么话也没有说。但是就连他的姿态，他的双手似乎也在闪光，他整个的人，或者至少是他那双蓝色的眼睛、雪白的头发和红润的皮肤，在我眼中都闪烁着柔和的清辉。我坐到他身边，他只瞥了那助手一眼，便打发了他。接着我们展开了一场我生平所经历的最奇特的谈话。谈话开始时，我自然觉得很别扭，也有点羞愧，因为总是只有我一人再三说话或者不断提问题，而他只用一个目光作为答复。我无法判断自己所说的话和所提的问题给他的印象，是否都纯属讨厌的唠叨。这种情况使我迷惘、失望和心烦意乱，我觉得自己尽说些多余的话，太惹人厌烦了。我连续不断地向他说话，反应总只有微微一笑和短暂的一瞥。嗯，是的，倘若不是那一瞥全都充满了友好的情意，我就不得不认为，那位老人是在毫不留情地嘲笑我，嘲笑我所说的故事和所提的问题，嘲笑我徒劳往返来看他。事实上，我得承认，他的沉默和他的微笑确实多少含有类似的意义。它们无疑是一种劝阻和拒绝的方式，区别仅仅是它们建基于另一种精神层次和意识阶段，截然不同于普通的讥讽嘲笑。我在最初的自感软弱无力之后决心振作起来，不惜一切代价以最大的耐心和礼貌来挽救濒临垮台的谈话，然而我应该承认，这位老人具有强我百倍的耐心、毅力和礼貌，可以轻轻松松毫不费力地应付我的努力。这种情况持续了约摸一刻钟或者半个钟点光景，对我却像是过了整整半天似的。我开始感到悲哀、疲倦、厌烦，甚至后悔此行真乃多此一举，我开始觉得口干舌燥。我对面坐着这位可敬的长者，我的恩师，我的好友，自从我懂得思考以来，我就爱戴他，信赖他，从前我哪怕说一个字他都有反应，如今他却坐在那里只是听我说话，或者甚至根本没有听我说话，只是坐在他那光辉和微笑后面，隐藏在他自己那金色的面具后面，和我们完全隔绝了，他已抵达了一个我们无法企及的另一个世界，那里的法则与我们完全不同，凡是我向他叙述的我们世界里的一切，全都像雨滴落在石头上似的飞溅出去。正当我放弃一切希望的时候，他终于击破了那道魔墙，终于向我伸出了援助之手，他终于说出了一句话！这也是我今天听他讲的唯一一句话。

"'你这是徒劳的，约瑟夫，'他的声音轻柔，语调里充满了感人的友爱以及你也很熟悉的那种体贴照顾的情感。'你这是徒劳的，约瑟夫，'这就是一切。他就像看见我久久地奋力做一件劳而无功的工作，不得不提醒我终止。老人说这句话的时候显得有点儿吃力，似乎已很久不曾动用嘴唇说话。他说话的同时把一只手搁在我的臂上——那手轻得就像一只蝴蝶——目光透视一般望着我，随后又微微一笑。我就在这一瞬间被他慑服了。他那种愉悦的沉默，他那种宽容和平静也多少转移给了我一点。我醍醐灌顶似的忽然领悟了老人的本质性转化：从世俗人生转向清静世界，从语言转向音乐，从私心杂念转向和谐统一。我领悟到自己得以亲眼目睹这一转化实属天大幸事，也才领悟笑容和光辉的意义。这里有一位圣贤和完人，他容许我沐浴他的灿烂光辉一个钟点之久，可我这个低能儿却一个劲儿地为讨他欢心而不断提问题，不断逗他说话。我得感谢上帝，他早早让我亲眼见到了这种光芒。他也可以支开我，以致我被永远拒之门外：如果这样的话，那么我也许就不能够有生平从未感受过的最美妙的惊人体验了。"

"我想，"费罗蒙梯沉吟地说，"你发现我们的老音乐大师已经近似一位圣者，这件事由你而不是别人告诉我，总算还能让我相信。老实说吧，倘若出自任何别的人之口，我大概不会相信的。总而言之，我绝不是一个喜欢神秘主义的人，也即是说，我身为音乐家和历史学家，我只能是纯粹理性范畴的朋友和学者。我们卡斯塔里人既不隶属于基督教会，也不归于印度教或者道家学派，因而我认为，这类纯属宗教范畴的转化成圣，凡是卡斯塔里人全都是不可能的。这件事如果不是你——请原谅，我应该说尊敬的大人——亲口所说，我会把这种转化成圣的言论看作无稽之谈的。不过我想，你大概并没有要替我们可敬的老音乐大师进行封圣的意图，老实说在我们的团体里也找不到完成这类仪式的合格的主管部门呢。啊，请不要打断我，我是认真的，没有丝毫开玩笑的意思。你向我叙述了一种精神体验，我不得不向你坦白承认，我现在有一点儿惭愧感。因为你描绘的这种现象，不论是我还是蒙特坡的任何同事都并非一无所见，然而我们仅仅看到而已，几乎未加关心注意。我现在正在思索自己为何视而不见，为何漠不关心。原因很多，其中之一便是：老音乐大师的改变令你吃惊，看出他已转化成圣，而我则几近毫无觉察，原因自然很容易理解，你出乎意外地面对了一个已完成转化的人，你看见的是结果，而我与你不同，我只能说是这一逐渐变化过程的见证人。你在几个月前见到的音乐大师与今天所见到的截然不同，而我们这些经常遇见他的邻居则几乎没有发现任何显著变化。不过我还得承认这一解释连我自己也不满意。如果真有什么奇迹在我们面前出现，即或极其悠悠缓慢，我们也必然会有所知觉，会受到越来越强烈的触动，凡是没有偏见的人，都应该如此。我想，我在这里找到了自己所以迟钝的原因：我恰恰并非没有偏见。我看不见，注意不到眼前发生的现象，因为我不愿意发现它的存在。我和这里任何别的人一样，无疑都看见了我们尊敬的大师日益静默和隐退的态度，以及与之同时发生的在脸上焕发出日益更为明亮、更为微妙的光辉，每当他遇见我并以静默回答我的问候时，我自然清楚地察觉到了这一情况，其他人也莫不如此。但是我始终持抗拒态度，不想深入去观察，我这样做全不是对老大师缺乏敬意，而有其他原因，一部分是厌恶个人迷信之类的盲目热情，另一部分则针对特殊的个人，譬如我讨厌彼特洛斯这个学生把老师当作偶像加以崇拜。其实早在你还在叙述故事之际，我就完全清楚了。"

克乃西特笑道："原来你转弯抹角绕了一个大圈子，目的只想说明你对可怜的彼特洛斯的厌恶之情。现在怎么办呢？我也是一个神秘主义者或者盲目热情的人么？我也在宣扬这种遭禁的迷信个人和迷信圣贤么？或者，你愿意向我承认——虽然你不肯向学生承认，也就是说，你承认我们亲眼所见、亲身经历的若干东西并非梦想和幻景，而是确凿无疑的客观存在么？"

"我自然得向你承认了，"卡洛慢慢地边思索边说道，"没有人会否定你的精神体验，更没有人怀疑老音乐大师那种不可思议的笑容所包含的美或者快乐。问题在于：我们应该把这一现象归入何类学问？我们称呼它什么？我们又怎么解释它呢？这些问题听着有小学教师味儿，归根结蒂，我们毕竟就是小学教师啊。如今我希望把你和我们的体验加以归类和赋予名称，并不是我希望通过抽象提炼和归纳整理而损害它的真善美，而是希望尽可能精确、清楚地把它记录下来，保存下来。当我偶尔走过一个地方，听到一个农夫或者小孩哼唱着我从未听见过的优美旋律，这对我也是一次重要体验。倘若我试图立即尽可能正确地记录下这个曲调，肯定不是简单归档了事，而是出于尊敬我的体验，使之永恒存在下去。"

克乃西特友好地点头赞许说："卡洛，真是不幸，我们今后不会有很多见面机会了。青年时代的朋友并不是总能再聚首的。我把老音乐大师的故事告诉你，因为你是唯一在这里工作并且能够分担和分享我这个故事的老朋友。现在你想怎么处理我叙述的故事，怎么称呼我们老大师的神化状态，我只得悉听尊便了。如果你愿意去看看他，在他的光环里呆上一小会儿，我会感到很高兴的。他的这种慈爱、完善、智慧和神圣状态，不论我们怎么称呼，也许最终得归属于宗教范畴。虽然我们卡斯塔里人既无教派，又无教堂，但是对虔诚性并不陌生。我们的老音乐大师恰恰一直是位绝对虔诚的人。我们看到，许多宗教教派都曾出现因虔诚而臻至神圣、完善、光辉四溢、光华普照的情景，为什么我们卡斯塔里人的虔诚不能达到这样最高境界呢？——夜已很深，我得去睡觉了，明天一早就得动身归去。我希望不久能够再来。现在让我把故事的结局简单地告诉你吧！直等他说出'你是徒劳的'之后，我才得以停止挣扎，我不仅安静下来，而且也放弃了自己妄图迫他说话以获得教益的愚蠢目标。就在这一瞬间——我放弃目标，决定让一切听其自然，我所期望的便自动呈现在我眼前了。你也许会觉得我用词不妥，想采用另一种说法，不过请你暂且耐心听下去，尽管我似乎讲得不精确或者弄错了范畴。我在老人身边呆了大约一个小时或者一个半小时，在我和他之间发生的事情或者进行的交流，我无能传达给你，事实上那也不是任何语言交流。我只觉得，一待我不再抗拒，他就把我带进了他那清静和平、明亮清澈的世界之中，包围着我和他的是一片又愉悦又美妙的肃静。不需我运用意志力量进行打坐，我便已多多少少处于一种既令人喜悦又很成功的静坐状态，我所观照的主题是老音乐大师的一生。我看到了或者感觉到了他以及他的发展历程，我回溯了从当初第一次见面——我那时还是一个孩子——直到目前这一时刻。他毕生都是在奉献和工作中度过的，这却是他的自由选择，他毫无虚荣野心，一生充满了音乐，好似他让自己成为音乐家和音乐大师只是使音乐成为达到人类最高目标的途径之一，那目标便是：内心的自由、纯洁和完善。而且在他作出选择以后，他就似乎不再分心旁骛，只是一心一意日益更深地潜心音乐中，听任自己逐渐净化、转变，从他那双灵巧聪明的钢琴家之手和无比丰富的音乐家之脑，直到整个躯体的各个部分和器官，直到灵魂、脉搏和呼吸，直到睡眠和梦境，最后，直到如今成为一种音乐象征，更确切地说是一种音乐的显现形式，一种音乐的化身。我至少可以这么说，凡是他放射的光辉，或者好似有节奏地来回地晃动在我们之间的呼吸气息，我觉得完全是音乐的感受，是一种绝非人间的神秘音乐，把每一个踏入它魔圈的人都吸收进去，就像一首许多人合唱的歌曲把每一个新声音都纳入其中一样。倘若那人不是音乐家，也许他会对这种天赐恩惠得出另一景象，譬如一个天文学家也许会看成一幅月球绕着某颗行星运行的图景，一个语言学家也许会听成一种包罗万象的原始魔术语言。就讲到这里吧，我得告辞了。这是我的一大快乐经历，卡洛。"

我们如此详尽地报道这段插曲，因为老音乐大师在克乃西特的生活中和心中都据有极其重要的位置。此外，还因为克乃西特和费罗蒙梯的长谈被后者以书信形式记录下来，一直流传到了我们手里，这也是我们援引较多的原因。这份材料无疑也是有关老音乐大师"圣化"的最早、又最可靠的报道之一。后来，关于这一主题的传闻和阐释就多得泛滥成灾了。

# 两个极点

这一届被人称为"中国屋游戏"的玻璃球游戏年会至今仍尽人皆知，经常被作为经典游戏而加以引证。对于克乃西特和他的朋友德格拉里乌斯而言，成功乃是他们辛勤工作的果实，对于卡斯塔里和最高教育当局而言，成功乃是一种证明，证实他们任命克乃西特为最高长官是正确之举。整个华尔采尔地区、游戏学园以及全体精英分子总算又经历了一次又辉煌又愉快的庆典佳节。是的，多少年来不曾有如此盛况了。这位卡斯塔里有史以来最年轻、也最受争议的游戏大师第一次公开亮相便大获成功，尤其是卫护了华尔采尔的声誉，洗刷了上一年的失败和耻辱。今年没有人重病不起，也没有心惊胆战的代理人。那个代理人在满怀敌意的精英分子们的冷酷包围中，在紧张万分的办事人员，尽管忠实却毫无力量的支撑下，满怀恐惧地支持着那场巨大庆典。而今天是一位穿金裹银的领袖站在象征性的庄严棋盘之上，以静默而不可侵犯的祭司长姿态，向公众发布着他和他的朋友合作的成果。他浑身散射出平静、力量和尊严的光芒，那是任何世俗集会都不可能企及的境界，他在许多助手簇拥下步入典礼大厅，按照仪式规定一场场指挥着整场游戏的表演，他拿起一支发光的金笔在身前的小板上写下一个又一个优美的字迹，这些字迹随即便被放大成一百倍大的玻璃球游戏密码字体，投射到大厅后壁的一块巨大的看板上，被成千上万个人悄悄拼读着，也被发言人大声朗读着播放到全国各地和世界各国。当第一场结束之际，他把本场内容概括写在小板上，然后就以优雅感人的姿势请大家作静修准备；他本人则搁下金笔，坐到自己的座位上，摆出静修入定的示范姿态，这时候，不仅在大厅里、游戏学园里，在卡斯塔里地区里里外外，而且在外面许多地方、许多国家的玻璃球游戏信徒，也全都虔诚地坐下来进行同样的沉思，直到在大厅正中打坐的玻璃球游戏大师再度站起身子。仪式过程一如既往，然而一切仍让人感觉新颖动人。这个游戏世界既抽象又无时间性，却富于弹性，能够从上百个细微差别上区别出每一个个人的精神、音调、气质和字迹，这回的主持者个性伟大，他的文化修养也足以使他把自己的灵感式联想纳入不可破坏的游戏本身法规之内，而不是凌驾其上。而在场的所有助手、参与者和精英选手也莫不像训练有素的军人般服从指挥，与此同时，与会的每一个人，即或只是协助大师执礼或者只是拉幕的人，也都在按照每个人自己的感受生气勃勃地参与着演出。至于广大群众，挤满了大厅和整个华尔采尔地区的广大信徒，成千上万的灵魂，全都追随着大师的足迹，穿越过玻璃球游戏无穷无尽多元意象空间，踏上了那条梦幻般的神圣道路，而那专为仪式敲响的深沉洪亮的钟声则是庆典的根本和音，钟声对于人群中较为纯朴幼稚的人而言，可说是他们从庆典中获得的最美妙，也几乎是唯一的切身感受，而对于技巧娴熟的游戏专家和批评家们，对于大师的助手和官员们，乃至大师本人来说，钟声也会在他们身上唤起一种肃然起敬之情。

这是一届高水平的大会，连来自外面世界的使节们也觉察到了，也表示了兴趣。短短几天中为玻璃球游戏赢得了许多永远皈依的新信徒。但是，在十天庆典结束之后，克乃西特却在总结经验时向自己的朋友德格拉里乌斯说了一番颇为奇特的话："我们也许可以满足了，"他说。"是的，卡斯塔里和玻璃球游戏都很奇妙，两者都已几乎达到了完美的境地。不过它们也许过分完美、过分美好了。它们实在太美，令人几乎不得不为它们担忧。我们不乐意设想它们也会有朝一日终成遗迹。然而我们不得不想到这个问题。"

这番流传至今的言论，使写作本传的作者觉得很有必要深入探讨自己任务中最棘手也最具神秘意义的部分了，其实作者原本想把这项任务稍稍往后放一放，而首先趁此平静时刻，清晰明了地把握克乃西特的状况，以便继续描述他的种种成就，他的领导有方以及他的光辉人生顶峰。但是，倘若我们不把这位可敬游戏大师生活本质中这种双元性或者两极性事先在此处进行若干阐释的话，那么我们似乎有些失误，而且也似乎离开了主题，尽管克乃西特这一本质特征，当时除了德格拉里乌斯之外，并无他人知晓。事实上，我们今后的工作主要将会是：把克乃西特心灵中这种分裂性或者毋宁说是一种不间断交替的两极性，作为这位可敬人物本质中的根本特性加以研究并加以证实。老实说吧，一个传记作家仅仅从圣徒生平言行角度来写一个卡斯塔里大师的传记（为了更好地发扬卡斯塔里的荣誉），完全不是什么难事。他可以很容易地写下克乃西特那几年游戏大师生涯——除了他生命最后时刻的光景，可以完整地报道他的一系列光辉灿烂的业绩，他所完成的任务，他所取得的成就。凡是仅仅依据文献资料的历史学家看来，克乃西特大师任职期间的作为不但无可指责，而且值得赞誉，他可以和历史上任何一位广受爱戴的游戏大师相媲美，就是与那位在华尔采尔引起游戏热潮的玻璃球游戏大师路德维希·华塞马勒相比较，也毫不逊色。然而，这位大师却有一个绝非寻常的、令人激动的结局。在某些批判者眼中，这还是一种荒唐的可耻结局，但是这种结局并非偶然或者属于不幸事故，却事出有因并且完全合乎逻辑。我们今后工作的一部分也就是要指出：这一结局和我们可敬大师的光辉业绩和成就不存在丝毫矛盾抵触。克乃西特是一位优秀的模范行政官员，是他那高级官员层里的光荣代表，一位无懈可击的玻璃球游戏大师。然而他看出了，也感到了——即或在他还处于任职期间就已感到卡斯塔里的显赫光辉不过是一种受到威胁的、正在消失的伟大。他生活于其中，却并非毫无怀疑毫无揣测——就像大多数与他同时代的卡斯塔里人那样，而他是知道它的起源和发展历史的，他认识其历史本质，感受到它如何屈从于时代，如何受到冷酷无情巨大暴力的冲击和震撼。克乃西特对这一历史进程从认识到产生切身感触，以及他联系自己本人和自己工作所产生的感触，使他就像一个在成长发展和自我变化的血流之中运转的细胞，在运转过程中逐渐成熟了，其实早在他跟随伟大的约可布斯神父从事历史研究时就已经成熟。他虽受到这位本笃会神父的影响，而我们倘若追溯这种意识的根源和萌芽状态，就会发现很久以前已存在于他内心之中了。谁若真正有意探究克乃西特活生生的个性品格，追踪分析他一生的特点和意义，那么就不难发现这些根苗和萌芽了。

这个男子在他生平最辉煌的日子里，在他第一次主持庆典大会后，在他得以不同凡响地光大卡斯塔里精神之后，竟说出这么一番话来：

"我们不乐意设想它们也会有朝一日终成遗迹——然而我们不得不想到这个问题"，这个男子对一切存在之物的短暂无常，对一切人类精神创造成果之可疑性质，远在他研究并洞悉人类历史之前，便早早有了宇宙意识。让我们回溯一下克乃西特童稚和学生年代的往事，我们立即就会想起，他每一回听说某个同学因为令老师失望，已从精英学校转送普通学校，将从艾希霍兹消逝不见时，他就深感不安，惶惑不已。我们知道，在这些被驱逐的学生中，并无一人曾经是少年克乃西特私人的好友。让他受到刺激和痛苦的不是什么个人损失，不是某些人离开了，消失了。确切地说，我们应该把他的痛苦形容为他对卡斯塔里的永恒性与完美性所抱持的童稚气的信仰因此而受到了轻度的震撼。由于克乃西特视自己受感召进入精英学校为神圣使命，而有那么一些男孩和少年却不知珍惜这一幸福和恩典，轻率地丢失了它，这事实不仅令他震惊，同时也让他看见了凡俗世界的力量。此外，也许还应当——虽然我们无法证实——提一下，这类事实导致他第一次产生了对自己一贯绝对信任的教育当局的怀疑，为什么一次又一次把学生挑选进来，过些日子又驱逐出去呢。

这些批评当局权威的最早期的感情冲动是否影响到了他的思想，我们无法判断。不管怎么说，在孩提时代的克乃西特眼中，开除一个精英学生不仅是不幸的，而且还是不应当的，是一种丑陋的污点，人人视而不见，听任其长期存在，乃是整个卡斯塔里的罪咎。我们认为，这便是学生克乃西特所以在此类情况中感觉困扰和惊恐的原因。他知道，在卡斯塔里疆界之外还有另一种世界和另一种生活，这种生活与卡斯塔里的原则完全背道而驰，它既不会融入卡斯塔里的秩序，也不会受到卡斯塔里的控制而得到精神升华。当然，克乃西特知道这种世界也存在于自己内心深处。他也有着违背自己原则的种种冲动、幻想和欲望，必须付出艰苦代价才能逐渐加以制服。

于是克乃西特知道，在某些学生身上，这种冲动力十分强大，以致突破了一切警告和惩罚的界限，令这些软弱的学生背离卡斯塔里的精英世界而回返那个只受本能支配而无精神教养的世界。对于努力发扬卡斯塔里美德的人们而言，那个世俗世界时而像一种邪恶的地狱，时而又像一种诱惑人的游乐场和竞技场。许多世代以来，无数有良知的青年都曾接受和体验过这种卡斯塔里式的罪恶观念。事隔多年之后，克乃西特作为成熟的历史学家则必然能够更加清楚地认识到，倘若没有这种自私和本能的罪恶世界提供素材与活力也就不可能有什么历史，而诸如宗教团体这类崇高的组织也正是这种浊流的产物，它生于此，也会有朝一日淹没于此。这个问题成了贯穿克乃西特一生努力奋进的动力基础，他觉得这绝不是什么单纯的思想性问题，因为它比任何其他问题更为深入自己的内心深处，并且意识到自己对这个问题也负有责任。克乃西特属于具有这类天性的人：凡是目睹自己信仰爱戴的理想，自己深爱敬重的国家和团体有了弊端和灾难，他就会生病，憔悴，甚至死亡。

我们顺着这一思路继续回溯，我们就发现了克乃西特在华尔采尔留下的蛛丝马迹，他初到华尔采尔的光景，他的最后几年学童生涯，还有他和旁听生特西格诺利具有重要意义的交往，对于这位旁听生的情况，我们也已在适当的地方作过详尽介绍了。卡斯塔里理想的热情追随者克乃西特与世俗之子普林尼奥的遭逢，不仅对卡斯塔里具有强烈而持久的影响，对于青年学生克乃西特本人更具有一种重要而深刻的象征意义。因为当时强迫他扮演如此艰难重大的角色，表面上似乎纯粹出于偶然，事实上却十分符合他的总体天性，以致我们不禁要说：他后来半辈子的生活似乎只是一再重演这个角色，而且使这个角色越来越完美深刻。毫无疑问，他扮演的是卡斯塔里的保卫者和代理人，就如同他约摸十年后向约可布斯神父再次演出了这个角色，而后便以玻璃球大师身份把这个角色演到终结，然而他虽是教会组织的保卫者和代理人，却始终热衷于向敌人学习，努力不让卡斯塔里与世隔绝而处于停滞孤立，并且促使它与外面的世界积极合作，展开活泼的讨论。克乃西特与特西格诺利进行的演讲比赛式的交往多少带有玩耍性质，到了后来，他和举足轻重的人物，又是敌人又是朋友的约可布斯神父打交道时，就完全是严肃认真的大事了。克乃西特在与两位敌人交手过程中考验了自己，使自己日益成熟，也从他们那儿学到了很多东西，而他通过斗争和交流也给了对方许多东西。他在这两场斗争中确实没有击败对手，是的，从一开头起，他就未曾有过这个目标。但他成功地赢得了他们的敬重，也迫使他们承认了他所代表的原则与理想。即或他和那位学识渊博的本笃会神父的辩论并未直接导致实际成果，但卡斯塔里不久在罗马教廷设立的半官方的代表机构——这是一个颇有价值的贡献，比起大多数卡斯塔里人所能想象的价值要高得多。

克乃西特原本对卡斯塔里之外的世界基本上一无所知，通过与世俗同学普林尼奥·特西格诺利以及同智慧的老神父舌战而结下的友谊，使他对那个外面的世界有了认识，或者应当说有了相当想象力，这却是极少数卡斯塔里人才拥有的认识。克乃西特过了幼年以后就不曾见识和体验过外界生活——除了逗留玛丽亚费尔的那段时期，然而那里也并不能让他认识真正的世俗生活。不过克乃西特通过特西格诺利，通过约可布斯神父，也通过自己的历史研究，对这个世俗世界的真实情况获得了一种十分清醒的大致了解，当然大都是直觉认识，很少直接的体验，这却也足够使他比大多数卡斯塔里人——包括最高行政当局人士在内，更为懂得和更为接受那个外面的世界。他始终是忠贞不渝的卡斯塔里人，然而他从未忘记，卡斯塔里是世界的一个部分，只是世界的一个极小部分，尽管那是他最珍惜最心爱的部分。

克乃西特与弗里兹·德格拉里乌斯的友谊又是什么性质的呢？德格拉里乌斯是个难相处的问题人物，一个技艺精湛的玻璃球游戏能手，一个娇生惯养、敏感、道地的卡斯塔里人，一个才到玛丽亚费尔几天就受不了本笃会修士的粗俗气息、声称绝不能住过一星期以上、因而对自己顺顺当当毫无惧色呆了两年的朋友佩服得五体投地的人物。关于他们之间的友情，众说纷纭，莫衷一是，我们不得不排除其中的若干看法，另一部分也尚待进一步探讨。而所有的看法都建立于同一问题上：这一持续多年的友谊究竟有什么样的基础和意义。我们首先不能忘记下列事实：除了克乃西特与约可布斯神父之间的关系，他和任何朋友交往都不是有所寻找、追求，甚至有求于人。克乃西特引人注目，受人仰慕妒忌，甚至受到爱戴，纯粹是因为他那高贵的品质，他本人自某一

"觉醒"阶段以来，也早已意识到自己的这种天赋。他也知道德格拉里乌斯早自大学生涯初期便已对他五体投地，可他仍始终对朋友保持一段距离。

然而，种种迹象显示克乃西特也确实很喜欢这位朋友，我们认为，克乃西特对他产生兴趣，并不仅仅由于他出众的才能和他擅长解决玻璃球游戏问题的卓越禀赋。让克乃西特产生强烈和持久兴趣的不仅是朋友的才能，而且还有他的种种缺点，包括他的体弱多病，正是这些欠缺让别的华尔采尔人厌烦德格拉里乌斯，以致常常受不了他。这个怪人是个道地的卡斯塔里人，他的整个生存方式也许外人难以想象，却与卡斯塔里的文化气氛和修养水平相一致，若不是他的难以相处和古怪脾气，把他形容为"十足的卡斯塔里人"，这倒是贴切的雅号。然则这位十足的卡斯塔里人与同伴们的关系却十分糟糕，他在同伴面前与他在领导面前一样不受欢迎，他经常打扰别人，一再激怒他人，倘若没有他这位又勇敢又聪明的朋友给予保护和引导，也许早就毁灭了。其实人们所指责的毛病，归根结蒂只是一种坏习惯，一种执拗脾气，一种性格上的弱点而已，也就是说，他的思想和行为纯属个人性格问题，与宗教团体的制度体系全无干系。他的行为恰恰只是为了适应现存的秩序，因为这是对他能否生存于团体中的起码要求。

他算得上一个称职的卡斯塔里人，是的，甚至是一个闪闪发光的卡斯塔里人，因为他不仅多才多艺，无论在学问上，还是在玻璃球游戏技艺上都精益求精，从不故步自封。可惜他在对待教会和团体的现行秩序上，显得十分无能，甚至可说十分糟糕。他的最大毛病是长久以来始终忽视静修课程，其实打坐的意义恰恰在于能够让个人纳入团体的秩序之中，更何况还具有治疗作用，他若能运用得当，也许早就治好了自己的神经衰弱症。因而，每当他有一阵子表现不佳、过分激动或者情绪抑郁之后，他的上级们都要惩罚似地让他在严格监督之下进行静坐训练，哪怕只是一小会儿，就连一贯待他温厚宽容的克乃西特也常常不得不强迫他静坐以培植自持能力。

遗憾的是，德格拉里乌斯为人任性，脾气执拗，不合群，他好炫耀知识，常常说得连自己也着了迷，往往妙语如珠，灵思泉涌，说到得意忘形时，谁也止不住他。总之，他是不可救药的，因为他根本不肯接受矫正。他从来不顾什么团结和合群，他只要自己的自由，他宁肯永远处于学生状态。他愿意一辈子做个受苦受难、前途渺茫却死不回头的独行者，做一个才能出众的愚人，做一个虚无主义者，也不肯走顺从教会秩序而达到平静境界的道路。他不在乎平静安定，他不敬重教会秩序，他对种种指责与孤立一概满不在乎。毫无疑问，他在这个以和谐与秩序为理想的团体里，是一个令人不快而且难以消化吸收的分子。然而，恰恰是这种难以相处、难以同化使他成了这个如此秩序井然小世界里一股生气勃勃的不安定力量，成了一种责备、警告和提醒，成了一个激发新颖、勇敢、冲破禁忌等无畏思想的发动者，他是羊群中一头执拗不听话的山羊。而这一切，我们认为，正是他所具有的这一些品性才赢得了克乃西特友情。

当然，克乃西特在对待德格拉里乌斯的友谊中多少含有一点儿怜悯的成分，他常常为这位处于危难和不快活状况中的朋友付出一种骑士式的友情。但是，光靠怜悯是远远不足以维持友谊的，一旦克乃西特重任在身，整日为工作、职责和义务之类疲于奔命，这种友谊也会不复存在。我们得出的结论是：德格拉里乌斯对于克乃西特的重要性和必须性，事实上并不亚于特西格诺利和约可布斯神父，他实际上与另外两位一样，乃是克乃西特生活中一种刺激性的因素，一扇望向新境界的小小窗户。我们相信，克乃西特在自己这位奇怪朋友身上觉察到他是某种典型思想的代表人物，随着时间的消逝，他也逐渐认识到，除了眼前这位独一无二的先驱者，卡斯塔里尚未出现过这一类型的人物，对于卡斯塔里而言，唯有通过新际遇，注入新血液才能够使卡斯塔里的生活获得更新，变得兴旺。德格拉里乌斯和绝大多数孤独的天才一样，是一个孤独的先驱者。他实际上是生活在一个目前尚不存在而将来可能出现的卡斯塔里王国内，他又实际上是生活在一个虽然仍远离世俗世界，而内部已因老化、因终日静坐而德行退化的宗教团体之中，在这个卡斯塔里世界里，仍然能够高度发挥智慧，能够深入潜心于重要精神思想，但是这些高度发展和自由发挥的精神活动已丧失了目标，只知一味欣赏自己精雕细琢的技艺能力。克乃西特看出德格拉里乌斯一身兼容了两个特点：既是卡斯塔里精湛技艺的化身，又是这类才能之堕落性和道德败坏性的一个警告信号。这个德格拉里乌斯确实又奇怪又可爱，但是决不能让卡斯塔里沦为满布德格拉里乌斯式怪人的梦幻王国。

这一危险固然远未降临，却已显露端倪。克乃西特懂得，只消把卡斯塔里贵族气的孤立围墙继续稍稍高筑一点儿，团体的纪律再衰败一点儿，宗教道德再沦落一点儿，那么德格拉里乌斯就不再是孤零零的怪人了，而成了日益堕落的卡斯塔里一个蜕化变质代表人物。倘若这个未来型的卡斯塔里人没有生活在克乃西特身边，克乃西特对他也没有精确的认识，这位游戏大师也许要迟些时候才会看清，甚至永远也不会发现此类衰落可能性的，如今克乃西特已洞察了真相，颓势业已开始，败落迹象业已存在。目光敏锐的克乃西特本能地觉察到这是一种征候，一个危险的信号，情况就像一个聪明的医生首次发现某个患者得了一种不为人知的新奇病症一般。而德格拉里乌斯不是等闲之辈，他是一个贵族，一个出类拔萃的才子。若先让德格拉里乌斯尚不为人知的预兆性病态传播开来，就可能改变卡斯塔里人的形象，也许整个学园和团体也会终于接受这种病态蜕化形象，然而未来的卡斯塔里人也许不可能都是真正德格拉里乌斯的人物，归根结蒂，不会人人都具有他那种罕见的才能，那种忧伤的性情，那种闪耀跳动的艺术家热情，相反，大多数人也许将会仅仅具有他的消极因素：他的不可信赖性，他的浪费才华的嗜好，他的缺乏纪律和团结的意识。克乃西特在心情不安的时候，脑海里常会浮现诸如此类阴暗想象和预感，唯有通过静坐沉思，或者通过加强工作量才能予以驱除，这一定耗费了克乃西特许多精力。

恰恰是德格拉里乌斯事件向我们提供了克乃西特如何进行教育的卓越范例，显示他面临问题、疑难和病态时从不逃避，而是努力加以战胜。如果没有克乃西特小心谨慎的照顾和引导，这位危险的朋友大概早就彻底完蛋了。此外，他无疑也会给整个游戏学园带来没有止境的麻烦，自从弗里兹成为精英分子之后，已经引起了不少麻烦。游戏大师克乃西特巧施手段，不仅让自己的朋友纳入正常轨道，而且让其在玻璃球游戏中充分发挥他的高超才能。克乃西特不知疲倦地耐心诱导朋友以有价值的工作克服性格上的弱点，我们不得不惊叹德格拉里乌斯事件实为处理人际问题的杰作。附带提一下，倘若有人把克乃西特任职期间所主持各届玻璃球游戏年会的风格特征进行精确分析研究，恐怕会是一项很美妙的计划，大概会获得意料不到的发现——我们很乐意向任何一位玻璃球游戏历史学家郑重推荐这项任务。每一届游戏无不又庄严又可爱地散放出奇思异想的光彩，韵律节奏又如此富于创意，绝非任何自我陶醉的技巧所可比拟的，每一场游戏的基本概念和结构，那一系列引导与会者静修的设想，全都是克乃西特运思后的产物，而一切技术上的精雕细镂和大部分细节处理则是合作伙伴德格拉里乌斯的工作。岁月流逝，这些游戏年会将被人遗忘，然而克乃西特的生活和工作仍会对后人产生吸引力和楷模的影响力。我们很幸运，他的生平和业绩已和所有公开庆典活动一样被记录和保存下来，而且不仅埋藏在档案馆里，而且代代流传、生气勃勃地活到了今天，被无数青年学生研究学习，在许多玻璃球游戏课程和研讨会上成为广受喜爱的范例。连那位合作者的名字也跟着流传了下来，否则早就被人忘得一干二净，或者至多只是许多往日传闻轶事中一个影子式人物罢了。

克乃西特就这样替自己难合群的朋友弗里兹安排了一个位置，让他充分发挥作用，结果不但多少充实了华尔采尔的文化和历史，同时也让这位朋友的形象在后代的纪念中获得一定程度的不朽性。我们在这里顺便说一下，这位伟大的教育者完全清楚自己对这个朋友产生教育影响的最重要实质性基础。基础便是朋友对他的爱戴和钦敬。众所周知，克乃西特与生俱来的和谐品性，他的领袖气质，自始至终不止吸引着弗里兹，也受着无数同辈人和学生的爱戴和钦敬，克乃西特运用权威力量时，倚持此一特点远胜于倚持自己的职位，尽管他本性温和宽厚，却也屡试不爽。克乃西特能够非常精确地感觉到每一句善意赞同的话，或者每一句冷淡轻视的话所产生的影响。许多年之后，一位十分崇拜他的学生向人叙述道：克乃西特曾经一星期之久不和他说话，不论在课堂上，还是在研讨会上，都不和他说话，好像根本没有看见他，把他当成了空气——在他上学几年所受的处罚中以这一次最厉害，不过收效也最大。

我们认为引证和回溯上述情况是不可或缺的工作，以便让我们的读者从这些段落中体会到克乃西特品性中两种相反极点的倾向，我们的读者既已追随我们的描叙经历了克乃西特的顶峰时期，现在就得准备历经他丰富一生的最后阶段了。他生命历程中显示了两种相反相成或者两个极点的倾向——也即是他的阴和阳，一种倾向是毫无保留地忠于并且卫护自己的宗教团体，另一种倾向则是"觉醒"，想要突破、理解和掌握现实生活。约瑟夫·克乃西特作为信徒和献身者，宗教团体、卡斯塔里、玻璃球游戏在他眼中都是神圣不可侵犯的。而在觉醒的、敏锐的、开拓性的克乃西特眼中，一切奋斗而得的价值均属过去，它们的生存形式面临变化，此外还存在着老化、缺乏创造性和衰落的危险。虽然教会的理想在克乃西特心中始终神圣不可侵犯，然而他也已认识到各个具体部门都面临着无常多变，都是可以批评的。克乃西特对自己所献身的这个精神团体，对它的力量和思想都是惊叹的，然而认为有一种倾向很危险，也即把自身存在视作唯一纯粹目标，完全忽视它应该对整个国家和全世界承担的责任和工作，最终的结果必然是日益越来越贫瘠歉收，逐渐与整体人类生命脱离关系而日趋衰亡。他早在少年时代便已对这种危机有了预感，这也正是他始终犹豫不定、迟迟难以下定决心献身玻璃球游戏的原因。尤其在他和修道院的修士们，特别是与约可布斯神父展开讨论，勇敢地为卡斯塔里辩护的时候，这种意识常常更加强烈地袭向他的心头。自从他回转华尔采尔，后来又担任大师职务之后，他频繁地察觉到这一危险的明显征兆，既出现在那些老老实实照章办事的各部门官员和自己下属中，也出现在那些才华横溢却盛气凌人的华尔采尔精英分子中，特别是在自己朋友德格拉里乌斯非常感人又十分可怕的性格中。

克乃西特度过了就任大师职务的艰辛的第一年，如今总算有点空余时间从事耽搁了一年的历史研究。他生平第一回真正睁开眼睛来认识卡斯塔里的历史，很快便得出了自己的结论：情况并非像玻璃球游戏学园里的人们自我感觉的那么良好，卡斯塔里和外面世界的关系，它与外界在生活、政治、教育文化上的相互影响，几十年来一直处于不断的衰退状态中。尽管在教育和文化事务方面，联邦议会确实仍一如既往地向最高教育当局咨询，华尔采尔学园也依旧向全国各地供应优秀教师，在一切学术问题上也始终拥有权威地位，然而所有的事情全都是例行公事，带有机械主义的味道。如今出身自卡斯塔里各类专科的精英青年已很少有人对校外工作感兴趣，更没有什么人自愿报名去外面担任教师了，与之同时，外界的朝野人士也难得来卡斯塔里叩门求教，而往昔年代，卡斯塔里的声音何等重要，例如重大法律事项，社会各界都乐意援引和听取卡斯塔里的声音。人们如果比较一下卡斯塔里和全国各地的文化水平，马上就会发现，两者非但没有互相接近，反而以令人难堪的方式背道而驰了。卡斯塔里的文化越是受到过度精细培植，世俗世界对这种文化就越是听之任之，越来越不把它视为一种必须，一种每天必吃的面包，而看成是一种外星来的物体，又像是一种值得向人炫耀的珍贵古董；当然这种古董暂时不舍得丢弃，却因为缺乏实用价值而宁肯束之高阁。大多数人都不了解内情，依然信任卡斯塔里的道德和精神气氛，但事实上，这一切早已失却生命力，对实际生活毫无作用了。

全国人民对卡斯塔里学园的兴趣，对各种教育设施，包括对玻璃球游戏的关心，也如同卡斯塔里人对全国人民的生活与命运的关心一般，全都在不断往下低落。错误当然咎在双方，他心里早就清楚，但是他如今身为玻璃球游戏大师，却尽与卡斯塔里人和玻璃球游戏专家们打交道，这一事实让他内心忧伤。因而他才日益致力于初级游戏课程，更加愿意教授幼小的学生——是啊，学生的年龄越小，他们与整个外界生活的联系也会越多，他们囿于训练调教的局限性也就越少。他常常察觉自己狂热地渴望那个世俗世界、普通人以及纯朴自然的生活——尽管那个存在于外边的世界他全然陌生无知。当然，我们大多数人也有过大致类似的渴望，向往某种虚空的东西，向往一种更为清淡的空气，就连最高教育当局也熟悉这一难题，也曾不断想方设法寻求解决这一难题的途径，例如加强体操训练和体育游戏，试验推行各种手艺劳作和园艺劳动等。倘若我们的观察正确，我们敢说宗教团体当局最近一段时期出现了新倾向，撤销了某些过度培养的专门科目，以利于强化静坐训练，那么不是怀疑分子和抹黑者，不是叛离团体的人，也会承认克乃西特的看法是正确的，因为他早于我们很久之前便已清楚看出：我们这架既复杂又敏感的共和国机器，业已老迈不堪，不少器官均急需更新了。

刚才已经提到，克乃西特就任大师职务第二年便又恢复了历史研究工作。除了研究卡斯塔里历史外，主要是研读约可布斯神父论述本笃会教派的各种大大小小的著作。此外，他还常寻找机会与杜波依斯先生和一位来自科普海姆的语言学家（常以秘书身份参加教育当局的会议）交流对历史问题的看法，从而引发他们对历史的新的兴趣。对克乃西特来说，这种交谈不仅愉快，而且是令人振奋的休闲。他在日常工作中非常缺乏这类交谈机会，老实说，他日常接触的人当中，最厌恶历史的人就是他的朋友弗里兹。我们在一堆材料里发现一份记录某次谈话的笔记，德格拉里乌斯发表了激烈的言论，认为历史绝不是卡斯塔里人值得研究的题目。

"人们当然可以用机智的、消遣的，必要时也可以用慷慨激昂的语气阐释历史，谈论历史哲学，议论历史如同议论其他哲学一样，自有许多乐趣，因此，如果有人愿意以此自娱，发言者丝毫也不反对。但是这一事物本身，人们娱乐的对象——也就是所谓历史，却是又丑恶又可怖，同时也是无聊乏味的东西。发言者无法理解，居然有人乐意从事这方面的工作。历史的唯一内容便是人类的自私自利和无限的权力斗争，他们总是过高地评价这类斗争，把它们吹得天花乱坠，实际上追求的只是残酷的、兽性的物质权力——这并不是卡斯塔里人理想世界里的东西，或者应该说是卡斯塔里人所藐视的东西。世俗世界的历史不过是无穷无尽一长串无聊乏味的弱肉强食的记录而已。如果把人类真正的历史，也即把没有时间性的精神历史，与老朽愚蠢的权力斗争以及明目张胆地往上爬等相提并论或者试图进行由此及彼的阐释，这种做法本身就是对精神思想的反叛。这使我联想到十九世纪或者二十世纪一个散布

219

很广的宗教派别，凡是其中虔诚的信徒都相信：古时候人们供奉神祇敬献祭品，建造神殿，传播神话，以及从事其他各种各样的美妙活动，全都是食物或工作不足或过多的结果，是工资和面包价格失衡的结果。换句话说，一切艺术和宗教不过是些门面装饰，所谓超越人类之上的思想意识归根结蒂完全取决于饥饿和食物。"

克乃西特听完这番议论，逗乐似地问道："难道人类的思想史、文化史、艺术史不算历史么？它们和其他历史之间不存在丝毫关系么？"

"不存在任何关系的，"他的朋友激烈地叫嚷道，"这正是我要否定的。世界史只是一部赛跑史，为求利，为抓权，为夺宝而进行的赛跑，凡是好运当头，又可当权又可得利的人，都不会错过自己的机会。而一切思想、文化和艺术的行为则恰恰与之相反，总是努力挣脱时代的奴役，尽力从人类懒惰和本能的粪坑中挣脱出来，抵达一个纯然不同的层次，进入一个无时间性的、永恒的神性境界，这些活动绝对而完全地反历史，是非历史的。"

克乃西特听任德格拉里乌斯讲够后，对这通宣泄之词一笑而已，随即便平静地为他们的对话作了一个结论："你爱好精神和文化产品，这值得钦佩！但是，精神文化的创造工作并非如某些人认为的那样，是人人都能够参与的工作。柏拉图的对话录或者伊萨克①的合唱曲——一切被我们称为精神产品或者艺术著作或者任何具体化了的思想，都是创作者追求净化和自由而斗争的最后结果。正如你方才所说，都是无时间性，挣脱了时代奴役，进入了永恒自在境界的东西，一般说来，凡是其中最完美无瑕的作品，都似经过大浪淘沙般，洗尽了人间纷争痕迹的。我们能够拥有这些作品是我们的巨大幸福，是的，我们卡斯塔里人几乎纯因它们而活着，我们要做的唯一创造性工作就是再现它们，我们要持久地活在那种超越时空和纷争的境界里，这一切正是作品得以诞生的基础，而没有这些作品，我们大概就一无所知。我们还

①伊萨克(1450—1517)，欧洲文艺复兴时期德国作曲家，以合唱歌曲和弥撒曲最为著名。

努力超凡脱俗，或者也可以用你喜欢的说法：不断地深入抽象概括。我们在自己的玻璃球游戏里，把那些圣哲和艺术家的作品分解为一个个原始组成部分，抽象出它们的风格、模式及其升华了的意义，随后予以解剖分析，就像这些组成部分都是积木一般。当然，一切都是美好的工作，没有人为此发生争执。然而，并非每个人都能够一辈子只是呼吸、吃喝在抽象之中。在值得华尔采尔的教师们产生兴趣的工作中，历史研究应该处于优先地位：因为它可以和现实生活打交道。抽象化确乎很吸引人，但是我认为，生而为人也必须呼吸空气，也必须吃饭才对。"

克乃西特经常抽空去短暂看望老音乐大师。这位可敬的老人已明显地衰老，很久以来便完全丧失了说话习惯，但是那种清明愉悦的平静状态却一直保持到最后时刻。他没有病倒，他的逝世也决非寻常的死亡，而是一种渐进的精神化——肉体的物质存在与功能的日益消失，与此同时，他的生命力最终越来越集中于双眼的目光，还有那消瘦枯萎脸上淡淡的光辉里。这已是蒙特坡大多数居民十分熟悉而且敬重的景象，却只有少数人，如克乃西特、费罗蒙梯和年轻的彼特洛斯能够有幸沐浴在一个无私的纯净生命之落日余晖和慈光中。这少数几个人每回总是先做好准备，集中精神，随后再进入老大师坐在躺椅上的小屋内，这才得以踏进这种超尘脱俗的慈祥光圈中，与无言的老人共同感受和谐完美的境界。他们逗留在这个水晶般透明清澈的灵魂的气氛里，好似置身于受到无形慈光普照的王国里，他们在这一极乐的时刻与老人共同谛听着非尘世的神秘音乐，而后带着清纯的心情和充沛精力回转自己的日常生活，好似从一座高山的巅顶下到人间一般。

有一天，克乃西特收到了讣告。他匆匆赶到蒙特坡，看到老人安详地躺在灵床上，瘦削的脸容凝缩为一幅静谧的古日耳曼或者古阿拉伯的文字图案，虽然无法辨认，却仍然向人们散放着微笑和极乐的幸福。克乃西特继音乐大师和费罗蒙梯之后在葬礼上致悼词，他没有讲述这位光

辉音乐圣哲的成就，没有提他为人师表的伟大，更没有说到他作为最高
教育当局元老的仁爱智慧，而只是讲述他垂暮和临终前的慈悲景象，谈
论他精神上的不朽之美，凡是曾与他共度最后时光的人都享受过他的
恩典。

　　我们从许多材料中了解到克乃西特极想替老音乐大师写传，却因公
务繁重，无暇抽身。他早已习惯于克制自己的私人愿望了。克乃西特有
一次曾对一位教师说："很可惜，学生们不能够完全明白自己目前的生
活多么丰富和快乐。我做学生的时候也和他们一样。我们忙着研究，忙
着工作，我们不浪费时间，自以为称得上勤奋好学，但是我们几乎不清
楚自己做这一切究竟为了什么，也不知道我们利用这种自由能够做些什
么。随后，突然接到了宗教当局的召唤，派给了我们任务，一个教职、
一个使命、一个官位，从此升到了更高的地位，不料就此陷入了公务和
责任的罗网，人们越是想挣脱，却被围困得越紧，其实都是些微不足道
的小事，但又必须按时完成它们，而且每日的公务都远远多于办公的时
间。事实如此，我们只能忍受而已。但是每当我们在大礼堂、档案馆、
秘书处、接待室以及小型会议和公务旅途中忙得不亦乐乎之际，偶尔想
到了我们曾经拥有又已失却的自由，想到了我们自由选择工作的自由，
不受限制地广泛研究的自由，我们就会在这一瞬间非常渴望那些日子，
而且会设想自己若能再度拥有这份自由，定要彻底享受和充分利用它的
潜能。"

　　克乃西特在发扬自己属下官员和学生各不相同的为宗教团体服务
的禀赋上，有着过人的精细分辨能力。他小心慎重地替每一项任务、每
一个职位遴选合适的人才，根据各种记录文字来看，证明他对各种问
题，尤其是不同性格的判断极其确切。同事们都很乐意向他讨教处理各
种疑难性格的难题。譬如已故音乐大师那位最后的得意门生彼特洛斯
的问题。这位青年属于那种静静的狂热分子，在服侍可敬的大师期间，
出色地完成了自己独特的伴侣、护士和信徒角色，直至大师逝世。但是
当这项任务自然终止之后，他却当即陷入了抑郁悲伤状态，当然，大家
谅解他，也就容忍了他一段时间，然而，症状随日俱增，使现任音乐大

师路德维希①不得不予以认真关注。因为这个彼特洛斯硬要留在老音乐大师逝世的小园亭里，他住在那里，守护着这间小屋，谨慎地把屋内的陈设和家具原封不动地保留下来，甚至把已故者的居室当作圣殿，老人的躺椅、床榻以及那把古琴都成了不可接触的圣物，他除了悉心照看这些遗物外，唯一的其他活动就是守护和照料自己敬爱的先师的坟墓。在他眼里，终身崇拜死者应是他的天职，他要永远看守这一纪念圣地，好似他是一个庙宇的奴仆，他也许想让这地方成为人们朝圣的圣地吧。老大师下葬后的头几天，他拒绝进食，后来仿效老大师临终前进食的量度，每天仅吃一点点东西，人们觉得他大有步先师的后尘，随同敬爱者同赴黄泉的意向。但是他难以长久坚持这一作法，不久便改变主意，想做一个园亭和墓园的永久看守人，把这个地方变成永恒的纪念场所。这个年轻人的行为清楚地显示了他性格执拗，在经历过一段令他留恋的特殊生活后，不愿再回返普通的日常生活和工作，显然他暗暗感觉自己已不能胜任往昔的工作了。"附带告诉你，那个曾奉派陪伴已故音乐大师的彼特洛斯肯定是疯狂了。"这是费罗蒙梯在一封致克乃西特的短简里的尖刻报道。

蒙特坡这位音乐学生的问题自然不需华尔采尔的大师亲自操心，更不必插手蒙特坡的公务而加重工作负担。但是彼特洛斯的情况越来越糟，他被强行赶出了园亭，然而他的悲伤并未随着时日而消退，甚至到了孤立自己、避不见人的地步，以致一般的犯规处罚对他全无用处，他的上司们知道克乃西特对他颇有好感，于是现任音乐大师办公室的官员便向克乃西特征询意见和帮助，与之同时，他们把这个不听话的学生送进了医院的隔离室进行观察。

克乃西特原本不乐意介入这桩麻烦事件，后来想起这个青年也曾一度有助于自己的思索，最终决定也试着加以援手，便把事情接了下来。他先建议将彼特洛斯置于他的呵护之下，请人们视彼特洛斯为健康常人，允许他单独出门旅行。克乃西特在公函里附了一份简短、语气亲切

---

① 现任音乐大师罗德维希是虚构人物，并无隐射对象。

的邀请信，请彼特洛斯到华尔采尔略事逗留，他很希望知道老音乐大师临终前几天的情形。

蒙特坡医院的医生勉强地同意了这个办法。人们把克乃西特的邀请转交给青年学生，情况正如克乃西特所预料，处于糟糕被囚状况中的彼特洛斯，眼下最受欢迎，最求之不得的事情，莫过于快快逃出这一灾难场所。彼特洛斯立即同意旅行，毫不反抗地接受了正规饮食，一拿到旅行证件就徒步出发了。他平平安安地抵达了华尔采尔，由于克乃西特吩咐在先，大家对他种种漫不经心的举止只当视而不见。彼特洛斯被安排在来档案馆工作的客人们之中，这让他感到自己没有被视为犯过错的人、病人，或者任何脱出常规的人物，事实上，他也没有病到不知道重视这种舒适气氛的程度，因此也就顺顺当当踏上了这条为他铺平的重返人生之路。彼特洛斯初到的几星期里，确乎给游戏大师添了不少麻烦，克乃西特先安排他一项工作，要他把已故音乐大师最后的音乐演奏和音乐研究在严格监督下作出详尽记录，又让他在档案室里做一些小小的日常工作，借口说眼下档案室缺人手，工作忙不过来，希望他能抽空去助一臂之力。

总而言之，大家相帮这位误入歧途的学生重又踏上了正路。直到他完全平静下来，显然已可纳入正常轨道之时，克乃西特开始以简短的交谈对他施加直接的教育影响，逐渐消解这位青年的妄想；把已故大师当作偶像进行崇拜，这种行为在卡斯塔里既不受尊重，也不会获得许可。但是彼特洛斯表面看来似乎已经痊愈，但实际上始终未能克服重返蒙特坡的畏惧心理，于是他只得到华尔采尔一所精英学校去担任低年级的音乐教师，从此他就一直颇为受人尊敬。

关于克乃西特在治疗和陶冶精神和心灵方面所做的工作，实例颇多，然而更重要的是他那种温和品性的巨大感化力量，许多青年学生就像当年克乃西特受老音乐大师教化一样，因克乃西特而体验了真正的卡斯塔里精神。所有这些感化人的例子都表明克乃西特在性格上毫无毛病，是一个十分健康和平衡的人。然而他竭力关心帮助那类具有危险性格又思想不稳定的人物，如：彼特洛斯或者德格拉里乌斯；他似乎又在暗示自己对卡斯塔里人的此类病症或者对病症缺乏抵抗力有着特殊警惕性和高度敏感性，也暗示他自第一次觉醒之后便对卡斯塔里生活中存在的问题和危险始终高度关注，从未懈怠放松。与此同时，我们的多数同事却大都轻率地不愿正视这种危险，和他的清醒勇敢相差甚远。我们揣测，在当时的当权者中，大部分人也已看出这类危险，却基本上置之度外，克乃西特的策略可称是不同凡响。他看清了这些问题，或者应当说他因为熟悉卡斯塔里的早期历史而把在危险中生活视作必然的奋斗。克乃西特因而肯定并且乐意面对这些危险，而他同时代的多数卡斯塔里人却宁肯只把自己的团体和团体内的生活视作一种恬静的田园生活。此外，克乃西特还在约可布斯神父论述本笃会教派的著作中汲取了若干观念，如把教会视为一种战斗的社团，把虔诚视为斗争的立场。这位老人有一次说道："不认识恶魔与鬼怪，不与它们进行持久的斗争，便不存在什么高尚和可敬的生活。"

在卡斯塔里高层人士之间很少有亲密的友谊关系，因而我们发现克乃西特任职最初几年里未与任何同事建立私人友谊时，丝毫也不觉奇怪。克乃西特极喜欢科普海姆的那位古代语言学家，对团体当局的领导成员们也深怀敬意，但在领导层的工作氛围里，几乎排斥了一切个人的以及私人的感情，一切务求不偏不袒，客观求实，以致几乎不可能产生任何超越公务关系之上的亲密关系。然而对克乃西特而言，仍有一种友谊还实实在在地存在着。

涉及最高教育当局的档案都是不供借阅的秘密档案，因而我们仅能通过他偶尔与朋友们谈及这方面的内容的交谈中去进行推断。克乃西特担任大师初期，出席高层会议时似乎总持缄默态度，除非必须由他本人提出倡议之类时才开口说话。我们听说他很快就学会了高层领导的传统的交往语调，掌握了那种优雅、机智和愉悦的态度，并熟练地运用于实际之中。众所周知，我们教会组织的头头们，各学科的大师们，还有团体当局各部门的领导人相互来往时，无不小心翼翼地保持着一种正规场合的礼仪姿态。我们说不清这种情况始于何时，然而确已成了他们的习惯，尤其当他们彼此间争议越多或者涉及了重大问题，他们的礼数也越发严格越发周到，好像这是什么必得遵守的神秘游戏规则。我们揣测这种礼仪可能是与卡斯塔里其他传统功能一起传下来的重要功能，首先是它的安全阀作用：人们在讨论问题时运用超乎寻常的礼貌语气，不仅可使辩论人避免情绪冲动，有助于令人保持完美的态度，更可借以保护宗教团体和最高教育当局本身的尊严。用庆典的礼服，用神圣的面纱把他们遮掩起来的理由大概也就在此，尽管这种微妙的恭维艺术经常受到学生们的嘲笑。在克乃西特时代之前，他的前任托马斯·封·德·特拉维就是一位精通此道的大师。不过，就这一艺术而言，克乃西特不能算是他的后继者，更不是他的仿效者，而是一个古老的中国的信徒，他的礼数较少机锋，更多的则是诙谐。但是，他也在自己的同事们之间被奉为精于礼数的大师。

# 夜　谈

　　我们现在已抵达一个转捩点，我们必须把注意力全部集中在这一时刻，因为它不仅占据着这位游戏大师的最后几年时光，而且还促使他决心离开自己的职位和游戏学园，跨进另一种生活领域，直至他死亡。尽管他始终以堪称楷模的诚实态度忠于职责，直到辞职的那一片刻；尽管他始终受到学生和同事们的爱戴和信任，直到告别的那一天，我们仍然放弃了继续叙述他任职的情况，因为我们已发现他内心厌倦这一职位，心灵深处转向了另一种目标。他为扩展公务可能达到的程度可称鞠躬尽瘁，他已跨过界限进入转身地点，他必须作为一个伟大的人物离弃传统的、服从秩序的小径，踏上那条没有前人足迹和经验，更没有人引领的新路，他必须信赖那至高无上的、人类尚无法测度的力量。

　　他一旦自觉意识到了这种情况，便冷静而细心地对自己当前的处境和改变这一处境的可能性进行了审察。他以不同寻常的年龄登上了职位顶峰，那是任何一位有才能有抱负的卡斯塔里人都认为值得奋斗的目标。他获得这一高位，既非出于野心，也非出于努力，登上这一高位几乎是违反他本身意愿的强求；过一种不引人注意的、没有公务责任的自由研究生活，才是最适合他，这也是他个人的最大愿望。他并不重视高位所能够带来的种种利益和权力，我们发现他似乎上任不久便厌倦了这类荣誉和特权，尤其是他始终把最高行政当局的政治工作和管理工作视为沉重负担；虽然他总是凭良心奉献精力，甚至连他的本职工作，连那项最独特的培训最优秀精英人才的工作，虽然偶尔也曾让他感到喜悦，这批精英分子也对他十分钦佩，然而越到后来越使他感到负担多于快乐。真正让他获得喜悦和满足的倒是教书和教育，他还从中获得了这样一种经验：学生的年龄越小，他在教育中得到的快乐和成果也就越大，以致他常常怅然若失，因为本职工作输送给他的只有青年和成人，而没有少年和幼儿。

　　当然，他在长期的任职过程中还产生了许多思虑、经验和观点，这促使他对自己的本职工作以及华尔采尔本身的若干景况持有怀疑和批判态度，或者更确切地说，他觉得大师职务是最有成效地扩展自己才能的巨大障碍。他所怀疑的东西，有些我们已经熟知，有些则是我们的揣测而已。至于下述种种问题：游戏大师克乃西特力图挣脱官职的束缚，而想按照自己的愿望从事不太显著的工作，对不对？他对卡斯塔里处境的种种批评究竟正确与否？人们应当视他为一个先驱者和勇敢的战士呢，还是视他为一个某种类型的叛徒或者甚至是开小差的逃兵？这一长串问题，我们不打算再探讨，因为已有过太多的争论。在华尔采尔地区，有一段时期曾因这一争论而使整个学园分裂为两大阵营，这一裂痕至今仍未完全弥合。我们虽然对这位伟大的游戏大师怀着深深的敬意，却不愿意在这类争论中产生任何偏见。我们认为，对于约瑟夫·克乃西特其人及其生平等诸多争论和分歧，最终将出现一种综合性的判断，是的，事实上这种情况早就开始形成。因此，我们不愿对往下的叙述进行任何批评或者改变，而一如既往地尽可能忠实地写下我们敬爱的大师最后阶段的历史。不过确切地说，我们记述的并非纯粹的史实，而是一种所谓的传说，一种由真实的材料和口头传闻糅合而成的报道文字，就像是源自种种或清澈或污浊的不同泉源汇聚而成的泉水，流向了学园中我们这一辈后代人。

正当约瑟夫·克乃西特开始思索如何才能够走上一条自由的道路时，出乎意料地遇见了一个曾经很熟悉，却已几乎完全忘记的人，那人就是他青年时代的对手和朋友普林尼奥·特西格诺利。这位出身于古老家族——其前辈人曾对卡斯塔里有过帮助——的后裔，年轻时在精英学校当过旁听生，如今已成为有影响力的社会名流，既是议员先生，又是一位政论作家，有一天因为公务突然出现在学园宗教团体当局的会议上。我们已经谈起过，负责卡斯塔里财政工作的管理委员会每隔数年改选一次，这位特西格诺利恰好被选为本届的委员之一。当他第一次以委员身份出席在希尔斯兰教会组织会议室举行的委员会议时碰见了玻璃球游戏大师。这次会见不仅给克乃西特留下了深刻印象，而且产生了后果。

我们所掌握的那次会面情况，部分得自德格拉里乌斯，部分得自特西格诺利本人，他在我们不十分清楚的克乃西特这一段后期生活里，再度成了克乃西特的朋友，是的，还应当说是知心密友。

他们暌离数十年后重逢于他人的介绍之下。会议主持人按照常规向大家介绍新当选的委员会成员，当克乃西特听到特西格诺利的名字时，不禁大吃一惊，甚至颇感惭愧，因为自己未能一眼便认出阔别多年、模样有点改变的老朋友。克乃西特立即改变态度，免除了一切虚礼客套，亲切地伸出右手，目光审视着对方的脸容，试图寻找出让自己未能认出老朋友的变化来。会议过程中，克乃西特的视线也常常停留在这张曾经非常熟悉的脸上。此外，因为特西格诺利竟以大师头衔相尊称，使克乃西特不得不两度请他改变称呼，恢复青年时代惯用的叫法，直至他改口为止。

克乃西特记忆中的普林尼奥是个性格奔放、开朗健谈、光彩照人的青年，既是优秀学生，又是世家子弟，他自感比脱离世俗生活的卡斯塔里少年优越，常常逗弄嘲笑他们。当时他也许有点儿虚荣，却心怀坦荡，绝不是那种心胸狭隘的人，因而引得许多同龄人的好感、拥戴，对了，许多人还被他那优雅的外表、自信的举止和不俗的气息所倾倒，经常围在他身边。数年后，在普林尼奥即将结束学习生涯之际，克乃西特又见了他一次，发现对方又肤浅，又粗俗，似乎完全丧失了以往的魅力，这使克乃西特很失望。两人便冷冷淡淡地分了手。

现在的普林尼奥好像换了一个人。首先，他似乎完全丢弃了或者失落了年轻时的活跃精神，他那种喜好与人交往、争论和交流，那种积极、好胜、外向的性格，似乎统统失落了。事实也是如此，譬如他遇见老朋友时只是注视着对方，而没有主动先打招呼，譬如他对朋友不用早年的称呼，而尊称大师，勉强接受了克乃西特要他改换称呼的恳求，是的，就连他的举止、目光、谈吐方式，甚至脸上的神情都大大改变了，一种拘谨和沉闷取代了从前的好斗、坦率和热情，他变得沉默和拘束了，也许是一种工作过度的现象，抑或只是厌烦而已。他的青春魅力消退了，不见了，从前那种肤浅、虚浮的特征也同样消失了。现在，他的整个身形，尤其是他的脸上都烙刻着又绝望又高贵的痛苦痕迹。

我们的玻璃球游戏大师参与着会议，却不由自主地分出一部分注意力，思索着眼前的现象，究竟是一种什么样的痛苦，居然把一个天性活泼、潇洒、生气勃勃的快乐青年变得如此压抑。克乃西特揣测那必定是一种自己完全陌生、完全无知的痛苦，他越是沉潜于揣摩探究，便越同情这个痛苦的人。同情与友情汇聚成一种隐隐的感觉，让他感到自己好似对青年时代朋友的痛苦负有罪责，应该作出一些补偿才对。

当克乃西特对普林尼奥的痛苦原因进行了若干假设，又随即一一推翻之后，有一种想法出现在他的脑际：这张脸上的痛苦表情不同寻常，似乎是一种高贵的、悲剧性的痛苦，这类表情形式不属于卡斯塔里范畴，他回忆起曾在外面世俗世界人们的脸上见到过类似的表情，当然没有眼前所见的那么显著和迷人。这时他也联想到曾在古代的肖像和雕像上见过类似表情，曾在一些学者或者艺术家的作品中读到过某种一半出自病态一半出自命运的感人悲哀、孤独与绝望的表情。我们这位游戏大师既具深入人们内心秘密的艺术家的细腻感觉，又擅长把握不同性格的教育家的清醒头脑，在他眼中，人人脸上无不具有一定程度面相学上的标志，他虽然无法归纳成体系，却可以熟练地直觉感知。例如他可以区别卡斯塔里人和世俗人的各自特有的大笑、微笑和愉快表情，同样，他也能区别他们各自特有的表达痛苦和悲哀的方式。他断定自己在特西格诺利脸上看到了这种世俗人的悲哀表情，而且真真切切地显示出一种最强烈最纯正的悲哀，似乎这张脸有意成为无数张脸的代表，有意体现无数人的内心痛苦一般。

克乃西特被这张脸所困惑，也被这张脸深深打动了。他觉得，世俗世界把自己失落的朋友重新送回来，让普林尼奥和约瑟夫像往昔学生年代辩论时各占一方那样，如今是真正分别代表世俗和教会，这似乎不仅是一件有价值的好事；克乃西特觉得，更为重要、而且更具象征意义的是：世俗世界用这副阴霾密布、孤独悲伤的脸庞送给卡斯塔里的，已经不是它的笑声、生活乐趣、权力和粗俗的欲望，而是它的不幸和痛苦。克乃西特还觉得，与其说特西格诺利想见他，倒不如说是想躲避他，对朋友的友谊反应迟疑，又带着强烈反抗心理，当然，这情形让克乃西特绞尽脑汁，苦思冥想，却仍不得其解。然而，无论如何，克乃西特相信自己可以挽救他，普林尼奥是他的老同学，受卡斯塔里的教育，绝不会像这个重要的委员会某些其他成员那样顽固不化难以对付，甚至对卡斯塔里充满敌意。事实上，人们早就知道，普林尼奥尊敬这个宗教团体，是游戏学园的支持人，曾多次为其效劳。唯有玻璃球游戏活动，他已多年没有接触。

我们无法精确报道这位玻璃球游戏大师采用什么方法逐渐再度赢得了朋友的信赖。不过我们人人皆知这位大师既善解人意又亲切慈爱的品性，便可以设想他处理此事的方法了。克乃西特持续不断地进行着争取普林尼奥的工作，面对这种不屈不挠的认真追求，谁能够抗拒到底呢？

在他们第一次重逢数月之后，特西格诺利终于拗不过克乃西特的再三邀请来到了华尔采尔。那是一个多云有风的秋日下午，两人驱车穿行在忽明忽暗交替变化着的田野间，前往他们过去求学和结交友谊的旧地。克乃西特显得轻松愉快，他的客人则沉默无言，情绪忧郁，情景恰似他们脚下那片刚刚收割后空荡荡的田野，忽而明亮，忽而阴暗，他们之间也忽而是重逢的喜悦，忽而是隔膜的悲哀。他们在学园附近下车后，步行在往昔共同走过的老路上，回忆着过去的同学和老师们，还想起了当年曾经谈起的话题。特西格诺利依照约定在克乃西特那里逗留了一天，观看和参与克乃西特当日的公务和工作。一天结束之后——客人欲于第二天清晨告别，两个朋友便坐在克乃西特的起居室内促膝夜谈，几乎又恢复了往日亲密无间的程度。客人在这一整天中得以丝毫不漏地细细观察大师的日常工作，留下了很深刻的印象。特西格诺利回家后立即把这场谈话作了详尽记录。尽管笔记里也包含了一些不重要的琐事，也许会让某些读者感到有碍于我们客观地叙述本文，然而我们还是原封不动地照录了全文。

"我本想让你看许多东西的，"大师说道，"我却未能完全办到。譬如我官邸内的可爱花园。你还记得我们的'大师花园'和托马斯大师移来的植物吗？——是的，还有其他许多东西呢。我希望你将来再能够拨冗来看看它们。不管怎么说，从昨天开始你已审视了不少往事，对我的职责和日常工作也有了大概了解。"

"我为此十分感谢你，"普林尼奥接着说道，"我今天才有机会再度探究你们学园的性质，测度这种教育包容的巨大秘密，其实多年来我常常遥想着你们这里的一切，远过于你们所料想的。你今天让我亲眼察看了你的工作和生活，约瑟夫，因而我希望这不是最后一次，但愿我们有机会经常谈谈我今天在这里所亲见的东西，因为我现在还无法就此发表见解。另外，我觉得有责任回报你待我的亲情。我知道，前些日子的怠慢一定令你大为惊讶。老实说吧，你也得来访问我一次，看看我的居家生活。不过我今天仅能向你略作介绍，让你约摸知道我的近况。坦白说吧，说出来真让人惭愧，也可算是一种忏悔吧，多少会减轻我内心的负担。

"你清楚我的出身，这是一个由一代代地主和高官构成的古老的保守家族，曾为国家效力，也曾替你们学园出力。但是你看看，就这一件简单的事实便让我面临鸿沟，把我们分割在两处！我刚才说到'家族'一词，我原以为要说的是个简简单单、不言而喻、清清楚楚的事情，然而事实如何呢？你们学园内的人有自己的教会组织和宗教秩序，可是你们没有家族家庭，你们想象不出家系、血统和门第意味着什么，因而你们也不可能认识人们所谓'家族家庭'所蕴含的神秘莫测的巨大魅力和力量。我想，这些也正是我们为表达生活的意义而使用得最多的词语和概念。大多数我们看来很重要的事情，你们却不以为然，其中一些事情你们甚至简直不能理解，而另外有些同样的事情，对你们与对我们却具有迥然不同的意义。这等背道而驰，怎能交流交谈！你瞧，你对我说话时，我觉得好像是个外国人在向我说话，总算这个外国人说的是我年轻时学过，也亲自说过的话，所以大致都听懂了。但是反过来你却不一样，我向你说话时，你听到的是陌生的语言，你仅能听懂它所表达的半数内容，至于其中的细微差别和言外之意则完全无法分辨。你听到的是一种与你无关的人生经历和生存之道，其中的大部分内容，即或合乎你的兴趣，但对你仍然是陌生的，那些事情对你来说至多只能是一知半解。你回忆一下我们学生时代那许多次争论和交谈吧。从我的角度来讲，我当时只是在进行一种尝试，是我的许多种尝试之一，试图让学园和我们世俗世界协调一致，不论在生活上还是在语言上。在我当时试图与之沟通的人士中，你是最能接受外来事物、最善解人意、最诚实的对手。当年你勇敢地站出来为卡斯塔里的权利辩护，却丝毫也没有否定我的另一种世界，也并未忽视它的权利，或者有任何轻蔑它的言语。应当说，我们当年走得几乎已经很接近。啊，我们以后还得再谈谈这个话题的。"

在特西格诺利低头沉思、静默的片刻，克乃西特小心翼翼地插嘴说道："不过事实上并非像你以为的听不懂。毫无疑问，不同民族和不同语言的人相互交往，当然不可能像同一国家同一语言的人彼此交往那么顺当那么亲切。但是这绝不是我们放弃相互沟通的理由。即或同处一个国家，同说一种语言，也存在着种种局限，阻碍着人们获得完全的交往和相互谅解，例如文化、教育、才能以及个性的局限。我们可以断言，从原则上讲，世界上每一个人都可能与任何一个人对话，然而，我们也可以断言，世界上任何两个人都不可能有真正完美无缺的相互理解和交谈。——这上一句话和下一句话都同样真实。这就是阴与阳，白天与黑夜，两者都是正确的，我们往往不得不兼顾两者。我还得说，当然我也不相信我们两人之间能够进行完全的沟通，能够彼此毫无误解。然而，即使你是一个西方人，我是一个中国人，即使我们各说自己的语言，只要我们都具有良好的沟通愿望，那么我们仍然能够进行许多交流，而且除了实际的东西之外，还会相互揣摩和感受到许多言外的东西。不管怎么说，我们都愿意试试的吧！"

特西格诺利点点头表示认可，又继续往下说道："我想先谈一些你必须知道的情况，使你对我的处境有所了解。首先，家庭应在一个青年男子生活中据有至高无上的位置，不论他是否愿意承认。我在你们精英学校当旁听生时，与家庭的关系始终良好。那些年，我一直得到你们的关怀照料，假期回家又总是受宠爱受娇惯，我是家里的独子。我很爱我母亲，爱得热烈而又深切，每次出门旅行，唯一使我难过的事情便是和她分离。我和父亲的关系比较冷淡，不过还算可以，至少在童年时代，还有和你们一起度过的少年时期内，情况确实如此。父亲是老一辈中尊崇卡斯塔里精神的人，我能够进入精英学校求学，能够参与高尚的玻璃球游戏，都是他引以为荣的事情。我每回返家度假总像在过气氛隆重的节日，一定程度上甚至可以说我和家人仅仅在穿着节日盛装时才相互见面。当年我在假日里常常为你们呆在学校无缘享受这份快乐而感到怜悯。

"你对我那段生活比任何别人都更为了解，我无须再多说什么。我几乎变成了一个卡斯塔里人，也许有点浅薄、粗俗、浮躁，却是热情奔放，生气勃勃，斗志昂扬的。那是我一生中最快乐的年代，当然我那时候却全不察觉。我呆在华尔采尔的时候只是预期：我一生中的最高快乐和人生顶峰，将在我离开学校返回故乡，借助我从你们获得的优越性而征服外边的世界后来临。但是事实恰恰相反，我离开你们之后便开始产生内心矛盾，一直延续至今，尽管我奋力争论，也未能如愿获胜。因为我回到的那个世俗世界已不再仅有我自己的家族，也不拥抱我和承认我出身华尔采尔的优越性。随后，我在自己家里也立即遇到了麻烦、不和谐而大感失望。我是隔了一段时期之后才察觉自己问题的，因为我的单纯天真，我孩子气的信仰和我的快活天性都始终护卫着我，此外从你们宗教团体学得的道德自律和打坐习惯也大大保护了我。

"我后来在大学里专事政治研究，那里的情形太让人失望了！大学生们说话的腔调，他们的一般教育水平以及他们的社交生活，还有一些教师们的个人品性，总而言之，一切都和我在你们中间习以为常的情形大相径庭。你还记得吗，当初我为自己世俗世界辩护而攻击你们的世界时，曾经何等赞颂那种朴实无瑕的单纯生活吧！倘若那是一桩必须惩罚的错事，那么我事实上已经受到严厉处罚了。因为这种天真无邪的纯朴本能生活，这种孩子气的未受污染的纯真之人，很可能还存在于农民、手工匠人中间或者还存在于其他什么地方，但是我却一直未能找到，更毋庸说分享这种生活了。你也总还记得，我曾夸大其词地批评卡斯塔里人，嘲讽他们的等级森严礼仪和傲慢精神？如今呢，我发现，我这个世界里的人也同样恶劣，他们缺少教养，幽默粗俗，愚蠢地局限于实际、自私的目标，却又居然藐视别人。他们天性狭隘，却自命尊贵、神圣、出类拔萃，自以为远远超出了我这个华尔采尔最华而不实的精英人才。他们有的人嘲笑我或者拍拍我的肩膀，有的人则以一般俗人反对一切陌生高尚事物的态度，公开憎恶我身上所显示的卡斯塔里特性。而我下定决心把这种憎恶当作嘉奖加以接受。”

特西格诺利说到此处，止住话头，朝克乃西特瞥了一眼，看看他是否厌烦。他遇到了朋友的目光，发现他正友好地全神贯注地听着，心里觉得十分宽慰。他看出克乃西特是在敞开心怀倾听，既不是随随便便听人闲聊，也不是饶有兴味地听一个有趣故事，而是聚精会神地倾听着，就像在静坐默修一般。他这时还看到克乃西特的目光中流露出一种纯净的善良愿望，那种近似儿童的赤诚热情目光，使普林尼奥心里不禁一震，因为他在这同一个人的脸上竟然看到了如此迥异的表情，因为他曾整整一天惊叹欣赏朋友处理繁复的日常工作和公务时的既有智慧又具权威的神态。普林尼奥如释重负，便继续往下讲道：

“我不知道，我的生活是否有益于人，或者仅仅是一种误会，或者还具有一些意义。倘若它真有什么意义，我想也许应该这么描写：在我们时代里有这么一个具体的人，他有一次在一种极清楚、极痛苦的状态中认识和体验到卡斯塔里已远远背离了自己的祖国，或者也可以反过来说，我们的祖国和那个最高尚的教育学园及其精神已变得大相径庭，我们国家的肉体与灵魂，理想与现实，早已和他们的背道而驰了，他们相互的认识何等微少，又多么不乐意进一步相互认识。如果我这一辈子真可以有任何理想和使命的话，我就要尽全力综合协调这两大原则，成为两者之间的调解人、翻译和仲裁者。我已经尝试过，却失败了。今天我当然无法向你叙述我的全部生活，即使全说了，你也未必全能理解，所以暂且先把我尝试失败的具体情况向你介绍一下。

“当年我进入大学从事研究的初期所面临的难题，倒不全由于我是来自卡斯塔里的模范学生而受到嘲弄或者敌视。相反，倒是那几位把我的精英学生身份视为荣誉的新朋友，却给我带来了麻烦，甚至可说是更大的困境。是的，我得承认，也许最大的难题在于我自以为是，想去做不可能的事，想把卡斯塔里式的生活融入世俗生活之中。我最初确实没有感到有什么困难，我按照从你们处学来的规则生活，坚持了相当长的一段时间，觉得似乎也适合于世俗生活，似乎鞭策了我也卫护了我，似乎能够让我保持精神饱满和内心健康，更重要的是加强了我拟以卡斯塔里方式绝对独立地度过自己研究年代的决心，我只依照自己的求知欲望向前行进，而不走迫使一般大学生们必走的学习道路，也即让大学生们在尽可能短的时间内完全彻底地学会一门谋生的专长，丝毫不考虑每一个学生发展自由和博大精神的可能性。

"然而，事实证明卡斯塔里赋予我的保护不仅非常危险，而且也颇可怀疑，因为我并非要成为弃世隐居的灵魂平静者而必须以静坐保护心灵的安定。我的目标却是征服这个世界，我要了解这个世界，同时也逼迫它了解我；我还要在肯定这个世界的基础上尽可能地更新它，改良它。是的，我要竭尽全力把卡斯塔里和世俗世界拉到一起，让它们和谐协调。每当我经受了一些失望、争执或者激动之后，我总是往后退回静坐潜修之中，起初确实有效，每次静修都能松弛精神、吐故纳新，都能让体力恢复到最佳状态。随着时间的推移，我逐渐发现，恰恰正是这种静坐入定，这种培养训练性灵的手段使我孤立了自己，让我在别人眼中成为怪物，而且使我无法真正了解他们。我也才真正明白，若想真正了解他们，了解这些世俗的人，只有重新变成他们一途，我必须放弃优越感，甚至也不得以静修作避难所。

"当然，我也可以用另外一种较为掩饰的方法来描述自己的变化过程。情况也许是，或者很可能仅仅出于一种简单的事实：因为我没有了同学同练的伙伴，没有了老师的监督指导，没有了华尔采尔那种保护和疗治精神的整体气氛，我便逐渐丧失了修炼能力，变得松懈懒散，以致陷于陈规陋习之中不能自拔。每逢良心受到谴责之际，为了找借口原谅自己，便胡说陈规陋习乃是这个世界上人类的表征，让它几分，便可获得周围环境的谅解。但是我不想对你掩饰事实的真相，我也不愿意否认和隐瞒自己曾苦苦挣扎和奋斗，甚至屡犯错误的事实。这个问题在我是极严肃的事情。不管我如何努力让自己纳入有意义的轨道，不管这是否仅为我的幻想而已，不管怎么说，我当然失败了。总之，世俗世界强过于我，最终慢慢制服了我，吞噬了我。情况竟如此符合我们当年的论点，生活好似确切接纳了我的意见，把我造就为世俗的模型，这个世俗世界的诚实正直、天真纯朴、健康强壮，连同它们的总体优越性，都是我在华尔采尔辩论中针对你的逻辑竭力为之赞誉辩护的论点。你总还记得吧。

"现在我必须提醒你另外一些事情，这件事你也许早已忘记，因为它对你毫无关系。这件事对我却意义重大，它对我而言，不仅重要，而且可怕。我的大学时代结束了，我必须适应自己的新情况，我已失败，不过并非彻底完蛋，应该说，我内心里始终把自己视为你们的同类，并且认为，我作出的这种或那种调整和舍弃，与其说是遭受失败的结果，不如说是一种处世智慧和自由抉择。因而我仍然牢牢保持着青年时代的若干习惯和喜好，其中便有玻璃球游戏，也许这并无多大意义，因为一则缺乏经常训练，二则没有水平相当，甚至胜过自己的游戏伙伴，技艺也就不可能提高。一个人单独游戏至多也仅能够用自问自答替代诚恳严肃的对话。总而言之，我的精英学校出身曾让我不知所措，我为保存自己的玻璃球游戏技艺，我的卡斯塔里精神，为了这些有价值的财富，付出了极大的努力。当年我有些对玻璃球游戏颇感兴趣却很外行的朋友，每当我向其中某一位简略介绍游戏的格式或者分析某一场游戏的一个片断时，我常常感到对方全然无知，似乎面对着一种魔术。我在大学三年级或者四年级的时候，曾到华尔采尔参加了一次玻璃球游戏讲习班，重见了这片田地和小城，重临了母校和学园，不免悲喜交集。你当时不在，去了蒙特坡或者科普海姆，这里的人把你说成一个往上爬的怪物。我参加的这个讲习班其实不过是为我们这类可怜的俗人和半吊子举办的一个暑假短训班而已。尽管如此，我依旧努力学习，课程结束时我获得了最普通的'三等'资格，并为之沾沾自喜，因为这是一个及格证明，是一张准许参加今后各类假期课程的通行证。

"后来呢，又过了若干年，我再一次兴致勃勃地报名参加你的前任主持的一届假期讲习班，我尽力做好准备工作，打算在华尔采尔显示一番。我细细温习了以前的作业本，又复习了集中心力的练习，总之，我尽了最大的能力把自己调整到适宜参加训练班的程度，就像一个真正的玻璃球游戏选手为参加年度大赛作准备那样。于是我又来到华尔采尔，因为间隔了几年，便又感到了陌生，却也同时深受吸引，好似回到了一个已失落的美丽故乡，甚至连家乡话也说不利落了。这一回我总算如愿以偿与你重逢了。你还记得么，约瑟夫？"

克乃西特诚诚恳恳地望着他的眼睛，点点头又微微一笑，却没有说话。

"好吧，"特西格诺利继续往下讲，"那么你是记得这次相逢的。但是你记起了什么内容呢？和一个同学匆匆而过的会面，一场邂逅和一场失望。随后便是各奔前程，互相不再想起，除非几十年后有个人傻乎乎地又向对方提起当年往事。难道不是这样么？还会有别的什么呢？对你来说还会有什么更多的东西么？"

特西格诺利显然在竭力克制自己，但是，也许已经累积了许多年、却始终未能克服的激动情绪，似乎已到了一触即发的地步。

"你在伺机而动，"克乃西特小心翼翼地回答说，"至于我有什么印象，等一会儿轮到我的时候再说吧。现在请往下讲，普林尼奥。我看，那次相逢让你不愉快。当时我也觉得不快。现在请继续往下讲，当年出了什么事，不要保留，全说出来吧！"

"我试试吧，"普林尼奥表示同意。"我当然不是想指责你。我必须承认你当年对我的态度无可指摘，简直可以说客气极了。我这回接受你的邀请来到华尔采尔，真是事隔多年，自从第二次参加假期讲习班后，是的，甚至被选为卡斯塔里管理委员会委员之后，便不曾踏上此地，这回我决心把从前那场经历同你说说清楚，不管后果是否愉快。现在我就和盘托出。那时我来参加暑期班，被安置在客房里。参加者几乎都和我年龄相仿，有几个人甚至比我还年长许多岁。我想顶多是二十人左右吧，大都是卡斯塔里内部的人，可是这些人要么是些懒散、差劲的糟糕玻璃球游戏者，要么就是些初学的生手，一心只想来见识一下而已。幸而我一个人也不认识，总算心里轻松一些。我们讲习班的辅导教师，是档案馆的一位助理，尽管工作很努力，待人也极客气，然而讲习班的总体气氛从一开始就给人一种二三流的印象，一种受惩罚的感觉。这些偶然凑在一起的学生对短训班的意义和可能取得的成果一无所知，而他们的辅导教师也同样缺乏信心——即或参加者谁也不愿承认。人们也许会惊讶，为什么这批人要集合在一起，自觉自愿地从事他们既不擅长又缺乏强烈兴趣的事情，既耗费时间又劳累精神。而一位技艺精湛的专家，为什么仍孜孜不倦地加以指导，给他们安排明知不可能有多少成果的游戏实习。我当年并不清楚，这全因我运气不佳进了差班。很久之后我才从一位有经验的玻璃球游戏选手口中得知，倘若我遇上另外一批学员，也许会受到促进和感动，甚至会大受鼓舞呢。后来我又听说，每个讲习班上，凡是能够有两位彼此熟悉而且友好的参与者时时互相激励，那么往往就会带动全班学员乃至教师达到较高水平。你是玻璃球游戏大师，你必然懂得这个道理。

　　"可惜我的运气太坏。我们那个偶然凑成的小组缺乏生气，没有丝毫温暖气息，更说不上欣欣向荣的气氛了，整个水平只够得上为少年儿童办的一个补习班而已。日子一天天过去，我的失望与日俱增。幸而除了玻璃球游戏之外，还有这片又神圣又令人惬意的华尔采尔土地供我留恋。我的游戏课程虽然失败，我仍应该庆幸自己有机会返回母校和许多老同学叙旧，也许还会遇见我最想念的老同学，那位在我眼中最能代表卡斯塔里的人物——你，约瑟夫呢。如果我能够重逢几位以往的青年伙伴，如果我步行穿越美丽的学园时邂逅几位学生年代的优秀人物，尤其是也许会再度接近你，能够像从前那样倾心交谈，而不是像我在卡斯塔里外面那样自问自答——那么，我也可算不虚此行了，我也不必再介意课程失败等诸如此类的倒霉事了。

　　"我在路上最先遇到的两个老同学是泛泛的普通学友。他们愉快地拍拍我的肩膀，提了一些幼稚问题，打听我在世俗世界生活的奇闻轶事。接着遇见的几位就不那么容易应对了，他们是游戏学园里年轻一辈的精英分子，他们没有向我提出天真的问题，只是用一种有点夸张的、近乎谦下的姿态向我问候致意，这是你们神圣殿堂里的人士与人迎面相逢，无法回避时惯用的手法。他们这种举止清楚表明他们正忙于重要事务，没有时间，没有兴趣，没有愿望与我重叙往日的友情。好吧，我当然不想勉强他们，我不打扰他们，让他们静静地停留在威严崇高的、嘲讽世俗的卡斯塔里世界里。我远远遥望着他们安然自得地打发日子，就像一个囚犯透过铁窗望向自由天地，或者像一个饥寒交迫的穷人张目凝望那些贵族与富豪，他们生活优裕，有教养，营养充足，因而漂亮潇洒，容光焕发，手指光洁。

"最后出现的是你，约瑟夫，我满心欢喜，脑海里浮现出新的希望。你正穿过庭院，我在你身后从步态上认出了你，立即喊叫你的名字。终于见到了有思想的人！我心里暗暗思忖，可能是朋友，也许竟是敌手，不过无论如何总是一个可以与之交谈的人。这个人确实是彻底的卡斯塔里人，不过卡斯塔里精神还没有把他凝结成一副面具和盔甲。他仍然是一个活生生的人，一个善解人意的人！当时你必定看出我多么高兴，又对你寄托着多大希望，事实上你也极其殷勤和有礼貌地转身朝我迎面走来。你记得我，我对你也非泛泛之交，再度见到我的脸使你愉快。因此我们短暂而快乐的问候也并不在庭院里告一段落，你还邀请了我，你为我奉献、牺牲了一个傍晚。但是，亲爱的克乃西特，那是怎样一个傍晚啊！我们两人都受尽了折磨，我们尽力显得谦逊，客气到了近乎公事公办的程度，我们艰难地从一个话题扯到另一个话题，多么无聊乏味的谈话啊！别人对我冷淡倒还罢了，和你相会更加糟糕，这种心力交瘁的叙旧之举才真正让人痛苦呢！那个傍晚终于彻底消灭了我的幻想。它无情地向我宣告：我不是你们的同伴，我不追求你们的目标；我不是卡斯塔里人，不是宗教阶层中的一员；我只是一个令人累赘的蠢货，一个缺乏教养的外人。然而这一切都是用无可指摘的彬彬有礼的举止表现的，一切失望和不耐烦都掩藏在完美的面具之后，对我而言，这才是最糟糕的状况。倘若你斥责我，非难我说：'你是怎么搞的，朋友，怎么堕落成这样？'也许倒会打破坚冰，我也可能快活起来。然而这不过是我的痴心妄想。我看到，我的归属卡斯塔里感纯属瞎想，我对你们的敬爱，对玻璃球游戏的兴趣，对伙伴关系的寻求，统统一无是处。青年教师克乃西特有礼貌地接受了我这次令人厌烦的华尔采尔之行，他牺牲了整整一个傍晚，忍受着折磨与无聊，随后以无懈可击的礼貌打发了我。"

特西格诺利竭力克制着自己的激动情绪，满脸痛苦，向游戏大师瞥了一眼。那一位只是静静坐着，聚精会神地倾听着，没有丝毫不耐烦的模样，脸上展出一丝十分善意的微笑望着自己的老朋友。由于特西格诺利中断了谈话，克乃西特的目光便停留在他脸上足足有一分钟左右，神情温厚，向朋友表达着一种抚慰之情。

"你还微笑？"普林尼奥激动地叫嚷说，尽管还没有发怒，"为什么笑？你认为一切正常么？"

"我得说，"克乃西特笑着回答，"你出色地描述了事件的过程，太出色了。事实如此，精确得丝毫不差，也许甚至连你说话声调中那种残留的委屈和谴责感情也是必不可少的事实，不仅为了倾诉，也为了完整生动地把当年场景再现在我面前。而且我还认为，尽管你显然坚持着老眼光，你心里的冰块也令人遗憾地没有化解，然而你的故事叙述却很客观正确——两个青年同陷一场尴尬困境的故事，两个人不得不互相伪装，而其中一个人正是你自己，你犯了一个严重的错误，你不仅没有除去假面具，反而用一种快乐的外表来遮掩当时的处境所导致的内心痛苦。看来你直到今天仍然把责任归咎于我，尽管唯有你才可能改变当时的处境。难道你果真看不清问题的症结？无论如何我都得说你今天的描述十分精彩。我确实又重新目睹了那个奇怪傍晚的全部尴尬景象，刚才有一忽儿，我仿佛又觉得必须克制自己，又有点为我们的行为惭愧了。是的，你的叙述完全正确。能听到如此精彩的叙述，我非常满足。"

"啊，"普林尼奥有点惊讶，但是说话中仍然带有不悦和怀疑的音调，"我很高兴，至少我的故事让我们中的一个人得到了乐趣。不过我必须告诉你，我可没得到什么乐趣。"

"但是，今天呢，"克乃西特说，"今天你总可以看出这个故事多么有趣，这不正是我们两人的光荣么？让我们一笑置之吧！"

"一笑置之？为什么？"

"因为这是一个旧卡斯塔里人普林尼奥的故事，此人曾努力研习玻璃球游戏，曾渴望赢得过去同窗好友们的赞赏，如今一切都已过去，都已彻底消失了。那个彬彬有礼的青年教师克乃西特也和他一样，当年虽然受到过卡斯塔里式的全面培养，却不知道怎样抵挡普林尼奥的突然袭击式的光临，许多年后的今天才面对明镜一般看清了自己的丑相。我再说一遍，普林尼奥，你的记忆力真好，所以讲得精彩，我想我做不到。我们很幸运，事情已经完全过去了，我们能够一笑置之了。"

特西格诺利显然有点被搞糊涂了。游戏大师的愉悦让他也感到了一丝惬意和温暖，这种笑绝不是任何形式的嘲笑，他同时也察觉，愉悦背后潜藏着强烈的严肃性。然而他叙述时过于充满对那场苦涩经历的痛苦感觉，整个故事又太像一份忏悔录，以致他一下子难以改变说话的口吻。

"你也许没有想到，"他迟疑地说道，心里已有一半被说服了，"我所叙述的内容对你而言与我的感受不同。事情对你不过是一次不愉快，顶多是懊悔而已，对我却不一样，这是一次惨败和垮台，同时也是我一生中重大改变的开端。当年我一结束讲习班学业就离开了华尔采尔，当时决心不再重返游戏学园，而且憎恨卡斯塔里以及这里所有的人。我因为幻想破灭而认识到，找永远也不会再和你们在一起，也许过去也不曾像自己所想象的属于你们。当年或许只要再添加一点刺激因素，就可能使我彻底成为卡斯塔里的死敌。"

而他的朋友始终用一种快活而清澈的目光望着他。

"毫无疑问，"克乃西特说，"我希望你下一次把你的想法统统告诉我。我想说说我们眼前的处境：我们青年时代是朋友，后来分了手，走上了各自截然不同的道路。后来又再度相逢，也就是在那届不幸的暑期讲习班期间的重逢，当时你已部分，或者可以说全部成了世俗之人，而我那时多少有点自负，是一个遵循卡斯塔里思考方式行事的华尔采尔青年精英。目前我们是在今天情况下回忆那场令人失望而惭愧的重逢。如今我们回顾当年的窘境，不仅能够正视，也能够一笑置之，因为时过境迁，一切都已完全改变。我现在也已不必隐瞒你当时给我的印象，我确实颇为狼狈，那是一种令人不快的反面印象。我不知道拿你怎么办，你显得那么不成熟，那么粗鲁，那么俗气，简直出乎我的意料，让我觉得震惊和厌烦。那时我还年轻，对卡斯塔里以外的世俗世界缺乏认识，实际上也不想认识。而当时的你则是一个来自外界的陌生青年，我当时全不明白你来看我们的原因，为什么要参加玻璃球游戏课程。事实上你学生时代学到的游戏知识几乎所剩无几。你刺激我的神经犹如我刺激你的神经。我不得不向你摆出华尔采尔人的高傲姿态，因为一个卡斯塔里人必须与非卡斯塔里人和业余玻璃球游戏选手谨慎地保持距离。而你表现得像个野蛮人或者半个文明人，似乎不时在对我的兴趣和友谊提出令人难堪的、多愁善感的无理要求。我们彼此回避，已近于相互憎恨了。我们唯有分道扬镳了，因为我们既不能向对方奉献什么，又不能公正地看待对方。

"但是，今天的我们，普林尼奥，既能把尘封已久的可耻往事重新曝光，也能把那一场景置之一笑了。因为今天，我们已非昨日的我们，如今相聚在与从前迥异的目标之下，有着与从前不同的发展的可能性。我们如今不再多愁善感，不必再压制嫉妒和忌恨的感情，也不再自高自大了。我们早就是成年男子汉了。"特西格诺利轻松地笑了，却仍然问道："我们能够肯定自己的判断吗？不管怎么说，我们当时也都怀着善良愿望的啊！"

"我也这么认为的，"克乃西特笑着说。"而我们却受善良愿望的驱使把自己折磨得死去活来，直至无法忍受。当时我们相互不自觉地越来越忍受不了对方，我们从自己的角度看对方，总觉得对方不可信，让人嫌，又陌生又可气，只是我们自己假想的责任感和互相依存感迫使我们把那场艰难的闹剧演了整整一个晚上。你离开后不久我就察觉了这个问题。往昔存在的友谊连同往昔存在的分歧，都未随着岁月而消失。我们没有听任它们消灭，而认为必须重新发掘出来，无论采用什么手段都要让我们的关系继续向前发展。我们有负疚感，却不知道如何还清自己欠下的友情债务。难道不是么？"

"我以为，"普林尼奥沉思地说，"你直到今天仍然过分地讲礼貌。你总说'我们两人'，可是事实上并非我们两人，我们之间并没有相互寻求。只有我单方面的寻求和敬爱，因而也只存在我这一面的失望和痛苦。我问你，我们分别后，你的生活难道有了什么改变？毫无改变！我则恰恰相反，那次重逢成了一道深入肺腑的痛苦伤口，因此我无法附和你的一笑置之的见解。"

"很抱歉，"克乃西特友善地抚慰道，"我也许太心急了。不过，我希望时间也会让你得以一笑置之的。你说得很正确，你当时是受了伤害，但是伤害你的不是我，尽管你当时这样想，而且这种想法至今似乎仍然没有改变。然而，你的受害在于你们和卡斯塔里存在的裂痕和鸿沟，我们两人求学时期的友谊似乎已将这条裂缝联结弥合，突然间却又可怖地裂开，形成又宽又深的鸿沟。你对我个人有什么可指责的，尽管坦率相告吧。"

"啊，绝不会有什么指责。责备倒是有的。当年你没有听进去，就是今天似乎也不想听。你当年就只用微笑和彬彬有礼来对付我，今天又故伎重演了。"

虽然特西格诺利在游戏大师目光里读到的唯有友谊和深深的善意，却禁不住还是不断加强自己的语气。是啊，总得让他把积累已久的块垒趁机吐尽才对。

克乃西特脸上的友善神情纹丝没变。他略略思索了片刻，终于谨慎地开口道："朋友，我直到现在才开始了解你。也许你是对的，我必须为此检查自己。而我首先还想提醒你：当然你有权利要求我把你所谓的责备听进心里去，但是你总得把这些责备切切实实地讲清楚才行。事实怎样呢，那天晚上在你住的客房里，我没有听见任何责备的言语，却同我一模一样，尽力显得轻快勇敢，扮演着一个无可指责的勇士，没听到你说过一句怨言。虽然你内心暗暗希望我能够听听你那些隐秘的苦水，看看你面具背后的真实面貌。嗯，是的，那时我应该有所察觉的，尽管远不是全部真情。但是，我又该怎样向你表示同情和担心，却不伤害你

的自尊呢？我们既已分道扬镳，各走各的路，因而我对你也就没什么可
奉献的，我双手空空，没有忠言，没有抚慰，没有友谊，我伸出援助之
手，对你又有什么益处呢？我坦白承认吧，你当年掩藏在轻松快活表面
之后的不安与不幸感，颇令我反感和烦恼，它们向我提出给予你关注和
同情的要求，而你的轻快态度又恰恰提出了相反要求。当时你让我觉得
有些烦人而且幼稚，此外多少还有点儿寒心之感。你对我们的友谊提出
要求，你想成为卡斯塔里人，做一个玻璃球游戏者，同时却又显得不受
拘束，行动怪异，很想以我为中心！这是我当时的大致判断。因为我清
楚看出卡斯塔里精神在你身上已几近荡然无存了，就连那些最基本的规
条，你也都忘得一干二净。是啊，这不关我的事。但是你为什么还要来
华尔采尔，为什么想成为我们的伙伴呢？我刚才说过，这种情况颇让我
烦恼和反感，当你把我那时的彬彬有礼理解为一种拒绝时，你倒是完全
正确的。是的，我确实本能地拒绝过你，却绝非由于你是一个红尘俗
客，而是因为你要求我们视你为卡斯塔里人。如今事隔多年，最近你再
度出现在我们中间时，你那往昔的迹象已无影无踪。你不仅外貌是世俗
人，连语言也完全世俗化了，尤其令人注目的是那种凄惨表情，悲伤、
忧愁或者不幸，都让我觉得陌生。但是这一切却为我所喜爱，不论是你
的举止、语言，还是你的悲伤模样，在我眼中都很得体，都很适合你，
使你显得有尊严，一点也不让我烦恼，我不但能够接受你，而且可以毫
无反感地肯定你。这回我们全然不必再行什么虚礼，所以我立即以朋友
的身份款待你，努力表达我的关心和友情。当然这回情况恰恰相反，是
我尽力在争取你，而你却竭力后退。我确实只把你默默无言来到我们学
园和你对卡斯塔里事业的兴趣看成是一种信任和依恋的表现。现在么，
你对我的殷勤终于有了反应，我们也就走到了互相敞开心胸的时候，我
希望，我们往昔的友谊也能因而获得更新。

　　"刚才你说，那次会面对你是一件痛苦经历，对我却无足轻重。我
们不必为此争论，你很可能没说错。而我们现在的会面，朋友，对我并
不是无足轻重。它对我所具有的意义，远远超出我今天向你表述的一切
言语，也决非你所能够想象的。我仅能向你稍作暗示，它对我所具有的

意义远非仅仅找回一个失落的朋友，让旧时只在新力量和新变化中获得复活。对我来说，首先它意味着一种召唤，一种殷切的欢迎，为我敞开了一条通向世俗世界的道路。它使我得以重新捡起那个老问题，在你们和我们之间进行综合调和。我得告诉你，它来得正是时候。这一次的召唤将会发现并非对牛弹琴，将会发现我比以往任何时候都更为清醒。因为我对它的降临毫无意外之感，我对它毫不陌生，不是什么可理可不理的外来之物，而且它实质上来自我自身，是对我内心中那种极其强烈和迫切热望所作的答复，是对我心灵的饥渴和祈求的回答。不过，时间很晚了，下回再谈吧，我们两人都需要休息。

"你刚才说我愉快而你悲伤，你的意思似乎是指我没有公正对待你所谓的'责备'，而且认为我直到今天仍然不正确，因为我竟然对此一笑置之。这里有些我不太理解的东西。为什么不允许用愉悦心情倾听责备？为什么人们相互对答时不得含笑而得愁眉苦脸？从你带着满脸愁容忧心忡忡再度光临卡斯塔里这一事实来判断，我可以下结论说：我们笑脸相迎，也许对你恰恰更为有利。倘若我没有分享你的悲伤苦恼，没有受你沉重情绪感染的话，决不意味着我不重视你的悲伤或者缺乏关心。我完全尊重你脸上表露的神情，因为那是你的世俗生活和命运烙下的痕迹，那是使你之成为你、并且属于你的东西。我爱它们，也尊重它们，尽管我也希望它们有所改变。至于它们的起因为何，我仅能揣测而已。你以后愿意统统告诉我，或者保持缄默，我认为都是可以的。我仅能看出你似乎有过一段极沉重的生活。不过你为何确定我不愿意也不能够正确对待你的困难呢？"

特西格诺利的脸色又阴沉起来。"有时候，"他绝望地说道，"我常常产生一种想法，觉得我们好似不仅代表两种不同的语言和表达方式，人们仅能暗示性地把这一种语言译成另一种语言，而且我们还是根本上截然不同的造物，相互间永远不可能互相了解。我们之中，究竟是谁可称为完美真实的人类，是你们抑或是我们？或者我们谁也不是，这更是我脑海里一再浮现的疑虑。某些时候，我会翘首仰望你们教会团体里的人和玻璃球游戏选手们，怀着深深的敬意、深深的自卑感和深深的妒

忌，钦羡你们的永恒自在、永恒快活、永恒从容享受生活，不受烦恼的
干扰，简直与神仙或超人差不多。然而另一些时候，我又觉得你们是些
可怜可卑的下等阉人，虚伪地停留于永恒的童年之中，天真而幼稚地蛰
居于密密围着篱笆墙的又整洁又乏味的儿童游戏天地里。在玻璃球游
戏场里，每一只鼻子都擦洗得干干净净，每一种感情都安抚得平平静
静，每一个危险思想都熨压得服服帖帖，在这里，人人都一辈子兢兢业
业从事那优雅可爱、毫无危险，却也毫无生气的玻璃球游戏，在这里，
每一种强烈的感情、每一次真诚的热情冲动、每一场心灵波动都立即果
断地通过静坐疗法加以控制、中和而使其消逝。难道这不是一个虚伪、
教条、没有生育能力的世界么？这难道不只是一个苟且偷生的虚假世界
么？这里的人没有负担、没有苦恼、免受饥饿，却也没有果汁和调料。
这也是一个没有家庭、没有母亲、没有儿童的世界，甚至几乎也没有妇
女！人的原始本能被静坐入定功夫所控制驯服了，凡是危险的、担风险
的、难以管理的工作，例如经济、法律、政治，等等，你们多少世代以
来便都推卸给了别人，你们懦弱无能，却保养良好，不必忧虑衣食，也
没有很重的责任，你们就这么过着游手好闲的日子，为了不让生活无聊
乏味，你们热切地培养学问渊博的专家，他们忙着计算音节和字母，演
奏音乐，制作玻璃球游戏，而外面世界上的穷苦人们，这时却在肮脏的
泥污里，生活在真实的生活中，干着真实的工作。"

　　克乃西特始终神情友好地、不懈怠地注意倾听着。

　　"我亲爱的朋友，"他平静从容地说道，"你这番话不禁让我回忆
起我们学生时代的那些激烈论战。不过如今的我已不会再扮演从前的
角色了。我如今的任务已不是保卫教会和学园免遭你的攻击。我很高
兴这次不必为那项曾令我精疲力竭的艰难任务而出力了。你也知道，我
要反击你刚才再一次发动的华丽出色的进攻，实在力不从心。譬如你说
道，外边全国各地的人们都'生活在真实的生活中，干着真实的工
作'。这话听着绝对正确、绝对正直，几乎可说是一个公理，倘若有什
么人想加以反驳，那么他恰恰会让说这番话的人有理由说，他的一部分
'真实的工作'也就正是参与某个委员会的工作而使卡斯塔里得到改善

了。不过我们暂且不开玩笑吧！我从你的言论和声调中听出，你对我们始终怀有怨恨，同时又满怀绝望的依恋之情，充满了羡慕或者也可以说向往之情。你既把我们视作懦夫、懒汉或者在幼儿园里玩耍的孩子，又同时把我们看成永恒逍遥自在的神仙。对你所说的一切，无论如何，我想有一句话总是可以说的：对你的悲伤、你的烦恼，或者我们用别的名称提到的东西，都不应该归咎于卡斯塔里。原因肯定出在别的什么地方。倘若卡斯塔里人应当承担罪责，那么今天你对我们的责备和指控肯定不是我们童年时代所争论的同一内容了。我们以后交谈时，你必须更多讲一些，我毫不怀疑，我们会找出一个办法，让你变得更幸福、更快乐，或者至少使你和卡斯塔里的关系更加愉快惬意。就我目前能够观察到的而言，你对待我们和卡斯塔里，包括你青年时代的态度在内，全都是错误的、有局限性的、感情用事的。你把自己的灵魂分裂成了卡斯塔里的与世俗的两大部分，并且为那些纯粹不该由你负责的事情而过度责备自己；而你对另外一些本当由你承担责任的事情倒很可能疏忽了。我猜测，你大概相当长时间没有静坐练功了。难道不是这样吗？"

特西格诺利苦笑着答道："你的眼光真锐利，我的主啊！你倒想想看，有多久了？自从我放弃静坐这一魔术以来，已经过去了多少年！你为什么突然关心起我来？当年，我在华尔采尔的假期短训班期间，你们给了我那么多虚礼，那么多冷眼，那么巧妙地婉言拒绝了我寻求友谊的要求，使我离开时作出了决定，终止一切卡斯塔里式的活动。我回去后就放弃了玻璃球游戏，再也没有练习过静坐，甚至连音乐也疏忽了相当长一段时间。我开始结交新朋友，他们指导我学会了种种世俗的娱乐。我们喝酒、嫖娼，我们尝试了一切可以弄到手的麻醉品。我们蔑视唾弃一切体面、虔诚和理想。当然，这等无知状态并没有持续很长时间，可是也长得足够把我身上存留的最后一丝卡斯塔里痕迹一扫而空了。若干年后，我偶尔也想到自己也许在物欲中陷得太深，亟须静坐入定以补救时，又碍于自尊，不愿意再从入门学起了。"

"碍于自尊？"克乃西特轻声问。

"是的，碍于自尊。我早已沉没于俗世生活，成了一个俗人。我已不想成为任何别的人类，只想成为俗人中的一员。我已不想过任何别的生活，只想和其他俗人一样，过这种热烈的、幼稚的、卑陋而不受约束的生活，永远在快乐和恐惧之间摇摆不停。我不屑于借用你们那种方法来求取一点儿自我安慰和优越感。"

游戏大师目光锐利地瞥了他一眼。"你就这么过了许多年？难道你没有采取任何措施以结束这种糟糕状况么？"

"噢，是的，"普林尼奥承认，"我采用过，现在仍然采用着各种措施。有时候，我又恢复饮酒，大多数情况下是服用各式各样的麻醉剂，以便入睡。"

克乃西特闭上双眼，好似突然累极了，片刻后又再度直直凝视着朋友。他默默望着对方的脸，最初是审视式的、严肃的，逐渐越来越温和、友好和开朗。特西格诺利后来曾在一篇记述中描写道，他以往从未在任何人眼中见到这种目光，既尖锐又慈爱，既纯真又挑剔，闪射出如此友善和睿智的光芒。他承认这种目光起初使他心烦意乱，随后便慢慢地被这种温柔的压力制服而平静下来。然而他还试图反抗。

"你方才说，"特西格诺利指出，"你有办法使我变得更幸福更快乐。但你却没有问我本人是否有此要求。"

"事实如此啊，"克乃西特笑着回答，"如果我们能够使一个人变得更加幸福和快乐，我们无论如何都得尽力而为，不论这个人是否曾向我们提出要求。你又怎能不寻求、不渴望幸福快乐呢？否则你为什么来这里，为什么和我面对面促膝交谈，这正是你重返卡斯塔里的原因。你憎恨卡斯塔里，轻视它的一切，过分为自己的世俗气和多愁善感而自豪，以致不愿通过任何理智的和静思的方法放松自己。——然而，许多年来，你始终对我们这些人和我们的快乐自在怀着隐秘的、难以抑制的向往之情，最终还是把你吸引回来，不得不再一次和我们进行试验。我现在告诉你，你来得正是时候，因为我也在等待来自世俗世界的召唤，我正在渴望一扇开向世俗世界的门户呢。我们以后再详谈吧。你已向我讲了许多东西，朋友，我为此而感谢你，你将会看到我的回报的。时间很晚了，你明晨就要启程，我则有一大堆公务要处理，我们必须上床休息了。不过，我请求你，再给我一刻钟吧！"

他站起身，走到窗口，仰望晶莹清澈的夜空，只见浮云飘动，繁星点点。他没有马上坐回到椅子上，于是他的客人也站起身来走向窗边，站在他身旁。游戏大师静静站着，目光仰视着夜空，有节奏地呼吸着秋天夜晚的清淡凉爽的空气。

"瞧啊，"他手指夜空说道，"这满天浮云的美景！乍一看，你也许会认为最昏暗的地方便是苍穹的深处，但是你立即会发觉，这些黑黝黝的地方不过是些浮云，而苍穹的深处却始于这些浮云山峦的边缘和拐角，然后沉没入一望无际的天际之中，对我们人类而言，繁星闪耀的太空庄严地象征着至高无上的光明与秩序。宇宙的深邃和神秘不存在于云层和黑暗之处，唯有那一片洁莹澄澈才是宇宙最深处。倘若允许我向你提出请求，我就请你在上床前再望一会这些缀满星星的港湾和海峡，它们也许会带给你什么想法或者梦境，请你不要拒绝。"

普林尼奥的心里不由得一阵寒颤，他也说不清究竟是痛苦还是快乐。他想起自己曾听见过类似的话语，那已是十分遥远的往事，他刚刚开始自己美丽愉快的华尔采尔学习生涯，就因受到与这类似语言的鼓舞而第一次练习静坐功夫。

"请允许我再说一句，"玻璃球游戏大师又低声嘱咐道，"我非常乐意再向你谈几句涉及快活、星星和心灵的话，当然也要谈谈什么是卡斯塔里式的愉快。你现在已与快活背道而驰，也许因此你不得不走一条悲伤的道路。但是，如今在你眼中，一切光明和欢欣，尤其是我们卡斯塔里人的愉快心情，似乎显得浅薄、幼稚，而且很懦弱，似乎是在现实的恐怖与深渊之前临阵脱逃，躲进了一个纯粹由形式与公式、由抽象概念与精巧雅致构成的清清白白、秩序井然的世界之中。但是，我亲爱的悲伤者，即或存在着这种逃避现实，即或有一些懦弱胆小的卡斯塔里人只敢玩弄公式套语，是的，即或我们大部分卡斯塔里人都属于此类人物——这一切统统加在一起，也丝毫无损于真正愉悦自在的价值和光辉，更毋庸说太空和苍穹了。在我们中间确实有浅尝辄止的浮躁者和虚假的快乐者，然而也一代接一代地不断涌现与他们截然不同的人，他们

250

的快乐绝不肤浅，却是深沉而严肃的。我就认识其中的一位，这人就是我们从前的音乐大师，你在华尔采尔求学时曾见过他许多次。这位大师在去世前的最后几年里掌握了快乐的最高德性，以致这种快乐像太阳一般向人们放射光芒，它们向所有人传送着慈悲、生活的乐趣、美好的心情、信心和信任感，它们连续不断地放射给一切认真接受的人和愿意继续接受的人。音乐大师的光辉也照射到了我，我也分享了一丝他的光明和内心的光辉，我们的朋友费罗蒙梯，还有其他许多人也都接受了他的照射。对我和其他许多受他恩惠的人来说，能够达到这种快乐境界乃是我们一生所有目标中最至高无上的目标。你也可以从我们教会当局里几位长者身上发现快乐的光辉。这种快乐既非消闲的嬉戏，也非自娱的玩乐，它是最深刻的认识和爱心，是对万事万物的证实，是面对一切深渊时的清醒，是一种圣贤和侠士的美德，是不可摧毁的，它会随着年老和接近死亡而更加增强；它是美的秘密所在，也是一切艺术的基本实质。一个诗人用舞步般的节奏写下诗句赞美生命的壮丽和恐怖，一个音乐家把诗句视为纯粹的现实而鸣响在自己的音乐中，都是光明传播者，都是为世界增添喜悦和快乐的人，即或这位诗人、这位音乐家总是先引领我们穿越眼泪和痛苦的紧张天地。那位用诗句愉悦我们的诗人也许是个悲伤的孤独者，而那位音乐家也许是位性情忧郁的梦想家，然而他的作品里却依旧蕴含着神仙和星星的快乐。他用作品带给我们的，不是他的忧郁、痛苦或者恐惧，而是一滴纯正的光明，一滴永恒的快乐。尽管全世界各个民族和各种语言都试图探寻出宇宙深处的奥秘，他们从神话中，从宇宙起源学说中，从形形色色宗教中进行探索，而他们最终能够得到的最高的结果只有这一个永恒的快乐。你还记得那些古老印度人的故事吗，我们一位华尔采尔老师曾经给我们讲过他们的动人故事：这是一个贫困的民族，一个喜欢静坐冥想、忏悔和苦行禁欲的民族，但是他们有一个伟大的精神发明，那便是光明和快乐，那便是苦行僧和诸佛的笑容，而他们那些深不可测的神话人物所显示的也是永恒的快乐。我们人类的世界，正如这些神话中所表现的，开始于一种美丽的春天气氛，又神圣又快乐，无比光辉灿烂，那真是黄金时代；可是之后这个世界便病了，病情日益恶化，它日益衰落和贫困，经过了长达四个世纪的沉沦之后，毁灭它的时机终于成熟，被那位笑着舞着的湿婆神①踏在了脚下。——然而这个世界毕竟没有灭亡，它再度获得了新生，在护持神毗湿奴②梦幻般微笑中复苏了，护持神那双巧手游戏般地创造了一个年轻、美丽、灿烂的新世界。多么奇妙啊，这个印度民族具有何等无与伦比的洞察力和忍受力啊，他们怀着恐惧和惭愧注视着残酷的世界历史的变迁，望着永恒旋转不停的渴求和痛苦的轮子。他们看到并懂得了造物的脆弱，人类的欲望和兽性，以及同时并存的渴望纯真和谐的强烈追求，使他们得以创作出如此壮丽的寓言，写出了造化的无比美丽之处以及它的悲剧。强大的湿婆神载歌载舞地把堕落的世界践踏成一片废墟，而微睡中的毗湿奴神则带着笑容嬉戏似地从金色的神仙梦里造出了一个新世界。

　　"现在还是把话题转回到我们卡斯塔里式的快乐上来吧，它可能仅仅是我们宇宙伟大快乐的一种小小的晚期的变种，然而也完全正规合法。好学求知并非时时处处都是快乐的，虽然按理应当如此。在我们这里，这种崇尚真理的精神是与我们崇尚美的精神密切结合着的，此外还与我们借静坐以护持心灵的做法密切相连，因而卡斯塔里才能够不至于完全丧失这种快乐。我们的玻璃球游戏把科学、崇尚美和静修结合在一起，成为游戏的三大原则。因此，凡是真正的玻璃球游戏者必须满怀快乐情感，就像一枚成熟的果子饱含着甜美汁水一般；他还必须首先具有音乐的快乐感，因为这种音乐精神归根结蒂就是勇敢，就是一种快乐前进的步伐和舞步，微笑着穿越人间的恐怖和火焰，是一种为庆典提供的奉献。我早在学童年代便开始对这种快乐有了隐约的感觉，从此成为我十分关注的生活内容，我以后也不会轻易丢弃，即使处境艰苦，也不会放弃。

---

①湿婆神(Schiwa)，印度婆罗门教中的大神之一，喜欢用舞步把堕落的世界踩成废墟。
②毗湿奴(Vischnu)，也是婆罗门教中的大神之一，能使万物生气勃勃。

"我们现在得去睡了，你明天一早就要动身。请你尽快再来这里，多告诉我一些你自己的事情。我也要向你讲讲我自己，你将会听到，在我们华尔采尔，在一个玻璃球游戏大师的生活里也存在着无数问题，也存在着失望、疑惑，甚至着魔的危险。不过我现在要让你的耳朵在入睡前先灌满音乐。眼睛映满了星空，耳朵装满了音乐，随后就寝，这是比任何药剂都好的催眠良方。"

他坐下身子，极小心极轻柔地演奏了普塞尔奏鸣曲的一个乐章，那是约可布斯神父最心爱的乐曲之一。乐音像一滴滴金色光点掉落在一片寂静中，如此轻柔，让人们连带听见了庭院里古老泉水的淙淙歌声。这一组原本各不相关的可爱的声音如今以柔和、严格、有节奏而又甜美的姿态会合交融在一起。这组声音跨着勇敢而快活的舞步旋转着穿越时间与无常的虚空，顷刻间便使小小的房间犹如宇宙般广阔无垠，短暂的夜晚好似绵延了天长地久。当克乃西特向朋友告别时，客人的神情已完全变了，他容光焕发，眼睛里却充满着泪水。

# 预　备

　　克乃西特终于成功地打破了僵局，在他和特西格诺利之间重又开始了令人振奋的来往和思想交流。许多年来一直生活在听天由命、忧郁情绪中的特西格诺利，最后不得不承认自己的朋友完全正确，他被吸引回转卡斯塔里学园，事实上只因为他渴望获得精神治疗，渴望心灵光明，渴望卡斯塔里式的快乐。他开始频繁拜访克乃西特，即便没有公务要办也仍常去，使一旁观察的德格拉里乌斯产生疑虑。没过多久，克乃西特便完全掌握了他想知道的一切情况。其实特西格诺利的生活并不如克乃西特第一次发现问题时所想象的那么特殊和复杂。普林尼奥青年时代曾经遭受过一些屈辱和失望，因天性热情、积极而更感痛苦。他曾试图成为世俗世界和卡斯塔里之间的中介人和协调者，但他不仅没有成功地以自己的出身背景与个性综合调和世俗世界和卡斯塔里的不同特征，反而使自己变成了一个又孤独又苦恼的局外人。然而却不能说他是一个纯粹的失败者，因为他已在失败和放弃的情况中形成了自己独特的个性。

　　他觉得自己似乎白受了卡斯塔里的多年教育，至少目前看来，这种教育带给他的唯有矛盾和失望，以及他的天性很难承受的孤单和寂寞。更为严重的是，自从他不得不踏上这条自己无法适应的荆棘丛生的孤独道路后，又不由自主地干了形形色色的蠢事，以致更加扩大了艰难的困境。具体地说，他早自学生年代便已与家庭不和，尤其与自己的父亲产生了不可调和的矛盾。

　　特西格诺利的父亲虽不是一位实际的政治领袖，然而他也和特西格诺利家族的历代先辈一样，一生都积极支持保守党的政府及其政策，一贯敌视任何革新运动，反对一切不利于现政府的要求和分享成果的权利。他不信任没有声望和地位的人，他忠于古老的秩序，时刻准备为任何他视为合法与神圣的事业作出牺牲。他虽然不信仰任何宗教，却一直是教会的朋友；他虽然也并不缺乏正义感、仁慈心，也乐于助人，却全力顽固地反对佃农们为改善处境而作的努力。他总以自己政党提出的纲领和口号来证明自己严酷的理由，表面似乎辩护得很正确，其实不然，因为他的所作所为事实上并非出自信心和自己的见解，而是盲目地忠实追随他那一阶层人士的观点以及自己家族的旧传统。他在崇尚骑士精神和骑士荣誉之际，也同时强烈藐视一切他认为带有现代、进步或者革新标记的东西。

像他这样的人物，一旦发现亲生儿子竟在学生时代就已亲近某个明目张胆标榜现代化的反对党派，甚至加入其中时，对他来说不啻是晴天霹雳，难以按捺失望与激怒之情。当时有一位青年才子刚从旧中产阶级自由党中炫人耳目地脱颖而出，组建了一个左翼青年政党，此人便是政论作家、青年议员、演说家维拉各特①。他是一个热情洋溢的人，偶尔也会被自己的雄辩人论所动而自命为民意代表和自由英雄。维拉各特常在大学城中公开演讲以争取青年学子，确实收获不小，年轻的特西格诺利就是他的许多热情听众之一。特西格诺利对当年的大学教育感到失望，正在寻求新的立足点以替代让他厌烦的卡斯塔里思想，他在维拉各特的演讲里听见了某种新的理想和纲领，立即便被吸引了过去。他钦佩维拉各特的热情和挑衅精神，他的机智，他的谴责控诉能力，他的堂堂仪表和言词，不久便加入了纯由维拉各特崇拜者组成的学生团体，效力于这个青年党派及其目标。

普林尼奥的父亲一听说这个情况，立即动身来到儿子身边，在盛怒之下生平第一次对儿子大发雷霆，责备他不该结党营私，背叛父亲，背叛家族和家庭传统，命令他痛改前非，立即与维拉各特及其政党断绝关系。这么做无疑不是影响儿子的好办法，因为这位青年已甘为自己党派牺牲生命了。普林尼奥面对父亲的盛怒，只是站起身子向父亲申明：他赴精英学校就读十年，又在大学学习多年，并非为了放弃自己的观点和判断能力。他决不容许一帮自私自利的贵族地主来规范他对国家、经济

---

① 维拉各特是作者虚构的人物。黑塞早年长篇小说《骏马山庄》中男主人公的名字即为维拉各特，一个感情丰富的画家。

和正义等的见解。他援引维拉各特为例证，说明维拉各特仅以古代伟大的护民官为楷模，只知道也只执行纯粹的、绝对的正义与人性，而不顾及自己的或者他那一阶层的利益。

老特西格诺利发出一声苦笑，告诉儿子说，至少得修完学业之后才可插手成人事务，并且也认为自己确实不懂得多少人生和正义之类，只知道儿子是一个古老的高贵家族的后裔，如今成了不肖之子，竟从背后向父亲插上一刀。父子两人越吵越厉害，口不择言，竟说出了伤人的话，直至老人好似突然在一面镜子里望见了自己气得变了样的脸容，在羞愧中住了口，随即默默走开了。

从此以后，普林尼奥与家庭之间原来具有的亲密愉快的关系便不复存在了，因为他始终忠于自己的党派及其新自由主义思想，甚至更进一步，在他完成学业后直接当了维拉各特的亲信助手和合作者，几年之后又成了维拉各特的女婿。也许由于他在精英学校所受的教育，或者由于他回返世俗世界面临的艰难处境，毁坏了普林尼奥的精神平衡，使他受到种种问题的折磨，以致被这种新关系拖入一种又危险又艰难的进退维谷境地。然而，他却也因而获得了一些确有真正价值的东西，也就是信仰、政治信念以及个人与党的关系，这些正是每个向往正义和进步的青年所需要的。维拉各特成了他的老师、领袖和年长的朋友，首先是他对维拉各特无保留地景仰和爱戴，反过来对方似乎也很需要他和重视他，于是他的生活有了方向和目标，更有了具体的工作和使命。他的收获可谓不小，却也必须付出重大代价。这位青年男子不得不忍受自己被剥夺祖传家庭地位的苦恼，不得不以一定程度的狂热殉道心情直面自己被逐出特权阶层并遭受敌视的命运。他还有一些自己无法克服的烦恼，至少是使他有一种被啮啮的痛苦感觉，那就是他给自己十分敬爱母亲招致了痛苦，使她在父亲和儿子之间左右为难，处境艰难，也许还因而缩短了她的寿命。她在他婚后不久便去世了。她去世后，普林尼奥几乎不再回老家。在父亲去世后，他便卖掉了那座古老的祖屋。

有许多人为了某种生活地位——例如一个官位，一桩婚姻，一个职业而付出了重大牺牲，往往因这种牺牲而更加爱惜和珍重自己所获得的那个地位，视之为自己的美满幸福。特西格诺利的情况恰恰全不相同。他无疑一直忠于自己的政党和领袖，忠于自己的政治信念和工作，也忠于自己的婚姻、自己的理想主义精神，然而随着时间的推移，一切也逐渐成了问题，就像他对自己整个生活的实质也产生了疑惑。当他青春年华时期在政治和世界观上的狂热趋于平静之后，他为证明自己正确而进行的斗争，就如同他执拗地承受牺牲和痛苦一样，越来越难以给予他哪怕极微小的幸福感，再加上职业经验所赋予的清醒头脑，最终导致了他的怀疑。他怀疑自己追随维拉各特是否确属正义感和真知灼见，抑或只是受了维拉各特的诱惑，被他的能言善辩、举措得当的英姿所吸引，更何况他吐音清亮，笑声豪爽，又有一个聪明美丽的女儿呢！

普林尼奥的疑惑感越来越强烈，他的老父亲顽固忠于自己的阶层而反对佃农，是否纯因立场局限？他也怀疑世界上存在判然对立的善与恶、是与非，归根结蒂，唯有每个人自己良心的声音才是独一无二的有效裁判。倘若这确属真理的话，那么错的人就是他自己了，因为他活着觉得不快乐，不平衡，缺乏信心和安全感，反而总被不安、疑惑和罪疚感所困扰。他的婚姻总的说来不能算不幸，也不能说失败，却也经常出现紧张、纠纷和矛盾，这桩婚姻也许还是他所拥有的最美好的事情，却没有带来他极其渴望的那种平静、快乐、纯真和心安理得，反倒要求他为婚姻而劳心费神，尤其是他们聪明可爱的小儿子铁托①，很快成为他们互耍手腕争夺和互相嫉妒的由头，直至这个因双亲过分溺爱而变得任性的孩子越来越偏向母亲，最后竟成了她的同党。这便是特西格诺利的最近生活状况，这显然也是他一生中最大的烦恼和痛苦。不过他倒还没有因而精神崩溃，他以自己的忍受方法克服了这一痛苦，以一种严肃、沉重而又忧郁的尊严态度化解了这一最辛酸的事实。

克乃西特经过他们间的若干次会晤之后，逐渐知悉了普林尼奥的一切情况，自己也在相互交谈中详述了许多亲身经历。克乃西特决不让朋友陷于先坦白后因缺乏对应而惧悔的困境，而是以自己的敞开心胸加强

---

①铁托也是虚构人物，并无隐射对象。

了普林尼奥的信心。他也慢慢地向朋友透露了自己的生活，他过的是一种表面看来很单纯、正直、秩序井然的有规则生活，在一个等级森严的宗教团体里获得了一系列成绩和赞誉，而更多的则是艰难的牺牲，因此确切地说是一种真正的寂寞生活。普林尼奥虽然和许多局外人一样无法完全了解这种生活，却也大致明白朋友的主要思想倾向和基本情绪，当然也较好地领会了克乃西特希望接近青年人的心情，懂得朋友为什么想要教育未受任何误导的青少年，想要从事不那么光彩夺目抛头露面的朴实工作，想要在低年级学校求得拉丁文或者音乐教师的职位。克乃西特对特西格诺利施行的治疗和教育方法，恰恰十分合宜，不仅赢得了病人的极大信任，还启发病人得出一个帮助对方的想法，而且也确实这样做了。因为特西格诺利事实上也能够对游戏大师颇有帮助，倒不是帮助他解决重大人生问题，而是可以提供无数关于世俗生活种种细枝末节的知识以满足他的好奇和渴望。

我们不知道克乃西特为什么要挑起这副并不轻松的教育重担，使自己苦恼的童年朋友重展笑容和学会快乐度日，我们也不知道两人间是否有过互相效劳的考虑。我们后来至少知道特西格诺利最初不曾有过此类考虑。他后来曾向人叙述说："每当我试图弄清我的朋友克乃西特为何要治疗我这个业已厌弃生活而又自我封闭的人，我总是越来越清楚地看到，大部分原因在于他身上的魔力，我还不得不说，这也由于他的调皮淘气。他是一个十足的淘气鬼、顽皮、机智、狡猾，爱耍魔术游戏，又善隐匿自己，会惊人地忽隐忽现，他的调皮程度远远超出了这里人们的想象。我深信，我第一次出席华尔采尔会议，他望着我的那一瞬间，他便已决定要捕捉我，也即以他的方式对我施加影响——也就是说他要唤醒我，改造我。至少他从一开始便费尽心机要赢得我。他为什么要这么做？为什么要争取我？我实在不知其然。我认为，像他那种类型的人，做出这件事大概出自条件反射，而并非有意识的行动，他们面对一个濒临困境的人，就会立即感到任务压肩，必得完成号召才行。他发现我既悲伤又胆怯，根本无意投入他的怀抱，或者换句话说，毫无向他求助的意向。

"他发现我这个曾经非常开朗坦诚的人，他的无所不谈的老朋友，如今变得又消极又沉默了，但是，障碍似乎反倒激发了克服困难的决心。尽管我一再表示冷淡，他却毫不退缩，结果他如愿以偿了。我还得说一下，他在我们交往过程中总给对方一种相互帮助的印象，好似我们的能力相当，给予对方的价值相当，而他需要我的帮助与我需要他的帮助也完全一样。在我们第一次促膝长谈时，他就告诉我他早就在期待着像我出现在华尔采尔这样的情况，甚至近乎渴望出现这般场景了，渐渐地，他让我也逐步逐步地参与了他辞去官职的计划。他始终不断地设法让我明白，他多么重视我的劝告，我的参与，以及我的保守秘密，因为他除我之外别无世俗朋友，更不要说任何世俗经验了。我承认，我很爱听这类话；他因而获得了我的全部信任，而且一定程度上受到了他的摆布。总之，我后来完全信赖他了。但是随着时间的流逝，我又开始产生怀疑和不真实感，也许由于我完全猜不透他究竟期望我什么，也揣摩不到他想方设法笼络我的用意，是真诚的还是外交手段，是天真的还是狡诈的，是正直的还是虚伪的，抑或只是游戏而已。迄今为止，他一贯处于比我优越的地位，而且始终待我十分关怀体贴，这恐怕也是我不愿深入追究的原因。不管怎么说，直到今天为止，我依然把他杜撰的所谓处境，所谓他之需要我的同情与帮助，也如同我需要他的支持这类故事，视为好心的礼貌，给我营造和编织了一种抚慰心灵的环境和罗网。直到今天，我仍然说不清他同我玩这场游戏，究竟有几成出于深思熟虑的预谋，又有多少出于他的纯真性情。因为这位玻璃球游戏大师确实是一位伟大的艺术家。他一方面擅长教育、影响、治疗和帮助，为启发他人而可以千方百计地不择手段，另一方面又能够事无巨细地一般对待，哪怕最细小的工作也总是全力以赴。有一件事我确信无疑：他当年待我既是好友，又是良医和导师，将我置于他的保护之下，而且从此没有松手，直到最后唤醒了我，治愈了我，尽可能地根除了我的病根。还有一个极引人注意的、也极符合他为人实质的情况：当他似乎求我帮助他摆脱华尔采尔官职之际，当他以平静的，甚至赞许的态度倾听我对卡斯塔里进行经常相当粗鲁和天真的讽刺挖苦之际，当他自己也在努力挣脱卡斯塔里的羁绊之际，他却又同时切切实实在把我吸引回那里，他重新培养了我的静坐习惯；他通过卡斯塔里式的音乐和静修功夫、卡斯塔里式的快乐和勇敢教育了我，改造了我，把我再度变成了你们中的一员，尽管我曾因渴望卡斯塔里不成而成了非卡斯塔里乃至反卡斯塔里人。他把我对你们的不幸仰慕变成了幸福。"

这就是特西格诺利的观点，他显然有理由对克乃西特表示仰慕和感激。也许，对儿童和青少年采用我们宗教团体种种经过考验的教学手段进行教育改造，并不是太难的事情，而要改变一个成年人，何况已年近半百，就绝非易事了，即使这个人对此满怀善良愿望。当然，特西格诺利并未从此变成一个彻底的或者模范的卡斯塔里人。然而克乃西特是完全达到了自己预定的目标：消除了这个倔强而又极度痛苦者的悲伤感，让他敏感而脆弱的灵魂重新恢复了和谐平静，用健康习惯取代了以往的不良习惯。当然，玻璃球游戏大师不能够亲自照料一切具体的琐事，他为自己尊贵的客人动用了华尔采尔和教会组织的人力和物力。有一段时期，他甚至还派遣教会当局领导机构所在地希尔斯兰的一位静修教师按固定时间去特西格诺利家指导和督促静修功课。整个计划和方针当然还掌握在克乃西特手中。

克乃西特就任大师第八年期间，他才第一次应允朋友的再三邀请，前去首都的朋友家庭拜访。克乃西特获得领导当局（其最高长官亚历山大与他关系密切）许可后，便利用一个休假日去看望朋友，其实他已许诺多次，却拖延了整整一年，部分原因是他希望知道这位朋友是否确有空闲，另一部分原因当然是他天生的多思多虑，这毕竟是他进入世俗世界的第一步啊，这儿是给普林尼奥带来无数悲哀的地方，又是对克乃西特具有无限神秘性的地方啊！

克乃西特找到了他的朋友用特西格诺利古老祖屋换来的现代化住宅，发现女主人是一位端庄、聪明而又谨慎的当家人，同时却又受到她那位漂亮、任性而又很不听话的小儿子的辖治。这位小主人似乎是全家的中心，对他的父亲态度傲慢乖张，显然是从他母亲那里学来的。

母子两人对卡斯塔里来客都持冷淡与怀疑态度，然而他们不久后便难以抵制这位大师的个人魅力，尤其是他的职务本身便具有一种近乎神圣和神秘的神话气息。尽管如此，克乃西特刚进门时，气氛仍十分生硬紧张。克乃西特始终持静观和期待的态度。女主人款待的礼数周到却心存抗拒之意，犹如招待一个来自敌国的高级军官。男孩铁托是全家中最不拘束的一个，他大概常常以观望为乐事，显然也是在诸如此类情况中的渔翁得利者，而他的父亲似乎仅仅是扮演一家之主的角色而已。男主人和女主人之间关系的基调是温和，谨慎，互相警惕，似乎必须踮着脚尖走路一般，做妻子的显然比丈夫更能轻松自如地保持此种疏远姿态。此外，特西格诺利总表示出努力寻求儿子友情的心意，而男孩则似乎反复无常，有利可图时表示友好，忽而又蛮不讲理了。

简而言之，一家三口人相处艰难，生活在一种闷闷不乐的压抑气氛之中，充满了对于相互摩擦的恐惧，充满了紧张情绪，他们的言谈举止就如同整幢住宅的风格一样，显得过分细心周到，过分讲究礼数，好似人们试图建造一道坚固的围墙，必须厚实得足以抵御任何意料不到的侵犯和袭击。克乃西特也同时发现普林尼奥脸上刚刚重新获得的快乐神情已大都消失不见了。是的，他在华尔采尔或者在希尔斯兰会议室时，那种沉重和忧郁是几近销声匿迹了，然而在他自己家里，他又被笼罩在阴影里，不仅招致许多批评，而且还得忍受种种怜悯。

整幢住宅非常漂亮，显示出主人的富有和不同寻常的文化修养。每一个房间都摆设得当，比例适度；每个房间都以二或三种协调悦目的色彩作为基调；到处都点缀着珍贵的艺术作品，令人心旷神怡；克乃西特兴趣盎然地浏览着周围的一切。但是他看完之后却认为一切也许过分漂亮，过分精致，过分设想周到，以致没有了任何发展的余地，已经无可更新，无可增删了。克乃西特甚至察觉到，各个房间及其摆设之美也与主人们的情况一般，具有一种着魔的、刻意防御的姿态，因而所有的东西：房间、绘画、花瓶和花卉，虽然显示出主人对和谐与美的渴望，却终于枉然，因为正是这种校准得无可指责的环境，让人们达不到目的。

克乃西特在这次并不令人舒畅的访问后不久，便派遣了一位静修教师去朋友家里进行指导。自从他在如此紧张压抑的气氛中度过一天日子后，他获得了许多原本不想知道的情况，为了朋友的缘故，甚至还不得不深入加以了解。事情也并未停留于第一次访问，而是再三重复了许多次，他们谈话的重点开始转向男孩铁托的教育问题。孩子的母亲也活跃地参与了讨论。游戏大师终于逐渐赢得了这位聪明却很多疑的女士的好感和信赖。当克乃西特有一次半开玩笑地说，她未能及时把小家伙送到卡斯塔里去受教育，实属可惜。她却当了真，看作严肃指责，赶紧辩白说：她实在担心铁托能否获得批准呢！这孩子虽说颇有天分，却很难管教，而且她也不愿意把自己的观念强加于孩子，何况孩子的父亲也曾作过同类试验，可惜一无所获。此外，她和她丈夫都没有想到替儿子争取这一古老家族的特权，因为他们早已脱离了与普林尼奥父亲的关系，也断绝了这一名门望族的全部传统。最后她辛酸地微笑着补充道，反正她无论如何也不能和她的孩子分开，除了孩子，她已不留恋世上的任何东西。

这最后一句未经思索脱口而出的话，使克乃西特不禁沉吟了很长时间。如此说来，她这幢精美华丽的房子、她的丈夫、她的政党和政治思想、她曾十分崇敬的父亲，所有这一切都不足以赋予她的生命以意义和价值了，唯有她的儿子才能让她感到值得活下去。然而她宁肯让孩子在这种有损身心的糟糕环境下长大，也不愿为了孩子的健康成长而与他分离。对于这么一位聪明的、外表也极通情达理的妇女，竟有这番自白，令克乃西特惊讶不已。克乃西特无法像对待她夫君一样直接帮助她，也没有丝毫试一试的意图。然而，他总算偶尔来拜访几次，而普林尼奥也始终在他的影响下，多多少少通过折中方法把自己的劝告不知不觉地灌输进了这个处于乖戾状况中的家庭。对于游戏大师本人而言，随着一次又一次的造访，他在这户人家的影响力和权威性也逐渐增强，而克乃西特内心却对这些世俗人士的生活越来越疑惑不解。囿于我们对他的首都之行所知甚少，不了解他究竟见了什么，又亲身经历了什么，所以也只能满足于方才写到的些许情况了。

克乃西特和希尔斯兰教会当局的前最高领导人之间的关系一向限

于公务事宜。克乃西特仅在参加最高教育当局全体领导成员会议时才见到他，这位长者大都只是担任形式性职务，主持迎送应酬礼仪而已，会议的主要事务工作全由他的发言人负责。克乃西特就任玻璃球游戏大师时，这位就任已久的最高领导人早已年届耄耋，颇受游戏大师的敬重，尽管如此，游戏大师却从未设法缩短他们之间的距离，因为在他眼里，这位最高领导人已几乎不是什么凡人，也不再只有凡人的个性，而是一位飘浮空中的尊贵祭司，是尊严和广博的象征，是一位居于整个宗教团体和组织之上的默默无言的领袖和它们头上的一座冠顶。这位可敬的老人已于最近逝世，团体当局遴选了亚历山大继任他的职位。

亚历山大正是许多年前克乃西特刚刚就职大师时，由教会当局派去指导他的那位静修教师。克乃西特从那时开始就对这位出类拔萃的教会人员十分敬重和爱戴，至于亚历山大也因与他曾在一段时期内密切相处，还几乎可算他的忏悔教师，而对克乃西特的个人品性和行为有过较近的精细观察，也产生了爱护之心。当亚历山大成了克乃西特的同事，还成了教会当局的最高领导的那一瞬间，他们两人同时意识到了相互间早已存在着潜在的友谊，从此便不仅一再见面交谈，还常常在一起工作。当然，他们的友谊缺乏一种通常意义上的朋友性质，正如他们两人之间缺乏共同的青年时期的交情一样，这种友谊是两位高踞各自职位顶点人士间的同事情谊，他们表露同情的方法限于互相见面时的问候与告别时的致意，比一般人更多些热情罢了，他们只是能够较常人更迅速完整地相互理解，例如在开会休息的间歇里闲聊几分钟便已足够。

教会当局领导人一职——也称教会大师，按照教会章程是与各种学科大师同等的职位，事实上却因传统习惯而似乎高出于其他同事们，因为不论是各学科大师均出席的最高教育委员会，还是宗教团体全体领导成员的会议均由他担任主席，尤其在最近几十年中，由于教会当局日益重视静坐入定的修炼功课，使这一职位更显重要——当然这一切仅仅限于教育学园和宗教团体内部而已。在教育委员会和教会当局的全部领导成员中，教会大师和玻璃球游戏大师已越来越像卡斯塔里精神的一对卓越代表人物。因为与古老卡斯塔里流传至今的许多传统学科相比较——如：文法，天文，数学或音乐等，静修养心与玻璃球游戏这两门功课，相对而言已经是卡斯塔里更重要的精神财富。如今，这两项学科的两位现任大师互相表示友好和亲密关系，这不能不说是好兆头。对于两位大师而言，是维护和提高各自尊严之道，是增添生活乐趣和温暖之道，也是一种激励他们完成更多任务的鞭策，促使他们更加发扬卡斯塔里世界最内在、最神圣的精神力量。

对克乃西特来说，这种关系意味着一种约束力，一种平衡力，完全针对他试图放弃一切的倾向，针对他试图突破现状闯入另一种全新生活领域的愿望。尽管如此，克乃西特这种突破倾向始终不可阻碍地向前发展着。自从他自己完全清醒地意识到自己的意愿之时——可能在他担任大师职位第六年或第七年期间，这一愿望就一日强似一日，他就像往昔古老时代的"觉醒者"所做的那样，义无反顾地把这一思想纳入自己自觉自愿的生活和思索之中。我们相信我们可以这么说：自从他一旦意识到自己有朝一日必将放弃官职和辞别卡斯塔里学园，他就一直坚守这一想法了。这种思想有时候使他觉得像一个囚犯深信自己终将获得自由，有时候又像一个垂危病人自知死期将临。

克乃西特重逢青年时代的伙伴，在第一次谈话中就把自己的思想化为了语言。他这样做，也许仅为赢得朋友的好感，借以打开对方缄默封闭的内心，也可能是凭借这第一次机会，把自己的新觉醒、新人生态度通知另一个人，这是他第一次转向外面的世界，是他实现目标的第一个步骤。克乃西特在与特西格诺利进一步交谈时，表达了自己迟早摒弃目前生活方式而跃入另一种全新生活的决心。这段时期里，克乃西特始终小心翼翼地为他们间的友谊添砖加瓦，因为普林尼奥如今对他的友谊已不仅出于仰慕卡斯塔里，而更多的则是病愈者对治疗者的感激之情。克乃西特既已拥有这座友谊桥梁，也就可以迈向外面谜一般的世俗世界了。

这位游戏大师过了许多年才把自己逃脱现状的秘密让弗里兹·德格拉里乌斯略知一二，其实这也并不足为奇。虽然他一贯为人厚道，待友诚恳，却也懂得保持独立，懂得使用外交手腕。如今，普林尼奥又再度进入他的生活，无形中成了弗里兹的竞争对手，成了又一个有权关心克乃西特兴趣与情感的新的老朋友。德格拉里乌斯的最初反应是强烈的嫉妒，这也在克乃西特的意料之中。是的，在相当长一段时间内，直至他完全赢得了特西格诺利的信赖，并把朋友纳入轨道之后，克乃西特都把弗里兹的愠怒不满视为求之不得的举动。过了一阵子后，另一种顾忌又在他的思绪中占据了更重要的位置。怎能把自己想要摆脱大师官职逃离华尔采尔的愿望亲口告诉德格拉里乌斯这样一个纯华尔采尔人，而且说服他呢？倘若克乃西特果真离开华尔采尔，他便永远失去了这位朋友。至于让自己携带着这个华尔采尔人同行，一起穿越那危险的崎岖路，那是无法想象的，即或弗里兹出人意料地向他表白了冒险的勇气，那也是行不通的。

克乃西特在把弗里兹也纳入自己行动计划之前，迟疑、思忖、踌躇了很长时间。在他终于下定离职决心后，又等了一段时期，才把行动计划告诉了弗里兹。把朋友蒙在鼓里，或者背着朋友去做多少将打击对方的准备计划，完全违反克乃西特的天性。依照克乃西特的愿望，当然是让弗里兹也参与计划，并且尽可能与普林尼奥一样不仅是知情人，而且成为真正的或者至少是设想的助手，因为有所行动便可使他的处境较易忍受。

毫无疑问，克乃西特很早以前就把卡斯塔里已面临衰落的情况告诉了德格拉里乌斯，由于他在叙述中倾注了十分关切的态度，这使对方也不得不对他的想法表示了赞同。克乃西特便利用这一点作为沟通的桥梁，把自己离职的意图告诉了对方。情况完全出乎他的意料，也令他如释重负：弗里兹丝毫不反对这个计划，甚至也不抱悲观态度。应当说，在弗里兹眼中，一位游戏大师把尊贵的职位抛还最高当局，掸去脚上的卡斯塔里尘土，选择合乎自己口味的生活，实在是一种既令人兴奋，又十分有趣的想法。德格拉里乌斯是一位我行我素者，憎恨一切标准的常规，当然任何时候都会偏袒反抗权威的人。凡是以智慧的方式反抗、嘲弄，甚至制约官方权力的行为，他总是全力附和。

弗里兹的反应倒给克乃西特提供了一条解决问题的途径，他松了一口气，展露出一丝会心的笑容。克乃西特听任弗里兹自由联想，把整个事情看成反抗腐朽官僚统治的一项壮举，也没有分配他担任合作者或共谋者。事情发展至此，向最高行政当局递交一份陈述游戏大师挂冠求去理由的申请书已势在必行。于是起草这份申请书的任务便由德格拉里乌斯承担了下来。德格拉里乌斯必须首先掌握克乃西特对卡斯塔里诞生、发展和现状的基本观点，并在此基础上收集历史资料以证实克乃西特的愿望和建议的正确性。这项任务迫使他不得不进入自己一贯轻视和排斥的专业领域——历史研究，不过他似乎也没有因而烦恼，于是克乃西特也加快速度给予他必要的帮助指点。而德格拉里乌斯也立即以自己惯有的热情和韧劲投身于这项他认为孤立无援的冒险的新任务之中了。这位性格执拗的个人主义者兴致勃勃地开始了历史研究工作，因为这项工作让他处于挑战地位，得以挑战当今的官僚和教会秩序，或者甚至揭露他们的问题和缺陷。

克乃西特没有分享德格拉里乌斯的乐趣，也不相信朋友的努力会取得什么结果。他既已下定决心摆脱目前的羁绊，就听任自己无牵无挂地期待着似乎已在等待他去做的工作。然而克乃西特十分清楚，他并无说服领导当局的合理论据，而德格拉里乌斯也没有能力承担自己在这里的工作，即或只是一部分工作。尽管如此，他还是为弗里兹有事可忙，还可以在他身边多逗留一段时期而感到宽慰。下一次他再见到普林尼奥·特西格诺利时，也就能够向他添补一句："好朋友德格拉里乌斯如今已投入我们的工作，正在弥补他认为由于你再返华尔采尔而遭受的损失。他的嫉妒毛病已基本治愈。他目前为我出力，反对我的同事们，这反倒令他感觉惬意；他现在几乎变得很快乐了。但是，普林尼奥，千万别以为我对他的行动存在多少期望，这件事仅仅对这位好人自身有益而已。我们拟议中的计划想要获得最高当局的体谅，简直难以想象，是的，这完全是不可能的，他们至多只会赐给我们一场比较温和的斥责。我们宗教团体的制度本身就注定我的申请必遭否决。话还得说回来，作为行政当局居然根据自己玻璃球大师自以为是的申请而放他离开，随他去外界自寻工作，换了我是不会允许的。此外，我了解现任教会大师亚历山大，一位无法动摇的人。不，我必须独自一人去进行这场斗争。我们现在就让德格拉里乌斯先练练他的洞察力吧！我们不过为他牺牲一些时间而已，我必须这么对待他。何况我还得把这里的一切都料理妥当，以便我离开时不致使华尔采尔遭受损害。这期间还得你设法为我寻找栖身之处和某种合宜的工作，倘若有个音乐教师之类的职位，我就很满意了，我只要有个开头的机会，有个出发点就足够了。"

特西格诺利当即说，他会帮忙找到工作的，届时就可以住在他家，想住多久就多久。然而克乃西特没有应承这一建议。

"不行，"他说，"我不想当客人，我只需要工作。我在尊府作客固然很好，但是日子一长，就会增添许多麻烦和紧张。我对你完全信任，你的夫人待我也日益友好。然而，当我不再是贵客，不再是游戏大师，而成为一个流亡者，一个常住食客后，情况也许就大不一样了。"

"你的态度也太迁了，"普林尼奥答道，"你一旦离开此地，在首都住下来，很快就会获得合适的职务，至少到大学里当教授——我敢担保你能够获得这类职位。不过办这类事也需要时间，而且你也明白，我只有在你完全离开此地之后，才能够替你办理这件事。"

"事实如此，"游戏大师接着说，"直到那时为止，我的决定都必须保密。在我的上级把决定通知我之前，我不能把自己介绍给你们的当局，这当然是不言而喻的。然而我现在根本不想去任何官方机构。我的需求很小很卑微，比你可能猜想的还要小得多。我只需要一间小屋和每天的面包，最主要的是有一项工作，当一个教师和教育者，我只愿教一个或者几个小学生，和他们生活在一起，能够让我对他们施加影响。去大学任教是我最不想要的职位。也许我更乐意，不，更爱做一个孩子的家庭教师，或者与此类似的工作。我寻求的、我需要的是一种单纯、朴素的工作，我要教育一个他需要我的人。受聘于一所大学，等于把我一开头就又纳入一个因袭传统的、神圣而又机械化的官僚机器之中，与我的愿望背道而驰。"

特西格诺利终于踌躇地说出了自己心里酝酿已久的想法。

"我有一个建议，"他说，"希望你至少听一听，再满怀好意替我想想。倘若你能够接受，那就真的是帮了我的大忙。从我第一次到这里来作客，你就不断给我帮助。你现在也已熟悉和了解我的生活与家庭情况。我的处境不佳，但比起前几年已有所好转。一切问题中最棘手的是我和儿子之间的关系。他被宠坏了，他在家里替自己营造了一种特权地位，常常出言不逊，事实上，他很小的时候就已被他的母亲，和被我惯坏了。他自幼就偏向母亲，日子一久，我变得一点儿都管不了他了。我也对此死了心，如同我顺从自己失败的一生那样。如今多亏你的指点，我又多少恢复了信心，对自己也有了希望。你一定早已看出我想追求什么。目前铁托在学校里正处于困境之中，倘若有一位教育者愿意接受他，管教他一阵子，这将是我的大幸事。我知道，这是一件自私的提议，因为我还不知道这项工作能否吸引你。不过我纯粹是因为受到你的鼓励，才敢说出这番话的。"

克乃西特微笑着伸出了手。

"谢谢你，普林尼奥。我觉得这是我最欢迎的建议。万事俱备，只差你夫人的同意了。此外，你们夫妇必须作出决定，暂时把儿子托付给我全权管理。为了手把手教导他，我必须首先排除来自家庭日常生活的影响。你必须与夫人商量，设法说服她接受这个条件。你得小心谨慎，千万不要着急！"

"你深信你对付得了铁托？"特西格诺利怀疑地问。

"噢，是的，为什么不行呢？他有良好的血统，继承了双亲的优秀天赋，他欠缺的只是这类天赋力量的协调发展。我很乐意承担这项工作：唤醒他要求协调发展的愿望，努力加强这种愿望，直至最后化为他的自觉意识。"

克乃西特就这样动员了他的两位朋友，每个人以各自不同的方式为同一件事情而忙碌起来。当特西格诺利回到首都和妻子商量这个新计划，以动听的语言争取她的同意之际，德格拉里乌斯则端坐在华尔采尔图书馆的小书库里，正按照克乃西特的提示为拟议书面申请而收集资料呢。这位游戏大师在自己开具的书目中放进了诱人的香饵，使我们的憎恶历史者一口咬住就逃脱不开。德格拉里乌斯迷上了战争时期那一段历史。他以一贯的狂热工作热情，不知餍足地搜罗着我们宗教团体创建之前那段古老黑暗时期的遗闻轶事，收集了大堆资料，数月后他向朋友交差时，克乃西特只能采用不足十分之一。

这段时期里，克乃西特又去首都特西格诺利家访问了多次。如同一般精神健康和谐的人常常较易为心存烦恼而难相处的人所接受，特西格诺利夫人也越来越信赖克乃西特了。她很快就同意了丈夫的计划。据我们所知，铁托曾在游戏大师某次来访时，相当傲慢地告诉对方，希望别人不要用你称呼他，因为现在任何人，包括他的学校老师在内，都很有礼貌地用您称呼他了。克乃西特客客气气地向他表示了谢意，也表示了歉意，随即向他叙述了卡斯塔里学园的习惯，凡是老师都称学生为你，无论学生是否已是成人。晚餐后，克乃西特邀请男孩一起出门走走，并让他指点市内可看的景致。

铁托把他带到旧城区一条宽阔的大道上，周围全是具有数百年历史的富有贵族家庭的住宅，一幢又一幢，鳞次栉比。在一座高高耸立着的坚实的建筑物前，铁托停住了脚步，指着大门上的一块牌子问道："您认识这块牌子吗？"当克乃西特表示不认识时，他就说道："这是特西格诺利家族的纹章，这儿便是我们家的祖屋，它属于特氏家族已有三百年历史。但是我们现在却住在那幢俗不可耐的普通住宅里，只因我父亲在祖父死后莫名其妙地卖掉这座壮丽可爱的祖屋，而建造了一幢如今已不够现代化的现代住宅。您能谅解做这种事的人吗？"

"您很痛惜失去老屋吗？"克乃西特友好地问。

铁托神情激动地作出了肯定的答复，然后又问道："您能谅解做这种事的人吗？"

"人们能够谅解一切的，倘若人们能够换一种角度看问题的话，"克乃西特答道，接着又说："古宅是一种美好的东西，倘若让古宅和新宅并列一处让你父亲挑选的话，他也许会保留旧宅的。是的，古建筑都是又美又庄严的，尤其是我们眼前这幢，壮丽极了。但是，对于一位积极上进的年轻人来说，自己建造一幢新居也是一件同样美妙的事，因而，他倘若面临选择：是住进舒适的旧巢呢，还是另建全新的寓所？他就很可能选择后者，我们应当谅解这个事实。据我对您父亲的了解——他在您这般年龄的时候，我就熟识他了，因出售祖居而受痛苦之深是任何人都无法想象的。他曾与自己的父亲以及整个家族有过激烈的冲突，由此看来，让他在我们卡斯塔里接受教育似乎不太恰当，至少这种教育并未能抑制他许多次狂暴的情绪冲动。出售祖屋也许就是此类冲动的后果之一。他以为这便是迎头痛击旧传统，便是对他的父亲、家族，对他的全部过去和一切依赖性的挑战，至少在我眼中，这一切都是可以理解的。但是，人类是奇怪的动物，因而我觉得另一种想法也并非完全不可能。这种想法便是：这位出售祖屋的人卖掉这幢老房子，与其说是存心伤害家族，不如说是有意伤害自己。他的家庭让他感到失望。他们把他送入我们的精英学校，让他接受我们的那种精神教育，使他日后返归世俗世界不能适应必须应付的工作、需要和其他种种要求。然而我们现在还是不要进一步作什么心理分析吧。无论如何，这个出售祖屋的故事显示了父子之间一场强烈的冲突——表达了一种憎恨，一种由爱而生的憎恨。这类例子在我们世界历史上并不罕见，尤其表现在某些特别有才能而且生气勃勃的人身上。此外，我还因而想象出，未来一代的小特西格诺利将竭尽全力为自己家族收回这幢祖屋，他把这件事视之为自己毕生使命，会不惜付出任何代价。"

"是啊，"铁托失声喊叫道，"倘若他果真如此，您不认为他是对的吗？"

"我不愿充当他的法官。如果一位未来的特西格诺利后人能够意识到自己先辈的伟大之处和他们赋予他的责任，那么他便会竭尽全力为自己的国家、城市、正义与社会福利服务，在服务中逐渐成长，强壮，以致最后有能力附带收回自己的祖屋，到那时他必定是一位不虚此生的受人尊敬的长者；到那时我们也乐意向他脱帽致敬。但是，如果他一生中毫无理想目标，只以收回祖屋为最终目的的话，那么他仅仅是一个占有狂、盲目热情者，一个被激情冲昏头脑的家伙，尤其重要的是，他或许永远也无法认识到父子两代冲突的真正意义，以致整整一生，即便成年之后，始终得肩负着这一沉重的包袱。我们能够理解他，也会怜悯他，但是他永远也不可能提高自己家族的声誉。一个古老的家族世世代代和睦聚居祖屋，固然很美，但是，倘若想要使这个古老家族获得新生和焕发出新的光芒，唯有它的子孙辈能够具有为家族服务更伟大的理想才行。"

铁托和客人散步过程中，全神贯注而近乎温顺地倾听了自己父亲追求理想的故事，他以往在别的场合却一贯持拒绝和反抗态度，铁托看到向来互相不一致的双亲眼下却一致地尊敬这位客人，便不由自主地预感到来人可能会威胁他任性胡为的自由，时不时要向这位贵宾发表一通无礼的言论。不言而喻，每次发作之后，歉意和内疚随之而来，因为在这位愉悦有礼，好像披着闪光盔甲的游戏大师面前出乖露丑，让他觉得自己也受了侮辱。他那颗幼稚而被宠坏了的心也隐隐觉察到，这个人也许确是他理当喜爱和值得尊敬的。

有一回，铁托特别强烈地感受了这一感觉：那次他父亲忙于家事，克乃西特独自一人在客厅呆了半个钟头。铁托一脚踏进房间，只见客人半闭双目像雕像一般静坐不动，正在入定状态中散射出平静和谐的光辉，男孩子不由自主地放慢脚步，打算踮起脚尖悄悄退出门外。这时静坐者忽然睁开眼睛，友好地打了招呼，然后站起身来，指指室内的钢琴，询问道：喜欢音乐么？

是的，铁托说，只是他已经好长时间没上音乐课了，自己也没有练习，因为他在学校里没有学好，因为那里的音乐教师总是不停训斥他，不过他一直总爱听音乐的。克乃西特揭起琴盖，坐到琴前，发现琴已调好，便奏起了史卡拉蒂的一个慢板乐章，他近日正以这首乐曲作为一场玻璃球游戏的基础进行着练习。片刻后，他停下来，发现男孩听得很入迷，便向他简略介绍了玻璃球游戏是如何通过音乐进行练习的，如何把音乐分解后融和进游戏中，并且举例说明了若干人们常常采用的分析方法，最后还介绍了把音乐移译成玻璃球游戏符号的途径。

铁托第一次没有把游戏大师视为客人，没有把他当作社会名流而加以拒绝，因为这样的人会损害自己的自尊，如今他看到的是一位正在训练的人，这个人已掌握某种十分精致的艺术，能以艺术大师的手腕加以展现，对于这种艺术蕴含的意义，铁托确乎只有模糊的猜测，然而他已觉得它似乎值得一个成年男子为之付出全部身心。而这位男子如今把他也看作了成人，还认为他已有足够的智慧去尝试这些复杂的事情，这也大大加强了他的自信心。在剩余的半个钟点内，铁托开始静下心来思索，这位奇怪人物身上的愉快、沉静精神，究竟源自何处呢。

克乃西特任职最后阶段的公务繁忙复杂，几乎可与他刚任职时期的艰苦繁难相比拟。他曾决定替自己属下的一切部门留下一种无可挑剔的模范境况。他达到了这个目标，但是同时想到了另一个目标：让别人感到他本人可有可无，或者至少是不难取代，却始终没有完成。这种情形在学园的最高领导层中已是屡见不鲜了。我们的玻璃球游戏大师好似飘浮在空中，在高高的远处统辖着自己管区的千头万绪的复杂事务，他好像是一枚最高的勋章，一种闪光的标志。他来去匆匆，好似一位善良的精灵，轻轻松松地说几句话，点一点头，挥一挥手，便作出了决定，安排了任务。转眼间，他已经离去，已经到了另一个部门。他指挥他的公务机构恰似一位音乐家摆弄自己擅长的乐器，看着似乎不费吹灰之力，似乎不动什么脑筋，却事事有条不紊，顺利向前发展。然而这架公务机器里的每一个公务人员无不清清楚楚，一旦这位大师病了或者离开了，情况将会怎样，即或有人接替他的工作，哪怕只干几个钟点或者一个整天，将会发生何种情况！

当克乃西特再一次穿越整个小小的玻璃球游戏王国，细细审视着每一件琐事，尤其倾注全力悄悄遴选自己的"影子"，以便离开后有人代表自己处理一切大大小小公务时，心里却十分清楚，他内心深处早已与这里的一切脱钩，早已远走高飞。这个秩序井然的珍贵小世界已不再能令他狂喜，不再能约束他了。他几乎已经把华尔采尔和自己的大师职位看成是身后之事，一个已穿越过的地域，它曾给予他许多东西，使他获益匪浅，然而如今却不能够赋予他新的力量，诱导他作出新的行动了。在这段缓缓挣脱和辞别的日子里，克乃西特对自己所以背离和逃避的真正原因也看得越来越清楚了。他知道，根本的原因不在于他发现了卡斯塔里现存的危机，也不是为卡斯塔里的前途担心。真正的原因只有一个简单的事实，他对自己那种不务实事的空虚生活业已餍足，他的心、他的灵魂如今都在渴求，在争取获得充实的权利。

当年，克乃西特曾再度彻底研究教会组织的规章和条例，发现自己想要脱离这个教育学园，并非如起初想象的那么艰难，也不是完全行不通的事情。只要以自己的良心为理由，不仅可以辞去官职，甚至可以离开宗教团体。入教时的誓言也并非必须终身信守，尽管很少有人要求享有这种自由，更不要说最高行政当局的成员了，简直绝无仅有。是的，这一步之所以难行，并不在于规章太严，而是宗教团体的精神本身，是自己内心对团体的忠诚。毫无疑问，他不愿不辞而别，他正在筹备一份要求离职的申请书，他的忠实好友德格拉里乌斯已把手指都写得墨黑了呢。但是他对这份申请书的效果全无信心。人们也许会抚慰他，给予他一些忠告，也许还会给他一段假期，让他去罗马走走，或者去玛丽亚费尔逗留一阵，约可布斯神父刚刚在那里去世。他估计人们不会放他走，他对这一点已看得越来越清楚。允许他离开，这将是违背教会组织以往一切传统的行为。倘若最高当局这么做，也就无异于承认他的请求确有道理，尤其一位身居高位的人士竟然要求离开，如果同意他走，更无异于承认卡斯塔里的生活不能够在任何情况下都满足人的需要，却是能够让人产生如坐牢笼的感觉。

# 传阅信件

我们的故事业已接近尾声。正如早先所说我们对结局部分所知甚少，因而与其说是历史纪实，不如说是叙述一场传奇。然而我们不得不以此为满足。我们也因此很乐意将一份真实文件，也即这位玻璃球游戏大师亲自递呈行政当局的那篇内容丰富的申请书作为我们倒数第二章的内容，因为其中详述了他作此决定的理由，借以恳请准予辞职。

我们还必须说明这一事实，如同我们早就知道的那样，约瑟夫·克乃西特对这份筹措良久的备忘录，不仅认为其定然毫无效果，而且还毋宁既未写过，也不曾递呈过这样一份"请求书"呢。凡是能够对他人不知不觉产生自然而然影响的人，往往遭受同一命运：为自己的影响力付出代价。倘若说我们的游戏大师最初曾因赢得好友德格拉里乌斯的支持，使之成为同伙和后援而感到高兴，但是，情况的发展远远超出了他的设想和希望。他引领或者误导弗里兹去体会一件连他自己也不再相信其有任何价值的工作，然而待到这位朋友把成果呈献给他的时候，他也就不能食言了，更何况他的用意原本仅仅为了让朋友较易忍受两人的别离之情，如今怎能把文件搁置一边而让弗里兹受到伤害又深感失望呢。我们可以想象，克乃西特当时也许宁愿直截了当地辞去官职并宣布退出教会组织，也不愿意绕着弯子递呈什么"请求书"，在他眼中，这显然像演一出闹剧。然而，克乃西特为了照顾德格拉里乌斯，不得不按捺性子再等待一段难挨的时间。

读一读勤奋工作的德格拉里乌斯撰写的这份材料，也许会是一件有趣的事情。材料大都取自历史史实，用以作证或者解释实例，然而我们若是认真推断，其中确实多少蕴含着对于宗教秩序，甚至对于整个世界及其历史的既尖刻又颇具思想性的批评。但是，即使这份耗费了数月精神和心血才完成的文件至今仍然保存完好——这是非常可能的，我们也不得不予以放弃，因为我们这里缺乏适当篇幅容纳这篇大作。

对于我们而言，唯一重要的事仅仅是：了解这位游戏大师如何使用自己朋友写下的作品。当德格拉里乌斯郑重其事地向他递呈这份文件时，他不只亲切致谢以示赞许，而且要求加以朗诵，因为他懂得这会使朋友十分愉快。此后几天里，德格拉里乌斯每天都在大师的小花园里——当时正值夏季——和大师同坐半个钟点，心满意足地朗诵几页自己的大作，两位朋友常常开怀大笑，以致朗诵不时中断片刻。这些日子是德格拉里乌斯最幸福的时刻。读完后，克乃西特却仍旧关起门来自己拟了一份文件，只引用了德格拉里乌斯的部分材料。这封致最高行政当局的公开信，我们一字不差地引录如下，不再另加任何说明。

## 玻璃球游戏大师致最高教育当局的公开信

基于种种考虑，促使我，玻璃球游戏大师，以此类特殊的、较为私人性质的信函形式，而不是以庄重的公务报告形式，向行政当局提出一项特殊请求。尽管我把这份文件与其他公务报告一起呈送当局并等候批示，但是我仍然宁愿将之视为写给同事们的一封公开传阅信件。

每一位大师都有责任向最高当局报告自己在执行职务时所遭遇的障碍或者危机。如今我认为（或者在我看来如此）自己受到了一种危机的威胁，尽管我已对工作全力以赴。此外，我以为危机还出在我自身，当然这并非唯一的根源。无论如何，我认为自己无力承担玻璃球游戏大师的职责，我面临精神危机，而且是一种客观的、个人无能为力的危机。简而言之，我对自己是否有能力圆满完成职位规定的领导工作，产生了疑问。因为我已对职责本身存在怀疑，因为我已感到玻璃球游戏的存在受到了威胁。这也是我写此信的主旨：及时报告当局，危机已存在，而我本人既已有所察觉，自当尽早另谋出路。

请允许我用譬喻方式解释这一情况：某个人坐在阁楼里忙碌于一项精细微妙的学术研究工作，突然发现楼下发生了火灾。此时此刻，他不会考虑救火是否属于他的责任，也不会去想手头工作还没有全部完成，而会立即飞跑下楼，设法尽力挽救整座楼房。我现在就是这样，我正坐在我们卡斯塔里大楼的顶层，忙碌于玻璃球游戏，我正操纵着极精密、极敏感的仪器。然而我的本能告诉我，我的鼻子警告我，楼下什么地方已经着了火，即将危及整座建筑，情况十分危急，此时此刻，我要做的事不当是分析研究音乐，也不当是阐释玻璃球游戏的规则，而是尽快奔跑到冒烟的地方，设法扑灭火焰。

我们卡斯塔里团体里的绝大多数人，都把自己的教会组织、学术机构、科研和教育活动以及玻璃球游戏视为理所当然的存在，就像人人都把自己所呼吸的空气和所站立的土地视为理所当然的存在一般。几乎无人设想过空气和土地也可能会不再被自己拥有，没人想过也许会有缺乏空气的一天，脚下的土地也许会消失不见。我们很幸运，我们生活在一个受到妥善照料的清静愉快的小世界里，说来奇怪，我们中的大多数人却生活在一种不符事实的虚妄想象之中，以为世界本来如此，也永远如此，我们生来就是过这种生活的。我本人就是在这一极其愉快的妄想中度过了整个青年时代，然而我十分清楚自己并不是天生就要过这种生活的，具体说吧，我并不出生在卡斯塔里，而是被当局领来受教育的。我也清楚，不论是卡斯塔里、宗教团体、教育当局、精英学校，还是档案馆和玻璃球游戏，都不是天生就存在，或者是造化的产物，而是后来人类意愿的产品，虽然极其高尚，却与任何人类制造的产品一样，都是短暂的、稍纵即逝的。对此，我早就懂得，然而却毫无切身感受，我也就未曾多加思索，而且我也懂得，我们中间四分之三以上的人，仍将会在这种奇妙而愉快的妄想中生活和逝世。

事实上，如同以往没有宗教团体和卡斯塔里之前便已存在了几百年、几千年的人类历史时期一样，将来也依然会有人类的种种历史时代。我今天居然向我的同事们和行政当局各位领导搬弄此类老生常谈，借以提醒和促使他们注意面临的危机，我今天之居然短暂地扮演一个讨人嫌的，甚至有点滑稽的预言家、说教者和警告者的角色，乃是做了充分准备的，我将忍受一切嘲笑。不过，我仍殷切希望你们中多数人能够读完这份报告，甚至会有一些人能够同意其中的若干观点。倘若有此结果，我也心满意足了。

一个类似卡斯塔里式的教育机构，一个小小的精神王国，难免遭受来自内部和外部的危机。对于内部危机，至少是其中的一部分危险，大家都已熟知，不仅关注它们，也采取了对付措施。譬如我们经常把已遴选进入精英学校的学生打发回家，因为我们发现他们具有难以肃清的积习和原始本性，为了避免他们的不适应性危害我们整个教育团体而打发了他们。我们相信，他们中的绝火多数人只是不能够适应卡斯塔里式的生活，而不是品质低劣，因此一旦回转世俗世界，便能够在自己较为适应的生活环境里发展成有用人才。我们以往的实践早已证明了这一做法的正确价值。总体而言，我们敢于说自己的团体是能够始终维持其尊严和自律的，不仅充分完成了自己的高尚精神任务，而且还能够不断更新和提高。人们可以想象，我们中间也有卑鄙低下和不求上进的人，不过数量很少，不必过分担忧。

然而我们团体人员中常见的妄自尊大却颇受指摘。那是一种贵族式的高高在上的优越感，是招致每一个高级阶层受到指控的原因——尽管这些指控时而有理，时而又无理。人类的社会发展历史早已呈示一种倾向，某一个高层集团的形成便是某一个历史时期的顶峰和极点。事实似乎是不变的，人们习惯于遵奉胜者为王的贵族式统治制度为理想，即或并不总是符合人们试图建成的社会发展目标。自古以来，不论是王朝统治或者是一种幕后统治，凡是大权在握的人无不乐意通过保护和赐予特权的方式促进新贵族形成崛起，这已成为历史常规，不论这个贵族为何等样人，不论其出生血统如何，也不论其是否杰出与有教养。新崛起的贵族总是沐浴于阳光之下茁壮强盛，而随着时间的流逝，过了若干发展阶段后，阳光、地位和特权处境总是让这个集团受到诱惑而败坏品德，从而走上了腐败之路。倘若我们现在把自己的宗教团体视为一种贵族组织，试着进行自我审查，看看我们凭借自己的特殊地位，究竟为整个国家和世界做了些什么工作？我们究竟染上了多少贵族的典型毛病？例如，傲慢、自负，自命地位高尚，自以为是，不可思议地营私利己，倘若我们能够进行一番自我审视，定然会产生许多疑惑。今天生活在卡斯塔里的人们，大都能够遵守团体的规章秩序，勤奋上进，努力提高思想修养。然而却往往十分缺乏对于自己在人民间，在世界上，在历史中处境的认识，难道这不是事实么？难道他懂得自己存在的基础么？难道他知道自己是一种有生命力的有机体的一片叶子，一朵花儿，一根枝条或根茎么？难道他体会到了人民为他付出的牺牲么——提供他衣和食，供养他上学和从事研究？难道他考虑过自己特殊地位的意义么，他能够切实地意识到我们团体和我们生存的目标么？

我承认有例外情况，有许多光彩夺目的例外情况——然而我仍旧倾向于把一切问题给予否定的答复。也许一般的卡斯塔里人并不至于用轻视、嫉妒或仇恨的眼光看待世俗之人和没有学问的人，然而却绝不会把他看作兄弟，更不会认为他是供给自己面包的人，而且对于世界上发生的一切事情，没有一丝一毫分担责任的心理。在他眼中，生活就是为了学术而学术，或者如他乐意设想的那样，是在一种包罗万象的世界文化花园里逍遥漫步。总之，我们这种卡斯塔里文化既高尚又高贵，这是毫无疑问的，我也必须深深感谢它的沐浴之恩。但对大多数卡斯塔里人来说，这种文化并不能像演奏管风琴或其他乐器那样，把他们引向积极的目标，启发他们更伟大更深刻的服务意识，而是恰恰相反，这种文化总是略略倾向自我欣赏，自我夸耀，总是培养精神贵族却自鸣得意。我很清楚，事实上有许多极正直极有价值的卡斯塔里人，他们具有真正为人服务的愿望，我指的是许许多多在我们这里培养出来的教师，他们走出卡斯塔里学园的舒适环境和知识丰富的领域，走到遥远穷乡僻壤的普通学校，从事无私的奉献，作出了无法估量的重大成绩。应当说，唯有这些勇敢地走向世界的教师，才是我们中间真正实践了卡斯塔里宗旨的人，正是他们的工作才让我们获得了国家和人民的许多恩典。毫无疑问，我们宗教团体里的每一个成员都十分明白，我们至高无上的神圣任务乃是保护保存我们国家和整个世界的精神根基，保护保存业已证明为最有影响力的道德原理：也即正义以及其他种种道理得以建立于其上的真理基础。——但是，倘若我们作一番自我审视，我们中的大多数人必然会承认，我们从没有考虑世俗世界的利益，从没有把维护我们自己这个干净美好学园以外世界的精神纯洁和正直视为最重要的任务。是的，甚至认为毫不重要，轻轻松松地把这些工作全推给了那些勇敢地在外面从事奉献的教师，让他们替我们偿还积欠世俗世界的债务，而我们这些玻璃球游戏者、天文学家、音乐家和数学家，全都多多少少心安理得地享受着我们的特权地位。我们未能强烈关注自己的特权是否符合我们的贡献，原因在于刚才提到的种种傲慢和妄自尊大的心态。甚至连我们因为奉行宗教团体的规定而不得不节俭的简朴生活，也被我们中的许多人引以自夸的美德，丝毫也不知感谢使卡斯塔里式存在得以延续的世俗世界的国家。

我只想略略提一提这类内在缺陷和危机，它们并非无足轻重，尽管在目前平静时期尚远，不至于危及我们的生存。但是，我们如今得明白，卡斯塔里人并非仅仅依靠我们的道德和理性而存在，而且从本质而言也得仰仗国家的境况和人民的意愿。我们吃我们的面包，使用我们的图书馆，扩建我们的学校和档案馆，——但是，倘若我们的人民有朝一日不再对我们有兴趣，或者我们的国家出于贫困、战争等原因不再有能力供养我们，那么，我们的生活和研究工作也就完蛋了。倘若我们的国家有朝一日把卡斯塔里及其文化视作一种奢侈品，不再允许我们存在，是的，甚至不但不再引以为荣，还看成是一群寄生虫、骗子，是邪教徒和敌人。——这就是来自我们外界的危机。

每当我试图向一位普通的卡斯塔里人指出他所面临的危机时，总会多多少少遭到消极的抵制——一种近乎幼稚的否定和冷漠，使我现在必须首先从历史上援引一些例证。人人皆知我们卡斯塔里人对世界历史的兴趣非常缺乏，是的，应当说大多数人对历史不只毫无兴趣，甚至缺乏公正的敬意。这类混合着冷漠和傲慢的厌恶研究世界历史的倾向，常常激发我加以研究的决心，后来发现了两个所以如此的缘由。第一个原因是：历史的内容让我们觉得相当卑劣——当然，我说的不是思想和文化史，那却是我们十分重视的范畴。而世界历史所记载的，按照我们的看法，全都只是些残忍的斗争，为了权力，为了财产、土地、原料和金钱，总之，不过是些争夺物资和财富，争夺种种物质事物的斗争而已，在我们眼中，这一切都是非精神的，因而是卑鄙的。对于我们而言，十七世纪是笛卡儿、巴斯卡尔、弗罗贝格和舒茨的，而不是克伦威尔或者路易十四①的时代。

我们厌恶世界历史的第二个原因由来已久：我们对自己宗教团体诞生之前那一衰颓时期十分流行的诸多历史著作始终保持传统的、我认为也是合法的怀疑态度。因而，我们也对所谓的历史哲学——黑格尔是其中最杰出，也最危险的顶峰，缺乏任何信心。至于黑格尔之后的那个世纪，这种历史哲学则不仅大大歪曲了历史，还导致了对真理意识的败坏。在我们眼中，偏爱这类历史哲学恰恰属于那个时代的主要标志，对于那个思想堕落和政治上争夺权力的时代，我们有时称之为"战争世纪"，更经常的称呼是"副刊时代"。我们今天的文化，我们的教会组织和卡斯塔里就

---

① 笛卡儿(1596—1650)，法国思想家。巴斯卡尔(1623—1662)，法国思想家。弗罗贝格(1616—1667)，德国作曲家、管风琴家。舒茨(1585—1672)，德国作曲家。克伦威尔(1599—1658)，英国政治家。路易十四(1638—1715)，法国国王。

诞生在那一时代的废墟之上，就是在与那个时代的精神——或者应当说野蛮思想——进行了斗争，克服其影响而建立起来的。

这便形成了我们今天的傲慢精神。我们面对世界历史的心态，尤其是较近代的、几乎像现实的历史，情况就像古代基督教修士和苦行者面对五花八门的世界舞台一样。历史在我们眼中纯属本能与时尚的儿童游戏场，是贪婪、肉欲、权欲、谋杀、暴力、破坏和战争，是野心勃勃的部长，被金钱收买的将军，被毁坏的大小城市，然而，我们却往往忘记了这一切也仅仅是历史的许多方面之一。而最重要的是我们忘记了我们本身也属于历史的一个部分，是历史成长中的产物，因而一旦丧失继续发展和变化的能力，就注定要遭受毁灭的命运。我们既是历史的组成部分，当然也得分担世界历史中的责任。然而我们对此却茫然无知，十分欠缺责任意识。

我们现在先看一看自己的历史，看一看今日教育学园初建时的情况以及当时国内和其他国家里的情况，我们立即就可看出，我们的教会只是许多不同教会团体和组织之一，而我们亲爱的卡斯塔里，我们的故土和秩序的创建者们并不像我们这样以超然于世界历史之上为荣。我们的先辈和奠基者们是在战争时代末期的废墟上开创自己事业的。我们已经习惯于官方的分析介绍，其实他们对那个始于所谓第一次世界大战时代状况的分析全是片面之词。因为恰恰就是那个时代最不重视精神思想，大权在握的统治者们只是偶尔才动用这类他们认为次要的精神武器，其后果便是出现了腐败的"副刊时代"。

是的，把那个权力斗争导致的时代称呼为反理性的兽性时代是很容易的事。我称之为非理性，并不是要否定其在知识与方法领域作出的巨大贡献；我们在卡斯塔里受教育的人习惯把追求真理的意愿放在精神思想的第一位，而当年盛行的精神知识似乎与我们的追求真理意愿并无共通之处。那个时代的不幸在于，没有任何坚定的道德秩序来对付惊人地迅速膨胀的人口所导致的混乱和骚动。硕果仅剩的一点儿道德秩序也都被当时流行的标语口号压倒而淹没了。而那些纷乱斗争本身也在其发展过程中变成了种种奇怪而可怕的事实。整个情况与四个世纪之前因马丁·路德①导致教会分裂时期极其相似，整个世界突然陷于一片混乱之中，到处都是战场的前线，到处壁垒分明，青年和老人势不两立，国家与个人互不相容，红色和白色对立厮杀。时至今日，对那种"红""白"纷争的内在动力，对当时种种战斗口号的真正内涵，我们已没有能力恢复其原貌，更谈不上加以理解和共鸣了。整个情况就和路德时代一样，我们看到整个欧洲，甚至可说是大半个世界，到处都在混战，正教徒与邪教徒之间，青年与老年之间，拥护过去者和拥护未来者之间，都狂热地或者绝望地彼此火拼。人们的战线还常常突破了国家、民族和家族的边界。我们可以毫不怀疑地认为大多数战士，或者甚至包括他们的首领在内，全都信仰自己一方拥有至高无上的真理。我们也无法否定，许多为这类战斗发言的领袖人物和代言人，大都也均如当年人们形容的那样，尽皆具有一定程度的理想主义精神。到处都是战场，都在杀人和破坏，双方都强调自己是替天行道，替上帝打击魔鬼。

在我们这里，那个野蛮时代——那一欢欣鼓舞、疯狂仇恨而又狂热到无法形容的时代，早已被忘得一干二净，这真是难以理解的事，因为它与我们团体种种机构的诞生有着非常密切的连带关系，可以说是我们得以诞生的前提和原因。一位讽刺作家完全可以把这种丧失记忆比作那类冒险家暴发户的健忘症，他们一旦取得贵族封号飞黄腾达，便将自己的出生土地和家乡父老抛到了九霄云外。

我们再稍稍叙述一下那个战火纷飞的年代吧。我阅读过不少文献资料。我的兴趣不在那些被征服的国家和被摧毁的城市上，我只关心当时精神工作者的态度。他们处境艰难，大部分人甚至

① 马丁·路德(1483—1546)，德国宗教改革家，基督新教奠基人。

难以苟延残喘。不论在学者间，还是在教士间，都出现了为信仰而牺牲的殉难者，他们的先驱和殉难精神，即或在那个已经习惯于残暴统治的时代，也并非没有影响。尤其因为到处都有精神思想界的代表人物受不了压力，他们中的多数人都向暴力时代低头了。那些人投降后便让自己的才能、知识、技术听候当时的统治者发落，这情况令我们回想起古时候一位马萨吉特国①学者所说的名言："二加二等于几？唯有将军阁下而并非数学家，才可能作出确定答案。"另外有一些人则尽可能以勉强维持安全的方式进行奋斗，发表抗议文章等。根据切根豪斯的报道，我们知道了许多实情，有位世界闻名作家，仅仅一年间就签署了二百多份抗议书、警告信、请愿书等——也许实际数字还不止此。但是绝大多数人学会的是三缄其口，也学会了忍饥挨冻，学会了乞食和躲避警察。许多人英年早逝，受到了残存者的羡慕。无数人士自绝生命。老实说，身为学者或作家而苟且偷安，实在既无乐趣又不光彩，他们投身统治者，为其写作标语口号，虽然有了职位和面包，却得忍受上司的窝囊气，大多数人还免不了受自己良心的责备。凡是拒绝从命的人，不得不忍饥挨冻，不得不铤而走险，不是死于非命，就是死于放逐。这是一场多么残酷，多么难以置信的大清洗啊。不仅是那种不为当权者和战争目标服务的研究工作，很快便崩溃衰亡了，而且连教育事业也遭到了同样的厄运。首当其冲的是世界历史，任何一个历史时期，任何一个大国的具体历史，都受到了无穷无尽的删削和修改，历史哲学和副刊文字控制着所有领域，包括中小学校。

细节描写已经够多，不再赘述。总之，那是一个狂暴而野蛮的时代，混乱不堪的巴比伦式的时代，是人民与政党，老与少，红与白互不理解的纷争年代。待等流够了血，丢尽了脸，那个时代才告终结，渐渐地，所有的人都越来越渴望理性，渴望重新找

---

① 指古土库曼王库鲁斯二世（公元前559—前529）用武力征服马萨吉特之事。

回共同语言，渴望秩序、道德，渴望合理的尺度，渴望一种字母顺序排列表和乘法口诀表，而不再有权力集团随心所欲、朝令夕改的专制统治。于是，诞生了寻求真理和正义，寻求理性，寻求克服混乱局面的思想大浪潮。在那个凭借暴力和肤浅文字建立的年代告终时的政治真空状态中，在人人普遍迫切希望开创新局面和建立秩序体系的要求中，我们卡斯塔里才得以应运而生。有一小群勇敢的、饿得半死的、却一如既往刚正不阿的真正的思想家，开始意识到发挥他们作用的可能途径。他们开始勇敢地以苦行僧的自律态度着手创建秩序与规章，在各处各地的种种小团体，甚至是极小的团体中开展工作，清扫一切宣传口号垃圾，从最基础的底层开始重建精神生活，重建教育、研究和文化工作。

他们的努力获得了成功。他们白手起家，以百折不挠的勇气，渐渐盖起了辉煌的建筑。几代以后，建立了宗教团体、教育委员会、精英学校、档案馆和资料室，创建了专科学院、讲习班以及玻璃球游戏。今天，我们作为继承人和受益者，才得以稳稳居住在这些近乎过分富丽堂皇的建筑物里。我得重复强调说，我们就像一批有点糊里糊涂的宾客，舒舒服服地住在这里。我们既不想知道当年奠基者们所付出的巨大牺牲，也不想了解他们为抚育我们而忍受的诸多磨难，甚至不想知道当年酝酿或者形成了我们卡斯塔里建筑的世界历史——虽然这一历史至今仍然支撑与容忍着我们，并且也许还会支撑与容忍我们后代的卡斯塔里人和各学科的大师们。但是，世界历史总有一天会推倒和吞没我们这些建筑，如同推倒和吞没一切它曾经允许其成长发展的东西一样。

我现在离开历史谈谈今天和我们的现实情况：我们的体系和我们的团体已经度过了自己绚丽的高峰时期，那是谜一般的世界现象偶尔允许人类美好和有价值事物达到的幸运顶峰。如今我们是在走下坡路，我们也许还能够走很长一段时间，但是无论如何也不会再有比我们已经拥有的成果更好、更美、更有价值的成绩了。今后是一条下山的路。我相信，我们都是具有历史观点的人，现实已经成熟到了衰亡的程度，这是无可置疑的事实，也许不在今天或明天，但是必然出现在后天。我这一结论，并非仅仅从过分严格的道德角度对我们的成就和能力进行评价而得，而是根据我观察到世俗世界早就在展开的种种活动而得出的。危难的年代正在日益临近，不祥的征兆随处可见，世界怕是又要转移重心了。世界正酝酿着政权交替，那就难免战争和暴力。来自远东的威胁不仅危及平静生活，还会危及人们的生命和自由。即使我们小小王国坚持中立立场，即使我们全体万众一心（事实上不可能）坚持传统，坚持忠于卡斯塔里的理想，亦属枉然。目前已经有一些国会议员在大会上发言声称，卡斯塔里是我国一项颇为靡费的奢侈品。不久后，我国就会被迫认真重整军备——尽管仅仅出于自卫，自然要大量节省开支，这是不可避免的。尽管政府对我们仍然十分宽厚，却是一笔大量的开支。我们一贯自豪于自己教会团体的精神工作以节约国帑为原则。是的，与其他时代靡费现象相比较，尤其是与副刊时代早期那些阔绰无度的大学、数字巨大的顾问人员和奢侈浪费的研究机构相比较，我们的开销实在不算大，而与战争年代耗于战事和武器的数字相比较，更是微乎其微。但是，事实上军费开支也许很快又得列为当务之急；国会也会很快又在将军们控制之下。当我们人民面临如下两种抉择：牺牲卡斯塔里抑或听任自己受敌人炮火袭击？那么，抉择的结果是不难预料的。毫无疑问，一种战争意识会很快膨胀起来，标语口号宣传首先会打动一批青年人。之后，不论是学者、学术、拉丁文、数学、教育，还是文化艺术，统统将视其能否符合战争目的而判定有无存在的价值。

　　浪头已经涌起，终有一天会把我们冲走。也许这倒是好事，是无可避免的好事。不过，尊敬的同事们，首先我得说，按照人类的尺度，我们目前仍然具有抉择与行动的有限自由，这也正是人类的长处，也正是世界历史为何成为人类历史的原因，我们可以按照我们对现实的观点作出抉择，我们可以按照我们觉醒和勇敢程度作出行动。倘若我们愿意，我们也可以闭起眼睛置之不理，因为危险距离我们确实还很遥远。我们目前承担着大师职责的人完全有理由揣测自己大概会在危机临近到人人可见之前平安完成任期，也会平平静静逝世。然而对我个人而言，我想其他人也一样，我难以心安理得地平静生活，而不觉得不昧良心。我无法继续平平静静执行公务和进行玻璃球游戏，尽管我预料浪头打来时自己早已不在人世。不，我不能这么做。我觉得必须提醒自己要有紧迫感，即或我们并非政界人士，却属于世界历史的一部分，也就不能置身事外。因而，我在这篇文字开头处便声称，我担任公职的能力出了故障，或者应当说我无法平平静静完成职责而不花大部分精神去思虑这个未来的危机。我当然不必幻想这个灾难会以何种形态降临到我们大家身上。但是我却不能够无视下列问题：我们应当如何行动，我又该怎么做，才能应付这个危机？请允许我对此也略加叙述。

我并不想提倡柏拉图的主张，认为国家应由学者或者贤人统治；因为柏拉图时代的世界还非常年轻。虽然柏拉图可以说是卡斯塔里的某种类型的创始人，却绝不可以说是一个卡斯塔里人。他是天生的贵族，是皇家的后裔。而我们确实也可以算是贵族，培养成的贵族，然而我们是精神上的贵族，不是血统贵族。我从不相信人类有能力把世袭血统贵族也同时教育成精神上的贵族，那也许会是一种理想的贵族，但永远只是一种梦想而已。我们卡斯塔里人不适宜承担统治工作，尽管我们都有教养并且富于智慧。倘若我们不得不管理国家，我们将不会像一般统治者那样运用暴力和简单手段，因为那么做的话，我们大概很快便会荒疏我们原本的根基，也即荒疏了培育光辉的心灵。事实上，统治管理国家并不像某些自命不凡的知识分子认为的那样，是又愚蠢又凶残者干的工作，而是不仅需要乐于不间断地积极从事外务，也即具有让自己与目标融为一体的热情，而且还必须具备果断精神，也即为目标不惜一切的能力。这却是一个学者——我们并不愿自封为智者——不可能具有也不想具有的特性，因为我们认为观察比行动更为重要，我们也都早已学会如何处理目标和手段，为了达到目标必须尽可能地小心谨慎，必须步步设防。

因而结论是：我们既不宜统治，也不宜参政。我们擅长研究、分析和测度，我们是一切规矩、章程、方式方法的制订者、保护者和审查者，我们是一切精神尺度的衡量者。当然，我们还会做许多别的工作，在一定条件下，我们也会成为革新家、发明家、冒险家、征服者或者颠覆者。然而我们最重要的功能则是维护一切知识源泉纯净的能力，这也是人民需要我们和保存我们的原因。在商界，在政界，指鹿为马，颠倒黑白的惊人之举并不少见，这是我们永远不会做的事情。

在以往历史时期里，在一些所谓的"伟大盛世"中，也即发生战争和颠覆政权的期间，偶尔也会有一些知识分子受怂恿而进入政治圈子。这种情况在副刊时代的晚期大为突出。那个时代里竟然出现了让精神思想隶属于政治或者军事的主张。同样，也出现了把教堂大钟熔铸成大炮，把幼小的学童拉去补充军队缺额的情形。于是，精神思想也被滥用成了战争物质。

当然，我们不会同意这类主张。那时，一个学者会在局势危急时被拉离讲台或书桌去当兵，也有的学者会在某种情况下自愿上战场。当一个国家在战争中耗尽财力物力时，学者们不得不节衣缩食，直至忍饥挨冻，而无可抱怨，一个人的教育程度越高，他的特权也越大，遭逢灾难时所付出的牺牲也必然越大。我们希望每一个卡斯塔里人都能将此视为理所当然。危难时刻来临时，我们可以为人民牺牲自己的舒适、轻松，乃至生命，当然这并不意味着我们为了时代利益，为了人民或将军的要求可以牺牲我们的精神思想、文化传统和道德品性。避而不顾人民的苦难、牺牲和危险，当然是一种懦夫行为。然而，为了任何物质利益而出卖精神思想生活的原则，例如把二乘二的结果交给统治者作决定，那就不仅是懦夫，更是一个叛徒了。为了任何其他利益，包括国家利益在内，而牺牲真理意识，牺牲知识分子的正直，牺牲对于思想规律、法则的忠诚，都是一种叛逆行为。当真理在利益集团冲突中受到政治宣传损害，以致被歪曲、破坏，甚至受到了强奸，就像每一个个人，或者任何已经高度发展的事物，如语言、艺术等已经受到的那样，那么，我们就只剩下一个责任，为了努力挽救真理而奋斗，把挽救真理视为我们的最高信条。作为学者，却去宣传谎言，去支持骗人的谎话，不仅败坏了为人的准则，更严重损害着人民的利益，不论当时有多么漂亮的外貌，因为他污染了空气、土地、食物和水源，他毒害着人的思想和正义，助长了能够导致国家灭亡的一切邪恶势力。

因此，卡斯塔里人不应当成为政治家。倘若不然，他就得在非常情况下宁可牺牲个人，也不能牺牲精神思想。人的才智唯有在服膺真理的情况下才是有益的、高尚的。一旦背弃了真理，不再敬畏真理，甚至出卖真理，人的才智便成了最可怕的恶魔，比任何本能的兽性更为邪恶，因为本能总还多少具有自然赋予的无辜性质。

尊敬的同事们，当国家和宗教团体面临危险时，我们的责任是什么呢？我把这个问题留给各位去思索。毫无疑问会出现种种不同意见，众说纷纭，莫衷一是。我也有我自己的想法。我在对上述诸多问题进行了思索后，对我自己的职务和努力目标得出了一个似乎适合我个人的明确构想。这一构思引导我如今向尊敬的最高当局提交了一份个人申请，并以此作为我这份备忘录的结束语。

从职务来看，在组成我们行政当局的全体大师之中，以我的玻璃球游戏大师职务与世俗世界的距离最为遥远。不论是数学大师、语言学大师、物理学大师、教育学大师，还是其他学科的大师，他们从事的专业无不与世俗世界的同样领域具有共通性质。在我国一般学校——不属于卡斯塔里的普通中学里，数学和语言学均为正规基础课程，而天文学与物理学也都在世俗学校里占有

288

一席之地，音乐则更为普遍，甚至连完全没有受过教育的人，也可演奏演唱音乐。这一切学科全都由来已久，比我们宗教团体要古老得多，它们在我们组织诞生之前早已存在，而且会在我们消亡后继续存在下去。唯独玻璃球游戏是我们自己的发明，我们的专长，我们的宠儿，我们的玩物，它是我们卡斯塔里式精神、智慧的最微妙、最细致的表现。它也是我们宝藏中最无功利价值，却最贵重、最受宠爱，同时又最易破碎的珍宝。当卡斯塔里的延续成为问题之际，最先遭受厄运的必然就是这颗宝贝。这不仅由于它是我们财富中最易破碎的东西，还因为它在世俗人眼里无疑是卡斯塔里最无用处的东西。我们可以想见国家一旦面临必须节省任何不必要开支时会采取的措施：减缩精英学校的经费；削减图书馆、资料室的维持和扩充基金，直至最后予以取消；降低我们的伙食标准；废除我们的添置服装费；然而我们这座大学里的所有主要学科都会获准继续存在——除了玻璃球游戏。归根结蒂，人们需要数学帮忙研制新式武器，但是，倘若关闭玻璃球游戏学园，废除玻璃球游戏，大概没有人相信，尤其是将军们不会相信，这可能对我们国家和人民造成哪怕极微小的损失。玻璃球游戏是我们整个建筑中最极端，也是最易受损的部分。这也许能够说明，为什么恰恰是玻璃球游戏大师——我们这项距离世俗最遥远科目的首脑，最先感知我们即将大难临头的原因，或者，他为什么是第一个向我们最高当局陈述这类危急感受的人。

因而，我把玻璃球游戏视作导致我们失败的原因——一旦发生政治动乱和战争。届时，它必将一落千丈，迅速荒圮，不论有多少人对它依依难舍，也无法修复它往日的容颜。在一场新战争即将爆发的气氛下，人们将不再给予它容身之地。它会毫无疑问地消失不见，就如同音乐历史中某些极端高雅的习俗一样，譬如一六○○年代左右那些由职业歌手组成的合唱队，或者一七○○年代前后每逢周日在教堂里举行的多声部对位法乐曲音乐会。当年人们得以亲耳聆听到的纯净之音，绝非今日任何科学和魔术能够加以重新恢复，并重现其光彩的。同样，玻璃球游戏也不会被人们遗忘，却永远不可能恢复其原貌，后代人中有志于研究它的历史，探寻其诞生、鼎盛和衰落遗迹的学者，将会嗟叹其瞬息即逝，更会羡慕我们有幸生活在一个如此平静、如此文雅、如此和谐的精神世界里。

如今我虽然身为玻璃球游戏大师，却无能为力阻挡或延缓玻璃球游戏的衰亡，我无法完成自己的（或者我们的）使命。一切美，纵使十全十美，也都是须臾即逝的，很快就成了历史，成了人间的往事。我们懂得这一事实，我们也为此而内心哀伤，却从来不曾认真地试图予以改变，因为那是不容更改的。倘若玻璃球游戏有朝一日遭此厄运，对于卡斯塔里和整个世界都将是一种损失，但是，当那一时刻果真降临时，人们可能会疏忽这一事实，因为大难当头，人们肯定会全力以赴忙着挽救尚可救出的东西。不难想象，这会是一个没有玻璃球游戏的卡斯塔里，但是绝不应该是一个不崇尚真理，不忠于精神思想的卡斯塔里。缺了玻璃球游戏大师，我们最高教育当局的工作可以照常运行。然而，我们几乎已经完全忘却了"游戏大师"一词的原来含义，它原本不是我的职务专称，只是简简单单的小学教师称谓而已。而小学教师，任何勇敢而称职的小学教师正是我们国家所迫切需要的，我们卡斯塔里越是受到威胁，它的珍贵思想越是可能受到埋没，也就越发需要小学教师。教师比任何人员都更为重要，因为他们将要培养青年一代的衡量能力和判断能力，他们是学生们的榜样，开导他们如何敬畏真理，尊重思想，又如何运用语言。这些道理不只适用于我们的精英学校（它们迟早会遭到关闭的命运），也适用于世俗世界里的中等学校，那里正是教育和培养市民和农民，手工业者和士兵，政治家，军官和领袖人物的好所在，当他们还是孺子可教之时培植他们成材。那里才是我们国家建立精神生活基础的场所，而不是在我们的研讨班或者玻璃球游戏课程里。我们以往一贯向全国各地输送教师和教育工作者，我刚才已经说

过，他们全都是我们中的最优秀人士。我们今后当加倍努力才
行。我们今后当不再依赖外面学校连续不断地向我们提供优秀人
才以维持卡斯塔里的工作。相反，我们必须日益更多地向外界的
学校提供一些责任重大而低级的服务工作，并把这种工作视之为
自己任务中最重要和最光荣的部分，这也是我们必须认识而且扩
展的工作目标。

　　上述便是我向尊敬的行政当局提出个人申请的缘由。谨此恭
请当局解除我的玻璃球游戏大师官职，并派遣我去外界的普通乡
村学校(规模大小不拘)服务，并允许我日后逐渐遴选一批我们教
会组织的青年教友组成办事机构，我将征召一些我可信赖的教师
协助我的教育工作，以便将我们卡斯塔里的基本精神注入世俗青
年内心，化为他们的血肉。

　　敬请尊敬的当局体察我的请求及其缘由，并请将决定赐复
为荷。

玻璃球游戏大师谨上

又及：

　　请允许我引证约可布斯神父的一段语录，摘自我从他以往赐我
的一次永难忘怀的教诲："恐怖与极其悲惨的时代也许即将来临。倘
若说在那种悲惨景况中还可能存在快乐，那么只可能是一种精神上
的快乐，也就是回溯较古老的文明年代，展望未来代表愉快开朗精
神的时代，否则唯有被物质彻底湮没了。"①

德格拉里乌斯不知道自己提供的材料在这份书面报告中采用得如

---

① 经德国学者查核，这段约可布斯神父的语录事实上摘引自瑞士历史学家约可
　布·布克哈特死后出版的遗稿《历史笔记》(1929 年版，德国柏林、莱比锡
　德意志出版社)。

此微少。克乃西特没有把最后的定稿请他过目。他确实看过初稿和二稿，那却是比定稿要详细得多。克乃西特递呈了申请书后，便静静等候行政当局的批复，比焦急的朋友耐心得多。克乃西特决定今后不再让德格拉里乌斯参与此事，便要求朋友不继续谈论这件事情，不过他也仅仅暗示说，要待最高当局作出答复，无疑是很长时间以后的事。

然而事实上复信比克乃西特预料的时间早了许多，以致德格拉里乌斯事先毫无所知。这封发自宗教团体总部所在地希尔斯兰的公函全文如下：

致华尔采尔尊敬的玻璃球游戏大师阁下

最敬爱的同事：

　　团体行政当局和学科大师联席会均以非同寻常的兴趣阅读了您这封既赤诚又有见地的传阅信件。我们觉得您信中所作的历史回顾，与您对未来所作的充满忧虑的观察，均同样引人入胜，毫无疑问，我们中会有一些人因进一步思索您的想法而深受启发，您的许多想法确非无的放矢。我们所有人全都以欣慰和肯定的心情领会了令您感悟的信念——这是真正卡斯塔里的无私精神。我们知道，这出自至诚内心，出自已经成为第二天性的爱心——爱教育学园，爱卡斯塔里的生活和习俗，这是一种因关怀而过虑的爱心。此外，我们也以同样欣慰和肯定的心情认识了您这种爱心的弦外之音，它表露着牺牲精神、上进愿望、诚恳与热忱，以及勇敢特征。我们在一切特征中又重新认出了我们玻璃球游戏大师个人的品性，与以往我们对他的认识完全相符，我们看出了他的能力，他的热情，他的勇敢。那位本笃会著名人士的弟子不负老师教诲，他研究历史却不囿于纯粹的历史研究目的或者一定程度的美学游戏性质，而是努力把自己学得的历史知识直接应用于现实，促进现实，他的历史认识还迫使他提出了实践措施！我们看出，尊敬的同事，您躲避政治性使命，放弃显赫的职位，只求成为一个小学教师，去教育幼小的儿童，这完全符合您一贯的为人品性——谦逊地甘居下位。

上面所述乃是我们初读尊函获得的若干印象和引起的部分想法。您的大部分同事都有上述或者类似上述的反应。然而，我们行政当局对您所提出的警告和请求，并未能达成一致结论。我们曾就您提出的问题，也即我们的生存业已面临危机之事召开了一次会议，热烈讨论了危机的性质，发展的程度，甚至威胁是否迫在眉睫等范围广泛的问题。显然，绝大多数同事都认真思考了这些问题，因而讨论之热烈超过我们的预期。尽管如此，我们却不得不告诉您，大部分成员都没有支持您对问题的观点。您的观察历史政治的想象能力和远大眼光，受到了大家认可，然而您在种种个别问题上所作的推测，或者如我们所形容的预言，却没有得到普遍赞同，也可说是无人心悦诚服地接纳您的观点。即或是下列问题：教会组织和卡斯塔里秩序究竟在这一不同寻常漫长和平时期具有何等作用，甚至究竟能否在政治历史上拥有举足轻重的地位等，也仅有少数几个人同意您的观点，而且还是带有保留看法的。与会的多数人认为，当今欧洲大陆的平静局面，部分原因在于刚刚消逝的恐怖流血战争后继发的精疲力竭的症状，而更重要的原因在于当年的欧洲已不再是世界历史的焦点，也就不再是争权夺霸的场地了。我们并不想对我们团体的功绩投加丝毫怀疑的阴影，然而我们也不能认为，我们卡斯塔里的思想，我们的受静修培育的高度精神文化会具有塑造历史的力量，换句话就是：会对世界的政治局面产生活生生的影响，正如同这类虚荣野心与卡斯塔里传统精神的整个品性"风马牛不相及"一样。关于这一点，早已有一些极为严肃的文章强调了上述见解，卡斯塔里从未谋求政治影响，更不愿干涉战争与和平进程，更毋庸说卡斯塔里可能制订诸如此类的目标了。理由是不言而喻的，因为卡斯塔里的所作所为无不依据理性认识，也无不以理性为内在基础，这一切自然不可能说是世界发展历史，或者，至多有些持浪漫主义历史哲学观点的人在耽于神学与诗学之幻想时，才会这么说，也才会把充满谋杀和破坏的强权统治历史，解释成理性世界的手段。我们即使是迅速地短短一瞥人类的精神思想历史，也就立即明了，伟大的文化高峰时期完全不可能依据政治情况作出清晰阐释，不要说文化，或者精神思想，或者人类灵魂，具有属于其本身的独立历史。也就是说，在一般所谓的人类历史——无休无止的抢夺物资的斗争——之外，并驾齐驱着另一种看不见的、不流血的神圣历史。而我们的宗教团体仅仅与这一既神圣又神秘的历史相联系，从不与"真实的"残酷世界历史相关联。我们不可能把监守政治历史定为自己的任务，当然更不可能加以帮助和促进了。

因而，世界政治状况也许确如尊函所暗示，或者完全不是，不管怎么样，我们宗教团体当局在任何情况下，均不可对局势指手画脚，而唯一可采取的立场是：静观和容忍。因此尊函所述：我们应对世界事态采取积极立场的见解，已被多数与会同事否决，仅极少数人表示了支持意见。

您对当前世界局势所作的分析和对未来前途所作的瞻望，确实给我们大多数同事留下了深刻的印象，其中有几位先生甚至大为震惊。然而在这个问题上，尽管大多数与会者十分钦佩您的学识和敏锐眼光，也仍然无人附和您的看法。与会者普遍认为，您的陈述的确值得注意也颇引人入胜，但未免过分悲观。有一位发言者甚至表示，作为一位大师，却向自己行政当局描绘了一幅吓人的大难临头的阴暗图像，倘若不说他的行为亵渎神圣、为害非浅的话，至少得说他危言耸听。偶尔向大家提一提宇宙万物之须臾无常，并无不可。而每一个人，尤其是身处负责高位的人，都必须不时以"死亡象征"①警告自己。然而以这等虚无主义态度笼统宣称所有大师、整个教会组织以及宗教秩序，全都即将面临末日厄运，那就不仅仅

———————
① 原文为拉丁语：Memento mori，意谓"记住，人总是要死的"，或者"令人想到死亡的东西"。

是毫无根据地侮辱了同事们的平静心灵和想象头脑，也同时危害了最高当局及其工作能力。倘若一位大师产生了下述想法：他的职务、他的工作、他的学生、他对教会组织的责任、他作为卡斯塔里人的生活，统统都会在明天或者后天消逝不见，不再存在，那么他就不可能每天安安稳稳上班，也就不可能从工作中获得益处。不过，尽管这位同事的声音未能获得多数人附和，却也有一些人鼓掌喝彩。

我们写得尽量简短，以待他日面谈。尊敬的先生，您不难从我们的简短答复中看出，您的传阅信件并未取得您原先可能期望获得的效果。失败的主要缘由在于下列客观原因：您目前的见解和愿望与大多数人截然不同，这是难以调和的客观事实。此外，还存在一个纯属形式的原因。至少我们认为，如果由您本人与同事们当面进行直接交谈，情况肯定较为和谐，也较能取得积极效果。另外我们还认为，更让大家反感的还不仅是您采用了书面传阅方式，而且居然在公务信中插入了您的私人请求，这是大大违反我们通常做法的。您的大多数同事都把这种公私挽杂视为一种不幸的创新尝试，一部分人甚至直接斥责为不可容忍的歪风。

至于您拟辞去现任职务，而赴世俗世界普通学校担任教师的申请，乃是我们最觉棘手的事情。您作为申请人必然早已想到，最高行政当局不可能批准这一突如其来又遭受非议的请求的。因此，不言而喻，我们行政当局的答复自是"不准"。

倘若宗教团体和行政当局不再能分配任务，还有我们的宗教秩序存在么！倘若每一个人都想按照自己的才能和个性选择职位，卡斯塔里会变成什么模样呢！因而我们建议玻璃球游戏大师对此略作思考，并请他继续执行我们委任他承担的光荣职务。

我们也许仅能以此作为您来信的答复。我们实难给予您一个满意的答复。然而我们仍然重视来信所具有的鞭策和警告价值，应在此深表谢意。我们打算不久之后能够和您面谈，以详细讨论信中的内容。虽然我们认为可以一如既往信任您，但是您既已表露难以或者不能承担公职，我们自是有理由加以关注。

克乃西特尽管不抱太大希望，却也极其仔细地阅读了这封复信。他曾预料最高当局会作出"有理由关注"的答复，尤其因为已出现关注的迹象。最近有一位客人从希尔斯兰来到玻璃球游戏学园，出示了教会当局办公室开具的一般通行证件和介绍信后，要求在学园逗留数日，以便在档案馆和图书室查找资料，另外还要求准许旁听克乃西特的讲座。客人是一位神情专注而沉默寡言的老人，几乎拜访了游戏学园的每一个部门和每一座建筑，还特地造访了德格拉里乌斯，并且多次去看望住在学园附近的华尔采尔精英学校校长。毫无疑问，此人是当局派遣来的视察员，以确证玻璃球游戏学园内是否发生了纰漏，游戏大师是否身体健康，仍然忠于职守，办公室职员是否勤劳工作，学生们有没有骚乱现象等。客人住了整整一个星期，听了克乃西特的所有演讲。对于客人这种默默无言的四处观察，甚至还引起了两位学园职员的议论。显然，宗教团体最高当局要等待这位侦察员汇报后，才能够决定给游戏大师的答复。

克乃西特对复信的态度如何？猜到了执笔者为谁么？从信的文字上，他揣摩不出执笔者，这是一封普通公函，没有丝毫个人痕迹，措词极为得体。然而，克乃西特在细细分析后，肯定会琢磨到书信透露出的更多私人特征。全信以维护宗教组织秩序为基本精神，显示出执笔者对正义和团体的深爱。人们不难察觉，写信人对克乃西特的申请何等不欢迎、不愉快，是的，甚至可说是恼怒和厌烦的，也可看出，执笔者是一读信函后当即便决定批驳，而并不想等待其他人意见的。不过，同时却又有另一种情绪抵消了这种反感，因为人们在信中也读到了一种明显的同情语调，它以温和与友善的语气评述了联席会上对克乃西特传阅信件的议论。克乃西特最终断定，复信的执笔者正是最高当局的领导人亚历山大本人。

我们的旅程至此便告一段落，我们希望，我们已将约瑟夫·克乃西特一生重要事迹作了完整报告。至于这部传记的结尾部分，以后的传记作者无疑还会考查出一些细节，并能够作出补充报道。

我们不拟再对这位大师最后日子作专门报道，因为我们所知道的并不多于当年在校的每一个华尔采尔学生，我们也不可能比流传至今的"玻璃球游戏大师轶事"描写得更好。关于克乃西特的传闻，我们收集到多种抄本，本文大概出自这位已故游戏大师某些得意门生之手。谨以此文作为本书的终结之篇。

# 传　奇

当我们谛听同学们议论我们大师失踪的消息，失踪的原因，议论他走这一步的正确与否，以及他这种决定的有无意义时，我们总会感到好似在谛听狄奥多罗·西科罗斯①议论尼罗河水因何泛滥的假设原因一般。如果我们再进一步加以揣测，似乎不仅无益，而且多此一举。相反的，我们甘愿衷心怀念我们的大师，因为他神秘地闯进世俗世界后不久，便又进入了一个更陌生、更神秘的天堂领域。我们愿意把亲耳聆听到的一切全都记录成文字，用以作为对他的珍贵纪念。

玻璃球游戏大师读毕最高当局那封驳回申请的公函后，感到一阵隐约的寒颤透过全身，而一种清凉而平静的清晨觉醒之感却告诉他：离开的时候到了，不当再有任何的踌躇和徘徊。这种特殊感觉，他称之为"觉醒"的感觉，对他全不陌生，每逢面临人生抉择时刻总会出现。这是一种生气勃勃而又令他痛苦万分的感觉，其中也混杂着告别和启程之情，好似在他心灵深处不自觉地掀起了春天的风暴，这风暴强烈地摇撼着他。他望了望时钟，离他去教室授课还有一个钟点。他决定把这个钟点用于静坐，于是便缓步走向静静的大师花园。途中，一行诗句蓦地浮现在他的脑际：

　　　　每一种开端都含有自己的魔力……

他轻声吟咏着这行诗句，记不清这是什么时候读到的，谁人写的诗。这行诗引起了他的共鸣，也似乎完全符合他此时此刻的心情。他在花园里一张点缀着第一批黄色落叶的石凳上坐了下来，徐徐调节、均匀呼吸，力求达到内在的平静，直至心灵澄澈，沉入静观境界，让此生和此刻融入超越个人的普遍宇宙图像之中。但是在他走向课堂途中，那行诗句又跳了出来，使他不得不再度沉吟一回，但他觉得似乎不是这些字句。突然间，好像有神明相助，他的记忆豁然明朗了。他低声背出了

298

诗句：

> 每一种开端都蕴含内在魔力，
> 它保护我们，帮助我们生存。

然而直到傍晚时分，直到授课完毕，把一切日常事务处理交代后很久，他才回忆起诗句的出处。它们并不是哪位古代诗人的作品，而是他自己一首诗歌里的句子，当然这是很久以前学生时代写下的东西。他终于记起了诗歌的最后一行：

> 来吧，我的心，让我们快活告别！

这天晚上，他派人请来了他的代理人，告知自己必须于次日离开，时间也未定。他请代理人代办一切日常公务，他像往常公务出差前一样，略作指示交代后，便客客气气地和代理人告别了。

克乃西特原先打算和德格拉里乌斯也不辞而别，以免增添朋友的痛苦。他也许必须这么做，一则为了爱护自己过分敏感的朋友，当然也为了避免自己整个行动计划受到危害。德格拉里乌斯也许会太太平平地接受一个既成事实，若是突如其来地演一场诀别场景，可能导致令人不快的情绪混乱局面。克乃西特虽然也想到不再和他见一面而离开为好。然而他犹豫再三，总觉得这么做无异于临阵脱逃。不让朋友因情绪激动而引发愚蠢行为，固然是一种明智之举，然而他无论如何也不应该为了保重自己而如此绝情。距离就寝时间还有半个钟点，他仍可去拜访德格拉里乌斯，而且不至于打扰这位朋友或者任何其他人。

当克乃西特穿越宽广的庭院时，夜色已经很深。他敲响了朋友居住的小房间的门，心里涌起一阵奇特的感觉：最后一次了。他发现朋友独

---

① 西科罗斯（公元前一世纪），古希腊撰写了西西里历史的作家，曾称自己的著作为"历史的图书馆"。

自在家。德格拉里乌斯正在看书，非常高兴老友来访，他推开书，请客人坐下。

"我今天忽然记起了一首旧诗，"克乃西特闲聊似地说道，"其实只是诗里的几行。也许你知道整首诗的情况？"

克乃西特随即吟了第一句："每一种开端都蕴含内在魔力……"

德格拉里乌斯没有思索多久，片刻后便记起了这首诗，他站起身子，打开一只抽屉，取出克乃西特很久前送给他的一叠诗歌手稿。他翻寻了一会儿，抽出这首诗的两页原稿。他把两页纸递给大师。

"这就是，"他微笑着说，"您自己看看吧。许多年过去了，您这是第一次垂询到这些诗篇呢。"

克乃西特凝视着两页手稿，不禁内心怅然。他在这两张纸上写下诗句时，还是个学生，正在远东学院进修。它们向他道出了一段遥远的往事，两页手稿所显示的一切：微微泛黄的纸张，仍散发着青春气息的笔迹，删削和修改的文字——无不唤醒他几已忘却的昔日时光。他不由感慨万千。如今他不但可以忆起这些诗句写作的年代和季节，甚至还可想起具体的日子和时间。于是他当即好似旧地重游一般，往日强烈的豪情壮志又顿时涌上心头。他是在某个特殊时刻写下这些诗句的，那些日子里他正狂喜地体验着自己称之为"觉醒"的精神经历。

从手稿上可以明显地看出诗歌的标题早在全诗诞生之前就已写下了，原本是全诗的第一行。诗句用奔放的大字写在了第一页开头，十分醒目：

《超越！》

后来，在完全不同的时期，在另一种心情和生活景况下，诗歌的标题连同附加的惊叹号都被划掉了，而替换成另一个以较小字体、较细笔触写下的较为谦逊的标题：《阶段》。

克乃西特现在想起了自己当年如何在热情奔放中挥笔写下"超越！"一词的，他再次感受到了往日的豪气，诗歌是一个号召，一个命令，一种自我鞭策，一个新形成的壮大自己的决心，他的行动和生命将在这一前提下前进，超越，坚定而愉快地跨越一切前进，然后又把每一个空间、每一段路程都抛在后面。克乃西特好似耳语般地吟出了诗中的一节：

> 我们快活地穿越一个又一个空间，
> 我们决不围于哪一种乡土观念，
> 宇宙精神使我们不受拘束，
> 它要我们向高处不断腾升。

"这些诗我已经忘记了许多年，"克乃西特说，"因而今天我偶然记起其中一行诗句时，不再知道它的出处，不认识它原是我自己的作品了。你今天对它有什么印象？能够谈谈你的感想吗？"

德格拉里乌斯沉吟了片刻。

"我一直对这首诗有一种特别的感觉，"他最后说道，"这首诗属于我在您所写诗歌中不太喜欢的少数诗歌之一，里面有些让我不安的东西。当时我不知道为什么。我想今天大概是看出来了。您这首诗用了进军命令式的'超越！'作标题，上帝保佑，幸亏后来换了一个好得多的标题，我想我不太喜欢的原因是诗里多少有点道德说教或者小学老师的口吻。倘若能够排除这一因素，或者干脆删去这些内容，那么这首诗便是您最好的作品之———这是我刚刚想到的。最后定下的标题《阶段》颇能暗示诗的实质性内容。不过，如果您当初改成《音乐》或者《音乐的本质》也许同样好，甚至更好一些。因为我们只消除去它道德说教或者布道辞式的姿态，这便是一首真正写出了音乐本质的诗歌，或者是一首音乐赞歌了，赞美音乐的永恒现代性，赞美音乐的愉快与坚定，赞美音乐的永不休止的流动性，时刻准备着匆匆前行，离开刚刚占领的空间。倘若您当年仅以观察或者赞美音乐精神为主，倘若您当年没有注入告诫和说教的内容，这首诗也许就是一枚真正完美的宝玉，然而事实上您当年显然正热衷于一种教育人的雄心。这首诗如今在我眼中，不仅说教气息太重，而且还存在思想逻辑错误。作品为了道德效果而将音乐与生活混合等同，至少这一点就颇成问题，因为它把形成音乐的内心动力——来自自然与道德的动力，写成了一种'生活'，这种'生活'通过召唤、命令和良好教育，促使我们发展。总之，诗里原有的美的幻象，一种无与伦比的华美壮丽，因为教育目的而被破坏了，被滥用了，这便是我为何总对这首诗怀有成见的原因。"

克乃西特大师在一旁愉快地倾听着，凝视着朋友如何越说越热情奔放，这正是他喜欢德格拉里乌斯的地方。

"但愿你完全正确！"他半是打趣地说。"不管怎么说，这首诗和音乐的关系，你说的完全正确。'穿越一个又一个空间'这行诗句，以及整首诗歌的基本思想，确实得自音乐，不论我自己当时是否意识到，或者考虑到了这一点。至于我的思想是否破坏了我的幻想，我也全然不知。你也许是对的。是的，我在写作这首诗的时候，记述的已不再是音乐，而是一种音乐的体验——那体验便是：美丽的音乐象征向我呈现了它的道德精神一面，变成了一种警告和呼唤，唤醒了我内在的生命。这首诗命令式的形式引起了你的特殊反感，其实我全无命令或说教的意思，因为一切命令和警告只针对我自己而发。也许你对这一点没有看得很清楚，但是，我的好朋友，读读最后一行便应该看清楚了。事实就是这样，当时我获得了一个看法，一种认识，一个内心的图景，必须把这一图景所蕴含的内涵和精神用以唤醒我自己，并且铭刻在心际，因而这首诗便留在了我的记忆深处，直至今天，尽管我当时完全没有想要记住它。这首诗究竟写得好或者坏，全不重要，因为它已达到了目的：警告活生生留在我心中，也没有从我的脑海里消失。今天，它又重新向我鸣响，就像是新的声音一般。这可真是美好的体验，你的讥讽并未能败坏它对我的美好意义。不过，现在到我该走的时候了。那些日子多么美好，朋友，那时我们还都是学生，可以允许我们常常破坏校规，促膝而谈直到深夜。可惜，现在却不允许一个大师有此类举动，真是遗憾！"

"啊，"德格拉里乌斯当即说道，"可以这样的，只要有点勇气就行。"

克乃西特笑了，把一只手搁到朋友肩上。"说到勇气，我的好朋友，我也许该为另一场恶作剧增添些勇气呢。晚安吧，挑剌儿老手！"

302

克乃西特心情愉快地离开了朋友的小房间。然而，他在夜空下穿越空荡荡的走廊和学园庭院时，心情重又沉重起来，这是一种惜别之情。离别总是常常唤醒往日的景象。踽踽独行的克乃西特想起了自己第一次穿行华尔采尔和游戏学园的情景，那时他还是个男孩，刚刚入学的学生，充满了对学校的想象和希望。如今，他走在冰冷的黑夜里，走在沉寂的树木和一幢幢建筑物间，这才痛苦地察觉，他是最后一次看望这一切，最后一次倾听这一片寂静和轻微的酣睡气息（学园里白天是多么热闹啊），最后一次凝视守门人屋上的小灯反射在喷泉水池里的倒影，最后一次翘首仰望夜空白云掠过大师花园的树梢。他缓步走过玻璃球游戏学园的每一条小路和每一个角落，最后还想再一次打开大师花园的小门，再进去走一走，却发现钥匙不在身边，这一现实让他清醒过来，恢复了理智。克乃西特回到寓所，写了几封信，其中一封是通知特西格诺利自己即将抵达首都。接着他便放松精神，聚精会神地静坐了一个钟点，借以平息激动的心情，让自己有足够的精力去应付他在卡斯塔里的最后一项工作——与宗教团体的领导人会面。

第二天早晨，这位大师和平日一样按时起床后，唤来汽车便离开了，只有很少几个人注意到他的离去，没有人想到有什么异样。在第一场秋日清晨的雾霭中，他一直驶向希尔斯兰，将近中午时分便抵达了目的地，随即请人通报教会团体最高当局的领导人亚历山大大师。他随身携带着一只用布包裹的漂亮金属盒子，这盒子平日保存在他办公室的一个秘密抽屉里，里面放着玻璃球游戏大师的荣誉证件、印章和钥匙。

人们款待他到最高行政当局的"大"办公室稍坐，不免使他略感意外。一位大师未经通知或者邀请突然出现在这里，几乎是史无前例的。有人遵照亚历山大大师的吩咐请他用餐，餐后又带领他到老修道院十字形回廊边一间密室休息，并对他说，大人希望隔两三个小时后能够抽出空来见他。克乃西特要了一本教会团体规章，坐下来阅读了一遍，再度确定了自己的企望的纯朴性和合法性，然而，直到此时此刻，他始终找不出合宜的语言来表达自己的企望的意义及其内在合理性。

克乃西特回忆起了一件往事，还在他从事自由研究的最后日子里，规章里的一条规则曾被指定为他的默想题目，那正是他受命进入宗教团体的前夕。如今他重读这一段文字，再一次思索后，觉察到今日的自己已与当年那个怯生生的青年教师完全判若两人。这条规则写道："如果上级召你承担职务，你当知道，官职每提升一级并非向自由跨出一步，而是向约束迈进一步。职权越大，职务越严。个性越强，意愿越受禁忌。"所有这些话，过去他曾非常信奉，并视为理所当然，如今其中许多词语在他眼中却非常成问题，如"约束"、"个性"、"意愿"，他对它们意义的认识有了重大改变，是的，甚至是截然不同了。这些语言过去在他眼中曾是多么美丽、清澈、天衣无缝，多么令人惊叹啊，它们对一个年轻的灵魂能够具有何等绝对、永恒、无可怀疑的真理作用啊！噢，倘若卡斯塔里果真是整个世界，是包罗万象而且不可分割的完整世界，而不是大世界中的一个小世界，或者仅仅是硬从大世界里大胆截割下的一小部分，那么这些言语便是真理，过去和现在都一样无可置疑。倘若精英学校就是整个人世间，倘若宗教团体就是整个人类社会，而最高宗教当局就是上帝的话，那么所有的条条款款，连同全部规章，该多么完美无瑕啊！噢，那该是多么可爱、兴旺而又美丽纯真的生活啊！对他而言，过去有一段时期，他确实这么看也这么体验的，教会团体和卡斯塔里精神便是神圣、绝对的真理，而教育学园便是全世界，卡斯塔里人便是全人类，凡是非卡斯塔里领域都是幼稚的儿童世界，是进入教育学园之前的初级阶段，都是亟待文化挽救的原始地区，一个个满怀敬畏地翘首仰望卡斯塔里，不断派遣像普林尼奥那样的青年登门进修。

　　如今他，约瑟夫·克乃西特本人和自己的思想又是多么特别啊！他不久之前，是的，难道事实上不就是昨天，他还曾经把自己称之为觉醒的这种独特认识方式，视作一种一步步深入宇宙核心、进入真理核心的方式么？不是认为这种认识方式是某种绝对真理，是一种道路或者持续前进的途径，只要坚持一个阶段一个阶段地完成任务，便可达到核心的么？青年时代的他，不是虽然承认普林尼奥所代表的世俗世界的合法性，却又时时处处站在卡斯塔里一方对普林尼奥及其世界敬而远之，认为他们缺乏觉醒和进步么？后来，他在经历过若干年疑惑徘徊，决定在华尔采尔从事玻璃球游戏时，不是也认为这是一种进步和符合真理的事情么？随后，他接受托马斯大师指派，又在音乐大师指引下，进入了教会组织，后来又受命承担玻璃球游戏大师职责，情况也同样如此。每一回，他都似乎是在一条纯正笔直的道路上向前迈进一小步或者一大步——如今，他已走到了这条道路的尽头，却既不曾抵达宇宙核心，也没有进入真理的最深之处，即或是目前的觉醒，也仅仅是一次张目望见或者进入了新境地而已，只是在新行星图上占有一席之地而已。那一条笔直的小路，曾经那么严格、明确而又直接地引领他走向华尔采尔、玛丽亚费尔、教会组织、直至游戏大师的高位，如今又把他引领了出来。这曾是觉醒开始的结果，也同样是告别离去的结果。卡斯塔里、玻璃球游戏、大师高位，每一个都曾是必须开展而后又必须结束的主题，每一个都是必须穿越而后又必须超越的空间。如今，一切均已远远留在他身后了。显然，他即便当年思考着、从事着与今日所思所为完全相反的事情时，也早已有所疑惑，或者隐约揣测到事实真相了。难道他不曾早在学生年代就写了那首关于阶段和告别的诗歌，还添上了一个命令式的标题"超越！"了么？

是啊，他以往的道路是一个圆圈形状，或者是一个椭圆形或者螺旋形，却绝不是一条直线。毫无疑问，直线仅仅属于几何，而不是自然和生活。而他本人则始终忠诚于自己那首诗歌所表达的自我警告和自我鞭策，即或在他后来长时期内完全忘却了那首诗歌以及当年写作时的觉醒体验，情况也如此。当然，他也并非完美无缺地忠诚，并非不曾有过怀疑、踌躇、反抗和挣扎，然而他总算勇敢、沉着而愉快地穿越了一个阶段又一个阶段，一个空间又一个空间，虽然不像老音乐大师那样光芒四溢，却也没有丝毫懈怠和疲惫，没有任何背叛和不忠。如今，倘若说他背叛了卡斯塔里的观念，背离了教会团体的道德精神，那么就他的行为而言，似乎也仅仅是出自他个人的专断意愿，其实这也是需要勇敢精神才能办到的，不论以后如何，他都得像音乐一样，一个节拍又一个节拍地快活从容地前行。现在他希望自己有能力向亚历山大解释清楚自己似乎已很清楚的道理：也即是看来"专断独行"的行动，实际上只是为了服务与服从；他追寻的不是自由，而是某种新的、不可知的隐秘约束；他不是逃兵，而是响应召唤的人；不是任意专行，而是听命服从；不是去做主人，而是要成为奉献者！

他又怎能说得清楚那种种美德——愉快，合乎节奏和勇敢呢？它们也许微不足道，然而却是永远存在的。即或他自己不能够前行，而只能让人指引着行走，即或他不能超越以往，而只是绕着圆圈打转，然而这些美德依然存在，依然具有它们的价值和魅力。这些美德是肯定一切而不是否定一切，为了服从而不是为了逃避，即或这个人的行为和思想多少有点儿颐指气使的主子姿态，因为他不愿无视生活和自我欺骗，只得作出很专断很负责的模样。此外，还由于这个人自己也不明原因的天生倾向，喜好行动胜于求知，喜好本能胜于理性。噢，能够和约可布斯神父谈谈这些问题就好了！

诸如此类的思考或者幻想，在克乃西特进入静观境界之后，仍在他心中回响。"觉醒"在他心里似乎与真理和认识无关，而是一种现实，以及与自己本人相关的体验。一个人处于"觉醒"时，他并没有更接近真理而穿透事物的表层进入了核心，事实上他只是掌握了，或者完成了，或者承受住了个人自我与客观事物当前状况的控制关系而已。这个人并未发现法则，只是产生了决心，他并不能让自己进入世界的中心，然而他确实进入了自己个性的中心。这也便是觉醒的体验为何如此难以表达，难以分析阐释，又与语言相距遥远的原因。语言的目标似乎并不是用以报道这一类生活境界。一个人若要完全理解另一个人，大概必须有过类似的处境，受过类似的痛苦，或者有过类似的觉醒体验，这却是非常罕见的。弗里兹·德格拉里乌斯有过一些与他相似的体验，普林尼奥·特西格诺利则更多一些。还能再举出什么人吗？一个也没有！

落日余晖已开始消逝。克乃西特完全沉入了自己的思绪之中，与外界完全隔绝了。门外有人敲门，他没有立即反应过来；敲门人稍稍站了一会儿，又试着轻轻敲了几下。这回克乃西特醒悟过来了，立即站起身子，跟着来人走进办公楼，不再通报而径直走进了亚历山大大师的办公室。大师走上前来迎接克乃西特。

"很抱歉，"亚历山大说，"您不请自来，让您久等了。我很想知道您突然光临的原因。不会有坏消息吧？"

克乃西特笑了。"不是，没有什么坏消息。我来得真是那么出人意料吗？您全然不曾揣测到我的来意么？"

亚历山大严肃地望了他一眼，露出忧虑的神色。"嗯，是啊，"他说，"我的确想过。譬如，这几天我就一直在考虑您那封传阅信件的问题，对您来说，事情显然并未解决。我们行政当局不得不仅作简短答复。复信的内容与语气也许都让您失望了。"

"不是的，"克乃西特回答，"我根本没有指望过任何不同于复函内容的答复。至于语气，恰恰令我感到欣慰。我觉察到执笔者的落笔艰难，是的，甚至可说是痛苦。他感到必须在这封势必令我苦涩难受的信里加上几滴甜美蜂蜜，是的，他做得十分出色，我因而感激不尽。"

"那么您记住了复信的内容啦，尊敬的大师？"

"当然记住了，我还得说，我是彻底理解和赞同的。我知道，对我的答复只可能是：驳回我的请求，再添加一些温和的申斥。我那封传阅的信对最高行政当局会是一件不同寻常的讨厌事件，我从不怀疑这一事实。尤其因为信中还包含了一个私人申请，那就更难处置了。因而我几乎只能够期待一个否定的答复。"

"您的话让我们感到宽慰，"行政当局的最高领导人带着几分尖酸语气说，"因为您能够这么看待问题，所以我们的复信并未对您有任何伤害。我们实在感到高兴。但是我仍然不明白，您既在写信时便已预知不会有任何结果——我没有误解吧？也从未指望任何肯定答复，应当说，早已深信必然失败，那么为何坚持写下去，始终视作一项重大工作，直到写完，誊清并且寄出呢？"

克乃西特目光友善地望着对方，然后答道："尊敬的先生，我的信件里包含两个内容，两种目标，我不认为，两者都是无的放矢的无价值言论。书信里还提到了一个私人请求，准予辞去现职而在另一地点委派另一职务。我始终视此私人申请为较次要的事情，凡是承担大师责任的人都应当尽量把私事搁在后面。这个申请已被驳回，我顺从这一事实。

然而，我的信件里包含了许多与申请无关的其他种种内容，也即无数事实例证和思想观点，全都是我认为有责任提请最高行政当局关注，并且进行慎重考虑的事情。各学科的所有大师，或者至少是大多数大师都读到了我的陈述（姑且不说是警告吧），即或其中多数人不乐意接受我提供的食物，甚至非常反感，不过他们还是阅读了，而且记住了我认为必须告诉他们的东西。大家没有替这封信喝彩，这一事实在我眼中却不是失败，我并没有寻求喝彩和赞同，我的目标只是引起不安和震撼。倘若我由于您方才所说的理由而放弃这项工作，而不发出这封信的话，大概会万分后悔的。不论目前收效如何，但它的确已经起了唤醒和震动的作用。"

"事实如此，"亚历山大迟疑不决地承认。"然而您的话仍没有解开我的疑团。既然您的愿望是将您的警告、呼唤、忠言传送给宗教团体当局，那么为何又把一个私人申请，一个连您本人也不信其可能获准的要求夹在里面，以致削弱或者危害了您这番金玉良言的效果呢？我到现在还是弄不懂。不过我相信，倘若我们把整个情况谈清楚，事实就明朗了。不管怎么说，这是您信中的弱点，把警告和申请、呼吁和陈述混为一谈了。我不得不认为，您不该利用申请作为进行警告的工具。您完全能够用口头或书面语言向同事们表述危机将临的警告。那样的话，您的申请便可沿着正常渠道进行了。"

克乃西特仍然友好地凝视着对方，接着便轻松地往下讲："是啊，您也许是有道理的。然而——您再权衡一下事情的复杂性吧！无论是警告还是请求，全都超出了日常、普通和正常的范畴，全都是打破常规的不寻常事件。倘若没有紧迫的外界原因，任何一个人都不会反常地突然提请自己的同事们牢牢记住：他们的整个存在都是成问题的，都是须臾即逝的；此外，一位卡斯塔里的大师，居然申请到外面去当小学教师，这也太反常了。就其不同寻常的程度而言，我在信中把这两项不同内容归入了一类，想是很恰当的。我以为，凡是认真严肃读完了全信的人，必然会得出下述结论：这并不是一个怪人在向同事们宣告自己的预测，并进行说教，因为这个人对自己思想和忧虑的态度极其诚恳，因为他已做好准备，打算放弃他的崇高地位和往日的功绩，打算从最卑微的地位从头开始工作，因为他已餍足了尊贵、安逸、荣誉和权威，渴望挣脱它们，抛弃它们。结论既然如此——我始终试图以读者立场进行思索，那么也就只可能有两种推断：一是这篇道德说教的作者不幸有些精神分裂，反正这些不是任何大师应该讲的话。二是这位作者确实没有发疯，他既正常又健康，那么在这些悲观说教后面必然隐藏着并非奇思怪想的现实内容，也即是：一种真理。我确曾以读者身份在头脑中对这些问题的可能发展过程进行思考，然而我得承认自己估计错误了。我的请求和警告不仅没有产生相辅相成的效果，反倒因而都不能得到认真重视，都被置之不理了。不过，我对被批驳一事既不感到意外，也不十分难过，我不得不重复说，我早已料到有此结果，而且我还得承认，我理该遭此批驳。老实说，我的申请也不过是一种策略，一种姿态，一种形式而已。"

亚历山大大师的脸容变得越发凝重，几近阴霾了。然而他没有打断克乃西特的叙述。

"我的情形并非如此，"克乃西特继续往下说道，"我发出请求书时，并未认真期望获得合乎自己心意的答复，也许根本不曾满怀喜悦地期待过。然而情形也并非如此，我也从没有打算把上级的否定答复认作无可更改的决定而恭恭敬敬地接受。"

"……不曾打算把上级的否定答复认作无可更改的决定而恭恭敬敬地接受……我没有听错吧，大师？"亚历山大插嘴道，一字一顿地重复了刚才那句话。显然，直到此时此刻，他才完全认识到了情况的严重性。

克乃西特微微欠身施礼后答道："您确实没有听错。实际上我无法相信我的申请会有什么结果，但是我认为必须递交一份请求给行政当局，完成礼貌上的要求才对。我认为这么做也是给尊敬的当局提供一个机会，得以不受损失地解决这个问题，但是，如果当局避而不解决，那么我写信时便已决定，我不会让自己被搁置，也不接受安抚，而是采取行动。"

"怎么行动呢？"亚历山大声音低沉地问。

"我得顺从自己的心与理智。我已决定辞去卡斯塔里的职务到世俗世界去工作，即或我得不到最高当局的委派或准许。"

亚历山大大师闭起双眼，似乎不再倾听了。克乃西特知道他在进行卡斯塔里人遇到紧急危险情况时采用的应变运动，借以寻求自制力和恢复内心的镇定，克乃西特见他两次长长屏住呼吸以吐尽肺部的空气。克乃西特望着亚历山大的脸先是变得有点苍白，随即在缓缓的吸气过程中逐渐恢复了原有颜色，让自己如此敬重爱戴的人处于困境，克乃西特内心颇为歉疚。他见亚历山大又重新睁开眼睛，这双眼睛一瞬间似乎对别人视而不见，但立刻便恢复了它的明亮和锐利。克乃西特望着这双清澈而自持的眼睛内心不禁微微一惊，这是一双既能顺从听命又能发号施令的眼睛，如今正以一种警觉的冷静直视着他，那目光在探测，检查，批判着他。克乃西特久久地默默承受着亚历山大的凝视。

"我想我现在已经了解您了，"亚历山大终于平静地开口道。"很久以来，您便已厌倦自己的职务或者厌倦卡斯塔里，或者受到渴望进入世俗社会的折磨了。您便作出了决定，更多地顺从自己内心的声音，而不顾及卡斯塔里的条规以及您的职责，您还感觉不必再信赖我们，不必向教会组织寻求指点和帮助。纯粹出于礼貌和减轻良心负担，您才给我们呈上了一份您明知我们不可能接受的申请，因为您还认为可供作讨论。我们就假设您的反常行为颇有理由，您的意图也很值得尊重，因为我实在想不出别的说法。然而，您心里既已产生了离去的思想、渴望和决定，内心已是叛徒，您又怎能继续默默留在游戏大师办公室这么长久，而且看上去仍在无懈可击地执行职务呢？"

"我来这里就是为了与您讨论这些问题，"玻璃球游戏大师仍以不变的友好态度回答说，"我来就是要答复您的每一个问题。我既已决定走一条自己的自我道路，也就决定不待您对我的处境和我的行动有相当程度的了解，绝不离开希尔斯兰和您的寓所。"

亚历山大大师沉吟了片刻，迟疑不决地问道："这话的意思是说，您期待我赞同您的行为和计划吗？"

"啊，我完全没想过会得到您的赞同。我希望和期待的是您的理解，当我离开时，可以带走我对您的一份敬意。这将是我离开我们教育学园的唯一告别方法。我今天已经永远离开了华尔采尔和玻璃球游戏区。"

亚历山大大师又把眼睛闭上了几秒钟，好似被这个不可理解的人用猝不及防的消息震昏了。

"永远？"他终于问道。"那么您永远也不再回工作岗位了？我不得不说您真会搞突然袭击。倘若允许我问的话，我有一个问题：您现在如何看待您自己，您还是玻璃球游戏大师吗？"

约瑟夫·克乃西特取出自己携带的小盒子。

"直到昨天我还是游戏大师，"他回答，"今天我把印章和钥匙奉还到您手里，这也就卸下了担子。它们全都完整无损。如果您去玻璃球游戏学园视察的话，您也会看到那里的一切都井然有序。"

亚历山大大师缓慢地从椅子上站起身子。他显得疲惫不堪，似乎突然变老了。

"盒子今天就留在这里吧，"他干涩地说。"如果我收下印章就算接受您辞职，那么我还得提醒您，我并没有那么大的权限，至少要有全部领导成员中的三分之一赞成才行。您过去一贯很重视老传统和老形式，我也没有能力很快发现新形式。也许得请您稍作停留，等明天我们继续讨论时再说？"

"我完全听候您的吩咐，尊敬的大人。您已认识我许多年，知道我一向敬重您。请相信我，这一点丝毫没有改变。您是我离开卡斯塔里之前唯一想辞别的人，而这不只是因为您是行政当局的最高领导人。我现在已把印章和钥匙交还给您，我希望您，大人，当我们讨论完一切问题后，也把我参与团体时的誓词加以废除。"

亚历山大以悲伤和探索的目光迎向克乃西特的凝视，忍住了一声悲叹。"请您现在离开吧。您让我操心了一整天，又留下那么多思考材料。今天就到此为止。我们明天再进一步交谈。明天中午前一小时左右还请再来这里。"

亚历山大大师请克乃西特离开，他的手势显得很有礼，却也显得勉强，不像对待同事而像对待完全陌生的外人，这种客气比他的任何言词都更使玻璃球游戏大师心里难受。

片刻之后，侍者来请克乃西特进晚餐，把他领向一张贵宾餐桌前，随后说，亚历山大大师要静坐较长时间，今天晚上也不想见客。又告诉克乃西特，客房已替他准备好了。

玻璃球游戏大师不经通报突然来访，使亚历山大大师感到措手不及。自从亚历山大大师以最高当局名义写了复信之后，他当然料到克乃西特迟早会出现在希尔斯兰，也想到可能面临不太轻松的讨论。他却万万没有料到，这位一向堪称是服从、彬彬有礼、谦逊、宽容等美德典范的克乃西特大师，居然有朝一日事先不与行政当局商议便擅自闯来挂冠求去，居然以这种令人震惊的方式，彻底抛弃了一切习惯和传统。这些都是他原本认为绝不可能发生的事。无论如何，他得承认，克乃西特的行动、声调、谈吐方式、礼貌态度仍然一如往日，然而，克乃西特所叙述的内容和精神，全是多么可怕、无礼，又多么令人震惊，噢，全都是彻底反卡斯塔里精神的啊！凡是近来与这位大师见过面谈过话的人，都无法怀疑他有病，或者因工作过度而情绪冲动，以致失却了自制能力。就连最高当局最近派去华尔采尔进行详尽调查的代表，也回来报告说，未见一丝一毫生活混乱、无秩序或者懒散的情况，工作上更未见任何懈怠迹象。事实尽管如此，但是这个可怕的人，昨天还是同事间最受爱戴的人物，今天却突然跑来丢下盛放印章的锦盒，好似丢弃一只旅行提箱，并且声称自己已不再是玻璃球游戏大师，不再是最高行政当局的成员，不再属于教会团体，更不再是卡斯塔里人，他匆匆忙忙赶来，原来只为辞别。这是亚历山大就任宗教团体最高职位以来所遭遇的最艰难最恶劣的处境，因而要让他保持外表镇定，实在难上加难。

他该怎么办呢？他应当采取强暴措施吗？譬如把游戏大师软禁起来，并且立即，就在今夜，就向行政当局全体成员发出通知，让他们赶来开一次紧急会议，这样做行吗？会有人反对吗？难道这不是最合情合理的手段吗？是的，这么做无可非议。但是他内心却有些东西在暗暗反对。这种措施的结果究竟是什么呢？对卡斯塔里一无好处，对克乃西特是一种极大的凌辱，至于他自己，最多也不过是稍稍缓和困境，不必单独面对如此让他为难的问题和不再单独担负责任而已。如果说，还有什么办法可以挽救这件不幸事情，还有任何可能性可以唤回克乃西特对卡斯塔里的荣誉感，也许唯有一条途径，也即通过私下交谈的方式，或许能够改变他的主意。他们两人——克乃西特和亚历山大，必得面对面地进行一场艰苦的斗争，没有其他人可以替代。亚历山大如此思索时，这才不得不承认克乃西特的做法：避免与他本人已不承认的行政当局继续打交道，直接与自己进行决赛和辞职，归根结蒂是正确的，高尚的。这个约瑟夫·克乃西特呀，即或在做这类大逆不道的可恨之事时，也依然举止得体而不失风度。

　　亚历山大大师最后决定依赖自己的说服力，而不去动用全部行政机器。直待作出这一决定后，他才开始思索整个事情的种种细节，首先他向自己质疑，克乃西特的行动究竟有理还是无理，因为克乃西特竟然迈出如此令人难以置信的一步，虽然可怕，其诚实性和正直性却是无可置疑的。于是他便开始对玻璃球游戏大师的大胆计划进行分类研究，并且对照教会组织的条例作着细细分析，这正是他最擅长的工作，分析的结果让他自己也大吃一惊，事实上克乃西特并没有违反规章，也没有破坏教规。几十年来，的确没有任何人实践过这条规定，然而规章上确实写着：凡是宗教团体成员，人人均可随时获得自由，不过辞职者必须同时放弃自己一切特权，也必须离开卡斯塔里教育团体。如今克乃西特交还印章，提出辞呈，走向世俗世界，确乎作出了骇人听闻的可怕的反常事情，不过他却并没有违反那一条规定。尽管克乃西特的行为不可理解，从规章制度角度却找不到任何违法步骤，而且他不仅没有背着最高领导人行事，反而过分拘泥字面规定，亲自来到他面前宣布决定。——然而，为什么这样一位受尊敬的人，宗教团体的栋梁之一，要作出此类行动呢？亚历山大不知道自己该怎么行动才对，因为克乃西特的计划，不论怎么分析，无不具有背叛性质，世上有无数不成文而同样神圣的不言而喻的道理，自己该怎样运用成文的规章来禁止他的计划呢？

313

亚历山大听见一阵钟声，便中断了自己无益的思索，先去沐浴，又做了十分钟呼吸运动，随即试图在就寝前静坐一个钟点，以积蓄精力和恢复平静，他不愿再想这件烦人的事情。

第二天上午，一位青年工作人员把克乃西特大师从宾馆带到最高当局办公室，有幸成为一睹两位长者行礼风采的见证人。尽管这位青年早已司空见惯大师们静坐和修炼情况，但是这两位长者互相问候的表情、举止和语气却令他颇感特别，其中有些见所未见的、不同寻常的东西，一种过分的聚精会神和沉着镇定。这位青年向我们描述说，当时的情景不像是两位可敬的同事惯常问候的样子，往常他们见面时大都轻松愉快，像参加典礼或者庆祝活动似的，尽管偶尔也会像在比赛彬彬有礼和互相谦让。这回却不同，主客相见好似陌生人相逢，好像有一位远道而来的著名瑜伽大师前来拜会宗教团体领袖，意欲与他一较高下似的。两人的言语和举止都十分谦逊和谨慎，两人的目光和面容看似平静、专注而沉着，却充满了一种隐秘的紧张气息，好像两人都在发光或者都充了电流一般。我们这位目睹者没能看到和听到两位长者会见的后来情况，因为他们很快便从办公室消失不见，大概是进了亚历山大大师的私人书房，两人在那里连续呆了好几个钟点，始终不允许别人打扰。我们下面提供的材料，全都得自特西格诺利议员先生在多次不同场合的讲话，因为约瑟夫·克乃西特后来曾向他透露了当年谈话的若干内容。

"您昨天真让我吃了一惊，"教会组织的领导人首先开腔道，"我几乎失去自制力。这也使我把您的事大致考虑了一遍。当然，我的立场没有改变，我是宗教团体成员和最高行政当局成员。根据我们的规章，您有权辞去官职和退出宗教组织。您事实上早已视自己的职务为累赘，把进入世俗世界尝试另一种生活视为必要了。倘若我现在向您提出下列建议：您可以试试您的决定，但是不必像您自己设想的那么激烈，譬如不辞职而是一次较长的休假，或者甚至是不规定期限的长假，不知意下如何？这么做大致符合您申请的目标吧。"

"不完全符合的，"克乃西特回答。"如果我的请求获得批准，我当然还是留在自己的教会组织里，然而却不是留在办公室里。您如此好意的建议，结果也许仅是一种逃避而已。我必须说，倘若一位玻璃球游戏大师长期或不定期休假在外，人们也不知道他还会不会回来，这对华尔采尔和玻璃球游戏都没有一点儿好处。就算他隔了一年、两年后回来复职了，那么他的职务能力，他的指导玻璃球游戏的技艺，肯定也唯有退步而没有长进的。"

亚历山大接着说道："他也许会获得各种其他的教益。也许他会体验到外界的生活和自己所设想的完全不同，也并非如自己想象的那么需要他，他也许会安安心心回来，乐意呆在自己习惯的老地方。"

"承您好心考虑这么长远，我很感谢您，却难以领受。我所寻求的，既非闲来无事的好奇心，也非眷恋世俗生活，而是一种绝对的目标。我这次走向世界，并不想办什么万一失败即可回返的保险手续，我并不希望做一个看世界的谨慎旅客。恰恰相反，我渴望的是危难、艰险，我渴望真正的现实，渴望使命和任务，甚至也渴望贫困和痛苦。可否允许我恳请您不再提什么好心的建议？您想动摇我的决心，纯属白费力气。否则我此次前来见您，岂非毫无价值和奉献了么！何况我现在早已不在乎当局同意与否，因为我的请求也早已时过境迁。我今天已经踏上的这条道路，已是我独一无二的道路，是我的一切，我的规律，我的归宿，我的使命了。"

亚历山大叹了一口气，点点头表示认可，"那么再让我们假设一下吧，"他耐着性子说道，"倘若我实在无法软化您或者劝阻您，倘若您决心逆反行事，对任何权威思想、理性观念、好意劝告均充耳不闻；倘若您决意做一个疯子和狂人，横扫一切拦阻的人，那么我也只好暂时放弃改变您或者影响您的打算了。但是我现在得请您告诉我，您来这里究竟想向我说什么。请您说说背弃自己团体的故事，为何产生这种令我们震惊的决心和行动！请您向我解释清楚，不论是一种忏悔，还是一种辩护，甚至是一种控诉，我都愿意聆听。"

克乃西特点了点头。"这个狂人感谢您愿意倾听，我很乐意对您叙述。我毫无控诉之意。我只是想说明——但愿不是那么难于说明，那么不可想象地难以行诸语言，就我的认识而言，这像是一种辩护，在您听来，也许像是一种忏悔。"

克乃西特靠向椅背，翘首仰望着穹形的屋顶，往昔古老年代希尔斯兰老修道院彩绘图画仍然依稀可辨，纤细的线条和淡淡的色调，各色花卉和装饰图案都像在梦境中一般。

"我这种厌倦大师职责和向往辞去官职的思想，第一次出现于刚刚就任玻璃球游戏大师职位不过几个月后。有一天我坐下来阅读曾经闻名遐迩的前辈游戏大师路德维希·华塞马勒写的一本小书。那是他替后代继承者们撰写的指导每月工作进程的年历，有许多建议和提示。当时我读了他教导后人及时筹划未来年度玻璃球游戏公开比赛的劝诫，其中说：倘若这位后人还未感觉事情紧迫，也还缺乏任何好设想时，那就该及时集中精力作适当准备了。我当年作为最年轻的游戏大师，难免有些自负，确实曾无知地好笑老年人的过虑。然而，我也从中听出了一种沉重而又颇有威胁力量的音调。它引起我深思，经过思考后我作出了决定：倘若有朝一日筹划下一届玻璃球游戏庆典的工作，竟然成了我的烦恼和恐惧，而并非喜悦和自豪的话，那么我就应该向最高当局交还荣誉，辞职离去，而不应该为筹办新的庆典活动而疲于奔命。这便是我第一次产生这个思想的情景。其实我那时刚刚新官上任，大刀阔斧整顿了办公室工作，正值年轻气盛之际，哪肯相信自己也有一天会变成老人，会厌倦工作和生活，更不相信自己会才思枯竭，竟然不能胜任设计新的玻璃球游戏方案的任务。尽管如此，当时我心里还是作了这一决定。您对我那一阶段的情况颇为了解，尊敬的大人，也许比我自己还认识得更清楚。您曾是我就任初期最艰难阶段的顾问和忏悔长老，虽然您在华尔采尔只呆了很短时间就离开了。"

亚历山大审视地瞥了他一眼。"我几乎从没有过比那项工作更惬意的任务了，"他说，"那时我与您相处，对您很满意，这在我是罕见的情况。如果说，人生在世必须为自己一切赏心乐事付出代价的话，那么我现在正是在偿还当年快乐的宿债。当时我确实为您感到自豪。今天我可不能再作此想了。倘若教会组织因您而令人失望，倘若您动摇了整个卡斯塔里，我知道自己也有一份责任。也许我当年应该在华尔采尔多逗留几个星期，作为您的同伴和顾问，应该对您更严格些、管教更精细些才对。"

克乃西特快活地回瞥了他一眼。"您不要如此自责，大人，否则我就要提醒您当年给我的一些劝告。当时我是最年轻的大师，对待公务常常过于认真，您有一次曾对我说——我现在只想起这一次，如果我，作为游戏大师，也许是个无能之辈或者颠顸之徒，倘若我的所作所为不合大师身份，甚至利用职权干出假公济私的勾当，那么我对于我们亲爱的卡斯塔里也不会造成多大损害或影响，就如同把一颗小石子投入湖水，会激起若干波纹和涟漪，但很快就又归平静，了无痕迹了。因为我们卡斯塔里教会组织如此坚固如此稳定，它的精神思想更是坚不可摧。您还记得这些话吧？您不该为我的计划，为我成为卡斯塔里的罪人而大大损害了教会组织，受到责备。当然您也知道，无论我做了什么都不可能真正动摇您的平静境界。但是我现在还得继续往下叙述。——事实上，我可能就在任职之初便已有了这一决定，而且始终没有忘却自己的决定，如今仅仅是加以实践而已。我的决定与我内心经常出现的精神体验有关，我把这种体验称为'觉醒'，这是您早已知道的事实，当您还是我的顾问和导师时，我就曾向您描述过。我当时确实为自己公务缠身而不再出现精神体验，甚至几近完全消散难觅而向您诉苦。"

"我记得的，"亚历山大跟着说，"我当时对您具有这种精神体验能力颇为惊讶，这类能力在我们这里是罕见的，倒是常常以不同形式出现在世俗世界上：有时在某些天才身上，尤其是政治家和军事家身上，有时也会出现在某些病态的意志薄弱者身上，甚至出现在全无才能可言的人身上，例如：千里眼、顺风耳以及灵媒巫师之类。依我看来，您与这两种类型：战争天才或者生理特异才能，都全然不同。当时，直到昨天以前，我倒是一直把您看成一个特别优秀的卡斯塔里人，谨慎、明智、恭顺。当时我不认为，您所说的那种充满神秘色彩的声音乃是妖魔鬼怪附身，或者纯为您内心自我的声音；不，我认为这完全不可能。因此我仅仅把您向我描述的'觉醒'状态理解为您总是偶尔自觉意识到本人的成长而已。我既已得出这一结论，当然推断您刚刚上任，承担的又是过重的任务，就像给您穿一件过大的衣服，要等待您再长大一些，衣服才能合身，因而就延迟了您这种精神'觉醒'体验的出现。但是，请告诉我：您是否曾经认为这种觉醒是某种不可抗拒的力量的启示，或者是来自某种永恒客观存在或神圣真理领域的召唤？"

"您这番话，"克乃西特回答说，"倒是说着了我目前面临的难题，也就是如何用语言表达无法用语言表达的东西，用理性来阐释显然超出理性的东西。不，我从没有认为自己的觉醒是任何神道、妖魔，或者任何绝对真理的显现。让我感到这种体验具有价值和说服力的地方，决不在于它们的真理含义，它们的高贵来源，它们的神圣性或者诸如此类的神秘特性，而在于它们的真实性。对我而言，它们是无比真实的，有点类似一种剧烈的肉体痛苦，或者是一种突如其来的自然现象，譬如暴风雨或地震，让我们感受到迥异于日常生活和普通处境的不同寻常的真实性、当前性、不可逃脱性，等等。那种把我们急急赶回家中，几乎把大门从我们手中掀走的疾风——或者那种似乎把世界上一切紧张、痛苦与矛盾都集中到了我们下颌的剧烈的牙痛，那就是我所说的真实性。事后，我们也可能会开始思考它们的现实价值，或者探究它们对我们有无意义；倘若我们果真有研究兴趣的话，但是在它们出现的那 时刻，我们的体验却是完全真实，毫无怀疑余地的。对我说来，我的'觉醒'就具有这样类似于强烈现实的真实性，这便是我赋予它'觉醒'名称的原因。每逢我身临体验时刻，我都切实地感觉自己好似熟睡了很长时间或者从长长的假寐状况中突然醒来，感觉自己的头脑特别清醒和清楚，远远胜于平常日子。这种情况也存在于世界历史上，凡是大灾大难降临之际，都会出现令人信服的必然性因素，让人产生一种不可抗拒的现实感和紧张感。不论这类震撼结果如何，是光明美好还是黑暗混乱，无论如何，当时发生的情况必然是壮丽、伟大而重要的，同习以为常的平凡一定迥然不同，因而显得特别突出。"

克乃西特停下来略略歇了一息，便又继续往下叙述："请让我再从另一个角度来谈谈这个问题。您还记得圣克利斯多夫的传奇故事吧？啊，记得的。这个克利斯多夫是位极勇敢而有能力的人，然而他不愿意成为统治人民的主子，而愿意服务，服务是他的长处和艺术，他知道怎么做。至于为谁服务，他并非随随便便无所谓。他认为必须服务于最伟大、最有权威的人。因此一听说有人比他目前的主人更伟大，便会立刻前去投奔报效。我一直很喜欢这位伟大的仆人，我想大概是自己多少与他有类似之处。至少我知道，在我一生的独特时期——当我懂得如何支配自己的时候，早在学生年代，我便已开始寻找服务的对象，但是彷徨迟疑了很长时间，才算选定了什么样的主人。很早以前，我就把玻璃球游戏视为我们学园最宝贵、最特殊的成果，却始终对它疑信参半，保持着相当距离，观望了许多年。我品尝过游戏的滋味，懂得这是世界上最迷人、最微妙的诱饵。此外，我还在很年轻的时候便已觉察到，凡是从事这一引人入胜游戏的人，如果想有所长进，游戏便要求他竭尽全力，单纯当作业余消遣是不成的。然而，在我的内心深处始终有一种本能的直觉，反对我永远耗费精力与兴趣在这种魔术事业里。我内心深处始终有一种追求纯朴，追求健康和完整的自然感情提醒我防范华尔采尔的玻璃球游戏学园精神，它确乎又专门又精致，是一种经过高度加工的文化，然而却与人类生活整体相隔离，落入了孤芳自赏之中。我探索和徘徊了许多年后，才算下定决心不顾一切从事玻璃球游戏。我做出这个决定，恰恰是因为那一种压迫我服务的力量，它迫使我只追求最高成就、只为最伟大的主人效力。"

"我懂得这一点，"亚历山大大师认可说。"但是我尽管看到了这一点，我也懂得您为何如此表现，我却仍然以同样理由反对您的一切执拗行为。您有一种过分强烈的自我意识，或者也可说是您太自我倚重了，这与成为一个伟大人物完全是两码事。一个人可以由于才华出众，意志坚定，沉毅忍耐而成为第一流的明星，但是他同时必须善于集中心志与自己所属的整个体系保持平衡，而不至于发生摩擦和虚耗精力。而另外有一个人，才能与这个人等同，也许还略胜一筹，然而他的轴线偏离了中心点，以致他的一半精力消耗于离开了中心的活动方向，这不但削弱了他自己的力量，还扰乱了周围的世界。您必然是这一类型的人。不过我确实得承认，您曾十分高明地掩藏了这些特点，如今才会让这个毛病以更大的毒性发作出来。您刚才讲到了圣克利斯多夫，我不得不承认，这个人是有他的伟大和感人之处，却不能够以他作为我们教会组织服务者的典范。谁若立志于服务，便当忠于他曾立誓效命的主人，荣辱与共，而不该一发现更出色的主人，便立即弃旧换新。这样做的仆人是审判自己主人的法官，您的行为正是如此。您愿始终效命于最出色的主人，却天真无邪到要让您自己来判定所选服务的对象——主子们的高低级别！"

克乃西特始终静静倾听着，听到这里脸上不觉掠过一丝凄凉的阴影。他接下去说道："我尊重您的判断，我不能指望有别的判断。不过还请您再听我继续说几句，只再稍稍说几句。后来我专事玻璃球游戏，事实上确有很长一段时间，我深信自己是在为一个至高无上的主人服务。至少我的朋友特西格诺利——我们在议会里的支持者——曾经非常生动地形容过当时的我：一个骄矜自大而厌倦享乐的玻璃球游戏精英。同时，我还必须告诉您，自从我进入高等学校和出现'觉醒'之后，'超越'一词对我所具有的意义。我想，事实起因于我阅读启蒙时期一位哲学家的著作，接着又受到托马斯·封·德·特拉维大师的影响。自那时以来，'超越'便与'觉醒'一样，成了我的名副其实的魔术咒语，成了我的动力、慰藉和承诺。我当时决定，我的生活当是一种不停顿的超越，一个阶段又一个阶段的前进，我要穿越一个空间进入下一个，又把下一个留在身后，就如同音乐不断演进，从一个主旋律到另一个主旋律，从一个节拍到另一个节拍，演奏着，完成着，完成了便继续向前，永不疲倦、永不休眠、永远清醒、永远是完美无缺的现在。通过'觉醒'体验，我觉察到，确实存在这种阶段和空间，生命的每一个阶段临近终点时刻，它自身便会显现凋谢和濒临死亡的气息，而当山穷水尽之际，就会自然出现转机，把生命导向转化，进入新的空间，出现新的觉醒，有了新的开端。我所以向您勾勒这么一幅超越的图像，只是一种手段，也许可以帮助您了解我的生活。我决定从事玻璃球游戏，是我生平一个重要阶段，其意义绝不亚于我为接受第一次使命而加入宗教团体。就连我担任玻璃球游戏大师职务期间，我也曾有过类似阶段式前进的体验。我认为官职给我的最大益处是让我发现了新的工作乐趣，不仅是音乐和玻璃球游戏让人快乐，教育和培植人才也是令人快乐的工作。逐渐地，我还进一步发现，受教育者年龄越小，尚未受到任何误导，那么教育工作也就越富于乐趣。这件事情也与许多其他事情一样，随着年代的流逝，使我越来越想教导更年幼的孩子，最愿意去初级学校当一名小学教师。总之，我的想象常常让我越出本职工作的范围。"

克乃西特停下来，歇了一口气。亚历山大插进来说道："您总是越来越令我惊讶，大师。您在这里尽谈自己的生活，谈的内容只涉及您私人的主观的精神体验，个人愿望，个人发展和个人决定，几乎没有别的内容！我真弄不明白，像您这样有地位的卡斯塔里人，竟然如此主观地看待自己和自己的生活。"

他的语气中带有一种介于责备和悲伤间的音调，使克乃西特感到痛苦。然而克乃西特尽量保持平静，接着欢快地高声说道："尊敬的先生，我们此时此刻谈论的不是卡斯塔里，不是行政当局，也不是教会组织，我们独一无二的话题是我本人，谈我的精神历程，这个人正因不得不替您增添诸多麻烦而内心深感痛苦。倘若我谈论游戏大师公务，谈论完成任务情况，谈论我作为卡斯塔里人和游戏大师有无贡献的问题，我认为是不恰当的。我执行公职的情况，就如同我整整一生的外在行迹一样，全都明明白白展示在您眼前，您一望便知的，而且您也是找不出什么差错的。我们此时此刻需要谈论的是另一种内容，也即是向您陈述清楚我个人走过的道路，因为这条路今天已引领我走出华尔采尔，而明天更将引领我走出卡斯塔里。请您宽宏大量，再给予我一点时间吧！"

他接着说道："我得以知道卡斯塔里之外还有一个大世界的现实，并非由于我的研究工作（在书本里，这个大世界仅出现于遥远的古代），而当首先归功于我的同学特西格诺利——一位来自外面世界的旁听生。后来，我在本笃会修道院逗留期间，与约可布斯神父交往时所得更多。对那个世界，我亲眼目睹的东西极少，通过约可布斯神父向我灌输的、他称之为历史的知识，我揣摩到了大概的轮廓，也许这就打下了我日后脱离的基础。我从修道院回到这个几乎毫无历史概念的国家里，这是一个只有学者和玻璃球游戏选手的教育王国，一个有高度文化修养，也极令人愉快的社会，但是我发现，似乎仅有我一人对那个世界略有所知，略有好奇心，也仅有我一人对它有所同情和向往。毫无疑问，这里有足够让我得到补偿的东西。这里有几位我极其敬仰的人物，让我成为他们的同事，令我感到既羞愧又光荣；这里有一大批文化修养极高的优秀人才；这里还有许多值得做的工作，更有大量才能出众的可爱的青年学生。然而，我在师事约可布斯神父期间，却也同时发现自己不仅是卡斯塔里人，而且也是一个属于外面世界的人。我觉得那个世界与我有关，并且也向我提出了要求。从这一发现中连续不断地衍生出了需求、愿望、要求和责任，但是我却无法面对其中的任何一个内容。在卡斯塔里人眼中，世俗世界的生活是一种近乎堕落和低劣的生活，那种生活无秩序可言，既粗鲁又野蛮，既混乱又痛苦，可说是一种全无美好与理想可言的拙劣的生活。但是，那个外面的世界及其生活，事实上比卡斯塔里人所能够想象的不知道要广大和丰富多少，简直到了无以复加的程度。那个世界里充满演变、历史、实验以及永恒常新的肇始，它也许是一片混沌，然而却是一切命运，一切创造，一切艺术以及整个人类的归宿和故土，它产生出语言、民族、国家、文化，也产生出了我们和我们的卡斯塔里，它还会目睹一切再度沦亡，而后仍然存活下来。我的老师约可布斯神父唤醒了我对这个永恒成长和寻找营养的世界的爱心，但是在卡斯塔里没有任何滋养它的食品。我们这里是世外桃源，我们是一个小而完善的世界，却也是一个不再变化，也不再成长的世界。"

克乃西特深深吸了一口气，沉默了片刻。亚历山大没有说什么，只是有所期待地望着他。克乃西特若有所思地点了点头，继续说道："许多年来，这种思想成了我的双重负担。我既身负重任，要完成职责，又丢不开我的爱心。我从任职开始便体会到这种爱心并不损害我执行公职。恰恰相反，我认为，它还能有益于工作。我认为我应当尽量把工作做得无懈可击，符合人们对一个大师的要求；当然，我知道，即或有不足之处，我也较若干拘泥古板的同事更为灵活和清醒，总能够将某些东西给予我的学生和同事。我从中看到了自己的使命，温和而缓慢地扩展和加热卡斯塔里的生活和思想，向它注入从世俗世界和历史汲取的新鲜血液，却丝毫也不破坏它与传统的联系。说来凑巧，在卡斯塔里外面有一个世俗人士，也正在这时形成了极类似的想法，这真是一个美丽的巧合，他梦想在卡斯塔里和世俗世界之间建立一种友好的和互相渗透的关系，这个人就是普林尼奥·特西格诺利。"

亚历山大大师微微撇了一下嘴角，说道："啊，是这样，我从来不指望这个人会对您有什么好的影响。他比您那位宠坏了的部下德格拉里乌斯好不到哪里去。那么，就是这个特西格诺利，让您走极端，彻底破坏了教会组织制度的人啦？"

"不，大人，他虽然在这件事情上帮助过我，却不知我的实情。他把新鲜空气带进了我的寂静生活，我通过他又重新接触了世俗世界。直到那时，我才有可能看清楚而且承认，我在卡斯塔里的生涯已走到尽头，这里的工作对我已毫无愉快可言，是结束这种折磨的时候了。又到了抛弃一个旧阶段的时刻，我已经又穿越了一个空间，这次是卡斯塔里空间。"

"您怎能这么说话！"亚历山大摇摇头表示反对。"难道卡斯塔里居然狭小到不值得人们为之奉献毕生精力！您真的认为自己已穿过并且超越了这个空间？"

"噢，不是这个意思，"克乃西特有点激动地高声说，"我从没有您说的这种意思。我说自己已走到这一空间的边缘，意思只是说我已达到了完成职务能力的顶点。我作为玻璃球游戏大师，永无止境地反复履行同样的工作，一段时间以来，我一再重复空洞的演习和公式，既不愉快，也无激情，时而竟丧失了信心。现在该是停止的时候了。"

亚历山大叹了一口气。"那仅是您的观点，并不合教会团体的规章。某位教会组织成员偶尔闹情绪，厌倦工作，这不是什么特别的新鲜事情。宗教组织的守则会给他指引一条重获内心和谐的途径，能够再度全神贯注地工作。难道您忘了吗？"

"尊敬的大人，我不这么想。我的工作一直向您公开，供您督察，最近您收到我的传阅信后还曾派遣专人来调查玻璃球游戏学园和我本人。您确定华尔采尔的情况正常，秘书室和档案馆的工作有条不紊，玻璃球游戏大师既未病倒也没有闹情绪。我得感谢您当年的高明开导，正是这些道德规章让我保持了精力和镇定力。然而仍耗费我大量的心血。我很遗憾，如今为了让您相信我并非闹情绪，或者一时冲动，或者为了私欲，几乎也没有少耗费我的精力。不管我是否白费力气，我至少还是要您承认，我个人和我的工作，直到您派人来检查之际，始终运转良好，富于成效。我的要求不算过分吧？"

亚历山大大师略带讥讽地眨了眨眼睛。

"同事先生，"亚历山大回答道，"您说话的口吻，好像两个私人在随便闲谈似的。这种态度只适合您一个人，是的，您现在确实只是以私人身份说话。我却不是，我想的和说的都不是我个人的意见，而是一个宗教团体当局的领导人要说的话，我的每句话每个词都得向最高行政当局负责。您今天所说的一切都不会有什么结果。不论您态度多么恳切，但是您的话全都是出于私人利益的言词。而我却是在职官员，我今天说的话做的事，都会产生后果。我会把您的案子送交行政当局裁定。也许最高教育当局会接受您对事件的陈述，甚或承认您所作的决定。——那么，我认为案子已有结果，直到昨天为止，您还是一个无可指摘的卡斯塔里人，一位十全十美的玻璃球游戏大师，即或头脑里受到过形形色色的思想影响，也许还中了厌倦职责的毒素，然而您进行了斗争，还得到了胜利。我们姑且承认这一情况吧，但是我仍然不懂，为什么一位无可指摘的大师，前一天还循规蹈矩，后一天怎么彻底翻了个儿？有一种解释还比较容易让我接受：很久以来，有一位大师心理受了伤，内心早已得病，事实上早已不能算是健康的卡斯塔里人，虽然他自己还坚称为道地卡斯塔里人。此外，我还大惑不解，您为什么直到此时还坚持自己是尽职尽力的大师呢？为什么要建立这种论点呢，因为您既已采取出走步骤，违反了服从誓言，有了背叛行为，建立这种论点有何益处呢？"

克乃西特立即反驳说："尊敬的大人，我为什么不该关心这个问题呢？这关系到我的声誉，关系到我留在这里的纪念内容。这也关系到我在卡斯塔里之外产生影响的可能。我今天站在这里，并不是想替自己争取什么东西，甚至也不是为了获取行政当局的批准。我早已估计到同事们将会对我的事情产生怀疑，视为问题，我也已作了思想准备。但是我决不愿被人视为叛徒或者疯子，那是我无法接受的判决。我已做出了若干您必然反对的事情，因为我必须这样做，因为这是我的使命，因为这是我的命运——我不仅相信应该这样做，而且要好好承担起来。倘若您不能够承认我的陈述，那么我也就只得自认失败，无可奈何了。"

"转来转去总在老地方，"亚历山大答复道，"您要我承认，在一定情况下，某个个人的愿望有权破坏我所信奉和代表的规章制度。但是我无能兼顾两者，既信奉我们的秩序，又同时允许您个人违背这个秩序——啊，请别打断我。从您的种种迹象看来，我只能够承认下列事实：您深信自己采取如此可怕步骤是正直而又有意义的行动，深信自己是响应一种内心的召唤。当然，您绝对不能指望我会同意您的步骤本身。另一方面，您也算是达到了目的，因为我也已改变初衷，不想动摇您的决心，把您拉回来了。我同意您退出宗教团体，把您自动离职的情况通知行政当局。此外我就无能再作任何让步了，约瑟夫·克乃西特。"

玻璃球游戏大师作了一个顺从的姿态，随即平静地说道："我十分感谢您，尊敬的大人，我已向您交付了印章。现在我再向您递交几页我撰写的华尔采尔现状报告，其中最重要的是关于教师人员和一些代表人物的情况，我相信可以从中遴选出大师职务继承人。"

克乃西特从衣袋里拿出几页折叠着的纸张，平放在桌子上，而后就站起身子，亚历山大也立即站了起来。克乃西特向他走近一步，满脸凄切地久久凝视着对方的眼睛，然后鞠了一躬，说道："我原想请您和我握手告别，不过现在我想还是断了这个念头为好。我一直对您特别敬重，今天也没有任何改变。再见吧，我亲爱而又尊敬的大师。"

亚历山大静静站立不动，脸色略略变得苍白。一瞬间，他似乎想伸出手去和辞行者告别。他感觉双眼逐渐润湿起来，便只是点点头，回答了克乃西特的鞠躬，让他走开了。

当克乃西特关上身后的房门后，这位领导人仍旧一动不动地站着，倾听着逐渐远去的脚步声，直至最后的足音消逝在静谧之中时，他才开始在房间里来回踱步，直到门外又响起脚步，传来一阵轻柔的叩门声。那位年轻的侍者进来报告说，有客人等待接见。

"告诉他，我在一个钟点后见他，我请求他说话尽量简短，我这里有急事亟须及时料理。——啊，等一等！立即到秘书处去，通知第一秘书，后天召集全体领导开会，务必全体出席，唯有重病者才可请假。然后再到管理员那里，通知他说，我必须明天清晨前往华尔采尔，请他在七点以前备好车辆……"

"啊，"年轻人回答，"游戏大师留了车子等您使用呢。"

"怎么回事？"

"游戏大师大人昨天驾车来的。他方才离开时告诉我们说，他要徒步继续行程，留下车子供您使用。"

"那么好吧。我明天坐华尔采尔的车子去华尔采尔。请复述一遍该办的事。"

年轻人复述道："一个钟点内接见来访的客人，请他讲话尽量简短。请第一秘书召集全体领导后天开会，务必全体出席，唯有重病者才叫请假。明日清晨七时坐玻璃球游戏大师的车子赴华尔采尔。"

这位年轻人刚走开，亚历山大大师便立即深深吸了一口气。亚历山大走到方才与克乃西特对坐的桌旁，耳中仍然鸣响着那个不可理解者远去的脚步声，他爱这个人胜于任何其他人，但是这个人却给他带来如此沉重的痛苦。自从他第一次辅助克乃西特任职的那些日子起，他就始终喜爱克乃西特，喜欢这个人的种种特点，包括克乃西特行走的步态，他喜欢看他走路。他脚步沉稳而又合节奏，还非常轻快，是的，几乎可称是翩若惊鸿，显示出一种介于尊严与稚气、虔诚与飘逸之间的味道，这是一种多么独特、可爱而优雅的步态啊，与克乃西特的容貌和声音又是多么配称。这种步态也十分适合克乃西特作为卡斯塔里人和玻璃球游戏大师所表现的男子汉气概和愉悦风度，让人们有时候联想到前任游戏大师托马斯·封·德·特拉维的贵族气风采，有时候又联想起前任音乐大师的纯朴而又动人的仪态。如今克乃西特就这么离开了，急急忙忙走了，步行走了，不知道去往何处，或许他亚历山大再也不可能见到他了，再也听不到他的笑声，看不到他用纤秀细长的手指描画玻璃球游戏构思的象形文字了。亚历山大拿起克乃西特留在桌上的几页材料阅读起来。它们像是一篇简短的遗嘱，极简洁而具体，常常只是提纲挈领的词句，而不是一般话语，它们的用意在于便利最高教育当局今后管理玻璃球游戏学园的事项，以及遴选新的玻璃球游戏大师的工作。这些简明扼要的提示用秀丽纤细的字体写得清清楚楚，克乃西特的文字与笔迹也如同他的脸容、声音、步态一样，烙刻着约瑟夫·克乃西特独一无二的、不可混淆的独特本质。最高行政当局想再找一个与他同等水平的继任人选，将会难乎其难。一位真正的领袖人物和一种真正的人品是很少见的，拥有这样一位人才乃是幸运，是上天的恩赐，即使是在卡斯塔里，在这个精英荟萃的领域，也不能例外。

约瑟夫·克乃西特一路享受着徒步旅行的乐趣，他已有许多年没有徒步旅行了。是的，他认真地作了回忆，他大概回忆起自己最后一次真正的徒步旅行的情景。当年，他从玛丽亚费尔修道院返回华尔采尔参加一年一度的玻璃球游戏庆典，那场年会因托马斯大师病重，接着又逝世而蒙上了一层阴影，结果是他自己被遴选为继承人。往常，每当他想起那些日子，想起自己的学生时代和在竹林茅舍逗留的日子，总好像是在一个阴沉沉的房间里眺望室外阳光灿烂的快乐广阔原野，遥望那永不再返的往事，就好似望见了记忆组成的天堂乐园一般。这一类回忆在脑海里再现，其情景与平凡的日常现实总是迥然不同，它们是一种充满神秘和节日气氛的十分遥远的景象的展现，即或是在他毫无愁思忧伤的情况下出现时也一样。然而此时此刻，克乃西特在这个阳光普照的快乐的九月天下午，满心惬意地漫步前行，悠闲自在地四下眺望，望着身旁彩色斑斓的绚丽世界，还有远方那梦幻般柔和迷茫、由蓝而紫的色调，此情此景，他觉得很久以前的那次徒步旅行，不再像是和现实生活截然不同，那遥远的往事或者梦中的天堂仿佛就在他的现实生活里，他在重复当年的漫游，今天的约瑟夫·克乃西特和当年的克乃西特简直是一对同胞兄弟。他觉得自己的一切都已焕然一新，充满了神秘，充满了希望，不仅过去存在的都已重新返归自己身上，而且又增添了许多新的东西。克乃西特很久以来就殷切期待这一天和这个世界了，多么美丽、纯洁、无忧无虑，一种自由自在和主宰自己命运的快乐，像饮完一瓶醇酒似的，一股暖流流遍了全身。这种珍贵的感觉，这种快活绝顶的幻觉，他已有多年不曾体验到了！克乃西特沉思着，又猛然记起某一个时刻：当年他刚刚尝过这种难得的美好感觉，却立即便遭到了禁锢。他想起事情发生在他和托马斯大师的一场谈话之时，在对方那种含有既亲切又讽刺的目光的压力下，是的，他现在清楚地想起了自己丧失自由的那一时刻那种不可名状的奇怪感觉了。事实上，它不是什么痛苦，不是什么灼心的苦恼，而是一种畏惧感，一种背部遭受某种压力而隐隐约约产生的寒颤，一种在横膈膜上出现的警告性的轻微痛楚，一种体温的突然变化，尤其是一种生活节奏上的改变。那一命运转折时刻形成的这种畏惧、退缩感，那种隐约潜在的威胁人的窒息感，如今统统抵消了或者也可说是治愈了。

克乃西特在驾车驶往希尔斯兰的前一天便已作出决定：不论发生什么情况，自己都不得后悔。现在他就克制自己再去回想与亚历山大对话的种种细节以及那些争论和对抗了。克乃西特让自己完全放松，彻底敞开胸怀享受着自由的感觉，他觉得自己就像辛勤劳作一天后的农夫迎接着黄昏的清闲，他确切知道自己很安全，没有任何必尽的义务，他知道自己暂时可以免除一切工作，一切责任，也不必去思考任何事情，他听任彩色缤纷的亮晶晶白天包围着自己，到处是柔和的光线，到处是景色和图像，到处是真实的现在，没有任何外来的要求，既无昨天，也无明日。克乃西特一路走着，偶尔心满意足地哼起一支进行曲，那还是他在艾希霍兹精英学校读书时和同学们外出郊游时分成三声部或四声部合唱的歌曲。从克乃西特生命中那个快活的童年早晨，飞出了一串串清晰的小小图像和声音，好似一群啁啾的小鸟鼓着翅膀向他飞来。

克乃西特在一棵树叶已经泛紫红色的樱桃树下站住了，随即坐在草丛中略事休息。他把手伸进外套前胸口袋，掏出了一件亚历山大大师一定想不到他会随身携带的东西：一支小小的木笛，他怀着温柔的爱心对它凝视了片刻。他拥有这支像孩子般纯朴可爱的乐器的时期并不长久，大概还不足半年。克乃西特心情愉快地回忆着自己获得它的那个日子。当时他驾车到蒙特坡去和老同学卡洛·费罗蒙梯讨论一些音乐理论上的问题。他们的话题转到了某些时代的木制吹奏乐器上，他请求这位朋友让他看看蒙特坡的乐器收藏品。他们兴致勃勃地参观了几间陈列古代管风琴、竖琴、琵琶和钢琴的大厅，然后来到一座贮存学校教学乐器的仓库前。克乃西特看见那里有一只橱柜满放了这样的小木笛，他取了一支，试着吹了片刻，随后问他的朋友，可否允许他带走一支。卡洛哈哈笑着请他挑选一支，又大笑着拿来一张收据请他签名，随即又极其认真地向他讲解了这支小乐器的构造，如何运用指法，以及吹奏的技巧。后来克乃西特就一直带着这件可爱的小玩具，还不时地练习——他童年时代吹奏过牧笛，自就读艾希霍兹后便没有再玩过吹奏乐器，不过他曾多次发愿，有朝一日得再学学这项乐器。克乃西特除了练习音阶外，还学习了费罗蒙梯为初学者编辑的一册古代歌曲选集，因而从游戏大师的小花园中或卧室里，常常会传出甜美柔和的木笛乐声。虽然克乃西特远称不上演奏木笛的大师，可他确实学会了吹奏许多合唱曲和诗歌，他不仅熟知乐曲，还能够背诵出其中许多歌曲的歌词。此时此刻，他脑海里突然浮现出了那些歌曲中的一首歌词，因为它和此时此景十分相称。他低声吟出了几行诗句：

> 我的头颅和四肢，
> 业已倒下死去，
> 而我，如今又稳稳站立，
> 我仰首翘望苍天，
> 精神焕发，快乐无比。[1]

---

[1] 引自德国诗人保尔·盖尔哈特的诗歌《金色太阳……》。

他把笛子举到嘴边，一边吹奏这首曲子，一边眺望那白晃晃从广阔的平原渐渐伸向远方的高高的山峦，同时又在倾听这首虔诚优美的诗歌如何化成了甜美的笛声，他觉得自己已与天空、山峦、诗歌和这个白天合而为一，已是圆满无缺了。克乃西特陶醉在这支圆圆魔笛中，随着十指的滑动，这一美好的感觉也不断地产生出来；他想到，除了身上穿的衣服，他从华尔采尔带走的财产，唯有这支小小的玩具笛子了。许多年来，他累积了一些多多少少可以算作私人财产的东西，尤其是那些文章、笔记以及诸如此类的东西。他留下了一切，他愿意让玻璃球游戏学园的人随意利用。然而他带出了这支木笛，很高兴有它同行，它可是一个又谦逊又可爱的旅伴。

这个旅人于第二天抵达了首都。他叩开了特西格诺利家的大门。普林尼奥飞奔下楼迎接他，激动地热烈拥抱他。

"我们一直在盼望你，都等得不耐烦了！"他高声叫道。"你向前跨出了大大的一步，朋友，但愿对我们人人都有好处。他们居然放你走了！我真不敢相信！"

克乃西特微微一笑。"你看，我不是来了么。不过说来话长，容我以后再细述吧！我现在首先想见见我的学生，当然也要向夫人问好，我要和你们谈谈有关我新职务的一切事项。我很想立刻就工作。"

普林尼奥叫来一位女仆，要她立即把他的儿子找来。

"您是指小主人吗？"她似乎吃惊地问，但还是急匆匆地跑去寻找了。普林尼奥把自己的朋友领进客房，迫不及待地向克乃西特报告了他为客人光临所做的准备工作，以及他为教育小铁托所作的设想。他说，一切事情都按照克乃西特的意愿安排妥当，铁托的母亲起初不是很赞同，后来也想通了。他们家在山上有一座休假别墅，他们给它起了个名字叫"碧尔普"①，别墅建于湖畔，景色秀丽。克乃西特将携带弟子暂且先居住在那里，有一位老女仆替他们照料家事，她已于前一天去那里做准备工作了。当然，他们只能在那里小住一段时期，至多住到冬初，

---

① 碧尔普是虚构的地名。

这种分离肯定有益于第一阶段的教育工作。他庆幸自己的儿子爱山，也爱碧尔普别墅，所以铁托很乐意到山上去小住，丝毫没有反抗。特西格诺利说到这里，突然想起自己有一本这幢别墅及其周围环境的照相册，于是便把克乃西特领进书房，兴冲冲地找来那本照相册，然后打开相册向客人描述别墅的形状和地貌：农舍式的住房，瓷砖面的火炉，花园凉亭，湖畔浴场，还有一挂瀑布。

"你还中意吗？"他急切地问。"你住在那里会舒服吗？"

"为什么不舒服？"克乃西特平静地说。"铁托怎么还不来？你派人去找他已经有一会儿了。"

他们又继续闲聊了一阵子，总算听到门外有脚步声了；门打开了，但是进来的既非铁托也不是派去的女仆。铁托的母亲，特西格诺利夫人走进房来。克乃西特站起身，向她问好。她向他伸出手，以一种略显做作的友善态度微笑着表示欢迎，克乃西特看出她这种礼貌的微笑下隐藏着难以言传的焦虑或者烦恼心情。她刚勉强地说了几句欢迎话，便马上转向自己的丈夫，迅猛地诉说起苦恼来。

"真是糟糕，"她高声嚷道，"谁想得到铁托不见了，哪儿也找不到他。"

"啊，他准是出门去了，"普林尼奥安慰她说，"很快就会回来的。"

"可惜情况不是这样，"这位夫人说，"他已出去一整天了，从清晨起就没有看见他。"

"那么为什么直到现在才告诉我？"

"因为我以为他随时会回家的，没有必要的话，我不想打扰你。我最初认为他只是出去散散步而已，压根儿没想到会出事。直等到中午铁托还没回来，我才开始担心。你今天中午没在家用餐，否则早就知道这个情况了。就是午餐时，我还安慰自己说，这个孩子总是粗心大意，才让我久等的。但是现在看来情况并非如此。"

"请允许我提个问题，"克乃西特说，"这个年轻人知不知道我即将来府上？知不知道你们为他和我拟订的计划？"

"当然知道，大师先生。而且他看来还很喜欢这个计划呢。至少他似乎宁愿要您当教师，也不愿又一次被送进某个学校去。"

"噢，"克乃西特释然说道，"那就没有什么可担心的。夫人，您的儿子一向自由惯了，尤其是最近一段时期，因而对他而言，即将有一位教师和教官来管教他，显然是一件极可厌的事情。于是他就在即将被移交给新上任的老师前稍稍躲开一忽儿，也许是他认为，想彻底摆脱这一命运，看来这一可能性是很少了，于是他便设法稍稍延迟一下，这样做自己总不会有什么损失的。此外，他也许还可能要对自己的双亲以及他们替他找来的教师要一些把戏，以显示自己故意悖逆整个成人世界和教师的心意。"

特西格诺利很高兴克乃西特能够比较轻松地看待事态。但是他心里依然充满担忧之情，他的爱子之心竟让他设想到了形形色色可能出现的危险。他心里十分焦急，孩子也许真的出走了，也许他真会干出伤害自己的事？啊，一切都是可能的，看来他们得为过去在教养孩子上的疏忽和错误付出代价，为什么恰恰在现在，就在他们正在设法加以补救的时候。

特西格诺利不听克乃西特的忠告，坚持要采取一些行动，他觉得自己不能够毫无行动地接受这个事实，以致越来越焦躁，越来越神经质，使克乃西特很是可怜他。于是他们决定派人到铁托偶尔过夜的几户老贵族家里去打听情况。待到特西格诺利夫人本人也出去走动，只留下这一对朋友在家时，克乃西特才松了一口气。

"普林尼奥，"他说道，"你这副模样好似你儿子已经死了，刚被人抬回家来。铁托已不是小小孩，不会被汽车撞倒碾过，也不会被骗吃下毒樱桃。所以我劝你，亲爱的朋友，还是稳住心情为好。既然你的孩子眼前不在家，就让我来教你一些本想教他的东西吧。我已经对你作了一些观察，我发现你的情况不算很好。一个竞技运动员在受到出乎意料的打击或者威胁的那一瞬间，他的肌肉就会自动地作出必然的反应，或者伸展或者收缩，以帮助自己掌握有利地位而制胜对方。因此，我劝你，我的学生普林尼奥，也该学会在受到打击的这一瞬间掌握应对办法。你受了一击——或者你过分夸张地自以为受了一击，就应该运用这种最基本的防御方法来防护精神受到冲击，你必须控制呼吸，恢复悠长而有节制的呼吸。你现在的情况恰恰相反，你呼吸急促，好像一个必须表演极端恐惧情绪的戏剧演员。你武装自己的能力还很不够。你们世俗世界的人都似乎毫无例外地处在毫无掩护的痛苦和烦恼境地。你们的处境确实有些可怜，偶尔你们陷入真正的痛苦境界，而且当痛苦具有殉难性质时，也会相当庄严感人。然而，在日常生活上，不能完全没有保护措施。我将来要注意这个问题，我要让你的儿子有朝一日更好地武装自己——在他需要这种武装的时候。现在，普林尼奥，你还是好好跟我一起做些练习吧，我来看看你是否把过去学到的东西全都忘记了。"

克乃西特以严格的节奏引导朋友进行呼吸练习，让他逐渐摆脱自我折磨的状态，能够自觉倾听理性的劝告，最后终于拆除了筑起的多余的焦躁的恐惧围墙。两个朋友走上楼去察看铁托的卧室，克乃西特以愉快的目光浏览着四散乱放的种种孩子气物品，从床头桌上拿起了一本书，看见一张纸条伸出在书外，原来是这个失踪者留下的便条。他笑着把留条递给特西格诺利，那位父亲脸上立即开朗起来。铁托在留条上写道，他今天一早出发，独自一人先上山了，他愿在碧尔普恭候自己的新教师。人们应当允许他在行动自由再一次受到可怕的限制之前，还能够享受一次小小的自由。他一想起这场美丽的小小旅行将由一位老师陪同，让他觉得像个犯人或者俘虏，他就有一种不可抑制的反感。

"完全可以谅解他，"克乃西特说。"我明天就动身去碧尔普，他肯定早已到达。现在赶紧去找你夫人，把这消息告诉她。"

这一天余下的时间里，整幢屋子里的气氛又轻松又愉快。当天夜里，克乃西特拗不过普林尼奥的恳求，向朋友简略叙述了最近一些日子的事情，其中最重要的当然是他和亚历山大大师的两次谈话。当天傍晚，克乃西特还在一张字条上写下了几行奇妙的诗句，手稿现存铁托·特西格诺利处。那天的情况大致如下：

晚餐前，男主人因事出门，克乃西特独自在书房待了一个钟点。克乃西特看见一架书橱里满放着古旧书籍，引起了他的好奇心。读古书也是克乃西特的一大爱好，而许多年来工作缠身，读书受到节制，日渐荒疏，几近忘光了。此刻面对书橱，克乃西特脑海深处浮现出了学生年代的情景：流连忘返于一橱橱陌生书籍之前，四处搜索着，凡能引起自己兴趣的，或是书的烫金封面，或是作者的名字，或是书籍的开本和色彩，都随心所欲地取出阅读。克乃西特先兴致勃勃地大致浏览了书脊上的标题，确定橱里全是十九和二十世纪的文学作品。最后他抽出了一本已褪色的亚麻布面旧书，书名《婆罗门的智慧》①，引起了他的兴趣。克乃西特先站着翻阅，随即坐了下来，发现书里是几百首教诲诗，内容五花八门，堪称稀奇古怪，既有枯燥的道德说教又有真正的智慧之言，既有市侩俗语又有纯粹诗句。他感到这本既奇妙又感人的书里面缺了些什么，倒不是缺乏深奥哲理，却都淹没于土里土气的粗俗之中。他发现，书里最好的诗篇并非诗人刻意追求形象的教育性和智慧性而写下的作品，而是那些表露了诗人的性情、爱心，他的正直和赤诚以及他的普通市民诚实性的作品。克乃西特怀着尊敬与消遣兼有的混合心情继续往下阅读着。一节映入他眼帘的诗句深深打动了他，他一边满意地点着头，一边微笑着，那节诗好似专为他这一生中的特殊一天而写给他的赠言。诗句如下：

> 日月虽然宝贵，但为了宝贵的东西苗壮成长，
> 我们乐意看着宝贵的日月消逝而去，那便是：
> 一棵我们栽植在花园中的奇异的小树，
> 一个我们要教导的小孩，一本我们要书写的小书。②

克乃西特拉开书桌的抽屉，找出一张纸抄下了这节诗。后来，他把这首诗拿给普林尼奥看，对朋友说道："我很喜欢这几行诗，它们有着

---

① 德国作家弗里特利希·洛克尔特(1788—1866)的诗集。
② 《婆罗门的智慧》中《心情》一诗的片断。

特殊的韵味：虽然写得干巴巴，却十分感人。这首诗还特别投合我眼前的心情和处境。我不是一个园丁，也不愿把时光用在培植一棵奇异的植物上，相同点是我也属于栽培者、教育者，正走在赴任的途中，我要去教育一个我愿意栽培的孩子。我多么乐意担任这个工作啊！这几行诗句的作者，诗人洛克尔特，我估计他兼备了园丁、教师和作家三者的高贵情感，而尤在第三种品性上达到了他的最高顶点。诗的最后一行是最重要之处，他向自己深爱的对象倾注了全部热情，以致温柔之极，不称之为书，而称为'一本小书'。这一来就感人至深了。"

普林尼奥哈哈大笑。"谁知道呢，"他表示不同意见，"他用可爱的'小'字，是否仅仅玩弄押韵伎俩呢？因为这个结尾处需要用一个两音节的词，而不该用单音节的词。"

"我们不该太低估他，"克乃西特反驳说，"一个生平写过数万诗句的人，不至于会被微不足道的押韵问题逼入困境的。绝不会的，我念给你听听，多么温柔，还带着一丝儿腼腆的韵味：一本小书，一本我们要书写的小书！他把'书'写成'小书'也可能并不是出于深爱之情。也许他确实非常自谦求而求人谅解呢；也许，是的，这位诗人大概是位献身自己写作事业的人，不时会对自己嗜好写书产生内疚感。倘若事实果真如此，那么'小书'一词就不仅具有喜爱的意味，而且还具有请求谅解的派生意义。这种言外之意就像某个赌徒邀人参加赌局，却称之为来一个'小赌'，或者某个酒徒拉人喝酒，却呼之为来一场'小酌'一样。当然，我的话只是揣测而已。然而，无论如何，这位诗人笔下描述的教育孩子和写作小书，恰恰完全符合我的心情和思想。因为我也不只拥有教育的热情和愿望，我也有写一本小书的热情呢。如今我已摆脱繁忙公务，我的思绪自然要回到自己的兴趣上来，总有一天要利用空暇和兴趣写一本书——不，写一本小书，供我的朋友和意气相投者把玩的'小书'。"

"你想写些什么呢？"特西格诺利好奇地问。

"啊，什么东西都行，对我来说，题材和对象全都无关紧要。我只是想利用那么多空暇，借写作的机会作些自我思索、自我品味而已。写作中，我认为至关紧要的是整个音调问题，要做到不偏不倚，合宜适中，庄严而不失亲切，严肃而不失谐趣——这种音调和说教恰恰背道而驰，要做到的是亲切的对话和沟通，讨论各种各样我认为自己已学会和体验过的东西。我并不拟采用这位弗里特利希·洛克尔特所擅长的融合说教和思想以及他那种交流和闲聊的手法，然而这种手法却还是很吸引我，它是一种个人的抒发，但并不流于独断；它具有消遣色彩，但并非没有规矩，我非常喜欢这个特点。不过，我眼前还不想体验写作小书的快乐和苦恼，我得先把精力用在别的事情上。我想，以后总有一天，能够让我全心全意体会一番创作的快乐，能够如我脑海里浮现的那样，对种种事物进行无拘无束而又细心谨慎的探讨，当然不只是自我娱乐，心里还得时刻装着一些好朋友和读者才是。"

第二天上午，克乃西特动身去碧尔普。特西格诺利隔天夜里便已声称，他陪朋友同去，可当即便遭到克乃西特的坚决拒绝。当这位父亲次日又力图劝说朋友时，克乃西特几乎发火了。"这个孩子要对付一个难对付的新教师，已经够他烦的了，"克乃西特简单地说，"此时此刻再让他的父亲也插一杠子，这样只会使事情更糟糕。"

克乃西特坐上普林尼奥为他租来的旅行汽车上路了。当汽车穿越九月清晨的清新空气时，昨天的好兴致又回来了。克乃西特不时与司机闲聊，每逢宜人景色就让他停车或者放慢速度，还多次吹奏自己的小木笛。从首都的低洼处逐渐驶向高处，驶向山脚，最后折上高山，真是一趟紧张刺激的美丽旅行。这同时又是一次自即将消逝的夏天越来越深入到秋日的旅行。中午时分，汽车开始爬升最后一段大拐弯路程，车子蜿蜒穿过已经逐渐疏落的针叶树林，绕过在悬崖下吼响奔腾的湍急山涧，驶过一些桥梁和一户户孤零零的农家院落，车子经过那些院墙高高、窗户小小的农舍后，便驰入了一个更加崎岖、更加粗犷的怪石嶙峋的高山世界，在这些坚硬冷峻的岩石间，竟有许多一片片天堂乐园般的绿地，使点缀其间的朵朵小花显得格外可爱。

他们终于抵达了那座乡间别墅。这幢小小的建筑坐落在一片高山湖泊之畔，似乎隐藏在灰色的峭壁下，与高山相衬，几乎难以分辨。这位旅人一眼就察觉到这一建筑物其风格上的严密以及其阴沉的气息，这些恰好与峥嵘险峻的高山十分相称。克乃西特再转眼一望，脸上不由立即展现出了愉快的笑容，因为他看到敞开的大门口站着一个人影，一个穿着彩色外套和短裤的少年，那人只能是他的学生铁托啦。尽管克乃西特从未认真为这位逃跑者担心，却也为此而怀着感激之情松了一口气。倘若铁托先到一步是为了在门口欢迎老师的话，那这是再好不过的事情，他在途中设想的种种错综复杂可能性纯属多余了。

孩子走向克乃西特，友好地微笑着，稍稍有点尴尬，他一边帮着老师下车，一边说道："我让您独自旅行，并非有什么恶意。"然而不待克乃西特回答，他又十分信任地接着说道："我相信，您是理解我心情的。否则您肯定会带我父亲一同来的。我已经告诉他我安全抵达了。"

克乃西特笑着和孩子握了手。铁托把他引进屋里，女仆向克乃西特问候后说，晚餐立即准备妥当。克乃西特当下有一种不寻常的需要，不得不在晚餐前躺下略事休息。他这才发现自己在这场美丽旅途中已出奇地疲乏，是的，他从未有过如此筋疲力尽。到了晚上，当克乃西特和他的学生闲聊，并且观赏他收集的高山花卉和蝴蝶标本时，这种疲乏感更厉害了。克乃西特甚至还感到有些头晕目眩，还有一种以往未曾有过的严重虚弱与心律不齐。然而克乃西特仍旧继续与铁托交谈，直至约定的就寝时间，竭尽全力遮掩着自己身体不适的症状。铁托有点惊讶老师竟然一字未提开课事项、学习计划、成绩报告以及诸如此类的工作，以致铁托敢于趁此大好时机提出一个建议，明天清晨来一次长距离散步，以便让老师熟悉陌生的新环境，这个建议立即获得了友好的接纳。

"我很乐意这次漫游，"克乃西特补充说，"我还想趁机向您求教呢。我刚才观看您收集的植物标本时察觉，您的高山植物知识远比我丰富得多。因而我们共同生活中除了其他目的之外，还有一个互相交流知识的目的，让我们的知识互相补充。我们可以这么开始：您先校正我贫乏的采集植物知识，先在这一领域上帮我前进一步……"

两人最后互道晚安时，铁托心满意足，当即下了好好学习的决心，再一次感觉自己非常喜欢克乃西特老师。这位和蔼可亲而快快活活的老师全然不像一般小学教师那样喜欢用深奥言语谈论科学、道德、精神修养以及其他诸如此类高等学问，但是他的言谈举止和人品里总有些东西在督促你的责任心，在唤起你身上那些高尚、善良、勇敢的和努力向上的能力。铁托觉得，愚弄蒙骗一位普通小学教师，常常很有趣，有时甚至使自己得意洋洋，而面对这位男子，你绝不可能产生这一类念头。他是一个——是啊，他究竟是个什么样的人呢？铁托陷入了沉思之中，是什么使这个陌生人这般迷人，又令人钦佩的呢？铁托发现这就是他的高尚气质，他的高贵品性，他的男子气概；这就是克乃西特吸引他的主要力量。这位克乃西特先生是高贵的，他是一位主人，一个贵族，尽管无人知晓他的出身，也许他的父亲是个鞋匠呢。他比铁托认识的大多数男人更为高尚，更为高贵，也比自己的父亲更显高贵。这位少年向来特别重视自己的显贵血统和贵族传统，因而不肯原谅断绝了此种关系的父亲，有生以来第一次遇见了一位精神和知识修养上的贵族。克乃西特是个在幸运条件下能够创造奇迹的人，凭借这种精神修养，纵身跨过了世世代代一大批祖先，而在个人独一无二的一生中，由一个平民子弟变成一个高等贵族。这便唤起了性情热烈而自负的少年心里一种暗暗的憧憬，有朝一日也能够归为这一类型的贵族，并且为之服务，也许这还可能是自己的责任和荣誉呢。也许眼前的老师便是这一类贵族的化身，他的超凡脱俗的亲切文雅就表现出了一种彻头彻尾的贵族气息，这种气息使自己逐渐亲近他，接近他的生活，达到他的精神状态，铁托就这么定下了自己的目标。

克乃西特进入自己的卧室后，虽然极想休息，却没立即躺下。他为应付这一晚几乎耗尽了精力。克乃西特费了好大努力才没让这位显然在细细观察他的少年从他的表情、姿态和声音中看出他已越来越疲倦、不协调，或者有生病症状。事情看来成功了。然而克乃西特此刻却必须面对自己的昏沉感，不适感，可怕的眩晕感以及一种不祥的死亡般的疲乏感，他起初努力集中精神，试图查出原因。原因倒也不难查清，只是又耗费了一些时间。他发现自己的病因就在这天的旅程上，在极短促的时间内，将他从低地送上了海拔近两千米的高山上。克乃西特从少年时代的几次郊游开始，一直不很适应这种高度，尤其是如此迅速的登高，反应更是糟糕。他估计这种不适感至少还得持续一两天时间，倘若不良反应持续不退，他就只得带着铁托和女仆下山了。如果这样，那么，普林尼奥的教育计划连同这次美丽的碧尔普逗留也就完结了。这当然可惜得很，不过也不算是大的不幸。

经过这番思考衡量后，克乃西特才上床休息，但久久难以入眠，只得一忽儿回顾离开华尔采尔后的旅途情景，一忽儿试图平定自己不太正常的心跳和过分激动的神经，以打发漫长的黑夜。当然他也不时怀着爱意想到自己的新学生，想得很多，却没有想订什么具体计划。克乃西特觉得，想要驯服这匹高贵而颇难驾御的小马驹，通过温和办法，逐渐软化和改变其习性，这也许是较明智的做法。对铁托，绝不能操之过急，更不能强迫压制。他考虑自己应当逐渐让孩子意识到自己的才能和禀赋，同时又努力培养提高他原有的高尚的好奇心和那种贵族气的不满情绪，让他具有爱科学，爱精神思想，爱美的情怀。这是一项有价值的任务。他的学生并不只是一个普通少年，他只需唤醒和训练其聪明才智即可。铁托作为一个有钱有势的贵族家庭的独子，将来也会是一位统治者，一位参与塑造国家和民族政治、社会的领袖，命里注定是一个发号施令的人物。卡斯塔里对古老的特西格诺利家族是略感歉疚的，因为未能给予托付给他们的普林尼奥以足够的彻底教育，未能让他坚强到足够在世俗世界和精神世界的矛盾中闯出道路，以致不仅使才貌双全的青年普林尼奥由于失去平衡、不知所措而变成一个郁郁寡欢的人，而且层层相应，让他的独生子铁托也受到危害，落入了与父亲同样的困境。如今可以略加补救，可以略略偿还宿债了。克乃西特很高兴这个任务恰恰落在自己身上，落在这个貌似背离了卡斯塔里的叛逆者身上，这也使他感到很富于意义。

第二天清晨，他一发觉屋里有人走动，便立即从床上起身了。他看到床边放着一袭睡袍，便披上了这件轻软的衣服，走出昨晚铁托曾指点他的后门，进入通向湖畔浴室的一条长廊。

灰绿色的小小湖泊一平如镜，远处是一座陡峭的岩石崖壁，山峰的利齿状峰顶此刻还在阴影里，冷峻地刺向已浅浅泛出亮绿色的清凉晨空之中。然而，太阳显然已在峰顶的背后升起，细碎的金色光芒正闪烁在每一块岩石的尖角上，再有几分钟，太阳就会跃升出山脊，光明就会普照湖水和整座峡谷了。克乃西特全神贯注地默默凝视着这幅景象，感觉它呈现的静谧、庄严之美是自己所不熟悉的，却又给自己一种关怀和警示的感受。此时此刻他比昨日旅途中更强烈地感觉到了这个高山世界的分量，它的凝重、冷静以及惊人的威严，它不迎合人类，不邀请人类，也几乎不容忍人类。克乃西特当即产生了一种奇怪而又意味深长的感觉：自己刚刚踏入世俗世界的新自由天地，第一步恰恰走进这个高山世界，走进了又寂静又冷峻的伟大之中。

铁托出现了，只穿着浴裤，他和老师握了手，指着对面的岩壁说道："您来得正是时候，太阳立刻就要升起了。啊，山上真是好极了！"

克乃西特亲切地点了点头。他早就听说铁托是早起的鸟儿，竞走、角力和徒步旅行的爱好者，一切只是为了反对父亲那种轻轻率率、不受约束的舒服生活态度和方式。他拒绝饮酒也是出于同一原因。这些生活习惯和倾向，使铁托不时表现出蔑视知识的自然之子的姿态——特西格诺利家族成员似乎都喜欢过分夸张。但是，克乃西特决定欢迎铁托的这种倾向，甚至与他建立运动情谊，作为一种手段，借以争取和驯服这个桀骜不驯的少年。这当然仅是许多种手段之一，并且决非最重要的手段，其他方法，譬如音乐教育，就是一种更有效的手段。克乃西特当然绝不想在体能上和这位青春少年并驾齐驱，更不用说加以超越了。然而，让孩子看看老师既不是胆小鬼，也不是书呆子，也未尝不是无伤大雅的乐事。

铁托怀着急切期待的心情朝那阴沉沉的山脊望去，山后的晨光正向天空起伏喷薄而出。说时迟，那时快，一小片岩脊猛然像熔化的金属似地闪出了通红的亮光。山脊变得模糊不清，又好似变矮了，被烧蚀熔化了，一轮耀眼的太阳正从这个燃烧的缝隙间冉冉升起。顷刻间，大地、房屋、浴场小屋以及这一边的湖岸也都是一片通红，而站立在强烈阳光下的师生两人也都立即感到了光芒带来的温暖。男孩铁托为这一瞬间的华美壮丽所感动，浑身充盈着青春活力；他伸展四肢，双臂开始有节奏地舞动，随即整个身躯也运动起来，铁托为了庆祝这一个白天的来临跳起了一场狂喜的舞蹈，以表达自己内心已与四周波涛起伏似的光芒协调融和，合二为一。铁托舞动着双脚向着凯旋而来的太阳恭祝欢欣的敬意，接着又恭恭敬敬地倒退几步，把伸展的双臂转向山峰、湖泊和天空，随后又跪下身子，似乎也要向大地母亲致礼，而后又伸出双手，似乎要掬一捧湖水行祭献之礼：献出他本人，他的青春，他的自由，他内心炽热的生命意识，就像在节日庆典大会上向群神献祭一般。阳光在他棕色的肩部闪闪发亮。他的双眼因强光而微微眯起，那张年轻的脸好似带了一副不变的面具，凝固着一种激动到近乎虔诚的严肃表情。

铁托的老师也完全被眼前这一孤寂山崖间破晓的壮丽景象所折服了。然而更让克乃西特着迷的是一种人类的景象，是他的学生为欢迎清晨和太阳光临而跳起的祭献之舞，这位尚未成熟、性情忧郁的少年在这虔诚的礼拜中，自己的精神也得到了大大的升华。对于旁观者克乃西特而言，则是在一刹那间看清了他内心最深处的高贵本质，他的倾向、才能和命运，恰如太阳一升起，就突然把冰冷、阴沉的山谷照得一片透亮一般。也就在这一瞬间，克乃西特觉得这个年轻人比自己以往设想的更为坚强，更为有价值，因而也更加难以对付、难以接近，也更加难以从精神上进行教诲了。铁托受强烈感动而跳起的节庆祭献之舞是比小普林尼奥的任何言语和词句更能显示其本质，这舞蹈把这孩子抬高了许多等级，却也使他显得更加与人疏远，更加难以捉摸，也更难加以教诲了。

铁托自己全然不知这种狂热是怎么回事，不明白自己发生了什么事。这绝不是他熟悉的舞蹈，他从不曾跳过，也不曾练习过这种舞蹈。这并不是他以前自己设想的那种欢呼太阳和清晨来临的庆祝舞。铁托很久以后才认识到，他当时的舞蹈和着魔似的迷乱状态，并不完全由于高山空气、阳光、清晨和自由自在的感觉所引起的，更多的则是他对自己年轻生命即将面临转变的新阶段，对他这位令人敬爱的和蔼的老师所作的反应。在这个清晨时刻，铁托内心深处百感交集，它决定了他的命运，这一时刻顷刻间高于任何其他成千上万个时刻，升华为一种崇高、庄严而神圣的时光。铁托完全不知道自己在做什么，他也不想追究和怀疑，他只是服从这一迷醉时刻向他提出的要求，他只是向太阳跳出虔诚祈求的舞蹈，只是用姿态和举动表示自己的欢乐，表示自己对生命的信仰，对神的虔诚以及对眼前这位长者的敬畏之情；他既自豪又顺从地通过舞蹈将自己虔诚的灵魂作为祭品奉献给太阳，奉献给诸神，而更多的则是奉献给这位自己所钦佩和敬畏的长者，这位智者和音乐家，这位来自一个神秘领域的魔术游戏大师，他未来的教师和朋友。

如同太阳升起时的光波，这一切景象只是持续了几分钟。克乃西特为目睹的惊人景象而深深感动，看见他的学生就在他眼前改变着自己，揭示着自己，表露出一种全新而陌生却又与他自己完全相等的面貌。他们两人都站在别墅和浴场小屋之间的人行道上，同样沐浴着来自东方的光辉，都被自己漩涡般的体验所深深震撼着。铁托还没有跳完自己的最后一个舞步，却突然从迷醉中惊醒了，他呆呆地站着，好似一只独自玩耍的动物忽然警觉到发生了什么事，他很快便觉察到自己并非单独一人，知道自己已体验、实践了某种不同寻常的事情，而且身边还有一个观察自己的旁观者。他脑子里闪过的第一个念头便是尽可能摆脱眼前的处境，因为他忽然觉得自己的行为多少有点危险和可耻。铁托只想赶快突破刚才这种完全吸引和控制了自己的奇妙魔力。

铁托的脸容方才还像是一副看不出年龄的庄严面具，此刻却露出了一种幼稚的、甚至有些愚蠢的表情，好像是刚刚从熟睡中被惊醒的孩子。他的双膝仍在微微晃动，傻乎乎地呆望着自己老师的脸，接着，仿佛突然想起了什么不可耽搁的重大事情似的，猛然伸直右手指向对面的湖岸，此刻，湖泊的一半仍然静卧在峭壁的巨大阴影里，与阳光下的另一半形成反差。在朝阳的射线下，这一半正在逐渐缩小，退向岸边。

"如果我游得快了又快，"铁托孩子气地急急嚷道，"我们也许能在太阳抵达对岸之前先到那里。"

铁托的话音未落，与太阳竞赛的挑战口令还没有喊响，他便猛力纵身一跃跳进了湖水，好似不这么做便不能很快地将自己刚才那狂热祭献时的忘乎所以的神情从脑海中抹去一般。浪花四溅，湖水盖过了他的头顶，几秒钟后，他的脑袋、肩膀和双臂便又露出了水面，在平静如镜碧蓝色的水面上迅速向前游去。

克乃西特出来时没想沐浴，也不想游泳。他嫌气温和水温都太低，再加上昨夜有疾病征兆，游泳肯定不会有什么好处。但是现在，阳光灿烂，他又为刚刚目睹的景象所感动，再加上他的学生又用同伴的方式邀请他、怂恿他，使他感到不应该害怕这个冒险。不过，克乃西特首先担心的是让铁托一人游泳的后果，倘若他以寒冷或者成人的理智为由，拒绝这场体力测验，使这个孩子大为失望的话，那么刚刚获得的成果就会化为乌有了。克乃西特因急速上山而招致的失衡和虚弱感，显然在警告他务必小心谨慎，不过，来一次强制性的无情行动，也许倒是治愈不适感的最好办法。召唤强于警告，意志强于本能。他迅速脱去轻软的睡袍，深深吸了一口气，便从他的学生方才跃下的地方，纵身跳入了湖中。

这里的湖水全是从上游倾注而下的冰水，即使在盛夏时节，也须经过刻苦历练才能适应。克乃西特觉得湖水冰冷刺骨，像对待敌人似地迎向他。然而，他又觉得包围着他的似乎不是可怕的严寒，而是熊熊的烈火；片刻后，这种猛烈的火焰便迅速穿透了他的全身。克乃西特跳入水中后很快便浮出了水面，他看见铁托远远游在前面，尽管觉得湖水冰冷，但火焰以及怀着敌意的湖水在无情地逼迫着他，他仍然相信自己可以缩短这段距离。克乃西特在为自己的目标而进行游泳竞赛，他在为赢得孩子的尊重和友谊而斗争，他在为孩子的灵魂而奋斗——他现在正与已把他摔倒，并已将他紧紧扭住的死神搏斗，只要他的心脏还在跳动，他就将竭尽全力赶走死神。

年轻的游泳者不时回头张望，他望见老师跟着他下了水，心里十分高兴。他再次回头时，却没有看见老师，心里不安起来，不断张望和呼唤着，后来又急急往回游，但也没有找到人。铁托在水上游着，又潜入水下找着，四处搜寻失踪的人，直至彻骨的寒冷耗尽了他的体力。他摇摇晃晃、上气不接下气，好不容易才回到了陆地上。他看见老师的睡袍放在岸边，便捡了起来，机械地擦拭着自己的躯体和四肢，直至冻僵的肌肤重又温暖起来。他毫无知觉地呆坐在阳光下，目光瞪着湖水，只见碧蓝色冰冷的湖水看起来可怕地空虚、陌生和邪恶，感到一阵深切的悲哀和迷茫向他袭来，他从自身的体力衰竭联想到发生了可怕的事情。

啊，多么痛苦，他恐惧地想到，我得为他的死亡负责！直到现在，直到他不必再维护自己的虚荣，也不需要提出任何反抗之时，他这才吃惊地察觉，失去他自己是多么痛苦，自己已经非常爱他；他对自己又何等重要。因此，尽管铁托有种种理由说明自己不应为大师的死亡承担责任，然而他仍然怀着圣洁的战栗预感到，这一罪责将会彻底改变他自己和他的生活，将会向他提出许多更高的要求，比他以往对自己的要求高得多。

约瑟夫·克乃西特的遗稿

# 学生年代诗歌

## 悲 叹

我们是短暂过客。我们只是
乐意千变万化的河水,
流过白天、黑夜、洞穴和教堂,
我们却忙忙碌碌,渴求永存。

我们填补,填补,永不休憩,
却没有故土,快乐的或贫困的,
我们永远在途中,在作客,
没有田也没有犁,我们没有收获。

我们不知道,上帝要我们怎样,
上帝把我们当作掌上的黏土,
可以塑造,不会笑、哭和出声,
上帝捏揉,却从不用火锻炼。

有朝一日凝为坚石!永恒长在!
我们为此而永恒渴求,
然而留给我们的只有恐惧,
我们永远在途中,永无休憩。

## 让 步

永恒深信不疑和单纯的人

当然不容忍我们的永恒质疑。
世界是平的，他们简单断言，
所谓深只是瞎编的神话。

倘若在两种熟悉的尺度之外，
果真还存在另一种尺度，
一个人怎能稳当活着？
怎能不担心末日即将来临？

为了获得和平安静，
让我们抹去一种尺度吧！

倘若深信不疑的单纯者果然正确，
凡是目光深邃者果真危险，
那么就把第三种尺度也抹去吧。

### 但我们暗暗地渴望……

优雅、富于灵性、雍容华贵，
我们的生活像仙女绕着虚无旋转，
为了这柔美的舞蹈，
我们奉献出当前和生存。

我们的梦美丽，游戏可爱，
这里的气息芬芳，音调和谐，
而晴朗外表的深处微燃着
渴望黑夜、鲜血和野性之火。

我们在虚空中旋转，无灾无难，

我们自在生活，时刻准备游戏，
但我们暗暗地渴望现实，
渴望生育、繁殖，渴望受苦、死亡。

## 字　母

有时候我们拿起笔
在白纸上写下一些符号，
人人都懂得符号在说什么，
我们的游戏有自己的规则。

倘若来了个野人或者月球人，
拿到这古体文耕耘的纸张，
好奇地放在眼皮底下考察，
一个奇异的陌生世界便迎向他，
一座满列着稀世图景的魔术大厅。
他会把 A 和 B 看成人和兽，
看成活动着的眼睛、舌头和四肢，
他时而驻足迟疑，时而步履匆匆，
好似乌鸦在雪地上跳跃行走，
他奔跑、他滞留，他随着符号飞舞，
透过凝固冻结的黑色符号，
好似看见造化的一切形象；
透过字母组成的装饰花样，
好似看见爱在燃烧，痛苦在颤抖。
他也许会惊讶，大笑，哭泣和震惊，
因为在这篇文字组成的栅栏后面，
他看到全世界都屈从于它们的压力，
世界在缩小，在符号间变矮变形，

字母像逃犯般死命奔跑，
看起来每一个都互相相像，
因为生与死，欲望和苦恼，
已成为难以区分的亲兄弟……

## 读一位古哲人时的遐想

昨天，千百年前的思想果实，
还光彩夺目，令人敬畏，
今天突然褪色、凋萎、全无意义，
好似藤蔓上飘落的一片枯叶。

人们已经抹尽一切记号。
魔力的重心便从房中逃逸，
屋子轰隆隆坍塌，朽烂，
和谐的乐音已成永恒的回响。

我们曾经敬爱的智慧老人，
他的脸也会皱缩变形，
智慧之光消失在临终时刻，
唯有迷途的游戏颤巍巍留剩。

即或在意气风发的时刻
我们也会不自觉地快快不乐，
就像心里早已踞坐神人，
预知一切总将腐烂、凋萎、死亡。

即或在这可恶的死亡之谷，
向往不朽精神的烽火不息，

我们虽然痛苦，却不可摧毁，
制服死神，让自己届于不朽。

## 最后一个玻璃球游戏者

他弯身坐着，手握彩色玻璃球，
他的玩具。他周围的土地
被战火和灾难踩躏，一片荒芜，
废墟上常春藤繁茂，蜜蜂嗡嗡。
一首柔美的圣歌穿透昏沉沉的和平，
响遍世界，那静谧的老迈世界。
一个老人坐着玩他的彩色球，
这里用蓝色，那边配白色，
选一颗大的，又挑一颗小的，
玻璃球游戏就是选配得当。
他曾是符号游戏的伟大胜利者，
学得多种艺术，掌握多种语言，
让他走遍世界，熟悉世界，
让他声名远扬，直到地球两极，
学生和同事簇拥在身边，从不间断。
如今他老朽、伶仃，成了多余的人，
再没有年轻人来祈求祝福，
也没有同事邀请，参与辩论。
一切已成过去，连同神殿、图书馆，
卡斯塔里的学校，一切都不再存在……
老人歇息在废墟上，手握玻璃球，
象形符号啊，曾经光辉夺目，
如今却只是彩色的玻璃碎片。
玻璃球从衰老的双手滚落，

352

无声无息在沙中消失不见……


## 听巴赫的托卡他


沉寂凝固……黑暗统辖一切……
一束光芒从云层锯齿状缝隙射出，
来自看不见的虚无而进入玄冥，
它穿透白天黑夜，建起理想空间，
让峰顶、山脊、斜坡和深井突现，
让广阔太空湛蓝，让沉沉大地厚实。

光束有力地劈分功绩和战争，
光束把萌芽中的收获一剖为二，
把一个惊人的世界照得晶亮。
光芒的种子落地之处一切皆变，
世界井然有序，乐音袅袅，
赞美生活，赞美光的胜利。

光束凭借神力翩翩向前，
把力量注入一切宇宙生物，
用伟大的力量唤醒神性精神。
它进入人的哀乐、语言、艺术和歌曲，
一个个世界交叠成大教堂神圣拱形，
那是人的欲望、精神、奋斗、快乐和爱。


## 梦


在山里一座修道院短暂客居，
修士们都去祈祷的时候，

我踏进一座陈列书籍的大厅。

黄昏的微光中，我看见，

沿墙有成千本羊皮纸书脊，

上面闪烁着奇妙的铭文。

我怀着狂喜，迫不及待地，

取下了靠近自己的那本：

《最后阶段是圆中求方》①。

我想，快快拿走读吧！

另一本书映入眼帘，皮面四开本，

书脊上有一行小小的金字：

《如果亚当也吃了另一棵树……》

另一棵树？什么树？是生命之树！

亚当会不朽么？还是徒劳空忙？

于是我知道，我因何来此。

又一册大书映入眼帘，对开本，

书脊、书角和截面闪出七彩虹光。

手绘的封面阐述着书的题名：

"色彩与音响相辅相成。

证明：每一种色彩和色调，

都是对相关音调的答复。"

噢，色彩的合唱多么动人，

闪闪发光！每拿起一本书，

都逗引起我的遐想：

这儿是天堂的书库。

令我内心焦躁的一切问题，

在我脑际盘根错节的疑难，

---

① "圆中求方"原文为 Zirkelquadratur，是代数学上一个未解难题。这里意谓不可能的事。

这儿都有答案，这儿还为每一个
精神渴望者供应充饥的面包。
我只探询地匆匆望它一眼，
那本书便回报一个充满承诺的标题。
这里早已为一切灾难做好准备，
这里有满足求知的一切果实，
不论是幼小学生的胆怯要求，
还是任何大师的大胆探求。
这里提供最深邃、最纯净的思想，
替每一种智慧、诗和科学提供解答。
凭借魔力、谱号和词汇阐释质疑，
神秘无比的书籍为光顾者提供保证，
给予最美妙的精神精髓。
这里为任何疑难和秘密提供钥匙，
赋予每一位魔法时刻光临者以恩惠。


我用颤抖的手，放一本
如此可爱的书在斜面书桌，
我辨认出那些神秘的图形文字，
是啊，就像人们常在梦中快乐背出
一篇我们从未学过的东西。
然后我翩翩飞舞直上星空，
我的灵魂与黄道十二宫同行。
在这里，一切民族袒露自己的观知，
自己千年的世界经历，
在这里，一切都在新关系中和谐会合，
旧的认识、见解、意象和发现，
始终不断在更高的新层次上流动更新，
让我在几分钟或几小时阅读中，

又一次走遍人类的全部途径，
他们向我发出最古老和最新鲜的信息，
与我内心深处的意识融和汇合。
我读着，观看着铭文组成的形象，
聚合又分离，又叠成一团，
排列成圆圈，又纷纷散开，
再一次汇聚成新的图形，
变为寓含无限深意的万花筒，
每一景都蕴藏着取之不尽的新意义。

我把视线从书本移开，略事休憩，
因为观望已令我头晕目眩。
这才发现我不是唯一的客人。
一位老人站在大厅中，面对书籍，
也许他就是档案管理员。
我看出他正认真忙着工作，
如此热切地与书为伍，为了什么，
这引起我少有的探听欲望，
想知道他工作的性质和目的。
我望见老人用衰老的手，
取出一本书，读着书脊的文字，
苍白的嘴唇把热气呵向书名——
一个书名竟有偌大吸引力，
无疑是本值得一读的有趣的好书！
可是他随即用手指轻轻抹拭书脊，
微微含笑地填上另一个书名，
那名称与原名迥不相同。
他漫步到处走动，这边拿起一本，
那边又拿起另一本，

擦去书名，填写上另一个书名。
我茫然地久久凝视着他，
全不理解他工作的意义，
便把目光回转刚读过几行的书本，
却不再能辨认这图形文字，
那些刚刚还令我心醉神迷的形象，
已消失得无影无踪。
那个符号世界，我还来不及
细细品味的寓意世界正在逃跑。
它摇晃不停，旋转不已，
好似在迅速萎缩、溶化和消逝，
回复成空白羊皮纸微闪灰光。
我觉得有只手搁在我肩头，
举目一望，老人正站在我身旁，
我连忙站起身子。他微微含笑，
拿过我的书。我不禁一阵战栗，
因为他的指头海绵般抹过书脊，
在空白的羊皮纸上写下新的书名，
又写下新的问题和希望，
还有许多古老难题的最新变种。
他小心翼翼地写完他的字母，
沉默地拿起书和笔消失不见。

## 礼　拜

远古时有位贤君统治国家，
田地、庄稼和犁耙都沐浴恩光，
祭祀有时，度量有法，
凡人自知难以永生，

便苦苦渴求看不见的公道，
让太阳和月亮永恒和谐平衡，
让沐浴永恒光芒的躯体，
不识痛苦，也不知死亡世界。

诸神的神圣后裔早已离去，
遗留下孤零零的人类众生，
沉潜于欲望与痛苦，
不认识真正的生命，
不知道无限的发展成长。

然而真正生命的信息从未熄灭，
我们在崩圮下沉的职位上，
依然从符号、游戏和诗歌，
继续敬畏着神圣的告诫。

也许有一天，黑暗会消失，
也许有一天，时光会倒转，
太阳再一次成为我们的上帝，
重新接受我们双手的奉献。

## 肥皂泡

历经多年苦苦思索和探究，
一位老人精炼出他的老年杰作，
弯弯的常春藤卷须般篇页里，
嬉戏着无数美妙的智慧。

一个热血沸腾的勤奋学生，

358

在图书馆和档案室里挖掘，
勃勃雄心燃烧着他，
写出了第一本才华横溢的青春杰作。

一个孩子坐着，手握麦秆，
他吸足气吹出一串彩色泡泡，
每一个都像赞美诗般光彩夺目，
他把自己的灵魂吹入了泡泡。

三个人，老人、学生和孩子，
都在创造玛雅世界①的泡影，
魔术般的幻象，一无用处。
永恒之光②却微笑着加以认可，
欣喜地燃烧得更加明亮。

### 《护教大全》读后③

生命在我们眼中，曾符合真理，
世界井然有序，思想明朗清晰，
智慧和知识还不曾分裂为二。
他们活得完整、愉快，那些古人，
无论是柏拉图，还是中国的圣贤，
他们的至理名言传遍天下。
我们每一次进入阿奎那圣殿，

①玛雅世界系印度教中一种幻想中的宇宙。
②指太阳。
③《护教大全》原文为拉丁语 Summa contra Gentiles，系活动在二世纪的天主教多明我会修士托马斯·封·阿奎那一部驳斥异教以卫护天主教神学和哲学的著作。

欣然拜读这部护教之书，
一个甜美的成熟世界便出现眼前，
从远处向我们致意，这个真理的世界，
那里一切都晶亮，自然和精神融会，
人来自上帝，还复归于上帝，
法律和秩序约束于美妙的形式，
建立起没有裂口的完整个体。
然而，我们作为后辈人，
命里注定要奋斗，要流浪荒野，
要怀疑，还要辛辣嘲讽，
我们毕生要经受渴望的煎熬。

然而我们的子孙后辈，
有朝一日落入我们类似境地。
他们会从我们这儿焕发精神，
称我们既有福又有智慧，
在他们耳中，我们生活的混乱噪音，
却是和谐的历史回响，
一个已趋熄灭灾难和斗争传说中的神话。
我们中那些最缺乏自信，
最擅长怀疑的人，也许可能，
会在他们的时代中留下痕迹，
青年人将奉为先驱，翘首景仰。
那些怀疑自己忏悔痛苦的人，
也许会被视作幸福者钦羡，
那些不知恐惧苦恼为何物的人，
把一生当作娱乐的人，
他们的快乐只是儿童的幸福。

因为我们心里也有一个永恒心灵，
把一切时代的精神都称为兄弟：
你和我都会消逝，它却是永生不灭。

## 阶 段

如同鲜花凋萎，青春会变老，
生命的每个阶段都曾鲜花怒放，
每一智慧，每一德行都曾闪耀光彩，
却不能够永恒存在。
我们的心必须听从生命的召唤，
时刻准备送旧迎新，
毫不哀伤地勇敢奉献自己，
为了另一项全新职责。
每一种开端都蕴含魔术力量，
它将保护我们，帮助我们生存。

我们快活地穿越一个又一个空间，
我们决不囿于哪一种乡土观念，
宇宙精神使我们不受拘束，
它鼓舞我们向上攀登，向远处前行。
当我们的生命旅程稍稍安定，
舒适生活便使意志松懈，
唯有时刻准备启程的人，
才能够克服懒惰的习性。

也许在我们临终时刻，
还会被送进全新的领域，
生活的召唤真正永无穷尽……

来吧，我的心，
让我们快活告别！

## 玻璃球游戏

我们时刻准备在肃静中聆听
宇宙之声和大师的乐音，
我们在纯洁文雅的庆典中，
召唤天才时代的伟大心灵。

我们听任神秘力量把我们提升，
这魔法无边的格式文字，
容纳一切天涯、风暴和生命，
统率万象于澄澈的譬喻。

黄道十二宫鸣响清脆的乐音，
为星座服务是我们生命的意义，
没有一颗星星会脱离自己的领域，
它们总是运转在神圣的轨道。

# 传记三篇

## 呼风唤雨大师

几千年前，妇女据有统治地位。在家族和家庭中，母亲和祖母都受到尊敬和服从。那时候，生一个女孩比育一个男孩远为重要得多。

村子里有一位百岁或已逾百岁的女祖宗，人人都对她又尊敬又畏惧，就像她是一位女皇，尽管人们只记得她偶尔才摇动一根手指或者说出一句话。她时常在随侍左右的亲戚们的包围中，坐在自家茅屋门口，村里的妇女不断前来向她致敬，报告种种事务，让她观看她们的孩子，请她祝福孩子。怀孕的妇女则是前来敬请她抚摸肚子，并替即将出世的孩子命名。这位女祖宗偶尔会伸手抚摸她们，有时候则仅仅点点头或摇摇头，间或也会纹丝不动地静坐无语。她难得发表言论。她只是永远在那里，坐在那里进行统治，她只是坐着，一缕缕灰黄发丝披散在那张鹰隼般目光锐利又坚如皮革的脸容上，她坐着接受致敬、献礼、请愿，倾听新闻、报告和控诉。她只是坐着，让大家都知道她是七个女儿的母亲，是许多孙儿孙女和曾孙曾孙女的祖母和曾祖母。她只是坐着，在那张皱纹纵横的棕色前额上保存着村庄中全部智慧、传统、规章、道德和荣誉。

有一个春日的傍晚，天上起了乌云，夜幕早早降临了。女祖宗那天傍晚没有坐在自家泥屋门口，她的女儿代替了她。这个女儿也已是一头白发，看上去年迈可敬。她坐着，休憩着，她的座位就是门槛，一长条平整的石块，寒冷季节便铺上一块兽皮。屋外稍远处，有些孩子、妇女和少年，围成半圆形蹲坐在沙地或者草地上，除非下大雨或者冷得厉害，他们总是天天傍晚都蹲在这里。他们今天来倾听女祖宗的女儿讲故事或者吟唱咒语。以往，这一切都由女祖宗本人承担，如今她太老了，讲不动了，这才由她的女儿取代她的位置。她不仅向女祖宗学会了一切故事和咒语，而且也学会了一切语调和形态，一切庄重威严的举止。底下的听众中，较年轻的一辈人对她比对她的母亲更为熟悉，却丝毫没有察觉到，她已接替母亲的地位，正在向他们传递部族的历史和智慧。黄昏时分，知识好似泉水一般从她的嘴里向外汩汩流泻。她把部族的宝贵财富保藏在自己白发之下，她那皱纹密布的额头里装着历代村民的记忆和思想。倘若说，还有什么人知道这些故事和咒语，那么也都是从她口里学得的。除去她和那位女祖宗，部族还有一位有知识的人，那人却不善于抛头露面，可说是一个十分缄默的神秘人物，人们称他为呼风唤雨的大师。

听众群中蹲着一个叫克乃西特的男孩，在他身旁是一个小小的女孩。克乃西特很喜欢这个名叫艾黛①的小姑娘，常常陪伴她和保护她。那当然算不上爱情，因为他还很小，不懂得什么爱情，克乃西特喜欢她，只因她是呼风唤雨大师的女儿。克乃西特崇敬这位呼风唤雨的人，如同他崇敬女祖宗和她的女儿。但是克乃西特作为男孩很难想象女人是什么样的人，他只能敬畏她们，却无法指望自己会成为女人。而这位呼风唤雨的人又是如此难以接近，想要待在他身边，对一个男孩而言，简直太难了。克乃西特只能采取迂回战术，首选之途便是先照顾他的小女儿。克乃西特常常尽量赶到大师那座相当偏僻的茅屋去带艾黛，一起在暮色中倾听老人讲故事，听完又送她回家。今天克乃西特又带她来了，两人并排蹲坐在黑黢黢的人群里倾听故事。

女祖宗今天讲的是"女巫村"的故事：

"从前某个村子里出了一个坏女人，她良心歹毒，总想加害别人。这类女人大都不会生孩子。有时候，村子里的人实在忍受不了这样一个坏得出奇的女人，决定把她赶出村去。村民们会在夜里先捆绑她的丈夫，随后用鞭子惩罚这个女人，把她驱逐到很远的森林和沼泽地里，人们念咒语诅咒她后，便把她丢在那里。办完这件事，人们会给她的丈夫

---

① 艾黛是虚构人物。艾黛是艾德莱的爱称，黑塞兄弟姐妹中最喜爱的姐姐名字正是艾德莱。

松绑，倘若他年龄还不老，他可以另娶一个妻子。而那个被逐的女人，只要侥幸不死，就会在森林和沼泽地带到处流窜，她会学得动物语言，倘若她能够流亡活到相当长的时间，迟早总有一天会走进一个被人称为'女巫村'的小村庄。凡是被村里人逐出的坏女人，最后都集中在那里，形成了一个女巫村。她们在那里住下来，继续做坏事和行邪术，最恶劣的事情便是诱拐善良村民家的儿童，因为她们自己没有孩子。倘若有个孩子在森林里失踪了，再也寻找不到，那么也许并非淹死在沼泽里，也不是被狼吃了，而是被某个女巫拐骗到女巫村去了。当我还是个小姑娘，而我的祖母是村里的女祖宗时，有一次我们许多小孩子到野地里去采摘覆盆子，有个小姑娘采摘累了，便躺下睡着了。她是那么娇小，羊齿植物叶片遮盖了她，以致其他孩子没有觉察她熟睡在地上，他们继续前行，重返村庄时，已是夜色沉沉，直到这时大家才发现有个小女孩没和大伙在一起。村里派出小伙子去树林里寻找，他们找啊，喊啊，一直搜寻到深夜，仍然没有找到她，只得空手而归。而这个小姑娘，却在睡足了之后才醒过来，独自一人在林子里胡乱奔跑。她越跑越害怕，越害怕就跑得越快，但她早已迷失了方向，越跑反而离村庄越远，直至跑进荒无人烟的原野。小姑娘的脖颈上套着一根韧皮编织的项圈，上面系着一颗野猪牙，那是她父亲某次狩猎中的战利品，他用石针在牙上钻出一个小孔，穿在韧皮绳上，作为礼物赠送给了她。在赠送之前，他曾用野猪血煮过三次，还念了吉祥的咒语，因而不论什么人戴上这副项圈，便可抵御一些邪魔的侵袭。这时候，一个妇女出现在树木之间，她正是一个女巫，她装出一副和气的模样说道：'你好，可爱的小姑娘，你迷路了吧？跟我走，我带你回家去。'孩子便跟着走了。她这时记起母亲和父亲曾经告诉她，别让任何陌生人看她项圈上的猪牙，因此她边走边悄悄摘下这颗猪牙，藏进了自己的腰带里。陌生女人领着这个女孩走了几个小时，直到深夜才走进一个村庄，那却不是我们的村子，而是女巫村。女巫把小姑娘关进一个黑黢黢的马厩，自己则回茅屋睡觉了。第二天清晨，女巫问孩子：'你有一颗猪牙吗？'女孩回答：没有，她曾戴过一颗，大概昨天遗失在树林里了。说着又把韧皮项圈指给她看，上面确实没有猪牙。女巫这时便端出一只石花盆，盆里泥土中长着三棵植物。孩子看见这些植物就问，它们是什么。女巫指着第一棵说：'这是你妈妈的生命。'接着又指向第二棵说：'这是你爸爸的生命。'最后指着第三棵说：'这是你自己的生命。只要这些植物碧绿青翠、生意盎然，你们三人也就会活得很健康。倘若哪棵枯萎了，那么它代表的那个人就病倒了。倘若哪一棵被拔出泥土，我现在正要这么做，那么它代表的那个人就必然死去。'女巫的手指抓住代表父亲生命的那棵植物，开始拔动，当她略略拔起一点儿，露出一小块白色根茎时，这棵植物发出了一声深沉的叹息……"

克乃西特身边的小女孩听到这句话时，忽然蹦了起来，好似被蛇咬了一口，大声尖叫着，慌慌张张地跑开了。她已经同自己的恐惧心理奋斗了许久，听到此处便再也忍受不住了。一位老年妇女放声大笑。而其余听众则与小姑娘同样恐惧，只是硬撑着继续往下听。克乃西特好似从恶梦里惊醒一般，此刻也随着女孩跳起身来，跑了开去。女祖宗则继续讲她的故事。

呼风唤雨大师的茅屋建在村庄的池塘旁边，克乃西特便向这个方向奔跑，搜寻着小姑娘。他一边跑，一边哼唱着，同时学着妇女召唤小鸡的略略声，甜甜地拖长了声调，试图把姑娘从隐藏处引出来。"艾黛，"他又唱又喊地召唤道："艾黛，小艾黛，到这里来吧。艾黛，别害怕，我在这里呢，是我，是克乃西特在这里。"他如此这般反复叫唤了许多次，一直没有听见她的任何声音或者看到一点人影，却忽然觉得一只柔软的小手伸进了自己的手掌。原来她一直站在路边，把身子紧紧贴在一座茅屋的墙头，刚听见他的喊声，就站停身子等候他了。她总算松了一口气，走向他身边，克乃西特在她眼中又高大又强壮，就像是一个成年男子汉。

"你吓坏了吧？"他问，"别害怕，没有人会伤害你，人人都喜欢艾黛的。走吧，我们回家去。"她还在颤抖和抽咽，不过已慢慢平息下来，怀着感激和信赖心情随同他向前走去。

从茅屋门口透射出浅红的火光，呼风唤雨大师正弯身对着炉灶，火光把他飘垂的头发映照得又红又亮。他把火燃得旺旺的，在两口小锅里煮着什么东西。克乃西特带艾黛进门之前，便已好奇地向屋里探视了好一会儿，当即便判断锅子里煮的不是食物，因为锅子的品类不同，何况时间也太晚了。此时呼风唤雨大师听见了声息，便喊道："谁站在门口？向前来吧！艾黛，是你吗？"他用盖子盖上小锅，拨好炉火，转过身子。

克乃西特仍然不由自主地凝望着那两只神秘莫测的小锅子；一种好奇、敬畏和困惑之感向他袭来，每次踏进这座茅屋，他都会有这种感觉。他总是想方设法，寻找各式各样借口进入茅屋，然而每一次都会产生这种不安与快乐，紧张好奇和畏惧害怕同时并存又互相矛盾的感觉。老人必然早已察觉这一情况，知道克乃西特已追踪自己好长时间，总是到处出现在自己附近，总像一个猎人追踪猎物似地跟踪他，并且默默无言地为自己服务，作自己的伴侣。

土鲁①是这位呼风唤雨者的名字，他以鹰隼般锐利的眼光凝视着克乃西特，同时冷冷问道："你来这里做什么？我的孩子，现在不是拜访陌生人家的合适时光啊。"

"土鲁大师，我是送艾黛回家的。她去女祖宗那里听故事，今天讲女巫村的故事，她忽然害怕了，大声喊叫起来，因而我陪她回来了。"

这位父亲转身对小女孩说道："艾黛，你真是胆小。聪明的小姑娘不应当害怕女巫。难道你不是一个聪明的小姑娘吗？"

"是的，我是的。但是女巫们懂得一大堆坏招，倘若没有一颗野猪牙齿……"

"噢，你想要一颗野猪牙？我们来想想办法吧。但是我知道有一种更好的东西。我要替你找一棵特别的树根，秋天一到我们就去找。它不仅能够保护聪明的姑娘不受邪魔伤害，甚至可以让她们显得更加漂亮。"

艾黛笑了，开心起来，茅屋里的温暖气氛，还有这小小火光，使她

---

① 土鲁是虚构人物。Turu 和拉丁语 Guru（教师）同音，隐喻土鲁是位教育者。

恢复了内心平静。这时克乃西特怯生生地问道："能让我和你们一起去找树根吗？你只需把植物的模样给我形容一下……"

土鲁眯缝起双眼。"小男孩居然什么都想知道，"他挖苦地说，却没有生气的样子，"到时候再说吧。也许要等到秋天呢。"

克乃西特静静退出门外，朝他居住的男孩宿舍①走去。克乃西特没有父母，他是一个孤儿，因而艾黛和她居住的茅屋对他具有强大魅力。

呼风唤雨大师土鲁是个沉默寡言的人，自己不爱说话，也不喜欢听别人唠叨。村子里许多人认为他古怪，也有些人认为他太阴郁。然而他事实上既不古怪也不阴郁。他是个明白人，对周围发生的事清清楚楚，至少比人们对这位貌似与世隔绝的学者式人物所认为的要知道得多些。土鲁尤其清楚，相当长时间以来，这个稍嫌烦人，却模样俊俏，并且显然很聪明的男孩总在后面观察自己。他从事情刚一开始便已察觉了，至今总有一年多时间了吧。土鲁懂得，这件事不仅涉及男孩的前途，对自己这个老人也具有重要意义。事实表明，这个男孩爱上了呼风唤雨学问，因而渴望学习这门学问。村庄里经常会有一个男孩围着自己打转，就像如今这一个男孩。有些孩子很容易被吓退，有些则不然，土鲁曾经把其中两个男孩收为徒弟，教养了几年，但是这两人都爱上了远处村庄的姑娘，并且结婚迁居到那里，成了那地方的呼风唤雨者，或者草药采集专家。土鲁从此再也没有收徒弟，倘若他再次收徒弟的话，那就该是培养继承人了。自古至今，情况就是如此，别无他法可想。迟早总会出现一个有天分的孩子，而且必须甘心依附他，把他的技艺视为大师的工作。克乃西特很有天分，并且具有人们所期望的一切条件，他还特别喜欢克乃西特身上的若干特征：首先是男孩目光里那种既勇敢探索，又敏锐而梦幻般的神情，同时他的体态端庄安详，整个面容和脑袋都表露出某种善于捕捉和机警的特性，显然也善于倾听和嗅闻，类似猎人和兀鹰。毫无疑问，这个孩子能够成为一个呼风唤雨的大师，也许还

① 传记中的克乃西特不仅与正文中的主人公同名，出身情况也相同，也是在集体宿舍长大的孤儿。

会成为一个魔法师呢。克乃西特确实符合需要。但是他不应当操之过急，孩子的年龄还太小，现今绝不可向孩子表露他已得到认可，不能让他觉得事情轻而易举，孩子应该走的道路绝不可省去或免除。倘若克乃西特竟被吓倒、惊退而气馁不前的话，对自己也没有损失可言。他必须让孩子耐心等待、小心侍候，必须让孩子围着自己打转，逢迎巴结。

克乃西特在黑黝黝的夜空下信步向村庄走去，天空云层密布，只闪耀着两三颗星星，他却心情愉快，步伐轻松。凡是我们当代人视为理所当然和不可或缺的东西，甚至最贫穷者也全都拥有的种种生活用品和美丽装饰品，当时的村民们全然毫无所知。村庄里既无文化也无艺术，他们除去自己歪歪斜斜的茅屋外，从未见过任何其他建筑物，更不曾见过什么钢铁制成的工具，甚至连小麦或者米酒也是见所未见，让他们看到蜡烛或者油灯，也许会认为是出现了光芒四射的奇迹。然而，克乃西特的生活和他头脑里的想象世界，却丝毫也不亚于我们现代人。周围世界在他脑海里是一部充满了无限奥秘的画册，他每天总能够获得一点儿全新的认识，从动物生活到植物生态，直到满天的星星。在缄默而神秘的大自然与这个孤独而敏感的少年心胸之间，存在着一种包容一切的亲合关系，以及一个人类灵魂所能够渴求的一切紧张、恐惧、好奇和占有的欲望。尽管在这个孩子的世界里没有撰写成的科学知识和历史，这里没有图书，没有文字，他能够学得的知识不超过距离村庄三四个钟点步行的路程，更远处的一切，他完全一无所知，也不可能知道，然而克乃西特在村子里所过的生活却是完整无缺而且完美的。女祖宗领导下的村子、国家和部落团体，能够给他一个民族和国家得以赋予自己人民的一切：一片满布根须的沃土，他自己则是这一大片网形织物中的一根小纤维，分享着整体生命。

克乃西特心满意足地悠悠漫步向前走着。夜风呼呼地吹过林子，树枝轻轻簌簌作响，到处都散出潮湿土地、芦苇和泥土的气息，他又闻到了燃烧刚砍伐木柴的甜甜的香味，这意味着自己快到家了，最后，当他更接近男童宿舍时，又闻到了男孩子的气息，一种年轻男子的体臭。他不出一声地悄悄爬过芦苇席，进入了发出温暖呼吸声的黑暗空间，他平躺在草垫子上，回想着女巫故事、野猪牙齿、艾黛、呼风唤雨的人和那些搁在火上的小锅，直到沉沉睡去。

土鲁对克乃西特的追求很少让步，他不愿让男孩觉得事情很容易。然而这位少年总是紧紧追随不舍，总感到有什么东西把他拉向老人，他自己也并不明白是什么东西。有时候，老人去森林深处某些最隐蔽的场所，去沼泽或者树丛埋设捕兽的陷阱，或者去追踪一只野兽，挖掘一棵树根，采集某些种子，会突然察觉那男孩的目光正紧盯着自己。那孩子不声不响，不露身形地在他后面已经跟随了几个时辰，观察着他的每一个动作。老人有时候置之不理，有时候抱怨几句，甚至干脆冷酷地把他撵走。有时候，老人也亲切地招呼孩子，让他整天呆在自己身边，分配他做些工作，指点他这么做或那么做，给予他一些忠告，让他稍加尝试。老人也曾告诉他一些植物的名称，命令他去汲水或者燃火，因为老人对种种事情都有一套自己的技巧、诀窍、秘密和公式，他还告诫孩子对一切都要严守秘密。后来，克乃西特又长大了一些，老人终于把孩子从男童宿舍领回到自己家里，就这么承认了他的徒弟身份。克乃西特也便与众不同，成了老人的徒弟，这意味着他只消通过学业，显示出才能，他便是呼风唤雨大师的继承人。

自从老人把克乃西特领进自己茅屋那一时刻起，他们之间的障碍就自然拆除了——那障碍不是敬畏和服从，而是怀疑和限制。土鲁让步了，听任克乃西特以锲而不舍的追求征服自己。老人现在唯一想做的事情是把孩子培养成他的接班人，一个优秀的呼风唤雨者。老人传授的课程中，没有概念，没有学说，没有方式方法，没有文字成规，也没有数字依据，而只有很少数的口传秘诀，它们对克乃西特感性的影响更多于理智的影响。老人知道，一笔巨大的人类经验遗产，那是当时人类对自然的全部认识，不仅需要整理和运用，而且需要往下遗传。一整套人类广博而严密的经验、观察、直觉与研究所得的系统知识，都得有条不紊地、渐渐地传授给这个孩子，而所有一切知识都几乎毫无理念可言，一切都得凭感觉加以体会、学习和实践。而所有知识的基础和精髓是对月亮的认识，认识其盈亏圆缺对人类的影响。月亮上住着逝世者的灵魂，为了给新近去世的人腾出空位，早逝者的灵魂必须重新投生人间。

如同那天夜里护送听故事受惊的小姑娘回她父亲茅屋的经历一样，另一次经历也深深铭记在克乃西特脑海之中。事情发生在午夜和清晨之间，师傅突然在午夜后两小时把睡梦中的克乃西特唤醒，带他走入一片漆黑之中去观察最后一次上弦月升起的光景。他们呆呆地站在森林中间一块平坦的岩石上，师傅沉默不言，一动也不动，徒弟则因梦中被唤醒略感胆怯而打着寒战，他们等了很久，终于看见一轮浅浅淡淡的弯月在师傅预先指出的方位上出现了。克乃西特凝望着缓缓上升的星座，心里又畏惧又着迷，它在清朗的太空岛屿上缓缓移动，周围有浓重的浮云在飞舞。

"月亮很快就会转变形状，再度膨胀得圆圆的，那时便是播种荞麦的时候了，"呼风唤雨的人说道，屈指计算着日期。接着师徒两人重又沉默下来。克乃西特蹲在露水闪烁的岩石上，好像孤零零被遗弃了似的直打冷战，树林深处传出一只猫头鹰悠长的叫声。老人久久地沉思着，随即站起身子，把手搁在克乃西特的头上，好似刚从梦中觉醒过来似的轻声说道："我死之后，我的灵魂就飞进月亮里去。那时候，你已是成年男子，要有一个妻子，我的女儿艾黛将成为你的妻子。等她有了你的儿子之后，我的灵魂将返归人间，将居住在你儿子身中，你当命名他为土鲁，如同我现在的名字叫土鲁一样。"

徒弟听了十分惊愕，却一句话也不敢答复。那弯浅浅淡淡的银色月牙已经升起，又被浮云淹没了一半。年轻人的心里涌起一阵难以言传的奇妙感觉，那是他面临宇宙万物互相关联互相交叉，又永恒一再重复的状况所触发的感觉。他发现自己作为旁观者，同时也是参与者面对这陌生的夜空，凝望着一道轮廓鲜明的弯弯新月，正如师傅指出的那样，从无边无涯的森林和群山上升起，不禁满怀惊异之感。师傅在他眼中成了奇人，体内蕴藏着千万种秘密，他，竟然能够设想自己死后的事情，他，居然说他的灵魂将居住在月亮里，并且随后将从月亮返转人间，进入一个人体，这人正是克乃西特的儿子、正是以他自己生前名字命名的人——一个新土鲁。克乃西特觉得自己的前途和命运好似乌云密布的天空一下子云散雾开而豁然开朗，真是奇妙极了！同时，这一事实又是人人都可以观看、称呼和谈论的，使克乃西特感到好似进入了一个广阔无垠的太空，一个充满了奇迹却又秩序井然的世界。一瞬间，克乃西特觉得自己的心灵似乎可以感应世上的万事万物，懂得一切东西，听得到一切事物的窃窃私语——天上日月星辰那浅浅淡淡却又确确实实的轨道，人类和兽类的生活，一切生命之间的亲合与矛盾，和睦与仇视，一切伟大和渺小都聚集在每一个生命中与死亡锁在一起，克乃西特在一阵最初的震颤中看到或者感到了一切都是不可分割的整体，他听任自己被纳入次序之中，成为这种秩序的一部分，让自己的心灵受到自然法则的统治。年轻的克乃西特有生以来第一次感知宇宙的这些伟大秘密，它们的威严和深邃，以及它们的可知性，这是这位少年在黑夜与清晨交替之际，在寒冷的森林里蹲在岩石上倾听风儿刮过树梢的千百种声息时产生的感觉，好似有一只幽灵之手拨动了他的心弦。克乃西特说不清这一情况，当时不能，后来也不能，他一辈子也没能说清，却常常情不自禁地想到那一时刻，是的，在他日后的生活中，在他继续进一步学习和体验生活时，这一时刻的经历总会活生生出现在他眼前。"请想想那光景吧，"它会提醒他说："请想想那个拥有万事万物的完整世界，在月亮与你，与土鲁，与艾黛之间，汹涌流动着光芒与波涛，想想那必然存在的死亡和灵魂的国家，然后又从那里返归人间，想想世界上一切现象和图景的答案其实都存在于你自己的内心深处，想想世间万象无不与自己息息相关，因而你得尽可能多地去认识人类可能认识的一切事物。"

那声音向克乃西特说着这番话。克乃西特生平第一回听见自己内在心灵的声音，第一次接受这种充满魔力、充满诱惑力的要求。克乃西特已经多次观望过月亮横越天空，也多次在黑夜里聆听猫头鹰的呼叫，也已从师傅嘴里——尽管这位老人极其沉默寡言——听到过许多古代智慧之言或者孤独者的深思熟虑。然而在眼前这一时刻里，他感到的却是与以往完全不同的新东西，这是一种浑然整体的感觉，感到一切事物无不相互关联，这是一种把他自己也包容在内，并要他也分担责任的秩序。谁若有朝一日掌握了这把钥匙，他便不需凭借足迹去识别动物，凭借根须或者种子去识别植物了，他已可凭借自身感悟把握整体世界：日月星辰、精灵、人类、兽类、良药和毒药，他必然能够掌握一切事物的总体精神，能够从一个部分或一个标志辨认出它的任何其他部分了。有些优秀的猎人能够比一般猎人更善于辨别动物的踪迹，不论是足迹、粪便、毛发，还是其他遗留物，他们根据几根毫毛，不仅能够判断出动物的品种，还可以说出那动物是老是小，是公是母。另外有些人物，他们能够根据云块的形状，空气中的气味，一些动物或植物的特别现象，预知今后几天的气候情况，他的师傅就是此道中无人企及的能手，他的预报几乎没有差错。还有一些人物，天生具有特殊技能，譬如有些男孩子，能够用石块击中距离他们三十步之遥的小鸟，他们从未受过训练，只是生来就会，这种本领并非出自努力，只是由于魔力或者天赐恩惠。石头在他们手里好似会自己飞舞，石头愿打，而小鸟愿挨打。克乃西特还听说过有些人能够预知未来，能够预言一个病人是否会死，一个孕妇将生男孩或女孩。女祖宗的女儿就以擅长预言而著称，据说这位呼风唤雨者也具有这方面的知识。克乃西特在这一瞬间似乎还意识到，这么一张规模宏大的互相关联网，必然具有一个中心，凡是站在这一中心点上，必定能够看清一切，能够通晓过往今来的一切。知识必然会像泉水流入山谷，或者像兔子奔向甘蓝菜一样，倾注于这个站在中心点上的人，因而这个人的言语必然又敏锐又精确，如同一位神射手投出的石子必然百发百中。这个人也必然具有精神的力量，能够把一切不可思议的天赋和才能集于一身，并且能够自由运用。这个人将是多么完美、睿智、无人可与比拟的人物啊！唯有成为他这样的人，仿效他，追随他，才是一切道路中的正道，才是生命的目标，才能让生活获得净化和具有意义。

这就是克乃西特当时的大致感受，是我们试着使用他本人全然不掌握的概念和语言来加以阐述的，当然，我们无论如何也不能够传达出他当时的那种震颤感，那种燃烧般的炽热经历。深夜时被唤醒，被引领着穿过黑黝黝、充满危险和神秘的寂静森林，呆呆蹲坐在岩石上，在凌晨的寒气中期待那淡淡的月亮鬼魂显形，接着是师傅寥寥数句富于智慧的言语，以及师徒二人在这非常时刻的单独相处，所有这一切在克乃西特眼中都是一种无与伦比的庄严秘密，是一次隆重的创造性仪式，这一切都将作为他被接纳入盟会，与那不可名状的宇宙奥秘建立一种虽然是仆从关系，却十分可敬的相互关系而加以经历，并且保存下来。这一次经历与其他类似的经历一样，都是无法想象的，或者应当说，都是无法用语言加以描述的。另外还有一个想法也许是更加令人不解和觉得不可能的，那便是下列言论："难道只有我一个人有这样一种经历，或者，它果真是一次客观存在的现实么？师傅是否与我有同样的经历，或者，我的感受会让他觉得快慰么？我在这场经历中产生的思想是一种新思想么，是一种独特的、独一无二的思想么？或者，我的师傅和某些在他之先的人物，也早就有过完全相同的经历，作过类似的思考了？"不对，不可能有完全相同的折射，不可能毫无区别，凡是真实之物都必然是彻底的事实，为事实所浸透，恰如面团含有酵母一样。而云彩、月亮和变换不停的太空景象，赤裸双足下潮湿冰冷的岩石地，淡白色夜空中飘落的阴冷露滴，师傅为暖和他而在他身边堆起的树叶床，燃起的炉火似安抚人的火堆，老人以庄严声调轻轻说出的话语，甚至用冷酷无情的口吻说出的死亡准备——所有这一切，全都是超越现实的，并且以一种近乎猛烈的力量闯进了这个年轻男孩的感官之中。对于记忆而言，这类感官印象是比任何高级的思想体系和分析方法更为肥沃的土壤。

这位呼风唤雨的人是部落里极少数有专长有才能的人物之一，而他的日常生活从外表来看却与其他村民没有多少区别。他是一个颇具声望的高层人物，他为部落团体承担什么工作时，也总是收取报酬的，不过这是偶尔才有的特殊情况。他最重要最庄严的职务是在春季为大家择定播种各类水果和谷物的黄道吉日。为此，他先是精确计算考虑月亮的圆缺变化，一部分依照口头流传的规则，一部分根据他自己的经验。但是，庄重的播种季节开始仪式，也即是在部落团体的土地上撒出第一把种子，这一庄严举动却不在他的职务范围之内。部落里的任何男子都不配担此重任，每年都由女祖宗亲自承担，或者由她指定最年长的亲人执行。唯有在需要他真正承担呼风唤雨重任时，这位师傅才是村里的首要角色。这种情况只发生在村里久旱无雨，久雨不晴，或者冰封农田让村民面临饥荒威胁之时。每逢此时，土鲁就得拿出办法来对付旱灾或者歉收等困境，譬如采用献祭、驱逐恶魔、忏悔游行等方法。根据传说，倘若干旱持续不去，或者阴雨长久连绵，用尽一切办法均皆无效，而邪鬼始终不为任何劝说、恳求或威胁所动之时，在母亲和祖母当权时代，往往要采取最后一个不容置疑的手段：部落人得把呼风唤雨者本人当作牺牲加以献祭。人们传说，村里这位女祖宗就曾亲眼目睹过这样一次祭献。

克乃西特的师傅除去考虑天气变化之外，还从事些私人职业，担任驱逐邪魔的法师，制作祛邪的符箓和符咒用具，此外，还不时充当治病的医生——每当女祖宗无暇顾及这方面的工作之时。除了上述工作，土鲁大师过的生活与其他村人并无不同。部落的田地由大家轮流耕作，轮到他的时候，他照样去地里干活，另外他在自己茅屋旁还辟了一片小小的苗圃。他采集、储存水果、蘑菇和木柴。他捕鱼，打猎，还养着一二头山羊。他作为农夫时，与其他人完全一样，而当他作为一个猎人、渔夫和采药人时，就与普通人大不相同了，他是一个罕见的天才，对付各种行当都各有一套自然而然的妙法，魔术一般的技巧以及形形色色的辅助手段。人们传说，他能用柳条编成一种奇妙的圈套，被捕的动物无一得以脱逃。他还会调制一种具有特殊香味的鱼饵，他还懂得如何诱引虾蟹上钩，许多人还传说他能够听懂多种野兽的语言。但是他最擅长的还是他自己专业领域的神秘知识：观察月亮和星星，辨别气候变化的标志，预测气候和庄稼的长势情况，他还掌握许许多多具有魔法般效果的工作手段。总而言之，他不仅能识别和搜集一切植物与动物标本，而且还能够将之用于治病和施毒，使其成为施行魔法的载体，用于替人们祈福和驱除邪恶之物。他知道到哪里去寻找最罕见的珍贵植物，他了解它们开花、结实的时间，懂得挖掘它们根株的恰当时刻。他认识形形色色不同品种的蛇类和蟾蜍，知道去何处寻找，也知道如何利用它们的角、蹄、爪和须毛。他还懂得如何对付溃疡、畸形、奇形怪状的可怕赘疣，不论是树上、叶上、谷物上、坚果上，还是角上、蹄子上的疖瘤、疙瘩和肿块。

克乃西特在学习过程中，更多运用的是他的脚、手、眼睛、皮肤、耳朵和鼻子，却较少运用理智，而土鲁传授知识的办法也是实例和手势多于言语和教导。土鲁大师几乎很少说话，即使不得不开口说话，也基本上没有系统，因为他的话总只是试图补充自己那令人印象深刻的手势的不足而已。克乃西特的学习方式与一般跟随师傅学习打猎捕鱼的少年并无不同，这使他颇为欣慰，因为他要学习的只是已经潜藏在他内心里的东西。他学习潜伏，期待，谛听，潜行，观察，提防，警醒，追踪和探寻。然而克乃西特和他的师傅悄悄追踪的猎物，并不只是狐狸和穴熊，水獭和蟾蜍，飞鸟和游鱼，他们还同时追踪灵魂、整体、生命的意义，以及万物间的相互关联。他们努力判断、辨认、揣测和预测瞬间万变的气候，他们努力认识一枚浆果和一只毒蛇咬伤动物体内隐藏的死亡因素。他们倾听云层以及暴风雨与月亮盈亏圆缺之间的神秘连带关系，他们研究这种神秘关系对谷物成长的影响，就如同其对人类和动物的繁荣和衰亡也具有同样影响一样。他们奋力追寻的目标，无疑与许多世纪后的人们所探求的科学技术目标显然完全一样，为了驾御自然和掌握自然的规律，区别仅仅在于途径迥然不同而已。他们从不与自然背道而驰，也从不用暴力手段以获知自然的奥秘。他们从不与自然作对，而始终以自然的一部分自居，对自然采取敬畏的态度。实际情况很可能是，他们对自然有较好的认识，因而处理得当。有一种情况对他们而言是绝不会发生的：即或是忽然产生了最大胆的念头，他们也绝不敢不敬畏大自然和精灵世界，更不要说有什么超越自然的感情了。这类狂妄思想对他们是不可思议的事情，对于强大的自然力量，对于死神，对于魔鬼，他们唯有心存畏惧，要他们采取别的态度也许是根本不可能的。畏惧笼罩着整个人类生活。要克服畏惧感是不可能的。但是，淡化它，规范它，把它纳入人类生活整体的秩序之中，却是可行的，因而形成了种种不同的祭献体系和方式。这些人之所以产生畏惧是因为生活受到压力，然而没有了畏惧的压力，他们的生活也就丧失了张力。一个人若能把一部分畏惧之心转化为虔敬之情，便可使自己变得高贵，使自己得益匪浅，凡是能够让恐惧转化成虔诚的人，必然是他们那一时代的善良的先驱者。那时候，奉献者很多，奉献的方式也很多，某些奉献的方式和礼仪也属于呼风唤雨者的职责范围。

在老人的茅屋里，他的掌上明珠小艾黛也和克乃西特一起长大了，成了漂亮少女。一待老人认为他们可以结婚时，艾黛便做了他学生的妻子。从此克乃西特也就成为老人的正式助手。土鲁领他晋见女祖宗，承认克乃西特是女婿兼衣钵传人，并让他从此代表自己执行公事和职务。时光荏苒，不知不觉又过了许多年，年老的呼风唤雨大师终于完全进入不问世事的寂静阶段，把一切工作全部移交给了克乃西特。有一天人们发现老人蹲在几口煮着魔法饮料的小锅前逝世了，头上的白发都已被火烤焦。——这时他的学生克乃西特早已是全村公认的呼风唤雨者。克乃西特要求村民委员会为自己的师傅举行一次极隆重的葬礼，还在墓前焚烧了许多珍贵的药草和树根以作祭献。如今，连葬礼也已是许多年前的事情了，艾黛的茅屋里挤满了克乃西特的子女，其中有一个男孩的名字也是土鲁。老土鲁已从死后居住的月亮飞回到小土鲁的身子里了。

克乃西特婚后所过的日子与他师傅生前过的日子十分相似。他的一部分畏惧早已转化成虔诚之心。他年轻时代的兴趣和深切的渴望，一部分还活生生地留存在心中，也有一部分随着年华消逝而消失不见，或转移于自己的工作，转移于受自己爱护和照顾的艾黛和孩子们身上了。克乃西特最热恋的事情仍然是研究月亮及其对季节和气候产生的影响。他锲而不舍地努力，达到了土鲁的水平，并终于超出了师傅的成就。由于月亮的盈亏与人类的生死之间关系如此密切，由于活着的人们最畏惧的就是死亡，因而克乃西特这位月亮崇敬者和月亮专家在自己与月亮建立活生生亲近关系之际，也与死亡建立起了一种既庄严又纯洁的关系。待他年届中年时，也就不像别人那样臣服于死亡之恐惧了。他能以尊敬的口吻，或者以祈求的，甚至是温柔的语气谈论月亮，他知道自己已和月亮建立微妙的精神联系。克乃西特不仅对月亮的生命具有极其精确的认识，并且在自己内心深处与月亮分享着运行轨迹和命运变化。他和月亮一起经历着消逝与再生，好似出于他们本身的神秘力量。因而每逢月亮似乎遭遇非常变故，显示出病态和危险迹象，出现了受伤害的变化，似乎黯淡了色泽，减弱了光彩，甚至几近濒临熄灭而变得漆黑之际，克乃西特就会感觉如同亲身经受一般而惊恐万状。当然，任何人都会在这种时刻同情月亮，会怕得浑身颤抖，会从黯淡无光的色泽看出大难即将临头，会忧心忡忡地凝望着天上那副衰老的病态面容。然而，克乃西特这个呼风唤雨的人，恰恰就在这种非常时刻和月亮具有特别密切的关系，也比别人从中学习得更多。尽管他分担着月亮的命运和痛苦，月亮和他的心休戚相关，然而他对类似经历的记忆比别人更为清晰，也比别人保存得更多更好，这也就建立起了他的信心，使他坚信月亮的永恒再生不灭，加强了他改正和克服固有死亡观念的信心。而更为重要的是这类时刻提高了他对献身精神的虔诚程度。克乃西特常常在这种时刻产生一个愿望，与日月星辰共享命运，同死共生，是的，有时候他还会近乎狂妄、近乎蛮干地下定决心，以心灵的力量对抗死亡，把自我奉献于超越人类的命运，以强化这个自我。这种精神多多少少体现在他的举止之中，以致别人也都有所察觉，因而视他为一个博学而虔诚的圣人，一个具有伟大平静内心而不太畏惧死亡的人，是一个与天道携手同行的人。

克乃西特必须在很多艰难考验中证实自己的才干和品德。有一次，他不得不对付一场长达两年之久的谷物歉收和恶劣气候，那是他有生以来的最大一次考验。第一年，由于不断出现灾难征兆，使播种日期一再推迟，随后又接连发生种种不幸事件，损害了作物生长，直至最后几乎完全被毁。村子里大家都饱受饥饿之苦，克乃西特自然也不例外。克乃西特能够度过这个不幸年头而不曾丧失信念和影响力量，并且竟能够帮助部落人们有节制地熬过这场天灾，这件事本身就说明了他的成就。第二年，在经历了一个严冬，冻死了许多村民之后，去年发生过的种种灾难又重复再现了一次，而进入夏季后，却又是持续的干旱，部落的田地在烈日下干枯龟裂，老鼠可怕地大量繁殖。不论是呼风唤雨者的单独祈祷，还是全部族人举行的公开仪式，击鼓合唱，甚至结队游行，全都毫无效果。当残酷的事实证明呼风唤雨者的祈求失效时，事情就不是寻常小事了。他并非普通的村民，他得承担责任，他得正视惊恐而愤怒的人们。克乃西特接连两三个星期完全孤立无援，他不得不面对整个部落的人，面对饥荒和族人的绝望心情，面对一个传统的信仰：唯有牺牲呼风唤雨大师才能重新获得天上神明的谅解。克乃西特也想过这个以顺从取胜的办法。他并不反对这个牺牲个人的思想，他也曾在祈求中表明了态度。除此以外，他还曾用难以想象的艰苦劳作和牺牲精神帮助村民减轻困境，也曾一再发掘新的水源，寻出新的泉水和溪流。即使在灾难最严重的时刻，他也曾阻拦人们宰杀牲口。尤其重要的是，他曾帮助过当时村里屈服于灾难而陷入绝望的女祖宗，他用劝告、忠言、威胁，用魔法和祈祷，用自己的典范行为震撼她，保护她不致因为灵魂软弱而使整个部落彻底崩溃。当时的情况显示，遭逢大灾大难而使人心惶惶之际，更需要克乃西特这样的男人。一个人越是能够在生活和思想上树立超越个人的精神意识，他便越是能够学会崇敬、观察、祈求、服务和牺牲。两年的艰难岁月，几乎断送了他的生命，最终却也让他获得了更高的尊敬和信赖，当然并非人人都有此认识，但是那些少数承担着部落领导责任的人士，确乎因而承认了他的价值。

克乃西特就这样在不断考验中度过一年又一年，最后达到了成熟男子的阶段，达到了他事业的顶峰时期。他主持过两位女祖宗的葬礼；他失去了一个漂亮的儿子，儿子六岁时被狼攫走；他得过一场重病，他没有靠外援帮助，自己充当医生挺了过来。他曾挨过饿，也受过冻。所有一切灾难都在他的脸上留下了痕迹，更在他的灵魂深处烙上了印记。与此同时，他还从自己的亲身经历中体验到，有思想的人反而会受到常人的非议和反对，真是令人难以置信。人们确实会从远处尊敬他们，逢到不幸和灾难时也会向他们求援，却从不把他们视为自己人加以爱护，反而唯恐避之不及。另外他还根据经验知道：人们生病或者遭难时，宁肯接受法术和咒语治疗或者救助，而不愿听取理智的劝告；人们也宁肯遭受痛苦折磨和进行表面肤浅的忏悔，也不愿从内心改变自己或者进行自我审查；人们不相信理智而轻信魔法，不相信经验而迷信秘方。这种种现象，几千年如一日延续至今，正像若干史籍中所断定：大致上无甚改变。不过，克乃西特也同时学到，凡是善于思考的有思想的人绝不允许自己丧失爱心，他必须善待常人的愿望和愚蠢，不可高高在上，但也不可受他们支配。智者和骗子，传教士和魔术家，助人为乐者和寄生的食客，往往仅是一步之差而已。而一般人们宁肯给骗子付报酬，被魔术家盘剥利用，也不愿接受慷慨无私的帮助。他们宁肯拿出金钱和货物，也不乐意付出爱心和信仰。他们互相欺骗，还宁肯自我欺骗。克乃西特不得不认识到人类是一种软弱、自私，同时又很怯懦的生物，他也必须承认自己也分享着这些人类的恶劣特性和本能冲动力。但是，尽管事实如此，他还应当有信心，并以这种信心滋养抚育自己的灵魂，这信心便是：人类也是有灵魂有爱心的生物，在人类身体里还居住着与本能冲动力背道而驰的东西，促使人们也渴望自我净化。然而这一切思想，对克乃西特显然是不成问题的，对他来说似乎反倒是无可作为了。我们可以这么认为：他早已走上了这条道路，总有一天，他会从这条道路走到自己的目标，甚至超越这个目标。

克乃西特正走在这条道路上，根据自己的思想向前探索着，然而，他更是生活在感觉意识之中，在月亮的魅力中，药草的气息中，树根的咸味中，树皮的滋味中，也在药卓的栽培中，药膏的配制中，他献身于气候和大气变化的事业，培养了许多这方面的能力，其中有若干是我们后辈人不再能够掌握，也不再完全懂得的能力。所有能力中最重要的本领当然就是祈雨。克乃西特即或也遭受过老天对自己顽固拒绝的特殊情况，似乎还冷酷地嘲弄过他，使他徒劳无益，然则克乃西特却有过上百次的祈雨成功，而且每一次的情况都几乎略有差异。当然他在祭祀仪式上，在朗诵咒词上，在演奏鼓乐上，并不敢有丝毫改变或者加以删节。但是这一切仅仅是他全部活动中部分公开的、官方的而已，是他的祭司职务而已，当然这些工作既美好，又能带给他喜悦的感觉，尤其在他做了一天的献祭和法事，黄昏时分老天终于让步，天空乌云密布，刮起了湿润的大风，直至落下了第一批雨滴。然而一切都取决于呼风唤雨者的精湛技艺，能够择定最恰当的日子，如果盲目行动，结果只是一场白忙。人们可以祈求苍天，是的，甚至可以加以冲撞，然而人们必须具有一片赤诚心意，并且顺从老天的意愿。对克乃西特而言，这类以祈祷取得胜利的体验，其实远不如他以那种不可言传的、感官知识多于理智的体验更符合自己的心意。克乃西特对于气候的种种状况：空气和温度的张力，风与云的形成，水流、泥土和尘埃的气息，气候妖魔表示的威胁或者许诺，表现的情绪和脾性，克乃西特总是喜欢首先以自己的皮肤、头发，连同全部感官加以感觉和测试，免得受任何意外情况惊吓，也不至于因出乎意外而灰心失望。他把气候的种种变化汇聚在自己的内心，尽可能地予以掌握，使自己有能力控制风云变幻，当然他不可能随心所欲，然则由于他与它们之间的这种密不可分，互相关联，使克乃西特得以完全消除了客观世界与自己，外界与内在之间的差别。每逢这类时刻，克乃西特就欢喜得如痴如醉，他狂喜地站着倾听，蹲着静候，他不仅感受到风与云如何在他心中共享生命，而且觉得可以指挥和改造它们，就如同我们能够从内心再现和背诵一首我们十分熟悉的乐曲一样。于是，克乃西特只消屏住呼吸——那么风声或者雷鸣便也缄默无声；他只消点点头或者摇摇头——那么冰雹便倾盆而下或者戛然停止；他只消微微一笑以表示内心矛盾冲突已获得协调——那么天上的云层便四下分散，露出了亮晶晶的蓝天。某些时候，他觉得特别有把握预测未来几天的气候，似乎具有万无一失的先知能力，似乎外面世界的总乐谱都已精确地细细谱写在他的血液之中，外界的一切都必须按照这个乐谱逐一演出似的。这才正是他的美好日子，他获得的最大报酬，他的极大快乐。

然而，倘若一旦中断了这种内与外的内在联系，气候和外面世界变得陌生、不可理解，更是无法预测之时，那么他自己内心的秩序也受到干扰，变得一片混乱，于是他便觉得自己算不上真正的呼风唤雨大师，觉得让他承担气候预测和播种谷物的责任实在是一种错误，一种失策。每逢这些时候，他就特别恋家，对艾黛又体贴又爱护，努力分担她的家务活，还替孩子们做玩具和工具，在屋里跑来跑去调制药剂，同时又特别渴望别人的关怀，只想尽可能和其他男人一模一样，不论在风俗习惯，或者在其他方面都尽量减少彼此的差别，甚至还耐着性子倾听妻子和邻家妇女闲聊，即或只是些毁谤他人生活、状况和是非的无聊故事。但是一待他时来运转，便难得再在他家里看见他的踪影了，他早已出门转悠，到处捕鱼，打猎，寻找树根去了，他伏在草地上或者蹲在树丛间，嗅着，听着，他模仿动物的叫声，他点燃火堆，借以对比烟云和天空中云堆的区别，他让自己的皮肤、头发饱受雾气、雨水、空气、阳光或者月光的滋润。克乃西特还像他的师傅，老土鲁生前一样，总是搜集种种外形与实质貌似不相归属的物质，他觉得它们似乎可以让他窥见大自然的智慧或者心情，借以揣摩出自然的一小部分规律和创造秘密，这些物质总是体现着两种截然相反的东西的一致，例如：一颗树瘤长着人脸或者动物的脸；一颗颗水磨石子有着木纹，好似木制的一般；原始时代石化了的动物形象；畸形的或者双生的果核；一块块形似人类腰子或者心脏的石头。克乃西特细细研读一片树叶上的脉络符号，一个菌块上的网状线条，用以揣测外界的一切神秘、灵性、未来与可能性，他归纳出符号的魔术内容，数字和文字的先兆意义，他把无限与多数转化为单纯，纳入系统，形成概念。因为世上万事万物通过他以心灵把握世界的方法都已在他心中，所有一切事物确实没有名称，无法命名，却是可以想象的，有可能性的，并非超越人类预感能力的，尽管还处于萌芽状态，然而确实对他具有重要意义，已成为他自身的一个部分，而且还有机地在他身体内不断成长。倘若我再作深一步回溯，超越这位呼风唤雨大师的时代，回溯到我们看来如此遥远而原始的几千年前的过去，那么我们就会发现——我们对此深信不疑，那时的人们就和如今的一样，尽管还没有开化却已具有一颗包容万有的心灵。

我们这位呼风唤雨者既不能以自己的预感能力获得长生不老，也无法更进一步证实自己的预感。他既没有成为发明文字的人，也不是几何学家，也没有成为医学或者天文学的奠基人。他仅仅是这条长链中的一个无名的环节，然而却与其他任何重要环节一样是一个不可或缺的环节。他是承前启后者，他还替后来者补充了自己奋斗得来的体验。因为他也有自己的学生。这些年里他教育训练了两个打算成为呼风唤雨大师的弟子，其中之一后来成了他的继承人。

许多年来，他始终独自一人执行自己的职务，无人窥见他工作的奥秘，而后——在一场严重的歉收和饥荒之后——出现了一个男孩，这个男孩开始经常拜访他，观察他，崇拜他，还到处追踪他，这是一个向往呼风唤雨技能和渴望成为大师的孩子。克乃西特感觉内心一阵阵奇怪而痛苦的颤动，他自己少年时代的重大经历又再度重现了，与此同时，一种又揪心又明确的严酷感觉也油然而生：他的青春年华业已消逝，如日中天的日子已成过去，花朵已经结成果实。令克乃西特大感意外的是自己对待孩子的态度，简直与当年老土鲁对待他的态度一般无二。这种冷淡、拒绝、拖延和迟疑不决完全出自本能，和已故者如出一辙，其实他并无意仿效已故的老师，也并非出于道德教育的考虑，如：必须对年轻后辈进行长时间的考验，考察他是否有足够的严肃认真；人们不可轻易让后辈进入本行神秘的殿堂，而必须让其饱尝艰辛，诸如此类等。事实非也，克乃西特对待男孩的态度十分单纯，是一位孤单而有学问的古怪长者对待景仰自己学生的态度，他犹豫、畏缩、冷漠、时刻准备逃避，生怕自己那种美好的孤独自在，那种荒野漫游，那种独自狩猎、采药、梦幻和倾听的自由受到妨碍，他对自己的一切习惯和嗜好、一切秘密和思想倾注了过多的热情和挚爱。毫无疑问，他应当接纳这个满怀崇敬好奇心怯生生接近他的少年；毫无疑问，他应当帮助他，激励他克服胆怯心理；毫无疑问，他应当感觉这乃是一种奖励和一桩喜事，是外界对他成就的认可和肯定，因为外面世界最终向他派遣了一位特使，呈递了一份拥戴宣言，表示外界对他的追求、奉承，表示有人为他所吸引，并且想要学他的样，响应神秘召唤而为之服务了。然而克乃西特的反应恰恰相反，他首先感觉这是一种烦人的干扰，妨碍他的日常习惯和权限，损害了他的独立性。克乃西特有生以来第一次感觉自己是多么珍视这种独立和自由。他本能地抗拒着男孩的追求，他对男孩千方百计地以智取胜，他掩藏自己，抹去自己的行踪，使人对自己难以琢磨。但是，以往发生在土鲁身上的情况，如今又在克乃西特身上重演了。年轻人默默无言地久久追逐，逐渐软化了克乃西特的决心，渐渐消融了他的抗拒心理，是的，甚至越是让这个孩子多获得一点地盘，克乃西特的心反而更倾向于他；终于完全敞开了胸怀，善待孩子的请求，接受他的殷勤，并且最终把收徒授课这项往往极其累人的责任视为自己的新任务，是自己命里注定和不可缺少的精神使命。克乃西特日复一日越来越远离自己的幻想，他逐渐告别梦幻，告别无穷无尽地享受探寻人类可能性和未来的快乐情感。代替这一无边梦境，代替积累智慧之念的是站立身旁的一个青年弟子，一个小小的、迫切的现实存在，一个闯入者和打扰者，然而他不再规避和拒绝这个孩子，因为这是唯一通向未来的道路，是他独一无二的重大责任所在，也是唯一能够让呼风唤雨大师的生活、作为、思想、意识和想象力战胜死亡而在一个全新的小小胚芽中获得保存和延续的独一无二的小径。克乃西特叹息着，咬紧牙根，微微含笑接纳了青年弟子。

克乃西特职务中的一个重要问题，也就是说他的一个最重要的使命，就是培养和教育继承者的人才问题，为此，这位呼风唤雨大师不得不忍受种种沉重的失望和艰涩的痛苦。第一个向他献殷勤的学生名叫马罗①，经过旷日持久的拖延和拒绝之后，他总算接纳了这个男孩，然而马罗从未能完全排解他的失望之感。这个孩子对他低声下气，阿谀奉承，很长一段时期内简直是无比驯顺。然而这个孩子总让克乃西特觉得有所欠缺，首先是缺乏勇敢精神，怕黑夜怕黑暗，他试图向老师隐瞒这个缺陷，克乃西特还是觉察了事实真相。尽管克乃西特仍然期待和观察了很长时间，认为是他幼稚年代的残留物，迟早会消失的。可事实上始终存在。这位少年还完全缺乏献身的天赋秉性，不论对待呼风唤雨职责内的观察工作和研究工作，还是对待思想和想象，全都带有私心。马罗很聪明，反应灵敏，学什么都轻而易举，一学就会。但是，他也日益明显地暴露出了一种自私的动机，就连学习呼风唤雨技能也不例外。他首先追逐的是出人头地，要成为社会重要人物，他具有能干人的虚荣心，却缺乏天才的使命感。他总是争取别人的欢呼喝彩，总是把刚刚学得的

---

① 马罗也是作者虚构的人物。

皮毛知识和小小技艺拿到熟人面前炫耀，当然，这也许仅仅是稚气未脱，迟早会改善。但是，他不只是寻求喝彩，还要更多地争取权力，以支配他人而从中获得利益。当师傅发觉这些问题后，不禁大吃一惊，便慢慢收回了自己对这个青年的爱心。马罗追随克乃西特学习几年后，已经犯过两次或者三次严重的错误。他经不住礼品的诱惑，瞒着师傅，擅自胡来，有一次是私自用药医治一个重病的儿童，另一次是未经师傅许可就擅自去一家茅屋念咒驱除老鼠。虽然经过师傅严重警告和他本人的改正承诺，马罗还是悔而不改，当他再一次重蹈覆辙而被师傅逮到时，师傅不仅开除了他，还把他的劣迹报告了女祖宗，要把这个忘恩负义的不良少年从自己的脑海里彻底清除出去。

克乃西特后来的两个学生弥补了这一缺憾。尤其是其中的第二个学生——他自己的儿子小土鲁。他特别喜欢这个最年轻，也是自己的最后一个弟子，深信小土鲁将来会比自己有更大成就，他显然觉得小土鲁外祖父的灵魂已经居住在他身体里了。克乃西特产生了一种强烈的心满意足的感觉，他积累的全部知识和信念已传授给了未来者，他有了切切实实的后继者——他的儿子，一旦自己无力承担责任，随时都可交出职权。然而那个被开除的第一个学生还生活在他的工作范围里，也未能完全排除出他的脑海。这个马罗如今已是村子里一个颇有名气的人物，尽管并不受到广泛尊敬，却是很受喜爱，又有些影响力的男人。他已结婚，以一种杂耍演员的小丑的方式娱乐村民，甚至还成了鼓乐队里的首席鼓手。他始终满怀妒忌地悄悄反对呼风唤雨大师，总是伺机用大大小小的毁谤语言伤害克乃西特。这位呼风唤雨者从不广交朋友，他需要独自工作和自由自在。克乃西特从来不曾追求他人的爱戴，他自己也仅在少年时代向土鲁大师献过殷勤。直到这时候，他也终于尝到了遭人仇恨和反对的滋味。这一事实败坏了他后来许多美好时光。

马罗本当属于那类十分出色的学生，却因他的才能根基不正又缺乏内在感情，而总让他的老师感到不快和悲哀。他的才能并非建基于一个强大的有机体，建基于诸如善良天性、健康血统和勤奋品性等高尚标志之上，而是形成于一种极其偶然的因素，是的，可以说是巧取豪夺而得，或者也可说是不费吹灰之力地盗窃而得。一个品格低劣的学生，却聪明过人或者擅长幻想，准让他的老师处于困境，不知所措。一位老师本当把自己继承得来的知识和方法留传给学生，让他有能力协助自己承担灵魂的工作——然而这位老师却不得不感到为难，感到自己真正的更重要的职责也许恰恰是努力卫护艺术和科学，以免遭有才无德者的侵犯。因为一位老师的职责不只是为学生服务，老师和学生两者都应当是他们灵魂工作的仆人。为什么有些老师会畏惧和拒绝一些光彩照人的才子呢，原因也就在这里。凡是这种类型的学生总是曲解教学工作的整个意义，错误理解为服务于学生。事实上，任何对某类只知出人头地而不知服务的学生的教育和促进，恰恰意味着从本质上损害服务这一真理，是一种背叛灵魂的行为。我们从许多国家的历史中认识到，凡是这些国家秩序大乱、灵魂思想陷于深刻危机的时期，准是有大批无德的才子当道，他们在各种社会团体、各种学校和学术机构，以及国家政府中占据领导地位。这些颇有才能的人稳坐在一切重要职务的宝座上，却只想着统治管理，全然不知服务为何物。人们难以正确认识这类天才人物，一待他们在自己的专业职务上奠定基础，事情就难办了，至于再要不客气地打发他们回到不重要的与灵魂无关的职位上，那更是难上加难。克乃西特也犯了这个错误，他对自己的徒弟马罗容忍太过长久，他把本行的一些秘密智慧传授给了一个既野心勃勃又肤浅的小人，实在令人遗憾。这件事替他招致了他难以料想的沉重后果。

岁月匆匆，克乃西特的胡子也几乎斑白了。有一年，天与地之间的良好秩序似乎受到力大无比、诡计多端的恶魔的疯狂破坏。事故发生在那年秋天，可怖的景象把村里每个人都吓得要死。在白天和黑夜均等那日子过后不久——呼风唤雨者总是怀着庄严而又崇敬的心情聚精会神地潜心观察和体验那一天的景象——天上出现了人们从未见过的现象。有一天傍晚，天高云淡，刮着风，气候凉爽；天空亮晶晶，玻璃一般透明，只有几朵小小浮云飘动在高高的空中，玫瑰色的霞光久久地洒在大地上，持续的时间远远长于往常。落日的余晖在清凉、苍白的宇宙间飘浮晃动，像是梦幻泡影般的光束。克乃西特已经接连几天感觉天气异样，比他以往年代在这类白天逐渐缩短的日子里所感受的要强烈得多，奇怪得多。克乃西特觉得天上的诸神在行动，大地、植物和动物都惊恐不安，空气中充溢着紧张气氛，有一种焦躁、期待、畏惧，又充满不祥预感的东西在整个大自然间徘徊游荡，就连傍晚时分长时间逗留着的那些火焰似摇曳不停的晚霞也属于这一奇异景象。那些光束的运动方向和大地上风吹的方向恰恰相反，它们久久挣扎着，维护着自己的生存，惨淡的红光悲哀地变冷，褪色，又忽然消失不见了。

那天傍晚，村子里很平静，聚在女祖宗茅屋前听故事的孩子们早已散去，只有少数几个男孩子，还在附近追逐玩耍，其他村民也都早已返回自己的茅屋，大都也已吃过晚饭，许多人甚至已经上床，几乎很少有人在观看晚霞中的红色云彩，除了呼风唤雨大师。克乃西特这时正在自己茅屋后的小苗圃里来回踱步，他显得紧张而又不安，对反常的气候感到十分忧虑；他偶尔也在荨麻丛中在用来劈柴的树墩上坐一忽儿，略事休憩。当最后一道云彩消失之际，仍还亮晶晶的碧蓝天空中猛然出现了星星，数目和亮度迅速增长，刚刚还只是隐隐约约的两三颗，一下子已是十颗，二十颗。克乃西特熟悉其中的许多星座，个别的或一群群的。他已观察过它们成百上千次了。星星的永恒重返天际，给予人们安心之感，星星带给人们慰藉，尽管它们距离遥远，冷冷地高挂天空，没有温暖的光芒，但是它们恒定地排列着，宣告着秩序，预示着持续不变，它们是可靠的。星星们似乎对大地上的生命，对人类的生活很冷淡，很疏远，似乎丝毫也不受人类的温暖、震颤、痛苦和狂喜所触动，似乎在以自己冰冷的庄严和永恒存在性居高临下地嘲讽人间，然而星星仍旧和我们有着关联，也许始终在引导着我们，统治着我们。因而，凡是多少拥有人类的知识，具有精神灵性，具有精神上的稳定性与优越性的人，便会领悟和把握世界的须臾无常性，会和天上的星星一样，静静地放射出冷冷的光辉，用令人震颤的冰冷抚慰人，会永恒微带讥讽地望向人间。这就是呼风唤雨者观看星星时经常出现的感觉，即或对星星的感觉没有他与月亮——这个又伟大又亲近的潮湿圆盘，这条在太空海洋遨游的肥胖魔鱼——之间的关系那么接近，那么激动人心，那么永恒地常变常新，他却也深深地敬重它们，把自己的许多信念与星星联系在一起。克乃西特久久地仰首翘望，让它们在自己身上产生影响，把自己的灵性、温情、忧虑全都呈现在它们那冰冷的凝视之下，这种感受常常让他觉得好似沐浴了一次或者饮下了一剂清凉的治病良药。

今晚的星星似乎和平常一样，只是明亮得出奇，好像在稀薄而坚硬的空气中受过了厉害的打磨，但是克乃西特心里却没有安心之感，也不能把自己托付给它们。他觉得不知什么地方有一股力量在拽拉着他，这股力量刺痛他的每一个毛孔，吮吸他的眼睛，无声无息地持续伤害着他，这是一股强大的气流，一种警告性的颤动。在克乃西特身边的茅屋里，温暖而微弱的炉火闪烁着黯淡的红光，小屋里展现的是一种温暖的生活，一声叫喊，一阵欢笑，一声呵欠，洋溢着人体的气味、皮肤的温热、母性的慈爱和儿童的睡眠，近在咫尺的这幅温馨的景象更加深了夜色的浓度，把星星推向了更高更远的地方，推向了不可思议的高空。

正当克乃西特倾听着茅屋里艾黛低声吟唱一支曲调哄孩子入睡之际，天上突然出现了村里多年未见的大灾难。繁星编织成的寂静而光亮的大网之间，这里那里不断闪烁火花，好似火焰燃着了这张巨网中往常看不见的网线。于是，星星便像被抛出的石头般纷纷坠落，一颗颗烧得通红斜掠过太空，又迅速熄灭消失得无影无踪，这里一颗，那里两颗，这儿又是几颗，还未待眼光离开第一批消失的星星，还未待被目睹景象吓得停止跳动的心脏重新恢复跳动之前，那些斜掠而下或者呈弧形落下的星星已变成了一群群一团团的光点，开始成千成百地坠落，数不清的星群好像受到一阵巨大而静默风暴的驱赶，横斜过寂静的夜空，好像宇宙正经历一场秋风，把繁星如同黄叶一般从天空之树上刮落，吹入无声无息的虚无之中。星星好似干枯的黄叶，又像飘扬的雪花，在可怕的寂静中成千上万地飞舞着，坠落着，消失在东南方那片山林之间。村民自有记忆以来，从未见有星星坠落的情况，更不知道星星会消失得无影无踪。

克乃西特目瞪口呆，心脏好似凝固了一般，他高高地仰着头，又恐惧又不知满足地定睛注视着这幅变了形的可怕天空，他不相信自己的眼睛，然而眼前的恐怖景象却是确凿的事实。凡是身临其境者都会认为，这是人们熟知的星星本身在晃动，在四散，在坠落，克乃西特也认为如此，他预料太空即将变得空荡荡一片漆黑，而自己也早就被大地吞没。当然，事实上他片刻后便辨认出一切人们熟知的星星依旧挂在老地方，这里和那里，到处都是老样子。这幅四散坠落的星星景象并非发生在人们熟知的星星之间，而是显现在天空和大地的中间地带，这一群群坠落或者被抛出的迅速出现又迅速消失的新星，它们放射的光亮也与人们熟知老星星的色彩大不相同。克乃西特稍感安慰，内心也重新平静下来。然而这些暴风骤雨般布满天空的光点，即或只是些短暂的瞬息即逝的新星，它们的出现仍然含有邪恶的意味，仍然是不祥的混乱状态。克乃西特焦渴的喉咙不禁发出一声深长的叹息。他凝望大地，侧耳倾听，想知道这场恐怖的戏剧是否仅是他个人的错觉，想知道其他人是否也看到了这幅景象。不久，他便听见邻近的茅屋里传出了可怕的呻吟、尖叫和呼喊声。是啊，也有别人目睹了这场灾祸，他们的叫喊惊醒了睡着的人，对一切还懵懂不知的人，转眼间，全村都陷入了惊慌失措的状态。克乃西特重重叹息着接受了事实。这场不祥灾象对他的损害最大，因为他身为呼风唤雨大师，理所当然要对天气承担一定责任。克乃西特以往许多年来总是能够事先预测或者察觉到巨大灾难即将来临，譬如：洪水、冰雹、暴风雨，每一次他都能够事先警告各家各户的母亲和老人预作防患，他曾多次防止了最可怕的灾祸，他用自己的知识、勇气以及对天上诸神的信赖，化解了村民的绝望情绪。这一回他为什么事先毫无所知，以致毫无安排？其实他也曾有过隐约的警告性的预感，为什么居然一声不吭？

克乃西特揭起茅屋入口的门帘，轻声呼唤他妻子的名字。她走过来，怀抱着他们最年幼的孩子。他接过孩子，放到草席上，他握住艾黛的手，伸出一根手指按在嘴唇上，示意她别出声，随即带领她走出了茅屋，看到她那副温柔沉静的脸容猛然间吓得变了样。

"让孩子们睡觉吧，他们不该看见这种景象，听见了吗？"他斩钉截铁地说。"不要让一个孩子出来，包括土鲁。连你自己也待在屋里吧。"

他犹豫了片刻，考虑是否再说几句，是否再吐露一些想法，最后却只是坚定地对她说："这情形对你和孩子不会有什么事的。"

她立即表示相信，虽然脸容和心情还未从惊吓中恢复正常。

"这是怎么啦？"她问，再度瞪视着天空。"情况很糟糕吧？"

"是很糟糕，"他柔声回答，"我的确认为情况非常糟糕。不过对你和孩子们不会有什么损害。你们都留在屋里，把门帘紧紧放下。我现在得到村民们那里去说说情况。进屋去吧，艾黛。"

克乃西特把艾黛推进茅屋，细心地拉紧门帘，面对着持续不灭的星星雨，在门口又伫立了片刻。然后，他垂下了头，心情沉重地叹息了一声，急匆匆穿过黑夜，走向女祖宗的茅屋。

这里已聚集了半个村子的人，人群中充满了一种沉闷的气氛，因为恐惧和绝望而形成的麻木不仁几乎使人群陷于神志不清的状态。有些妇女和男人，自感大难临头而向不知来由的感官欲望投降了，听任自己的怨气胡乱发泄；一些人好似丢了魂，呆呆地站立不动，一些人四肢颤抖着，好似已丧失了控制能力，一个妇女口吐白沫，独自跳起了一种又淫荡又显示绝望的舞蹈，一边还用手扯拉着自己披散的长发。克乃西特清楚反常气象已经在发生作用了，村民们几乎都丧失了理智，好似中了纷纷坠落的星星雨的邪毒，都发疯了。一场疯狂、愤怒和自己毁灭自己的悲剧也许即将发生。现在到了集合几个勇敢而又有头脑的人来加强全体村民勇气的时候了。

女祖宗看上去很镇静。她相信全村的末日已经来临，一切都已无法挽救。她面对既定命运，露出了一副近似嘲笑其辛酸苦涩的坚定而又冷酷的面容。克乃西特试图劝说她，给她指出那些恒常出现的星星仍旧高挂在天空。然而女祖宗没有接受忠告，也许是她老眼昏花，无法看清那些星星，也可能是她对星星的观念以及对待自己与星星的关系上和克乃西特的看法迥然不同。她摇摇头，始终保持着自己狰狞的冷笑，而当克乃西特请求她不要听任村民们陷于着了魔的恐惧之中时，她却立即赞同了。一群害怕得要命，总算还没有疯的村民这时围到了女祖宗和呼风唤雨大师身边，打算听从他们两人的指挥。

克乃西特本想趁此机会通过实例、理智、言论、阐释和鼓励的办法，引导村民摆脱恐慌。然而，女祖宗的一番简短讲话让他明白，想挽救局面为时已晚。他原本希望能够与其他人分享自己刚刚获得的经验，想把观察所得作为礼物赠送给大家，他也衷心希望说服大家首先看清实况，真正的星星并未坠落，或者至少是并非所有星星都坠落了，也不会有什么宇宙风暴把星星一扫而光。他原本以为可以帮助他们从惊恐绝望转变为积极的观察，借以顶住这场灾难。但是克乃西特很快发现收效甚微，全村没有几个人肯听他的解释，他刚以为说服了几个人，另一些人却又完全陷于疯狂状态。无法可施，这里的情况就如同常常发生的情况一样，人们听不进任何理智的和聪明的话。

克乃西特庆幸自己还有别的办法。如今想用理智去化解人们这种吓得要死的恐惧，显然绝不可能了，但是设法引导人们的恐惧感还是有可能的，组织他们，赋予他们以正确的形貌，从混乱的疯狂绝望状态转化为坚定的统一状态，让这些不受控制的狂呼乱喊转化为集体的合唱。克乃西特立即作出决断，也立即付诸行动。他走出几步站到这群人前面，高声念出人人熟悉的祈祷词，这是当年为悼念每位刚过世的女祖宗举行的公开哀悼仪式，或者为疾病流行和洪水泛滥而举行祭献和忏悔仪式时，必须大声念诵的祷告词。克乃西特高声叫嚷着有节奏地念着这些祷词，边念边拍着手以加强节奏感，而且合着节奏、叫喊和拍手，不断做着弯身动作，先弯身向前，几乎触到了地面，接着向后退，伸直身子，接着又弯身，接着又伸直，他反复不停地念诵着、运动着，顷刻间就有十个、二十个村民加入了他的有节奏的动作，就连站在一旁的年迈女祖宗也合着节奏喃喃念起了祷文，还以微微躬身的形式参与了大家的仪式。从各家茅屋里又拥出了许多村民，也都毫不迟疑地加入了这个有节奏有灵魂的典礼之中。那几个恐惧得失去常态的村民，这时也大都不再乱动，而是静候在一边，另一些人则跟上了喃喃的合唱声和有节奏的虔诚敬神行动。克乃西特成功了。一批丧失理智的绝望疯子，变成了一群虔诚悔罪和准备献祭的村民，他们愿意互相砥砺，愿意把畏死的恐惧深深锁进身体里或者至少只在自己内心里发泄这种恐惧感，他们有秩序地加入了大合唱，让自己和这场祈祷典礼的节奏保持一致。这场仪式显现了许多不可思议的神秘力量，其中最强大的力量表现在人人强化了的协调一致，表现在大家的团体意识，还有就是它的不容置疑的医疗作用，用节奏、秩序、韵律和音乐。

与此同时，整个夜空始终下着流星雨，像由无数静悄悄光滴组成的人工瀑布一般从天空倾泻而下，巨大的红色光滴还持续了足足两个钟点之久，然而村民们的恐惧已转化为恭顺和虔诚，转化为祈求和悔罪之情了，已经进入秩序之中的人们能够以神圣的和谐协调来对付人类的弱点了。这奇迹早在星星雨尚未减弱，变得稀少之前便已发生了，奇迹治愈了村民。当天空渐渐平静下来，似乎已经恢复正常时，精疲力竭的村民们人人都有获得拯救的感觉，他们的祭献仪式平息了天上众神的怒气，使太空恢复了秩序。

村民们没有忘却这个恐怖夜晚，整整一个秋天和冬天总是不断议论这件事。然而不久以后，人们不再用满怀恐惧的语气，而用了平常口吻，并且像是在回顾描述一场人们曾经勇敢抗拒，并最终获得胜利的灾难。人们议论着种种细节，每个人都以自己的方式描述这场吓人景象的怪异之处，每个人都想做第一个发现者。有些村民甚至敢于取笑那几个当时特别惊恐的人。很长期间，这次事件都是全村的热烈话题：村子里出过大事，人们经历了大灾难啊！

克乃西特从未参与议论，也不像他们那样逐渐淡忘了这件大事。对他说来，这次不祥的经历是一种不可忘却的警告，是一根始终不断刺激他的芒刺。对克乃西特而言，不能因为大难已经过去，已经通过列队祈祷、忏悔祭献得到化解，而把事情置之脑后。时间过去越久，克乃西特反倒越益感觉灾难的重要性，因为他已赋予了整个事件以重要意义。这幅奇异的自然景象，显示了形形色色人类前景的无穷无尽、巨大艰难的问题，谁若亲眼目睹整个事件，也许值得他花一辈子时间进行思索。

克乃西特知道村里只有一个人会和自己持有类似观点，也会用类似目光来观察星星雨景象，这个人就是他的儿子和学生土鲁。唯有这个人也曾是目击者，才可能证实或者校正他自己的观察，也才可能影响自己的观点。但是他当时让儿子在茅屋里睡觉，后来他越是久久地思考自己为何这么做，为何不让唯一可作为证人和合作者的儿子一同观看这场奇异景象，就越是深信自己的做法正确，是一种顺从聪明理智的行为。克乃西特只想保护家人不面对这场吓人景象，包括这个徒弟兼同事，因为他最爱土鲁。所以他向家人隐瞒了星星的坠落现象，不让观看。克乃西特那时候信仰善良的睡眠之神，特别是年轻人的睡神。尤其他知道自己绝不会记错，就在上天显示灾象的最初时刻，他便认为并不会立即危及村民的生命，却是当即感到是一个预示未来灾难的恶兆，这恶兆与任何他人无关，仅仅涉及他呼风唤雨大师一个人。某种危险和威胁已在与他职务相关的领域内出现了，不论今后再以何种形态出现，他都将首当其冲。让自己对危险保持警觉，当它来临时予以坚决反击，让自己的灵魂时刻做好迎接的准备，却绝不让自己受到羞辱，这便是他的决心。正在临近的可怕命运需要一位成熟的勇敢男子汉去对付，因而，倘若把儿子也牵扯进去，让他跟着自己受苦，或者成为知情人，也许是很不妥当的，虽然他对这个年轻人评价很高，却难以预料，一个缺乏考验的无经验青年能否受得了。

他的儿子土鲁当然闷闷不乐，因为睡觉而错过了这么一场伟大经历。不管有多少抚慰解释，也无论如何抵不了这千载难逢的大事，也许他一辈子也不会再遇上类似的情况，因此土鲁有好一阵子对父亲非常不满。而克乃西特对他日益增多的关怀终于消融了这种愠怨。老人逐渐比以往更多地将土鲁带入自己的一切事务之中，更不厌其烦地训练土鲁的预测能力，竭尽全力要把他培养成完善的继任者。克乃西特仍旧很少和儿子谈论那场星星雨，却日益越来越毫无保留地让他窥视自己的一切秘密、一切实践、一切知识和研究成果，允许他陪同自己出巡，研究自然现象，进行实验，这是克乃西特迄今以前从未让人参与的事情。

冬天来了又去了，那是一个潮湿而又暖和的冬季，既没有星星坠落，也没有任何不寻常的大事。村子里太平无事，唯有猎人们频频出门狩猎，他们茅屋旁的木杆上挂满了一捆捆冻得铁硬的兽皮，在寒风里吹得嘎啦嘎啦作响。人们在雪地上铺一条光滑的长木板，满载着木柴从森林里拖回家中。恰恰在这个短暂的冰冻时节，村子里死了一位老年妇女，人们挖不开冻土，只得把冻硬的尸体停放在自家茅屋门口，直到许多天后，土地略略解冻，才举行了葬礼。

第二年春天，这位呼风唤雨大师的预测首次得到了印证。那是一个特别糟糕的春天，由于月亮的反常，一切都了无生气，奄奄一息，决定播种日期的种种征象总是收集不齐。原野里花朵少得可怜，村子里枝条上的花蕾都枯萎了。克内西特焦虑万分，却不让自己表露出来，唯有艾黛，尤其是土鲁，知道他是多么五内如焚。克乃西特不仅经常念驱邪的咒语，还进行私人的祭礼，替恶魔烧煮芳香诱人的饮料和汤水，他还在新月之夜剪短自己的须发，把它们拌和在松脂和潮湿的树皮里，然后点火燃烧，制造出浓浓的烟雾。他想方设法拖延举行公开的典礼，全村的献祭仪式，祈祷游行以及鼓乐合奏，他尽可能把驱逐邪恶的春天气候作为个人职务来处理。但是正常的播种时间早已延误多时，情况却毫无好转，他就不得不向女祖宗汇报了。真是不幸，他在这里也倒了霉。那位女祖宗向来待他友好，简直视他为自己的儿子，这次却没有接见他，她已病倒在床，全部职务都移交给了她的妹妹。这位妹妹却一向十分冷淡呼风唤雨大师，她缺乏姐姐的正直严谨的品性，而比较喜欢戏耍玩乐，她的这种偏好使她对那个魔术家和鼓手马罗很有好感，他很擅长逗她开心，而马罗却是克乃西特的死对头。两人一对话，克乃西特就感觉到她对自己的冷漠和嫌恶，虽然她并没有反驳他的意见。他建议把播种的日期，连同大家举行祭献和游行的时间都略略向后挪移。她赞成和同意了这些建议，脸色却很难看，好似对待一个下属一般。她拒绝了他探视女祖宗的请求，就连他想替老人配些药剂的要求也被否定了。

克乃西特懊丧而归，满嘴苦涩难过。此后半个月里，克乃西特千方百计地试图改变气候状况，促使它宜于播种。然而向来与他体内血流循同一方向流动的气候，这次却固执地和他作对，不论是咒语，还是献祭，都毫无作用。于是克乃西特只得再次求见女祖宗的妹妹。但这一回的延期要求几近恳请宽容了。克乃西特还立即发现她已经同那个逗乐小丑议论过自己和这件事情，因为他们在谈到选定播种日期的必要性，或者在讨论如何安排公开祈祷事宜时，这位老妇人竟然卖弄这方面的知识，甚至还援引了某些专门术语，她只可能从那个曾是自己徒弟的马罗嘴里听到这些话的。克乃西特要求宽限三天，认为那时整个星座的位置会有新变化，播种比较吉利，他择定第三次娥眉月的第一天为开始播种日。老妇人表示同意，并且议定了仪式事项。他们的决定向全村宣布后，每一个人都投入了筹备播种典礼的忙碌工作。

事情就是不尽如人意，正当一切安排就绪之际，邪魔们又开始作祟。恰恰就在播种大典万事妥当，人人期待那一日来临的前一天，女祖宗逝世了。播种庆典不得不延期，代之以筹办葬礼。葬礼极其隆重。克乃西特身披举办盛大祈祷游行穿的礼袍，头戴尖顶狐皮高帽，走在刚接位的女祖宗和她的姐妹以及女儿们后面。克乃西特的儿子土鲁则作为助手陪同着他，一路敲击着两种音调的硬木响板。人人都对已故者以及她刚上任的妹妹表示了极大的敬意。马罗率领着他的鼓乐队走在队伍的最前列，赢得了大量喝彩。全村人一边哭泣，一边庆祝，一面哀伤，一面吃喝，一路欣赏鼓乐，一路祈祷游行。这一天真是全村的好日子，然而播种日期又再度被拖延了。克乃西特的态度又庄严又镇静，内心却一片黯然。他似乎感到，自己一生的好日子已随着女祖宗一起被埋葬了。

接着，按照新任女祖宗的要求，又举行了极其隆重的播种开播仪式。游行队伍庄严肃穆地绕着田地巡行，新任女祖宗神色庄重地将第一把种子撒在公众的大田里。她的妹妹们走在她两旁，每人手提一袋种子，让她顺手抓取。当这个仪式终于结束之时，克乃西特才稍稍松了一口气。

但是这般庄严而欢欣地撒下的种子却没有带来喜悦和收获，这是一个不受老天恩宠的年头。刚播下的种子先是受到一场再度降临的严寒和霜冻的袭击，接着是忽冷忽热的春天，而夏季也充满了敌意，当田地里总算铺满稀稀落落瘦弱的、只有往年一半高的作物之际，又降临了最后的致命打击。一场人们从未听说过，也难以想象的旱灾出现了。太阳的炽热白光一周接一周地烧烤着土地，较小的泉水干枯了，村里的水塘成了肮脏的大泥潭，变成了蜻蜓的乐园和养殖蚊子的孵化场。晒焦的大地裂开了巨大的缝隙。人们只能眼睁睁望着作物逐渐羸弱、枯黄下去。天上偶尔也汇聚起了乌云，却往往只是干打雷，难得有一场大点的雨，总是转瞬即逝，并且接着又刮起持续多天的干热东风，以致闪电一击中那些高大的树木，总会迅速引起半枯树冠的熊熊烈火。

"土鲁，你听着，"克乃西特有一天终于对儿子说道，"情形很糟糕，所有的妖魔鬼怪都在向我们进攻。事情是从星星的坠落开始的。因而我一直在思索，该是我付出生命的时候了。你得记住：倘若我必须以生命作祭献，你必须立即在同一瞬间接替我的职务，第一件工作就是焚化我的遗体，并把骨灰撒到田地里去。冬天时，这里将有大饥荒。然而一切不祥的邪气也就随即减弱消失了。你必须小心翼翼保护全村公有的种子，不许任何人触动，违者处死。来年的情况将会好转，村民们将说，总算运气，我们幸好有了一位新的年轻呼风唤雨大师。"

全村都陷入了绝望境地，马罗不时煽动村民威胁和诅咒这位呼风唤雨的人。艾黛病倒了，躺在床上发烧，呕吐，浑身颤抖。祈祷游行、祭献仪式，长时间震得人心撼动的鼓乐，全都毫无作用。克乃西特引领着村民，这是他的职责，然而一待人们四散回家，他又立即成为人人规避的孤独者。他早已明白自己必须采取什么行动，也料到马罗早已要求女祖宗拿自己克乃西特作祭品了。为了维护自己的荣誉，也为儿子着想，他迈出了设想好的最后一步。他替土鲁穿上庆典的大礼服，带他去见女祖宗，推荐土鲁为自己的继任者，最后要求允许自己辞去职位作为牺牲以祈求消融灾难。女祖宗好奇地审视了他一会儿，然后点点头，亲口允准他的请求。

献祭仪式定在当天举行。全村人本当人人参加，许多人却因痢疾病倒在家，艾黛更是重病不起。土鲁身披礼袍，戴着狐皮高帽，几乎因中暑而热昏倒地。村里的头面人物，除非病倒不起，全都到场，女祖宗和她的两位大妹妹，还有鼓乐队长马罗也都参加了。站在后面的是普通村民。村里没有任何一个人敢于侮辱这位年老的呼风唤雨大师，村民们鸦雀无声，心情压抑。人们列队走到森林里，寻找克乃西特自己选定的举行祭献的场地——一大片圆形空地。男人们大都携带了石斧，以便砍伐火葬用的木柴。

人们进入空地后，让克乃西特独自站在中间，村里的头面人物在他身边围成一个小圆圈，普通村民则环绕小圈围成一个大圆圈。由于大家全都缄默无语，场内气氛令人窘迫，直至呼风唤雨大师亲自开口讲话。

"我一直是大家的呼风唤雨者，"他说道，"许多年来一贯尽职尽力，努力做好自己的工作。如今恶魔和我作对，让我一败涂地。因此，我决定用我自己献祭。这是与恶魔达成和解的途径。我儿土鲁将成为大家的新呼风唤雨者。来吧，杀了我吧，我死之后，请依照我儿子的嘱托接着去办下一件事。珍重道别了！谁来杀我呢？我举荐鼓乐队长马罗，他是最恰当的人选。"

克乃西特说完话，默默站着，周围的人一动也不动。土鲁满脸通红，痛苦地转动着戴有沉重皮帽的头颅朝四周瞥了一圈；他看见父亲的嘴角带有一丝嘲讽的意味扭歪着。最后，女祖宗生气了，重重顿着脚，吩咐马罗动手，她高声叫道："向前走！拿起斧子，动手呀！"

马罗双手握住斧头，在他从前的师傅身前摆好行刑姿态，他现在比以往任何时候都更加憎恨这个老人。因为老人缄默的衰老嘴角向他撇出一副不屑的神态，这深深刺痛了他。马罗高高举起斧子，在他头上摇晃着，一面瞄准，一面定睛望着受刑人的脸，等待他闭起双眼。然而克乃西特不仅不闭上眼睛，反倒睁大双眼直瞪瞪地盯着这个举斧的人。老人的脸上几乎毫无表情，倘若多少还可看出一丝神色的话，也只是介乎怜悯和嘲笑之间的隐约神情而已。

马罗愤怒地抛开了斧头。"我不干这事，"他低声自言自语，接着便挤出头面人物的小圈子消失在人群中。有几个村民轻轻笑出了声。女祖宗气得脸色发白，既气呼风唤雨大师的傲慢自大，更气马罗的怯懦无用。她招呼一位在旁边倚斧而立的老者，那位模样庄重的沉静老人似乎对眼前这幕令人不快的场景颇感羞愧。这位老人遵命走上前去，向受刑者简短而友善地点头招呼，他们自幼就是朋友，受刑者立即闭上了眼睛，克乃西特的动作十分坚决，他不仅闭紧双目，还略略低下了头。老人举斧砍下，克乃西特倒在地上。刚刚上任的呼风唤雨大师土鲁，一句话也说不出来，只能用手势作出必要的指示。柴火堆很快就搭积妥当，遗体立即放了上去，用两条神圣的火把点燃火葬堆，开始一场隆重的葬礼仪式，是土鲁上任以后执行的第一件公务。

## 忏悔长老

当年圣西勒里翁①还活着的时候——尽管已逾老耄高年，加沙城②里住着一个名叫约瑟甫斯·法莫罗斯③的人，三十岁以前，或者三十多岁时仍然过着俗世生活，一直在研读异教的书籍。后来，通过一个他所苦苦追求的妇女的关系，他熟悉了基督教神圣教义的感人美德，并因而接受了神圣的洗礼，以涤净自己的罪恶。许多年中，他一直坐在本城教会长老们的座前聆听布道，尤其倾心于虔诚沙漠隐士的生平传记，总是满怀好奇潜心聆听，终于有一天他也出发了，那年他约摸三十六岁，他走的还是圣保罗和圣安东尼④走过之后已有无数虔诚信徒跟踪而行的路线。他把自己剩余的财物托付给城里的年老长者，请他们分送当地的穷人。他在城门口与亲友告别后，便离开这个污秽红尘，流浪进了沙漠，过起了忏悔的苦行生活。

许多年过去了，他始终在烈日下忍受灼晒，跪在岩石和沙地上祈祷，直至磨破膝盖。他严守斋戒，每天日落以后才嚼食几粒枣子。魔鬼试图用诱惑、讥讽和勾引来考验他，都被他用祈祷、忏悔、苦行，以及我们在圣人传略中能够学到的一切办法予以击退了。他常常一夜接一

---

① 圣西勒里翁(292—371)，叙利亚僧侣思想奠基人。传闻他中途皈依基督教，散尽家财后，曾长期在沙漠过隐士生活，后来回到埃及，最后定居塞浦路斯。
② 巴勒斯坦南部城市。
③ 这个名字是约瑟夫·克乃西特一名的拉丁语写法。
④ 圣保罗和圣安东尼均为公元初期著名僧侣。圣保罗出身犹太世家，曾激烈反对基督学说，后成为耶稣信徒；圣安东尼又名伟大的安东尼，曾长期在沙漠隐修，是寺院制度的奠基人。

夜不知疲倦地仰望夜空的星星，星座们也总是常常让他觉得困惑和迷乱。他细细观察着星象，过去他曾在阅读天上诸神的故事和有关人类自然天性的书籍中学到过这方面的知识。这门学问受到教会长老们的绝对摒弃，然而他仍旧和当年学习异教知识时一样，久久地沉湎于自己的奇思异想之中。

当年的隐士们生活于荒凉的沙漠地带，大都居住在有泉源、有少量绿色植物，有或大或小的绿洲之处。他们中有人孤单独处，有的结伙同住，互相照应，就如同比萨墓园①里一幅图画所描绘的景象。这些隐士们修炼仁爱和怜悯心，信仰善终之道，这是一种死亡的艺术，通过逐渐放弃世界和自我而抵达彼岸，抵达救主身前，进入光明境界而永不灭亡。他们受到天使和魔鬼双方照顾，他们创作赞美诗以驱除邪神；他们替人治病，为人祈福；他们似乎还以极大的热情和无私的献身精神来修补治疗世界，那是古往今来人们纵情淫乐和粗鲁野蛮所造成的。他们中有不少人显然熟悉古代异教的净化灵魂实验，掌握历史悠久的亚洲式修炼方法，但是他们却从不谈论传授。这种种修炼方法和瑜伽功夫都无人进行传授，因为基督徒越来越排斥一切异端事物而遭到了严厉禁止。

这些隐士中有不少人在苦修生活中练成了种种特殊能力：熟谙通神祈祷，能够按手治病，会预言未来，通晓驱魔法术，擅长判处罪恶和为人祈福。约瑟甫斯也逐渐酝酿成了一种特殊才能，随着时光流逝，待到他的头发变得灰白时，这一才能终于成熟结果。这是一种谛听的本领。任何隐修士或者良心不安的世俗人，凡是来向约瑟甫斯求教，向他倾吐自己的不妥行为、烦恼、怀疑和过错；唠叨生活中的诸多不幸，或者自己奋力为善，却遭受失败，或者因而受到损失和打击，十分悲伤之时，约瑟甫斯不仅懂得如何敞开耳朵和心扉潜心倾听，而且懂得如何接纳一切痛苦和忧虑，如何保护倾诉者，让他把烦恼倒空，内心平静而归。这一才能经过漫长岁月的磨炼后，最终成为他独特的专门能力，变成了一种工具——人人信赖的耳朵。

---

① 比萨是意大利中部重要城市。比萨墓园建于 1278—1463 年。

约瑟甫斯的美德是他的耐性、善于容忍的被动性以及巨大的缄默守秘的能力。来访者日多一日，人们为倾吐苦水，消解内心的积郁蜂拥而来，而其中有些人，即或经过了长途跋涉，好不容易才来到他的茅屋，却缺乏忏悔的勇气，他们迟疑不决，满脸羞愧，难以启齿，往往久久沉默无言，一连几个钟点只有叹息而已。约瑟甫斯对待他们的态度却一视同仁，不论对方是一泻无余，抑或吞吞吐吐；不论是倾心相告，抑或有所顾忌。每一个人他都同样看待，不论那人是诅咒上帝还是诅咒自己，不论他是夸大抑或缩小自己的罪孽和烦恼，也不论他诉说的是杀人大罪还是偶然的通奸，也不论那人只是控诉爱人的不贞或者灵魂堕落。倘若有人竟然自称与魔鬼交往密切，或者和邪神称兄道弟，约瑟甫斯也不会感觉惊吓。如果有人向他滔滔不绝、久久诉说不停却显然隐瞒了主要真情，他也不会失去耐心；即或有人疯狂地编造罪恶归咎于自己，约瑟甫斯也不会生气。人们向他诉说的一切：控告、忏悔、怨恨和良心上的责备，全都像雨水落入沙漠一般进入他的耳朵。他似乎从不对来人作任何判决，也从不表示同情或者轻蔑，尽管如此，或者正因为如此，凡是来向他忏悔的人，都会感觉不虚此行，都会觉得自己在诉说与聆听中获得了转化，心情舒畅了，思想解脱了。约瑟甫斯很少给人忠告或者劝诫，更少向人训示或者下命令。这些工作似乎不属他的职务范围，而来访者也似乎都察觉了这一特点。约瑟甫斯的任务是唤醒人们的信心，他只是接纳、耐心而满怀爱意地倾听，帮助访问者把尚未思考完整的忏悔圆满完成，让拥塞或者包裹在心灵里的一切通畅地流泻一空。约瑟甫斯的任务就是接纳一切，而后将之包裹在自己的沉默之中。

每次忏悔之后，约瑟甫斯的处置也全都相同。不论忏悔者的罪行是否可怕，也不论其悔罪的程度如何，他都要悔罪者与他一同跪下，齐读祷文，然后亲吻其额头，令他离去。惩罚和制裁不是他的职责，他甚至认为自己无权发布任何正式传教士都绝对有权宣讲的赦罪词，他以为判罪或宥罪都不属于自己的职权。约瑟甫斯倾听着，理解着，似乎他可以在接纳过程中帮助悔罪者承受罪责，分担罪行。约瑟甫斯沉默无言，似乎在把听到的一切深深埋葬，让它们永远成为业已消逝的过去。他和忏悔者一同在悔罪后诵读祷文，似乎视对方为教友，承认他们两人实属同类。他亲吻对方额头，似乎更多是教友情分，而不是教士身份，祝福的态度也更多温馨之情而并非表面礼仪。

约瑟甫斯的声誉远播，加沙城及其附近地区尽人皆知。有时候，人们提到他，就像提起那位伟大的隐修士狄昂·普吉尔①一样肃然起敬，而后者早在十年以前便已声名显赫，其才能也与约瑟甫斯迥然不同，狄昂长老由于特异功能而闻名于世，他不须来访者叙述便能够迅速而清晰地透视其灵魂，而且常常因指责忏悔者尚未全部坦白头脑里的罪孽而令那个犹豫不定的悔罪者惊骇万分。关于这位人类灵魂专家，约瑟甫斯已听说过上百个令人惊奇的故事，因而从不敢妄自比美。这位普吉尔长老还是所有误入歧途灵魂的卓越顾问，他是一位伟大的法官、惩罚和矫正罪行者。他处置种种悔过、苦修和朝圣事项，他判决联姻大事，他强迫仇家和解，他的权威简直相当于一位大主教。这位狄昂长老住在阿斯卡龙②附近，求教者纷纷远道而来，甚至来自耶路撒冷，是的，还有的来自更偏僻的遥远地区。

约瑟甫斯·法莫罗斯与大多数隐修士和忏悔者一样，年复一年在消耗精神的激烈斗争中生活。他确实离开了世俗生活，抛弃了自己的房屋财产，远离了大城市及其五光十色的感官享乐，然而他仍旧必须携带着自己的肉体同行，因而他无法摆脱潜藏于自己肉体与灵魂中的一切本能冲动，它们往往陷于苦恼和诱惑而无法自拔。他首先与自己的肉体进行斗争，待它严厉苛刻，让它受酷热和严寒，饥饿和干渴的熬煎，让它满是创伤和老茧，直至逐渐凋萎和干枯。然而即使在这个苦行僧的干枯皮囊中，老亚当仍然难以意料地纠缠他，折磨他，用愚昧的贪婪、欲望、梦幻和空想引诱他。是的，我们都早已知道，魔鬼最愿意光顾那些遁世和忏悔的人。因而，凡是有人前来寻求慰藉，诉说罪孽，他都认为是减轻自己悔罪生活之苦的恩典，而满怀感激地接受。他已从中获得了一种

①系黑塞虚构的人物名。普吉尔的拉丁语意谓"拳击勇士"。
②阿斯卡龙位于加沙之北，耶路撒冷之西，当年曾是基督信徒聚居之地。

超越自身的精神意义和内容，因为事情本身就赋予了他一项任务。他能够为他人服务了，或者能够把自己作为工具而服务上帝了，可以把苦恼的灵魂引向上帝了。

这是一种非常美妙而且确实很高尚的感觉。然而在继续发展过程中，事实又向他显示，就连灵魂本身也隶属于世俗人类，也能够变化成为诱惑和陷阱。事实上，每逢有一位流浪者步行或者骑马而来，停步在约瑟甫斯居住的山洞之前，索取一口清水，并恳请垂听他的忏悔之时，那么我们这位约瑟甫斯长老就会觉得浑身袭过一阵阵满足和痛快之感，还会产生一种虚荣和自吹自擂之感，而他一经发现这类欲望便不由得深感惊恐。约瑟甫斯常常跪在地上祈求上帝宽宥，恳请不再派遣悔罪的人，不要再有忏悔者从附近的苦行僧茅屋和从世俗世界的城镇村庄来拜访自己这个不洁的人。倘若有一阵子果真无人前来忏悔时，他的感觉却会很糟糕。倘若又有许多拜访者纷纷来临，他也会再度捕捉住自己新的老毛病。于是，约瑟甫斯就像得了热病，听完这人或那人的忏悔后，不是发热就是发冷，感觉自己丧失了爱心，是的，甚至还会蔑视悔罪者。他叹息着也把这类内心挣扎接纳入自己的灵魂里，偶尔，他听完某个人的悔罪后，在孤独一人时严厉地对自己加以惩罚。除此以外，他还给自己下了规定，对待忏悔者不仅要有兄弟情谊，还得倍加尊敬，而且对待自己不太喜欢的人更要比对待一般人更为尊敬，因为他应当把每一位来访者都视为上帝派来的使者，是前来考察自己的人。岁月流逝，当他多年后已几乎是老人时，才总算获得了一定程度的平静稳定感。而在许多居住在他附近的人眼中，他似乎已经毫无瑕疵，是一位已从上帝处寻得内心平静的完人。

而平静也具有活生生的生命，如同其他任何生命那样，也必然有盈虚圆缺，必然得适应环境，必然要面临考验，必然经受变迁。约瑟甫斯获得的平静正是这般模样，它是易变的，忽而存在，忽而消失，忽而近在眼前，好似擎在手里的一支蜡烛，忽而相隔遥远，好似冬夜里高悬天际的星星。事实上，每隔一段时间就会出现新的、特别的罪恶感和诱惑感，使他的生活愈益步履维艰。它们不是什么强大热烈的情绪，不是勃然大怒或者本能冲动，而是恰恰相反。这是一种开头很容易忍受的感觉，是的，最初几乎难以觉察，因为这是一种没有特殊痛感和失落感的情况，是一种懒洋洋、冷漠而又厌倦的精神状态，只能形容为消极感觉，形容为欢乐的渐渐减弱、远去，最终完全消失。那情况就像有些阴沉日子，既无灿烂阳光，也无倾盆大雨，天空凝滞不动越来越沉重，像是在自我禁闭一般，天空的颜色灰暗，却不是一片漆黑。天气又闷又热，却并非暴风雨前的气势。约瑟甫斯渐近老年之际，他的生活就逐渐成为这副样子。他变得越来越难以区分清晨与黄昏的差别，节日和平日的差别，更越来越无法判断自己的情绪高涨和心情沮丧的时刻，一切都变得无聊乏味、拖泥带水，他凄然想道，这便是人的老境吧。他之所以凄然伤感，因为他原本期望人到老年便可逐渐摆脱本能冲动和欲望，让自己的生活光辉而自在，使他得以进一步接近渴望已久的和谐完美，接近成熟的灵魂平静。如今怎样了呢，老年不仅令他失望，似乎也欺骗了他，他从中一无所得，唯有这种厌倦、灰色、毫无乐趣的寂寥感，还有就是无可救药的餍足感。最令他感到餍足至极的是：这种为存在而存在，为呼吸而呼吸，为睡眠而睡眠，日夜生活在自己小小绿洲畔的洞穴里，在永恒轮转的清晨和黄昏中，在旅人和朝圣者、骑驴子和骆驼者无休无止的人流中，尤其在那些专程来访问他的人之中，他被那些愚蠢、充满畏惧感、像孩子般易被愚弄的人所包围，他们前来诉说自己的生活、罪孽和恐惧，诉说受到的诱惑和为此而作的挣扎。约瑟甫斯有时感到，自己就如同这片汇聚着涓涓泉水的石砌池塘，水流先经过草地，形成一道小溪，然后流进沙地，迅速在荒野里消失得无影无踪。而一切向他倾诉的忏悔，罪孽，良心折磨，生活经历，大小不一、真假不一、成百上千、永远全新地流入他的耳朵。但是他的耳朵却不像沙漠，没有生命，它是活生生的器官，不能够永无停顿地汲饮、吞噬和吸收，它感觉疲乏，感到餍足，感到被过度滥用了，他渴望那连绵不绝的忏悔、忧虑、控诉和自我责备的语言之流能停息，渴望宁静、死亡和沉寂能取代这种永无止境的流淌。

是的，约瑟甫斯希望结局降临。他已经疲倦，他已经尝够了生活，他已经餍足了，他的生命业已淡薄无味，也已毫无价值了。对他而言，再要一如既往地生活简直太过分了，以致他偶尔想试试了结自己的存在，想严惩自己，消灭自己，如同叛徒犹大所做，把自己吊死。情况就像他开始隐修生活初期，魔鬼曾把种种感官的和尘俗的欲望、想象和梦幻偷偷注入他的灵魂一样，如今这个魔鬼又试图暗暗向他灌输自我毁灭的想象，以致他每见到一棵树的粗枝就会考虑是否把自己悬挂在上面，每望见一片陡直的崖壁，就会掂量其是否够高够陡，足以把自己摔死。他反抗魔鬼的诱惑，他持续斗争着，他没有屈服，然而这种挣扎却让他夜以继日地生活在自我厌恶和渴望死亡的熊熊烈火之中。生活变得再也无法忍受，只剩下憎恨了。

约瑟甫斯有一天终于决定走这一步。当他再度登临那座高高的悬崖时，他望见远处天与地之间出现了两三个小小的人影，显然是旅行者，也许是朝圣者，还可能就是来拜访他的忏悔者呢。一种不可抗拒的愿望猛然攫住了他：快，赶快离开这里，离开这个地方，逃开这种生活。这突然冒出的愿望如此强烈，难以克制，把一切顾虑、抗议和怀疑一股脑儿统统扫清了，他自然不可能毫无感觉，难道一个虔诚的隐修者可能不受良心责备而顺从某种本能冲动么？然而，他已经在奔跑了，他匆匆赶回到自己居住的洞穴里，他曾在这里苦苦挣扎过许多年，体验过无数次情绪昂扬和灰心失望的经历。他无意识地行动着，急匆匆抓了几把枣子，拿起一只装满水的葫芦，塞进自己破旧的背囊，背上肩头，又取了手杖，转身便离开了自己安静的绿色小家园，成了逃亡者和不平静的流浪汉，逃离了上帝和人类，尤其是逃离了他曾一度奉为至高无上的一切，逃离了他的职责和使命。

他一开始发了疯似地向前狂奔，似乎自己在悬崖上瞧见的那几个远远的人影，果真是来追捕他的敌人。但是狂奔了一程，漫步行走了一个钟点之后，他的畏惧焦急消退了，运动让他感到一种惬意的疲倦，他第一次停步休息，却不允许自己进食——日落之前不进食，已成为他神圣不可侵犯的习惯，他那被猛然冒出想法所抑制的理性，在他休息时又再度活跃起来，它打量着他受本能驱使的行动，要重新进行判断。他的行动当然过分草率，然而他的理性似乎没有多少抵制，反倒很乐意的模样，似乎认为，多少年来这是他第一次作出了纯洁而无罪的行动。他的行为确实是一种逃亡，又突然又鲁莽的逃亡，却绝无任何可耻的意味。他只是离弃了一个自己不再胜任的岗位。他用逃跑的行动承认自己否认了自己，辜负了必然在观察自己的苍天。他承认自己放弃了为无益的灵魂而日夜不停的奋斗，承认自己被打败了。他的理性发现，这次行动不伟大，没有英雄气概，没有神圣气息，但是却很正直诚实，而且也似乎是不可避免的现实。直到此时此刻，他才惊讶自己为什么直至今日才想到逃走，他忍耐的时间实在太长了啊。这时他也才察觉，自己久久死守着一个已丧失意义的岗位，实在是一种错误，或者说是由于受到他的自我主义和老亚当的干扰了，这时他才开始懂得，为什么他的久久固执不变会导致如此险恶的后果，会形成灵魂的分崩离析和头脑失常，是的，甚至被魔鬼所盘踞，否则何以解释自己的死亡渴望和执意自杀呢。一个基督徒自然不应和死神为敌，一个隐修士和圣徒自然应当把生命视作奉献。然而，自杀这种想法只能是道地的魔鬼式邪念，只会让自己的灵魂受邪魔驱使，而不再受天使的呵护和管教。

约瑟甫斯坐下身来，好一阵子完全不知所措，最后才从深深的痛悔和震撼中有所感悟，他刚刚走过几里路程时的思索，令他看清了自己新近一个阶段的生活，也才认识到一个已届老年男子的可怕的绝望处境，他失却了自己的目标，日夜受到邪恶诱惑的折磨，竟想吊在一根树干上自尽，好像那个天国里的叛徒。倘若说这种自杀的念头令他感到十分恐怖，那么这种恐惧必定出自他对史前时期，对基督诞生前的古老异端邪说具有若干残余知识——知道那种原始的以人作祭献的古老习俗了，那时候，皇帝、圣徒、部族的中选者，往往为了大家而牺牲自己，甚至用自己的手结束自己的生命这种例子也不少见。但是，这种史前时代古老习俗的回响，还仅仅是让他不寒而栗的一个次要方面，更令他恐惧的却是另一个思想，归根结蒂，救世主死在十字架上，并不意味着任何别的内容，而只是一种自愿的为人类的祭献。事实如此，约瑟甫斯想到这里，恍然觉悟，基于这种认识的预感才萌生了自己渴望自杀的冲动，这是一种粗野而恶劣的自我牺牲冲动，因为毕竟只是狂妄地妄图模仿救世主——或者甚至是狂妄地暗示：救世主的拯救人类工作并未完全成功。约瑟甫斯被自己的想法吓了一跳，不过也同时庆幸自己总算逃脱了危险。

这位苦行僧约瑟甫斯对自己的新处境久久沉思着，有一阵子认为自己没有追随犹大或者上十字架的基督，而采取了逃亡行动，是一种重新把自己交给上帝的行动。然而，他越是清晰地认识自己刚刚逃离的地狱，心里就越发羞愧和沮丧，直到后来这种悲哀之情竟像一口食物哽塞了咽喉。不幸感不断膨胀，发展成了无法忍受的压力，接着，突如其来地痛哭了一场，于是奇迹般地治愈了他的伤痛。噢，他已有多长时间不会流泪了！泪如雨下，模糊了他的视线，却止住了那种死一般的绞痛。当他重新清醒过来，感觉到自己嘴唇上的咸味后，才发现自己确实哭泣过，这一瞬间，他觉得自己好似又成了纯洁的小孩，不知何为邪恶了。约瑟甫斯微微笑着，对自己的哭泣略感羞愧，终于站起身子，重又启程前行。他心里茫茫然，不知道自己应该逃向何处，也不知道未来又将如何。他想自己正如同一个孩子，没有任何意向和矛盾可以轻轻松松地上路，他觉得遥远处传来悦耳的召唤声，似乎在引导自己向前，他的这场旅行如今似乎不再是逃亡而是一次返乡之行了。他现在渐渐疲倦了，他的理性也疲倦地沉默了，也可以说是休息了，或者也可以说是纯属多余了。

约瑟甫斯在一个水潭旁过夜，那里已驻扎着一小队旅客和几匹骆驼。客人里有两位妇女，他只举手打了个招呼，避免相互交谈。天色擦黑时，他咀嚼了几粒枣子，做完祈祷后便躺下休息了；忽听得两个男人在附近低声交谈，好像是一老一少，他只听得清谈话的片言只字，然而就是这些言语也引起了他的注意，足够他思索半夜的了。

"很好，"他听见那长者的声音在说，"你要去向一位虔诚的贤者忏悔诉说，这是好事。我告诉你，这些人什么都懂，他们不是只会一点点，其中有些人还会施魔法呢。倘若有头狮子猛烈扑来，他只需喊叫一声，那只猛兽就蹲下来，夹起尾巴悄悄走开。我告诉你吧，他们会驯狮子。他们中有一个特别神圣的人，他死后，那些被他驯顺的狮子竟替他掘了墓穴，还扒起泥土筑成了美丽的坟墓，其中有两头狮子还日夜替他守墓，守候了很长时间。其实他们不只是会驯狮子，有一次，某个隐修士还用祷文锻打改造了一个罗马百人队长的坏良心，那可是只残酷的野兽，是全阿斯卡龙最坏的军人，他却用祷文锻造了那颗黑心，变得胆小如鼠，总想找一个地洞把自己藏起来。这个坏蛋后来变得安静而且怯生生怕人，人们几乎认不出他来了。当然，这件事还有颇可思考的情况，因为这个人不久就去世了。"

"那位圣徒死了？"

"噢，不是的，是那个罗马军团的百人队长。他叫法罗①，受到那位圣徒申斥又唤醒良知后，却很快就崩溃了——先是发了两次高烧，三个月后就死了。嗯，他死了大家不觉得有损失。不过我常常思索，那位圣人也许不仅只驱逐了他身上的魔鬼，甚至还念了另一个小小的咒语，把这个男人也送还了大地。"

"一个虔诚的圣徒会做这等事？我可无法相信。"

"信不信由你，我亲爱的。事实上从那天开始，一个人就彻底变了，还不可以说是中了法术，何况三个月之后……"

沉寂了片刻后，那个年轻人又开口说话了。"这里也有一位圣徒，就住在这儿附近，他孤独一人居住在通往加沙的大路附近，在一道小泉水畔。他的名字叫约瑟甫斯·法莫罗斯，我已听说了他的不少事迹。"

"是么，说了什么？"

"人们说他虔诚得惊人，从来没有注视过女人。倘若有骆驼队经过他偏僻的住地，而有只骆驼上又坐着一位妇女，那么她即使戴着厚厚的面纱，他也都会立即转身，迅速消失在洞穴里。有许多人去向他忏悔，去的人多极了。"

"不至于吧，否则我也早就听说他的名字了。你说的这个法莫罗斯，他有什么特别能耐呢？"

---

① 法罗是杜撰人物。

"噢，我知道人们都去向他忏悔。如果他不是如此与人为善，又无所不知，那么人们就不会蜂拥而去了。此外，传说他几乎不大开口，从不骂人和向人吼叫，也从不惩罚人或者类似的处置。人们说他为人温和，甚至是个羞怯的男子。"

"啊，他既不叱责人，也不惩罚人，甚至不爱开口说话，那么他怎么帮人呢？"

"他只是默默倾听，发出奇妙的叹息，还有就是划十字。"

"什么！竟有这样一种不合格的圣徒，你不见得愚蠢到向这种哑巴大叔去忏悔吧？"

"是的，我正想这么做。他住得离这儿不远，我会找到他的。今天傍晚有个穷苦的修士曾在这片水潭畔闲散站立。明天早晨我就去问他，我看他也好像是位隐士。"

老人生气了。"你还是把这个泉水隐士抛开吧，让他蹲在自己的洞穴里吧！一个男子汉，只会倾听和叹息，又害怕面对妇女，这个男人成不了事的！别去找他，我告诉你一个必得去访问的人名吧。他确实住得离此地很远，要过了阿斯卡龙才到，但他是当今最出色的隐士和忏悔长老，他的名字叫狄昂。人们都称呼他狄昂·普吉尔，普吉尔的意思是拳击勇士，因为他能击退一切妖魔鬼怪。凡是有人去向他诉说罪孽，我的小兄弟，这位普吉尔不会连连叹气，缄口无言，而会直言相告，用自己的办法把那个人的铁锈刮干净的。据人传说，他曾鞭打过一些忏悔者，还曾让一个人赤裸膝盖在岩石上跪了整整一夜，最后叫他拿出四十枚铜板布施穷人。我的小兄弟，你可以去看望这个人，他会让你大吃一惊的。当他直瞪瞪注视你时，他的目光便看穿了你的五脏六腑，让你浑身哆嗦。那个人从不唉声叹气，他有真本领。谁若常常失眠，做恶梦，有幻觉，就得去找普吉尔，我告诉你吧，他有办法教这个人恢复正常。我说的这些事，绝不是道听途说得来的。告诉你吧，因为我亲自到过他那里。是的，我亲自去过，我也许是个可怜虫，不过我确实曾去拜访隐修士狄昂，这个拳击勇士，他是上帝的使者。我去的时候情况十分悲惨，我带着肮脏不堪的良心去他那里，离开的时候却干干净净，像一颗晨星晶亮清明，也像我的名字大卫①一般真实可靠。请你牢牢记住：他名叫狄昂，人们称呼他普吉尔。你尽快去看他吧，你会体验到什么叫奇迹的。有许多行政长官，年长的名流，还有大主教，都常去向他讨教呢！”

“是的，”年轻人表示同意道，“如果我下次再去那一带时，我会考虑访问他的。然而今天是今天，这里是这里，我今天既已来到这里，而约瑟甫斯又住在附近，我又听说过他的许多善良好事……”

“他有好事！这个法莫罗斯会对你有什么好处呢？”

“我喜欢他的不训人不骂人。我得承认，我喜欢这种作风。我既不是军官，也不是大主教。我只是个小人物，而且性格也比较怯懦，我也许受不了火药味十足的款待。天晓得，我为什么要反对别人的温和态度。”

“我兴许也喜欢温和款待！可是这得等你诉说完毕，受过惩罚，获得净化之后，我以为，也许那时才是温和款待的合适时机。你浑身污秽，脏得像条豺狼，站在你的忏悔长老和法官面前听候发落，那可不行！”

“好吧，好吧。我们不该大呼小叫的，别人都想睡觉呢！”

那位青年人又忽然轻轻笑着说道：“我刚刚想起了一件关于他的趣事，也告诉你吧。”

“谁的趣事？”

“他的，约瑟甫斯长老的。他有一个老习惯，每当来人向他诉说过、忏悔过之后，他都要为此人祈福，并在告别时在那人额上或脸颊上亲吻一下。”

“是么，他现在还这样做吗？这真是他的可笑习惯。”

“还有呢，你也知道他十分羞于会见妇女。据说，有一个住在附近的妓女，某一天穿着男人衣服去找他，他没有看出来，听完了她编的一派胡言。待她忏悔完毕，他恭恭敬敬向她鞠了一躬，还十分庄重地与她

---

①大卫系黑塞随便捏造的人名。

亲吻告别。"

老人不禁爆发了哈哈大笑，另一位赶紧叫他"轻一点，轻一点"，于是约瑟甫斯便听不清他们后来的对话，只听见一阵压低了的笑声。

约瑟甫斯仰望天空，只见一弯镰刀般的新月高悬在棕榈树冠之上。深夜寒气袭人，他不禁颤抖了一下。倾听两位骆驼旅客的夜谈，谈的恰恰是他自己以及那刚被抛弃的职责，使他好似面对一扇哈哈镜，感觉十分怪异，却也不乏教益。那么，果真有个妓女曾经开过他的玩笑。啊，这事情真够糟糕的，虽然不能说是最糟糕。他久久思索着两个陌生人的对话，直至深夜才允许自己入睡，因为自己的冥思苦想并非毫无收获。他已作出一个结论，也下了决心，他怀着这一新决定安心睡着了，并一觉睡到大天亮。

约瑟甫斯的新决定正是两位骆驼客人中那位年轻人没有采纳的建议。他决心采纳老人的忠告去拜会那位人称普吉尔的狄昂修士。他早已久仰其大名，今天还恰恰恳切地背诵过他写的赞美诗呢。这位著名的忏悔长老，灵魂的法官，精神指导人，大概也会给自己提出忠告、判决、惩罚，并且指明出路的。约瑟甫斯愿意把自己托付给这位上帝的代言人，也乐意遵守他为自己作出的任何安排。

约瑟甫斯仕那两位旅人仍熟睡时离开了，他吃力地走过颇为难走的路程后，当天到达了一个他知道有虔诚修士居住的地带，希望自己能够在这里探听到前往阿斯卡龙的骆驼队常走的路线。

傍晚时分，他发现自己抵达了一个可爱的小绿洲，那里树木高耸，山羊鸣叫，他相信自己望见了绿荫缝隙间的茅屋顶轮廓，也似乎闻见了人的气息，当他迟疑地向前走近时，察觉有一道目光在审视自己。他停住脚步，环顾四周，看见有个人靠坐在树林边缘第一棵大树下，那是个灰白胡子的老人，笔直地坐着，脸容庄重而略显严厉，目光定定地望着他，显然已经凝视了一忽儿。老人的目光坚定而锐利，却毫无表情，唯有习惯观察他人，却不好奇不参与的人才具有这种目光，他冷冷观察一切接近自己的人与物，试着认识他们，态度不亢不卑。

"赞美耶稣基督，"约瑟甫斯首先开言道。老人的答复是一声听不清的嘟哝。

"对不起，"约瑟甫斯问道，"您和我一样是个陌生的旅人，还是这片美丽绿洲的长久居民？"

"一个陌生人。"白胡子老人回答。

"尊敬的长者，您也许能够告诉我，从这里走是前往阿斯卡龙的正确路线么？"

"是的。"老人答道，说罢便缓缓站起身来，四肢略显僵直，站直后才看出是位瘦骨嶙峋的巨人。他直挺挺地站着，目光望向空旷的远方。约瑟甫斯感觉老人毫无交谈的兴趣，但是他必须鼓起勇气再问一句。

"尊敬的长者，请允许我再提一个问题，"他彬彬有礼地说，只见老人收回了远望的视线，冷冰冰而又神情专注地把目光转向他。

"您也许知道去哪里能找到狄昂长老？那位人们称为狄昂·普吉尔的长老？"

陌生人略略皱起眉头，目光显得更加冷冰冰了。

"我知道他，"他简短地说。

"您知道他？"约瑟甫斯不禁失声叫道。"啊，请您告诉我吧，因为我是专程来拜访狄昂长老的。"

高大的老人从上往下打量着对方，却久久不给与答复。接着，他又退回到原先那棵大树下，动作缓慢地坐下，恢复了原来靠在树干的姿态。他微微做了一个手势，请约瑟甫斯也同样坐下。约瑟甫斯温顺地服从了，落座时觉得两腿酸软，却立即便忘却了，因为他已全神贯注于老人身上。此刻老人似乎已陷于沉思，庄重的脸上露出一丝拒人千里之外的严厉表情，然而这一表情上还罩着另一种表情，就像是一副透明的面具，那是一个孤独老人的痛苦表情，因自尊和体面不允许表露的痛苦表情。

过了很长时间，老人才把视线转回约瑟甫斯身上。他再度目光锐利地细细打量着对方，突然用命令口吻问道："您是什么人？"

"我是一个忏悔者，"约瑟甫斯回答，"我已过了很多年隐修生活。"

"这可以看得出。我问您是谁。"

"我叫约瑟甫斯。全名约瑟甫斯·法莫罗斯。"

约瑟甫斯报出姓名时，老人一动也不动，双眉却紧锁起来，以致片刻间几乎看不见他的眼睛。老人似乎被听到的名字怔住了，吓着了，或者令他失望了，或者只是他的双目疲倦了，只是一时精神涣散了，只是身体某处有点小小虚弱感，这都是老年人常犯的小毛病。无论如何，老人始终僵直地一动也不动，双目也始终紧闭，当他后来重新张开眼睛时，他的目光又有了变化，或者似乎显得更加苍老，更加孤独，更加凝滞不动了。他艰难地缓缓开言道："我曾听人说起您。您不是那位倾听别人忏悔的长老么？"

约瑟甫斯狼狈地承认了，他觉得被人指认是一种难堪的曝光。他又第二次遭受自己名声招致的羞辱。

老人又用他那种简洁方式问道："您现在是想去访问狄昂·普吉尔？为了什么事？"

"我要向他忏悔。"

"您指望从他那里得到什么呢？"

"我不知道。我信任他，我甚至感觉，好像天上有一个声音派遣我，指引我去他那里。"

"那么您向他忏悔之后，又打算怎样呢？"

"我将遵照他的命令工作。"

"倘若他的建议或者命令有差错呢？"

"我不探究错或不错，我只是顺从执行。"

老人不再吐露任何言语。太阳已西斜，树叶间传出一只小鸟的啼鸣。由于老人始终缄默无语，约瑟甫斯便站起身来。他怯生生地再次提出了刚才的要求。

"您说您知道哪里可以找到狄昂长老。我请您告诉我地名，指点道路？"

老人的嘴唇嘚了一下，掠过一丝不易察觉的微笑。"您认为，"他温和地问道，"他会欢迎您么？"

约瑟甫斯被这个出其不意的问题怔住了，答不出话来，只是窘迫地呆呆站着。

最后，他打破僵局说道："至少可以让我希望有机会再见到您吧？"

老人作了一个告别的手势，随即点点头回答道："我将在这里歇息，直到明天日出。您请走吧，您已经又饥又累了。"

约瑟甫斯尊敬地行了告别礼后，继续赶路，傍晚时分抵达了那个小小的定居点。人们聚居在这里好似生活在修道院中，一批来自不同城市和乡村的基督徒——所谓的退隐者们——在这片偏僻地带建立了这个定居点，以便不受打扰地过一种简单纯朴的静静潜修生活。人们款待他食物、饮水和过夜的床铺，眼见他疲倦已极，也就免了他的问答礼仪。人们临睡前由一位修士念诵晚祷文，其他人则跪在地上聆听，最后同声齐念"阿门"。

换一个时候，约瑟甫斯也许会乐意和这群虔诚的修士多盘桓一会，然而现在，他心里只惦记着一件事，如何在明日清晨时分赶回昨日告别老人的地点。他发现老人裹着一条薄薄的草席熟睡在地上，便在大树的另一边坐下身来，静候老人睡醒。不久，睡着的人便转动身子，醒了过来。他推开草席艰难地站起来，伸展着僵硬的四肢，接着便跪倒在地上，开始做早祈祷。当老人再度站起身子时，约瑟甫斯立即走上前去，默默地行了礼。

"您吃过了？"陌生的老人问。

"没有。我习惯于每日一餐，而且要等到日落之后才进食。尊敬的人，您饿了吗？"

"我们就要上路了，"老人说，"我们两人都已不再年轻。因此继续行程前还是先吃些东西好。"

约瑟甫斯打开背囊，给老人奉上枣子，昨夜那些善良的修士还送了他一块小米饼子，也拿出来与老人分享了。

"我们上路吧，"老人吃完后说道。

"啊，我们一起走么？"约瑟甫斯高兴地喊道。

"那当然。您曾要求我指点道路，现在就走吧。"

约瑟甫斯又惊讶又高兴地望着老人。"您多么仁慈，"他嚷着，试图说几句铭谢话，但陌生老人用一个干脆的手势止住了他。

"唯有上帝才是仁慈的，"他说。"我们就动身吧。现在起不要再尊称您了，两个年迈的忏悔修士还用得着讲什么虚礼客套么？"

高大的老人跨开了步伐，约瑟甫斯紧紧跟随，这时太阳已经高高升起。带路人似乎十分熟悉路途，十分有把握地告诉约瑟甫斯，他们中午时分定能到达一个荫凉的地方，可以在那里歇脚片刻，躲过最炽热的日头。他们一路上不再说话。

在热日头下一连走了几个钟点，直到抵达一个适宜憩息的地点，他们躺倒在一些陡峭崖壁的阴影下，约瑟甫斯再次询问他的向导，他们还要走几天路程，才可到达狄昂·普吉尔的住处。

"这得取决于你，"老人回答。

"我？"约瑟甫斯叫道，"啊，倘若由我决定，我今天就想见他。"

老人此刻似乎也毫无交谈的兴趣。

"我们看看情况吧，"他只是简洁地截住了话头，翻转身子，闭上了眼睛。约瑟甫斯不愿在老人瞌睡时惊动他，便轻轻挪到旁边，不料一躺下就睡着了，因为前一夜他久久警醒着。倒是他的向导觉得上路时刻已到，才把他唤醒。

他们在午后来到一处可以休息的地点，那里有水、有树，还有青翠的草地。他们喝过水，洗净自己后，老人决定在这里歇脚。约瑟甫斯心里很不愿意，便怯生生地提出反对意见。

"你今天说过，"他表示，"由我决定去狄昂长老处的迟早，我很愿意再赶几个钟点路程，倘若果真能够在今天或明天就到达的话。"

"不必了，"老人回答，"我们今天已经走得够多了。"

"请原谅，"约瑟甫斯继续请求，"但是你总能理解我心里多焦急吧？"

"我很理解。然而焦急对你毫无好处。"

"那么你为什么对我说,一切由我决定呢?"

"是的,我说过。自从你明确说出了忏悔的意愿,你就随时可以诉说。"

"今天就可以?"

"今天就可以。"

约瑟甫斯惊恐地直盯着面前这张静静的苍老面容。

"这可能吗?"他喘息着叫嚷道,"你就是狄昂长老?"

老人点头认可。

"你就在这些树下躺着休息吧,"老人口气温和地说,"但是你不要睡着,只是静心休息,积蓄精神,我也要歇息和静思片刻。然后,你就可以对我讲述你渴望诉说的情况了。"

约瑟甫斯发现自己就这么一下子到了目的地,如今他几乎无法理解自己怎么未能早早认出这位可敬的长者,他们毕竟已共处了整整一个白天。约瑟甫斯退到一旁,跪下祈祷着,同时绞尽脑汁思考着想要诉说的内容。一个小时后,他回到老人身边,询问狄昂长老能否听他忏悔。

他总算可以悔罪了。一切都一泻无余:多少年来他所过的生活,长期以来似乎已丧失了价值和意义的一切,从他的嘴里汩汩流出,有故事,有哀叹,有疑虑,也有责备和自我责备,他如何成为基督徒,做了隐修士,如何祈求净化和圣洁,结果却是迷乱、昏暗和绝望。他诉说了自己的整个生活历史,连最近的情况也没有遗漏:他逃离旧生活,他的解脱感以及逃避带给他的希望。他述说了决心寻找狄昂长老的原因,他们见面后自己对老人立即产生的信任感和敬爱感,同时也述说了自己这一天里曾好几次觉得老人太冷冰冰,不近情理,是的,太乖戾了。

等约瑟甫斯诉说完毕,太阳早已下山。老人始终全神贯注地倾听着,绝不打岔或者询问。即或忏悔已结束,他仍然不吭一声。他费劲地站起身子,极友好地望着约瑟甫斯,而后弯身吻了他的前额,又为他划了十字。直到很久之后,约瑟甫斯才恍然明白,这正是自己过去用来打发忏悔者的同一种既沉默、友好,又宽容、爱护的姿态。

接着,他们吃了些食物,做了晚祷,便躺下休息了。约瑟甫斯入睡前还沉思了片刻，是的，他原本期待忍受一场训斥和惩罚，结果却没有，然则他并不感到失望，也并无不安感。狄昂长老的目光和关怀的亲吻大大安慰了他，他觉得心里平静了，不久就进入了舒坦的梦乡。

第二天清晨，老人默默地带领他继续前行。他们几乎不停顿地走了整整一天，接着还走了四五天，终于到达狄昂的住处。他们共住一屋，约瑟甫斯帮助老人做些日常杂活，熟悉了狄昂的生活起居，他们的共同生活与约瑟甫斯以往多年所过的生活没有很大区别。不同的仅是他不再单人独处，而是生活在另一人的庇荫和保护之下，因而现在所过的生活毕竟与从前截然不同了。忏悔者和寻求慰藉的人陆续不断地从附近地区、从阿斯卡龙，乃至从更远的四面八方赶来。最初，每逢来了客人，约瑟甫斯总是急忙告退，直至来客离去才重新露面。但是，狄昂长老常常像呼唤仆人似地把他叫回，让他取水或者做别的小事，日子一久，约瑟甫斯也就习以为常帮着料理忏悔事务，也越来越多地陪同倾听客人的忏悔——只要当事人不表示反对。事实上大多数忏悔者倒是并不喜欢独自面对威风凛凛的狄昂·普吉尔，而宁愿有这位温和斯文，又乐于助人的帮手在一旁陪听。约瑟甫斯就这样逐渐熟悉了狄昂长老听忏悔的方式，熟悉了他的安慰、斥责、惩罚和施与忠告的办法。约瑟甫斯难得有勇气提出问题，除了有一回某个学者或者文学家顺道来访之后。

约瑟甫斯从这位来访者的叙述中判断他结交了一些会魔法和星相学的朋友。来人想在这里稍事休憩，便和两位年老的苦行僧同坐了一两个小时。这是一位彬彬有礼、十分健谈的客人，他滔滔不绝地谈论着星相和变化之道，他说人类以及人所信奉的神明，从有远古时代开始，迄至远古时代终结，全都得通过黄道十二宫的黄道带。他说到人类的始祖亚当，认为亚当与被钉上十字架的耶稣实为一人，因而他称救主的赎罪乃是亚当从智慧之树走向生命之树的变化历程，至于那条天堂乐园之蛇，据他声称本是圣泉的守护者，而一切众生形象，一切人与神，无不例外统统出自神圣泉水的黝暗深处。

狄昂长老聚精会神地倾听这个人以带着浓重希腊口音的叙利亚语

胡说八道，使约瑟甫斯非常恼火，是的，他很生气狄昂竟然未以愤慨之情反驳这些异端邪说，而是对这位无所不知的朝山进香者的自作聪明独白，似乎颇有同感，因为狄昂长老不仅潜心倾听，而且不时为某些词语点头微笑，似乎十分满意。

当客人告辞后，约瑟甫斯用一种近乎谴责的激烈语气问道："你怎么能如此耐心地听完那个无信仰狂人的异端邪说？是啊，我觉得，你不但耐心地倾听，甚至直截了当表示出你的同感，还显出颇为欣赏的模样。你为什么不反驳他？你为什么不试图谴责他，说服他，让他归依我们的救主？"

狄昂长老只是摇晃着自己布满皱纹的细脖子上的脑袋作为答复。"我没有反驳他，因为这纯属白费口舌，更确切地说，因为我还没有能力进行反驳。这个男人在演讲才能、编造神话才能以及对星相的知识方面，都远远超出我，我不可能驳倒他的。此外，我的孩子，批驳一个人的信仰，说他的信仰是谎言或者谬论，也不是你我的事情。我承认，听这个聪明人说话让我觉得愉快，尽管你听不进去。他让我愉快，因为他说得动听，懂得又多，更重要的是他让我回忆起了自己青年时代的往事，因为我年轻时也曾从事这些知识和学问的研究，下过许多功夫。这位陌生人讲得天花乱坠的神话故事，其实也并非毫无价值。它们都是某一种信仰所采用的寓言和比喻，我们因为信仰了我们唯一的救主耶稣，也就不需要它们。然而对于那些尚未发现我们这一信仰的人——他们也许永远不可能认识我们的信仰——他们是有权利尊敬和信仰这种植根于自己古老先辈的智慧的。当然，亲爱的朋友，我们的信仰是另一种完全不同的信仰。但是，因为我们的信仰不需要星相学和万古恒在学，不需要原始水源和宇宙母亲以及诸如此类学说的譬喻，我们也绝不能够说这类学说是谎言和谬论。"

"但是我们的信仰，"约瑟甫斯高声叫道，"确是更为优秀的学说，而耶稣又是为一切人类死去的。所以我认为，凡是认识救主学说的人，都必须反对那种过时老朽的学说，而代之以新的正确学说。"

"我们早就在做了，你，我，还有许多其他人都做过，"狄昂冷静地回答。"我们都是救主的信徒，因为我们都被基督学说和甘为人类而死的信心与力量所慑服了。然而另外有些人却信仰黄道十二宫的神话和神学理论，他们全然没有感受救主的力量，到现在为止还没有，而强制他们慑服，并不是我们的事情。约瑟甫斯，你难道没有注意到，这位神话学家何等善于叙述美丽动听的故事，又何等擅长编织形象譬喻么？你难道也没有看出他何等和谐自在地优游于自己的形象和譬喻的智慧之海中么？是的，这就是一个表征，说明他没有任何痛苦烦恼的压力，他很知足，一切都顺遂他的心意。对于事事顺心的人们，我们是无话可说的。一个人总是直至情况糟糕，甚至极糟糕之时，直至他历经诸多痛苦和失望，饱受种种烦恼之后，直至大水几乎淹没脖子之际，他才会急着要得救和获得拯救的信仰，才会抛弃眷恋已久的旧日信仰，转而冒险地接受得救奇迹的信仰。啊，约瑟甫斯，不要着急，我们暂且让这位博学多才的异教徒自得其乐吧，让他享受自己的智慧、思想和能说会道的快乐吧。也许就在明天，也许一年或者十年之后，他的艺术和智慧突然崩溃了，也许有人杀了他心爱的女人或者他的独生儿子，或者他自己落到了贫病交加的境地。如果我们有机会在上述情况下与他再相见的话，我们就乐意助他一臂之力，向他叙述我们摆脱痛苦的种种方法。倘若他质问我们：'为什么昨天不告诉我，为什么十年前一声不吭？'——我们就可以回答：'当时你正自得其乐呢！'"

老人说到这里，神情严肃起来，沉默了片刻。接着，他又好似从往日旧梦中醒觉一般，补充说道："我年轻时也曾沉湎于古代长老们的智慧学说，即或后来踏上了十字架苦修道路，研读神学学说还常常带给我许多快乐，当然，也不时让我感到忧虑。我的思虑大都停留于世界的创造上，也即是说，当一切创造完毕之后，世间一切应该十分美好这一事实上，因为《圣经》告诉我们：'上帝看了(基督)创造的一切，看呀，一切都十分美好。'然而，事实上这种美好、圆满仅仅只有一刹那，天堂乐园完成时的一刹那，转瞬间，就在下一个刹那里，罪孽和诅咒便因为亚当吃了那棵树上的禁果而破坏了和谐完美。世上有些教派的教师说：这位创造了世界，创造了亚当及其智慧之树的上帝，并非独一无二最高的神道，而只是神之一员，或者只是一个低级的神道，一个造物者而已，然而所创造的世界并不美好，甚至是一大失败，以致被造的众生度日艰难，不得不把一段世界时期托付给邪魔，直至最高的神——灵魂的上帝，亲自决定由圣子来结束这段糟糕的世界时期。与此同时，这些教师说道，我也这么想，从此以后，造物主及其创造物也开始趋向灭亡，整个世界也逐渐枯萎、衰老，直至出现一个既无创造、无自然、无血肉、无欲望和罪孽，又没有生殖繁荣与死亡交替的历史时代，但是，一个和谐完美的、充满灵性的得救世界也会随之诞生，这个新世界里，不存在对亚当的诅咒，也不存在对欲望、生育、繁殖与死亡的永恒诅咒和惩罚。对于当前世界的丑陋恶劣，我们更多归咎于造物主，而不是人类的始祖亚当。我们认为，造物者果真就是上帝自己的话，就应当把亚当创造成另一种模样，或者至少得让他免受诱惑。我们这番推论得出的结论只能是：两个上帝。第一个是创造者上帝，另一个是天父上帝，而我们对第一个毫无畏惧地不断批评。我们中甚至有些人迈出了更加大胆的步伐，他们声称，创造毕竟不当是上帝的工作，而只应是魔鬼的勾当。我们全都认为，可以用我们上述种种聪明想法帮助救世主，促进未来灵魂世界的诞生，于是我们推出了形形色色的神道、世界以及改造世界的构思。我们忙碌于研究和讨论神学，直到有一天我发高烧几乎死去，我在热病昏迷梦魇状况中，脑子里仍然在和造物主打交道，我觉得自己必须投身战场，浴血奋斗，而梦魇中的故事却越来越恐怖吓人，竟至有一夜在高烧中，我认为自己必须杀死亲生母亲，才可能熄灭我血肉之躯里的生命。魔鬼趁我热病昏迷之际放出他的全部走狗追逐我。但是我还是痊愈了，令我的老朋友们失望的是，我又重新变回了早先模样，成了一个沉默寡言、缺乏灵性的愚蠢之人，尽管很快便恢复了体力，却始终没有恢复对哲学的兴趣。因为在那些逐渐康复的日日夜夜里，当恐怖的高烧梦魇终于消退，我几乎始终沉沉昏睡之际，凡是有一刹那的清醒时刻，我都感到救主在我身边，感到救主把自己的精力注入我身体之内，当我重新恢复健康时，我便不再能够感受救主的亲近，这让我觉得深深悲哀。当时我对这种亲近怀有强大渴望，因而一旦重又倾听到种种哲学辩论时，立即意识到这将危及我的热烈渴望——当时我还把这一渴望视为自己最宝贵的财富，生怕它会像泉水流失在沙地里一般，被思想和语言所淹没。我的朋友，我说得够多了，这就是我知识和神学生涯告终时的情况。从此以后，我就属于隐退的人。然而我对于任何擅长哲学和神话的人，任何懂得那类我自己也曾沉湎其中的游戏的人，我决不加以轻视，也不加以阻拦。如同我当年不得不满足于现实情况，不得不把造物主与上帝，创造与拯救之间的无法理解相互并存关系，永远成为自己的不解之谜一样，如今我也同样不得不满足于眼前的现实，我没有能力把哲学家造就为信徒。当然这也不属于我的职责。"

有一回，狄昂长老听完一个忏悔者叙述自己杀人和通奸罪行后，便对身边的助手说道："杀人和通奸，听着可怕之极，当然也确实是坏事，事实如此。不过我得告诉你，约瑟甫斯，实际上这些世俗人毕竟算不上真正的罪犯，我经常试图完全站在他们中某一人的立场上看问题，我就会发现他们完全像小小儿童。是的，这些人很不规矩，不善良，不高尚，他们都是自私、好色、狂妄、怨气冲天的人，然而从本质上来看，归根结蒂他们都是无辜的，他们的行为幼稚无知，就和小孩子一模一样。"

"但是，"约瑟甫斯迟疑地说，"你常常严厉责备他们，还向他们描绘活生生的地狱景象。"

"正是如此。他们都是孩子，因而当他们良心上不安来向我忏悔时，所求的就是严厉对待，以及狠狠的训斥。至少这是我的观点。你那时的做法与我不同，你从不责骂和惩罚，你的态度友好，最后干脆用一个亲吻打发悔罪的人。我不想指责你，绝没有这个意思，我只是想说，我自己办不到。"

"明白了，"约瑟甫斯说，"但是我还得问一下，当我向你忏悔之后，你为什么不像往常处理忏悔者那样对待我，为什么只是默默地亲吻我，只字不提惩罚的事？"

狄昂·普吉尔用他那种透视内心的尖锐目光盯着约瑟甫斯。"难道我做得不对吗？"他问。

"我没有说你不对。当时你显然做得很正确，否则那次忏悔后我就不会那么舒坦了。"

"那么，就不必再提它了。然而当时我倒也切切实实给了你一次为时很长的严厉惩罚呢，尽管我嘴里一字未说。我让你跟我走，把你当成仆人役使，硬让你重操旧业，迫使你陪听忏悔——那正是你逃离自己洞穴的原因呢。"

狄昂长老说完这番话便转身想走开，他一向反对长篇大论地讲话。然而约瑟甫斯这回却非常顽固。

"你当时就知道我会顺从你的，我想，在我向你忏悔之前，甚至在我认识你之前，你就料到我会顺从的。不，我现在只想问：你是否仅仅出自这一原因而如此对待我的？"

老人来来回回走了一会儿，然后站停在约瑟甫斯面前，把一只手搁在约瑟甫斯肩上，说道："我的儿子，世俗的人们都如同儿童。而圣贤之人——是的，凡是圣人都不会来向我们忏悔。但是我们，你和我均属同类，我们是苦行僧、探寻真理的人、避世修行的人——我们不是儿童，不是天真无辜的人，因而也不是通过说教和惩罚可以矫正的人。我们，我们才是名副其实的罪人，我们是有知识有思想的人，我们是吃过天堂智慧之树果实的人，因而我们之间不应当孩童般拿鞭子揍一通后便不了了之。我们不会在作过忏悔和忍受惩罚后，又重新返回世俗世界，不会像世俗人那样又纵情寻欢、热衷功名，偶尔甚至互相残杀。我们所体验的罪恶并非一场短暂的恶梦，不能够通过忏悔，或者牺牲就可以卸下抛开的。我们是居留在罪恶之中的，因而不可能有无罪感，我们是永恒的罪人，我们居住在罪孽中，在我们自己良心的烈火中，我们知道，我们毕生都不可能偿清与生俱来的巨大债务，除非在我们死后得到上帝怜悯，把我们纳入慈怀。约瑟甫斯，这就是原因所在，为什么我不能强迫你接受我的布道，强迫你忏悔。我们并没有犯了这种错误或者那种罪过，而是永远生活在原罪感之中。因而你我之间只具有互相认识和互相敬爱的关系，绝不能用惩罚的方法来治疗矫正另一个人。难道你还不懂得么？"

约瑟甫斯轻声答道："是的。我已经明白了。"

"那么我们就不必再说无用的话了，"老人简短地说，转身走向门口的大石块，跪到石头上开始日常的祷告。

几年过去了，狄昂长老一天比一天体力衰弱，以致约瑟甫斯每天早晨都得扶持老人起床，否则就站不起身子。接着是早祷，早祷后老人又站不起身来，必须由约瑟甫斯再加以扶持，此后老人便整天坐着凝望远处。这是一般情况，有些日子，老人也有力气自己站起身来。就连听人忏悔的工作，老人也不是天天都能胜任，每当约瑟甫斯代行他的职务后，狄昂长老事后总要把忏悔者叫到自己身边，对他说："我的大限近了，孩子，我已走近大限。请告诉人们：这里的约瑟甫斯是我的继任人。"当约瑟甫斯想要插话表示异议时，老人便向他投去极严厉的目光，迫令他住口。

有一天，老人显得比较有生气，不靠帮助独自起了床。他把约瑟甫斯叫到身边，一起来到小园圃边缘的一处地方。

"这里就是你将来埋葬我的地方，"老人说，"我们一起来挖墓穴，我想我们的时间还有一些。拿把铲子给我。"

从那天开始，他们每天清晨总要挖掘一小片土地。每当狄昂长老觉得自己有点力气时，总要满满掏出几铲泥土，尽管十分费劲，脸上的神情却比较愉快，似乎这桩工作带给了他很大快乐。而且这种愉快表情往往整整一天都挂在脸上。自从开始掘墓之后，老人持续保持着良好的心态。

"你得在我的坟头上栽一棵棕榈树，"有一天他们在挖掘时，老人说道，"也许你能活到吃它的果实。倘若吃不到，别人总会吃到的。我总是不断植树，然而还是种得太少了。俗话说，如果一个人没有植一棵树，留一个儿子，他就不应该死。嗯，我不仅植下一棵树，还留下一个儿子，你就是我的儿子。"

约瑟甫斯发现老人的神情越来越愉快和泰然自若，自从他们结识以来，还从未见老人如此开朗过。某天傍晚时分，天色已昏暗，他们也已用过餐，作过晚祷了，老人把约瑟甫斯唤到床前，请他在自己卧榻旁稍坐片刻。

"我想告诉你一些事情，"他亲切地说。老人的神情清朗，毫无倦怠模样。"你还记得自己在加沙附近小屋里最后一段糟糕日子么？你甚至厌倦了生命，于是你逃离那里，决心去拜访老狄昂，向他诉说自己的故事，你还记得么？而后你在隐修士的聚居地邂逅了那位老人，向他询问狄昂·普吉尔的住处，记得的吧？噢，你记得的。你最后发现这个老人就是狄昂·普吉尔，是不是像是一个奇迹？我现在要告诉你发生这个情况的原因，因为整个情况对我而言也像是出现了奇迹呢！

"你很清楚，当一个听人忏悔的长老苦修多年，已届老年之际，他听过无数人向他悔罪，人人都把他视为无瑕的圣贤，毫不觉察他是比他们更巨大的罪人，他心里会有什么感觉。他会觉得自己的工作内容空虚，对别人毫无用处，觉得以往自己眼中既重要又神圣的一切——因为是上帝派遣他来这里倾听和洗涤人们灵魂中的污垢和垃圾的，如今对他竟成了难以承受的重大负担，是的，是一种过分沉重的负担了。他觉得自己的工作是一种诅咒，最后甚至看见有哪个可怜虫带着儿童式的罪孽来向他悔罪，他就惴惴不安。他就一心希望来人赶快走开，希望自己迅速得到摆脱，即使是悬在树上吊死也在所不惜。这便是你当时的情况。现在到了该我忏悔的时刻了，我要诉说的是：这也是当年发生在我身上的情况。我当时也相信自己的工作毫无用处，我的灵魂已黯淡无光。每当对我满怀信仰的人不断蜂拥而来，不断向我倾泻他们凡俗生活中的污泥脏水，我觉得自己再也不能承受了。凡是他们无法对付的事情，我也不再能够对付。

"那时候我常常听人说起一个名叫约瑟甫斯·法莫罗斯的修士。我听说向他悔罪的人很多，有许多人更乐意找他而不找我，因为他比较温和，比较慈祥，从不责骂和有所要求，他把他们当成兄弟，只是倾听，临别时还给予一个亲吻。你很清楚，这可不是我的工作方法。当我第一次听人形容这个约瑟甫斯时，我认为他的做法有点愚蠢，甚至可说过分幼稚了。然而，如今在我开始怀疑自己之际，我便没有任何理由指责批评约瑟甫斯的做法，而自以为是了。当时我有点疑惑，这个人会有何等样的魔力呢？我知道这个人比我年轻，不过却也届近老年，这情况让我高兴，因为我很难轻信一个青年人。我当时便感到了这个法莫罗斯对自己的吸引力。我决心去向约瑟甫斯·法莫罗斯朝圣，向他供认自己的困境，请他指点迷津，即或得不到具体指点，总可以获得些安慰和鼓励。我的决心下对了，我获得了解脱。

"我踏上了朝圣之路，向人们传说他居住的地点走去。与之同时，约瑟甫斯修士恰恰与我有了相同体验，也做了与我相同的事，为了向我求援而逃离了自己的住地。我还未抵达他的住处就遇见了他，我们刚刚交谈了几句，我就认出他正是我期望拜见的人。然而他却是在逃亡途中，他的情况很糟，和我一样糟，或者还更糟糕些，因为他已不能够沉思，不能够倾听忏悔，却凄凄惶惶地要诉说自己的苦恼，要把自己托付给另一个人。那一瞬间，我感到失望极了，也非常悲伤。因为即使这个约瑟甫斯还没有认出我，不知道我也厌倦了自己的工作，也怀疑自己生命的意义，也全都无关紧要，难道事实还不够说明我们两人都一文不值，都年华虚度而一事无成么？

"我讲到这里你总早已明白了吧——后面就可以简短些。你住在修士们聚居地的那个晚上，我独自静坐沉思，我站在你的立场上再三考虑着，心里想道：倘若他明天知道了实情，知道自己寄厚望于普吉尔实属徒劳，他会怎么样？倘若他知道普吉尔也是一个逃亡者，一个怀疑分子，他又会怎么样呢？我越是替他着想，就越加替他感到悲伤，同时也越发感到他好像是上帝派遣来我身边的，我将在了解他、治愈他的过程中，同时认识自己，治愈自己。我这才得以安心睡觉，这时已过了午夜。第二天你就与我同行，并从此成了我的儿子。

"这段历史是我早就想对你叙述的。我听到你在哭泣。哭吧，哭出来会舒服些。我既已唠叨了半天，干脆再烦你耐心听一忽儿，而且把我现在说的话牢记在心：人是奇怪的，是很难以信赖的动物，因而，也许某一时刻又会有些苦恼和诱惑再度袭击你，试图重新征服你，这是非常可能的事。但愿我们的救主到时候也送你一个善良、耐心而体贴人的儿子和弟子，就像当年把你送给我一样！至于让伊色利奥特的可怜犹大吊死在树干上的那棵大树，也即是当年诱惑者让你陷进去的幻景，我今天已经能够给你讲清一个道理：让自己这样死亡，不仅是一种愚蠢和罪过，尽管我们的救主将会不计较小过失而宽恕这一罪孽。但是，一个人在绝望中死去，也是一种特别悲惨的憾事。上帝把绝望遣送给我们，并不是想杀死我们，上帝送来绝望是要唤醒我们内心的新生命。约瑟甫斯，当上帝把死亡送给我们，当上帝让我们脱离俗世和肉体的羁束，召唤我们向上升华时，那么这是一种伟大的欢乐。一个人累极了获准安眠，一个人长久负重之后获准放下重担，这当然是一种十分珍贵的、美好的事情。自从我们开始挖掘我的墓穴以来——别忘了你得种一棵棕榈树，自从我们开始掘墓以来，我比以往许多年里都更快活，更满足。

"我唠叨得太久了，我的儿子，你一定很累了。去睡吧，回你的小屋去。愿上帝与你同在！"

第二天早晨，狄昂长老没有出来做晨祷，也没有呼喊约瑟甫斯去帮他起床。约瑟甫斯心里有些恐慌，他悄悄地走进狄昂的小屋，走向床边，发现老人已与世长辞，他容光焕发，面带孩子般的微笑。

约瑟甫斯埋葬了老人，在他的坟头种上了那棵树，他自己也活过了那棵树结出第一批果实的年代。

## 印度式传记

护持神①的化身之一，是伟大的英雄拉摩②，当这个毗湿奴的人形化身，与恶魔之王大战并将其杀死后，又以人类的形象再度进入人类的

---

①印度教三大神之一，又称毗湿奴。
②拉摩是护持神的第七个化身。

轮回循环之中。他的名字叫拉华纳①，住在恒河之畔，是一位尚武的王公贵族。他就是达萨②的父亲。达萨幼年丧母，父亲又很快续娶了一位美丽而又有野心的妇女，并随即有了另一个男孩，这个后母便把达萨视为眼中钉。她嫉恨长子达萨，一心想让自己的亲生儿子纳拉③继承统治地位。因此她总是想方设法离间达萨和父亲的感情，一有机会就把孩子从父亲身边驱走。然而拉华纳宫廷里有一位婆罗门贵族华苏德瓦④，担任着朝廷祭司要职，看穿了她的恶毒用心，并决意挫败她的诡计。华苏德瓦怜悯这个男孩，尤其他觉得小王子达萨具有母亲的虔诚性情，也继承了她的正直禀赋。华苏德瓦时时暗中照看着小达萨，不让他受到伤害，还注意着一切机会，设法让孩子脱离继母的魔掌。

国王拉华纳饲养着一群供祭献用的母牛，它们被视为不可侵犯的圣牛，因为它们的牛奶和奶油是专门用于供神的。这群母牛享受着全国最好的牧场。

有一天，一位照看圣牛的牧人，运送一批奶油来到宫中，并报告说，现今牧放圣牛的那一地带，已经呈现干旱的迹象，因此，一部分牧人认为，应当把牛群带往更远处的山里去，那里水源丰足，青草鲜嫩，即使到了最干旱的时期，水源也不会匮乏。

婆罗门人华苏德瓦认识这位牧人已有多年，知道他是一个忠实善良的男子汉，始终把他视为心腹。第二天，当小王子达萨不知去向，再也寻找不到时，就只有华苏德瓦和这个牧人知道这次失踪的秘密。小男孩达萨已被牧人带进了深山。他们走在缓缓移动的牛群间，达萨很乐意参加牧人的行列，高兴地跟着放牧。达萨在放牧生活中逐渐长大，变成了牧童，他帮着照料母牛，学会了挤奶，他和小牛犊一起嬉戏，在树下玩耍，渴了就喝甜甜的牛奶，赤裸的双脚沾满了牛粪。达萨喜欢这种生

---

① 拉华纳是黑塞的虚构人物。
② 达萨乃克乃西特的梵文写法。
③ 纳拉也是作者杜撰的人物。
④ 华苏德瓦是虚构人物，与黑塞中年时期著名作品《席特哈尔塔》中的渡船夫同名。

活，他熟悉了牧人和牛群，熟悉了树林、树木和种种果实，最喜爱芒果树、无花果树和瓦楞伽树，他在碧绿的荷花塘里采摘甜嫩的鲜藕，每逢宗教节日就用火树花朵替自己编织和戴上一只鲜红的花环。他也熟知了一切野生动物的生活方式，懂得如何躲避老虎，如何与聪明的獴和快乐的豪猪结交朋友。雨季来临时，达萨便在半明半暗的山间避风雨小屋里和孩子们一起玩游戏，唱儿歌，或者编织篮子和芦席，以打发漫长的时光。达萨虽然并未完全忘却自己的老家和旧日宫廷生活，不过在他心里早已是一场梦境了。

有一天，牛群迁移到了另一个地区，达萨便跑到森林里去，想寻找可口的蜂蜜。自从他认识了森林之后，便深深爱上了它，尤其是眼前这座森林，简直美丽得惊人。阳光透过树叶和枝杈像金蛇一般翻转跃动；鸟儿的鸣叫，树梢的风声，猴子的啼啸，混合成了美妙的乐音；光和声在这里交织成了一幅亮晶晶的神圣光网。还得加上各种各样的气息，花朵的芳香，树木、叶片、流水、苔藓、动物、果实、泥土和霉菌的气味，有的苦涩，有的甘甜；有的粗野，有的恬静；有的愉快，有的悲哀；有的刺鼻，有的柔和，种种气息时而汇聚在一起，时而又四下分散。间或可以听到一道泉水在不知哪处山谷里奔腾的声息。偶尔也可以望见一只带有黄色黑色斑点的绿蝴蝶飞翔在一片白伞形花丛上。有时也会听见浓密树丛间一根树枝折断的声音，树叶簌簌然纷纷飘落的声息，或者有只野兽在黝暗树林深处吼叫，或者是一只母猴在生气地呵斥自己的小猴。

达萨忘记了寻找蜂蜜，他倾听着几只羽毛绚丽的小鸟婉转啼鸣，忽然发现了高高羊齿植物间有条隐隐约约的小径，那片高大羊齿植物丛好似大森林里一座茂密的小森林，而那条狭窄的羊肠小道只能容一人步行穿越。达萨小心翼翼地循着小径向前走去，来到一棵有着许多树干的大榕树下，树下有一座茅屋，一座用羊齿植物枝叶编织和搭成的尖顶帐篷。茅屋旁边的地上坐着一个人，那人身体笔直，一动不动坐在那里，两手放在盘起的双足之间，在他雪白头发和宽阔额头下，一双眼睛平静地、专注地望着地面；眼睛虽是睁开的，可对事物却视而不见，是在向内反观。达萨知道，面前是位圣人和瑜伽僧人，他从前见过这样的圣人，知道他们都是受到神道宠爱的可敬长者，向他们表示敬畏是应该的。但是这位圣人把自己隐居的茅屋构造得如此美丽，他那静垂双臂笔直端坐的禅定姿态，强烈吸引了这个孩子，感到他比以往见过的任何圣人都更为奇妙和可敬。他端坐不动，却好似飘浮在空中，他目光茫然，却好似洞穿了一切事物，他身体周围环绕着一种神圣的光晕，一种尊严的光圈，一种熊熊燃烧的火焰和瑜伽法力交融而成的光波，这些全都是男孩无法穿越，也不敢用一声问候或者一声惊叫而进行干扰。圣人的庄严法身，从内部焕发出的光彩，使他即使静坐不动也以他为中心放射出一道道光波和光线，就像从月亮上射出的光芒一般。而他的法身也以一种积蓄而成的巨大神力、一种凝聚积存的意志力量，在他四周编织起了一张巨大的法网，以致达萨觉得：眼前这位圣人只要发一个愿望或产生一个念头，就能够杀死一个人，或者重新救治这个人。

这位瑜伽行者一动不动，好似一棵树，然而树叶和枝条总还要随风摆动，他却像石雕的神像一般在自己的位置上纹丝不动，以致这个男孩一见到这位僧人后便好像中了魔法，被这幅景象所吸引所捆绑，也一动不动地定在原地。达萨呆呆地站着，瞪视着这位大师，看见一片阳光落在他肩上，一丝阳光照在他一只垂落的手上，又见这细微的光点缓缓游动离去，又落下了新的光斑，达萨惊讶地看看，渐渐开始明白，这些阳光对面前的僧人毫无作用，附近森林里鸟儿的啼鸣，猴子的叫声也同样不起作用，就连那只停在他脸上，嗅过他皮肤，又在他面颊上爬行了一段才重新飞走的棕色大野蜂，也对他没有作用。——森林里全部多彩多姿的生命，均与他了无关系。达萨觉察到，这里的一切，凡是眼睛能见到，耳朵能听到的，不论其美丽抑或丑陋，可爱抑或可憎——统统全都与这位神圣的僧人毫无瓜葛。雨不会让他觉得寒冷或者沮丧，火也不能够让他觉得灼痛，整个周围世界对他而言，全都不过是无关紧要的表象。于是，男孩脑海里隐约升起一种想象；事实上这整个世界，也许也仅仅是镜花水月，只不过是从不可知的深处吹来的一阵微风，浮在海面的一个涟漪而已，达萨产生这一想象，并非出于理性的思想，而是由于这位王子牧童感觉到了一种穿透全身的恐怖战栗和微微的眩晕，这是一种惊吓和危险之感，同时又是一种强烈的渴望感。因为，他切实觉得眼前的瑜伽行者已经突破了世界的表层，已穿越表象世界而下沉深入了一切存在的基础，深入了万事万物的内在奥秘之中。他已破除了人类感官知觉的魔网，已经不受任何光线、音响、色彩和知觉的影响，牢牢固守居留在自己的本质实体之中了。达萨虽然曾经受过婆罗门教的熏陶，获得过神光照射的恩惠，却并无能力用理性智慧理解这种感觉，更不知道如何用语气加以叙述，但是他切实感觉到了，如同一个人在极乐的时刻总会感到神就在自己近旁一般。如今他由于对这位僧人景仰爱慕而生的悚然敬畏之情，让他有了这种感觉，还由于他爱这个人，渴望去过与他同样静坐入定的生活，而有了这种感觉。更令达萨惊讶不已的是：这个老人让他想起了自己的身世，回忆起了往日豪华的宫廷生活，不禁暗暗伤心，便呆呆伫立在那片羊齿植物小丛林的边缘，忘却了飞翔而过的小鸟，忘却了身边窃窃私语的树木，更忘记了附近的森林和远处的牛群。他沉湎于魔术的力量，定睛凝视着静修者，完全被对方不可思议的寂静和不可接触的神态所折服，也为他脸上那种清澈澄明，形态上的从容含蓄，以及对自己职责的奉献精神所叹服。

事后，达萨自己也不清楚究竟在那里呆了多长时间，两三个钟点，还是站了几天。当那种魔力终于离开他，达萨不声不响重新穿过羊齿植物丛间的羊肠小道，找到走出森林的道路，最后回到那片宽阔的草地和牛群旁边时，他自己也说不出曾经做了些什么。他的灵魂仍然为魔力所萦绕，直到有个牧人呵斥他，这才清醒过来。那人对着达萨大声嚷嚷，责骂他离开牛群时间太长，然而男孩只是瞪大眼睛吃惊地望着他，好像根本听不懂他说的话，那人被孩子不寻常的陌生眼神和庄严的表情吓了一跳。过了好一会儿，那位牧人才开口问道："亲爱的，你去哪了？你是见了神，还是遇了鬼啦？"

"我去了森林，"达萨回答，"我去那里原本想寻找蜂蜜。可是我忘了寻蜜的事，因为我见到了一位圣人，一个隐居者，他一动不动地坐在那里，正在潜心静修或者在默默祈祷，当我看见他的脸闪烁出光芒时，不禁看呆了。我站着看他，站了很长时间。我想今天傍晚再去一次，给他送些礼物，他是一位圣人呢。"

"这是对的，"牧人说道，"带些鲜乳和甜奶油给他。我们应当尊敬圣人，也应当供养圣人。"

"我不知道怎么称呼他？"

"你不必招呼他，达萨，你只需向他行礼，把礼物放在他面前就可以了。不必有任何其他举动。"

达萨照办了。他费了一番工夫，才重新找到那个地方。茅屋前的空地上阒无人影，他又不敢闯进茅屋去，只得把礼物留在屋门口地上，返身离去。

牧人们在这一带放牧期间，达萨每天傍晚都送礼品去，白天也去过一回，发现这位圣人又在静修入神，他又情不自禁地站了很久，领受着圣人散射出的极乐之光，觉得内心欢畅幸福。

后来他们离开了这一地带，把牛群赶到另一片草地牧放，达萨仍然久久不能忘怀自己在这处森林里的经历和感受。偶尔，达萨也像一般男孩子那样，每当独处之时，就想象自己是一个修炼瑜伽功的隐士。随着岁月的流逝，这种记忆和梦想也日益淡化，男孩达萨也渐渐长成了强壮的青年，和同龄伙伴一起游戏、运动和角力的兴趣也越来越浓。然而达萨的灵魂深处仍然遗留着一丝微弱的闪光，一些隐约的遐想，也许有朝一日能够借助瑜伽的威严和力量恢复自己失落的王族生活和王子权力。

有一天，他们来到首都附近放牧，一位牧人从城里回来时带来了宫廷正在筹备一场巨大庆典的消息。由于拉华纳国王年老衰弱，难以胜任国事，已择定日期，要把王位传给他的儿子纳拉。

达萨很想去观摩庆典大会，以重睹阔别已久的首都，他孩提时就离开那里，脑海里只剩下一些模糊不清的记忆。他要倾听庆典的音乐，要观看节日游行，还要一睹贵族们的角力比赛，当然也想看一看那个陌生世界里市民们和权贵们的风采，因为在故事和传说里，都把他们描写得像伟大的神人一般，尽管他也知道，这些仅仅是童话传说，甚至比传说更不可靠。达萨心里也明白，很早很早以前，这个世界也曾是他自己的世界。

牧人们得到命令，要运一车奶油去宫廷，作为庆典用的祭品。牧队队长挑选了三名运货的青年，达萨很高兴自己是三人中的一个。

他们在庆典前夕把奶油运进了宫里，负责祭祀事务的婆罗门华苏德瓦接收这车货物，却没有认出眼前的青年正是达萨。接着，三个青年牧人也加入了庆典的人群。一大早，庆典活动便在婆罗门祭司主持的祭献仪式中开始了，他们看见大块大块金黄色奶油投入到火焰中，立即转化成向上跃动的火舌，忽闪着亮光的浓密烟雾高高冲向无垠的天际，以飨天上的三十位神道。三位年轻人看到游行队伍中有一队驮着金碧辉煌轿舆的大象，有位年轻骑士端坐在花团锦簇的皇家轿舆里，他正是青年国王纳拉。他们听见鼓声敲得震天响。整个场面规模宏大，炫人耳目，但也多少显得可笑，至少在年轻的达萨眼中如此。达萨对这片喧闹，对无数车辆和装扮华丽的骏马，对整个富丽堂皇的夸耀场面，感到又惊讶又着迷，此外他还觉得那些在皇家轿舆前跳舞的舞女十分有趣，她们舞动着苗条而又柔韧的肢体，犹如出水芙蓉的茎秆那样婀娜多姿。达萨对首都的宏伟壮丽感到震惊，尽管他如此着迷和喜悦，但在他的心里仍保留着一种牧人的清醒意识，归根结蒂，都市的浮华是他所轻蔑的。

他想到自己是真正的长子，而眼前这个同父异母兄弟——他过去已把他忘得一干二净了——却涂抹油膏，继承了王位，其实应当是他达萨坐在缀满鲜花的皇家轿舆里巡游的，不过他倒没有考虑这个问题，倒是对轿子里纳拉的模样颇为讨厌，那少年显得又愚蠢又丑恶，一副自命不凡的虚浮样子。达萨很想教训教训这个扮演国王的自高自大的小子，却无机可乘，何况可看、可听、可乐，又赏心悦目的东西实在太多，于是他很快便忘记了这件事。城里的妇女们个个模样姣好，目光、举止和言谈十分俏皮活泼，她们抛给三位年轻牧人的一些话语，让他们久久不能忘怀。她们的话里无疑含有讥讽意味，因为城里人看待山里人，正如山里人看待城里人一样，总有点轻视对方。尽管如此，对于这些几乎一年四季都生活在广阔的蓝天下，天天食用新鲜牛奶和乳酪，因而又英俊又强壮的年轻牧人，城里的妇女们都非常喜欢他们。

庆典结束后回到山里的达萨已是一个成年男子。他开始追求姑娘，为此而与其他青年男子进行过许多次拳击和摔跤比赛。有一次他们放牧到一个新的地区，那里环境优美，有大片平坦的牧场，有许多泉水，泉源附近长着繁茂的蔺草和竹林。他在这里遇见了一位叫普拉华蒂①的姑娘，并疯狂地爱上了这个美丽的女子。她是一户佃农的女儿，达萨爱她爱得很深，为了赢得她的芳心，不惜抛弃其他一切。一段时期后，当牧人们必须迁移去另一地区时，他不听从任何规劝和警告，放弃了自己曾如此热爱的牧人生活，决意和大家道别。因为普拉华蒂已答应嫁给他，他便成了当地的定居者。婚后，他耕种岳父的麦田和稻田，帮助全家磨麦和砍柴。他用竹子和泥巴替妻子建了一座茅屋。

爱情必然是一种无法抗拒的巨大力量，以致让一个年轻人感动得放弃了以往喜欢的一切：爱好、朋友和老习惯，并且彻底改变了生活方式，而在一群陌生人中间扮演可怜的女婿角色。普拉华蒂的美实在太强大了，从她的脸和躯体上放射出来的令人爱怜的吸引力实在太强大太诱人了，使达萨完全看不见其他的一切，向她彻底献出了自己。事实上，他在她的怀抱里确实感到了巨大幸福。人们听说过许多传说故事，讲到有些天上的神仙和圣者受到迷人的女子的诱惑，整天、整月、甚至整年和这个女人相拥在一起，沉湎于肉欲之中，难解难分，忘却了任何其他事情。也许达萨当时也有把命运都押在爱情上的愿望。然而命运注定他不能够长期拥有这种幸福。他的爱情生活只维持了大约一年光景，而且就连这短短的时间里也并非只有快乐幸事，也掺杂着无数琐碎的烦恼。有岳父贪婪的索取，有小舅子的冷嘲热讽，还有爱妻的种种小脾气。不过只要他和她一起上床，一切烦恼便统统被抛到了九霄云外。这就是她的微笑的魅力。他只消一抚摩她那细长的躯体，她那青春的肉体就好似千万花朵盛开的乐园，散发出浓郁的芳香。

达萨的快活生涯还不足一年的时候，有一天，喧闹和骚扰打破了这一带的平静。一个骑马飞奔而来的钦差发布消息说：年轻的国王即将驾

_____

① 普拉华蒂也纯系虚构人物。

临，随即出现了军队、马匹和大批随从人员，最后是年轻的纳拉本人。他们要在附近地区狩猎，于是四面八方都扎下了帐篷，到处都传出了马匹嘶鸣和号角奏响的声音。

达萨对这一切不闻不问，他照旧在田地里干活，照顾着磨坊，回避着猎人和朝臣们。可是有一天他从田间回到自己小屋的时候，发现妻子不在家里。他曾严格禁止她在这段时间里走出门外，这时不禁心如刀刺，并且预感到大祸正降临到自己头上。他匆匆赶到岳父家中，不但没有发现普拉华蒂，并且没人肯告诉他普拉华蒂去了哪里。他内心的痛苦更加剧烈了。他搜索了菜园和麦田，他在自己的茅屋和岳父的住屋之间来来回回寻找了整整两天，他在田野中守候倾听，他爬到井里呼喊她的名字，请求她，诅咒她，到处搜寻她的踪迹。

最后，他最年幼的小舅子——还是一个男孩——向他说了实情，普拉华蒂和国王在一起，她住进了他的帐篷，人们曾看见她骑在国王的马上。

达萨携带着放牧时常用的弹弓，偷偷潜近纳拉驻扎的营地附近。无论白天黑夜，只要警卫们稍一走开，他就向前潜近一步，然而，每当警卫们再度出现时，他又不得不立即逃开。后来他爬上一棵大树，躲在枝叶间俯视下面的营地，他看见了纳拉，那张脸他曾在首都的庆典中见过，曾经引起自己的憎厌之情。达萨看见他骑上马，离开了营地，几个钟点后，他回来了，下马后撩起了帐篷的门帘，达萨看到一个年轻妇女从帐篷内的阴暗处走向门边，上前来迎接归来的男人，当他一眼看出那年轻的躯体正是自己的妻子普拉华蒂时，几乎惊得从树上坠落下来。事实已是确定无疑，他内心的压力也越加强烈而难以忍受。尽管他从普拉华蒂对自己的爱情中获得过巨大的快乐，然而如今从她对自己的伤害中获得的气恼、愤怒和屈辱也同样巨大，是的，甚至更加大。这便是一个人全心全意只爱一个女人的结果。如今这唯一的对象已失落，他便理所当然地垮了下来，他站在废墟间茫茫然一无所依。

达萨在附近一带的丛林里游荡了一天一夜。每次因筋疲力尽而短暂休息后，他内心的痛苦又驱使他再次站起身子。他不得不继续前行，他感到自己必得向前走，一直走到世界的尽头，走到自己生命的尽头，因为这一生命已失去了存在的意义和光辉。然而他却并未走向不可知的远方，始终还在自己遭遇不幸之处的附近徘徊，在他的茅屋、磨坊、田地和皇家狩猎营地周围打转。最后又躲上了那棵可以俯览帐篷的大树的浓阴里，他在树叶间潜藏着，守候着，好似一头饥饿的野兽苦苦伺候着猎物，直到可以释放全部最后精力的瞬间来临——直到国王走出帐篷的那一瞬间。他轻轻滑下树干，拉开弹弓向仇人射去，石块正中对方脑门。纳拉立即倒下了，一动不动地躺在地上，周围却没有丝毫动静。还没有待那阵复仇后的快感消失，达萨转瞬间就被恐惧感震住了，深深的寂静是多么令人惊恐。于是他不等被杀者身旁出现喊声，趁仆从们尚未蜂拥而至之前，便躲进了树丛，向前走下山坡，穿过竹林，消失在山谷之中。

当他从树上跳下，当他飞速发出石弹，致对方于死地之际，他感觉自己的生命也好似会随之熄灭，好似他竭尽全力要让自己与那致命的石弹一起飞入灭亡的深渊一般，只要那个可憎的仇人死在自己之前，哪怕只早一刹那，他也甘愿同死。事实却出乎他的意料，接踵而来的竟是一片死寂，于是一种他自己意识不到的求生欲望，把他从那已张开大口的深渊边缘拉了回来，一种原始本能掌握了他的意识和四肢，驱使他进入了森林和竹林浓深之处，命令他快快逃跑，快快躲藏自己。

直到他抵达一个僻静的避难地点，已经逃脱了迫在眉睫的危险之际，这才清醒地认识到自己的情况。当他精疲力竭地倒在地上，略略喘一口气的时候，当他因为脱力而丧失信心以及清醒地意识到自己面临绝境的时候，他都曾对自己的逃跑偷生感到失望和憎恶。然而当他歇过气来，也不再累得眩晕之后，憎恶感又转化成了顽强的求生欲望，心灵深处又充盈了赞同自己行为的狂热喜悦。

附近地区很快就铺开了搜捕杀人犯的人群，他们白天黑夜到处搜寻，却始终徒劳，因为达萨一直无声无息地隐藏在他的避难处——一个老虎出没之地，无人敢于过分深入。他睡一小会儿，警惕地观望一会儿，再继续向前爬行一段路程，然后再略略休息。事件发生后的第三天，他已经越过了丘陵地带，随即又不停顿地继续朝更高的山峰攀登。

达萨从此开始了无家可归的流浪生涯，这种生活使他变得比较坚硬和冷酷，却也比较聪明和懂得舍弃了。尽管如此，他还是常常在深夜里梦到普拉华蒂和往日的快乐，或者应当说是他曾经认为的快乐。他还更多地梦到追捕和逃亡，常做一些吓得心脏停止跳动的恶梦，例如：他在森林里奔跑，一群追捕者则击着鼓、吹着号角在后追赶；他在穿越森林和沼泽，横过荆棘地带，跨越摇摇欲坠的朽烂桥梁之际，总有一些重物，一副重担、一只包袱，或者某种裹得严严的不明何物的东西背在身上，他不知那是些什么东西，只知道是一种极珍贵，任何情况下都不可放弃的东西，那东西价值连城，因而会招致灾祸，也许那是一件宝物，也许还是偷来的东西，紧紧包裹在一块有红蓝图案的花布——就像普拉华蒂那件节日花袍——之内。他就如此这般一直向前逃亡、潜行着，背着这个包袱，这件宝物或者偷来之物，历尽了艰难和危险，他穿越过树干低垂的森林，翻越过高耸入云的山崖，他心惊胆战地绕过可怕的毒蛇，走过鳄鱼成群河流上摇摇晃晃的狭窄木板，直到筋疲力尽才站停下来，他摸索着包裹上的绳结，解了一个又一个结子，然后摊开包袱布，他用颤抖的双手取出那件宝物，却是他自己的头颅。

达萨过起了隐居生活，虽然还是不断流浪，却不再见人就逃，只是尽量避免与人们打交道。有一天他走过一片青翠的丘陵地带，遍地绿草十分悦目，令人心情舒畅，似乎大地正在欢迎他，并且在对他说：他一定早已认识它们了！他时而认出了一片草地，茂密的开花青草正柔和地随风摆动，时而又认出了一片阔叶柳树林，它们提醒他回忆起一段纯洁无瑕的快活日子，那时候他还全然不知道什么叫迷恋和妒忌，什么是憎恨和复仇。达萨看见了儿时曾与同伴们一起放牧牛群的广阔草场，那曾是他度过少年时代最快乐时光的地方，回溯往日，他觉得已宛如隔世。一种甜蜜的哀伤之感不由从他心头涌起，应和着此情此景对他表示的欢迎之音：银色杨柳摆动的沙沙声，小小溪流快活的有节奏的淙淙声，鸟儿的鸣啭和金色野蜂的嗡嗡飞舞声。这里的一切声响和气息无不显示出安稳隐居的意味。当年他过着依水傍草的流浪牧人生活时，从未觉得一块陌生地方会给予自己如此温馨的回家之感。

在这种灵魂之音的陪同和引导下，达萨带着一种返乡战士的感情，满怀喜悦地漫游了这片风光宜人的土地。在几个月的可怕逃亡生活之后，他这才第一次感到自己不是一个异乡人，一个被追捕的逃犯，一个注定要死的人，而是一个可以敞开心怀、毫无思虑、毫无渴求地把自己完全彻底地托付给面前这一清静惬意现实的人。他怀着感恩和略微惊讶的心情迎接着自己新的、不同寻常的、也是从未体验过的狂喜心情，迎接着这种一无所求，这种轻松自如，这种自由自在品味观赏的情趣。他觉得自己受到了翠绿草地尽头处那座森林的吸引。他走进树林，站在撒了一地金色阳光斑点的树下，这种回返家乡的感觉更加强烈了，好像识途老马似地双脚不由自主地引领他走上了那条狭窄的小路，穿过一片羊齿植物丛林后——大森林里的一片浓密小树林——便来到了一幢小小的茅舍之前。茅屋前坐着一位纹丝不动的瑜伽僧人，这正是他往昔曾来暗暗瞻仰，并奉上鲜奶的圣者。

达萨停住脚步，恍如大梦初醒。这里的一切都依然如故。这里没有时间流逝，没有谋杀和痛苦。这里一切都静止不动，不论是时间还是生命都坚固如水晶，静默而永恒。他凝视着老人，当年第一次望着老人时内心涌动的景仰、热爱和渴望的情感又重新降临了。他望望那座茅屋，想道，下次雨季到来之前，很有必要进行一番修缮。于是他小心翼翼地大胆向前走了几步，踏进小屋后向四周瞥了一眼，发现里面几乎空无所有。屋内有一张树叶堆起的床铺，一只装着少许饮水的水瓢和一只空无一物的韧皮笋筐。他拿起笋筐，走进树林，试图找些食物，他取回了水果和一些甜味的树心，接着又把那只水瓢装满了新鲜的水。

这就够了，在这里生活的人就只需要如此少量的东西。达萨蹲坐在地上，沉入了梦境。他很满足于寂静和平的梦幻般林中环境，他也很满足于自己的情况，很满意内心的声音把他引导到少年时代就曾让他体验到平静、幸福和返乡之感的场所来。

达萨就这样留在了沉默无言的瑜伽行者身边。他更新了老人铺床的树叶，寻找两个人的食物，修好了旧茅屋，并开始在不远处为自己另建一座新茅屋。老人似乎容忍了他，然而达萨不能确定他是否真正承认自己。因为老人每回从入定中站起身子，总是只为了吃一点东西，或者去树林里略略走动一下。达萨生活在老人身边就像一个仆人生活在一个大人物身边，或者应当更确切地说，像一只小小的家畜，譬如小鸟或者獭活在人类中间，尽管很殷勤，却很少受到重视。由于他逃亡了很长时间，总是过着躲躲藏藏的不安定生活，总是受良心责备，又总是心惊胆战，害怕遭受追捕，所以目前的安定生活，不太劳累的工作，还有身边这位似乎毫不关怀自己的人，都让他觉得十分舒坦。达萨在一段日子里对这种生活简直感激不尽：他可以一睡半天，甚至整整一天，不受恶梦干扰，甚至忘记了曾经发生的可怕事情。他从未想到未来，即或有时心里充满渴望或者愿望，那也只是希望留在这里，受到老人的接纳，并把他引入瑜伽隐修生活的奥秘之中，让他也成为一个修士，分享瑜伽的超然物外境界。

达萨开始模仿可敬长老的端坐姿势，想学他的样盘起双腿静坐不动，也能像他那样窥见超乎现实之上的幻想世界，能够超然于周围环境。但是，他的尝试大多以失败告终，他觉得四肢僵硬，腰背疼痛，又不堪忍受蚊子干扰或者皮肤上一阵阵的痛痒，逼得他重新动来动去，或者伸手搔挠，甚至干脆重新站起身来。当然达萨也有过几次特别感受，具体地说就是一种轻松自在的空荡荡感觉，好像飘了起来，如同梦里那样，觉得身子时而轻轻着地，时而又缓缓升上天空，就像一团毛絮似的飘荡不定。每逢这类时刻，他便不禁想象自己不得不永恒飘浮不定的滋味；身体和灵魂摆脱了一切重力，得以自在分享一种更加广阔、纯洁、光明的生活境界，得以不断提升，不断被吸收进入一个无时间性的不朽的彼岸世界。然而这一时刻总是仅能持续刹那间的光景，转瞬间就消失得无影无踪。他每次跌回旧时现实时，总是大失所望，因而想道，他必须恳请大师收他为徒，指点他入门，以便学会修炼此道的奥秘，有朝一日也成为瑜伽行者。但是他该如何恳请呢？事实上，老人似乎从不曾正眼看他，连相互交谈都像是不可能的事。这位大师似乎已处于彼岸世界的日子与时刻、森林和茅屋之中，就连语言也是彼岸世界的。

然而，有一天老人开口说话了。有一段时间里，达萨一夜接一夜地做恶梦，混杂着狂乱的甜蜜和恐怖场景，时而是妻子普拉华蒂，时而是可怕的逃亡。到了白天，达萨的功课毫无进步，他不能持久端坐修炼，也不能不思念妻子和爱情，因而不得不一次又一次到森林里去走动。他认为这是气候恶劣所致，那几天天气确实闷热，不断刮着一阵阵干热风，让人坐立不宁。

又是一个气候恶劣的倒霉日子。蚊子整天嗡嗡不停地飞舞。达萨前一天夜里又做了一场可怕的恶梦，以致白天郁郁寡欢，心情沉重。他已记不起梦里的情景，不过刚醒时还记得是重演了早些时候的生活经历和遭遇，让他感到可耻和羞辱。整整一天，他心情忧郁地绕着茅屋走来走去，或者呆呆蹲着不动。他心不在焉地做了一些零星活计，又三番两次地静坐冥思，可每次都立即火烧似的烦躁起来，觉得四肢在抽搐，脚上好似有无数蚂蚁在爬行，又觉得背上有剧烈的灼痛感，总之，他几乎无法安坐不动，即或只是片刻也不行。达萨又羞又愧地朝老人望去，但见他始终保持着完美的静坐姿态，双目内视，一副凛然不可侵犯的面孔，好像有一朵盛开的花飘浮摇曳在他的躯体之上。

于是就在这一天，当这位瑜伽修士从入定中站起身子，想回屋休息时，达萨走到他面前，这一时刻达萨已等候很久了，因此不但鼓起勇气挡住他的去路，而且说出了自己的问题。

"请原谅我打扰你的休息，尊敬的长者，"他说，"我在追寻内心平静和安宁，我很想过你这样的生活，将来成为像你一样的人。你已看见我还很年轻，然而我已不得不尝到太多的痛苦，命运对待我实在太残酷了。我生为王子，却被驱逐当了牧人。我以牧人身份长大成人，我像一头小牛那样快快活活，强壮结实，内心十分纯洁无邪。后来，我开始张大眼睛注视妇女，当我看见最美丽的女人时，便把自己的一生都奉献给了她，当时如果得不到她，我也许会去死的。我离开了我的伙伴，那些善良的牧人。我向普拉华蒂求婚，我得到了她，我成了农家的女婿，必须整日辛苦劳作，然而普拉华蒂不仅属于我，并且也爱我，或者这不过是我自以为如此。每天晚上我都投入她的怀抱，躺在她的心口上。但是，有一天国王来到了附近地区狩猎。就是这个人让我孩提年代便被逐出宫门，如今他来了，从我身边夺走了普拉华蒂，还让我亲眼目睹她投入了他的怀抱。这是我一生中最大的痛苦，这件事彻底改变了我和我的整个生活。我杀了国王，我竟杀了人，我过起了谋杀者和逃犯的生活，人人都在我身后追赶和捕捉我。直到我走进这片土地之前，我的生命没有片刻的安全。尊敬的长者，我是一个愚蠢的人，我是一个杀人者，也许还会被人捉拿归案，判处死刑。我再也不能忍受这种可怕的生活，我宁愿了结这样的生命。"

老人低垂双目静静地听完了他的爆发式的倾诉，接着睁开双眼直勾勾地注视着达萨的面孔，那目光明亮、尖锐、清澈，几乎令人难以承受。当他细细打量着达萨的脸，似乎在紧张思索对方的陈述时，嘴巴却慢慢扭歪成一种微笑姿态，随即又变成大笑状态—— 一种无声的大笑，老人带着这种笑容摇晃着脑袋，说道："玛雅！玛雅！"①

达萨完全被弄糊涂了，羞容满面地呆呆站着不动。老人则自顾走进了羊齿植物丛间的狭窄小径，他要在晚餐前稍作散步。他以有节制有韵律的步伐在小树林间走了几百步左右，便又转身进了茅屋。他的脸上又恢复了一贯的表情，又回转了那个超然于现实世界的不知何处的远方。他这种笑容表示了什么呢？他不是一直对可怜的达萨十分冷漠么！达萨久久地思索着这难解的笑容。在听了达萨痛苦绝望的供认和自白之后的瞬间，他竟然露出如此可怕的笑容，究竟是好意还是嘲弄？是安慰还是批评？是表示慈悲抑或是恶意寻开心？难道竟是一个玩世不恭老人作出的讥讽反应？或者是一位圣贤对一个陌生人愚蠢行为的抚慰？那笑容是一种拒绝表示么？抑或是一种告别方式，让人快快离开？或者这是一种劝导的方式，要求达萨学他的模样哈哈大笑？达萨始终解不开这个哑谜。深夜了，达萨仍然在思索这种笑容的意义，因为老人似乎用这种方法总结了他的生活，他的幸福和灾难，他的思绪始终萦绕着笑容问题打转，他咀嚼这个问题好似咀嚼某种可吃的树根，尽管坚硬却颇有

①玛雅世界系印度教中一种幻想中的宇宙。这里意为一切都是虚幻而已。

味道，还散发出芬芳香气呢。与此同时，他又同样努力地思索、咀嚼着老人如此响亮地大声喊出的一个名词，"玛雅！玛雅！"为什么老人大笑着嚷叫的时候，心情竟那么快活，那么不可思议地兴高采烈。"玛雅"这个词的意义，他只能够半猜测地大致了解，而对老人笑着叫喊的方式，他也只能够一知半解，揣测其蕴含着某种意义。玛雅——这就是达萨的一生，包括达萨的青春，达萨的甜蜜幸福和苦涩不幸。美丽的普拉华蒂是玛雅。爱情和它的感官欢娱是玛雅。整个人生是玛雅。达萨的生活，一切人类的生活，世上所有的一切，在这位年老的瑜伽僧人眼中，莫不皆是幼稚行为，一种表演场面，一种戏剧景象，一种幻想错觉，一种肥皂泡——缤纷色彩里的虚无而已。人们对待这一切，尽可以耸耸肩一笑了之，尽可以蔑视它们、嘲笑它们，全不必过分认真。

对这位瑜伽老人而言，他可以用一脸笑容和一声玛雅，处理和打发达萨的全部生活，但是对达萨本人来说，却不那么容易做到。尽管他非常希望自己也变成笑面人生的瑜伽行者，能够把自己的生活也看成是无足轻重的玛雅世界。但是，就在当前的几天几夜里，往日寝食不安的逃亡光景又活生生地再现了。他刚抵达此地的那一阵子，几乎完全忘却了流亡时的紧张疲乏，如今又出现了。当初他抱着学会瑜伽功夫的希望，不论他能否达到老人那样的高超水平，如今这希望看来十分渺茫了。那么——他再在这片林子里流连不去，又有什么意义呢？这里曾是他的避难所，他曾在这里喘过气来，恢复了体力，也曾略略恢复了理智，这也非常重要，这里给予他的实在够多了！是的，也许这段期间全国搜捕谋杀国王凶手的案件已经结束，他大概可以继续流浪而不会遭遇巨大危险。

达萨决定继续流浪。他打算第二天清晨就动身。世界那么大，他不能够永远呆在这个隐蔽的角落里。

这一决定使达萨的心情稍稍平静下来。

他原定第二天破晓就走，然而他熟睡了整整一夜，醒来时已是日上三竿了。老人早已开始静坐修炼，达萨不愿不辞而别，何况他还有一个请求要向老人提出。于是他只得耐心等待，一个小时过去了，又是一个小时，老人这才站起身子，伸了伸四肢，开始例行的散步。这次达萨又挡住了他的去路，一而再地鞠躬行礼，坚持不懈地向他恳求，直至这位瑜伽大师终于把目光询问似地望向他。

"大师，"他谦卑地开言道，"我要继续我的行程，我不会再打扰你的清静了。但是，最尊敬的长者，请你允许我再向你请教这一回吧。当我向你叙述了自己的生平后，你面露笑容，你大声喊出了'玛雅，玛雅'。我衷心请求你再为'玛雅'一词作些指点吧。"

老人转身走向自己的茅屋，用目光命令达萨跟随身后。老人拿起水瓢，递给达萨后，示意他洗净双手。达萨恭敬地服从了。接着，这位瑜伽大师把剩余的水都倒进了羊齿植物丛里，把空水瓢又递给年轻人，命令他当即去取回新鲜的水。达萨恭敬地遵命，奔跑而去，一路上惜别之情不禁涌动心头，因为这将是他最后一次穿过这条小径去泉源取水。这将是他最后一次拿着这只边缘已磨得光溜溜的水瓢，来到这水面似镜的小水池畔，来到这经常倒映着麋鹿角影，树冠拱形以及可爱蓝天亮亮光点的美丽地方。现在，当他俯身取水时，水面也最后一次倒映出了自己在浅棕色黄昏光线中的脸庞。他沉思着把水瓢缓缓浸入水中，心里忽然萌生了一种说不清楚的无把握感，他无法理解自己，他既然已决定继续流浪，老人也并没有邀请他再逗留几天，或者要他永远留下，他为何产生这种奇怪的感觉，为什么心头如此痛楚？

他蹲在水池边，捧起一口水，喝过后便站起了身子。他小心翼翼地举着水瓢，以免晃出水滴。他刚要踏上小路，一种声音忽然传入他的耳朵，那声音让他又惊又喜，正是他常在梦中听到，梦醒后又常常苦苦思念的声音。这声音听起来甜蜜极了，穿过黄昏微光下模糊森林传来的声音稚气十足，甜美迷人，让他惊喜得心脏也不住震颤了。这是普拉华蒂的声音，是他妻子的声音。"达萨，"她亲切地呼喊着。

他难以置信地环顾着四周，水瓢还牢牢捧在手里。啊，瞧那边，她在那些树干间出现了，双腿修长，亭亭玉立又苗条又富于弹性，她，普拉华蒂，他那忘不掉的不忠实的爱人。他丢下水瓢，向她奔去。她微笑着，略带羞怯地站在他面前，那双小鹿般的大眼睛凝视着他。他走得更近些后，看清她脚上穿着红色皮革便鞋，身上的衣服华贵漂亮，臂上套着金手镯，乌黑的头发上闪烁着珍贵宝石的彩色光芒。他不禁停住了脚步。难道她现在还是国王的一位王妃么？难道他没有杀死纳拉？难道她现在戴着他的首饰到处走动么？她又怎能穿戴着他馈赠的礼物来到自己面前，而且呼唤自己的名字呢？

然而她已比从前更加美丽了，以致他等不及询问情况，便情不自禁又把她拥入怀中。他将前额抵在她的黑发上，他托起她的脸庞，亲吻她的双唇；他立即感到，以往丧失的一切又统统归还给他了，他以往拥有的东西：他的快乐、他的爱情、他的欲望、他的热情、他的生活欢乐，都在他眼前做这些举动之际，回到了身上。此时此刻，他所有的思想都已远远离开了这座森林和那位年老的隐士，不论是树林和茅舍，还是静修和瑜伽，都已经一文不值，都已忘得干干净净。老人吩咐他取水的水瓢也被他忘了。他朝站在树林边的普拉华蒂奔去时，把它丢弃在水池旁了。如今她也迫不及待地开始向他诉说自己来到此地的缘由，以及其间发生的种种情况了。

普拉华蒂叙述的事情太离奇了，简直令人又惊又喜，好似进了童话世界，而达萨也就如此这般一下子跳进了自己的新生活里。事实上，不仅普拉华蒂又重新归属于他，可憎的纳拉已呜呼哀哉，追捕凶手的通缉令早已撤销，而且还有对达萨的重大宣布：一度被逐出宫门成为牧人的王子，已在全国通令宣布为合法的王位继承人和统治者了。一位老牧人和宫里的老婆罗门祭司华苏德瓦讲述了已经被人遗忘的王子被放逐的故事，并让它成了全国家喻户晓的新闻。如今这同一个人，曾经被作为谋杀纳拉的凶手而在全国搜捕，要把他缉拿归案，处以死刑，却又被全国人民以更大的热心到处寻找了，要让他庄严堂皇地回返首都，回返父王的宫廷，并且登极为王了。

这一切都像是一场春梦。而最令达萨惊喜的莫过于在所有寻找他的人当中，第一个找到他，第一个向他报喜的人恰恰是普拉华蒂，这真是太好了！达萨发现，森林边上已扎满了营帐，空气里弥漫着烟气和烧烤猎物的香味。普拉华蒂受到了侍从们的大声祝贺，当她把自己的夫君达萨介绍给大家后，一场盛大的庆祝宴会就开始了。人群中有一个青年是达萨放牧年代的同伴，是他把普拉华蒂和随从们带到这个达萨曾经生活过喜欢过的地方来的。这位年轻人一认出达萨便高兴地大笑着向他奔去，打算亲热地拥抱他或者拍拍他的肩膀表示友好，却蓦然想起自己的伙伴现在成了国王，便忽地僵了似的，愣了一下，然后才慢慢移步向前，恭恭敬敬地深深鞠躬行礼，表示祝贺。达萨拉起他，拥抱了他，亲热地喊着他的名字，询问他想要什么。年轻的牧人想要一头小母牛，新国王立即下令从最优良的牛群里挑选三头最漂亮的小母牛赏赐给他。

向新国王引见的人越来越多，官员、猎人头领、婆罗门祭司，等等等等，国王也一一接受了他们的晋见。酒宴摆了起来，皮鼓、琵琶、笛子统统奏响了，一切都富丽堂皇，轰轰烈烈，使达萨顿觉似乎置身梦中。他无法完全相信眼前的事实，在他眼里，唯一真实的仅仅是自己年轻的妻子普拉华蒂，因为她正靠在自己的怀里。

大队人马缓缓向前开拔，几天后已近首都。信差先行一步，宣告年轻的国王已被找到，已在归京途中。消息一经证实，全城上下顿时敲锣打鼓热闹起来。一队穿着白色礼服的婆罗门祭司走上前来迎接新国王，为首的那位是华苏德瓦的继承人。华苏德瓦正是那个二十年前把达萨送到牧人处以躲避暗算的人，几天前刚刚过世。婆罗门祭司们向国王高声欢呼后，便唱起了圣歌，随后带领他走进了宫殿，宫里点燃起了无数巨大的祭火堆。达萨被前呼后拥着进了自己的新家，他在这里接受了更多的祝贺、致敬、祝福和表示欢迎的礼节。而在王宫外面，庆祝的欢宴一直持续到深夜。

每天在两位婆罗门长者教导下，达萨很快便学会了一个统治者不可缺少的知识。他参与祭祀，宣布法令，他学习骑马和作战技能。一位婆罗门长者高巴拉①替他讲授政治。高巴拉向他讲述王家的地位及其特权，指出确定未来继承人的重要性，并且告诉他哪些人属于他的敌人。当然最主要的敌人是纳拉的母亲，她曾夺走王储达萨的合法权利，还曾

---

① 高巴拉是作者虚构的人物。

阴谋杀害他的生命，如今纳拉被杀，她定然更加痛恨杀子的凶手。她现在已逃往邻国，寻求那里的戈文达国王[①]的庇护。她如今就居住在他的宫中。这个戈文达国王及其家族自来就是本国的危险敌人，早在达萨祖父统治年代，就曾提出割让领土要求，为此而发动了战争。另一位南方的邻邦加巴里[②]国王则恰恰相反，他与达萨的父亲一贯和睦友好，始终讨厌腐败的纳拉国王。去拜访这位国王，向他馈赠礼品，并邀请他参加下一次的盛大狩猎，当是达萨国王的一项首要任务。

普拉华蒂夫人显然颇为适应贵族生涯。她很懂得让自己摆出王后气派，一旦穿起华丽服装，戴上闪光饰物，那副雍容华贵的模样十分惊人，似乎她也出身王族，绝不逊于自己的夫婿。他们年复一年过着幸福的爱情生活，他们的幸福更在他们身上洒下了一道承受神恩的灿烂光彩，使他们受到人民的崇敬和爱戴。达萨经过长久等待之后，普拉华蒂终于生了一个漂亮的男孩，达萨的幸福臻于圆满了。他给孩子取了父亲的名字拉华纳。从此以后，他所拥有的一切：他的土地和权力，房屋和马厩，奶牛，羊群和马匹，在他眼里统统都具有了双重意义，一种更加增强了的光辉和价值，因为他过去重视财富，是为了可以慷慨供养普拉华蒂，美丽的衣服和华贵的首饰可以讨她欢心。如今财富已变得更可爱更重要了，因为它是儿子拉华纳未来的遗产和幸福。

普拉华蒂倾心于种种宴会和游乐玩耍，喜欢形形色色漂亮衣服和华丽摆设，还要有成群仆从侍候。达萨则比较喜爱自己的花园，订购和种植了许多奇花异木，还饲养了鹦鹉和另外多种色彩绚丽的鸟类。喂养这些鸟儿并与它交谈，已成他日常生活中的习惯。此外，他也受到学问的强烈吸引，成了婆罗门僧侣们的一个知恩图报的学生。他用功读书和练习书法，熟记了无数诗歌和格言，他还聘请了一位写字能手，能够在棕榈叶上写字并制作成书卷，依靠这双巧手的辛勤劳作，达萨建起了

---

① 戈文达纯属杜撰人物，与作者另一部作品《席特哈尔塔》中的朝圣者戈文达同名。
② 加巴里也是作者虚构的人物。

444

一个小规模的图书馆。这些书籍都保存在一间用贵重木材作墙壁的房间里，墙壁上雕刻着一套套神仙生活故事浮雕像，一部分还镀上了金箔。有时候，他还邀请几位婆罗门僧侣——祭司中最有学问的思想家和学者——，在这间屋里就神圣的问题进行讨论，他们讨论世界的创造，讨论大神毗湿奴的玛雅世界，讨论神圣的吠陀经典，讨论献祭的力量，讨论比献祭更强大的悔罪的力量，一个凡夫俗子凭借忏悔的力量，能够让神道们也在他面前畏惧得发抖。每个与会的婆罗门僧人，凡是辩才出色，又能提出无懈可击合理论证者，都会得到相当可观的礼品，有些在辩论中获胜的人还牵走了一头漂亮的母牛呢。这里偶尔也会出现滑稽可笑的场面，那些伟大的学者们，刚刚念罢吠陀经典中的箴言警句，或者刚刚对诸天和四海的知识作了出色的阐释，却会立即洋洋得意吹嘘自己的奖品，甚至为了这些奖品而互相嫉妒，争吵起来。

国王达萨尽管有了自己的王国，自己的幸福，有了自己的花园和自己的图书馆，然而，归根结蒂依旧觉得这一切人生中的事物既奇怪又可疑，既感动人又十分可笑，正如同这些婆罗门僧侣，既聪明又虚荣，既才智清明又愚不可及，既可敬又可鄙。当达萨凝望着花园池塘里的荷花时，注视着闪烁出绚丽彩色光芒的孔雀、山鸡和犀鸟时，或者定睛看着皇宫里镀金雕刻品时，往往感到这些东西似乎都具有不可思议的神性，都焕发出炽烈的永恒生命之光。但是在另一些时候，是的，甚至是同一时候，他又会在它们身上感觉某种不真实，不可信，或者某种成问题的衰落和消亡倾向，感觉一种正在趋于变形而进入混沌的倾向。情况就如同他本人一样，先是国王的儿子，王储达萨，后来成为牧人，沦为杀人犯，流浪汉，最终又上升为一国之君，所有的变化全都被统率和被推动于某种不可知的力量之下。他的每一个明天和后天也永远处于不可知状况，就连整个人类的生活无不处于虚幻无常之中，尊贵与贫贱，永恒与死亡，伟大和卑鄙，不论何时何地无不同时并存。就连他的爱妻，美丽的普拉华蒂，也不时在他眼里丧失魅力，显得愚蠢可笑；手臂上挂了太多的镯子，眼里的神情太得意忘形，为显示尊严，举止体态太过做作。

达萨爱儿子拉华纳更胜于爱自己的花园和书籍，小儿子在他心目中是自己的爱与生命的圆满完成，是自己温情和关注的目标。拉华纳是个美丽可爱的男孩，一个真正的王子，一双鹿眼像他的母亲，喜欢沉思和耽于梦幻则像父亲。有时候，达萨看到小男孩久久站停在一棵观赏树木或者蹲坐在一张地毯上，或者定睛凝视一块石头、一个雕刻的玩具、一根鸟类的羽毛，当父亲见到儿子微微扬起眉毛，目光固定不动，专心致志得出了神的模样，就觉得儿子和自己十分相像。达萨第一次不得不离开儿子一个说不准的时间时，这才体会到自己是多么疼爱这个小男孩。

有一天，与邻国接壤的边境地区匆匆赶来了一位递送紧急军情的信差，报告戈文达率领人马入侵本国，掠夺了牲口，还抓走了达萨的一些臣民。达萨毫不迟疑，立即准备启程，他带领宫廷警卫队的军官和几十名骑兵上马出发驱逐侵略者之前的片刻，当他把小儿子拥在怀里亲吻时，爱子之情竟似烈火一般烧痛他的心，痛苦的力量如此巨大，使达萨大感震惊，觉得好像有一道来自冥冥之中的警告在提醒着自己。他在漫长的行进途中，始终不断地思索着这个问题，终于有所领悟。他骑在马上暗自思忖自己如此雷厉风行、风驰电掣地奔赴战场的原因；究竟是什么力量迫使他如此奋力采取行动？达萨经过思索后，终于认识到自己所以如此的真正原因，对他的内心而言，即使是边境地区有人畜被掠夺，即或是这种破坏行为损伤了他王家的权威，都不会令他内心疼痛，更不足以激起心头怒火而率军远征，对他而言，用同情的笑容排遣掉这类掠夺消息，也许更适合自己的本性。然而，他很清楚，对于舍生忘死拼命赶来的信使，这么做未免太不公平；对于那些遭受掠夺的人，那些当了俘虏，远离家园和平静生活，成了异国奴隶的人们，更是有失公平。是的，也包括国内一切其他臣民，尽管毫发无损，却也会有同样的感受，倘若他放弃捍卫国土的权力，他们会难以忍受，难以理解自己的国君为何不好好站出来保卫国家，因为，凡是国民面对暴力侵犯都会指望国君出来复仇和挽救，这是天经地义的事。

达萨清楚地看到，率军出征是他义不容辞的责任。但是，责任又是什么呢？又有多多少少应尽的责任被我们毫不在意地疏忽了呢！为什么仅仅这个报复的责任非同小可，不允许他稍有疏忽？为什么绝不允许他懒洋洋、半心半意，必须竭尽全力热情以赴呢？这一疑问刚刚形成，他内心却已作出了答复，因为他刚才与小王子拉华纳告别时感到的内心刺痛，这一瞬间又再度出现了。

他意识到，倘若国王听任敌人掠走牲口和人民，而不加以反击，那么掠夺和暴力行动就会扩大，将会从边界地区日益向内地推进，敌人最终会站到他的面前，他们将尽可能从他最心痛的地方下手：他的儿子。他们会掠走他的儿子——王位的继承人，他们将抢走他，并且杀死他，或者让他受尽折磨，这也许将是他最难以忍受的痛苦，比杀死普拉华蒂更为难受的痛苦，是的，更要深得多的痛苦！这便是他如此急急奔赴战场，如此忠于国王职责的原因。他既不是关心国土和牲畜的损失，也不是出于对臣民的厚爱，更不是为了宏扬父王显赫的威名，而只是由于对儿子的强烈到违背常理的热爱以及生怕失去这个孩子而产生的剧烈得违反常情的恐惧之心。

这便是他骑在马上获得的认识。此次出征未能捕捉到戈文达手下的任何人加以严惩，他们已携带掠夺物品逃之夭夭。达萨为了证实自己的决心和勇敢，不得不亲自率领人马越过边境，进入邻国，摧毁了对方一个村庄，掳走了若干牲畜和奴隶。

他率军征战多天，终于得胜而归，然而返京途中，他又再度陷入忧思中，待他回到家中，更是显得出奇地沉默，甚至显得十分悲伤了。因为达萨通过沉思认识到，自己已完全彻底落入一张阴险罗网之中，他的天性和他的行动自相矛盾，他毫无摆脱魔网的希望。他偏爱沉思默想，他喜好静坐凝视，他在不断促进一种无所作为而纯洁无辜的生活；另一方面，他对拉华纳充满了爱，对他的生命和未来充满了爱，他具有一种迫使自己挑起国王担子的压力，然而他却借助这种爱和压力，以爱护国家的名义挑起了斗争，以爱的名义发动了战争。他业已用讨回公道的名义采取行动，对别人进行惩罚，他掠夺了别人的牲口，摧毁了别人的村庄，用暴力抓走了一批无辜而又可怜的老百姓。毫无疑问，这一行动将会导致新的报复，新的暴力，如此反复报仇不止，最终将使他的整个生活以及整个国家陷于不断的战争和暴力之中，变成战火连绵的战场。正是达萨这种见解，或者也可说是幻觉，使他出征归来后显得如此沉默寡言，神情悲伤。

事实固然如他所想，敌人从此再也没有让他过太平日子。入侵和掠夺之事一再发生。达萨不得不率军进行自卫和索赔，倘若敌人失利逃窜，他也只能容忍部下伤害对方平民以出气。如今，首都街头，全部武装的士兵和骑兵越来越多，边境地区的若干村庄里更驻扎起了永久性的守边队伍。军事会议和备战工作扰乱了达萨的平静生活。他看不出这种无休止的小战争有什么意义和价值，他为遭殃的老百姓感到痛苦，更为付出生命者感到哀伤。他为自己不得不日益疏忽心爱的花园和书籍，不得不逐渐丧失和平生活与内心安宁而深感忧伤。达萨为此而常常向婆罗门僧侣高巴拉倾诉心声，也同妻子普拉华蒂谈过几次。

达萨对他们说道，人们应当邀请一位受尊敬的邻国国君作交战双方的仲裁，他自己本人认为，为了促进和平，他乐意稍作让步，譬如割让几片牧场和几个村庄。但是，不论是那位婆罗门长者，还是普拉华蒂，全都丝毫听不进他的论点，使达萨又失望又颇为恼火。

达萨和普拉华蒂还因为意见不合而大吵了一场，是的，还导致了双方感情破裂。他热切地向她阐释自己的观点和想法，她却感觉每句话每个字都不像是反对战争和无谓的杀戮，倒像是针对她本人而发的。于是她也对他发表了一通措词激烈的长篇宏论，她声称，他的想法正中敌人下怀，因为对方正要利用达萨的软心肠和爱好和平的弱点（倘若不说他是害怕战争的话），敌人会接二连三地迫使他签订和约，每签一次都要让他付出代价：让出一些土地和百姓，而且永无餍足。一旦达萨的王国显得衰弱之际，他们就会再度公开发动战争，把他剩余的一切统统掠走。普拉华蒂说道，这里涉及的不是什么牲畜和村庄，战功或者是失败，而涉及了整个国家的命运，有关大家的生死存亡。倘若达萨不懂得什么是个人尊严，什么是对儿子、妻子的责任的话，她现在愿意担任他的教师。她的眼睛射出愤怒的火焰，声音因气极而颤抖，她已多年不曾显得如此美丽和热情洋溢了，然而达萨唯有悲伤。

边境地带的战乱和骚扰不断继续着，敌人仅在雨季时节才短暂休兵。这时达萨的宫廷里已演变成两大派别。一派主和，人数极少，除去达萨本人外，唯有几个老年婆罗门僧侣，都是深谙沉思默修之道的饱学长者。另一方主战派则以普拉华蒂和高巴拉为首，绝大多数婆罗门僧侣和全体军官都站在这一边。全国都在进行狂热的备战工作，因为人们听说敌人正在从事同样的准备。警卫队长教导小王子拉华纳练习射箭，而他的母亲则携领他参加每一次阅兵仪式。

这期间，达萨不时会想起自己逃亡期间曾经逗留过一段日子的那座森林，想起那位白发苍苍的隐士和他的静坐修炼生活。达萨心头也不时会涌起一种渴望，想去探望这位老人，想再见到他，想听听他对自己的忠言。然而，他不知道老人是否还健在，更不知道他是否愿意听自己倾诉，向自己提出忠告。但是，即或这位瑜伽长者还活着，并且愿意开导自己，世上的一切也不会脱出常轨，什么也改变不了。沉思和智慧都是好事，是高贵的事物，但是它们显然只能繁荣于生活的外面，在生活的边缘，倘若一个人在生活的激流中游泳，正与波浪搏斗，他的活动和痛苦便都与智慧毫无关联，他不得不顺从命运，即或只是些厄运，也只能够尽力而为，并且听天由命。就连天上的诸神，也并非活在永恒的和平与永恒的智慧之中，诸神们也得面临灾难和危险，也得进行奋斗和战争，这也是他从无数神话故事中知道的事实。

因此，达萨让步了。他不再和普拉华蒂争执，他骑马检阅军队，眼看战争即将来临，他在自己消耗精力的恶梦里便早早预见了，于是他的身体日益消瘦，脸色越来越灰暗，他觉察自己的幸福即将消逝，生活的欢娱也将随之凋萎干枯，留剩给他的唯有对小男孩的一片爱心，这片爱心和他的忧心同时并长，也与全国的军备武装和军事训练同时并长，唯有儿子是他业已荒芜花园里的一朵火红的鲜花。他徘徊沉思，考虑着一个人究竟能够承受多大程度的空虚和无聊，能够习惯多大程度的忧愁和沉闷，而一颗似乎毫无激情的心又是否能够让这种忧心忡忡的父爱之花长久盛开。也许他目前的生活毫无意义，却也不是没有中心，亲子之爱左右着他的生活。清晨时分，他为儿子而起床，整个白天忙忙碌碌地处理自己内心反感的备战事务。为了儿子，他领导召开军事会议，耐心听取主战派将领们的见解，然后顶住多数派的决议，但也仅能做到要求大家至少耐心静候变化，而不得贸然冒险进攻敌人。

正如达萨的欢乐，他的花园，他的书籍，已与他日益疏远、日益陌生一样，那些多年来曾与他共享幸福与快乐的人，也日益与他疏远和陌生了。事情始于政治上的分歧，始于当年普拉华蒂那一番激烈言论，她指责他面对犯罪显露畏惧，批评他爱好和平，几近于公开讥笑他胆小怯懦；她当时满脸通红，慷慨激昂地大谈国王的尊严，英雄的气概，容忍的耻辱等，就在当时，就在他听见看见这种情景感到眩晕的时候，他突然醒悟过来：妻子和他之间的距离已相去甚远，或者应当说他已距离妻子十分遥远。自从她那通演讲之后，他们之间的裂痕越来越大，而且还在继续扩大，两个人都没有设法加以弥补和遏止。或者应当说，这是达萨的权利，因为唯有他最清楚鸿沟形成的原因。在达萨的想象里，这条鸿沟早已日益成为一种人类的鸿沟，一种世界性的深渊，早已横亘于男人与女人，肯定与否定，肉体与灵魂之间了。当达萨沉思着回溯了一生后，他深信自己彻底看清了一切事情的缘由。当年普拉华蒂如何以她魔力无边的美丽拴住了他的心，她和他一起嬉戏，直至他舍弃所有的伙伴和朋友，离开曾让他十分愉快的牧人生活，为了她而在陌生人中间过一种仆人般的生活，成了一户并非良善之家的入赘女婿，他们利用他的爱情把他当成牛马。接着出现了纳拉，自己的不幸也就开场。纳拉霸占了他的妻子，华服美饰的纳拉用他的骏马、帐篷、服装和仆从勾引了他的妻子，很可能不费吹灰之力，因为那个可怜的小女子从未见过这等豪华场面。话又说回来——倘若普拉华蒂具有品性忠贞的美德，会这么轻易地迅速走上歧途么？事实上，纳拉立即就勾引了她，或者立即就带走了她，让自己落入了最丑恶的境地，尝到了迄至那时为止最大的痛苦。当然，他，达萨也立即报了仇。他杀了这个偷走自己幸福的强盗，那一瞬间也曾让他因胜利而狂喜。然而，事情刚发生，他就不得不拔腿逃跑。一天天、一周周、一月月，他不得不在丛林和沼泽中求生，成了亡命之徒，没有任何人可以信赖托付。

而普拉华蒂在这段时期里干了些什么呢？他们两人对此简直没有交谈过。不论怎么说，她并没有随他流亡。她后来寻找他，直至找到他，只是因为他出生王族，即将登上王位，而她需要他把自己带进王宫，借以登上王后宝座。于是普拉华蒂出现了，来到森林，把他从可敬的隐士身边拉走了。人们给他穿上华丽的服饰，拥戴他为国王，此后的一切便是一片荣耀——但是对他说来，实际上意味着什么呢，他当时放弃了什么，又获得了什么呢？他得到的是一国之君的荣耀和责任，他的责任开始时十分轻松，随即越来越难，越来越沉重。他还重新得到了美丽的妻子，度过了许多甜美的爱情时刻，接着是他有了儿子，对男孩的爱心使他日益为可能威胁拉华纳生活和幸福的危机忧心忡忡，以致如今全国已濒临战争边缘。这便是当年普拉华蒂在泉水畔发现他之后，替他带来的一切。但是他当时所放弃和牺牲的又是什么呢？他离开了森林的静谧，放弃了虔诚的静修，牺牲了与一位瑜伽圣人为伴和学习的机会，更是牺牲了自己成为那位圣贤继承人的希望，他原本希望达到那位瑜伽智者深邃、光辉、不可摇撼的灵魂平静境界，从而摆脱人生的诸多矛盾痛苦。但他由于受到普拉华蒂美貌的诱惑，迷醉于女性罗网，传染了她的虚荣心，这才放弃了那条唯一可能让他获得自由与平静的道路。

此时此刻，达萨心里呈现的生平历程就是这样的系列景象，其中少量图景与事实稍有出入，人们也不难理解，因为这是可以允许的变化。譬如其中有一个明显的出入：他根本还不是那位隐士的弟子，是的，如同我们以往所知，他当时恰恰正打算自愿离开这位长者。但是，事后的回溯往往因为时过境迁而偏移，这也是常见的情况。

普拉华蒂看待这些事情的观点和她的丈夫完全不同，她远不及自己的丈夫善于思索。她根本没有考虑过纳拉的问题。相反，她只肯想到自己是唯一给达萨带来好运，替他奠定幸福基础的人，是她让他重返王位，是她替他生养了儿子，是她赠予他爱情和快乐，最终却发现他和她的伟大不相匹配，更不符合自己值得骄傲的计划。因为在她眼里，这场即将来临的战争只能导向一个目标：消灭戈文达，让她的权力和财产再增加一倍。可是达萨从不曾愉快地热心配合她的计划，反而逃避战争和征服，简直不像一个君王，甚至宁愿整日无所事事，宁愿为他的花草树木、鹦鹉和书籍消磨时光。骑兵队长维许瓦密特拉①则完全是另一种类型的男人，是一个狂热的主战派，相信必能打胜这场即将来临的战争，他的主战热情仅次于普拉华蒂。在她眼里，达萨同维许瓦密特拉相比，不论从哪一角度来看，后者总是更胜一筹。

达萨并非没有注意到他妻子和维许瓦密特拉的过分亲近，她不但表示欣赏他，也听任自己受他欣赏，听任这个勇敢快活、也许有点肤浅，甚至不大聪明的军官奉承自己，用他男性的笑声，结实美丽的牙齿，还有那些精心修饰的胡子。达萨看到这些未免感觉苦涩，同时又颇为轻蔑，因而采取了自我欺骗的不屑一顾的态度。他既不侦察他们，也不想知道他们的友谊是否已经越出了人们允许的界限。达萨像以往对待一切不幸事件那样，看着普拉华蒂和英俊骑士之间的恋情，看着她那种显示钦佩他更胜于自己欠缺英雄气概丈夫的表情，习惯地采取了漫不经心的冷漠态度。不论是妻子的不贞和背叛，还是她对自己耽于沉思默修所表示的轻视，这一切全都无关紧要，事情业已发生，而且还在发展，就如同战争和灾难正在不断向他临近一样，他对这一切无计可施，也无可作为，唯有忍受而已，因为达萨这种类型的男子气概和英雄本色就是忍辱负重，而不是进攻和征服。

如今，不管普拉华蒂和骑兵队长之间的相互爱慕之情，是否已经逾越了道德许可的范畴，达萨还是认为，普拉华蒂总比他本人的罪责要少。他，达萨，是个思想者和怀疑论者，自然懂得把失落幸福的罪责委罪于普拉华蒂，或者认为她应当承担一部分责任。不管怎么说，他陷进这个爱情、野心、报复和掠夺的陷阱，原因就在普拉华蒂。每当达萨从这个角度考虑的时候，他还会怪罪爱情、怪罪女人，还会怪罪应对世上一切承担责任的性欲快乐，还会怪罪整个的唱歌跳舞，和整个的纵情声色——耽于情欲，通奸，自杀，谋杀，直至战争。但是，他在联想过程中也清楚地意识到，普拉华蒂并没有罪责，也不是灾祸的原因，倒是一

---

① 维许瓦密特拉也是作者杜撰的人物。

个牺牲品，因为不论是她的美，还是达萨对她的爱，都并非由她自己所造成，当然也无可指责。事实上，她不过是太阳光束中的一粒微尘，滚滚河流中的一个波浪而已。对达萨来说，摆脱女人和爱情，摆脱享乐和虚荣，正是他自己一个人应当完成的事情。他要么呆在牧人群里做个快乐满足的牧人，要么克服不可思议的障碍走上通向瑜伽的神秘道路。他达萨自己疏忽了自己，他自己放弃了自己，他没有响应成为伟大者的召唤，或者应当说他未能忠贞信守自己的使命，以致最终赋予妻子名正言顺的权利：她眼中的丈夫只是一个懦夫。此外，她还给了他一个儿子，这个漂亮而娇弱的男孩，他为这个男孩担心害怕，日夜不安，然而这却也让自己的存在具有了意义，给他的生活增添了价值，是的，事实上也是一种巨大的幸福，一种确实是又痛苦又恐惧的幸福，不过依旧是一种幸福，完全属于他的幸福。如今他得为这种幸福付出代价了，付出他内心的痛苦和辛酸，付出他准备奔赴战场战死的决心，付出他自觉趋向死亡命运的意愿。

这时候，邻国的戈文达国王正在倾听那个被杀的纳拉之母的教唆和蛊惑，那位任凭邪恶记忆作祟的勾引者挑动戈文达越来越频繁地侵略和挑衅，手段也越来越无耻了。达萨唯有与强大的邻国加巴里国王缔结同盟，才可能有足够的力量维持和平，并且强迫戈文达签订睦邻条约。但是这位加巴里国王，虽然对达萨颇有好感，却也是戈文达的亲戚，因而总是婉转回绝达萨求他结盟的每一种尝试。事情发展至此，已无躲避之路，想以理性或人性的名义维持稳定的希望也已破灭，命定的结局日益临近，只能承受了。于是就连达萨本人也几乎渴望战争了。事情既已无可避免，那么就让蓄积已久的雷鸣电闪快快爆发，该来的灾难快快降临吧。

达萨又一次拜访了加巴里国王，却只是徒劳往返，加巴里国王客客气气劝说他节制和忍耐，然而这种态度早已毫无用处。只剩下一个值得讨论的问题，如何对付武装进攻了。意见的分歧仅仅在于：对待敌人的下一次袭击，立即反击呢，抑或等待敌方主力大规模进攻时再作出反应，以便让全世界处于中立情况的人们都能看清谁是破坏和平的罪魁祸首。

　　而敌人那方，却毫不考虑这些问题，既不讨论，也不犹豫。有一天戈文达终于发动了攻势。戈文达导演了一场伪装的大规模进攻，诱使达萨带领骑兵队长及其精锐部队立即飞马驰向边界前线，当他们尚在中途时，戈文达率领主力部队已攻入国内，夺下了达萨的京城大门，包围了王宫。达萨一听中计，立即折返首都。他知道妻子、儿子都被围困宫内，全城大街小巷都在肉搏血战中，他一想到自己的亲人和子民全都处于险境时，不禁心如刀割。于是他不再是一个厌战而且慎重的统帅，愤怒和痛苦使他内心如焚，驱使手下兵马疯狂似地赶回京城，发现全城大小街巷都在进行恶战，他突破重围冲进王宫，像个疯人一样与敌人作战，整整血战了一天，直至黄昏时分体力不支终于倒了下来，身上有许多伤口在汩汩地流淌着鲜血。

　　当达萨恢复知觉时，发现自己已经成为一名囚犯。这场战争已经打输了。他的国家，他的首都和王宫都已落入敌人手中。他被捆绑着带到戈文达国王面前，那人挖苦地向他问候后，把他领进了宫里的一个房间，这正是达萨存放书籍的地方，墙壁上装饰着镀金的浮雕像，屋子里摆满了手抄的经卷。屋里一张地毯上，直挺挺坐着的是他妻子普拉华蒂，脸色铁青，她的身后站着几个武装的警卫。她的怀里横躺着他们的儿子，孱弱的躯体好似一枝被折断的花朵秆子，小小的脸蛋灰白暗淡，男孩已经死了，衣服上浸透了鲜血。当达萨被人带进来时，这个女人连头也没有转动，她没有向他看一眼，只是面无表情地盯着那具小小的尸体。不过达萨觉得她身上有了些奇怪的变化，隔了一忽儿之后，他才觉察到原因何在，普拉华蒂那一头漆黑秀发，他几天前看见时还那么乌黑光亮，如今却几乎花白了。普拉华蒂已经直挺挺坐了很长时间，男孩始终躺在她怀里，她瞪视着孩子，脸上神情木然，犹如一副面具。

　　"拉华纳！"达萨叫喊，"拉华纳，我的孩子，我的宝贝！"他跪倒在地，把脸俯向男孩的脑袋，又像祈祷似地默默跪在一声不吭的女人和死孩子身前，向两者表示哀悼，向两者致以敬礼。他闻到血和尸体的腥气，混杂着男孩头发上涂抹的芳香油膏的气息。

普拉华蒂呆滞的目光茫然俯视着父子两人。

有人碰了碰达萨的肩膀,是戈文达的亲信部下之一,他命令他站起身子,随即把他带走了。达萨没有对普拉华蒂说过一句话,她也没有对他说过一个字。

达萨被捆绑着送上一辆囚车,抵达戈文达国都后又被关进了一座监狱,有人替他解开了部分镣铐,一个士兵拿来一壶水,放在他身前的石板地上,人们关上囚室门,上了锁,只剩下他孤零零一个人。达萨肩上的一个伤口火辣辣地灼痛。他摸索到那壶水,湿润了双手和脸部。他当然很想喝水,却克制住了,他暗暗思忖,这样可以死得快些。他还要等待多久呢,还要多久呢!达萨渴求死亡,就像他干燥的喉咙渴求饮水一样。唯有死亡才可能了结他内心的苦难,才可能熄灭自己心里那幅母子受难的图像。然而,在他集人间痛苦于一身之际,虚弱和疲倦向他施加恩惠,让他倒下身子迷迷糊糊地睡着了。

他只是打了一个盹儿,很快就从瞌睡状态中清醒了,他想举手揉揉眼睛,却办不到,因为两只手都没有空,双手正紧紧握着什么东西。他努力振作精神,使劲大睁双目,蓦然发现四周并没有什么牢墙,却是亮得耀眼的绿色光线,在树叶和苔藓上流动不停。他眨巴着眼睛好一会儿,只觉得那绿光好像在无声无息而很剧烈地一下一下抽打着自己,他感到一阵恐惧的震颤穿过颈项直贯背脊,他又眨巴起眼睛来,脸容扭歪了,眼睛睁得大大的,呆住了。

他正站在一座森林里,双手紧紧握着一只盛满清水的水瓢。在他脚下,一道泉水注成的池塘亮晶晶地闪着棕色、绿色的斑驳色彩。这地方让他记起羊齿植物丛林后边的茅屋,想起在那里等待他取水回去的瑜伽长老。是的,当这位老人派他取水,而他请求对方略略讲解玛雅世界的时候,老人脸上的笑容何等奇怪。

达萨既没有打过仗,也没有丧失过儿子,他也没有当过国王,做过父亲,是瑜伽老人满足了他的愿望,向他展示了玛雅世界的真谛:王宫和花园,阅读书籍和饲养鸟类,国王的忧虑和父亲的爱心,战争和野心,对普拉华蒂的爱恋和强烈猜疑——所有的一切,都是虚无——

不，不是虚无，而是玛雅，这就是玛雅世界的图景！达萨震惊地站停了，泪水布满了他的脸颊。达萨两手颤抖着，晃动了他刚刚替隐士盛满的水瓢，水溢出瓢边溅落到脚上。达萨觉得好像有人砍断了他的一条腿，又从他脑子里挖走了一些东西，突然间，他经历过的漫长岁月，他珍爱过的种种宝贵物件，他享受过的种种欢乐，他忍受过的无数痛苦，他承受过的无比恐惧，他曾亲自品尝的濒临死亡般的绝望感——统统都被人取走了，消灭了，化为了乌有，然而，却并非化为乌有！因为，记忆依然存在，所有的景象仍然留存在他的心头。他依然看见普拉华蒂庄重、直挺挺地坐在那里，头上是忽然变得灰白的长发，怀里躺着她已死的儿子，似乎是她刚刚亲手杀了他一般，男孩横在她膝上就像一头野兽，四肢软软地耷拉着，又好像在轻轻晃动。

啊，他获得的玛雅世界体验是多么的快速，简直快得惊人，又多么的恐怖啊！世上的一切对他而言都是可以被任意挪动推移的，许多年的经历皱缩成了短短的瞬间，无数杂沓纷繁的现实景象转眼间化为了一场春梦。也许，以往发生在他身上的一切经历，也仅仅是梦里的故事吧：他是国王的儿子达萨，他的牧牛生活，他的婚姻，他对纳拉的报复，他避居在瑜伽老人的隐修地。——所有这一切，难道都是画上的图景，如同人们在宫殿墙上雕刻出的壁画中所见，人们看见了花卉、星星、鸟儿、猴子，还看见了诸神，一切都栩栩如生，活动于翠绿的树枝树叶间，却毕竟不是现实，不过是些绘出的幻象。如此说来，他此时此刻所感受的一切，所见到的一切，他从自己荣登国王宝座——到参加战争——到被囚狱中——这一场梦中醒来，直到他站在这一汪泉水之畔，手握着刚刚被摇晃出一点儿泉水的水瓢，连同他目前脑海里涌现的思想，一切的一切，归根结蒂莫不诞生于同一来源，构成于同一材料，难道不皆是春梦、幻象、玛雅世界么？那么，他未来还必须经历的一切，还得亲眼去观看，亲手去尝试的一切，直至他的肉体生命结束——难道和过去的一切有什么不同，不论在性质或在形式上有什么区别么？一切莫不是游戏和虚假现象，泡影和梦幻，一切莫不归属于玛雅世界——人生的全部美好和恐怖，欢乐和绝望的画面，连同那燃烧般的狂喜和火燎般的灼痛。

　　达萨始终呆呆地站着不动，好像麻痹了，失去了知觉。他又晃了一下手里的水瓢，水溅出瓢边，再次浸凉了他的脚趾，流失在地里。他该做什么呢？把水瓢重新盛满，送还给瑜伽僧人，让他把自己梦中遭受的诸多苦难大大嘲笑一番？这么做对他可毫无吸引力。达萨垂下手里的水瓢，倒尽了水，把水瓢丢在苔藓上。然后，他坐下身子，开始在碧绿的苔藓地上进行严肃的思索。他已经做梦做够了，做得太多了，这一连串由经历、欢乐以及令人心寒血凝的痛苦所交融而成的疯狂般的恶梦实在让他餍足了，因为它们顷刻间便在猛醒中化为了玛雅世界，让他知道自己不过是一个傻呆的愚人而已。他已受够所有的一切。他已不再渴望妻子，甚至不再渴望儿子，他也已不想要什么王位，要什么胜利或者复仇，更不再向往幸福或者智慧，权力或者美德了。他已只是渴求静谧，寻求终结，他已不希望出现任何其他情景，除去制止这种永恒转动的人生轮回，停息这无穷无尽的人生画面，除了熄灭而外，他已别无祈求。他但求消灭自己、让自己永远静息，这不正是自己投入那场最后战斗时所希望的吗？当时他冲入包围圈，扑向敌人，见人就杀，也不怕被人所杀，他伤害别人，也被别人所伤，直至精疲力竭倒下，他想望的不正是这样让自己消亡么？然而，后来又会是什么情况呢？你会昏厥片刻，或者稍稍打一个小盹儿，或者甚至死亡一回。与此同时，你会再一度醒过来，不得不让生命的激流再次流入你的心里，重新听任那一幅幅时而可怖，时而可喜，又时而可厌的生活图像潮水般恣意流淌，无穷无尽，连续不断，无可回避地流进你的眼帘，直至你再度丧失知觉，直至你又死亡一次。这也许是赋予你一个休息的机会，一种短暂的、极微量的小憩，可以长长地舒一口气，不过，轮子随即又继续转动了，于是你又跌进了滚滚红尘，又成为千万个人形中的一个形象，又继续跳起了时而放荡不羁，时而狂喜陶醉，时而又悲观绝望的生命之舞蹈。啊，世上根本不存在熄灭，生命的轮回永无尽头。

　　满心的焦虑驱使达萨又迈开了前进的步伐。既然这场该诅咒的人生环形舞蹈没有静止之时，既然自己目前唯一的渴求平静愿望无法实现，那么，他现在重新把水瓢装满泉水，再去见那位打发他跑去取水的老人，也可能与其他行动相比是一样的好事。尽管这位老人并无任何权利向他发号施令。这件事不过是别人烦请他帮忙的一项服务工作，也算是一种委托吧，他为何不肯听从，不去执行呢？这总比呆呆坐着，苦苦思索着自我毁灭方法要强得多。是的，总而言之，服从和服务较之统治和指挥，是远为轻松、舒服，又远为无辜和无害的事情，这是他了解得非常清楚的事实。好了，达萨，拿起水瓢，满满盛足水，送到师父那里去吧！

当他走进茅屋时，师父用一种特别的眼光迎接他，那目光既有询问，又半带同情和逗乐的表情——就像一个较年长的孩子望着一个刚刚经历过某件既费力又多少令人害臊的冒险，或者刚刚经受过一次勇气测验的小弟弟一样。这位王子兼牧人，这个但求一席栖身之地的可怜的青年，确实只是到泉水边去了一次，离开不足一刻钟时间；然而，他无论如何也同时是从一座监狱中出来，已经失去一个妻子、一个儿子以及整整一个王国。他已经过完一场普通人生，已经亲眼望见了转动不止的轮回人生，尽管只有短短一瞥。这位年轻人大概从前也曾有过觉醒，有过一次，甚至是多次的觉醒，曾经呼吸到静修的真正气息，否则便不可能在这里逗留如此长久。是的，现在他显然是名副其实地真正觉醒了，已经成熟到可以迈上修行的漫长道路。这个年轻人单是学会正确掌握瑜伽的姿势和呼吸，就得付出许多年光阴。

老人就用这种目光，一种显示善意关怀和表明师徒关系业已建立的脸部迹象，完成了瑜伽大师接纳弟子的过程。这一目光不仅驱除了青年弟子头脑里的妄念，也替他定下了服务的秩序。关于达萨的生活已无可叙述，因为他今后的一切已属于在另一世界展开的图像和故事。达萨从此再也没有离开这座森林。

# 译文名著精选书目